中国北欧文学研究的新进展 2000—2020

何成洲 汪余礼 主编

New Developments in the Nordic Literature Studies in China

2000-2020

南京大学出版社

图书在版编目(CIP)数据

中国北欧文学研究的新进展:2000—2020 / 何成洲,汪余礼主编. —南京:南京大学出版社,2021.5
ISBN 978-7-305-24008-9

Ⅰ.①中… Ⅱ.①何…②汪… Ⅲ.①欧洲文学—文学研究—北欧 Ⅳ.①I530.6

中国版本图书馆 CIP 数据核字(2020)第 244802 号

出版发行	南京大学出版社
社　　址	南京市汉口路 22 号　　邮　编 210093
出 版 人	金鑫荣
书　　名	中国北欧文学研究的新进展(2000—2020)
主　　编	何成洲　汪余礼
责任编辑	郭艳娟
照　　排	南京紫藤制版印务中心
印　　刷	徐州绪权印刷有限公司
开　　本	718×1000　1/16　印张 28.75　字数 400 千
版　　次	2021 年 5 月第 1 版　2021 年 5 月第 1 次印刷
ISBN	978-7-305-24008-9
定　　价	108.00 元
网　　址	http://www.njupco.com
官方微博	http://weibo.com/njupco
官方微信	njupress
销售热线	(025)83594756

版权所有,侵权必究

凡购买南大版图书,如有印装质量问题,请与所购图书销售部门联系调换

前　言

北欧通常是指丹麦、瑞典、挪威、芬兰和冰岛五国。由于地理和历史的原因，这些国家之间有着广泛而密切的交流和互动，人口流动性很大，文化上有着高度的相似性，彼此有着非同寻常的亲近感。在国际上，它们往往也非常强调所谓的"北欧团结"，展示它们之间在社会制度和价值观等方面的一致性。

北欧文学源远流长，是世界文学中一座丰富的宝库。众所周知，《埃达》和《萨迦》是北欧中世纪文学的集大成者，前者以古代的神话故事为主，后者以历史人物和英雄传说为基础，深受来自不同民族和国家读者们的喜爱。这两部作品的内容、体裁和写作风格对于后世北欧文学产生了深远的影响，是现当代北欧作家们取之不尽的文学源泉，而且世界上其他国家的作家们也从中获得了创作的灵感和素材。茅盾在1929年曾经以它们为源文本，编译了一部《北欧神话ABC》，至今仍然拥有大量的读者。19世纪诞生的芬兰民族史诗《卡勒瓦拉》，不仅焕发了芬兰人民的民族身份认同和自豪感，而且深刻影响了芬兰的文艺创作。

北欧文学史上涌现出一大批享誉世界的大文学家，他们基本上也被介绍到中国，产生积极的影响。其中最受欢迎的包括：丹麦的童话作家安徒生和文论家勃兰兑斯，挪威的戏剧家易卜生和小说家哈姆生，瑞典的戏剧家斯特林堡、童话作家林德格伦和拉格洛夫，等等。相比较而言，我们对于北欧当代作家所知甚少，尽管近些年来翻译的北欧文学作品有一些，但是引起广泛影响的不多，这与北欧文学的成就是不相称的，妨碍了我们对于当代北欧文学、文化和社会的了解和认识。究其原因，主要是20世纪80年代以来，我国外国文学译介和研究的重点是英美文学、法国文学与德国文学，北欧文学、东欧文学、南欧文学没有给予足够的重视，更不用说非洲文学、印度文学、拉丁美洲文学，等等。这种状况目前有所改变，但是还需要学术界进一步开阔视野，以更加包容的心态和开放的精神去积极拥抱那些成就斐然但是尚没有引起足够关注的区域文学、文学家和文学作品，这不仅有益于我们自己的文学更加健康地发展，也有助于促进文化交流与文明互鉴。

与世界上很多地方相比，当代文学在北欧一直得到普通读者和观众比较多的关注与喜爱，为文学的繁荣奠定了坚实的基础。文学回应现实的需要，满足大众的审美期待，积极地介入社会和文化的方方面面，成为北欧社会高品质生活的积极贡献者。挪威作家乔斯坦·贾德1991年发表了哲学启蒙小说《苏菲的世界》，被翻译成几十种语言，成为风靡全世界的畅销书，它的影响经久不衰。挪威戏剧家约恩·福瑟的戏剧在世界各地上演，是当下最受欢迎的戏剧家之一，被称为"新易卜生"。瑞典人热爱诗歌，涌现了一大批杰出的诗人，其中有代表性的是托马斯·特朗斯特罗姆，他发表了15本诗集，被翻译成60多种语言，获得2011年诺贝尔文学奖。瑞典的推理小说一直被读者们追捧，尤其是马丁·贝克系列侦探小说独树一帜，成为瑞典当代文化的一个象征符号。丹麦的儿童文学在当代继续得到发展，出版了一批优秀的儿童文学作品。

中国的北欧文学译介在20世纪上半期曾经掀起一股热潮，鲁迅、胡适、茅盾等当时的文坛领袖们都对北欧文学的成就给予高度评价，并积极参与翻译和介绍北欧文学的作家和作品。鲁迅在《摩罗诗力说》和《文化偏至论》中提及易卜生和勃兰兑斯，称赞他们为自由而战的精神。鲁迅对于斯特林堡、哈姆生等北欧作家及其作品也比较熟悉，积极推荐给当时的读者。胡适热情地宣传易卜生的社会思想，在《新青年》杂志上发表著名的文章《易卜生主义》。不仅如此，他与罗家伦合作翻译出版了《玩偶之家》，还以此为蓝本用白话文创作了中国第一部"话剧"《终身大事》。还有,林纾与他人合作将易卜生的《群鬼》等作品改写成通俗小说,在当时颇为流行。新时期以来,翻译和出版北欧文学进入了一个新的阶段,一批翻译家在这方面做出了突出的贡献,包括萧乾、李之义、石琴娥、万之(陈迈平)等,均译述甚丰,惠泽广远。

一直以来,北欧文学的研究集中在少数几个经典作家身上,尤其是易卜生的研究几乎占了北欧文学研究的"半壁江山"。自鲁迅和胡适把易卜生介绍进来起,易卜生研究在中国经历了百年的发展,在中外文学关系的研究上绘就了精彩的华章。改革开放以来,易卜生研究更是突飞猛进,几代学者在这个领域辛勤耕耘,取得了一系列重要的成果,其中就有王忠祥主编的《易卜生文集》(八卷)。王宁、刘明厚、孙建、聂珍钊等在北京、上海、武汉和南京多次主办易卜生国际会议,推动了中外的学术交流,促进了易卜生研究的学术水平不断提升。除了大陆学者之外,港台也有从事易卜生研究的学者,比如,谭国根的易卜生研究从 80 年代至今没有中断过,发表了大量的英文论文和著作。新世纪以来,在人民文学出版社资深编辑张福生的努力下,国内还陆续出版了《哈姆生文集》(四卷)、《斯特林堡文集》(五卷)等,大大推动了中国北欧文学的研究。

我们编辑出版本书的初衷,是梳理新世纪以来中国北欧文学研究的一些新进展,展示这一领域研究的广度和深度,为下一阶段的研究探明道路和明确方向。但是限于篇幅,我们只能遴选其中少量有一定代表性的论文,考虑不周之处请同仁们批评!

让我们共同期待中国北欧文学的译介和研究在未来有更大的突破!

何成洲

南大和园

2020 年 10 月

目 录

一、易卜生研究

关于易卜生主义的再思考……………………………………王忠祥 / 3
作为艺术家的易卜生:易卜生与中国重新思考…………………王 宁 / 8
"被译介"和"被建构"的易卜生:易卜生在中国的变形…………王 宁 / 22
易卜生和蒙克的中国镜像……………………………………周 宪 / 38
易卜生戏剧中的悲喜剧内涵…………………………………孙 建 / 52
博克曼:自由生存困境中的囚徒………………………………刘明厚 / 62
易卜生与世界戏剧:《培尔·金特》的译介与跨文化改编………何成洲 / 74
论德国文学对易卜生戏剧创作的影响…………………苏晖 李银波 / 88
论易卜生宗教观的嬗变及其戏剧创作…………………李银波 苏晖 / 102
三种向度与易卜生的诗学观念
　　——对易卜生诗歌的整体观察与辩证评价…………………邹建军 / 115
作为一种批评方法的文学地理学及其实践意义
　　——以《海上夫人》为个案…………………………………邹建军 / 133
女性主义、个人主义,还是资本主义?
　　——谈对易卜生《玩偶之家》的误读………………………陈爱敏 / 150
易卜生晚期戏剧中的生态智慧…………………………………汪余礼 / 162

易卜生晚期戏剧的复象诗学 ·················· 汪余礼 / 176

二、斯特林堡研究

斯特林堡戏剧在新时期中国的接受 ·················· 宫宝荣 / 197
角色设定、角色表演与角色表演的脆弱性
　——以斯特林堡的《朱莉小姐》为例 ·················· 俞建村 / 207
奥古斯特·斯特林堡的戏剧实践与理论探索 ·················· 曹南山 / 221

三、安徒生研究

世界童话大师汉斯·克里斯蒂安·安徒生
　——《安徒生童话与故事全集》译序 ·················· 石琴娥 / 239
女性的第三空间
　——从空间视角看《海的女儿》的权力机制与美学主题 ··· 陈　靓 / 254

四、勃兰兑斯研究

百年中国批评史中的"勃兰兑斯问题"
　——关于勃兰兑斯在中国的译介与接受 ·················· 杨　冬 / 267
论中国新文学界对勃兰兑斯的接受 ·················· 朱寿桐 / 284

五、其他北欧作家研究

比昂逊精神：仁者爱人 ·················· 刘明厚 / 297
哈姆生的自然观
　——《大地的生长》的生态批评 ·················· 何成洲 / 312

拉克斯内斯和他的《萨尔卡·瓦尔卡》……………………… 张福生 / 326
挪威"新易卜生"约恩·福瑟剧作在中国的"演出繁花" ……… 吴靖青 / 332
失忆、对话与小说的意义
　——论埃斯普马克《失忆的年代》……………………… 李　娟 / 346

六、北欧文学总论

19世纪挪威文学与北欧文化巨人 …………………………… 王忠祥 / 361
北欧文学对北欧社会发展的推动作用 ……………………… 石琴娥 / 374
"德国原像"与"北欧精神"
　——从安徒生到汉姆生等的知识史背景及其德国资源 … 叶　隽 / 407
全球在地化、事件与当代北欧生态文学批评………………… 何成洲 / 433

后记 …………………………………………………………… 汪余礼 / 449

一

易卜生研究

关于易卜生主义的再思考

王忠祥[*]

易卜生主义实际上是一种易卜生式的人道主义,一种审美的人文主义,充满了审美的乌托邦的伦理道德理想。[①] 它富有挪威小资产阶级进步思想意识,体现了"自由农民之子"的精神特性(激进性、开创性和独立性)以及时代要求。无论是布朗德牧师高喊"全有或全无"(或者得到一切,或者一无所有)的口号,为实现自己的理想而牺牲,还是培尔·金特这个浪荡子经过"爱"的洗礼,在"圣洁的女人"索尔薇格的感化下获得新生,都表现了剧作家的人文理想,换句话说,都是以易卜生的人道主义为理想基础的。布朗德和培尔·金特都奉行"自我主义",但他们的"自我主义"却又蕴藏着"利他"的意义。如我们所知,剧作家认为:布朗德坚持"自我",要做道德高尚的、绝对的"真正的人",完全符合人类的天性。培尔·金特最后找到了"自我",也就是恢复了纯粹的人性。[②] 作为"自由农民之子"的思想和代表的易卜生,一方面运用人道主义思想武器批判封建残余和大资产阶级当权派的贪婪专横,另一方面凭借个人的精神反叛去追求个性彻底解放的理想世界。易卜生主义也有时代的、个人经历的局限性,当然不会超脱资产阶级人道主义发展的普遍

---

[*] 王忠祥,华中师范大学文学院教授,湖北省外国文学学会名誉会长。本文原载《外国文学研究》2005 年第 5 期。

[①] 参见王忠祥《易卜生和他的文学创作》,载《易卜生文集》第 1 卷,人民文学出版社 1995 年版。

[②] 参见王忠祥《易卜生》,新蕾出版社 2000 年版,第 88—96 页。

观。但正如社会历史发展的普遍规律，体现在挪威历史之中并带有挪威特点那样：人道主义发展的普遍规律如体现在易卜生主义之中，也必然带有挪威进步的小资产阶级的特点。尽管当时西欧先进国家的资本主义正在走下坡路，挪威却出现了资本主义蓬勃向上的精神状态。易卜生主义以及那些宣传易卜生主义的作品，反映了当时挪威方兴未艾的社会运动（包括恩格斯所说的"文学繁荣"）。挪威的这种"进步的社会运动"虽仍属于资本主义范畴，却不同于19世纪西欧的资本主义阶段，而是处在资本主义的初期，相当于英国莎士比亚创作的中后期。也必须看到，易卜生主义的时代毕竟是19世纪，当时的挪威社会在资本主义兴起的繁荣景象之中，也不可避免地出现资产阶级现存秩序的悖理性。易卜生主义和资产阶级鄙夫俗子的利己主义是格格不入的，因此它在扫荡封建残余势力时，还要揭露、攻讦那些新时代的伪君子、吝啬鬼和野心家。在这里，蕴涵着资产阶级早期理想和新时代批判精神的易卜生主义，确实具有反封建残余、反资产阶级贪鄙庸俗的双重意义。易卜生并不笼统地赞扬人道主义，他曾借用布朗德之口嘲笑过那种爱一切（包括丑恶与敌人）的伪人道主义。他坚持反对那些卑劣渺小的人冒充"人道主义的使徒"。易卜生运用他的颇具特色的人道主义，为挪威积极向上的中小资产阶级制造舆论，这完全符合广大人民群众的愿望与利益。

在易卜生的创作过程中，无论是题材的选择、主题的表现、人物的塑造，还是细节的描写，都放射出积极的人道主义理想的光辉和强烈的社会批判锋芒。他的戏剧在文学史上别开生面。他的杰出的戏剧人物很像他本人，具有自己的个性与独立精神。他的戏剧尤其是60年代中期以来的作品集中地反映了当时挪威在前进中的复杂的矛盾，批判了现存的社会制度，表达了人民群众的精神状态和基本要求。较早的浪漫主义戏剧，就表现了易卜生的爱国主义、民主主义的政治热情。《武士冢》、《厄斯特罗特的英格夫人》、《觊觎王位的人》等一系列取材于民族历史、民间传说的戏剧，以及产生在这一基础上的英雄形象，发挥着热爱祖国、振兴民族、反对封建势力和外来侵略的启蒙教育作用，在甘达尔夫大王、英格夫人、霍古恩国王等浪漫主义人物形象身上，已经显示了特殊的反叛精神与不受任何拘束的独立性格。关于后来的一些戏剧人物,在布朗德、培尔·金特之外还有娜拉、斯多克芒、罗斯莫等易卜生主义体现者,更加执着地追求"人的精神的反叛"、"道德升华"和"整体革命",更加坚定地反对束缚人性的封建意识与资产阶级现存秩序。娜拉为了身心的自由,勇敢地否定傀儡家庭以及维护男权社会的法律与宗教。斯多克芒毫不动摇地为"真理"、"公理"(公共利益、人的尊严、科学态度)而战斗。罗斯莫怀抱革新社会的理想,他清楚地知道,实现这个理想毫无希望,却又毫不退却,宁愿牺牲生命也要忠实于自己的个性。易卜生十分欣赏这些小资产阶级的英雄人物与不公道的社会尖锐对立。易卜生竭力赞扬他们的"自我主义"(个性主义),让他们有的坚持"自我",像布朗德、斯多克芒那样;有的寻找"自我",像罗斯莫那样。不过,无论是前者还是后者,常常以失败告终。也有例外的,如作为转变人物的培尔·金特。剧作家本人就有着强烈的"自我主义",这里的"自我主义",或者叫作个人主义,和专门为己、毫不利人的反社会的利己主义颇不一致,如前所说,它常常包容着"利他"的一面。剧作家认为:主要的问题是对自己保持真挚和诚实,人就是"自我",其他一切都不重要。他断言强烈的"自我"主义可以凸现人的价值,并有利于社会。① 易卜生绝对推崇人的精神生活,努力追求无限的自由。他号召人们不断地净化道德,一直到灵魂能与上帝对话,要求人们按个人独特的意志而生活,奉行"全有或全无"(非此即彼)的宗旨(像戏剧《布朗德》中的主人公那样),要么全有,要么全无;在"此"和"彼"之外,别无选择。他的这种思想,以及那些宣传易卜生主义人物的社会观、哲学观,和19世纪上半叶丹麦学者克尔恺郭尔提倡的存在主义哲学、伦理学的一些基本观点不谋而合。在主观主义的指导下,克尔恺郭尔提倡"强的个性",维护"个人自我",认为事物生成都是按"或者——或者"(非此即彼)的方式进行,而它的变化又是出自个人的自由选择决定。人只有摆脱一切世俗之见和固定的道德原则的束缚,进入非理性的"宗教阶段"(并

---

① 参见王忠祥《易卜生》,华夏出版社2002年版,第五章第三节。

非人世间的宗教),才能达到自己的真正存在。不管易卜生承认还是不承认,崇信易卜生主义的一些人物身上,多少反映了克尔恺郭尔的这一类思想观点的影响。可是,这些人物崇尚科学、向往民主、提倡妇女解放、追求知识与理性,则与克尔恺郭尔迥异。在戏剧中,易卜生式的英雄人物常常和其他人物交往,从而针对社会现实提出问题、讨论是非、谋求出路。易卜生创作的批判精神,伴随着一连串问题的提出、讨论而大放光辉。在易卜生的浪漫主义历史剧、现实主义问题剧以及一些带有象征主义特色的戏剧中,强烈的批判精神和浓厚的理想色彩始终融合在一起。易卜生批判社会现存秩序,追求真正的自由王国;批判极端的利己主义,提倡无畏有益的自我牺牲精神;批判小市民的停滞生活,鼓舞人们做既有理想又讲求实际的高尚的人。易卜生主义在彻底否定国家、社会、宗教的弊病和一切虚伪的口号时,也强调了不利于人民大众的绝对个人主义、宣扬了缺乏具体内容与措施的空想社会主义,如通过"人的精神反抗"进行毁灭全世界的"整体革命",等等。像布朗德那样的"革命者",他为之进行殊死的斗争,全力加以攻击的敌人在哪儿!他所强调的"全有"、"全无"有何具体的内容,易卜生没有交代,可能他和他的布朗德一样,自己也不知道。但是,作为对那个特定时代的一种反拨,这一切还是有积极作用的。无论易卜生主义有怎样的弱点,无论它的人道主义核心具有何等明显的局限性,它所表现出来的首创的、独立的精神,破旧立新的坚定性,以及它的艺术载体——戏剧人物等,仍有巨大的社会意义和美学价值。

总之,"人学家"易卜生笔下的一些重要的男女人物形象,如凯蒂琳、布朗德、培尔·金特、朱利安皇帝、斯多克芒、罗斯莫、索尔尼斯、伊厄棣斯、英格夫人、斯凡尔德、娜拉、吕贝克、海达·高布乐、爱吕尼等,他(她)们颇富个性特征的"独白"和"对话",实际上是作者审美心理的自我呈现或审美心理的自我描述。如此"呈现"和"描述",可以说是易卜生主义的自然流露。话说到此,有必要再次指出易卜生强调他的工作只是提出问题,他对这些问题没有答案。尽管他对他所提出来的问题不做具体的回答,或者没有指出解决问题的正确途径,但他所提出来的问题确实切中时弊,能激励人们进行社会改革,从而追求理想的和谐社会(美在和谐),这是时代赋予剧作家的神圣任务,易卜生的伟大就在于他为了出色地完成这一任务,不断地开辟道路,迈向新高度。

作为艺术家的易卜生:易卜生与中国重新思考

王 宁[*]

作为现代主义文学运动的先驱者,易卜生对 20 世纪戏剧艺术的发展做出的贡献是无与伦比的,他的艺术家形象早已在西方语境下得到了肯定。尽管在当今这个全球化的时代,精英文化及其代表性产品——文学——越来越受到大众文化的挑战和冲击,但一个使人难以理解的现象则是,在东西方文化语境下的学者和艺术家们仍不断地讨论和研究易卜生,各种形式的国际性研讨会仍然频繁地在一些东西方国家举行。[①] 这一点确实使那些为精英文化和文学的命运而担忧的人感到欣慰。但是,同样令人担忧的是,在中国的语境下,易卜生在很大程度上并没有作为一位艺术家而为人们所接受,他的作用和角色曾一度被不恰当地误构为仅仅是一位具有革命精神和先锋意识的思想家和社会批判者,这在很大程度上确实由于他所塑造出的一个个令人难忘的具有叛逆精神的女性形象所致,如娜拉和海达·高布勒等。因为这些

---

[*] 王宁,上海交通大学资深教授、人文学院院长,教育部长江学者特聘教授,欧洲科学院外籍院士,中国比较文学学会会长,主要研究中外文学、文论与文化。本文原载《外国文学研究》2003 年第 2 期。

[①] 这里仅列举近几年的几次影响较大的关于易卜生研究方面的国际研讨会:"易卜生与现代性:易卜生与中国"国际研讨会(1999 年 6 月 26—28 日,北京)、第九届易卜生国际学术研讨会(2000 年 6 月 5—10 日,贝尔根)、"易卜生与艺术:绘画、雕塑和建筑"国际研讨会(2001 年 10 月 24—27 日,罗马)、"易卜生与中国:走向一种美学建构"国际研讨会(2002 年 9 月 12—16 日,上海)、国际易卜生研讨会和戏剧节:《玩偶之家》的翻译与改编(2002 年 11 月 8—11 日,达卡)等。

作为艺术家的易卜生:易卜生与中国重新思考 / 王　宁

人物给中国的观众和戏剧研究者们留下的印象实在是太深刻了,以至于他们几乎忘记了一个事实,即易卜生首先应该是一位艺术家.或者更确切地说,一位戏剧艺术家。他对于中国文化现代性的形成所具有的意义自然应当受到重视,但是作为一位艺术家的易卜生则不仅对20世纪中国话剧的崛起做出了重要的贡献,更重要的是,他还影响了一大批锐意创新的中国现代剧作家。这样看来,把一位以戏剧创作为主要成就的艺术家当作思想家来研究至少在某种程度上起了误导作用,特别是这个人们更多地讨论尼采、弗洛伊德、福柯、德里达、德勒兹、利奥塔等西方思想家的时代,易卜生在西方思想界曾经产生过的影响便很少被人提及。尽管他确实对文化现代性和现代主义文学的形成做出过重要贡献,而且还给过弗洛伊德一些文学灵感,但与上述那些思想家相比,易卜生的作用不禁相形见绌。因为易卜生对中国知识分子的影响主要是通过其戏剧艺术创作而产生的。"返回"作为艺术家的"真正的"易卜生将使我们能够准确地、恰如其分地评价易卜生之于中国现代戏剧的美学意义。本文的写作就从质疑易卜生形象的"误构"开始,主要从戏剧艺术本身来讨论易卜生的成就。

易卜生与中国的现代性之反思

毫无疑问,在中国和西方的现代性进程中,易卜生及其剧作都起到了重要的甚至不可替代的作用,这一点尤其体现在西方现代主义文学的全盛时期和中国"五四"新文化运动的高涨时期。这时易卜生主要是被当作一位伟大的思想家和有着天才创新意识和预见性的作家来接受的,他的剧作极大地影响了西方和中国的现代性进程。确实,在西方学术界,不同的学派和有着不同的批评倾向的学者和批评家都对他的艺术成就或社会影响做出了不同的评价。有些学者认为他是"莎士比亚以来世界上最伟大的戏剧艺术家",或者说"现代戏剧之父",因为他的作品以现实主义的方法反映了当时的时代精神,因而有着典型的现实主义意义。毫无疑问,易卜生在自己的剧作中对社会现实予以了强有力的批判,这一点与他所生活的时代以及他那与当时的社会习俗格格不入的个人性格有关。这也许正是易卜生为什么一开始就被当作一位批判现实主义大师介绍到中国来的原因之一。由于他的剧作与当时的中国社会现实密切相关,同时也由于当时的文化土壤和接受语境所使然,因此毫不奇怪,他被划入19世纪的欧洲现实主义传统之列,但根据当代西方现有的研究成果来看,易卜生倒是更多地被当作一位现代主义艺术大师来讨论的,因为他在19世纪的出现实际上预示了西方文学中现代主义的崛起,而且他的不少富有预见性的洞见实际上为西方文化和思想的现代性进程铺平了道路。我正是在这些已有的研究成果的启发下,试图从文化和审美现代性的角度出发对易卜生及其剧作做一新的探索。我认为,易卜生首先应被当作一位文学大师,或更为确切地说是一位戏剧艺术大师来研究,把他当作一位思想家来研究实际上遮蔽了他那显赫的艺术成就,尽管他确实激发了中国的知识分子去反抗当时的社会现实和保守的意识形态。为了对易卜生对中国戏剧的贡献做出较为中肯的评价,我首先花费些篇幅来回顾一下西方学术界近十多年来对易卜生的研究,并将之与其在中国的接受相关联。①

诚然,从现代主义的理论视角来讨论易卜生及其剧作在西方学术界早已不再新鲜了,即使我本人也曾作过这样的尝试。我在先前发表的一篇论文中曾指出,易卜生为什么如此受到观众青睐和学者们研讨的一个重要原因就在于其剧作中所蕴涵的多重代码。也就是说,"除了现实主义的代码外,还有着另一些具有批评价值的代码"②。我通过仔细的考察,认为易卜生剧中除了

---

① 关于易卜生在20世纪中国的接受,我认为下列专著值得一读:何成洲的博士论文 *Henrik Ibsen and Modern Chinese Drama*, Oslo, Norway: Unipub, 2002,谭国根的 *Ibsen in China*, *1908-1997*, Hong Kong: The Chinese University Press, 2001,以及王忠祥的《易卜生》,华夏出版社2002年版。上述这三部著作都是在对易卜生的原著(或借助于英文译本)进行细读和研究之基础上写出的,代表了中国学者的研究水平。

② Wang Ning, "Multiple Codes in Ibsen's Drama," *Ibsen Research Papers*, Eds. Meng Shengde, et al, Beijing: Chinese Literature Press, 1995, pp. 267-277.

现实主义等文化代码外,现代主义或现代性完全可能成为其最重要的代码之一,这一点使得易卜生剧至今仍与当前关于现代性和后现代性的理论争鸣密切相关。弗雷德里克·詹姆逊(Fredric Jameson)受到后现代主义在中国的接受事实的启发,最近结合其与后现代性的关系,对现代性的概念做出了全新的解释。① 在他看来,现代性若不与后现代性相关联是不能在当代产生新的意义的。确实,易卜生在生前与他同时代的批评界格格不入,其部分原因就在于他那很难为同时代人所容的超前意识,另一部分原因则在于其剧中所隐匿的富有预见性的思想观念。当他的《群鬼》发表时,他受到了同时代批评家的猛烈批评。面对这些恶意中伤式的"批评",易卜生毫不退让,反而十分自豪地宣称,"所有这些抨击我的剧作的小人和骗子们总有一天会在未来的文学史上受到毁灭性的审判……我的著作属于未来"②。他的为未来而写作的思想无疑是正确的,这已被今天的文学史编写者的实践所证明。与那些生前并不为同时代的人所重视而嗣后却又被后来的学者和批评家"重新发现"的所有中外文学大师一样,易卜生的剧作虽不乏深受当时观众欢迎之作,但更主要的却是面向未来的读者和观众。因此他的断言是不可能为他同时代的人所证实的,但随着时间的推移,我们不难发现,他在一个多世纪前所描述的东西在当今这个后现代社会依然存在。现代性虽已受到那些鼓吹后现代性的人的有力挑战,但在很多人看来它依然是一个未完成的计划。事实已经证明,易卜生的一些戏剧作品在当今时代仍然不断地上演,并且深受西方和中国观众的喜爱。③

---

① 詹姆逊于 2002 年 7 月 31 日在中国社会科学院的公开演讲中对现代性问题做出了全新的阐释,在某种程度上超越了他自己以往的观点。

② 关于易卜生于 1882 年 3 月 16 日给他的出版商的信件,参阅 Haugen 3。

③ 我这里尤其应当欣慰地指出,在易卜生的剧作艺术想象力的影响和启迪下,一些具有鲜明的先锋意识的中国戏剧导演,如吴晓江和孙惠柱等,通过重新翻译和理解易卜生的一些剧作,如《玩偶之家》、《海达·高布勒》、《群鬼》和《培尔·金特》等,已经将它们重新搬上中国的戏剧舞台,从而使得这些老的经典作品在当代中国重新产生了新的意义。

我们从现代性的角度来讨论易卜生时,首先应当承认,现代性在其广义和多元取向的意义上说来,不仅应当包括其文化和政治的含义,同时也应包括其审美的含义。也就是说,它既应当在其最广泛的艺术意义上被看作是一种文学艺术精神,同时又应当在其最广泛的文化和知识层面上被看作是一个文化启蒙大计。在文学艺术领域,不同的学者自然可以对现代主义作出不同的定义,但不少人几乎都将其视为一种欧洲的文化和文学思潮和运动。① 约翰·弗莱彻(John Fletcher)和詹姆斯·麦克法兰(James McFarlane)等在讨论易卜生与现代主义文学运动之关系时就中肯地指出,有两条线索可据以追踪现代主义文学运动的起源,"其一是实质性的和主题性的渊源,另一条则是形式和语言层面的渊源……这二者可以帮助我们指明欧洲现代主义戏剧的源头。一方面,是18、19世纪所赋予我们不得不注意的或然性和当代性,另一方面则是对作为一种戏剧载体的散文之资源的不间断的探索。这二者都殊途同归地返回到了易卜生那里"②。毫无疑问,前一种定义难免不带有欧洲中心主义的色彩,而由弗雷德伯里和麦克法兰作出的后一种定义则更为宽泛,几乎带有某种"无边的现代主义"的特征,对80年代中国的现代主义理论争鸣曾产生过某种导向性作用。但从他们的清晰描述中,我们可以很容易地得出这样的结论,即易卜生确实给过不少现代主义大师以创作的灵感,这其中包括20世纪公认的大师级作家詹姆斯·乔伊斯和塞缪尔·贝克特。一个至今令人难忘的例子就是当年乔伊斯为了能更为直接和有效地阅读易卜生的作品,甚至花费了很多时间去学习挪威语。因此毫不奇怪,易卜生是一位更带有艺术创新性而非意识形态批判性的现代主义文学的先驱。显然,弗雷德伯里和麦克法兰通过细读易卜生的戏剧文本,注意到了其中所蕴涵的某种不同于传统现实主义的东西以及他对其他现代主义作家的影响,因而他们正

---

① Cf. Fokkema, Douwe and Elrud Ibsch, *Modernist Conjectures: A Mainstream in European Literature, 1910-1940*, London: Hurst and Company, 1987, pp. 1-47.

② Bradbury, Malcolm and James McFarlane, eds, *Modernism: 1890-1930*, Penguin Books, 1976, p. 499.

确地将所有这些创作灵感统统追溯到易卜生那里。我认为,易卜生在西方的现代性进程中所扮演的角色不仅在于文化知识启蒙领域里,更在于文学革新领域里:他对女性人物的生动刻画预示了20世纪60年代妇女解放运动的崛起,而他与传统的戏剧成规的分道扬镳则大大地推进了现代话剧的成熟,使其对广大当代观众有着永久不衰的魅力。这也许正是不少易卜生的同时代人早已被人们遗忘而易卜生却依然高踞于自己的时代之上的原因所在。我们甚至应当说,在易卜生可能具有的多重身份中,他首先应被视为一位戏剧艺术家,因为正是他的剧作影响和启迪了广大观众和作家。

诚然,在我们这个全球化的时代,现代主义的不少成规受到了后现代主义的强有力挑战。但为什么易卜生的戏剧仍不时地在世界各地上演,为什么仍有不少学者在从不同的理论视角对他的剧作进行讨论呢?当从事后现代主义研究的学者重新审视他的作品时,他们一眼就可从其对荒诞派剧作的影响见出一些后现代文化代码:他的作品只是提出问题,而从不试图回答这些问题,因而留给读者—观众巨大的想象和阐释空间,由他们在阅读或观赏过程中——将这些空白填补,这一点尤其体现在《野鸭》和一些后期作品中。① 他的剧作从来就不可穷尽其意,而总是给读者——阐释着开放性,使他们得以从不同的理论角度进行阐释和分析,最终建构出新的意义。他修辞的含混性、象征的多重所指以及主题的不确定性等,都在某种程度上与后现代精

---

① 有关从后现代主义的视角对易卜生的剧作的研究,参阅下列论文: Lyons, Charles R., "Ibsen's Realism and the Predicates of Postmodernism," *Contemporary Approaches to Ibsen*. 8 (1994): 185 - 204; Wang Ning, "Postmodernizing Ibsen: Toward a New Interpretation of the Fin-de-Siecle," *Ibsen im europaischen Spannungsfeld zwischen Naturalismus und Symbolismus*, Eds. Deppermann, Maria, et al, Frankfurt am Main: Peter Lang, 1998, pp. 295 - 307.

神相契合。① 毫无疑问,如果一位作家想使自己的作品被不同时代的读者发掘出新的意义,他就不应当使自己的主题局限于特定的时代,他应当在自己的作品中探讨人类面临的一些基本问题。可以说,易卜生就是这样做的。

著名的易卜生研究学者艾纳·豪根(Einar Haugen)在谈到易剧作为一个同时具有现实主义和现代主义特征的整体时十分中肯地指出,"易卜生的每一部戏都是一个具有隐含意义的文本,这是作者或多或少有意识编织进密码的。读者只有对这些文本进行细致入微的阅读和研究才能'打开密码'"②。所以,易卜生不仅被当作一位批判现实主义的大师来考察,而且在更多的时候,特别是在现代主义运动处于高涨期时,被当作现代主义文学的主要源头之一。豪根从罗曼·雅各布森(Roman Jacobson)的语言交往理论入手,把易卜生的剧作形象地描绘为"为所有的季节"而写的。在他看来,"随着世界的变化,新的问题不断地涌现出来引起政治学界、文化界以及戏剧界的注意。但是人们不断地发现易卜生所说的东西与这些问题密切相关,因而便使得他或在戏剧舞台上或在新的翻译和改编过程中不断地获得新生"③。实际上,易卜生的作品在中国的翻译和改编帮助中国读者在能动性理解和创造性建构之基础上创造出新的"易卜生"或"易卜生主义"。

布赖恩·约翰斯通(Brian Johnston)从一个与众不同的视角提出了他本人对易卜生戏剧的整体理解和阐释。他一方面承认,现实主义的代码主导了作为单一的现实主义循环的易卜生后期的十二部剧作,这其中蕴涵了深刻的诗学意图;另一方面,他又试图表明,"易卜生的现实主义循环是一个具有普

---

① Cf. Wang Ning, "Postmodernizing Ibsen: Toward a New Interpretation of the Fin-de-Siecle," *Ibsen im europaischen Spannungsfeld zwischen Naturalismus und Symbolismus*, Eds. Deppermann, Maria et al, Frankfurt am Main: Peter Lang, 1998, pp. 295 - 307.

② Haugen, Einar, *Ibsen's Drama: Author to Audience*, Minneapolis: University of Minnesota Press, 1979, p. 74.

③ Haugen, Einar, *Ibsen's Drama: Author to Audience*, Minneapolis: University of Minnesota Press, 1979, pp. 3 - 4.

作为艺术家的易卜生：易卜生与中国重新思考 / 王 宁

遍意义的平台，在这里现实的种种不恰当的概念形式——或曰不恰当的世界——在与绝对精神的抗争中统统败北"①。实际上，他所说的现实主义隐含了多种代码，因此易卜生就不仅仅被解释为一位现实主义的作家。在约翰斯通看来，易卜生戏剧中所体现出的易卜生式"策略"显然被认为具有双重性。一方面，它表明了易卜生戏剧中隐含着的对19世纪现实的辩证意义的颠覆，另一方面，它则以一种类似乔伊斯的《尤利西斯》式的步骤展现了对过去原型的强制性恢复，因此他的剧作实际上编织了三种文本的代码：一种基于作品本身的语言结构的普通文本，一种为作者不断地参照借鉴的具有文化意义的"超文本"，以及更为重要的一种展现在读者面前使他们得以以一种解构方式来阅读和分析的潜文本。② 对于当代读者来说，很容易发现，易卜生戏剧通常隐含着好几种相互矛盾和抵牾的成分：文本性（textuality），超文本性（supertextuality），互文本性（intertextuality）和潜文本性（subtextuality）。这些相互矛盾的成分彼此间的互动和解构形成了易卜生戏剧的多重代码、不确定因素和互文性，这些特征尤其体现在他的后期剧作中，如《野鸭》、《罗斯莫庄》、《海上夫人》以及《咱们死人醒来时》。虽然西方学者经常讨论和引证这些作品，但在中国的语境下，这些作品却很少被人提及。在我看来，上述所有这些因素正是我们应当描述为"后现代"的代码，它们的存在恰恰证实了利奥塔的断言，即后出现的并不一定是后现代的，而先出现的，如蒙田的小品文，倒完全有可能具有后现代的特征。③ 这正是一种后现代式的悖论。甚至在未来，学者们也同样会进一步从新的视角来探讨他的剧作，易卜生本人也

---

① Johnston, Brian, *Text and Supertext in Ibsen's Drama*, University Park and London: The Pennsylvania State University Press, 1989, p. 7.

② Johnston, Brian, *Text and Supertext in Ibsen's Drama*, University Park and London: The Pennsylvania State University Press, 1989, pp. 9, 27.

③ Lyotard, Jean-François, *The Postmodern Condition: A Report on Knowledge*, Trans. Geoff Bennington and Brian Massumi, Minneapolis: University of Minnesota Press, 1984, p. 81.

仍将不断地被人们从审美的或文化的角度来讨论和阐释,而在这些讨论和阐释的过程中,新的意义便建构出来了。我想,一位作家如果有这样一种结局应当是十分理想的。

易卜生与中国的文学现代性之反思

与西方学术界在易卜生研究领域内取得的显赫成就相比,中国的易卜生研究长期以来一直依循着一个不同的取向:他始终在中国的语境下被当作一位现实主义者来接受,或者更确切地说,由于他的剧作所反映的社会问题被不恰当地夸大,因此易卜生常常被人认为是一位批判现实主义者,而剧中的象征主义成分则几乎被全然忽视了。这无疑是导致中国的易卜生研究长期以来被排斥在国际易学界之外的一个重要原因。由于最近20年里,关于现代主义和后现代主义的讨论如火如荼,现实主义不再像以往那样受到重视了,易卜生也就不那么经常地为人们谈论了,易卜生的剧作仍不时地被一些具有先锋意识和创新精神的年轻导演改编并上演,但这种改编已经带有了编导们的个人理解和能动性阐释,因此出现在中国观众面前的便是一种"易卜生主义"的中国变体或当代变体。尽管他后期剧作中的神秘主义和象征主义因素有时也被粗略地提及,但由于缺乏理论深度和细致分析而未产生什么影响。这在很大程度上与易卜生在"五四"前后被介绍进中国时的文化和知识氛围密切相关。

在返回作为艺术家的易卜生之前,我觉得有必要简略地描述一下中国语境下的文化现代性的形成及其特征,因为这一未完成的大计与易卜生在中国的接受密切相关。众所周知,20世纪上半叶的中国知识分子向来以"拿来主义"而闻名。也就是说,为了反对封建社会和传统的习俗,他们宁愿从国外,主要是从西方,"拿来"或"挪用"一些现成的理论概念,将其创造性地转化为中国本土的东西,应用于中国本土文化产品的创造和批评。20世纪西方文学理论思潮和各种批评理论在中国的接受就体现了这种极具功利性的实用态度,因此建构一种具有中国特色的现代性便成为他们知识生涯中的重要任务。毫无疑问,中国的文学艺术家和理论批评家对这一至今仍有争议的话题均作出了不同的反应甚至争论,因为其中相当一部分人对"五四"所导致的中国文学传统的剧烈变化持一种敌视的态度,认为这正是现代中国的文化"殖民化"的开始,所以他们试图把"五四"这个案子翻过来。但历史是前进的,倒退显然是没有出路的。正是在"五四"时期中国文学才开始走向世界,并得以跻身世界文学主流进而成为世界文学的一部分。与此同时,中国文学通过对各种西方文学潮流和大师的翻译介绍,开始逐步走出封闭的领地,接受各种西方文化学术潮流和批评理论的影响。因而毫不奇怪,今天的文学研究者往往将翻译文学也当作中国现代文学的一个不可分割的组成部分。[①] 在所有翻译过来的西方文学大师中,易卜生无疑是其中的极少数同时对中国文学思想和创作技巧都产生了巨大影响者之一,这一点完全可以从"五四"运动的主将胡适为《新青年》编辑的"易卜生专号"中看出。[②] 也许正是在很大程度上由于易卜生本人的巨大和持久性影响,易卜生才一度被当作一位预示了中国当代妇女解放运动崛起的革命思想家。同样,也正是由于鲁迅、胡适等新文学运动的主将们的努力,一种带有鲜明本土特色的"易卜生主义"便在中国的文化土壤中诞生了。如果我们并不否认翻译文学作为中国现代文学的一个不可分割的组成部分的话,那么我们也应该承认,这种"易卜生主义"在很大程度上也是一个翻译过来的或人为建构的产物,主要是用来抨击中国的黑暗社会现实以及封建的社会和文化习俗。因此在我看来,探讨易卜生对于中国文化现代性的意义是十分必要的,但是仅仅将他视为一位革命的思想家而忽视了他的艺术成就是远远不够的,因为他首先是一位具有强烈的先锋意识的艺术家,他不仅为同时代的读者观众而写作,同时也为未来的读者观众而写

---

① 参阅王宁:《现代性、翻译文学与中国现代文学经典重构》,《文艺研究》2002 年第 6 期,第 32—40 页。

② 在这本专辑中,胡适的长篇论文《易卜生主义》尤其值得一读,见《新青年》1918 年第 4 卷第 6 号,第 489—507 页。

作。这也许正是我们要在今天的中国文化语境下讨论易卜生的原因所在。他不仅与中国的文化现代性大计密切相关,更重要的是,他还深刻地激发并影响了中国文学家和戏剧家的创作思想和艺术技巧,促进了中国现代话剧的诞生。

就中国的现代性而言,我在此不妨花费一些篇幅来讨论它与西方的现代性的差别。既然我们并不否认中国知识分子擅长拿来主义,即将国外一切适合我们国情的东西统统拿来,这在"五四"运动时期尤为突出,几乎当时所有在西方风行的文化思潮和文学思想统统被引进中国,并滋生出某种形式的变体,因此从比较文学的接受—影响之角度来探讨中国现代文学便成为重写中国现代文学史的一个重要任务。[①] 首先,我们应承认,即使存在这样一种中国的现代性的话,那它也依然是从西方语境中引入的一个舶来品,尽管它在很大程度上反映了中国文化和思想发展的内在逻辑。因此,也如同其他地区的现代性一样,作为全球现代性大计的一部分的中国的现代性也具有了自己的整体特征和排他性。它在某种程度上与中国人民的解放事业密切相关,所以也就有着鲜明的功能性和启蒙因素。这样看来,中国的知识分子自然会很容易地将易卜生当作自己的精神领袖和先驱,因为他的戏剧对人类和社会的种种邪恶都予以了尖锐的批判和抨击。但是另一方面,我们也不应忘记,文学启蒙所产生的效果首先应体现在审美方面,然后才体现在思想观念方面。人们只有通过阅读或观赏文艺作品才能获得思想上的启迪和审美快感。因此在这方面,我们应当对易卜生对中国现代话剧的诞生和发展所做出的重要贡献给予高度的评价,因为这一新兴的戏剧艺术形式在中国语境下的诞生恰恰是中西文化交流和互动的必然产物,它打破了所谓中国文化"本真性"的神话,为某种不中不西,但却同时兼有二者所长的"混杂的"戏剧体裁的诞生铺平了道路,而这正是中国的戏剧得以与世界戏剧艺术进行平等交流对话的一

---

① 关于西方文艺思潮对20世纪中国文学的影响和启迪,参阅乐黛云、王宁主编:《西方文艺思潮与二十世纪中国文学》,中国社会科学出版社1990年版。

个基点。随着当代中西文化交流的日益频繁和全球化步伐的日益加快,易卜生对于中国现代戏剧艺术的意义将越来越显示出来。在易卜生及其戏剧艺术的影响和启迪下,20世纪上半叶中国文学史上出现了一批兼通中西文学艺术的戏剧艺术大师:曹禺、洪深、欧阳予倩等,他们创作出一批具有易卜生精神特征的优秀戏剧作品,在这些作品中他们精心刻画出一批令人难忘的易卜生式的人物。因此,易卜生的形象在中国的文化土壤里实际上发生了某种形式的"变形",它超越其"本真的"(authentic)特征,成了一个"建构"(constructed)的形象。既然易卜生已经成为向所有当代理论建构和阐释开放的一个西方经典,既然不同的文化语境中的易卜生学者建构出了不同的"易卜生",那么我们中国的易卜生研究者为什么就不能结合易卜生的戏剧在中国的接受和创造性转化重新建构一个中国语境下的易卜生呢? 对于这一点我将在本文最后一部分予以阐发。

建构一种"易卜生化"的美学原则

在本文的最后一部分,我将在马克思主义创始人对"莎士比亚化"(Shakespeareanization)的美学原则的建构的启发下,结合易卜生的艺术成就及其对现代戏剧艺术所做出的巨大贡献和产生的广泛影响提出我自己的美学建构:"易卜生化"(Ibsenization)。我认为,当今的国际易卜生研究界正经历着一个从意识形态批评到审美阐释的转折,也即具体地说,从思想层面来评价"易卜生主义"到从审美理论层面来阐发"易卜生化"的转折过程,而在这个转折过程,我们中国的易卜生研究者需要从中国的文化知识立场和审美视角出发做出自己的理论创新和建构,以便迅速地使中国的易卜生研究乃至整个外国文学研究达到和国际学术界平等对话的境界。当然,在当今这个文化交流日益频繁的时代,理论的建构与理论的旅行是密不可分的。在这里我首先想到的是赛义德(Edward Said)在80年代初出版的论文集《世界、文本和批评家》(*The World, the Text, and the Critic*, 1983)中收入的、广为人们引证的"旅行中的理论"("Traveling Theory")。在那篇文章中,赛义德通过卢卡契的"物化"(reification)理论在不同的时代和不同的地区的流传以及由此而引来的种种不同的理解和阐释,旨在说明这样一个道理:理论有时可以"旅行"到另一个时代和场景中,而在这一旅行的过程中,它们往往会失去某些原有的力量和反叛性。这种情况的出现多半受制于那种理论在被彼时彼地的人们接受时所做出的修正、篡改甚至归化,因此理论的变形是完全有可能发生的。毫无疑问,用这一概念来解释包括易卜生的创作在内的西方现代文学在中国的传播和接受以及所导致的误读和误构状况是十分恰当的,用来解释易卜生对中国现代话剧的影响也是十分恰当的。对这一论点所产生的世界性影响赛义德虽然十分明白,但他总认为有必要做进一步的反思和阐述。在他于2000年出版的一部专题研究文集《流亡的反思及其他论文》(*Reflections on Exile and Other Essays*)中,收入了他写于1994年的一篇论文《理论的旅行重新思考》("Traveling Theory Reconsidered"),在这篇论文中,他强调了卢卡契的理论对阿多诺的启迪后又接着指出了它与后殖民批评理论的关系,这个中介就是当代后殖民批评的先驱弗朗兹·法农。这无疑是卢卡契的理论旅行到另一些地方的一个例证。在追溯了法农的后殖民批评思想与卢卡契理论的关联之后,赛义德总结道,"在这里,一方面在法农与较为激进的卢卡契(也许只是暂时的)之间,另一方面在卢卡契与阿多诺之间存在着某种接合点。它们所隐含着的理论、批评、非神秘化和非中心化事业从来就未完成。因此理论的观点便始终在旅行,它超越了自身的局限,向外扩展,并在某种意义上处于一种流亡的状态中"[①]。这就在某种程度上重复了解构主义的阐释原则:理论的内涵是不可穷尽的,因而对意义的阐释也是没有终结的。而理论的旅行所到之处必然会和彼时彼地的接受土壤和环境相作用而且产生新的意义。可以说,赛义德本人的以东方主义文化批判为核心

---

① Said, Edward, *Reflections on Exile and Other Essays*, Cambridge, Mass: Harvard University Press, 2000, p. 451.

的后殖民批评理论在第三世界产生的共鸣和反响就证明了他的这种"旅行中的理论"说的有效性。而我们以此来描述易卜生的戏剧在不断的旅行中所产生出的新的意义也是十分恰当的。但是与赛义德的理论旅行所不同的是,易卜生的创作的理念和戏剧艺术程式的旅行也和阿多诺、卢卡契以及法农等大师的理论旅行一样,在很大程度上得取决于翻译的中介和另一民族话语转述。我想这一点尤其对我们的中国文学走向世界和中国文学作品在整个世界不断地旅行有着最重要的启示。

正如我们所知道的,易卜生及其作品长期以来一直受到东西方文学家和理论批评家的不断阐释和建构,其中从意识形态角度建构的一个重要概念就是易卜生主义,在西方语境中以肖伯纳的建构最为有名,在中国语境中则以胡适的建构最有影响力。显然,我并不想否认他们这些有着重要意义的理论建构及其对中国的政治和文化现代性的巨大影响,但我在此却要呼吁在中国的易卜生研究界出现一种"美学的转向"。如果我们承认莎士比亚剧作的巨大影响力在很大程度上在于把握了文艺复兴时期的时代精神之脉搏并达到了现实主义与浪漫主义的完美结合之境地的话,那么我将继续提出这一结论:易卜生的剧作,尤其是他的后期作品,同样准确地把握了19世纪末的世纪末精神之脉搏,达到了现代主义和先锋主义完美结合的境地。在这方面,我认为,在探讨作为艺术家的易卜生及其剧作方面,我们仍有着漫长的路要走,但至少在目前,将他作为一位艺术家来研究将大大有益于将其视为一位思想家或批判现实主义者来研究。

"被译介"和"被建构"的易卜生：
易卜生在中国的变形*

王　宁

美国比较文学学者戴维·戴姆拉什（David Damrosch）在讨论世界文学这一概念时，其中与众不同的一点就在于，他尤其强调了翻译在建构世界文学经典过程中的作用。① 毫无疑问，易卜生的作品早已成为世界文学的一部分，这在很大程度上得益于他的作品在不同文化语境中的翻译和重新翻译。在中国的语境下，正是由于翻译的干预，易卜生才得以成为自"五四"新文化运动以来最有名的西方作家之一。甚至在现代主义和后现代主义主导中国文坛的年代里，易卜生的剧作仍然以不同的形式在上演，并为文学批评家和戏剧研究者讨论。2006 年被认为是中国戏剧界的"易卜生年"。在这一年里，中国甚至出现了另一股"易卜生热"：他的四部重要剧作同时在中国戏剧舞台上上演。它们是《建筑大师》(*The Master Builder*)，《玩偶之家》(*A Doll's House*)，《群鬼》(*Ghosts*) 和《培尔·金特》(*Peer Gynt*)。另有一部关于他的剧作《人民公敌》(*An Enemy of the People*) 的中国戏《〈人民公敌〉事件》上演。确实，易卜生不仅是为他的同时代观众写作，而且更是为未来的观众和研究者而写作的。因此毫不奇怪，尽管当今时代精英文学和文化受到了

---

*　本文原载《外国文学研究》2009 年第 6 期。
①　Damrosch, David, *What Is World Literature*, Princeton and Oxford: Princeton University Press，2003，p. 281.

严峻的挑战,而他的剧作却仍在这样一个消费社会不断地被改编并上演。在这方面,我们不应当忽略翻译所起的重要作用。因为如果没有翻译,易卜生是不可能为中国的观众和戏剧研究者所理解的。同样,正是通过不同形式的翻译之中介,跨语际的,跨文化的甚至跨语符的翻译,我们才有了世纪之交中文语境下的不同形式的易卜生及其剧作。

易卜生在中国：百年回顾

按照安德烈·勒菲弗尔(André Lefevere)对翻译的宽泛的界定,(文学)翻译在某种程度上就是一种"改写"(rewriting),这种特殊的改写形式完全有可能"操控"(manipulate)作家的名声。① 我认为这一点尤其适用于易卜生在中国的批评性和创造性接受。这种"改写"式的翻译用于描述易卜生剧作在中国的接受,还可以延伸至"改编"。很显然,我们若在中国的语境下讨论易卜生及其剧作,就必须与现代性这一论题相关联。我们都知道,长期以来,易卜生在欧洲和中国一直被看作是一位现实主义的文学大师和戏剧艺术大师,尽管他同时也被认为是一位有着强烈的先锋派创造意识的"现代戏剧之父"。毫无疑问,国际易卜生研究界始终将他的剧作当作现代主义运动主要的戏剧源头。② 自从国际性的后现代主义讨论开始以来,一些后现代理论家同时也从他的剧作中看出了一些多重的文化和时期代码。③ 这样一来,易卜生在当

---

① Lefevere, André, *Translation, Rewriting and the Manipulation of Literary Fame*, London and New York: Routledge, 1992, p. 9.

② 在这方面,将易卜生作为现代主义的奠基人之一来研究的一个最近的例子就是 Toril Moi, *Henrik Ibsen and the Birth of Modernism: Art, Theater, Philosophy*, 尤其参照该书的"Introduction"。

③ Wang Ning, "Postmodernizing Ibsen: Toward a New Interpretation of the Fin-de-Siècle," *Ibsen im europäischen Spannungsfeld zwischen Naturalismus und Symbolismus*, Ed. Deppermann, Maria, Frankfurt am Main: Peter Lang, 1998, pp. 295 - 307.

今这个后现代消费社会仍然得到理论的审视和讨论,他的剧作也仍然不断地上演。这与他的前辈作家以及同时代作家相比,确实是一个奇观。

虽然我们说易卜生的进入中国在很大程度上得助于翻译的中介,但实际上,这种翻译的"改写(编)"成分却大大地多于忠实的再现。同时,这种翻译也更多的是政治和意识形态导向的,而非审美导向的,因而不恰当地强调了其实用主义的功能。但尽管如此,我们仍应当承认,在过去的几十年里,易卜生作品的翻译主要是居于跨语际层面的(interlingual)翻译,只是偶尔才居于跨文化的层面。因为我们有潘家洵、萧乾等翻译家的出色的翻译,他们虽然大多依靠英文,但也同时参照了其他语种的译文,并且尽可能地在中文的语境下忠实地再现了易卜生的原著之精神。但是在将易卜生译介到中国的过程中,翻译(translation)也带有了转变(transformation)的意味,这一点不仅体现在文化上,而且也体现在戏剧表现上。也就是说,它不仅有助于中国的文化现代性的形成,而且也促成了中国现代话剧的诞生。虽然中国的易卜生研究经历了不同于国际易卜生研究学界的独特方向,但我们依然十分欣慰地看到,最近几年来,随着中国学者日益频繁地参加国际学术会议或论坛,频频在国际刊物上发表论文,中国的易卜生研究已经越来越接近国际易卜生研究的水平了。在这方面,翻译起到了至关重要的作用。但是在这里,翻译已经不是传统意义上的跨语际翻译了,而是更带有了文化的含义。

毫无疑问,易卜生首先是作为一位现实主义者介绍到中国来的,或者更确切地说,当作一位批判现实主义者译介到中国的,因而所导致的后果便是不恰当地突出了他的社会问题剧,而忽视了那些带有象征主义意义的剧作。虽然他后期的剧作中的神秘主义和象征主义成分有时也被提及,但充其量也只是浮于表面和有选择地一带而过,缺乏深入的研究和分析。这种情况必定与易卜生在"五四"时期首次介绍到中国时的文化和知识氛围有关,因为"五四"不仅标志着中国新文学运动的开始,同时也标志着中国的文化现代性的开始。那时,几乎所有的西方主要作家都被译介到了中国,因而深刻地影响了中国文学以及中国的文学批评话语的形成。易卜生被介绍到中国时并非作为一位伟大的戏剧艺术家,而在更大程度上是作为一位革命思想家,因为他似乎更为关涉当时中国的紧迫社会问题和妇女的命运。因此他的《玩偶之家》的上演便引发了中国戏剧和小说中的一系列"出走戏"的出现。我认为,从今天的角度来看,这其中的主要原因恰在于这一事实,即在那些年代里,中国确实需要这样一位文学大师:他能够以其富有洞见的思想和精湛的艺术来启蒙普通的人们。既然中国有着悠久的戏剧传统,因而对人们来说,从戏剧中学习一些革命的思想倒是比较容易的。在这方面,我们应该说,从一开始易卜生剧作的翻译就更具有政治性和实用性,而不是首先考虑其艺术上和戏剧上的创新。

众所周知,20世纪初的中国知识分子常常以鲁迅所谓的"拿来主义"而标榜自己,即为了与封建社会和传统的文化习俗进行斗争,他们宁愿从国外,或更确切地说,从西方"攫取"或"挪用"一些文化学术思想来抨击中国的既定文化传统观念。许多知识分子和作家确实认为,现代性在很大程度上正是通过翻译从西方借来的。因此,毫不奇怪,今天的学者常常把翻译文学当作是中国现代文学的一个组成部分。它实际上形成了一种既不同于传统的中国文学成规同时也迥异于西方现代文学的"中国现代文学经典"。在众多译介过来的西方文学大师中,易卜生的地位十分突出,如果不是唯一的话,至少也是当时颇有影响的《新青年》杂志为之发表专辑的极少数作家之一。也许正是由于胡适编辑的《新青年》"易卜生专号"(1918年)持久的、强烈的影响,易卜生才被视作一位预示了中国妇女解放运动的革命思想家。这样,在中国的文化土壤中便诞生了一种具有中国特色的"易卜生主义"(Ibsenism)。从今天的观点来看,我们可以很容易地发现,易卜生主义这一建构带有更多的实用功能,而非审美意向。因此,易卜生不仅与中国的政治和文化现代性密切相关,而且还更为深刻地激发了中国的文学艺术家进行艺术创新。我们甚至可以断言,中国现代话剧的诞生就是紧接着易卜生及其作品的译介而发生的。因此,当我们于2006年纪念了易卜生逝世百年后,又紧接着于2007年纪念中国话剧诞生百年。① 事实上,中国现代话剧就是"译介过来的"一种文学和戏剧形式,它在很大程度上是在易卜生及其戏剧的直接影响和启迪下成长起来的。

就中国的现代性而言,我这里不妨多花点篇幅来描述其不同于西方文化语境下的现代性的独特之处。首先,我们应当肯定地承认,假如确实存在着一种中国的现代性,那也是一种从西方翻译过来的现代性,尽管在很大程度上它反映了中国现代文化和思想的内在发展逻辑。因此,也像其他地区的现代性一样,作为全球现代性大计之一部分的中国的现代性,便具有鲜明的总体性和排他性。它与中国人民的解放事业密切相关,所以它具有启蒙的导向。同时,对于中国的知识分子来说,便很容易把易卜生当作他们的精神领袖来接受,因为在中国上演的他的不少早期剧作都对中国观众颇为熟悉的社会问题提出了深刻的批判。因此正如欧洲语境中的情形那样,这就是"为什么易卜生对女人、男人以及婚姻问题的探讨对我们理解现代性如此重要,以及为什么这些问题现在仍然十分重要的原因所在"②。

但是另一方面,我们也不应当忘记,文学的启蒙效果首先应通过审美教义而非意识形态教义才得以实现。人们只有通过阅读和欣赏艺术作品或观看戏剧演出才能得到思想上的启迪和审美上的愉悦。因为易卜生主要是一位剧作家,因此他所扮演的启蒙角色便在很大程度上通过他的戏剧艺术来实现。在这方面,中国的话剧在许多方面继承了易卜生的戏剧遗产并且形成了自己独特的传统。在易卜生及其剧作的影响和启迪下,20世纪中国文学史的前几十年里涌现出了一批戏剧艺术大师:曹禺、田汉、洪深、欧阳予倩等人创作出众多令人难忘的易卜生式的剧作,在中国现代戏剧界出现了一些易卜

---

① 为了庆祝中国现代话剧诞生百年,《中国图书评论》杂志在2007年第1期发表了一组纪念文章,探讨易卜生的作品与中国话剧诞生之间的关系,从而拉开了中国话剧百年庆典的帷幕。

② Moi, Toril, *Henrik Ibsen and the Birth of Modernism: Art, Theater, Philosophy*, Oxford and New York: Oxford University Press, 2006, p. 14.

生式的"出走戏"。由此可见,由于对他的那些比较关注政治意识和思想启蒙而非审美欣赏的剧作的有选择的译介,易卜生在中国发生了"变形",所导致的后果自然是在中国的语境下产生出了新的意义。他的主要人物,那位最令人难忘的娜拉的情形也是如此:在中国的戏剧舞台和银幕上一时出现了众多具有中国特色的"娜拉们"(Noras)。既然易卜生已经成为对不同的翻译和阐释以及不同的建构和重构开放的西方现代经典,既然不同的易卜生评论家和研究者已经在不同的文化语境中建构出了不同的"易卜生们"(Ibsens),中国语境中易卜生剧作的上演和研究就毫无疑问地为国际易卜生研究界以及整个戏剧研究界提供了对易剧的新的阐释甚至重构。我认为这是中国的易卜生研究对国际学术界做出的最重要的贡献。

自20世纪以来,我们已经在中国的舞台上见到一些更带有艺术性的易卜生剧作的新版本,同时也出现了更多从审美视角而非仅仅是政治和意识形态视角对易卜生的研究性著述。① 易卜生及其剧作仍然受到不同的翻译和阐释,这些翻译和阐释既有跨文化层面的也不乏跨语符层面的,而在跨语际层面上的则极少,因为潘家洵的译文几乎是完美的。在这里,(戏剧)翻译的意义早已经超越了早先的两种文字间的转换,带有了更多的改编和文化建构的意义。关于易剧的新的翻译和阐释,我将在本文最后部分进行探讨。

翻译对文学经典形成的作用再识

既然易卜生的剧作在不同文化语境中的流传在很大程度上得益于翻译,那我们就从探讨翻译的本来意义开始讨论。当我们在不同的层面上谈论翻译时,

---

① 除了中文语境下出版的众多探讨易卜生与中国现代文学和戏剧的著作外,我这里再提及值得阅读的三部英文著作:Eide, Elisabeth, *China's Ibsen: From Ibsen to Ibsenism*, London: Curzon Press, 1987; He Cheng-zhou, *Henrik Ibsen and Modern Chinese Drama*, Oslo, Norway: Unipub, 2002, and Kwok-kan Tam, *Ibsen in China, 1908-1997*, Hong Kong: The Chinese University Press, 2001.

不得不首先想到多年前罗曼·雅各布森从三个层面上对翻译所作的描述：

1. 语内翻译（intralingual translation）或改用其他说法是通过同一语言的另一些符号对文字符号作出的解释。

2. 语际翻译（interlingual translation）或翻译本身是通过另一种语言来对文字符号作出的解释。

3. 语符翻译（intersemiotic translation）或变异是通过非语词符号系统对文字符号作出的解释。

显然，从语言学—形式主义的观点来看，雅各布森仅认为第二种形式的翻译才是真正意义上的翻译（translation proper），而其余的或是"改用其他说法"（rewording）来表达或与原作发生"变异"（transmutation）。将易卜生的剧作译成中文毫无疑问已经超越了语言甚至文化的疆界。既然易卜生本人主要是一位剧作家，因此将他的戏剧文本翻译并再现于舞台也必然是一种跨语符的翻译，或者按照雅各布森的说法，是一种变异或变化。在这一过程中，必将产生出易剧的新的不同形式以吸引中国观众。在我看来，这正是把易卜生译介到不同的文化语境中的意义之所在：不仅仅跨越了中国文化与西方文化之间的界限，而且也跨越了文字文化与视觉文化之间的界限。

在讨论翻译对于文学作品在另一语言文化中的经典化的作用时，我们马上会想到瓦尔特·本雅明对当代翻译研究作出的卓越贡献。本雅明在探讨（文学）翻译者的任务时十分中肯地指出，"因为译作往往比原作迟到，又由于重要的世界文学作品在其诞生之时都没有发现适当的译者，因此它们的翻译就标志着它们的生命得以持续的阶段。艺术作品中的生命和来世生命的看法应该以不带任何隐喻的客观性来看待"[①]。在本雅明看来，翻译绝不仅仅

---

① Benjamin, Walter, "The Task of the Translator," *Theories of Translation: An Anthology of Essays from Dryden to Derrida*, Ed. Rainer Schulte and John Biguenet, Chicago and London: The University of Chicago Press, 1992, p. 73.

"被译介"和"被建构"的易卜生:易卜生在中国的变形 / 王 宁

意味着忠实的语言之间的转换,或者纯字面意义上的翻译,它还有其他的功能,其中的一点就是能够帮助一部作品成为国际性的或世界性的传世之作。因此本雅明认为,正是翻译赋予文学作品以"持续的"(continued)生命或"来世生命"(afterlife)。没有翻译的中介,这部作品也许只能在特定的语言文化传统中处于死亡或"边缘化"的地位。这一点尤其适用于描述易卜生在中国的翻译和接受:由于不同形式的翻译和改编,我们便有了不同的易卜生及其剧作。

当然,我们在决定翻译一部我们认为具有超民族性或国际性意义的作品时,我们首先会衡量一下这部原作内在的"可译性"(translatability),并试图预测译作在目标语文化语境中的潜在市场行情。如果译作在另一语言文化语境中有着"持续的"生命的话,那就证明该作品必定具有可译性,因而就能确保这部作品在目标语中获得成功。在这个意义上,本雅明指出:

> 显然,任何译作不管多么优秀,较之原作都不具有任何意义。然而,它确实由于原作本身的可译性而接近原作;事实上,这种关联更加紧密,因为它不再对原作具有重要的意义。我们可以将它叫做一种自然的关联,或更具体地说,一种至关重要的关联。正如生命的各种形式与生命现象本身紧密关联而对生命并没有什么意义一样,译作虽来源于原作,但它与其说来自原作的生命,倒不如说来自其来世的生命。①

显然,在本雅明看来,译者绝不只是原作的一个被动的接受者,而是原作的一个能动的阐释者和创造性再现者。这一点尤其体现在包括戏剧在内的所有文学翻译中,因为由原作者创作出的原作品并没有真正完成。而一部作

---

① Benjamin, Walter, "The Task of the Translator," *Theories of Translation: An Anthology of Essays from Dryden to Derrida*, Ed. Rainer Schulte and John Biguenet, Chicago and London: The University of Chicago Press, 1992, pp. 72 – 73.

品一旦出版或发表,它就不再仅仅属于原作者,甚至原作者都无法对它在另一语言文化语境中可能的"持续性"生命或来世生命产生任何影响。因为它的意义只能由同时代的和后代的不同读者—阐释者共同发掘出。这样看来,译者便同时扮演了三种角色:价值判断者,也即判定他/她想翻译的作品是否值得翻译或是否会有潜在的市场,或者是否具有可译性;原作的亲密读者,他/她出于对原作的热爱而必须臣服于原作;原作的能动阐释者和创造性再现者,以便完成原作者未竟的事业。在这个意义上说来,译者的作用应当被看作等同于原作者的作用。

因此,文学翻译者的作用就远远超过了仅仅是一位忠实的信息传播者的作用。事实上,优秀的译者完全有可能使得一部原本写得不错的作品在目标语文化中变得更好甚至成为经典,而拙劣的译者则不仅会在翻译的过程中毁掉一部优秀的经典作品,还有可能在目标语文化中使其丧失经典的地位。作为解构主义翻译理论的先驱者,本雅明的那篇文章强有力地影响了整整一代翻译理论家或文学研究者。保罗·德·曼(Paul de Man)不仅在很大程度上赞同他的观点,甚至还在后来发挥了这些洞见。[①] 在解构主义的最重要代表人物德里达那里,翻译既是"必不可少的,同时又是不可能的"(inevitable and impossible),但是通过译者的努力达到一种"确当的"(relevant)翻译之境地还是有可能的,因此在德里达看来,"简而言之,一种确当的翻译就是'好的'翻译,也即一种人们所期待的那种翻译,总之,一种履行了其职责、偿还了自己的债务、完成了自己的任务或尽了自己义务的翻译,同时也在接受者的语言中为原文铭刻上了比较准确的对应词,所使用的语言是最正确的,最贴切的,最中肯的,最恰到好处的,最适宜的,最直截了当的,最无歧义的,最地道

---

① 参阅 De Man, Paul, "'Conclusions': Walter Benjamin's 'The Task of the Translator'," *The Resistance to Theory*, Minneapolis: University of Minnesota Press, 1986, pp. 73 - 105.

的,等等"①。虽然德里达的翻译理论并不被人们认为能够指导翻译实践,尤其是指导专业性很强的戏剧翻译,但至少向译者提供了一些可供他们进行无止境的探索的新的可能性。因为在德里达以及另一些解构主义者看来,你不可能说你已经掌握了真理(也即翻译上的忠实);你只能说你在试图接近真理(原作)。这样看来,翻译便始终是一个未完成的过程,要想最终完成这一过程则需要一代又一代的译者的共同努力才能实现。易卜生及其剧作在中国的翻译实际上经历了这样三个阶段:(1)集中关注他的社会问题剧而将易卜生翻译为一位革命思想家;(2)将易卜生的剧作翻译为一个完整的现代戏剧经典;(3)以一种创造性的和能动的方法来译介并建构不同形式的易卜生。在本文最后一部分,我将讨论新世纪以来中国舞台上出现的易卜生戏剧的新版本及其意义。

新世纪中国的易剧新版本

正如我在前面已经指出的,由于文字翻译者和戏剧导演的不同译介和阐释,在中国出现了不同版本的易卜生及其剧作。在这个意义上说来,除了之于中国文化现代性的独特作用外,易卜生实际上还扮演了中国现代话剧的"精神父亲"之角色。我们完全可以从下面这一事实中见出证据:在2006年这个所谓的"易卜生年"里,我们举行了各种活动纪念这位戏剧艺术大师逝世百年,国内的一些剧团通过竞争来推出它们所改编产生出的易剧新版本,试图赋予这些新的版本更多的艺术想象和戏剧性重构。易卜生的四部主要剧作:《建筑大师》、《玩偶之家》、《群鬼》和《培尔·金特》一并在中国的戏剧舞台上演出,伴随着四部易剧上演的还有根据易剧改编的"戏中戏"《〈人民公敌〉事件》。当然,展现在中国观众眼前的所有这四部剧作均带有中国译者—导

---

① Derrida, Jacques, "What Is a 'Relevant' Translation?" *Critical Inquiry* 27. 2, 2001, p. 177.

演的创造性翻译和阐释甚至改编的特征,因而令人耳目一新。如果我们强调翻译的隐喻意义的话,我们便可以认为,从一个跨文化和跨语符翻译的视角来看,所有这些剧作都经过了导演—译者的重新翻译和阐释,有些甚至发生了变形。在这里,导演所扮演的角色就是文化翻译者,通过他们对易卜生原作的能动的理解和创造性翻译,展现在中国观众眼前的易卜生又恢复为一位戏剧艺术家,而非早先的那位革命的鼓动者。这些剧作经过中国导演的改编和修正再次展现在观众眼前,从而激发了他们的强烈兴趣和反应。人们完全可以提出这样的问题:为什么在这样一个后现代消费社会,全球化的到来极大地影响了文学以及其他精英文化产品的生产,不少文学经典被束之高阁,无人问津,而易卜生的戏剧竟能如此吸引众多的中国观众? 在当今时代,精英文化和艺术大多处于萎缩的状态,而易卜生及其剧作却一枝独秀,在一定程度上支撑着当代戏剧舞台,这种现象何以能够出现? 显然,这一现象背后肯定是有原因的。也即除去易剧中所隐含的现实主义代码以及其他文化的和戏剧的代码外,现代主义或现代性自然是其中最主要的代码之一。正如女性主义批评家和易卜生研究者托利·莫伊中肯地指出的,"亨利克·易卜生提供了一个近乎完美的由于理想主义的死亡而出现的现代主义的谱系;通过重新引进理想主义的概念,我们可以见到我们通常所称之为现代主义的东西正是一种历史发展的结果,这种发展只是在1914年之后才加速的"①。确实,易卜生的剧作充满了理想主义,是指向未来的,而不仅仅是为同时代的观众写的。易卜生认为他的剧本主要是为阅读而非演出而写的,因此我们便能很容易地在他后期的剧作中发现一些后现代和先锋派的文化代码。这些代码的存在使得这些作品超越了特定的时代和戏剧成规之局限,具有永恒的艺术价值。这一事实无疑使得易卜生的剧作仍然与当今时代戏剧界关于现代性和后现代性的辩论有关。同时这也是为什么易卜生的剧作仍然得以在当今

---

① Moi, Toril, *Henrik Ibsen and the Birth of Modernism: Art, Theater, Philosophy*, Oxford and New York: Oxford University Press, 2006, p. 3.

世界不同的文化语境中上演的一个原因。我们可以说,莎士比亚和易卜生都是在中国享有盛誉的世界级戏剧艺术大师,但是前者似乎远离当代观众,从一个高处严肃认真地向我们启蒙,而后者则近距离地站在我们身边,和我们亲密地进行交流和对话。这也许正是为什么在中国易卜生的影响甚至超过了莎士比亚的原因所在。

在中国舞台上的所有这些新版本中,应该说,对观众最有吸引力和最令人难忘的莫过于林兆华导演的《建筑大师》。林兆华本人是当今中国最具有先锋实验意识的戏剧导演,总是致力于艺术实验和创新,而这出戏由林兆华工作室演出,其意义便非同寻常了。当然,由挪威POS剧院演出的舞剧《群鬼探戈》也给中国观众带来了轻松的异国新风。这两部戏在中国的成功演出再一次证明,即使在中国的语境下,仅仅将易卜生视为一位革命思想家而忽视他的艺术成就,也是远远不够的。因为他首先应该是一位有着强烈先锋意识的戏剧艺术家,对于中国现代话剧来说,他也是一位"精神父亲",这一点已经为中国话剧百年的发展历程所证实。他不仅为同时代的观众和读者写作,而且更为未来的读者和观众写作。如果我们说,舞剧《群鬼探戈》是一部从原作《群鬼》翻译—改编而来的舞剧版本,超越了文本文化与视觉文化的界限,那么中国版《建筑大师》则应被视为对原作的忠实的跨语际和跨文化译本。因为剧中不仅用中文对白,而且演员的着装打扮也完全是中国式的,面部形象也丝毫不做任何化妆。通过这种翻译—改编,易卜生的戏剧在中国便实现了"本土化",更加带有了鲜明的中国特色,也更容易为中国观众所接受。①

当我们看到第一部中国版《建筑大师》时,我们便立即会看到展现在眼前的这一系列场景:曾经风光一时的老索尔尼斯此时正面临着各种挑战和忧愁。虽然几十年前那场神秘的大火使他成为建筑大师的梦想得以实现,但他

---

① 关于易卜生的戏剧在中国的"本土化",我们还可以从他的剧作《培尔·金特》被改编成京剧、《海达·高布勒》被改编成越剧《心比天高》等例子中见出,但对这两个"翻译"—改编的例子,需要从跨戏剧翻译(intertheatrical translation)的角度来讨论,本文不打算介入。

仍然深深地陷入无尽的焦虑和不安状态,唯一能使他的生活还有几分气息的就是年轻姑娘希尔达的突然出现。他曾经向这位天真烂漫的姑娘许诺为她建造一个王国,但此时这一点却无法实现,因为他已经厌倦了生活,唯一想做的事就是悄悄地离开这个世界。在该剧结尾时,索尔尼斯爬上屋顶把自己摔死了。这位曾显赫一时的建筑大师就这样自我毁灭了。显然,这一含混的结尾确实难以为普通观众和批评家所理解,但是我们却可以很容易地看出,这正是易卜生试图达到的戏剧效果:让剧作有一个开放的结尾,从而使得各种阐释都有可能,而在这些阐释的过程中新的意义便可以不断地得到建构和重构。毫无疑问,《建筑大师》是易卜生最具有后现代特征的一部杰作:他对传统观念的颠覆和解构是那样得有力和彻底,以至于我们感到,建筑大师的死是那样得从容不迫因而达到了某种死亡美学的境地,同时也深深地动人心弦。

易卜生批评家和研究者迄今已经对索尔尼斯的死是否在易卜生的死那里得到回应做了种种假想,但毕竟这是一部戏,其内容既源于现实生活同时又高于生活,意在获得某种永恒的魅力。我们应该认为,这是易卜生晚期最优秀的作品,该剧上演后甚至打动了精神分析大师弗洛伊德,这位酷爱文学的精神分析学家竟然为易卜生的戏剧写了一篇评论。我尤其想在这里提及的是这一重要的因素:两位在中国观众中十分走红的影视明星——濮存昕和陶虹加盟该剧,在剧中分别扮演了男女主人公,这样便大大地吸引了国内众多的追星者。确实,在林兆华创作改编的中国版《建筑大师》中,濮存昕对该剧的独特理解和对索尔尼斯这个人物的近乎完美的再现,以及陶虹对希尔达的到位的表演,均反映了新世纪中国艺术家对易卜生剧作的深刻理解和创造性建构。

同样十分吸引中国观众的还有两个不同版本的《群鬼》:由挪威 POS 剧院演出的舞剧《群鬼探戈》带给我们一种典型的后现代喜剧气氛;而中国人民解放军总政治部话剧团上演的《群鬼》则更忠于易卜生的原作。这两个不同的版本都讲的是一个故事:阿尔文太太的前夫生前荒淫无度,致使她不得不离家出走。她试图获得好友曼德牧师的帮助,但他非但没有帮助她解决家庭问题,反而教导她遵守妇道人家的道德规范,努力做一个好女人。她历经沧桑支撑着这个家庭,不得不把唯一的希望寄托在独子奥斯瓦尔德身上。但是奥斯瓦尔德却继承了父亲最拙劣的一些品德,染上了梅毒,最后竟被发现与阿尔文和保姆生下的女儿堕入情网,这一发生在家庭内部的乱伦事件给善良的母亲沉重的打击。严格说来,前一版本更富有理想主义精神,后一版本则更具有现实主义意义。但两个版本都经历了翻译:前者是跨语符的翻译,后者仅仅是跨语际的翻译,剧中所有的中国演员都化了妆,尽管仍用中文对白,但样子却像西方人一样。在这里,我们可以看出,不管经过何种形式的翻译和改编,不管译者—导演在翻译—改编的过程中走得有多远,对易剧《群鬼》的基本情节都没有做太多的改变,因而在文化翻译的意义上,仍是相对忠实的。

由吴晓江导演的跨文化版《玩偶之家》则走得稍微远了一点,但却具有十分明显的后现代拼贴和中西方文化冲突与交融之特征。也许这是中国舞台上出现的变形最多并且"最不忠实"的易剧版本之一。虽然原作的故事早已为中国观众所熟知,但这一版本却别出心裁,让中挪两国演员同台扮演主人公,这样便使得原先的家庭冲突上升为中西方两种文化的冲突。吴晓江充分发挥了他的跨越语言、文化和民族界限的艺术想象力,重构了中国语境下的第一个跨文化易卜生剧作的版本。在这里,他不仅扮演了导演的角色,而且还充当了一个跨文化的翻译者和协调者。

在翻译—改编过的中国版《玩偶之家》中,美丽的挪威姑娘娜拉嫁给了一个叫韩尔茂的中国男人,此时他们结婚已有四年,娜拉深深地爱着她的这位曾留学西方的中国丈夫,并试图使自己适应中国文化和生活方式:不仅学说中国话和学演京剧,而且还学做中国菜。除夕之夜,她买了许多可口的饭菜欢欢喜喜地回到家中,准备庆祝丈夫晋升为银行经理。但韩尔茂的一位同事不期而至,披露了一件事:她曾在她丈夫不知道的情况下向他借过钱。韩尔茂不禁大怒,他不肯饶恕娜拉的这一过失,家庭冲突终于导致了感情的破裂。

显然,导演在这里试图突出中国和西方文化的不可调和的根本矛盾,这一点尤其体现在这个脆弱地组成的家庭中。我们仍可以从这一变了形的易卜生剧作窥见原作清晰的影子,导演—译者的意图显然在中国观众中取得了一些效果。

所有这些易卜生戏剧的新版本都预示着中国的易卜生剧作的演出和研究已经出现了一个新的转向:从专注作为意识形态象征的易卜生主义(Ibsenism)转向了专注艺术和美学意义的易卜生化(Ibsenization)。确实,随着时间的推移,人们越来越认识到,易卜生首先应被看作一位艺术家而非革命思想家,他的卓越的艺术造诣已经对不同国家和民族的人们产生了永恒的魅力。这就是为什么在当今这样一个后现代社会,当精英文化艺术受到严峻挑战时,易卜生的剧作仍被人阅读并改编成不同的版本不断地上演的原因。因为在这一过程中,这些作品得到了不断的翻译—改编和重新翻译—改编,不断地产生新的意义。

确实,在当今时代,甚至许多现代主义的成规都受到后现代主义成规的严峻挑战,这样看来,与现代性密切相关的易卜生的戏剧本来应该会遭到"边缘化"的境遇,但是我们却面临这样一个事实:他的剧作通过不同文化语境中的翻译和重译以及不同学派的学者和批评家们的讨论,仍以不同的形式在上演。在今天的全球化语境下,当后现代研究学者们试图重新审视易卜生的作品时,马上就会发现其中的一些明显的后现代文化代码:他的作品仅仅提出问题而不作解答。他试图做的就是把这些问题留给读者和观众自己去思考并解决,这样便为读者和观众留下了巨大的阐释和建构的空间。在他们的能动阅读和欣赏过程中,他们将填补这些空白并提出自己的创造性建构和重构。这一点尤其体现在易卜生后期剧作,如《野鸭》和《建筑大师》等之中,这些戏剧文本总是对颇有洞见的读者和阐释者开放。通过细读文本,他们就可以提出新的阐释甚至从新的视角达到理论上的重构。毫无疑问,如果一个作家想让自己的作品被不同时代的读者阅读和阐释,那他就不应当把自己的作品局限于特定的时代或文化和审美代码,而应当探讨人类所共同面临的基本问题。易卜生恰恰就属于这样具有永久的批评和阐释价值的伟大作家。同样,尤其是像易卜生这样一位作家,如果想让自己的作品在自己的祖国疆界之外旅行,那么他以及他的作品就应当被翻译到其他的语言和文化语境中,在翻译的过程中,他的作品才有幸成为目标语文化中的文学经典以及世界文学的一部分。在这方面,不同版本的易卜生及其剧作的建构从翻译中获取了最多的益处。因为在过去上百年的易卜生剧作的翻译中,实际上已经出现了一个中国式的易卜生以及一些具有中国特色的易卜生剧作。相比之下,他的许多同时代的欧洲作家或者先于他的那些作家,却仍在自己的国家或文化语境中处于"死亡"或"边缘化"的状态,因为他们没有被译介到其他语言文化中去。就这一点而言,易卜生无疑是十分幸运的,尤其是与和他的名气及地位不相上下的同时代挪威作家、后来获得诺贝尔文学奖的比昂逊相比就更是如此。安卧在九泉之下的戏剧大师应该向为之默默翻译—改编的译者—改编者致敬。

易卜生和蒙克的中国镜像

周　宪[*]

文化投射与镜像建构

在中外文化交流的复杂过程中,存在着无数由于我们文化投射而建构起来的异域镜像。它们与其说是原汁原味的外来者,不如说是我们本土文化所创造塑造的异邦人。在全球化进程中,人们分析外来文化进入本土文化有一个所谓的 glocalization。[①] 即是说,全球化的东西必然被本土化。这么来看,"五四"新文化运动以来的无数外国作家和艺术家在中国的接受和解释,都不过是一个 glocalization 的产物。本文将以两位伟大的北欧艺术家在中国现代文化中的接受差异,来切入这个论题。这两位伟大艺术家是戏剧家易卜生和画家蒙克。

我们知道,易卜生作为"现代戏剧之父",开启了现代主义戏剧的进程;蒙克作为表现主义绘画的先驱,引领了现代主义绘画,并被认为是斯堪的纳维亚唯一被世界认可的大画家。[②] 据文献记载,两人有很多共同之处,并在艺

---

[*] 周宪,教育部长江学者特聘教授,南京大学艺术学院教授,南京大学人文社会科学高级研究院院长,主要研究戏剧、文论与美学。本文原载《中国比较文学》2012 年第 1 期。

[①] Glocalization＝global ＋ localization,据说这是日本人发明的一个概念,意指外来的全球化因素的本土化适应、变异和改造。

[②] Smith, John B., *Munch*, London: Phaidon, 1977, p. 5.

术上有不少接触。蒙克读过易卜生的许多剧作,并非常仰慕这位伟大的戏剧家。1895年,蒙克在奥斯陆举办个人画展时,支持者寥寥无几,但易卜生却热情相助,亲临画展现场,对蒙克独特的肖像画表示了高度赞誉。画展后两三年,易卜生写了剧作《我们死者醒来时》,也许是受到蒙克绘画的启发。1902年,蒙克曾画过《易卜生在咖啡馆》的石版画。1906年他还为易卜生的戏剧《群鬼》设计舞台美术。①

易卜生和蒙克虽有年龄差异,但大致属于同时代人,在文化谱系上,他们都是现代主义运动的伟大艺术家,都具有相当的国际声誉和影响。但是,在现代中国的特定社会—文化语境中,两人却被定位成全然不同的两类艺术家,进而形成了形态迥异的中国镜像塑造史。

在展开具体分析之前,我要提出两个本文分析的方法论概念。其一是镜像,我把镜像界定为通过本土文化之镜所反射出来的外来文化形象。在中国现代文化语境中所呈现的易卜生和蒙克,就是他们的中国镜像。其二,我把本土文化对外来文化的镜像的折射,看作是一种受制于本土文化语境的想象性和选择性的投射。这里,我采用了贡布里希的一个理论。他在《艺术与幻觉》中分析绘画风格时说到一个重要的原理:"艺术家的倾向是看他要画的东西,而不是画他所看到的东西。"②这就是说,画家不会看到什么画什么,而总是选择性地去画那些他想要画的东西。于是,画什么在一定程度上成为画家文化传统的图式投射。我以为,本土文化对外来文化的接受亦同此理。易卜生和蒙克的中国镜像,与其说是客观的呈现,不如说是根据中国现代社会和文化的情势所塑造的本土所需和所理解的中国镜像。本土文化对外来文化

---

① Smith, John B., *Munch*, London: Phaidon, 1977, p.14. 参见 Prideaux, Sue, *Edvard Munch: Behind the Scream*, New Haven: Yale University Press, 2005; and Templeton, Joan, *Munch's Ibsen: A Painter's Vision of a Playwright*, Seattle: University of Washington Press, 2008, 以及[日]土方定一:《爱德华·蒙克》,《世界美术》1981年第2期,第15—16页。

② [英]贡布里希:《艺术与幻觉》,林夕等译,浙江摄影出版社1997年版,第101页。

的投射是一个过滤程序,会高度选择性地保存并放大某些东西,同时又会遮蔽和歪曲另一些东西。

冷热的两重天

中国现代文化对易卜生的接受史要比蒙克早得多。早在1907年,鲁迅在《摩罗诗力说》和《文化偏至论》中就介绍并高度评价了易卜生,赞誉他是"愤世俗之昏迷,悲真理之匿耀"①,"瑰才卓识"②。11年之后,《新青年》推出"易卜生专号",不但翻译了他的《娜拉》《人民公敌》等代表作,而且发表了胡适的《易卜生主义》等重要评介文章。1924年北京艺剧专上演了《娜拉》,次年上海戏剧协社上演《傀儡之家》。③ 这一时期几乎重要的作家和学者都不同程度地参与了有关易卜生的译介、讨论、研究和宣传,形成了"五四"新文化运动及其后的持续不断的"易卜生热"。所谓"热",其一表现为易卜生及其思想和剧作成为很长时间内的热门公共话题;其二,大量的译介、讨论、阅读和研究,出版不同作品和上演不同剧目;其三,产生持久的影响,模仿和融合易卜生戏剧的作品大量问世;其四,它成为"五四"新文化运动的一个特有现象,引发外来文化复杂的本土反响,这在易卜生的祖国挪威之外恐怕也绝无仅有。虽然1949到1979年"易卜生热"有所减弱,但1979年改革开放之后,"易卜生热"重新燃起。这种持续的升温可以从读秀网站所提供的易卜生期刊和著作出版趋势图上明显看出。这里不妨举两个例子来说明。第一,从易卜生剧作翻译来说,从1918年《新青年》专号首次刊出《娜拉》等三部剧作以来,一直到21世纪,几乎易卜生所有重要剧作都已翻译成汉语。1995年人民文学出版社出版了《易卜生文集》8卷本。关于易卜生的研究和评论更是不

---

① 鲁迅:《摩罗诗力说》,《鲁迅全集》第1卷,人民文学出版社2005年版,第81页。
② 鲁迅:《文化偏至论》,《鲁迅全集》第1卷,人民文学出版社2005年版,第52页。
③ 英溪:《易卜生在中国何时上演?》,《中国现代文学研究丛刊》2003年第2期,第10页。

计其数。第二,易卜生的剧作不断被上演和改编,甚至易卜生戏剧特有的话剧特点也与中国传统戏曲结合起来,比如杭州越剧团最近改编了易卜生的《海达·高布乐》,创作了越剧《心比天高》,在中国、挪威和法国等地演出受到好评。易卜生的雕像前几年还在上海戏剧学院落成。

说到蒙克,他在中国远没有得到易卜生那样的殊荣。他的个人画展直到1983年才在北京举行。如果我们大致统计一些有关蒙克的画作或相关著作的出版和发表情况,其作品和文献之少令人惊异。检索CNKI数据库的研究论文数据,自改革开放以来,研究两人的论文多寡悬殊,呈现出在中国知识界一热一冷的完全不同的接受状况:

1979—1993年	易卜生研究论文388篇	蒙克研究论文13篇
1994—2011年	易卜生研究论文1131篇	蒙克研究论文63篇

第一个时期(1979—1993),易卜生的研究文献是蒙克研究的24倍;第二个时期(1994至今),前者的研究文献是后者的17倍之多。

概要地说,从时间上看,易卜生的中国接受要比蒙克早得多,且持续时间长得多;从社会反响来看,前者名声在中国的传播远胜于后者;从研究文献来看,前者的研究和肯定性评价远多于后者;从对中国现代社会和文化的影响来看,前者要比后者广泛深刻得多。①

易卜生成为中国现代文化中的一个"当红明星",而蒙克在长时间里则是一个几乎"被遗忘的角色"。那么,为什么两位同时代的北欧大艺术家会在中国现代文化中有如此悬殊的接受反差呢?诚然,20世纪80年代以来,一方面

---

① "五四"新文化运动时期易卜生所以被如此重视,还有一个原因,那就是戏剧这种独特的艺术样式在启蒙和教育民众方面比绘画作用更大。这是当时易卜生受到如此关注的一个艺术形式上的原因。陈独秀就说过:"现代欧洲文坛第一推重者,厥唯剧本。诗与小说退居第二流。"见陈独秀:《现代欧洲文艺史谭》,《青年杂志》1915年第1卷第3号(11.15)。

易卜生依然很热,且持续升温;另一方面,蒙克的接受和研究也开始受到较多关注和更高评价,蒙克绘画的价值和意义被重新阐释。

以下,我们将从几个不同的方面来考察两人在中国现代文化接受史中的不同镜像。

写实者与现代派

虽然易卜生和蒙克都是现代主义运动的重要艺术家,但他们的中国镜像却有一个重要分野,易卜生通常被定位为伟大的现实主义者,而蒙克则被定位于一个现代主义者。其实,现实主义和现代主义在西方文化中并无特别重大的区分意义,不过是一个历史分期的风格概念而已。但在中国的特定语境中,两者的区分则带有相当复杂的政治上的区隔意义和排斥功能。用福柯的权力/知识共生理论来说,特定社会和文化的话语运作有其规则,最常见的方法就是通过真伪、善恶、美丑等二元对立,来褒扬一方而排斥另一方。更为重要的是,作为权力维系的话语形式,被褒扬的一方一定以压制对方来实现权力的权威性和传播。① 现实主义和现代主义在相当一段时期内也是这样的二元对立范畴。主导的意识形态认定现实主义比现代主义更重要也更有价值,特别是在1949—1979年间,现代主义被当作资产阶级的垃圾而遭到批判。因此,这样的本土文化的投射,也就不可避免地造成两人迥然不同的中国镜像。

易卜生被引进中国一个重要的缘由,即他所谓的"社会剧"(或"问题剧")特色。如胡适所指出的,"易卜生以来,欧洲戏剧巨子多重社会剧,又名'问题剧',以其每剧意在讨论今日社会重要之问题也"②。胡适认为,易卜生的人

---

① 参见 Foucault, Michel, "The Discourse on Language," in Hazard Adams & Leroy Searle, eds., *Critical Theory Since 1965*, Tallahassee: Florida State University Press, 1986.

② 胡适:《胡适留学日记》,安徽教育出版社1999年版,第157页。

生观和艺术都只有一个特征,那就是显而易见的现实主义。其实易卜生的戏剧风格多样,不同时期有不同的特色,但现实主义的定位却把易卜生戏剧的其他特点和丰富性给简化了,现代主义的种种特征在这一定位中被有意遮蔽了。如果说易卜生的戏剧分为前中后三阶段的话,现代中国的知识分子和戏剧家几乎毫无例外地都只关注他中期的现实主义戏剧,而对其早期的诗剧和后期的象征主义戏剧兴趣索然。这是为什么呢?

我以为,由于中国近代以来特殊的启蒙和救亡的两大主题对中国文化的压倒性支配,"五四"前后的知识分子急需利用外来文化来推动本土的社会和文化变革,那些过于诗意和象征主义的剧作与这个紧迫的目标有差距。所以"五四"新文化运动以降,现实主义始终是中国现代文学艺术的主流。1949年以后,在极"左"思潮的影响下,特别是对马克思主义经典作家文献片面解读、批判现实主义成为文学艺术唯一具有合法性的流派和方法,因此,易卜生的合法性也就当然地归诸现实主义。在这种投射式的易卜生接受过程中,如胡适所言,引进易卜生不在于他的艺术如何,而是他戏剧中的思想。"注意的易卜生并不是艺术家的易卜生乃是社会改革家的易卜生。"[1]因为现实主义与社会改革的目标最为切近。

对于启蒙和救亡的现实需求来说,蒙克的绘画显然相距甚远。他那种激进的表现主义风格和夸张的艺术手法并不为当时的中国艺术界所认可。原因很简单,带有启蒙民智的新文化要以普罗大众容易理解的方式来进行,过于抽象和远离社会现实的艺术风格不在当时"别求新声于异邦"[2]的关注之列。

说到这里有一个问题耐人寻味。据说鲁迅曾收藏不少蒙克的画册,并对蒙克的绘画很有兴趣,甚至打算编一本蒙克画册在中国出版,但最终未遂此愿。我们不妨做一个假设,鲁迅编辑并出版了蒙克画册,那么,蒙克在中国的

---

[1] 胡适:《论译戏剧》,《新青年》1919年第6卷第3号。
[2] 鲁迅:《摩罗诗力说》,《鲁迅全集》第1卷,人民文学出版社2005年版,第68页。

遭遇会不会是另一番模样？但蒙克毕竟未进入新文化运动关注外来文化的视野。值得注意的是，由于鲁迅的大力倡导和推助，德国艺术家珂勒惠支的木刻艺术倒是对中国现代美术产生了重要影响。为什么鲁迅选择了珂勒惠支而不是蒙克？我想一个最直接的原因是珂勒惠支的木刻画更具写实性，而蒙克的木刻作品则更具有象征意味和表现主义特点。对需要启蒙教育的普罗大众来说，珂勒惠支的作品比蒙克作品更容易亲近、更容易理解。所以在相当长的一段时期内，蒙克被中国文化所遗忘也就不足为奇了。

20世纪90年代以后，情况有所改变。随着中国社会和文化的进一步开放和宽容，随着对现代主义理解的深入，以及随着中国社会的现代化进程的加速，现代主义的价值被重新发现，现代主义的艺术家和艺术品被重新评价。易卜生和蒙克的接受发生了一些显著的变化。变化之一是对易卜生的解释更趋多元化，不再拘泥于现实主义和问题剧等传统的投射，而是对他不同时期不同风格的剧作和戏剧思想都展开了研究，因此对易卜生的定位就不再局限于贴上现实主义的标签。他的非写实的诗剧和象征主义戏剧得到了越来越多的关注。一个复杂而丰满的易卜生镜像在变化着的中国文化语境中被重塑。更重要的是，易卜生与现代主义的关系被关注和讨论，这就在逐步建构一个更为真实的易卜生，他的中国镜像也就逐渐摆脱了刻板的社会批评家和现实主义者模式。变化之二是蒙克受到了较多关注。随着现代主义在中国得到了更多研究，尤其是随着现代性问题在中国的展开，现代主义逐渐脱离了福柯意义上的二元对立排斥性，因而重新在西方现代性的背景中获得审视，这就使得蒙克这个有点怪异难以理解的现代主义者，也被逐渐认可并给予积极评价。他那独特的表现主义风格对中国当代艺术和青年一代艺术家产生了不可小觑的影响。从知识界来看，鲁迅等人与蒙克绘画原本被忽略或被遮蔽的联系，逐渐被发现和讨论，诸如鲁迅冷峻和象征的文风与蒙克绘画的内在联系等。①

---

① 魏韶华：《鲁迅的"呐喊"与蒙克的"呼嚎"》，《兰州大学学报(社科版)》2001年第5期。

社会改革家与自我幽闭者

现实主义者和现代主义者的不同投射,揭示出相当一段时期易卜生和蒙克的中国镜像的差别。当人们把易卜生塑造成一个现实主义者的同时,也就赋予他的思想及剧作某种正面的政治意义,而蒙克却在相当一段时期内缺少这样的政治意义。

我们知道,现代主义特征之一就是对个体性和个人风格的张扬。贝尔在讨论现代主义运动时指出,现代主义有三大特征,一是艺术和道德分家,二是对创新和实验的追求,三是对独特自我的崇拜。① 有趣的是,虽然易卜生和蒙克都是极力主张个性主义的艺术家,但两人的个性主义在中国语境中却解读出截然不同的意味。

中国现代知识界对易卜生最常见的说法是所谓的"易卜生主义"。胡适对这一主义的阐释最具代表性:"易卜生把家庭、社会的实在情形都写出来,叫人看了动心,叫人看了觉得我们的家庭、社会原来是如此黑暗腐败,叫人看了觉得家庭、社会真正不得不维新革命:——这就是易卜生主义。"②换言之,易卜生主义就是提倡社会变革,因此易卜生的中国镜像被投射成一个伟大的社会改革家。所以胡适直言,易卜生在中国更多的是作为一个社会改革者,而不是一个戏剧艺术家来理解的。

对于蒙克来说,很少有人做这样的理解,绝大多数的评价把蒙克视为一个乖张古怪的表现主义艺术家。两个镜像的差异颇有些像中国传统文化所描画的入世者和出世者两种类型,易卜生是一个关心社会的入世者,而蒙克则被想象成一个停留在个人狭小内心世界里的出世者。以下描述很有代表性:

---

① [美]丹尼尔·贝尔:《资本主义文化矛盾》,赵一凡等译,北京三联书店1989年版,第30页。

② 胡适:《易卜生主义》,《新青年》1918年第4卷,第6期。

> 爱德华·蒙克是挪威伟大的画家,现代表现主义绘画先驱,他极具悲情而又具有象征主义表现的手法,对20世纪德国表现主义的成长起到了至关重要的影响。他终其一生创作的主题诠释了个人情感和心理历程,他往返于困顿人类生死、情爱、恐惧的煎熬之中,并在生死、情爱、恐惧多向冲突的压迫驱使之下,描绘了世纪末之黑暗颓废的美学图画,把深藏人性背后的种种隐蔽情欲赤裸裸呈现在他的绘画作品里。①

这一描述非常强调蒙克的个人生命体验和创造。较之于易卜生广博深厚的社会性形象建构,蒙克看起来要单薄得多,他被投射成一个囿于独特个人生活世界的艺术家。

如果我们对中国知识界研究两人的文献稍加整理,会发现两者有完全不同的指向。易卜生被解读成一个关注社会问题和变革的作家,而蒙克则是一个只关注自我内心世界和个人体验的艺术家。易卜生的个性主义在中国现代文化中成为一个社会批判的武器。他的《娜拉》等剧作被当作通过张扬个性来求得女性解放的范本,所谓的"易卜生主义"又带有某种鲜明的个性主义价值观。鲁迅认为,易卜生的"瑰才卓识"②具有卓尔不群的特征,强调"个性之尊严、人类之价值"③。"多力善斗,即迕万众不慑之强者也!""必尊个性而张精神。"④胡适对易卜生的理解,也强调个性主义对推进中国社会进步、颠覆封建传统社会文化和妇女解放的积极意义。他把"易卜生主义"界定为"健全的个人主义",强调其核心乃是对一种"自由独立的人格"的塑造。⑤ 因为"五四"新文化运动时期,很多先进的中国知识分子对中西文化差异的基本判

---

① 王绍轩:《悲情的生命历程与爱的诉求:试论爱德华·蒙克艺术》,《国际美苑》2010年第8期,第52页。
② 鲁迅:《文化偏至论》,《鲁迅全集》第1卷,人民文学出版社2005年版,第53页。
③ 鲁迅:《文化偏至论》,《鲁迅全集》第1卷,人民文学出版社2005年版,第56页。
④ 鲁迅:《文化偏至论》,《鲁迅全集》第1卷,人民文学出版社2005年版,第58页。
⑤ 胡适:《介绍我自己的思想》,《新月》1932年第3卷,第4期。

断是,中国社会和文化以家族主义和集体主义为重,而西方社会和文化则以个体主义为轴心。① 因此,用西方的个体主义来冲击中国的家族主义和传统文化确有其积极意义。这就构成了易卜生主义的个性主义对中国社会文化现实的批判性。

相反,对于蒙克的个性主义理解则似乎缺乏这个指向。如果说易卜生的个性主义被解释为某种积极的个性主义的话,那么,蒙克的个性主义则带有某种程度的消极色彩。不同于易卜生那种指向社会并有助于社会改革和进步的健全的个性主义,蒙克的个性主义被理解为一种指向个体内在精神世界的个性主义,一种从个体到个体、从精神到精神的个体主义。因而带有某种自闭性,甚至某种病态色彩。蒙克的绘画乃是一种个人充满了死亡、疾病、悲哀的畸形家庭生活的寓言。这种理解相当程度上影响了对蒙克艺术及其价值的阐释。如果说1919—1949年期间启蒙和救亡的紧迫任务把蒙克排除在外的话,那么,在1949—1979年的极左文化中,蒙克更因其极端的个性主义和表现主义而遭贬斥。只是随着社会发展和文化宽容,以及对现代主义艺术的深入理解,蒙克的个性主义才逐渐被认可,其有限的积极意义才得到了某种程度的认可,并被进一步认为是西方现代文化的典型症候。同时,易卜生的个性主义也渐渐被重新阐释,并不再作狭隘的解释。所以比较起来,易卜生的中国接受有一个从社会到个体的过程,相反,蒙克的中国接受则有一个从个体到社会的过程。

健康与病态

对易卜生和蒙克的不同投射塑造了不同的中国镜像,进而导致了对两人私生活全然不同的关注和阐释。我们知道,任何伟大的艺术家都有其不同的

---

① 参见陈崧编:《五四前后东西文化问题论战文选》,中国社会科学出版社1989年版。

私生活,它们甚至构成了艺术家艺术表现的重要背景和缘由。尽管弗洛伊德式的精神分析有其局限性,但它的确触及艺术家的个人经验与其艺术创作之间的复杂关系。这里,我们关心的问题是,在中国现代文化语境中,对两人私生活的讨论为什么会出现了截然不同的情形?

西方文化界对于易卜生也有不同的理解,约翰逊的《知识分子》一书曾经揭露了易卜生不少鲜为人知的负面事件,描绘了他的复杂人格和私生活,并把他描述为一个极富虚荣心的人,一个缺乏同情心的人,一个醉酒诗人,一个风流韵事不断的登徒子,等等。① 反观中国的易卜生研究,有两个显著特点。第一,不大关注他的个人生活史,常常把他描绘成为一个正面公共人物。始终强调他对社会正义问题的关注,而他的个人私生活则相对被忽略了。所以,在有关易卜生的研究中,我们几乎看不见他那复杂的个人生活状态和消极层面。第二,即使触及易卜生的个人私生活,也多半采用了一种修饰美化的策略,从积极的方面加以阐释,因此他的中国镜像是被高度选择性地过滤了,成为一个看不到复杂生活和人格的正面偶像。从这个意义上说,易卜生在中国某种程度上被"神化"或"偶像化"了。他的风流韵事可以作正当的爱情追求来理解,他的嫉妒心和虚荣心也可以解释成对现实的不满。总之,易卜生是一个没有或看不到个人局限性和私生活消极面的完美偶像。

相比之下,在中国学者所做的蒙克研究中,其私生活和不幸的家庭被投以很高的关注。更有甚者,这些不幸的甚至病态的生活转而成为解释蒙克绘画的主要根据。比如,其父母亲、姐姐和兄弟的相继病逝,死亡的体验成为蒙克的基本绘画主题。悲观、孤独、忧郁、疾病、压抑、恐惧等弥漫在蒙克的作品之中,也成为理解蒙克艺术的一把钥匙。以至于有人用"病态悲鸣"来概括蒙克的艺术特征。还有人完全从精神病和变态心理学角度来阐发和理解蒙克。蒙克的如下自白也被反复提及:"疾病、疯疯癫癫和死亡是自幼缠绕在我身上

---

① 参见 Johnson, Paul, *Intellectuals*, New York: Harper Collins, 2007。

的三大恶魔。"①赵鑫珊在其《天才和疯子》一书中,就把蒙克定位为一个具有精神病和幻想狂的艺术家,并从家族病史和遗传学上来考察蒙克的创作生涯和作品表现。他写道:

> 蒙克家庭成员的疾病和死亡这些接二连三的不幸事件营构了他的病态人格(psychopathic personality),包括焦虑、不安、恐惧和幻觉。
> 对于画家蒙克,这是因祸得福。20世纪欧洲绘画史应该感谢这些精神创伤。
> 他的作品有一个明显特征:用许多波状线条围绕、勾勒出一个变了形、被严重扭曲了的人像,且分不清是男是女,只是表现这个人对外部世界的恐惧——这恐惧是病理性质的。②

正是基于这样一种投射,有学者就把蒙克和中国明末清初的疯癫画家八大山人加以比较,并认为两人有许多相似之处,正是坎坷的命运和多舛的人生成就了两人的艺术。③

比较说来,在中国现代文化语境中,易卜生被构想为一个睿智、健康和具有强烈社会关怀的人,而蒙克却是一个带有病态人格和精神疾病的艺术家。健康的社会医生易卜生和病态的个人主义者蒙克,构成了中国现代文化对这两个北欧伟大艺术家截然不同的想象。这一全然不同的定势决定了对两位伟大艺术家的判然有别的理解和解释。

自20世纪90年代以来,一方面有更多的关于两位艺术家的文献被译介;另一方面,随着对他们研究的拓展和深入,易卜生的私生活与其戏剧实践的关系也开始被关注,一个去"偶像化"的认识过程悄然发生。易卜生剧作和

---

① 赵鑫珊:《天才和疯子:天才的精神构造》,江苏文艺出版社2003年版,第380页。
② 赵鑫珊:《天才和疯子:天才的精神构造》,江苏文艺出版社2003年版,第385—386页。
③ 何淑芳:《八大山人与蒙克艺术研究比较》,《美术大观》2010年第9期。

思想的复杂性,以及其人格和生活史的复杂性逐渐呈现出来,以往的各种误读也被提了出来,一个新的易卜生镜像正在中国慢慢形成。同时,蒙克作为一个有独特的,甚至极端生存经历的艺术家,他的艺术风格的独特性与其生存体验的内在关系逐渐被更多地加以讨论。这就导致了越来越宽容的解释蒙克,尤其是青年一辈的艺术家和学者,在蒙克身上发现了更多有价值的东西,其影响也在逐渐形成和扩大。

结　语

　　易卜生与蒙克的中国镜像有许多显著差异,造成这些接受差异的原因是复杂的。一方面,这些差异面反映了中国社会和文化从传统向现代的转变时期对外来文化所做的选择;另一方面,易卜生和蒙克的中国镜像也非一成不变,其变化也反映出中国社会和文化内部变化对外来文化接受的作用。

　　从前一方面来看,总体上说,易卜生和蒙克被建构成两个不同的镜像。易卜生是一个现实主义的社会批评者,他被解释成以个性主义反抗不公正社会。对他的理解和阐释除了有些偶像化和简单化之外,更多的是从易卜生的政治意义而非艺术价值上来加以考量。所以,在一段时期(1919—1979),易卜生之于中国社会和文化,其政治意义远大于其艺术价值,尽管戏剧研究者们一致认为易卜生开启了中国现代戏剧的新里程。与此不同的蒙克镜像,被塑造为一个身心处于极端状态的疯狂艺术家,病态倾向和极度不幸的家庭生活,使得蒙克的艺术被认为只局限于个人生活的极端体验,其风格的怪异夸张在相当一段时期内难以为人们所理解。如果说对易卜生的现实主义界定着重于政治层面的理解的话,那么,对蒙克现代主义的表现主义风格则较多地触及艺术层面。于是,在中国语境中,政治性的易卜生和艺术性的蒙克构成了两种截然不同的艺术家类型。但是,变化着的中国社会和文化现实也在改变着易卜生和蒙克的中国镜像。易卜生的艺术价值和现代主义戏剧被重新认识,而蒙克艺术的社会批判性也从新的角度被加以探讨,特别是他在现代主义艺术史上特有的地位已被广泛认可。

通过以上比较分析,我们可以得出结论说,中国社会和文化从传统向现代的转变,这一大趋向和语境决定了中国知识分子和艺术家对外来文化的接受定势和想象的投射。纯然本真的易卜生和蒙克形象是不存在的,在中国文化的特定语境中,我们建构了我们所想象的和我们所需要的易卜生和蒙克。这种现实功利性的指向不可避免地有意误读和误构了易卜生和蒙克。但是,伴随中国社会和文化的更加开放和宽容,也由于越来越多的外来文化资源进入中国语境,全面、客观地理解和阐释易卜生和蒙克的学理性要求也就被提上了议事日程。当然,我们不必苛求前人为何没有避免误读易卜生和蒙克的局限,因为我们不能脱离特定的社会和文化条件来看待历史。换言之,以往的误读是我们现在正读的前提。因此,反思易卜生和蒙克的中国镜像就有其不可小觑的意义。它们是一面镜子,折射出中国社会文化的语境对外来文化接受的指向,也反映出变化了的中国社会和文化如何塑造着变化了的易卜生和蒙克镜像。

易卜生戏剧中的悲喜剧内涵

孙 建[*]

著名的戏剧评论家埃罗尔·德巴契在回顾总结一个多世纪以来易卜生批评时,用"瑞典式的自助餐"[①]一词来形容这一特定的历史时期涌现出的各种批评观点、视角和理论。他条分缕析,罗列了不同阶段的批评倾向和流派,勾勒出了百年以来易卜生批评的总貌。的确,人们谈起易卜生的戏剧时,常常对其巨大的容量感叹不已,虽然剧中的艺术底蕴不断被发现并挖掘出来,但并没有穷尽。众所周知,易卜生是欧洲现代戏剧的奠基人,他的戏剧的生命力和容量源于"其剧作中蕴涵的多重代码"[②]、结构的开放性以及意义的含混。传统戏剧中的各种因素在他的文本中交汇,产生出一种混合的戏剧模式,形成了独特的审美特征。正是这种"混杂的"戏剧形式催生了后来的许多现代的戏剧种类,影响了情节剧、史诗剧、荒诞戏剧、残酷戏剧的剧作家们,并使人们对剧作进行多元的阐释和多层面的意义建构成为可能。

许多批评家在分析易卜生的戏剧时,都意识到其中丰富的悲剧和喜剧的内涵,而这两种最基本且最重要的戏剧因素经易卜生之手巧妙地混合在一

---

[*] 孙建,复旦大学外国语学院教授。曾任复旦大学北欧文学研究所所长。本文原载《外国文学研究》2003 年第 6 期。

[①] McFarlane, James, ed., *The Cambridge Companion to Ibsen*, Cambridge: Cambridge University Press, 1994, p. 248.

[②] 参见王宁《作为艺术家的易卜生:易卜生与中国重新思考》,《外国文学研究》2003 年第 2 期,第 9 页。

起，形成了独特的审美情趣，产生了巨大的震撼力。这种悲喜合一的戏剧特点是现代戏剧的重要条件。以英国戏剧家肖伯纳为例，这位"易卜生主义"的倡导者，受易卜生的影响很大。这种影响的直接结果是他写的著名的《易卜生主义精髓》和他的悲喜剧的戏剧风格。"肖伯纳对悲喜剧做出的贡献更应归功于易卜生而不是契诃夫。易卜生向肖伯纳揭示了悲喜剧作为一个比悲剧和喜剧更残酷，更能使人震动的戏剧形式的潜力。"①肖伯纳确实也感受到了易卜生戏剧中悲喜剧的力量。他是这样描写观看《野鸭》的观众反应的："他们以恐惧和怜悯的心情观看一出深刻的悲剧，而看到逗人的喜剧时又捧腹大笑。这并非是由于得到了一种乐趣，而是由于得到一种比现实生活给大多数人，或者经常对所有的人带来的更深刻的经历"②。

当然并非肖伯纳一人看到了《野鸭》中的悲喜剧意蕴。这方面的例证不胜枚举，也不仅仅局限于易卜生象征意义很强的剧作。杰特·伦德波·列维在评价《群鬼》、《罗斯莫庄》和《野鸭》三部剧作时就指出："这些戏剧都将喜剧和荒诞的因素融入其结构中，并因此在悲剧效果之外又添加了一种不确定的因素。"③张伯伦也支持这种观点，认为"《群鬼》是一部结构不完整的悲喜剧"④。易卜生的《玩偶之家》是他上演次数最多，最受欢迎而且是争议最大的一部戏剧。众多评论家往往把它当成一部社会问题剧加以阐释，多和妇女的权力和平等问题挂起钩来。然而易卜生的初衷是想写一部悲剧。《玩偶之家》初稿的标题是"现代悲剧笔记"，经过考虑他选用了"玩偶之家"这个剧名。他的选择具有深刻的意义，给观众和读者留下了巨大的想象空间，但"尽管为

---

① Hirst, David, *Tragicomedy*, London: Methuen Publishing Ltd., 1984, p. 93.

② Shaw, Bernard, *Our Theatres in the Nineties*, Vol. 3, London: Constable and Company Limited, 1948, p. 138.

③ 参见王宁编《易卜生与现代性：西方与中国》，百花文艺出版社2001年版，第106页。

④ 参见王宁编《易卜生与现代性：西方与中国》，百花文艺出版社2001年版，第238页。

了需要,建立在巨大误解之上的行动带有悲剧的色彩,动机和感情之间是如此不协调,以至于《玩偶之家》一剧中大多数最重要的场景充满了喜剧的情调,幽默无处不在"①。可以说,《玩偶之家》已远远超越了社会问题剧的范围,娜拉也不仅仅是为了妇女的权力和解放与社会抗争的女性,"她是现代生活中喜剧和悲剧的体现"②。诸如此类的阐释和建构还可以列举很多。

根据以上的这些例子我们不难看出,悲喜的成分构成了易卜生戏剧艺术的要素,也是易卜生戏剧现代性的主要特征。哈罗德·布鲁姆在他的《西方经典》一书中断言:"所有这一切旨在成为易卜生经典中最关键因素的序曲:他的社会色彩仅仅是一个幌子,用来遮盖融莎士比亚悲剧和哥德幻想为一体的新型北方悲喜剧。"③

当然作为一个艺术大师,易卜生并不是简单地把一些悲喜成分同置于一种戏剧结构之内,设计一些亦悲亦喜的场景以娱人耳目。相反,他意识到了悲喜剧这一形式的独特的美学特征和它内在的活力和震撼力。悲喜剧如同悲剧和喜剧,是一种传统的戏剧形式,早在古希腊和古罗马的戏剧中已露端倪。易卜生并没有脱离传统的戏剧形式进行创作,相反,他的灵感恰恰来自"悲剧缪斯"(即古希腊戏剧)、古罗马戏剧、《圣经》、神话,特别是北欧神话以及民间传说。

悲喜剧的发展经历了不同的历史阶段,在文艺复兴时期达到高峰。意大利戏剧家哥尔里尼的《悲喜剧概论》为这一混合剧种奠定了理论基础。他认为悲喜剧作者应该:"从悲剧和喜剧这两个不同形式中取其所需。从前者他可借取'高尚的人物而不是高尚的行动;一个可信的故事而并非史实;经过加

---

① Valency, Maurice, *The Flower and The Castle*, New York: The University Library Grosset & Dunlap, 1966, p. 153.

② Templeton, Joan, *Ibsen's Women*, Cambridge: Cambridge University Press, 1997, p. 111.

③ Bloom, Harold, *The Western Canon: The Books and School of The Ages*, Harcout Brace, New York, 1994, p. 351.

强而又得到调合的效果;喜悦而不是悲怆;危险但不是死亡'。从后者可借取'有节制的笑声;恰如其分的快意,虚设的危机和一个令人意外的大团圆结尾'。总而言之,必须含有喜剧情节。"悲喜剧的目的在于"以快乐来净化观众的悲哀"[1]。由此可见,悲喜剧是一种悲喜成分兼蓄的"中间"形式,具有包容性和含混性的特点。英国伊丽莎白时代的戏剧家弗莱切进一步阐述了哥尔里尼的理论,"所谓悲喜剧并不在于它表现了欢乐和杀戮。它需要死亡,但必须恰到好处,不是悲剧,又近似悲剧,但又不是喜剧。它必须表现熟悉的人们,不触及生活本身。这样,在剧中,神灵像在悲剧里一样合法存在,卑贱的人们也像在喜剧中一样合情合理"[2]。伊丽莎白时代戏剧的繁荣是和悲喜剧的发展分不开的。而田园浪漫剧和传奇剧是典型的悲喜剧形式。鲍芒和弗莱切都是悲喜剧的倡导者和实践者。而艺术巨匠莎士比亚在创作的后期也转向了传奇剧,创作了《辛白林》、《冬天的故事》和《暴风雨》等不朽的剧本。

自19世纪以来,悲喜剧逐渐成为占主导地位的戏剧形式。"上帝的死亡"和"悲剧的消解"[3]意味着宇宙间绝对观念已不复存在。纯正的悲剧和喜剧已失去了赖以生存的土壤。情节剧、史诗剧、荒诞戏剧、威胁喜剧和残酷闹剧的产生又极大地扩充了悲喜剧的内涵。现代悲喜剧无论在形式和内容方面都和哥尔里尼、弗莱切时代的悲喜剧有很大的不同。但万变不离其宗,悲喜剧的根本特征并没有改变。理查德·达顿指出,悲喜剧从本质上讲是一种"仪式戏剧,目的是寻求和主宰我们生存的不可知的力量达成妥协;它的一个最普遍的母题是对未知领域的追寻(精神或肉体方面)"[4]。达顿所指的"仪

---

[1] Hirst, David, *Tragicomedy*, London: Methuen Publishing Ltd., 1984, pp. 5-6.

[2] Hirst, David, *Tragicomedy*, London: Methuen Publishing Ltd., 1984, pp. 12-13.

[3] Steiner, George, *The Death of Tragedy*, London: Faber & Faber, 1961, p. 292.

[4] Dutton, Richard, *Modern Tragicomedy and the British Tradition*, Sussex: The Harvester Press, 1986, p. 15.

式戏剧"显然和早期的戏剧胚胎——祭祀仪式和群落的狂欢有关。为了祈求神灵或神秘的超自然力量的赐福和帮助,人们聚在一起举行仪式。而经过精心挑选的"祭品"——人或动物却要担负起群体的重托,充当"替罪羊"的角色,以牺牲自己的生命来追寻一种理想的结果——奇迹的降临。

如果读一下英国早期的宗教奇迹剧、文艺复兴时期的传奇剧和现代戏剧,我们就不难发现,冒险和追寻已成为悲喜剧的重要主题。为了进一步阐述这一特点,约瑟夫·坎普贝尔从神话的冒险故事中提炼出了"分离—授意—回归"的模式。他挑选了普罗米修斯上天取火造福人间、伊阿宋夺取金羊毛和埃涅阿斯跨越冥河接受亡父授意的故事,展示了其中隐形的模式:英雄离开世俗社会,冒险进入神秘的超自然力量的领地,经过重重艰难险阻,取得胜利或得到授意,将福祉带给人民。[①] 尽管坎普贝尔选的故事中,冒险者都是超人的英雄,但他确立的模式在我们对悲喜剧的阐释中还是很有帮助的。而且,借鉴这个模式,我们还可以看到悲喜剧形式在其发展过程中的嬗变。

毋庸置疑,易卜生的大部分戏剧和传统的悲喜剧有许多相似之处,冒险和追寻的主题一直贯穿始终。他剧中的主要人物都有强烈的使命感和抱负,为了理想、爱情、自我、权力、自由和梦想不断追寻,上下求索。

《布朗德》《培尔·金特》《皇帝朱利安和加利之人》是易卜生早期创作的重要的作品,从某种程度上说,三剧中的人物都有一些共同点。其中布朗德和朱利安具有超人的特点,他们都是极端的理想主义者。而培尔·金特恰恰是布朗德的另一面,是传奇剧中具有象征意义的人物。布朗德为自己的宗教信仰而追寻着,拆了旧教堂,建了新教堂,最后独自一人攀上山顶,去实现改造世界的梦想,结果坠落。培尔·金特一生为"自我"的问题而追寻着答案。他云游四方,历尽沧桑,最后茫然回归,无奈地接受了"虚无"的结果。朱

[①] Campbell, Joseph, *The Hero With a Thousand Faces*, Princeton: Princeton University Press, 1968, p. 30.

利安身上则有布朗德和培尔·金特的影子,他雄心勃勃,背负着第三帝国霸业的使命,但野心令他忘乎所以,追寻实现宇宙自由的梦想使他变得疯狂,结果成了暴君,被人刺杀,第三帝国的美梦成了泡影。

《玩偶之家》、《群鬼》、《人民公敌》常常被贴上社会问题剧的标签。自然,如果从现实主义的批评角度来说,这几部戏剧确实具有针砭时弊、揭露丑恶、批判现实的特点。而从戏剧艺术的视角着眼,三剧中的悲喜剧特征非常明显。娜拉并不是一个天真无邪的玩偶,她也是一个理想的追寻者,一位敢做敢当的女性,有着骑士般的神勇,她的离家出走昭示着她追寻的继续;《群鬼》中的阿尔文太太是一位有着坚强性格的女性,她在生活中忍辱负重,失去了丈夫,儿子得病并没有使她气馁,她依然追寻着自己的自由、独生子的新生;《人民公敌》中的斯多克芒医生称"世界上最有力量的人是最孤独的人"。像堂·吉诃德一样,他的脑子里充满了浪漫的幻想,相信一个人可以随意地改变人们的命运。然而他对个人理想的追寻却只给他带来了众叛亲离的结果。

易卜生花了一年多时间来构思《野鸭》,可见他对此剧倾注了不少心血。事实证明这是易卜生的杰作之一,悲喜剧的意蕴特别丰富。主人公格瑞格斯俨然以一个救世主的姿态来到埃克多尔家,想用真理把他们从谎言中解放出来。他的所作所为和布朗德以及朱利安十分相像:前者想解放世界,后者想拯救世界,而格瑞格斯则想拯救人们堕落的灵魂。但在一个幻灭和绝望的世界里,他没有回天之力。

在易卜生后期的戏剧中,追寻主题反复出现。他笔下的主人公,不管是男性还是女性,都怀着炽热的理想,追寻着人生的目标。《罗斯莫庄》里的罗斯莫像朱利安一样,梦想建立第三帝国,争取世界的自由。吕贝卡也满怀抱负,为理想大干一场。索尔尼斯在《建筑师》中像罗斯莫一样,憧憬着自由和未来,他放弃了为上帝服务和人类服务,只是一味追求自己的幻想——建造一座空中楼阁,结果从塔楼坠落。海达·高布乐在易卜生塑造的女性中非常突出,这是因为她有别于其他女性,显得十分刚烈。她的个性决定了她有特别的追求。厌烦了百无聊赖的生活,痛恨传统的母亲形象,海达想改变形象,实现自我的价值回归,但她又无法主宰自己的命运,只能开枪自杀。约翰·益博瑞尔·勃克曼生活在冰冷的世界里"像一头病狼一样在笼子里来回行走"①。他的辉煌已经过去。作为一个失败者他并不气馁,他在脑子里依然追寻着建立王国的梦想。

《咱们死人醒来时》是易卜生的压卷之作。这是一部象征意义很强的戏,悲喜剧的特点十分明显。尤班克教授称此剧是"一个巨大的互文本,涵盖了易卜生的所有戏剧"②。易卜生在该剧中通过"半身人像"和"复活日"的雕塑构建了隐性的结构,探索了艺术和自然的关系(这也是文艺复兴时期悲喜剧作家所关切的),展示了浅层和深层文本的关联,触及了生与死的永恒命题。如果我们用"仪式戏剧"的原则来诠释其中的隐性含义就不难发现,"追寻"乃是该剧的主题。这一点从戏的场景中也可看出:易卜生独具匠心,将场景均置于室外,三场戏的场景由海平面向山峰峰顶递升,在地形上创造一种追寻的迹象,而心理上的追寻也随着地形的变化而变化。鲁贝克和爱吕尼追寻的是共同的理想,新的生命——复活,他们到峰顶去就是为了庆祝他们的新婚。但和布朗德一样,伴随着修女"祝你们平安"的拉丁语祝福在雪崩中消失。修女的祝福和"复活"的雕像具有反讽张力,因为鲁贝克和爱吕尼的生命被凝固在雕像里,他们只有在那里才得到永生。而修女与"复活"又不能不使人联想起《圣经》中基督受难和复活的故事,联想起"仪式戏剧"的特定内涵。众所周知,基督为了替世人赎罪,背着沉重的十字架,毅然赴死。他就像献祭的羔羊或"替罪羊"。当然他的复活又给众生带来了幸福和希望,复活也意味着奇迹的发生。分析一下易卜生的戏剧,我们发现,他剧中的主要人物不管是布朗德、朱利安,还是格瑞格斯、罗斯莫或者是娜拉和海达,无论他们是布道者、皇帝、建筑师,还是银行家、艺术家或是家庭主妇,都是一些具有强烈使命感,甚

---

① Valency, Maurice, *The Flower and The Castle*, New York: The University Library Grosset & Dunlap, 1966, p. 220.

② Hemmer, Bjørn and Vigdis Ystad, eds, *Contemporary Approaches to Ibsen*, Vol.IX. Oslo: Scandinavian University Press, 1997, p. 49.

至于疯狂的理想主义者。他们的定位决定了他们需要担当起"替罪羊"的角色,为了他们理想去冒险,去追寻。正如布朗德所说的那样:"从此刻起,我要在家乡的土地上,作为上帝选定要背负十字架的人,不屈不挠地战斗,通过我尽人子的责任,使灵魂战胜肉体的堕落。上帝用他的言辞的利剑武装我,在我胸中点燃他的愤怒的烈焰。现在我充满了意志的力量。现在我敢,现在我能粉碎山岭。"①

然而,如果我们把易卜生戏剧中的悲喜剧特点和文艺复兴时的悲喜剧相比,我们就不难发现易卜生在传统的戏剧模式中所进行的创新或者"颠覆"。这种创新主要体现在对戏剧结尾的处理上。在文艺复兴时期的悲喜剧,特别是同一时期英国的悲喜剧中,结尾常常有一种由悲到喜的过渡和突转。戏往往以大团圆收场,展现出内容和形式的整一性。但是易卜生改变了这种皆大欢喜的结局编排,设计了开放式的结尾,以展示追寻的徒劳。这种结尾在易卜生戏剧中很普遍,而且意义深刻。

将易卜生和莎士比亚及贝克特比较一下,我们可以更深地领会易卜生独特的戏剧审美意识。许多评论家经常将易卜生和莎士比亚及贝克特相提并论,将《培尔·金特》和《暴风雨》及《等待戈多》进行互文性的阐释。这样做的原因很简单:因为莎士比亚的《暴风雨》是他的最后一部戏剧,是伊丽莎白时代传奇剧(悲喜剧)的杰作。该剧和哥尔里尼的技巧最相近,也和坎普贝尔的"分离—授意—回归"的模式相吻合。和《暴风雨》一样,《等待戈多》也是一部里程碑式的作品,是现代派戏剧的经典。评论家马丁·艾斯林将它归入"荒诞戏剧"之列,贝克特给这部戏剧的副标题却是"两幕悲喜剧"。很显然,贝克特是在悲喜剧框架中表达自己的思想的。在这部戏中,四个人物之一的幸运儿在一段冗长、散乱的独白中提到了"神圣的米兰达"。而在莎剧《暴风雨》中,米兰达名字意为奇迹,她的出现是和喜剧性的突转分不开的。但与《暴风雨》不同的是,奇迹并没有降临,无结果的"等待"是这出剧的戏核。贝克特正

---

① 易卜生:《易卜生文集》第3卷,成时译,人民文学出版社1995年版,第266页。

是通过周而复始的等待表达了一种现代人生存的荒诞性和危机。"贝克特和易卜生最终都深深地关切着带根本性的现代的命题：存在的问题和自我的本质"，"空心洋葱的形象的确很有贝克特的意味，它是表达'存在主义'的另一种方式"。①

"空心洋葱"是易卜生戏剧《培尔·金特》中的重要寓言意象，表现了主人公对"自我"所作的徒劳的追寻以及无果的回归。这种追寻就像是在剥洋葱，最后得到的是一个"空芯"。从《培尔·金特》中可见，易卜生起了一个承上启下的作用，在传统戏剧和现代戏剧中架设了一座桥梁。在该剧中，易卜生有继承，也有创新。《培尔·金特》是典型的传奇剧，具有传统传奇剧的特点，剧中的追寻的主题也很突出。挪威的峡谷、海湾、摩洛哥海滩、撒哈拉大沙漠，处处都留下了培尔的足迹。但和《暴风雨》不同的是，培尔的追寻无果而终，"喜剧的突转"没有实现，"奇迹"没有降临。这一点恰好体现了易卜生戏剧的现代的特点，与《等待戈多》的结尾十分相像。易卜生对传统的悲喜剧结尾的"颠覆"反映了他对现代人生存状态的深刻的哲性思考和人在各种力量面前的无能为力的担忧。"奇迹不会发生"已经是现代戏剧家的共识。娜拉热切盼望的"奇迹"终究没有出现，布朗德、索尼斯和鲁贝克跌落深渊，一去不回。朱利安和海达在枪声中结束了自己的梦想，而"复活"只是一座冷冰冰的雕塑。从戏剧艺术的角度，易卜生戏剧的开放的结局给了人们思考的空间，多种阐释和相对的意义建构成为可能，"问号"②将会不断出现，"易卜生让他的剧本发展到最后一场时，便留有多种阐释的可能性，这一点并不是没有根据的"③。

---

① Durbach, Errol, ed, *Ibsen and the Theatre*, London and Basingstoke: The MacMillan Press Ltd., 1980, pp. 76 - 77.

② McFarlane, James, ed, *The Cambridge Companion to Ibsen*, Cambridge: Cambridge University Press, 1994, p. 152.

③ 参见[挪威]克努特·布莱恩希尔德斯瓦尔、宋丽丽：《从怪异美学视角论〈培尔·金特〉剧中的身份危机》，《外国文学研究》2003年第2期，第23页。

值得关注的是,莎士比亚、易卜生和贝克特是欧洲戏剧发展史上重要时期的代表人物,对推动戏剧艺术的发展做出了重要贡献。他们都采用了悲喜剧的形式,无论在主题、结构、风格、手法和审美方面,他们的戏剧都有许多相似之处。这说明悲喜剧这一戏剧形式有其独特的内在规律和强大的生命力。将易卜生戏剧纳入悲喜剧的范围里进行研究,无疑将从戏剧艺术方面对易卜生进行研究做很好的补充。

博克曼:自由生存困境中的囚徒

刘明厚*

四幕悲剧《约翰·盖勃吕尔·博克曼》(*John Gabriel Borkman*,1896)是易卜生后期戏剧中一部非常独特的作品,观众或读者能在每一幕戏里感受到一种深刻的孤独感,一种空有壮志的无奈,一种为维护个人尊严而自我欺骗的悲哀。戏剧主人公博克曼是个矿工的儿子,凭着他的聪明和才干,终于成了一名采矿工程师,并且爬上了银行总经理的宝座。他野心勃勃,想要开采庞大的矿山,掌管全国的商业和铁路、轮船航线。就在他马上要当选为国会议员的时候,他冒险挪用了银行的公款,结果东窗事发,博克曼身败名裂,好像"初次出兵就受了重伤的拿破仑",他为此付出了八年牢狱生活的代价。出狱后,博克曼年复一年地把自己关在楼上的房间里,天天等待银行请他出山复职,在想象中重新确定自己的价值,就像半个世纪后出现在法国舞台上的荒诞派戏剧家塞缪尔·贝克特笔下的流浪汉一样,苦苦等待着那个永远也不会出现的"戈多"[①]。

---

* 刘明厚,上海戏剧学院教授,主要研究易卜生与欧美戏剧。本文原载《戏剧艺术》2007年第5期。

① 详见易卜生:《约翰·盖勃吕尔·博克曼》,潘家洵译,载《易卜生戏剧集》第3卷,人民文学出版社2006年版,第375—462页。

博克曼：自由生存困境中的囚徒 / 刘明厚

一、自我和自我意志的失落

如果说八年牢狱的囚禁是法律对一个敢于挪用公款罪犯的惩罚，那么，刑满释放后博克曼自我囚禁了八年则是他的个人选择，为了维护他那所谓的做人的尊严与价值。这又是一个白日梦患者，一如易卜生《野鸭》中的白日梦患者雅尔马。不过相比之下，博克曼更具有不可动摇的意志。博克曼的悲剧，揭示了现代人在现实社会中自我的失落和自由意志的失落，这种失落使人不敢直面自己的生存，因而更难以实现自我。

人，总是在希望与失望中度过自己的一生。戏开始时，博克曼在这种希望和失望中已经整整生活了八年，也徒然等待了八年。长期与世隔绝的生活，使他变成了一个幻想狂："等我复职的时辰一到——等他们觉得没有我办不成事儿的时候——等他们亲自上楼来找我，爬在我脚边，求我再出去当银行总经理的时候——就是那家新银行，就是他们设立了而办不下去的那家银行——到那时候，我就站在这儿，接见他们！并且要让远近的人——全国的人——都知道约翰·盖勃吕尔·博克曼要逼他们接受了条件才肯——。"他的狂妄与野心，使他不能清醒地意识到自己被社会所抛弃的现实，或者说他不敢正视自己的现实。我注意到易卜生在刻画这个人物时所运用的细节：每当听到敲门声，博克曼马上会装腔作势，一手按在写字台上，一手插在前胸衣襟里，准备接待等待已久的代表团。在这里，我们好像看到又一个雅尔马在制造生活的骗局，博克曼把自己囚禁在屋子里，从不下楼半步，这使人想起了《野鸭》一剧中的那间小阁楼，他就像一只受了重伤的狼，他的意志、他的野心、他的刚愎自用，以及为达到目的而不择手段和富有攻击性，足以使他称得上"狼"而不是一只"野鸭"。

这是一个自我意识十分强烈的人物，曾坚定不移地认为，他是"特选的出类拔萃的人"，负有解放地下深处亿万吨矿藏的神圣使命。这个使命是不可抗拒的，也是与生俱来的。他仿佛听到地下的宝藏在向他呼喊，在向他歌唱，看到它们在向他招手。他整个儿被迷惑住了,他全身心地爱它们,爱随之而来的权力,这使他变得狂妄,变得野心勃勃,变得不可一世,变得非理性直至神经错乱。

由此可见对地下宝藏的开掘,对更大荣耀和权力的追求,是博克曼的生命激流之源。易卜生在这个剧本里用了隐喻法,隐喻博克曼就像那埋在黑暗中的煤矿、金子,纵然有着极大的能量,却不能在光明中显露出来。博克曼的错误和悲剧就在于,他经历了一次惨败之后,不能正确地对待自己,也不能正确地对待他人。他自始至终只追求他个人的权利,从未承认过别人的权利。他奉行的是尼采的超人哲学,认为其他所有的人,都是他实现自我野心的工具。"要么全有,要么全无",这种自我中心主义的无限扩张,致使他狂妄自大,自我封闭,孤立无助。

易卜生笔下这一类意志如钢的人都有一个特点,就是一旦目标已定,会去积极行动,不计后果和亲情,比如牧师布朗德、建筑师索尔尼斯,等等。博克曼也同样不能抑制自己对权力的强烈渴望和对行动的迫切要求,在他心目中,其他的一切都应该为他做出牺牲。他可以毫无愧色地拿爱情作交易,把自己所爱的女人,那个也钟情于他的艾勒小姐,像商品一样出让给能够使他谋取个人权力的欣克尔先生,自己则跟拥有遗产的艾勒的姐姐耿希尔得结婚。从这点上来看,博克曼同《社会支柱》中的主人公博尼克一脉相承,女人、婚姻不过是他们向上爬的交易筹码。博克曼用实际行动实现了布朗德的箴言:"一个人有一样属于他的东西,他不能给,那就是他的内在的自我,他不敢束缚它,禁锢它,堵塞他的使命的河流。它必须不停地奔流,归入大海。"因此,女人在很多时候成为他们所谓宏伟事业的牺牲品也就理所当然了。

"自我"在易卜生心中是人的正当权利,"这个世界要容许人不折不扣地实现他的自我"。对"自我"的呼吁,反映出易卜生对现代人的生存困境的形而上的思考。他为人的自由生存困境和精神困境而产生的焦虑和痛苦,恰是现当代戏剧一再涉及的问题。例如,在让-保尔·萨特(Jean-Paul Sartre, 1905—1980)和阿尔贝·加缪(Albert Camus, 1913—1960)的戏剧里,他们都提出了个人的自由选择的问题。

从博克曼的许多言行中我们可以看出,这个人物是易卜生当年所谓的"社会支柱"博尼克的后代,也是尼采的信徒。他信奉超人哲学,鼓吹权力斗争,提倡唯意志论,为追求目的而不择手段。如果再向上追溯,他比他的祖宗培尔·金特的野心更大,决计要建立他的强大的博克曼王国。八年的牢狱生活没有使他反省忏悔,相反,他只恨自己被朋友出卖,"友谊就是欺骗!"他咬牙切齿地说道。对剧中那个没有出过场的欣克尔,他怀有铭心刻骨的仇恨;他甚至把怨恨从个人扩展到整个社会,认为社会不认识他的行动及其目的的价值。他希望着,等待着东山再起的那一天,渴望有一天实现那个诱惑他的梦想。正如萨特所说:"希望是人性的一部分。"人活着,就有希望。博克曼虽然没有等到未来,但是在他长期独自幽禁的时间里,他没有停止过思考生存的答案,这使他的内心保存着超越生存困境的那一面,从而使他的毁灭具有一种悲剧精神。

因此,当博克曼的英雄梦破灭之后,当他的人生与事业的挫败之后,他失去的不仅是他的金钱和地位,更致命的是他失去了重新站立起来、面对社会和生活的勇气,他只能用自我封闭来逃避现实,用幻想、用白日梦来编织往昔未竟的宏图大业。这种自欺欺人的白日梦后来成为许多剧作家所效仿的手法,如,美国剧作家尤金·奥尼尔及其《送冰的人来了》。

二、野心的力量与现实的威力

博克曼一向认为自己是上帝"特选的出类拔萃的人",拥有对社会的坚定不移的"使命感"。他之所以要这么冒险地干,不单单是为他自己创造权力和财富,更是为了让成千上万的人富裕起来,这就是他的与众不同,可以高踞于芸芸众生之上的理由,只是没有人意识到他的力量。因此,面对因为他而遭受破产厄运的人们,他不必愧疚,反倒认为都是天下的人负了他,是所谓的朋友欣克尔出卖了他,也包括他的情人——不肯用自己的身体为他做出牺牲的艾勒小姐。

伟人、超人的自我意识与野心,使他如此自负而狂妄,即便是在他触犯法律身败名裂以后。当艾勒小姐指责他出卖爱情,犯了谋杀灵魂的罪孽时,他毫无廉耻地说道:"对,我做了交易,艾勒!我无法遏制爱权力的欲望。"他还振振有词地为自己辩解:"因为我是男人!因为我胸怀大志,所以连这事我都能够忍受!"(见《博克曼》第二幕)博克曼甚至倒过来抱怨艾勒不肯助他一臂之力,如果她肯嫁给那个大权在握的欣克尔,他就不会遭殃了!每每想到这儿,博克曼就会情绪激动,歇斯底里地指责艾勒毁了他的前途,毁了他自由发展和实现自我的最后希望。如今孑然一身的艾勒落到这般地步,按照博克曼的话来说是自找的:"你只能埋怨你自己。"面对情人的眼泪和幽怨,博克曼丝毫不受良心的谴责,反而把责任和道义推卸得一干二净。

不可遏止的野心和欲望使博克曼毫无道德可言。易卜生塑造这种类型的男人,都是只重功利和权力,他们让女人、爱情无可商量地服从于男人的权力欲。为了他们的伟大事业和理想,在万不得已的时候,"一个女人总可以代替另外一个"(见《博克曼》第二幕)。在博克曼看来,那些没有任何职责的人,包括女人,只有一种职责,就是牺牲自己。在这里,我们似乎又听到了海尔茂对他太太娜拉说过的一句话:男人不能为他爱的女人牺牲自己的名誉。

由此可见,博克曼这种对女性的态度,完全继承了博尼克的衣钵,与海尔茂也从本质上如出一辙。不过,易卜生对博尼克还是非常温和的,让他在忏悔之后,重新赢得"社会支柱"的称号;而现在,他对博克曼这类个人野心家,在否定中又包含着对他的同情。博克曼不仅在事业上因损人利己而一败涂地,而且在个人生活上既毁灭了别人的幸福,也造成了自己的不幸。从这方面看,易卜生对博克曼是持否定和批判态度的。

然而,易卜生又认为博克曼能够从一个卑微的矿工,经过自己的奋斗,步步高升到银行总经理的职位是很了不起的,很赞赏他这种自我奋斗精神,这正如易卜生本人的自我奋斗。易卜生强调:人生的价值,就是"要奋斗到末了一天,牺牲到最高程度,绝对不要调和,完全做自己意志的主人"。因此,他的博克曼为了他的煤矿王国不惜赤裸裸地拿爱情做交易,去干违法乱纪的勾当。易卜生认为这些道德缺陷是可以被宽容的,因为这个人物是"特选的出类拔萃的人"。这种特殊的人物是资产阶级社会的精神贵族,是尼采大加赞扬的"超人",为求自我发展,当然可以为所欲为,做出超越常规的例外。

对于这类"特选的出类拔萃的人",早在易卜生的精神儿子布朗德身上就流露出他对人民大众的轻视。布朗德和他所生存的那个狭隘而窒息的环境,屡屡发生冲突,他为了他的"精神反抗"和崇高理想而独行其是。现在,博克曼也同样自视在各方面都高人一等,唯有他才能完成辉煌的业绩,因此他在精神上绝不肯服输。醉心于人们对他的个人崇拜,往往是这类"特殊人物"在资产阶级社会里,处于孤立地位的主要原因之一。

布朗德追求的是精神,博克曼追求的是物质;布朗德是抽象的,博克曼是具体的。他们都以超人的意志,体现了愿望与可能之间的对立,这种对立的本身也是现代生存困境的产物。博克曼临死之前发出的由衷的感叹:那从前的梦想,那广大无边、开发不尽的、眼看就要征服的王国,"始终只是一场梦"。

自我的实现是何等之难!哪怕他已经付出了昂贵的代价——个人爱情与幸福。易卜生几乎所有的戏剧都少有圆满的结局,悲剧精神是易卜生戏剧的品格。虽然这个过于自负、坚毅的博克曼并不可爱,但是在人生的最后一幕,也是该剧的最后一幕里,当他终于走出那个家庭牢笼,颤颤巍巍地站在白雪皑皑的、寂静的高原上,俯瞰大地,回首往事的时候,不由地悲从中来,发出那天不从人愿的叹息,那一个戏剧场面却是令人感动的。在茫茫天地之间,人是何等得渺小、何等得卑微,那冰天雪地的大自然正是冷酷无情的命运的象征,哪怕你是所谓的强大的"超人"。雪山、高处、形单影孤的人,类似这样的画面我们在易卜生的戏剧里并不陌生,人生如梦,人生是空。望着这位白发苍苍的疯癫老人,我们的怜悯之情会油然而起。

受黑格尔所倡导,布伦·退尔所发展、强调的"意志论"戏剧冲突规律的影响,易卜生也以自觉意志作为他的哲学与写作的基础。但在他的后期剧作中,"他发现人的意志和他所生活其中的世界有着那么大的脱节而吃了一惊,不能在早期的宗教学说中找到安慰,便不得不自己创造了一个解决方法以满足自己的需要。由于这种需要发源于他的纷乱的心理,所以他所创造的神秘主义必然是他自己的精神状态的造像"①。美国电影戏剧理论家约翰·霍华德·劳逊的这段话说得颇为中肯。这里所说的"神秘主义"是指人不可能完全逃避现实,因此不能不靠"一种实现希望的憧憬——一个在其中情绪具有无边的力量,可以自己解放自己的梦幻世界"。博克曼就是在这种梦幻世界里,保持着个人的优越感。由于个人与现实之间的失调与脱节,博克曼富有想象力的清醒的自我是病态的,是自我欺骗的。博克曼视个人命运的二元论,表现了易卜生对理想和现实的看法:理想具有强大的力量,足以使没有理想的生活失去一切价值,而现实却已把理想的随心所欲、以专横力量主宰一切的威力击得粉碎,以至它的一切胜利在刚刚取得时便不可避免地转化为失败,胜利者不得不永远怀念他胜利前的情景。易卜生在这部戏剧里,再一次探讨了个人和社会中真实和虚幻的实质。

三、不可跨越的人与人之间的鸿沟

人的孤独,人与他人的无法沟通,人与社会的脱节,人生的荒诞,这些现代派戏剧中一再涉及的主题或问题,在易卜生的戏剧中早就被关注到了。易卜生后期戏剧的家庭里,夫妻之间总是存在着鸿沟,男女之间存在着深刻的不平等。在妻子耿希尔得眼中,博克曼早已死了,而她也等于做了活死人的妻子;早年倾心于博克曼的艾勒,因博克曼扼杀了她的恋爱生活而从此心如死灰,形影相吊。易卜生在这个悲剧情境中,把真正的情节置放在遥远的往昔,在戏剧中则巧妙地安排了三个孤独的人的"久别重逢"场面,使这里死气沉沉的生活变得生动紧张起来,从而导至人物心理上的巨大冲击。

---

① [美]约翰·霍华德·劳逊:《戏剧与电影的剧作理论与技巧》,邵牧君等译,中国电影出版社1961年版。

第一个场面是姐妹重逢。艾勒·瑞替姆同姐姐耿希尔得多年来一直没有见过面,为了博克曼,姐妹俩成了情敌。出于对过去情人的爱,艾勒在博克曼破产之后,不但出资为他们夫妻提供住所,而且全身心地抚养他们的儿子遏哈特,体验了当母亲的欢乐。博克曼出狱之后,耿希尔得把儿子接走,艾勒再次失去了精神寄托。她内心的痛苦与幽怨伴随着孤独感与日俱增,身体也一日不如一日。如今重病缠身的艾勒知道自己来日不多,为了使自己在离开人世的时候有个人陪伴,她在一个风雪的黄昏来到博克曼家里,打算把遏哈特带走。于是出现了艾勒要遏哈特以娱晚年和耿希尔得要遏哈特重振门庭声誉的冲突。姐妹俩各揣心事,和从前一样,为了一个男人,她们又准备开战了。

第二个场面是情人重逢。艾勒同博克曼再次相会时,他们都已步入暮年,是60开外的老人了。艾勒激动地斥责博克曼出卖了爱情,杀害了她的灵魂,毁灭了她的生趣。她做梦也没想到博克曼竟然觉得他蒙受了巨大的委屈。好在到了知命之年的艾勒已不想再清算这笔感情孽债了,她只有一个要求,把她抚养过八年的遏哈特带走,做她的儿子,改用她的姓,继承她的遗产,来作为博克曼赎罪的代价。博克曼从来就只爱他自己,儿子跟谁的姓他并不太在乎,何况还有经济上的好处,他答应了艾勒的请求。

第三个场面是夫妻重逢。八年多来,虽然同住在一个屋顶之下,夫妻间却一个在楼上一个在楼下相互回避,相互憎恨,他们各自守住自己的小天地,从不越雷池半步。耿希尔得只是从楼上传来的脚步声中,判断她的丈夫是否还活着。现在出于女人的妒嫉心,她暗中上楼偷听博克曼和艾勒的谈话。当听到博克曼同意艾勒把儿子带走时,她忍不住跳了出来。于是出现了夫妻相逢这一幕。易卜生用"唇枪舌剑",将这对夫妻间隐藏了多年的矛盾激化出来,因为遏哈特是耿希尔得全部的希望,而博克曼却要把他拱手相让,这对她来说无疑是毁灭性的打击。因此,她不仅对丈夫不依不饶,也迁怒于她的妹妹艾勒·瑞替姆。

这三个精心设计的重逢场面相继出现在舞台上,处理得自然流畅,相得益彰。整个剧情仅仅发生在从黄昏到黑夜来临的短暂的时间里,主要事件从开始到终结也仅仅限制在瑞替姆府邸(注:艾勒·瑞替姆在博克曼锒铛入狱、宣布破产之后,买下了博克曼的这座住宅,并让原主人长期居住);只有最后一幕发生在雪山上。易卜生在如此有限的时空条件下,运用其擅长的回溯法,包容了对这些主要角色漫长生活历程的多方位的追忆,尤其凸现了博克曼的生活轨迹,以及他所经历的一个严酷的心理厮杀过程,撕肝裂胆,哀怨悲凉,使该剧具有相当丰富的内涵。

在这同一个晚上,易卜生还设置了一对次要矛盾冲突:与博克曼持续了多年友谊的弗尔达尔和博克曼闹崩了。这个可怜的小办事员,也是一个生活在白日梦阴影里的人物,为了自己的梦想——成为一个诗人和剧作家——而贻误了终生。弗尔达尔与博克曼不同,博克曼从来都毫不怀疑自己的才能,弗尔达尔则对自己能否成为一个诗人始终没有把握,他需要从别人的肯定中确认自己的价值。因此,一旦博克曼对他说"你到底不是诗人"时,弗尔达尔绝不能原谅他,不能原谅这个当年挪用他的存款去搞投机事业而使他破了产他都不曾抱怨过的博克曼,因为博克曼粉碎了使他保持个人价值和荣誉感的虚幻世界。

其实,在易卜生后期戏剧里,像博克曼、弗尔达尔这类人物并不少见。《小艾友夫》的男主人公艾尔富吕·沃尔茂的精神生活,靠的是计划写一部论人的责任的巨著所支撑。《野鸭》中的雅尔马则认为自己有可能在照像技术上有重大发明而生活得有滋有味。这些人物无一不是在幻想中虚度一生:他们渴求梦想成真,摆脱掉失意的处境,却又害怕走出他们自己给自己营造的、与世隔绝的小天地;他们的思想大于行动,唯有在虚幻中才能得到安慰,保持住人的尊严和体面。易卜生既同情这类人物的不幸,洞察入微地对他们进行心理分析,又蔑视他们那种虚假的生活态度和生活方式,批评他们像受伤的野鸭,在狭隘平庸的天地里,在至关重要的谎言里,寻求心理平衡。

四、 背离的绝望与囚徒的癫狂

在《约翰·盖勃吕尔·博克曼》这部剧里,以博克曼为中心的四位老人,他们的灵魂都是极其孤独的,他们的心扉早已被生活的尘土封闭死了。孤寂和怨恨,使这些老人彼此隔离,每个人都独自生活在冷冰冰的小世界里,被生活、幸福、光明和一切美好的东西所抛弃。

于是,年轻的、富有生命力的遏哈特便理所当然地成了他们晚年的最后希望和安慰,成为他们争夺的对象。当遏哈特的母亲和姨妈千方百计地想控制他,要把他拉入自己的怀抱而遭到拒绝时,冷眼观战的博克曼突然意识到他的机会来了,他要求儿子同他一块儿干,帮助他一起挽回他的失败。三位老人从各自的利益出发,向遏哈特发出了急切的呼唤。

易卜生在描写这个争夺场面时,将每个人的心理和神态都刻画得惟妙惟肖。那是一场灵魂与灵魂的短兵相接,往日的恩恩怨怨,在这一刻全都暴露无遗。博克曼太太自以为能左右儿子遏哈特,所以在艾勒面前显得洋洋得意,对丈夫则不加掩饰她的傲慢与蔑视;博克曼在听到妻子的挖苦之后,立即勃然大怒,艾勒·瑞替姆在意识到彻底失去遏哈特的现实时,有意跟耿希尔得作对,煽风点火地鼓动遏哈特帮助父亲重创事业。易卜生把这场心理争夺战写得入木三分,戏剧冲突波澜迭起,三个长辈包围着遏哈特:

博克曼:遏哈特,你愿意不愿意跟我合作,帮我创造这新生活?

艾勒:你不能破费两三个月工夫,让一个不久于人世的苦命人,在临死之前畅畅心胸吗?

博克曼太太:难道你忘了自己许过愿要做的那桩事业吗?

六道期待的目光,三条利剑般的舌头,同时逼向遏哈特,逼他当场做出选择。富有戏剧性的是,遏哈特这个一向唯唯诺诺、温顺听话的儿子,突然以叛逆者的姿态出现在他们面前,他生平第一次拒绝父母和养母的要求,"我不能贡献自己的生命给别人赎罪——不管那人是谁"。"也不想陪伴一个快死的人,更不愿意工作!因为我是年轻人,这股滋味我从前没体会过,现在却在我浑身血管里跳动。我只想生活,生活,生活!"句句答复掷地有声,似阵阵惊雷,在老一代人那乌云密布的心灵里轰然炸响,炸得他们惊慌失措,无论是母亲的权威,养母的哀求,还是父亲的威严,都不能改变遏哈特已经拿定的主意。他下定决心要逃出这个令人窒息的地方,远离这个极端自私的爱的围城,他要另找属于自己的快乐,这个快乐他已经找到了。当他把他所爱的女人唤进屋子同家里人见面时,空气仿佛凝固了一样。易卜生以片刻的沉默来突出博克曼一家人在毫无心理准备的情况下所经受的惊讶和震动。

老人们无论如何也想不到,遏哈特竟爱上了一个当过博克曼情妇的女人威尔敦太太,而且马上就跟她离开家乡远走高飞。遏哈特的态度是如此坚决,义无反顾。跟这对情侣一起去国外的还有弗尔达尔的小女儿,这位可怜的姑娘不过是被他们用来作为掩人耳目的工具。弗尔达尔却因为女儿坐着一辆漂亮的带有银铃和篷子的雪橇而眉开眼笑,"这么看起来,天把我生成个诗人,究竟不冤枉,因为小富吕达就要走进我从前一心向往的那个广大的世界了"。这位一生不得志的老人竟然在被雪橇撞倒后,还能激发起这点可怜的诗情,更给那三位被抛弃的老人增添了一分苦涩,给这座孤零零的老宅陡添了一种凄凉感。

易卜生笔下的这几个人物,几乎都固定在一种运动方式里。他们都没有决定自己命运的可能性,他们被一种诱惑,一种自己编织的希望所欺骗。这种情况正如后来20世纪的卡夫卡所说的,是"原地踏步的行进"。他们躲藏在黑暗中,一心盼望着奇迹的出现。

然而,在易卜生的戏剧里,奇迹永远是不可能发生的。年轻的遏哈特的出走,意味着老一代人梦想的彻底幻灭。那远去的银铃声在老人们听来仿佛是送丧的钟声,他们被无情地遗弃在冬日的黑夜里,眼前一片茫然。在铃声渐渐消失之后,易卜生又以一个小小的停顿,制造出一种令人窒息的舞台气氛,一种可怕的孤寂感更加沉重地压在博克曼一家三位老人的心上。生活下去的神话消失了,它不能不影响到他们今后的命运。

易卜生戏剧中所表现的凭意志就能够取胜的主调,在这里遭到了否定。那位曾经显赫一时、有着坚强意志的博克曼先生在儿子走后终于神经迷乱,他疯疯癫癫地唱起了解放宝藏之歌,终于走入了冰冷漆黑的王国,再也没能站立起来。

在《约翰·盖勃吕尔·博克曼》的整个剧中,我们深深感受到一种挥之不去的孤寂和无奈。易卜生就好像一个矿工,他能够深入地挖掘出人物内心深处最隐秘的宝藏,哪怕是最细微的感觉。然而,他虽然能理解他们、同情他们,却不能够帮助他们,为他们指点迷津,把他们从困境中解救出来。

在易卜生后期戏剧里,斯多克芒式的那种斗争精神消失了,曾经震惊过西方社会的那句"世界上最有力量的人是最孤立的人",在这里显得滑稽可笑,一种虚幻的悲观主义和神秘主义日渐明显地弥漫在他的作品之中。博克曼的悲剧,再次反映出易卜生思想上的困惑。无论是卑微的小人物雅尔马、弗尔达尔,还是充满雄心大志的所谓特殊人物博克曼,都不能不被生活所困扰,只能无奈地在自己制造的梦的阴影里求生存。

被囚禁难道是人类的共同命运?

最后值得一提的是这部戏剧在表现方法上有一个引人注意的特点,即一种浓烈情绪的展现。易卜生在这里追求的是表达一个总体情绪:天不遂人愿的愤怒与焦虑以及被隔离的孤独。最突出的体现者当然是博克曼。博尼克临死前那首出自他心灵感应的富有诗情的解放宝藏之歌,给《约翰·盖勃吕尔·博克曼》增加了独特的艺术魅力。情绪的依据是心理的过程。易卜生淡化了情节,抓住过去生活在人物心灵中的投影,抓住人物内心深处涌动着的对社会、对生活的强烈不满的心理情绪,高度概括后提供给观众,启发观众去思考。这种类型的戏剧由于内在的意蕴藏得很深,因而大大启发了现当代一些剧作家,贝克特的《等待戈多》就属于这类表现情绪的戏剧。

易卜生与世界戏剧：
《培尔·金特》的译介与跨文化改编

何成洲*

挪威戏剧家易卜生被称为"现代戏剧之父"，他诞生于1828年，今年恰好是他190周年诞辰。如同莎士比亚一样，易卜生作为伟大的经典作家，他的作品在近一个多世纪里在全世界广为流传，因而也就必然成为学术界关注的一个焦点。在众多理论流派走马灯似的漂移过学术场的时候，易卜生的作品也通常成为检验理论阐释力的实验场。100多年前，弗洛伊德用他的心理分析理论来阐释易卜生的戏剧《罗斯莫庄》，为后来的文学心理分析研究提供了一个范本。

21世纪以来，世界文学的讨论成为热点话题。顺应学术的潮流，易卜生与世界文学的关系自然吸引了不少学者的研究兴趣。但是，笔者以为完全用世界文学的理论来阐释作为戏剧家的易卜生是有问题的，起码是不充分的，原因在于戏剧与小说、诗歌不同，它是要被用来改编和演出的。讨论易卜生与他的世界性，有必要从跨文化的剧场和表演的角度来加以分析。有鉴于此，本文提出"世界戏剧"的概念来修正或者补充世界文学的探讨。众所周知，易卜生对于中国话剧、中国的戏剧变革以及新文化的发展都起到了不可

---

* 何成洲，南京大学外语学院、艺术学院教授、博士生导师，艺术学院院长，教育部长江学者特聘教授，欧洲科学院外籍院士，教育部艺术学理论类教学指导委员会副主任，江苏省比较文学学会会长。本文原载《中国语言文学研究》2018年第2期。

替代的巨大作用。因而,选取一个在中国尤其是近几十年来产生过相当大影响的易卜生的剧本,分析它在中国的翻译、改编和演出的状况,有利于深化对易卜生与世界戏剧的探讨。这个剧本就是易卜生的名剧《培尔·金特》,它长时间没有引起中国读者的注意,却从20世纪80年代至今,不仅有了中译本,而且活跃于中国的话剧和戏曲舞台,更有趣的是受到实验戏剧的青睐,这些集中体现了作为"世界戏剧"的易卜生的生命力与活力。

一、什么是世界戏剧?

几年前,余秋雨将他早年的成名作《戏剧理论史稿》再版,改名为《世界戏剧学》。这次再版的一个重大变化是,他删除了原书中的中国戏剧学部分。至于为什么用"世界戏剧学"这个书名,作者解释说:"这里的'世界',也是特指中国之外的辽阔空间。因此,这部汇总了古希腊、古罗马、印度、日本、意大利、西班牙、英国、德国、法国、俄国、美国、瑞士、比利时等十余个国家戏剧学精髓的著作,名之为《世界戏剧学》,并无不妥。"①显而易见,余秋雨的这本书谈的是中国之外世界上的经典戏剧学理论,是关于"世界"不同国家和地区的"戏剧学",而不是关于"世界戏剧"的专门研究。在广义上讲,"世界戏剧"指来自世界各地的戏剧的总和,不同语言的,不同形式的,既有古典的,也有现当代的。通常,"世界戏剧"会有一个比较狭义的理解,指的是世界各地优秀或者说经典戏剧的结合。编写世界戏剧的选集,通常是依据这样的一种理解,而且这些选集考虑到篇幅的限制,只能选择世界戏剧经典中的经典。但是,如果把"世界戏剧"作为一个学术理论概念使用,它有什么特别的含义呢?

提出"世界戏剧"的理论概念是受到当下"世界文学"大讨论的启发。根据大卫·达姆拉什的定义,世界文学包括"所有超越其文化根源而传播的文

---

① 余秋雨:《世界戏剧学》,长江文艺出版社2013年版,第8页。

学作品,不管其流通过程中是以译本的形式还是原本的形式"①。当世界文学中经典作品的数量过大而超出理解把握范围的时候,学术界的关注便转移到"传播和阅读的模式"②。在世界文学的范畴之内,一部文学作品在传播的过程中无可避免会丧失部分本真性,但同时也会由于新视角的阐释而获得新的内涵。歌德曾经说过:"如果没有异质文化赋予其新的意义,孤立的文学作品最终会失去生命力。"③这里说的是,民族的文学正在借助跨文化的传播和交流获得生机和活力。依照这样的理解,重新提出世界文学的概念并加以理论化,一个重要的目的是要克服民族文学和文化的片面性、盲目性和自我中心主义,推动全球范围内文化上的交流和相互理解。这也正是马克思和恩格斯提出世界文学的初衷。1847年,他们在《共产党宣言》中指出,在新的全球贸易语境中,"民族的片面性和局限性日益成为不可能,于是由许多种民族的和地方的文学形成了一种世界的文学"④。

可是,世界文学的传播是一个复杂的问题。萨义德在《东方主义》和《文化和帝国主义》等著述中,提出西方国家的文学叙事在建构一个野蛮的、低劣的东方过程中起到巨大的作用。他尤其指出西方的小说"在形成帝国主义态度、指涉和经验的过程中极为重要"⑤。当萨义德说西方小说或明或暗地成为"帝国扩张进程"⑥一部分的时候,我想这也应该包括这些小说在西方以外的传播和阅读,不仅构建了西方的知识体系和认知结构,而且也影响了西方

---

① 余秋雨:《世界戏剧学》,长江文艺出版社2013年版,第4页。

② Damrosch, David, *What is World Literature*, Princeton, New Jersey: Princeton University Press, 2003, p. 5.

③ Damrosch, David, *What is World Literature*, Princeton, New Jersey: Princeton University Press, 2003, p. 5.

④ 《马克思恩格斯选集》第1卷,人民出版社2012年版,第404页。

⑤ Said, Edward W., *Culture and Imperialism*, New York: Vintage Books, 1994, p. xii.

⑥ Said, Edward W., *Culture and Imperialism*, New York: Vintage Books, 1994, p. xiv.

之外的人们对于世界以及他们自己身份的想象。在这个意义上,世界文学没有跨越西方霸权、西方中心主义的樊篱。这就是为什么艾米丽·阿普特(Emily Apter)提出世界文学的"不可译性"的一个主要动因。① 西奥·德汉(Theo D'haen)提出了"全球文学"的概念来代替"世界文学",目的是为了超越白人/有色人种或者殖民/后殖民的二元对立模式,以期构建一种平等的世界文学图景。②

世界文学的争议对于架构"世界戏剧"的概念有什么重要的启发吗？达姆拉什从翻译、阅读和传播的角度来界定世界文学,以此为参照,世界戏剧除了具有世界文学的这些特点之外,它需要回答以下问题:戏剧是如何在跨文化语境下被改编和演出的？观众在观看中得到怎样的视觉和听觉的享受？导演、编剧、演员等是如何以原来的剧本为基础,参与了创新性的二次创作的？改编是具有独特性的艺术事件,不仅它的最终成果值得研究,改编的过程更需要深入分析,这样才能充分揭示世界戏剧的张力和活力。同时,还需指出,一个经典戏剧通常会被多次改编,每一次改编就是一次新的演出事件,发生在一个具体的历史和文化空间内,既是对于戏剧原作品的一次全新阐释,也是一个回应本土诉求的再创作。世界戏剧的主要传播方式之一,是通过改编适应新的舞台和不同文化里的观众。正如本·琼生的那句名言所说:莎士比亚"不仅属于一个时代,更属于所有时代"。与其将莎士比亚之经典地位归结为其作品的"普遍性",倒不如说是由于他的作品永远适合新的改变和阅读。不同时代的人都会根据他们的知识结构、社会经验和生活体验来重新解读莎士比亚,重新建立他们这个时代与莎士比亚的关联性。毋庸置疑,莎士比亚在全球化时代已经被传播到世界各地,与不同民族和文化的人民联系起来了。正是由于世界戏剧在改编中的高度本土化,对于改编演出的独创性

---

① Apter, Emily, *Against World Literature: On the Politics of Untranslatability*, London & New York: Verso, 2013.

② D'haen, Theo, "For 'Global Literature', Anglo-Phone," *Anglia* 135, 2017, pp. 1–16.

的推崇和认可,在很大程度上消解了"西方中心主义",以及其他类型的偏见、霸权意识等。这是世界戏剧在概念和内容上不同于世界文学的地方。

经典作品改编的传统漫长而丰富,所有不同的文化中都有过文学作品的改编。

> 在学术语境中,挪用研究受到重视,原因之一是研究者意识到改编能够从一个全新的或者修正之后的政治文化立场来回应原作。与此同时,他们也意识到,挪用能够突显出它们所指涉的那些经典文本中能够制造麻烦的缝隙、缺失和沉默。许多挪用让那些在原作中遭到压迫或抑制的人物能够重新发出属于他们的声音,这一变化具有重要的政治意义和文学意义。①

这里提到了关于改编的两个重要问题:首先,改编体现了与原作不同的政治文化立场;其次,改编能够"突出"原文本中不明显的因素。无论过程如何,改编的结果绝不仅仅是强化文本原有的经典地位。改编和表演的重要之处在于它们打开了在新的语境中反思社会、文化的大门。

易卜生是世界戏剧的一大高峰,翻译、改编与演出在他的全球传播中起到了什么样的作用?他是如何在世界化的同时被本土化的?不同时期发生了哪些重要的变化?哪些本土的社会、政治与文化因素在起作用?下面将用易卜生名剧《培尔·金特》在中国的译介、改编和演出来做具体分析。

二、《培尔·金特》在中国的译介

易卜生的戏剧生涯通常被分为三个阶段,早期的诗体剧、中期的社会问

---

① Sanders, Julie, *Adaptation and Appropriation*, London: Routledge, 2006, p. 98.

题剧与后期的象征主义戏剧。20世纪初,易卜生被介绍到中国来的时候,鲁迅、胡适等人主要是把他看作一位现实主义者。他对于中国话剧的影响也主要涉及《玩偶之家》这样的社会问题剧,这显然是跟"五四"运动前后的社会环境有关。中国话剧的前辈们几乎没有不受到易卜生影响的,但主要还是对他的现实主义戏剧感兴趣。《培尔·金特》(1867)是易卜生的一部诗剧,剧作家创作的时候,主要是为了阅读的,不是为了演出,而且他认为这部戏剧在挪威以外很难被完全理解。① 可是它却是世界戏剧演出史上最为活跃的一部戏剧。在挪威,每年都会在中部山区的皋涝(Gålå)举办"培尔·金特戏剧节",由演员和当地群众在湖边演出该剧,观众来自世界各地。

诗剧《培尔·金特》共五幕,取材于中世纪挪威民间流传的"浪子回头"的故事。山村青年培尔·金特是个富于幻想且不务正业的人,由于吹牛撒谎和惹是生非被村民们所鄙视。在一场婚礼上,培尔遇到并爱上了纯洁善良的姑娘索尔薇格。他邀请索尔薇格跳舞被拒绝后,自惭形秽之余拐走了新娘又将她抛弃。为了逃避新娘家人和村民的追捕,培尔开始过上流亡的生活,在幻境中被招为山妖大王的驸马。由于拒绝摈弃最后一点人性,培尔从山妖国逃出并送走弥留的母亲奥丝。中年培尔去海外谋生靠着贩卖黑奴大发横财。他奉行"金特式自我"的人生哲学,即人成为自己就行了,无所谓正义和道德。在非洲,他那艘满载财宝的轮船沉到了海底,一贫如洗的培尔先后假装成先知、学者蒙骗过当地民众,进过开罗疯人院当"自我的皇帝"。最后一幕,头发花白的培尔踏上回乡之路,想做一个"回头浪子"。一个铸纽扣的人要用铸勺收他"回炉",培尔再三恳求宽限时日,决心回家,这时索尔薇格从茅屋里走了出来,说他一直在自己的"信念"、"希望"和"爱情"里。培尔无比激动地称她为"圣洁的女人",依偎着她在她的歌声中睡去。

易卜生早期的诗体剧在中国介绍得不多,但是《培尔·金特》一直引起人们的兴趣。中国读者对于培尔·金特这个形象是如何评价的? 在不同时期

---

① 《易卜生书信演讲集》,汪余礼、戴丹妮译,人民文学出版社2012年版,第188页。

有什么变化？读者的期待视野在不同的历史阶段产生了什么样的改变？

1918年,在《新青年》杂志出版的"易卜生"专号上,当时致力于在中国宣传易卜生的学者袁振英在通读易卜生传记和作品的基础上,发表了关于易卜生的长篇传记文章《易卜生传》。他认为《伯尔根》(《培尔·金特》)批判了挪威社会和挪威人的劣根性。"其写挪威社会之弱点,是剧较为详尽。挪威国民常妄自尊大,犹豫不决,醉生梦死等劣性根,难逃其笔锋。"①

1928年在易卜生诞生一百周年之际,袁振英发表了论培尔·金特的文章《伯尔根(Peer Gynt)底批评》。在袁的眼里,易卜生早期同名剧中的布朗德是一个严格的道德典范,而培尔·金特则是一个对立的形象,"伯尔根是一个冒险家和大言者,又是一个穷措大"②。最后他指出"伯尔根一剧,本来是一种诗学的幻想,结果变做讽刺的文章。但无论如何,当中还有一种哲理"③。

1949年8月15日,文学家、翻译家萧乾(1910—1999)在香港《大公报》发表了一篇名为《培尔·金特——一部清算个人主义的诗剧》的文章,在这篇文章中,他批判了个人主义的概念及剧作家本人。后来,萧乾表示对他早期的那篇文章感到后悔并说明他当时的阐释受政治需要所驱动:"当时我对思想改造的理解,就是个人主义的克服,因而也就把《培尔·金特》这个诗剧理解为对个人主义的清算。"④

易卜生的现实主义戏剧在20世纪上半叶被翻译成中文出版,但是他早期的诗体剧几乎没有被翻译。《培尔·金特》在中国的第一个中译本是萧乾翻译的。1978年,萧乾第一次将《培尔·金特》翻译成汉语。在译本的前言中,萧乾写道:"有些评论家(如比昂逊)认为易卜生写这个诗剧,用意主要在

---

① 袁振英:《易卜生传》,《新青年》1918年第4卷第6号。
② 袁振英:《〈伯尔根〉(Peer Gynt)底批评》,《泰东月刊》1928年第2卷第4期,第21页。
③ 袁振英:《〈伯尔根〉(Peer Gynt)底批评》,《泰东月刊》1928年第2卷第4期,第25页。
④ 萧乾:《易卜生的〈培尔·金特〉》,《外国戏剧》1981年第4期,第74页。

于讽刺、抨击挪威国民性中的消极因素,如自私自利,回避责任,自以为是,用幻想代替现实。在这个意义上,也可以说培尔·金特就是挪威的阿Q。"①将培尔·金特和阿Q做对比是易卜生在异质文化中被接受和挪用的典型案例。在跨文化传播中,易卜生经常被本土化以适应当地社会文化语境。对《培尔·金特》的关注说明中国对于易卜生的接受超越他的现实问题,开拓了多面的易卜生。

在译本前言中,萧乾还表示剧本的主题是人和妖不同的生活原则的冲突。"易卜生认为作个'人',就应保持自己的真正面目,有信念,有原则……'妖'则无信念,无原则,蝇营狗苟,随遇而安;碰到困难就'绕道而行',面临考验就屈服妥协。"②根据当时的社会批评趋势,萧乾在文中详尽讨论了培尔将黑奴运往美洲和把异教徒偶像运到中国的生意,赞扬易卜生勇于揭露帝国主义者在历史上所犯的累累罪行。

在翻译《培尔·金特》的时候,萧乾参考了四种不同的英语译本:威廉·阿切尔1906年的英译本,诺曼·金斯伯里1944年的演出本,伦敦的"万人丛书"本和纽约的"蓝带丛书"本。中国的易卜生学者中,萧乾似乎对《培尔·金特》情有独钟。"二战"期间他在伦敦第一次观看了《培尔·金特》的英语演出,并在英国剑桥两次收听了演出的录音。1981年,萧乾出版了完整的《培尔·金特》中译本,后来他被授予挪威"易卜生奖章"。

三、《培尔·金特》的改编与演出

《培尔·金特》的翻译出版让中国读者看到了一个完全不同的易卜生。20世纪80年代初中国戏剧界有很大的争议,对长期以来占据主流的易卜生式的写实主义产生不满,戏剧改革和实验的呼声高涨。《培尔·金特》成为突

---

① 萧乾:《易卜生的〈培尔·金特〉》,《外国戏剧》1981年第4期,第75页。
② 萧乾:《易卜生的〈培尔·金特〉》,《外国戏剧》1981年第4期,第71页。

破中国易卜生接受局限的一个契机。易卜生在中国被接受的巨大时空错位和逆转再一次说明,文学和戏剧的传播更多取决于本土的现实需要,世界文学或者世界戏剧的重点应该转向目标文化,而非来源文化,"西方中心主义"的立场显然是站不住脚的。但是,这同时也说明易卜生作为世界戏剧经典的永恒魅力。近几十年来,《培尔·金特》在中国的演出历史则进一步说明了这一点。

1. 话剧改编演出(1983)

《培尔·金特》翻译之后不久,便迎来了它在中国的第一次改编演出。中央戏剧学院著名导演徐晓钟带领导演系毕业班的同学排演了这部戏,并得到了挪威驻华使馆的协助。这次改编有几个重大的变化。根据导演的要求,萧乾将原来剧本的38场,削减成21场。在演出中,一些原著中重要的意象也被略去,如伯格,一个培尔始终在逃避的象征符号。在人物安排上也做了调整,山妖变成了猪八戒。山妖是挪威民间故事中常见的形象,对于中国观众而言却不容易理解。因此用中国传说中的神话人物猪八戒取而代之。铸钮扣的人,象征令人畏惧的审判者,在演出的时候则采用川剧中"变脸"的舞台艺术让观众产生恐惧感。这一点在舞台演出中取得了卓越的效果。

《培尔·金特》演出中使用了大量的中国传统舞台元素。观剧结束后,有些评论甚至认为演出更像一台中国戏曲而不是西方话剧。除了神话传说中的人物形象,导演和整个表演班子还强调了演出中的肢体动作,采用了大量传统舞台中的武打动作来娱乐观众。在关于导演《培尔·金特》的文章里,徐晓钟特别提到中国观众的期待:"他们到剧场更想欣赏的是演员如何运用高超的艺术、精湛的技巧来展现人物的'怎么做',一句话,他们要看活人的精湛技艺表演,包括歌唱、舞蹈和武打技巧。"[①]《培尔·金特》的演出是要满足中国观众的欣赏习惯。该演出是一场融合西方风格和中国传统的实验,并获得了巨大的成功。演出受到了包括译者萧乾在内的称赞。

对于那些经历过"文革"的演员和观众而言,这场演出激起了许多反思。

[①] 徐晓钟:《再认识易卜生》,《戏剧学习》1983年第3期,第87页。

培尔·金特遇到的那些山妖让人们回忆起打着革命的旗号犯罪的那些人,因此人们不但没有批判培尔被迫顺从而是对其寄予深刻同情。培尔成为"文革"期间许多中国人的一面镜子。借此,培尔脱离了原来的语境适应了中国舞台。挪威式的培尔在一定意义上缺失了,中国式的培尔则更加显性。艾利卡·费舍尔-李希特在其早期的跨文化戏剧论述中提到:

> 采用异质戏剧传统元素往往能够在审美和社会、文化功能层面给本土戏剧带来改变:吸纳异质元素促进对戏剧的再思考和再创造,通过异质元素,戏剧能够更犀利地批评当下的社会文化事件。换言之,吸纳异质元素能够赋予本土戏剧新的活力并扩大其审美、批评范畴。①

在中国,易卜生戏剧的改编演出一直与中国的社会政治氛围以及戏剧艺术的自身发展密切相关,这其中当然包括中国戏曲在当代的变革与创新。

2. 京剧改编演出(2005)

2005年,上海戏剧学院戏曲学院编导班学生决定把《培尔·金特》改编成京剧作为他们的毕业演出。易卜生的原剧为五幕38场,改编本基于前三幕共七场。根据京剧的程式,每一场都有一个小标题,分别是"撒谎胡闹"、"大闹婚礼"、"抛弃新娘"、"苦苦追寻"、"山妖王国"、"告别爱情"和"天国赴宴"。在京剧改编中,原剧必须因循中国传统戏曲的规则和程式。首先,改编戏剧的主题与原剧有很大的不同。改编本的重点不再是培尔·金特"自私"的人生观——"做自己就够了"②,而是他与索尔薇格的爱情和他与奥丝妈妈

---

① Fischer-Lichte, Erika, "Theatre, Own and Foreign: the Intercultural Trend in Contemporary Theatre," *The Dramatic Touch of Difference: Theatre, Own and Foreign*. Erika Fischer-Lichte, Josephine Riley, and Michael Gissenwehrer, Eds, Tubingen: Gunter Narr Verlag, 1990, p. 13.

② [挪威]易卜生:《易卜生戏剧集》,萧乾等译,人民文学出版社2006年版,第179页。

的母子情。原剧中一笔带过的内容,在改编本中则用整整一场"告别爱情"来渲染。最后一场陪伴奄奄一息的母亲,与第一场前后呼应,突出了整场演出中母子情深的主题。很显然,改编将重点放在中国传统文化中的家庭观上。

在中国戏曲中,起主导作用的环节是唱。于是,京剧改编把原作中的独白都改成了唱词,比如培尔对于索尔薇格复杂的情感。此外,在京剧改编中,培尔和奥丝妈妈还利用二重唱来回忆幼时的美好时光,奥丝妈妈、索尔薇格和培尔则利用三重唱来表达人与人之间自然而崇高的感情。虽然中国的传统戏曲中也有对白,但传统程式是"唱为主,宾为白"。在这次改编演出中,唱词的篇幅明显要比一般的京剧来得少。比如,第一场剧本共七页,唱词只占四分之一,在最后三页中更是只有三句唱词。此外,改编后的剧本还加入了舞台说明,传统戏曲中通常没有这个部分,倒是易卜生的剧本里总是有大段的舞台说明。这样一来,在京剧改编版《培尔·金特》中,传统程式被颠倒过来,变成了"白为主,宾为唱",这是对中国传统戏曲范式的修改。

京剧改编版采用爱德华·格里格为《培尔·金特》所做的曲子作为配乐,因此表现出浓郁的挪威风情。在整场演出中,格里格的配乐贯穿始终,这一点在京剧演出中极为罕见,因为对于京剧表演来说,任何喧宾夺主的配乐都被认为是陌生的、不合传统的做法。此外,在舞蹈片段中也使用了西方音乐,比如在山妖大王宫中的那场戏。将西方音乐和戏曲表演结合在一起无疑是一种创新,对年轻观众而言极具吸引力。

在京剧改编版的《培尔·金特》中,原剧的讽刺和批评消失了,取而代之的是中国戏曲的传统主题,即爱情与家庭和睦。琳达·哈钦认为:"改编带来的快乐和失望的部分体验源于重复和记忆的熟悉感。"[1]以中国戏曲形式改编为代表的世界戏剧的本土化标志着戏剧传播和再阐释的一种独特路径。然而,京剧改编对视听效果的过度强调牺牲了原剧的文学性,这一点值得反

---

[1] Hutcheon, Linda, *A Theory of Adaptation*, New York and London: Routledge, 2006, p. 21.

思和关注。与此同时,我们也应看到,世界戏剧的跨文化改编为传统中国舞台的现代化带来了新的机遇。在经历过京剧的改编实验之后,《培尔·金特》在中国的改编之旅还将继续。

3. 环境戏剧的改编试验(2007)

2007年11月22日,上海戏剧学院的师生将《培尔·金特》改编为环境戏剧,在校园里演出。环境戏剧在上戏的这个处女秀,可能是受理查德·谢克纳的影响,作为环境戏剧的倡导者,他曾经多次在上戏开展戏剧教学、演讲和导演剧本。在《环境戏剧》一书中,谢克纳指出有两种戏剧环境:一种是戏剧空间由导演和演员创造,是人为的,人控制了它;另一种是现存的,导演和演员接受了它,和它处于一种对话的关系。在后一种戏剧空间里,演员与环境协调配合,表演在很大程度上受观众的影响。"就环境戏剧而言,剧本不是最主要的,不存在原初的版本,最终主宰演出的是所有在场的人(包括观众——作者注)。"① 环境戏剧要求人们首先必须了解演出的空间如何设计和利用,在什么样的情况下能产生最佳的效果。

上戏的环境戏剧《培尔·金特》充分利用该校校园的空间和建筑,整场演出包括32个变换的场景,安排在校园里的道路、草地、树木、建筑、小剧场等空间里。观众在观看演出时必须跟随演员变换场地,体验不同场景和表演带来的不同氛围。山妖大王宫殿和开罗疯人院的场景设在小剧场。在三块不同的草地上,依次上演婚礼、培尔邂逅绿衣女和铸纽扣的人在十字路口等待培尔。此外,在特效的作用下,草地一会变成撒哈拉沙漠,一会变成摩洛哥海滩。

在表演和观演之间没有明确的边界,演员经常融入观众并与他们互动,比如在开头乡村婚礼的演出上,演员邀请观众一起跳舞、喝酒。这种观众的介入,拉近了观众和演员的距离,观众既是旁观者又是参与者,打破了传统的镜框式舞台剧场里观众与演员的间隔。观众的反应对演员来说是直接的,演

---

① Schechner, Richard, *Environmental Theater* (An Expanded New Edition), New York and London: Applause, 1994, p. 45.

员可以根据观众现场的举动和情绪,调整自己的表演。环境戏剧的这种观演关系类似于艾利卡·费舍尔-李希特所说的"反馈回路"①,代表了一种新的戏剧美学观念。

2007年之后,《培尔·金特》的改编演出仍在继续。其中,值得关注的是,2009年底和2010年初孙海英和吕丽萍夫妇联袂主演的《培尔·金特》,其中吕丽萍分别扮演了培尔的妈妈奥丝、培尔的恋人索尔薇格,孙海英主演培尔·金特,导演王延松。这是又一次产生全国性影响的明星版话剧,在十多个城市巡演。演出使用了萧乾的译本,但是有大量删减,比如培尔在非洲装成阿拉伯先知一幕被删除了。整个演出用了两个多小时,而如果演出完整的全剧,可能要七个小时以上。该版《培尔·金特》演出的一个新颖之处是多媒体影像的运用。舞台布景上一个亮点是一组类似复活岛巨石人像的雕塑。话剧《培尔·金特》中的格里格组曲由中国国家交响乐团演奏,指挥邵恩,其中《索尔薇格之歌》由女高音歌唱家王燕和吕丽萍演唱。明星版话剧对话剧艺术的提高和市场的培育产生了积极的影响。② 此外,这次改编跳出了以往话剧的政治性解读和传统戏曲的局限,强调对于人性缺点的挖掘,并给予了深切的理解和同情。孙海英在培尔·金特的塑造上投入了自己的人生体悟和情感,赋予角色不同寻常的生机和感染力。

总　结

易卜生戏剧的译介和改编是一种接受,更是一个挑战,丰富了人们对于易卜生的理解。易卜生戏剧被阐释得更加丰富多元,(有意或无意的)误读有时也有创造性,误读的价值在于超越。跨文化戏剧重在表现自我,而不只是

---

① Fischer-Lichte, Erika, *The Transformative Power of Performance*, London and New York: Routledge, 2008, p. 7.
② 何成洲:《〈培尔·金特〉与当代明星版话剧演出》,《艺术百家》2012年第2期,第83—86页。

再现他者。改编不仅反映了对于易卜生戏剧的多重解读,而更主要反映了中国不同历史时期戏剧本身的特点和变迁。以易卜生为中心的世界戏剧突出易卜生的巨大价值,一定意义上体现了西方中心主义的色彩;但是以改编为中心的世界戏剧突出了易卜生戏剧如何走向世界,同时如何被本地化,与本土文学、文化和政治的需要密切相关。

在所有中国阐释和改编的《培尔·金特》中,"东方主义"的培尔都被完全忽略,旨在用易卜生和《培尔·金特》来批评中国的政治和文化生活,追求新的理想的生活,实验不同戏剧和表演文化的融合。全球化时代,易卜生在经历全球本土化,但是世界戏剧的活力来自本土化。易卜生翻译和改编的历史受到本土社会文化语境的深刻影响,因而研究易卜生作为世界戏剧,必须与本土的社会文化研究相结合。

世界戏剧的概念打破文化界限,沟通了不同的文化传统,打破了西方中心主义的束缚;同时它还构成戏剧研究的新方法,表现为方法论的进步。以往戏剧研究中文本、翻译、表演是分开的,如今可以将文本、翻译与表演结合起来讨论。世界戏剧在这个意义上是一个文化事件。在研究这个文化事件的时候,我们需要首先关注创作者的意图、主客观条件以及它发生的社会历史语境;其次,我们需要将涉及方方面面的要素结合起来加以讨论,在讨论《培尔·金特》的改编的时候,我们需要将翻译、改编、导演、演出等联系在一起。最后,就是演出本身的具体时间、空间,观众的反映,与媒体的报道。而且,这些不同层面的分析不是独立的,而是彼此联系的、开放的和流动的,是生成性的,也是能动性的,构成了世界戏剧的事件。

易卜生出生在挪威的一个滨海小镇,但是他的创作胸怀世界和人类,他的作品在全世界流传,人们阅读他的剧本,聆听广播剧,不仅促进对于易卜生的解读,更透过易卜生戏剧以及多样化的改编和演出,深化了对于全球和本土的深层次的理解。世界戏剧新概念的价值在于它摆脱"西方中心主义",沟通不同文化,超越不同文化媒介的隔阂。21世纪跨文化的易卜生就是重新定义世界戏剧的一个典型。

论德国文学对易卜生戏剧创作的影响

苏　晖　李银波[*]

亨利克·J·易卜生是一位具有世界影响的挪威剧作家,被认为是现代现实主义戏剧的创始人。易卜生的人生和创作道路与德国有着密不可分的联系,德国文学对他的戏剧创作产生了深远的影响。中国学者目前尚未涉及这一问题的研究。国外学者尤其是德国学者虽然已经关注到该问题,但研究成果主要集中于具体作品的比较,即将德国作家的作品与易卜生的作品逐一进行比照,以揭示它们之间的相似性及前者对后者的影响,缺乏整体性的研究。本文拟从宏观角度探讨易卜生戏剧在内容、文体及创作方法等方面所受到的德国文学的影响。

一、易卜生与德国文学的接触

易卜生的戏剧创作之所以受到德国文学的影响,是由于他与德国文学有着长期而亲密的接触。

易卜生对德国文学的接触可以说早在童年时代就开始了。易卜生的家族与德意志民族有很亲密的血缘关系。易卜生在挪威的始祖彼得·易卜生本是丹麦的航海家,他于1726年来到挪威的卑尔根市定居,并娶了一位德国

---

[*] 苏晖,华中师范大学文学院教授,博士生导师,《外国文学研究》主编。李银波,武汉理工大学文法学院教授。本文原载《戏剧艺术》2013年第5期。

妻子。易卜生的祖父也叫亨利克·易卜生,他从卑尔根迁居斯基恩市,并于1787年娶了一位17岁的德国女子约翰娜·K·普勒斯纳(Johanna),即戏剧家易卜生的祖母。易卜生的母亲玛丽·C·M·阿尔腾堡(Marie C.M,婚前名)也是一位德国人。① 因此易卜生在德国祖母和母亲的抚养下,对德国文学和文化从小就有一种天然的亲切感。易卜生自幼就学会了德语。他后来为考大学还学过拉丁语、英语、法语和希腊语等外语,但他的考试成绩中只有德语是优秀,他在以后的生活中会用的也只有德语。② 他的祖母和母亲还从他小时起就对他进行德国文学的熏陶。祖母和母亲自然会给童年的易卜生讲一些德国的童话或传说。易卜生的母亲还喜欢看戏,经常带着儿时的易卜生去看戏,其中不乏源自德国的戏。这些德国文化的熏陶对易卜生走上戏剧创作道路有着重要的引导作用,对易卜生后来选择德国为长期侨居国也有重要影响。

德国文学对易卜生的影响还与他长期侨居德国有关。易卜生侨居德国的时间长达17年。他第一次到德国是1852年6—7月,当时他受挪威卑尔根剧院派遣到德国的德累斯顿市短期学习戏剧业务,为期只有2个月。他之所以到德累斯顿,主要是因为"德累斯顿剧院是德国最好的剧院之一"③。他在德累斯顿期间,不仅在德累斯顿剧院实地访问学习,而且也阅读有关戏剧理论的书籍,其中包括德国有现实主义倾向的戏剧理论家赫尔曼·黑特勒(Hermann Hettner)于1852年刚刚出版的《现代戏剧》(*Dasmoderne Drama*)一书。④ 1968年9月,易卜生由意大利的罗马迁居德国时再次来到

---

① Wihan, Josef, *Henrik Ibsen und das deutsche Geistesleben*, Hildesheim: Gerstenberg, 1973, p. 7.

② Bernhardt, Rüdiger, *Henrik Ibsen und die Deutschen*, Berlin: Henschelverlag Kunst und Gesellschaft, 1989, p. 192.

③ 《易卜生书信演讲集》,汪余礼、戴丹妮译,人民文学出版社2012年版,第69页。

④ Bernhardt, Rüdiger, *Henrik Ibsen und die Deutschen*, Berlin: Henschelverlag Kunst und Gesellschaft, 1989, p. 48.

德累斯顿并在此居住了七年。其间他深居简出,交游很少,却定期参加德累斯顿"文学社",在此他不仅结识了赫尔曼·黑特勒,也结识了莫里茨·海德里希和阿道夫·施特恩,这些德国文人或直接或间接地对易卜生产生了影响。①

易卜生于 1875 年迁居慕尼黑并在此住了三年。在 1878—1885 年迁居意大利的罗马期间,他又回慕尼黑住了一年(1879 年秋至 1880 年秋)。1885 年秋之后,他从罗马再次迁居慕尼黑,一直住到 1891 年 7 月返回挪威首都定居为止。② 易卜生在慕尼黑侨居期间,他在德国的声名鹊起,其交游也变得频繁和广泛。他在慕尼黑参加了一个被称为"鳄鱼"的诗人协会每周一次的集会,并在此结识了保尔·海泽、赫尔曼·林格、亨里希·莱乌托尔德等人,其中保尔·海泽当时是"鳄鱼"诗人协会的会长,他于 1910 年获得了诺贝尔文学奖。③

易卜生的一些书信和文章显示出他对德国文学有较深入的涉猎。如他在 1867 年 3 月 8 日致弗雷德里克·海格尔的信中说,他"读过德国著名诗人海涅的一卷游记和他的《歌集》"④;他在 1867 年 12 月 28 日致比昂逊的信中说,"以歌德的《铁手骑士葛兹·冯·贝利欣根》为例,让葛兹自己代表这个民族的自由理念的萌芽……"⑤他在 1872 年 3 月 21 日致弗雷德里克·杰特森的信中说,"在《赫尔曼和多罗西来》里,无论是人物还是场景,在一定程度上都通过韵律显示出了鲜明的歌德特色"⑥;他 1883 年于罗马写的《〈苏尔豪格

---

① Bernhardt, Rüdiger, *Henrik Ibsen und die Deutschen*, Berlin: Henschelverlag Kunst und Gesellschaft, 1989, p. 130.

② 详见王忠祥编《易卜生生平及创作年表》,收入王忠祥选编《易卜生精选集》,燕山出版社 2004 年版,第 646—651 页。

③ Bernhardt, Rüdiger, *Henrik Ibsen und die Deutschen*, Berlin: Henschelverlag Kunst und Gesellschaft, 1989, pp. 196-197.

④ 《易卜生书信演讲集》,汪余礼、戴丹妮译,人民文学出版社 2012 年版,第 52 页。

⑤ 《易卜生书信演讲集》,汪余礼、戴丹妮译,人民文学出版社 2012 年版,第 62 页。

⑥ 《易卜生书信演讲集》,汪余礼、戴丹妮译,人民文学出版社 2012 年版,第 117 页。

的宴会〉第二版前言》中则提道,"赫兹(丹麦作家)在他的《斯文德·达瑞营之家》中借鉴了不少亨利希·冯·克莱斯特(德国戏剧家和小说家)写于本世纪初的戏剧《凯特岑·冯·海尔布伦》"①,并分析了两者的相似之处,等等。由此可见,易卜生不仅对德国的文学巨匠歌德、海涅等很熟悉,而且对当时还不十分著名的作家如克莱斯特也有研究;对德国作家不仅仅是一般的了解,而且还阅读了其作品,对有的作家和作品还有较深入的研究。

由于易卜生对德国文学有长期而深入的接触,因此德国文学自然会对他的戏剧创作产生广泛而深刻的影响,这些影响体现在他戏剧的内容、文体、创作方法等方面。

二、易卜生戏剧的内容与德国文学

德国文学对易卜生戏剧创作的影响首先表现在他的戏剧内容方面,其中歌德、席勒等戏剧对其影响尤为显著。

歌德的《浮士德》对易卜生的影响主要体现在人物形象的塑造方面。易卜生的戏剧《布朗德》(1866),塑造了一个与歌德的《浮士德》相似的形象。布朗德和浮士德都是某种意义上的超人,他们不满足、不妥协,不断追求,不断超越。这两部剧都具有很浓厚的哲学思想,都是作者自己的精神追求的写照。这两部作品都是诗剧,而且易卜生的某些诗句有明显的《浮士德》痕迹。② 易卜生在德国完成的《皇帝与加利利人》(1873)也受到歌德的影响,该剧主人公朱利安皇帝像歌德的《浮士德》中的浮士德博士一样极力追求知识和权力。③ 易卜生的戏剧《培尔·金特》(1867)与歌德的《浮士德》也有很多

---

① 《易卜生书信演讲集》,汪余礼、戴丹妮译,人民文学出版社 2012 年版,第 403 页。
② Wihan, Josef, *Henrik Ibsen und das deutsche Geistesleben*, Hildesheim: Gerstenberg, 1973, pp. 42-45.
③ Wihan, Josef, *Henrik Ibsen und das deutsche Geistesleben*, Hildesheim: Gerstenberg, 1973, pp. 55-62.

相似之处。德国戏剧批评家奥托·布拉姆指出,在《培尔·金特》中,忠实的索尔维格将培尔·金特从邪恶中拯救出来,"有如《浮士德》中甘泪卿拯救了浮士德。在整个剧中,歌德的痕迹在数处显露出来,诗人甚至还引用了一些德文的原文诗句,易卜生在同歌德争高下"①。其他国外学者如 A·安德鲁斯(Andrews)、H·洛奇曼(Logeman)、亨宁·凯勒(Kehler)等,②也论述了这两部作品之间的关系。

席勒的作品对易卜生的影响也是显而易见的。易卜生1852年访问德国后,于1854年写成的散文剧《厄斯特罗特的英格夫人》就与席勒的诗剧《奥尔良的姑娘》(1802)在主题和构思上具有显著的相似性:两者都是描写一位女英雄,她们都有相似的使命,即为了国家的独立和人民的解放而斗争,她们都与自己的敌人发生恋情并因恋情动摇了抗敌斗志,最后都为奸计所害。亨宁·凯勒等德国学者认为席勒的《奥尔良的姑娘》中的主人公约翰娜是易卜生的英格夫人的原型。③ 易卜生于1863年写成的《觊觎王位的人》在情节上也与席勒的《强盗》(1780)和《华伦斯坦》(1799)相似。《觊觎王位的人》讲述挪威历史上的斯库雷伯爵企图篡夺王位但最终被霍古恩国王打败的故事;而《强盗》讲述的是阴险恶毒的法朗兹设计陷害其哥哥卡尔以霸占家产和哥哥的未婚妻但最后被卡尔打败的故事;《华伦斯坦》讲述的是三十年战争期间德军统帅华伦斯坦企图勾结敌军来夺取皇位但最终失败的故事。它们在总体上有一定的相似性。因此也有学者认为易卜生的这部剧受到席勒的影响。④

---

① [德]奥托·布拉姆:《亨利克·易卜生》,章国锋译,收入高中甫编选《易卜生评论集》,外语教学与研究出版社1982年版,第24页。

② 见 Andrews, A. Le Roy, "Ibsen's 'Peer Gynt' and Goethe's 'Faust'," *Journal of English and Germanic Philology*, vol. XIII (1914), p.238; H. Logeman, "The 'Caprices' in Henrik Ibsen's *Peer Gynt*," *Edda*, 1917, p.258; Henning Kehler, "Studier i det Ibsenske Drama"(Ⅰ), *Edda*, 1916, p.269。

③ Kehler, Henning, "Studier i det Ibsenske Drama"(Ⅱ), *Edda*, 1915, p. 200.

④ Wihan, Josef, *Henrik Ibsen und das deutsche Geistesleben*, Hildesheim: Gerstenberg, 1973, p. 38.

论德国文学对易卜生戏剧创作的影响 / 苏　晖　李银波

　　除歌德、席勒外,其他德国作家如格林兄弟、赫勃尔、格里尔帕策等也对易卜生的创作产生了影响。例如,易卜生的《小艾友夫》(1894)剧中有一个插曲,即一个鼠婆子到吕达家登门探访后小艾友夫就堕海身亡了。剧中的鼠婆子明显借用了格林兄弟的《德国传说》(1816)中关于"花衣笛手"的传说。据《德国传说》的记载,大约在公元1284年,德国北部威悉河畔的哈默尔恩城发生鼠患,一天,一位身着五彩服的魔法师来到该城,声称只要该城的人能给他一大笔钱他就帮他们驱除老鼠。该城居民一致答应了他的要求,于是魔法师用笛声将全城老鼠引到威悉河中淹死。可是居民们在鼠患消除后拒绝兑现承诺,该魔法师大怒而去。这年的6月26日,他又身着猎装回到该城,用笛声将全城孩子共130人引出城去消失在群山之中。① 易卜生在《小艾友夫》中为描写小艾友夫遭报应堕海淹死,借用了"花衣笛手"这一插曲,虽然该剧中的捕鼠人是一个鼠婆子,但她同样身着五彩衣,捕鼠的方法是用笛声将老鼠引到水中淹死,而且也用笛声引诱小孩。

　　也有德国学者将易卜生的《玩偶之家》、《皇帝与加利利人》等作品与德国作家的作品进行比较,从中发现了相似之处。莱奥·贝格(Leo Berg)、A·克尔(A. Kerr)②等人认为易卜生在意大利写成的反映妇女解放主题的戏剧《玩偶之家》受到了德国作家赫勃尔的重要影响。剧中娜拉为反抗丈夫海尔茂将她当作玩偶而决定出走,这与德国著名戏剧家弗里德里希·赫勃尔(Friedrich Hebbel,1813—1863)的《赫洛德斯和玛丽阿姆耐》(1849)有些类似。《赫洛德斯和玛丽阿姆耐》讲述的是古犹太王后玛丽阿姆耐为反抗国王

---

① Grimm, Brüder, *Deutsche Sagen*, Berlin: Die Nicolaischen Buchhandlung, 1816, pp. 330-333.

② See Berg, Leo, "Hebbel und Ibsen," *Zwischen zwei Jahrhunderen: Gesammelte Aufs.tze*, Frankfurt a. M. 1896, p. 261; A. Kerr, "Hebbel und Ibsen," *Neue deutsche Rundschau*, N.12(1901), pp. 1323-1333.

将自己当作私有财产而向国王进行报复的故事。① 约瑟夫·维汉(Josef Wihan)认为易卜生的《皇帝与加利利人》与德国作家弗伦茨·格里尔帕策(Franz Grillparzer,1791—1872)的《鄂托卡国王的幸福与结局》(1825)有相似之处。《皇帝与加利利人》中的皇帝朱利安像《鄂托卡国王的幸福与结局》中的波希米亚国王鄂托卡一样四处征战、众叛亲离最后失败而终。②

总之,易卜生有许多戏剧作品在题材、情节、构思、主题等方面都留下了德国文学的烙印。当然,易卜生一向否认他借用或参照了任何其他作家的任何作品,并对这些说法进行强词反驳,就像他在《〈苏尔豪格的宴会〉第二版前言》中那样。③ 但易卜生的这种反驳行为只是一般作者的普遍做法,并不能因此否定他受到德国文学影响的事实。

三、 易卜生戏剧的文体与德国文学

易卜生一生共写了 26 个剧本。从这 26 个剧本的文体来看,可分三种,即诗体、散文体、诗体兼散文体。从易卜生戏剧文体的演变过程来看,它们可分为三个阶段:

第一是诗体阶段(1849—1851)。易卜生这一时期采用的戏剧文体为韵文,文体单一稳定,它仅包括《凯蒂琳》(1849)、《武士冢》(1850)和《诺尔玛,或政治家的爱情》(1851)三个剧本,都是在挪威创作的。

第二是由诗体向散文体过渡阶段(1852—1867)。这一阶段共有九个剧

---

① Wihan, Josef, *Henrik Ibsen und das deutsche Geistesleben*, Hildesheim: Gerstenberg, 1973, p. 67.

② Wihan, Josef, *Henrik Ibsen und das deutsche Geistesleben*, Hildesheim: Gerstenberg, 1973, pp. 55 – 62.

③ 易卜生的《苏尔豪格的宴会》一剧于 1856 年上演,受到观众的喜爱。但评论界指责这部戏不是原创,而是模仿之作。1883 年,在该剧再版前言中,易卜生对这些指责进行了反驳,详见易卜生《易卜生书信演讲集》,第 400—407 页。

本,它们文体多样,变化不定,既有诗剧,又有散文剧,还有诗体兼散文体剧。这一阶段的第一个戏剧《圣约翰之夜》(1852)是在德国创作的。

第三是散文体阶段(1868—1899)。这一阶段包括《青年同盟》等十四部戏剧,文体稳定单一,全是散文体。其中,《青年同盟》(1869)、《皇帝与加利利人》(1873)、《社会支柱》(1877)等三个戏剧是易卜生于1868—1878年在德国侨居期间创作的;《罗斯莫庄》(1886)、《海上夫人》(1888)、《海达·高布乐》(1890)等三个戏剧则是易卜生于1885—1891年在德国侨居期间创作的。

这里我们可以看出一个显著的特点:即易卜生戏剧文体由诗体向散文体过渡阶段的起点1852年与他第一次到德国学习戏剧业务恰好是同一时间;而散文体阶段的起点1868年也与他来到德国侨居恰好是同一时间。因此德国似乎与易卜生的戏剧文体的演变有一定的关系,即德国不仅是易卜生戏剧文体由诗体向散文体过渡的诱发者,而且也是其促成者。那么,这一联系是偶然的还是必然的呢?这一假设是否成立呢?

当然,引起易卜生戏剧文体发生演变的因素可能是多方面的,可能源自德国,也可能源自挪威、丹麦、瑞典、意大利,甚至源自英、法或其他国家。

从德国方面来看,仅德国的戏剧传统就完全具备影响易卜生的戏剧文体由诗体向散文体转变的条件。德国18世纪中期的著名启蒙文学家莱辛(1729—1781)是德国散文剧传统的提倡者,他不仅在其戏剧理论著作《汉堡剧评》(1769)中提出戏剧语言应自然和接近生活,反对矫揉造作的戏剧语言,而且还通过自己的戏剧创作来实践这一原则,他创作的《萨拉》(1755)、《密娜》(1767)、《爱米丽娅》(1771)等都是散文剧。散文剧在19世纪上半叶已经成为德国戏剧的一个重要趋向,尽管有些剧作家如格里尔帕策等仍旧写诗剧,但德国有不少剧作家创作散文剧,如毕希纳(1813—1837)的《丹东之死》(1835)和《沃伊采克》(1836)等;有的剧作家在创作诗剧的同时也创作了一些散文剧,如著名戏剧家克莱斯特创作的《海尔布隆的凯蒂欣》(1820)、著名剧作家赫勃尔创作的《阿格妮丝·贝尔瑙厄》(1851)等。还有一些剧作家采用诗体兼散文体的形式,如赖蒙德的《阿尔卑斯山王和仇恨人类的人》(1828)、

《挥霍者》(1834)等。

德累斯顿剧院作为德国最好的剧院之一,其常备剧目应该包括上述所提到的戏剧作品。易卜生于1852年6—9月在此学习戏剧业务时,尽管没有资料记载他读过什么书或看过什么戏剧,但还是可以肯定他阅读或观看过上述德国戏剧家的部分作品,接触到了散文体戏剧及诗体兼散文体戏剧。尤其具有重要意义的是,他当时接触到了有现实主义倾向的戏剧理论家赫尔曼·黑特勒于1852年刚刚出版的《现代戏剧》一书。因此,直到1867年在意大利创作诗剧《培尔·金特》为止,他所创作的作品中也出现了散文体戏剧及诗体兼散文体戏剧。这一现象的出现,尽管可能会受到其他国家戏剧的影响,但肯定不能排除德国戏剧文学的影响。

易卜生于1868年秋来到德国侨居后,他的戏剧彻底地放弃了诗体而采用了散文体,由此进入散文体阶段,这一变化仍然与德国文学的影响有关。当时德国的现实主义文学潮流正在崛起,由于真实、自然、源自生活的语言是现实主义文学的必要组成部分,因此戏剧采用散文体也是理所当然、势在必行。易卜生1869年写成了散文剧《青年同盟》。他这一年6月26日在致丹麦批评家乔治·勃兰兑斯的信中说,"这部戏是用散文体来写的,这种手法赋予了它强烈的现实主义色彩"[①]。这表明他认识到了散文体与现实主义文学之间的关系,从此以后其戏剧创作再也没有使用诗体。

因此,易卜生戏剧文体发生演变与德国文学不是没有关系的,而是受到了德国文学的影响,甚至可能是主要影响。

四、易卜生戏剧的创作方法与德国文学

易卜生戏剧文体的变化只是一个表面现象,其根源在于他的戏剧创作方法发生了变化。易卜生的戏剧从创作方法来看可分为三个阶段:浪漫主义阶

[①] 《易卜生书信演讲集》,汪余礼、戴丹妮译,人民文学出版社2012年版,第78页。

段(1849—1868)、现实主义阶段(1869—1886)和象征主义阶段(1887—1899),其中前两个阶段的戏剧创作方法明显受到了德国文学的影响。

在易卜生创作的浪漫主义阶段,他从1849年写第一部戏剧《凯蒂琳》起,到1867年在意大利写《培尔·金特》为止,共创作了十二个戏剧。这些剧作在创作手法上有一个共同点,即基本上都使用了浪漫主义手法,因此属于浪漫主义文学之列。易卜生的浪漫主义戏剧可以说是既直接又间接地受到了德国浪漫主义文学的影响。

首先,易卜生间接地受到了德国浪漫主义文学的影响。在北欧,丹麦是最早出现浪漫主义文学思潮的国家,但丹麦的浪漫主义文学由一个在德国留学的挪威人亨里克·斯坦芬斯于1802年介绍过来。而丹麦最著名的浪漫主义作家阿达姆·欧伦施莱厄不仅于1802年亲身接受过斯坦芬斯的指教和激励,而且还于1805年到德国游学并受了德国浪漫主义的发起者施莱格尔的影响。[①] 德国浪漫主义文学传入丹麦后再进一步传到丹麦的属国挪威,并影响了易卜生。

挪威从14世纪起就失去独立,于1397年合并于丹麦王国;拿破仑战争后,丹麦又于1814年将挪威割让给瑞典统治,但挪威在文化上仍处在丹麦的影响之下。挪威的浪漫主义文学开始于19世纪30年代,当时挪威在政治上分为主张争取政治和文化独立的自由派和主张维持传统的保守派,因此挪威的浪漫主义文学也分为自由派和保守派,其中保守派的代表人物约翰·S·韦尔哈文曾于1836年到德国留学过。[②] 易卜生在1849年创作第一部戏剧《凯蒂琳》前,他曾读过丹麦著名剧作家阿达姆·欧伦施莱厄的剧作,[③]也受

[①] 李赋宁主编:《欧洲文学史》(第2卷),商务印书馆2002年版,第185—186页。
[②] 李赋宁主编:《欧洲文学史》(第2卷),商务印书馆2002年版,第185—186页。
[③] Gosse, Edmund, *Henrik Ibsen*, New York: Charles Scribner's Sons, 1908, p. 31.

到了约翰·S·韦尔哈文的影响。①

其次,易卜生还在一定程度上直接地受到了德国浪漫主义文学的影响。易卜生于1852年6—9月到德国的德累斯顿剧院学习戏剧业务时,当时德国的浪漫主义文学运动虽已结束,但浪漫主义的戏剧仍是当时各剧院上演的重要内容,关于浪漫主义文学理论和作品的书籍在书店和图书馆仍可以看到,因此易卜生无疑在德国也亲身接触到了浪漫主义文学。

由此可见,当易卜生开始其戏剧创作时,他不自觉地就走上浪漫主义的道路,而且还不自觉地就受到了德国浪漫主义文学的影响。

如果说易卜生受到德国浪漫主义文学的影响主要是不自觉的、间接的,那么他受到德国现实主义文学的影响则是自觉的和直接的,他不仅是德国现实主义文学运动的接受者,而且也是其参与者,甚至也是其领导者之一。

德国文学在1848年后发生了一个重要变化,即原来的古典文学流派和浪漫主义文学流派销声匿迹,而现实主义文学流派则逐渐崛起成为德国文坛的主流。德国的现实主义文学和英法相比批判性较差,主张用幽默和反讽的手法对资本主义社会的弊病进行艺术表现但并不要求变革,因此被德国早期有现实主义倾向的著名作家奥托·路德维希(Otto Ludwig,1813—1865)称为"诗意现实主义",他也因提出这一概念而被视为德国现实主义文学理论的奠基人。②

德国统一之前现实主义文学在德国就有了一定的发展,在易卜生创作现实主义戏剧之前德国戏剧家曾在这方面作过尝试,如格奥尔格·毕希纳的《沃伊采克》(1836)、弗里德里希·赫勃尔的《玛丽亚·玛格达莱娜》(1844)、奥托·路德维希的《世袭森林管理员》(1850)等,但一直没有形成气候。德累斯顿的工业一直走在德国各城市的前列,是德国的工业重心之一,它也成为

---

① Gosse, Edmund, *Henrik Ibsen*, New York: Charles Scribner's Sons, 1908, p. 41.

② 范大灿主编:《德国文学史》(第3卷),译林出版社2007年版,第407页。

论德国文学对易卜生戏剧创作的影响/苏　晖　李银波

德国现实主义文学的中心之一，奥托·路德维希在1850年后一直居住在这里，有现实主义倾向的戏剧理论家赫尔曼·黑特勒自1855年起也一直住在这里。德累斯顿于1862年成立了一个文学组织"文学社"，路德维希是其创办人之一。因此当易卜生于1852年到德国学习戏剧业务时，他已经接触到了现实主义戏剧这一新的趋向。他回挪威后于1862年创作了一部有现实主义倾向的戏剧《恋爱的喜剧》，它不仅反映的是现实问题，而且表达他"对中产阶级生活方式的蔑视与对为金钱而结婚的嘲讽"[①]。但该剧也带有明显的浪漫主义色彩，它采用夸张而不是客观的手法，采用了诗体而不是散文体，并有过多的情感抒发。该剧也是失败的，遭到挪威社会一致的猛烈攻击。但该剧可谓易卜生在现实主义戏剧方式上迈出了一小步，进行了一次有益的尝试。

易卜生于1868年秋到德累斯顿侨居时，他正在酝酿如何创作一部处理现实问题的新戏《青年同盟》。这时路德维希已经去世，但易卜生在定期参加德累斯顿"文学社"的活动时结识了路德维希最亲密的朋友莫里茨·海德里希、路德维希的传记作者阿道夫·施特恩及有现实主义倾向的戏剧理论家赫尔曼·黑特勒等人。[②] 在他们的影响下，易卜生采用了现实主义的手法于1869年初创作了《青年同盟》。前文提到他在请丹麦批评家乔治·勃兰兑斯为该剧作评论时，称该剧有"强烈的现实主义色彩"，这表明他对什么是现实主义已有清楚的认识。该剧是一个完全意义的现实主义戏剧，也是其戏剧创作的一个重大转折。这一转折不仅是在德国实现的，而且也是在德国文学的影响下实现的。《青年同盟》可以说是易卜生对现实主义戏剧的又一次重要尝试，这次他获得了成功。《青年同盟》于1869年9月出版后不到两个月就再版，并于该年10月在挪威上演后引起了不同凡响，受到保守党的欢呼却受

[①] [美]哈罗德·克勒曼：《戏剧大师易卜生》，蒋嘉、蒋虹丁译，湖南人民出版社1981年版，第61页。

[②] Bernhardt, Rüdiger, *Henrik Ibsen und die Deutschen*, Berlin: Henschelverlag Kunst und Gesellschaft, 1989, p. 130.

到自由党的斥责。①

由于现实主义戏剧是一种新型戏剧,易卜生在创作这类戏剧时感到有很大的困难。当时易卜生还没有决定是否沿着现实主义文学道路继续走下去,又回过头去创作了一部兼具浪漫主义和现实主义色彩的历史剧《皇帝与加利利人》(1873)。然而随着德国的统一和德国资本主义经济的快速发展,现实主义文学在德国越来越具有社会基础。这时易卜生以前在挪威的挚友比昂逊创作的现实主义戏剧《破产》(1874)于1875年在德国上演后取得巨大成功,这一事件极大地鼓舞了易卜生。② 而易卜生于1875年来到德国南部大城市慕尼黑后广泛交友,也有助他更加清楚地认识德国文学的发展动向。这些因素促成他作出沿着现实主义文学的方向继续前进的决定。他于1877年在慕尼黑创作了现实主义戏剧《社会支柱》,该剧在德国引起轰动,取得了辉煌的成功。《社会支柱》带有鲜明的"诗意现实主义"倾向,其中作者虽揭露了资本家的道德败坏,却友好地予以原谅。接着他又一鼓作气,在意大利创作了《玩偶之家》(1879)、《群鬼》(1881)、《人民公敌》(1882)。这一系列现实主义戏剧被称为"社会问题剧",它们的批判性越来越强烈,不仅在德国而且在世界许多国家产生了广泛的影响,易卜生也由此确立了其作为现实主义戏剧大师的地位。由此可见,较之于浪漫主义,易卜生的现实主义戏剧受到了德国文学更直接更有力的影响。

结　语

从以上的分析可以看出,易卜生的戏剧创作有着深厚的德国文学渊源。德国文学对他的影响体现在他戏剧创作的方方面面,其戏剧内容借用或模仿

---

① 《易卜生书信演讲集》,汪余礼、戴丹妮译,人民文学出版社2012年版,第82页。
② Bernhardt, Rüdiger, *Henrik Ibsen und die Deutschen*, Berlin: Henschelverlag Kunst und Gesellschaft, 1989, p. 191.

了德国文学作品,其文体的变化与德国文学的传统有关,其戏剧创作方法的转变也与德国的文学流派发展有着关联。这种影响是他长期接触和接受德国文学的结果。德国文学的影响,对易卜生在戏剧创作道路上的成长有着重要的意义,对易卜生作品在德国广受欢迎并产生世界影响也具有重要意义。

论易卜生宗教观的嬗变及其戏剧创作

李银波　苏　晖[*]

挪威著名剧作家亨利克·J·易卜生（Henrik Johan Ibsen,1828—1906）的戏剧既有极高的艺术价值,也有丰富而深刻的思想内涵。他的某些思想如女权主义、个人主义思想以及宗教观等,在当时极具革命性,对传统社会构成极大的冲击力,因此易卜生在某种程度上也可称为思想家。

在易卜生一生所著的26个剧本中,以基督教为主题或题材的戏剧有4部,即《武士冢》(1850)、《布朗德》(1866)、《培尔·金特》(1867)、《皇帝与加利利人》(1873)。另外还有一些戏剧包含教会角色,涉及基督教因素,比较明显的有《诺尔玛,或政治家的爱情》(1851)、《爱情喜剧》(1862)、《觊觎王位的人》(1863)、《罗斯莫庄》(1886)等。由此可以看出,宗教成分在易卜生戏剧内容中占重要比重。作者对基督教会的态度与看法以及作者所持的宗教信仰无疑会体现于这些剧作中。我们通过考察发现易卜生的宗教观并不是前后一致的,而是存在较大的波动,甚至还出现了重要转折。其宗教观的嬗变与他的经历是密切相关的,他于1868年到德国侨居的经历是他的宗教观发生转变的重要动因。本文拟从跨文化传播的角度剖析易卜生戏剧创作中所体现的宗教观及其嬗变的根源。本文将以1868年易卜生侨居德国为界,分两部分来进行论述。

---

[*]　本文原载《戏剧艺术》2018年第2期。

论易卜生宗教观的嬗变及其戏剧创作/李银波 苏 晖

一、易卜生的基督教信仰与其戏剧创作

地处北欧的挪威在公元 10 世纪左右开始放弃其原来的日耳曼原始宗教而皈依基督教,即罗马天主教。1517 年马丁·路德于德国萨克森邦发动了宗教改革,于是在德国出现了不同于罗马天主教的路德派新教。此后宗教改革运动席卷欧洲各国,并出现了各种不同的新教流派。整个北欧地区也都改信路德派新教,挪威是于 1539 年宣布脱离罗马天主教、改信路德派新教的。①路德派新教的主要特点是:主张"因信称义";坚持以《圣经》为信仰的最高权威;只行洗礼和圣餐礼,教徒不必拘于宗教仪礼形式,也不必履行过多的宗教功德;牧师等神职人员可以结婚,等等。②

戏剧家易卜生于 1828 年 3 月 20 日出生在挪威小城斯基恩市,在路德派新教环境中长大并形成了该教派的信仰和习惯,因此他的宗教观可谓从他出生起就受到德国文化的影响。他于 1868 年侨居德国前基本上是保持路德派新教的信仰和习惯,他这一时期的戏剧创作无疑会体现他的宗教观。通过考察他戏剧中所宣扬和歌颂的宗教理念或行为,或所揭露或讽刺的教会现象,我们发现这一时期易卜生对基督教的看法有很大的波动,即他对基督教由颂扬转向批评,最终又走向弘扬基督教。

1. 格里姆斯塔特时期:对基督教的颂扬(1850 年以前)

1848 年的欧洲革命唤醒了一位北欧巨人,身为格里姆斯塔特小镇一家药店学徒的易卜生满怀激情开始了其文学创作。他于 1849 年写了历史剧《凯蒂琳》后,又于 1850 年写了宗教剧《武士冢》。

---

① 张晓华等主编:《世界三大宗教史纲》,东北师范大学出版社 1994 年版,第 185 页。
② 张晓华等主编:《世界三大宗教史纲》,东北师范大学出版社 1994 年版,第 183 页。

《武士冢》是易卜生的第一个涉及基督教信仰的戏剧。该剧剧情发生在约公元九世纪基督教(即罗马天主教)刚传入挪威之时,剧中挪威海盗大王罗德里克和他儿子甘达尔夫大王先后到地中海西西里岛上残酷掠夺,结果父子俩都被该岛居民唯一的幸存者布兰卡这个柔弱女子的基督教信仰和精神征服,最后还将布兰卡及其基督教信仰带回挪威。罗德里克大王说,布兰卡"像一个友好的精灵,包扎好我的伤口,对我精心照应……直到我这粗暴的心最后也受到感动……我在这里埋下了我的盔甲和我的长刀,在我看来,这等于说那野蛮残暴的老海盗从此被埋葬在这里"①。该剧虽以挪威海盗传说为题材,但主旨是宣扬基督教伟大的博爱,甚至爱自己的仇敌,这种爱比刀剑更有力量,能令英雄屈服,能让海盗大王归顺,能化血战为和平,让基督这位"和平之神"战胜古日耳曼原始宗教中的"雷神"。该剧没有出现教会和教会人士,仅仅通过一位基督教普通信徒布兰卡的善良行动来体现基督的博爱精神。该剧对布兰卡的颂扬无疑体现了易卜生的宗教观,即基督教的博爱与救世理念。

　　为什么易卜生在他刚开始从事戏剧创作就写了这部宗教主题的戏剧?这无疑说明宗教在他心目中具有极高的地位和影响。他于1881年写的一篇关于他童年的回忆文章,有一半以上的篇幅是谈记忆中他家对面的那座教堂及宗教节日。他在出生八天后在该教堂受洗成为路德派新教基督徒,②还收到了很多受洗礼物。他清晰地记得该教堂大厅的一个白色天使,并对该教堂塔楼上发生的故事终生难忘。③ 宗教不仅深入易卜生的日常生活,也是他所受教育的重要内容。易卜生八岁进入乡间的一所小型私立学校读书,其学习的内容包括一些神学课程,一位教堂司事还兼任该校教师并给他上过课。易

---

① 《易卜生文集》第1卷,潘家洵等译,人民文学出版社1995年版,第177页。
② Bernhardt, Rüdiger, *Henrik Ibsen und die Deutschen*, Berlin: Henschelverlag Kunst und Gesellschaft, 1989, p. 20.
③ 《易卜生书信演讲集》,汪余礼、戴丹妮译,人民文学出版社2012年版,第389—391页。

论易卜生宗教观的嬗变及其戏剧创作/李银波 苏 晖

卜生在1843年中学毕业前还接受了学校为他们举行的坚信礼。① 坚信礼表明他已经形成并确立了路德派基督教的信仰和规范。

由于易卜生在青少年时接受的是教堂和学校给予的路德派新教信仰及礼仪规范方面的正统教育,印象如此深刻,因此他当时对基督教的信仰是虔诚的,看法也是正面的。他也形成路德派新教的宗教观和宗教热情,其结晶就是1850年的《武士冢》。该剧表现的虽然是早期罗马天主教在挪威的传播,但路德派新教与罗马天主教在信仰基督及其博爱与救世精神方面却是一致的。

2. 克里斯蒂阿尼亚时期:对基督教会的批评(1851—1864)

易卜生于1850年4月来到挪威首都克里斯蒂阿尼亚准备大学入学考试,其间写了一部涉及宗教的戏剧《诺尔玛,或政治家的爱情》(1851)。1851年底他受聘于卑尔根民族剧院任编剧,后于1857年夏返回首都担任克里斯蒂阿尼亚剧院的经理,其间他又写了两部涉及宗教的戏剧:《爱情喜剧》(1862)和《觊觎王位的人》(1863)。但这三部戏剧对基督教会的态度都转向了批评。

政治讽刺剧《诺尔玛,或政治家的爱情》中大部分角色都是宗教人士,包括老祭司阿里奥维斯特(诺尔玛的父亲)及一群男女祭司,但他们都只是配角。该剧的人物简介中写道:"祭司是教会的鹰犬。"②这些祭司都自私而虚伪,不仅是教会的鹰犬,也是政府的鹰犬,其形象是非常丑陋的。《爱情喜剧》以恋爱婚姻为主题,以幽默夸张的喜剧手法展示了各类人士的爱情观:原来他们的爱情都是如此虚伪、势利、现实。剧中有一位乡村牧师斯屈斯曼,他认为"一个牧师的首要问题是报酬"③。对他来说,家庭比教堂重要,钱比理想

---

① Gosse, Edmund, *Henrik Ibsen*, New York: Charles Scribner's Sons, 1908, p. 10.
② 《易卜生文集》第1卷,潘家洵等译,人民文学出版社1995年版,第186页。
③ 《易卜生文集》第2卷,潘家洵等译,人民文学出版社1995年版,第323页。

重要,牧师职位只是挣钱的渠道,为了维护自己的职位和地位,必须与政客结盟。在该剧中,教会人士的嘴脸也是十分丑陋的。

以上两部戏剧都是反映易卜生所处时代的挪威现实,剧中的教会都是路德派新教。而《觊觎王位的人》反映的则是挪威的历史,它取材于挪威13世纪的王位争夺战,以正义战胜邪恶为主题,剧中的教会则是宗教改革前的天主教会。该剧的一位核心角色尼古拉斯主教异常阴险狡诈,他一再煽动斯古利伯爵篡夺王位取代霍古恩国王,还唆使斯古利伯爵异地称王发动叛乱,导致国家陷入分裂和战争。他坦言道:"我不知道什么是善,什么是恶。"①该剧表面上是斯古利伯爵在觊觎王位,其实则是尼古拉斯主教在觊觎着王位,且用心险恶、手段毒辣。他说,"我自己弄不到手的东西也不准别人弄到手",他想让"城市被焚毁,村庄被破坏,他们两败俱伤"。②尼古拉斯主教完全违背基督教博爱、宽恕、救世的精神,是披着主教外衣的魔鬼,是邪恶的象征。

易卜生在挪威首都写的这三部戏剧中,宗教都不是戏剧的主题和重要题材,教会人士只在剧中处于配角地位。但很明显这三部戏剧对基督教会都持批评态度,它们批评和揭露主教、牧师、祭司、神学院学生等教会人士的种种丑恶行径。那么,是不是易卜生已经开始怀疑甚至否定基督教呢?答案应该是否定的。作者不是否定基督教的基本信仰和教义,而主要是反对教会的黑暗之处。易卜生所嫉恨、批判的是基督教会不以救世和拯救灵魂为务、不以博爱和宽容为怀,热衷于追逐钱权色,甚至为非作歹、干伤天害理的勾当。

为什么易卜生到挪威首都克里斯蒂阿尼亚后对基督教的态度发生变化,由开始的颂扬转为批判和揭露呢?一方面,挪威当时的教会的确存在易卜生剧中所描写的那些丑恶现象。而克里斯蒂阿尼亚作为全国的政治和宗教中心,矛盾无疑暴露得更充分、更突出,特别是教会参与对政府权力的争夺并与政府相勾结。另一方面,易卜生在自己的人生经历中也逐步接触并认识到了

---

① 《易卜生文集》第3卷,潘家洵等译,人民文学出版社1995年版,第37页。
② 《易卜生文集》第3卷,潘家洵等译,人民文学出版社1995年版,第56页。

挪威教会的丑恶行径,并予以关注和思考。易卜生于1850年4月来到挪威首都克里斯蒂阿尼亚准备大学入学考试前后,积极参加了当时首都的一场轰轰烈烈的工农运动。当时他经常到国家议会旁听,发现各党派之间、政府与教会之间为了各自的利益,既相互争斗又相互勾结,那些祭司只不过是教会和政府的鹰犬。为此,他写了《诺尔玛,或政治家的爱情》这部涉及宗教的政治讽刺剧。易卜生于1857年夏回到首都任克里斯蒂阿尼亚剧院经理,也回到了挪威的政治与宗教斗争的中心,使他对挪威教会有了更深入的认识。这些个人经历及认识也自然体现在他于首都写的两部戏剧《爱情喜剧》(1862)和《觊觎王位的人》(1863)之中。

3. 罗马时期:对基督教理想的表达与弘扬(1864—1868)

既然易卜生对基督教会产生了不满,那么他的基督教理想是什么?模范的神职人员与合格的基督教民究竟是怎样的?易卜生在批判挪威教会时,自然也在思考这样的问题。易卜生于1864年离开挪威来到天主教教皇所在地罗马侨居,在参观庄严的圣彼得大教堂后,其基督教理想变得清晰起来,其宗教热情也异常高涨。他在罗马仅住了四年,却创作了两部宗教主题的戏剧《布朗德》(1866)和《培尔·金特》(1867)。这两部戏剧可谓表达了易卜生的宗教理想。

《布朗德》一剧的主人公布朗德牧师仿佛基督再世。他在第一幕开头说:"我听从一位伟大的主人的差遣","他的名字叫上帝"。[①] 布朗德具有殉道精神,为拯救一个因饥饿而杀死自己儿子的罪人的灵魂而在风暴中勇敢驾船横渡峡湾;为了引领教区的民众改信新的上帝,却选择放弃抢救自己两岁的儿子而坚持住在阴湿的房子里。他认为灵魂得救必须绝对坚持"全有或全无"的原则,要求每一个信徒都必须把自己的一切献给最需要它的人,甚至达到

---

① 《易卜生文集》第3卷,潘家洵等译,人民文学出版社1995年版,第149页。

铁石心肠的地步。① 例如,他在自己的母亲死前拒绝与她见面并给她临终的安慰,因为她拒绝将自己的全部遗产捐献出来。② 布朗德疯狂地追寻绝对真理,摧毁代表奴性的旧教堂,用母亲的全部遗产建了一座代表自由的新教堂。然而他并不满足,毅然抛弃了刚落成的新教堂,带领信徒奔向雪峰上的冰教堂,结果因雪崩而死。③ 他不仅牺牲了自己孩子和妻子的生命,最后也牺牲了自己的生命。该剧中布朗德明显地失去人性而带有神性。该形象宣扬了作为基督教神职人员应具有的信念、品质和行为准则,他们信仰虔诚坚定,以救世和拯救灵魂为己任,大公无私、舍己为人,具有殉道精神。该剧在某种程度上反映了此时易卜生本人对基督教会的理想。由于《布朗德》宣扬了基督教精神,易卜生因此获得罗马教皇的一大笔奖金。

《培尔·金特》则从反面来表达了易卜生的宗教理想,宣扬了作为基督教徒应防范的罪过及其惩罚。该剧实际上也是以宗教信仰为主题的,宣扬基督教的罪过理念。它取材于挪威中世纪的民间故事,剧中浪子培尔·金特从小没有信仰,不务正业,懒惰欺骗,胡作非为。长大后热衷于冒险,放纵欲望,几乎丧失人性。摩西十诫他基本上都违反了,天主教所明确禁止的七宗罪他也基本上都犯过。例如,他在前女友英格丽德的婚礼上将她拐走、奸污后又将她抛弃。④ 十年后他经商成为巨富,但他经营的是非法生意,即"把黑奴从非洲运到卡罗莱纳,然后再把偶像运到中国"⑤。他老后乘船返回挪威时遇风暴沉船,他为争夺救生艇逃生而将一名船员推入水中淹死。当他一无所有地回到家乡时,等待他的是一个铸钮扣的人要将他铸成钮扣。⑥ 他认识到自己

---

① [美]哈罗德·克勒曼:《戏剧大师易卜生》,蒋嘉、蒋虹丁译,湖南人民出版社1981年版,第80页。

② 《戏剧大师易卜生》,蒋嘉、蒋虹丁译,湖南人民出版社1981年版,第205页。

③ 《戏剧大师易卜生》,蒋嘉、蒋虹丁译,湖南人民出版社1981年版,第266页。

④ 《易卜生文集》第3卷,潘家洵等译,人民文学出版社1995年版,第318页。

⑤ 《易卜生文集》第3卷,潘家洵等译,人民文学出版社1995年版,第360页。

⑥ 《易卜生文集》第3卷,潘家洵等译,人民文学出版社1995年版,第428页。

一生犯了大罪,向一名牧师进行了忏悔后死去。该剧在宣扬基督教理念方面可以说是与《布朗德》殊途同归。

易卜生到罗马后为何写这两部戏剧来体现其基督教理想呢?我们目前不能确定易卜生是否受罗马教廷的鼓励或资助而进行宗教主题的戏剧创作,或在他创作这两部戏剧前与罗马教廷有任何其他联系。但从他的《布朗德》获得罗马教皇的奖金来看,似乎他与罗马教廷有一定联系。即使没有这种联系,罗马作为全世界基督教的中心和天主教教皇所在地,这里更容易形成关于基督的正统观念和理想,其浓厚的宗教氛围也更能激励一位对基督教怀有特殊感情的人爆发出宗教激情,从而产生创作灵感。因此,易卜生侨居罗马时期,是他的宗教内容的戏剧创作达到巅峰的时期,也是他的基督教理想形成和充分表达的时期。

二、易卜生的无神论倾向及其戏剧创作

易卜生于1868年自意大利罗马来到德国东部城市德累斯顿侨居,在德国侨居达17年[①],所著的26个剧本中有六个是在德国写成的[②]。因此他的许多戏剧受到德国文化的影响,这也体现在其戏剧所表达的宗教观上。易卜生于1872年3月6日在给德国友人P·F·希博尔德的信中说:"我在德国

---

① 易卜生侨居德国的时间为17年。他第一次到德国是1852年6—7月到德国的德累斯顿短期学习戏剧业务,为期只有一个多月。他于1868年9月由意大利的罗马迁居德国的德累斯顿并在此住了七年,然后于1875年迁居慕尼黑并在此住了三年。他于1878迁居意大利的罗马,不久于1879年秋又返回慕尼黑住了一年。他于1880年秋迁居意大利的罗马后,又于1885年秋从罗马迁回慕尼黑住了六年,直到1891年7月他返回挪威首都定居为止。

② 易卜生有六个戏剧是在德国写成的,包括:《青年同盟》(1869)、《皇帝与加利利人》(1873)、《社会支柱》(1877)、《罗斯莫庄》(1886)、《海上夫人》(1888)、《海达·高布乐》(1890)。

待了这么久,大体上对很多事情我都改变了我的看法。"①

易卜生来到德国后,其思想上有一个非常引人注目的变化,就是其宗教热情顿然消失,连宗教信仰也发生动摇,甚至出现无神论倾向。此后,除了《皇帝与加利利人》(1873)外,他再也没有写关于宗教主题的戏剧了,连宗教题材也很少涉及,戏剧中也极少出现教会角色。

《皇帝与加利利人》以宗教信仰为主题,取材于公元4世纪古罗马帝国皇帝朱利安叛教的历史。剧中朱利安少时虽是个虔诚的基督徒,却暗中爱好异教的希腊哲学。然而来到雅典学习希腊哲学后,他开始觉得异教的美不再美,而基督教的真也不真。② 于是他来到以弗所,拜神秘学家马克西莫斯为师。马克西莫斯给他讲述了"三个帝国"的理论:"第一个是建立在认识之树上的帝国;第二个是建立在十字架上的帝国";"第三个是奥秘的大帝国,它建立在认识之树和十字架之上"。③ 朱利安怀着建立第三帝国的理想当上了皇帝,最初他实行信仰自由,但很快走上了镇压基督教的道路,他要证明"基督是个骗子",要证明皇帝比基督更有力量。④ 但他最后以失败告终。该剧借朱利安之口对基督教进行了无情的揭露和批判,而对希腊哲学和人文精神大加颂扬。该剧表面上似乎要从反面说明基督教的不可战胜性,但该剧实际上反映的是作者自己在思想上的斗争,表明他自己的信仰此时发生了转变,他不仅对基督教本身产生了怀疑或疏离,而且出现了无神论倾向。易卜生说,"我把自己精神生活的一部分放到了这本书里,我所描写的内容都是我在不同条件下亲身经历过的"⑤。

易卜生的无神论倾向,还体现在他此后的戏剧中。在政治兼爱情剧《罗斯莫庄》(1886)中,主角退职牧师罗斯莫也是一位叛教者。罗斯莫为了"解放

---

① 《易卜生书信演讲集》,汪余礼、戴丹妮译,人民文学出版社2012年版,第115页。
② 《易卜生文集》第4卷,潘家洵等译,人民文学出版社1995年版,第202页。
③ 《易卜生文集》第4卷,潘家洵等译,人民文学出版社1995年版,第221页。
④ 《易卜生文集》第4卷,潘家洵等译,人民文学出版社1995年版,第371页。
⑤ 《易卜生书信演讲集》,汪余礼、戴丹妮译,人民文学出版社2012年版,第131页。

论易卜生宗教观的嬗变及其戏剧创作 / 李银波 苏 晖

他们(即全国人民)的头脑,净化他们的意志",为了"在咱们国家里创造一个真正的民主政治",不仅脱离了教会,而且还抛弃了原来的宗教信仰。他说:"我现在不是牧师了","祖宗的信仰已经不是我的信仰了","我把它抛弃了"。① 在易卜生的自传性剧作《建筑师》(1892)中,建筑师索尔尼斯说:"现在我不盖教堂塔楼了,我也不盖教堂了",而是"给人盖住宅"。② 该剧再一次吐露了易卜生信仰上的变化。

易卜生宗教观的转变也体现在他的行动上。他于1874年夏天返回挪威期间,没有回到其家乡斯基恩市看望他阔别30年的父亲,因为"我又很不愿意与当地盛行的某些风气有任何接触,因为这些风气我很不认同"③。这里他所指的风气是笼罩在斯基恩的宗教虔诚主义风气,连易卜生的母亲生前也深陷其中。④

易卜生来到德国后,为何其宗教观发生如此急剧的转变? 这是一个非常引人注目且值得深思的问题。他到德国后宗教信仰上的无神论倾向,无疑与当时的德国文化有密切关系。

首先,易卜生的宗教信仰发生动摇和转变,是受到了德国哲学的深刻影响。易卜生自己也说,《皇帝与加利利人》是他在德国人的观点影响下写成的一部戏剧。⑤ 从该剧所包含的哲学观点来看,易卜生受到康德、黑格尔、费尔巴哈等多位德国哲学家思想的明显影响。

一方面,易卜生在一定程度上受到了康德、黑格尔等德国古典主义哲学家的影响。康德、黑格尔在文艺复兴、启蒙运动和近代科学的影响下,进一步

---

① 《易卜生文集》第6卷,潘家洵等译,人民文学出版社1995年版,第154页。
② 《易卜生文集》第3卷,潘家洵等译,人民文学出版社1995年版,第240页。
③ 《易卜生书信演讲集》,汪余礼、戴丹妮译,人民文学出版社2012年版,第173页。
④ Bernhardt, Rüdiger, *Henrik Ibsen und die Deutschen*, Berlin: Henschelverlag Kunst und Gesellschaft, 1989, p. 24.
⑤ Gosse, Edmund, *Henrik Ibsen*, New York: Charles Scribner's Sons, 1908, p. 130.

强调理性和人性,淡化神性,他们的思想在易卜生的戏剧中有不同程度的体现。德国很早就有人论述康德和黑格尔对易卜生的《皇帝与加利利人》一剧的影响,如弗里茨·诺伊曼1923年撰文分析了黑格尔对该剧中三个帝国思想的影响;①约瑟夫·维汉于1973年论述了康德的理性哲学对该剧的影响。②例如康德认为:自由即自律。③《皇帝与加利利人》中朱利安在以弗所与"那声音"有一段对话也表述了与此类似的思想。朱利安:"我的事业是什么?"那声音:"建立帝国"。朱利安:"通过什么途径?"那声音:"通过自由的道路!"朱利安:"讲清楚些! 什么是自由的道路?"那声音:"必然的道路!"④剧中"那声音"认为自由的道路也就是必然的道路,这些表述与康德的思想很接近。另外,朱利安与该隐的鬼魂对话的内容,他与犹大的鬼魂对话内容,也都体现了康德的思想。

另一方面,在笔者看来,易卜生宗教思想的转变还受到费尔巴哈无神论思想的强烈影响。黑格尔于1831年去世后德国哲学出现了反黑格尔的青年黑格尔派,它主张人文主义的无神论,并对基督教展开了批判。路德维希·费尔巴哈是青年黑格尔派的代表人物,他于1829年就写了《论死与不死》一书,批判基督教教义,驳斥了灵魂不死的观点。1841年他又出版了《基督教的本质》一书,认为无论是自然宗教的神还是基督教的上帝,都是人类想象的产物,是人按自己的形象创造出来的,而它们却反过来成了支配人、统治人和奴役人的力量。因此他认为基督教与时代不相容,"只有当你放弃基督教,你才能得到共和国的权利"⑤。

---

① Wihan, Josef, *Henrik Ibsen und das deutsche Geistesleben*, Hildesheim: Verlag Gerstenberg, 1973, p. 56.

② Wihan, Josef, *Henrik Ibsen und das deutsche Geistesleben*, Hildesheim: Verlag Gerstenberg, 1973, p. 58.

③ 张志伟主编:《西方哲学史》,中国人民大学出版社2003年版,第61页。

④ 《易卜生文集》第4卷,潘家洵等译,人民文学出版社1995年版,第220页。

⑤ [德]费尔巴哈:《费尔巴哈哲学著作选集》(上卷),商务印书馆1984年版,第100页。

论易卜生宗教观的嬗变及其戏剧创作 / 李银波 苏 晖

费尔巴哈的思想在《皇帝与加利利人》中有很多体现。例如,朱利安认为他最恐惧的不是杀害他全家的皇帝君士坦提乌斯,而是"那些教士们",因为他们要他"为了灵魂得救,肉体应该死亡"。① 朱利安的该看法与费尔巴哈反对灵魂不死的观点是一致的。朱利安认为:"他(基督)向全世界传播的不仅是教义,而且是符咒,它给人的灵魂加上了镣铐。"② 因此先知马克西莫斯对朱利安说:"如果你要登上皇帝的宝座,你就必须像一个骑在烈马上的骑士,把耶稣踩在脚下。"③ 朱利安即皇帝位之后,他开始对基督教采取了镇压措施。朱利安皇帝还要修复耶路撒冷神庙,以证明耶稣是个说谎的骗子。④ 朱利安的这些言行明显是与费尔巴哈反基督教的观点一致的。剧中朱利安的反基督教的言论和情节,仿佛是费尔巴哈思想的精彩阐释。因此费尔巴哈的无神论思想可以说是导致易卜生宗教信仰发生动摇的主要因素。

其次,易卜生的宗教信仰发生动摇和转变,还受到了德累斯顿当地的传统与现实的影响。其一,德累斯顿是当时德国工业最发达的城市之一,在第二次工业革命的推动下,其采矿和冶炼工业生产发展迅速,铁路和电报线路极大地改变人们的生活方式,尤其是德国人西门子于 1866 年发明了发电机和电动机,电力成为新的能源。这些翻天覆地的变化不是靠上帝的启示,而是靠理性和科学技术,是靠人类对世界的探索和对真理的追求。易卜生于 1868 年自意大利来德国侨居,亲历了这些变化,因而对基督教的信仰和教条产生了怀疑,转向信仰理性和科学。例如易卜生于 1882 年写了《人民公敌》一剧,反映了作者对科学和理性的信仰。剧中因发现浴场有传染病而被当地居民斥为人民公敌的斯多克芒医生就是科学和真理的代表,也是"全世界最有力量的人中间的一个"⑤。斯多克芒实际上是作者自己的写照。其二,萨

---

① 《易卜生文集》第 4 卷,潘家洵等译,人民文学出版社 1995 年版,第 278—279 页。
② 《易卜生文集》第 4 卷,潘家洵等译,人民文学出版社 1995 年版,第 279 页。
③ 《易卜生文集》第 4 卷,潘家洵等译,人民文学出版社 1995 年版,第 281 页。
④ 《易卜生文集》第 4 卷,潘家洵等译,人民文学出版社 1995 年版,第 371 页。
⑤ 《易卜生文集》第 2 卷,潘家洵等译,人民文学出版社 1995 年版,第 274 页。

克森邦不仅是德国的新教诸侯国,而且还是马丁·路德发动宗教改革的地方。易卜生从天主教教皇所在地罗马来到了欧洲宗教改革的发源地萨克森邦,还受到马丁·路德宗教改革精神的鼓舞,变得敢于怀疑、敢于挑战、敢于探求和相信真理,这也是导致他的宗教热情消失而变得更为理性和人性的一个因素,也是他创造斯多克芒、娜拉等敢于挑战权威和整个社会的英雄形象的因素。

由于以上因素,易卜生的戏剧创作从此失去了宗教性,表现出全面而又深入的人文性和世俗性:如《社会支柱》(1877)、《约翰·博克曼》(1896)揭露了资本家的道德堕落问题;《玩偶之家》(1879)、《群鬼》(1881)等反映了妇女解放问题;《野鸭》(1884)、《罗斯莫庄》(1886)表现作者反思自己改造社会的努力;《海上夫人》(1888)、《海达·高布乐》(1890)、《小艾友夫》(1894)表现恋爱与婚姻问题;《建筑师》(1892)、《当咱们死人醒来的时候》(1899)表现作者作为艺术家的追求。这些戏剧关注的都是同时代现实世界中的世俗生活,而不是宗教内容。

总之,随着易卜生人生经历的改变,尤其是受到了德国文化的影响,他的宗教观发生了一系列变化,由颂扬基督教转向批评基督教并提出自己的宗教理想,而在进入德国侨居后出现了无神论倾向。他的宗教观深深地影响其戏剧的主题、题材和人物形象的塑造,也影响了其戏剧所表达的思想。尤其是其宗教观由有神论转向无神论转变,不仅具有进步性,而且具有革命性。此后其剧作更具强烈的艺术感染力和思想震撼力,对各国思想意识、社会生活和文学艺术都产生了强烈的冲击。

三种向度与易卜生的诗学观念
——对易卜生诗歌的整体观察与辩证评价

邹建军*

挪威19世纪杰出剧作家易卜生及其作品,对20世纪西方文学与东方文学都产生巨大影响,形成了引人注目的"易卜生主义"、"伟大的问号"等现象,并继续在世界各国发挥其影响力。正如王忠祥教授所指出:"和莎士比亚一样,易卜生不属于一个时代和一个国家,而属于所有的世纪和全世界。"[①]一个世纪以来中国学者对易卜生的研究,主要专注于其社会问题剧,很少有人知道他还是一个诗人。易卜生多次表示自己是一个诗人,而不仅是一个剧作家。易卜生为什么总自认为是诗人?[②] 易卜生的诗究竟如何?在其文学创作中处于什么地位?专家指出:"其实,我国的易卜生研究还存在亟待补上的'空白点',比如易卜生诗歌系统研究(包括'诗中剧'与'剧中诗')就是'弱项',甚至是'缺项'。"[③]究竟应当如何评价其诗作的思想与艺术成就,如何解

---

* 邹建军,华中师范大学文学院教授,主要研究中西文学关系、诗歌艺术与美国华裔文学。本文原载《外国文学研究》2009年第2期。

① 王忠祥:《"人学家"易卜生及其戏剧文学创作的世界意义》,载聂珍钊、陈智平主编《易卜生戏剧的自由观念》,外语教学与研究出版社2007年版,第2页。

② 易卜生特别珍惜早期的诗作与剧中诗,常常自称为诗人,以诗人称号为荣。详见王忠祥:《对世界的主观抒情:易卜生诗歌鉴赏》,《易卜生诗歌研究》,王远年编,雅园出版公司2006年版,第8页。

③ 王忠祥:《"人学家"易卜生及其戏剧文学创作的世界意义》,载聂珍钊、陈智平主编《易卜生戏剧的自由观念》,外语教学与研究出版社2007年版,第5页。

释其诗作总体上复杂多变同时质量不均的现象？这种情形与其诗学观念存在何种联系？如何看待其诗作与早期的诗剧、中期社会问题剧与后期象征诗剧之间的关系？

《易卜生文集》第8卷①收录了易卜生诗作60多首诗，集中了其诗作的精品。易卜生的文学写作以诗歌起步，同时也开始了诗剧写作。如果我们将其诗歌作为整体考察，就会发现三种向度：以"林肯被刺"、"人民的哀悼"、"危难的兄弟"等为代表的外观向度；以"在高原"、"泰尔耶·维根"、"致幸存者们"、"一朵玫瑰"等为代表的内视向度；以"绒鸭"、"鸟与捕鸟人"、"在画廊里"、"错综复杂"、"焚烧的船"等为代表的象征向度。"向度"②是一个哲学与文化学的术语，在此加以借用，是指在易卜生诗歌由于诗人自我的自觉与不自觉而存在的某种倾向或某种走向，自然，这种倾向或走向也有某种程度上的差异，反映出不同时段创作心理的流动性和艺术经营的不平衡性。

一、易卜生诗歌的三种向度

易卜生诗歌作品中存在着"外观"、"内视"与"象征"三种向度，这是笔者对其诗歌的总体描述与理论概括。"三种向度"的说法并不只是对其诗作的分类，而是就其诗歌的艺术视点而言，明显地呈现出三种走向，让其诗作从总体上呈现出三种形态：外观形态、内视形态与象征形态。

首先，易卜生诗歌具有一种明显的政治倾向。政治事件在其诗中是描写性与叙述性的，政治立场坚定、政治态度鲜明，情感倾向往往处于外在形态。诗人在其早期政治抒情诗中表明对当时所发生的重大政治事件的态度与立场，抒写浓厚的爱国主义情怀，一腔正气、嫉恶如仇，正是社会正义之呐喊、民

---

① 《易卜生文集》共8卷，第8卷收入易卜生的诗作60多首和文论多篇。
② "向度"是一个哲学术语，指事物在发展过程中所呈现出来的一种走向或倾向。在此借用来表示易卜生诗歌在总体艺术传达上所呈现出来的三种方向，并在此基础上形成三种形态。

族精神之燃烧。兄弟国家丹麦的狄拉草原遭普鲁士粗暴入侵的时候,挪威却胆小地退缩、不伸出援助之手,于是诗人感到愤怒和难堪("危难的兄弟");美国总统林肯无端被害,诗人谴责欧洲议会的可恶品质("林肯被刺");在"北方的信号"等诗中,诗人抒写了民族自强的强烈愿望。我们高度肯定其诗作的思想价值,正如笔者从前所论述的那样;①但也不得不指出某些诗作存在的问题:其"外观向度"不是那么接近诗歌艺术本质。

"外观向度"是指其诗歌中存在的只关注事件发生过程的艺术选择,不仅诗人自己置身其外,也没能发掘出对象的内在形态。这不是在时间意义上存在的走向,却是在空间意义上存在的倾向;因此某些诗作情感不够内在、内涵不够深厚、力量不够强大。有的流于对政治事件的描述,有的则纯粹只是政治口号,有的只是对政治人物的评说,有的则只是时代情绪的流泻。"外观向度"表明某些诗所表达的情感与思想是浅层次的,没有触及事物的本质,也没有让心灵与对象产生共鸣。就是那些抒写与国家与民族相关的感情,也往往流于种种时代性、政治性、民族性的大意象,个性不够鲜明、气质不够浓深、艺术不够深湛。肯定"林肯被刺"等诗作的时代意义,主要是就其政治情怀与批判锋芒而言;从诗歌艺术而言,一些诗只是对景物的描写与事件的叙述,少有独立的审美意义,更不用说整体上诗歌意象的发现与创新;肯定"人民的哀悼"等诗作的价值,主要是就其对奥斯卡浓厚的悼念之情与领袖亲情而言,却基本上只是对悼念场景的描述与对国王的赞扬,缺少对当时具体生活细节的发掘,更缺少一种真正的反思眼光与反省精神。其外观向度的诗作中也有部分佳作"二十万人胸部中弹负伤;二十万人痛苦地面对死亡"("北方的信号")。② 这样的整体情景与宏大意象的确让人惊异;在"信念的根基"中"民族母亲"的意象,让抒情与叙述显得厚实与深广。然而从总体上说,其所有外

---

① 参见邹建军《易卜生诗歌的伦理主题》,《南京师范大学文学院学报》2006年第4期,第124—132页;《易卜生诗歌的政治情结》,《西南石油大学学报(社会科学版)》2009年第1期,第75—82页。

② 本文所引易卜生的诗作,皆出自《易卜生文集》第8卷,以下只在引诗后注明。

观向度的诗作,思想内涵不是太深厚,政治见解不是太独到,少有深度与高度,更没有超越性,在艺术表达上也没有独创性。之所以如此,在于诗人对当时的政治事件过于关心,对那个时代的政治问题过于热情。正如杰尔查文所指出的,那个时代发生的帝国主义扩张、美国的国内战争、希腊人反抗土耳其统治的起义、瑞典的大国倾向、丹麦与普鲁士的战争等,都在其作品中得到了反映,"在这方面,'培尔·金特'是与作者的'林肯遇害'(1865)、'在赛得港附近'(1869)和'随气球寄给一位瑞典女士的信'(1870)这些短诗相呼应的"①。其诗作的政治信息量大、内容异常丰富、自我情感落差很大,然而其思想与情感却并不独到与深刻。当然,诗人关注时代性重大事件、评价重要的历史人物,让其诗作拥有鲜明的时代特征;但是,时代特征与写作题材并不能构成诗歌思想的本体,更不可能构成诗歌艺术的本体。"写什么"与"怎样写",似乎并不是一回事。

更为重要的是,易卜生一些外观形态的诗作所要表达的东西,根本没进入个体精神与民族精神的层面,也没有进入对人类精神与宇宙时空进行观照的层面:"纪念册题词"、"为一位作曲家题词留念"、"校园(为落成典礼而作)"、"题赠"等诗,就是如此。"颂五月十七":"挪威同胞们,让你们的歌声嘹亮/回旋在高山,四面八方;/让自由的欢呼在明洁的夜晚/尽情地飘荡!/让快乐的颂歌汇成/一首大合唱,作为纪念品,/馈赠那些艰苦作战/解放这片土地的人们!"② 对于挪威解放日的歌唱类似于口号与标语,直抒胸臆、一览无余,没有值得回味与深思的东西。这些外观向度的作品,思想深度、情感热度与人生体验的力度都无从说起,艺术生命力自然有限。也许不能将其所有具有诗形式的作品都当作诗歌,作为杰出的剧作家,易卜生成名之后自然有一些应景之作。有的时候对于某一些政治性、时代性的重大事件,他不得不表态、不得不为别人题词纪念;也许他当时就没有将这些作品当作艺术,没有像

---

① [苏]杰尔查文:《易卜生论》,李相崇、王以铸译,作家出版社1956年版,第22页。
② 《易卜生文集》第8卷,人民文学出版社1995年版,第97页。

戏剧写作那样有很高的追求。

好在其诗作并不总是如此,这远不是其诗作的全部。易卜生的诗歌写作同时还存在另外两种向度,即"内视向度"与"象征向度",正是由于这两种向度的存在,才让易卜生成为真正的诗人,并导引他成为世界一流的戏剧作家。所谓"内视向度",是指其某些诗作也是诗人自己内在情绪的独到表达,抒写的是一种处于情感与精神状态的东西,并不只是对生活现象与社会事物的表面观察,也不只是对某种现实事件与历史事件的平板议论,有自己的深入思考与个性化的表达。诗歌文体由于其本身所固有的内视特性,要求作者集中表达自我深思、自我人生体验,情感与主题要进入精神层面而成为一种光闪闪的晶体。以此而论,易卜生在某些诗作中有对自省情怀的抒写、对恶劣品质的批判、对人生理想的探索、对人类精神历程的呈现。

这主要体现在三方面:首先是反省精神与忏悔意识。有的时候通过对自我行为的反思,请求他者的原谅,以求灵魂的解脱。"一朵玫瑰":"原谅我,小玫瑰!原谅我吧!/我折断了你的枝茎,终结了你/在小兄妹群的生命!/但莫悲哀,——你知道我送你入睡梦/为的是苏醒,像人类的重新苏醒,/——在天堂!"① 也许是在无意之中折断了一朵玫瑰,也许因一时的冲动损害了某一生命,抒情主人公感到十分悔恨,于是发而为诗。在诗中一而再再而三地请求那朵小小的玫瑰花的原谅,具有善良人性的精神人格跃然纸上。这种自我反省精神,其本身就是对某一种宗教情怀的表达,高度诗化也高度宗教化;因为真正的诗作所要表达的,正是这样一种感情,而不是玫瑰被折的事情,更不是对这件事情的议论。因此,无论是诗作的思想内涵还是艺术表达,此诗都进入了一种精神与艺术的层面。其次是对恶劣品质的嘲讽与批判。那一种尖锐的批判眼光与嘲讽锋芒,表明易卜生对当时的社会现实与人类的历史具有强烈的批判意识,正是批判意识成为其后期社会问题剧的基本素质。有的时候这种批判能够深入人的灵魂。"致幸存者们":"你们现在大声把他歌

---

① 《易卜生文集》第8卷,人民文学出版社1995年版,第76页。

颂;——/可他当初死在血泊中。//他点燃火炬照亮他的国土;/你们却把火印烙在他的额头。//他教会你们挥舞宝剑;/你们却用它刺入他的心田"[1]。海伯格受到迫害而悲惨死去不只是他个人的悲剧,更是挪威世俗人间的悲剧:如果没有人能够清楚地认识到民族英雄的价值,有意与无意之中对他进行损伤与打击,这个民族的精神生活真的是出了问题。诗人对此进行了无情的批判:他们将无情的"火"烙上民族英雄的额头,可那"火"却是英雄所点燃的,它能够照亮天空与大地;他们用"剑"无情地刺入英雄的心田,可那"剑"正是英雄用以为民族征战的武器。从前他们在背后"使绊儿","无耻地据为己有",而现在却大声地将他"歌颂"。诗人以对人的精神揭示为目标,以挑剔人性丑恶为重点,以此强调民族精神重建的重要性。再次是以诗探讨人生哲学命题。"在高原"中的青年人,在外来猎人的引诱下告别母亲和未婚妻来到高原,过着一种漂泊不定的生活。在山顶上看见房屋着了火,母亲被烧死,对如此伤心的事件他却无动于衷;未婚妻作了别人的新娘,虽然心有所动,却迟迟不采取行动。最后落得个"母死"、"妻走"的可悲下场。长诗没有浓厚的传奇性,也不以曲折多姿的故事取胜,却引人入胜:在于它进入了精神探索的层面,对人生作了哲学层面的探讨。青年人究竟为何与母亲与妻子不告而别来到高原,对亲人的悲伤无动于衷,最终造成重大悲剧呢?如果无法理解其内在心态与精神世界,也就无从理解诗人的创作意图与审美理想:那种"在高处"的心态、特有的人生境界。诗人从自我感觉出发,以一种非常模糊的方式表达人的情感与精神:一种相当迷茫的心态、一段充满矛盾的情感、一个似是而非的人生历程。主人公为何要告别热恋中的未婚妻,到高原上过着一种自由自在的生活?为何要告别年迈的老母,并且在见到老母被火烧死的时候无动于衷?亲人的苦难与死亡,为何总是抵不过那个像影子一样的"精神导师"?那个劝其来到高原而不让回家的人,究竟是何方妖魔?主人公最后究竟得到了个人的自由、精神的超越还是失去了精神的寄托、陷入了痛苦的深

---

[1] 《易卜生文集》第8卷,人民文学出版社1995年版,第23页。

渊？它表达的正是诗人所理解和向往的人生境界与哲学观念：一个真正的人要超越于众生之上，独立于世俗生活之外，让内心的孤独转化为一种精神上的滋养，从而达成自我价值的实现。诗人从小就喜欢向高处走，据说他小的时候总是一个人朝楼上跑去，其母亲等人也只得抱起他，以便在高楼上俯视大千世界，并以此为乐。这种现象表达的是一种个人兴趣，体现的却是一种人生哲学。诗的最后有这样一节："从现在起我走在高处。/我并非白白地从低地向这里攀登。/这里有自由和上帝。我一人得到了它们。/其他所有的人都在谷地踱步。"①这个重要信息是诗人自我情感的一种投射，也是诗人精神世界的一次暴露。诗人故意模糊了故事情节与人物形象，而让一种精神形态的东西如云雾一样起落，如江河一样奔走，并弥漫与贯穿始终。这正是展示抒情主人公精神历程本身的需要，也是诗人颇有深意的一种艺术设置。

易卜生诗歌写作的内视向度是其诗歌向内探究的一种结果，与其诗歌写作的外观向度相比较，所标示的是一种相反的方向，即对于人的内在心理与灵魂的开掘，更加符合诗歌的文体特点。"外观向度"也许更倾向于散文形式，描写、叙述与议论无拘无束，可以自由挥洒、风起云涌；"内视向度"则更加凝聚、更加精致、更有意味，是诗歌写作达到新层次的坚实基础。易卜生诗歌还存在一种"象征向度"，并让其某些诗作具有一种可贵的象征品质，让其诗歌上升到一个更高、更纯的艺术境界。在此，我们不想单独讨论其诗的象征向度与象征形态，拟从其与早期诗剧、中期社会问题剧与后期象征剧的关系方面进行综合分析。

二、易卜生诗歌的象征向度与三类剧作的关系

易卜生一生创作的26部戏剧是他对世界戏剧所做出的重大贡献，但是，早期的诗作不仅具有独立存在的价值，而且与其后来的戏剧作品有着千丝万

---

① 《易卜生文集》第8卷，人民文学出版社1995年版，第142页。

缕的联系。"由是观之,读解和研讨易卜生的戏剧不可不探究易卜生的早期诗作,也不可不探究民间歌谣对诗人、剧作家的良好影响。"①王忠祥教授指出:"他的早期抒情诗以及诗剧,都表现了诗人卓越的诗才。易卜生创作中后期的散文剧中,也不乏瑰丽、纯真的诗行,而且这些剧中诗抒情色彩浓重。"②从整体上进行观察,在易卜生诗歌的三种向度中,"象征向度"与其后来的戏剧作品有着最为密切的关系,甚至可以说是后来剧作的萌芽与血脉。

"象征向度"是指其某些诗作以具体的意象及意象群来表情达意,具有一种不可多得的象征品格,正是这种象征品格让其诗歌写作跃升到新高度,不仅从根本上成就了其诗歌艺术,也对其后来的戏剧创作产生重大影响。这里不是说其所有的诗作都具有象征性,而只是说有些诗作体现出一种象征精神,呈现出一种象征的艺术向度。"外观向度"选择之所以是不明智的,就在于它在内容上没有进入精神层面,也没有以比较客观的象征方式进行艺术传达。象征往往是杰出诗歌作品所具有的特殊品质。诗歌艺术的存在其本质在于诗味的有无,而诗味就只有在曲折与复调的艺术经营中,才能产生出来与得到保存;如果只是正面直述,则会一览无余。有人曾经指出,西方文学史上的象征,其实就相当于中国古典诗歌艺术的"兴"。什么是"兴"呢?朱熹曾经这样解释:"兴者,先言他物以引起所咏之辞也。"诗人往往选取一些具体的物象进行直接呈现,而所要表达的却另有深意,从而构成一种存在"能指"与"所指"的话语结构关系。易卜生也许并不清楚这样的理论表述,却在实践中创造出了诸多象征方式,让其诗从总体上呈现出一种"象征向度"。

在易卜生的诗作中可以看到一些具有象征品质的诗。先读两首小诗:其一是"绒鸭":"蓝灰色狭湾锯断了海岸,/绒鸭在这儿忙把家安。//它从胸口

---

① 王忠祥:《序言 易卜生研究的新领域》,王远年编《易卜生诗歌研究》,雅园出版公司2006年版,第2页。

② 王忠祥:《对世界的主观抒情:易卜生诗歌鉴赏》,王远年编《易卜生诗歌研究》,雅园出版公司2006年版,第5页。

撕下绒毛一团团,/在岩石里把家安得舒适又温暖。//狭湾渔夫没有一点儿同情心,/他把鸭窝抢得一根绒毛也不剩。//可绒鸭充满无畏的生活乐趣,/它重新来撕自己的胸脯。//一次又一次地被劫掠,/它在隐蔽的洞口重新来做窝。//但当命运给予它第三次打击,/它便带着流血的胸脯飞起——//飞离寒冷的、不好客的国境,/向南,向南,南飞到阳光普照的海滨。"①在这里,"渔夫"一而再再而三地破坏"鸟"的生存之地,给"绒鸭"造成致命伤害。表面的客观叙述蕴藏着极强的主观精神。这是一篇悲伤的童话:"渔夫"对弱小的生物毫无同情,他不将"鸟"看作自己的同类,将"绒鸭"温暖的家无情撕毁;他难道不知道"绒鸭"是用自己胸口一小片一小片的绒毛才建起小小的家的吗?"绒鸭"也与他一样要养家糊口吗?"捕鱼人"意象有着强烈的象征意义,它能够让我们想到更多的人;"绒鸭"还带有一种悲剧性:它热爱自己的生活,并且总是充满信心;当它遭受到突如其来打击的时候,它没有抱怨,总是一再撕下自己胸口的绒毛重新来筑窝;到了实在没有办法的时候,才在巨大悲痛之中飞离"不好客的国境",飞往"阳光普照的海滨",可见这个意象是具有坚强生活意志、对生活充满自信,受到不公待遇只是一味退让的一类人的象征。其实,"渔夫"和"绒鸭"的关系也是一种象征:其一,象征着人与人之间的迫害关系,正是这种关系让人世间没有和平与宁静的生活;其二,象征着人与自然之间的损害与被损害的关系,如果破坏了由动植物所构成的自然生态,人类也将无处生存。

其二是"鸟与捕鸟人":"我以残忍的快意/把它提回了育儿室,/用狞笑和怪脸/把囚鸟吓个半死。//直到这些玩笑似的/折磨不再觉得有趣,/我才打开了笼门,/放可怜的小家伙出去。//瞧,它抬起了小脑袋/朝亮处拍了拍翅膀,/它又有了生活和自由——/不幸碰着玻璃落地而亡。"②这同样是一个"人"与"鸟"的故事。以具体而生动的细节惟妙惟肖地刻画了"捕鸟人"和

---

① 《易卜生文集》第8卷,人民文学出版社1995年版,第10—11页。
② 《易卜生文集》第8卷,人民文学出版社1995年版,第3—4页。

"鸟"的人生情态;"捕鸟人"的内在心理,"人"与"鸟"之间的关系,实在于太丰富、太曲折了。这样丰富的思想与人生内容,也许是一部长篇小说也难于容纳的。在那一只鸟儿身上,似乎没有寄托什么深刻思想,其天真可爱与对自由生活的渴望,以及最后由于胆小怕事而受到折磨及其死亡的过程,的确让人心生悲情。自然不能要求它坚强抗争,它本来就是一只小鸟、一个弱小的生命,它需要强大人类的保护;可"捕鸟人"从小开始的恶作剧,以自己的兴趣和快意将鸟儿折磨得半死;后来虽然遭到报复,结局十分可悲:坐牢是另一回事,忏悔而得不到真正的解脱,精神始终恍惚与痛苦。"鸟"与"捕鸟人"的关系,也是典型人生关系的反映,善有善报、恶有恶报,则是最为核心的主题。此诗还表达了后现代的伦理观:一个人如果对别人伤害越深,那么对自己的伤害也就最深;自我的自由与别人的自由存在密切联系,只有在给别人自由的同时,自我才能得到真正的自由。

象征向度及其在此基础上形成的诗的象征形态与象征品质,与易卜生的三类剧作存在必然的联系。在易卜生的一生中,早期从事诗歌写作,同时就开始诗剧的写作,现留传下来十部诗剧;后来才转向散文体剧本写作,即以《玩偶之家》、《国民公敌》等为代表的社会问题剧;晚年却开始了象征剧的写作,完成了《野鸭》、《建筑师》、《罗斯莫庄》、《当我们死人醒来的时候》等多部象征主义剧作,开创了一段新的历史。由早期诗歌所存在的象征向度与象征品质,在其一生的文学创作中都若隐若现地存在,不论是早期的十部诗剧,还是中期的社会问题剧与后期的几部象征剧,都是如此;并且,这种品质还成其为所有作品富有生命力的重要因素。早期的诗剧,在易卜生自己看来本身就是诗,虽然可以演出,仍然是诗的品质与诗的体式,不论是第一部诗剧《凯蒂琳》,还是后来的《武士冢》、《海尔格伦的海盗》、《布朗德》、《培尔·金特》等,完全是诗的分行与诗的语言,仅是以人物对话来展开。在这些作品中,往往存在诸多象征性意象与道具,如《布朗德》中的"冰教堂"、"黑鹰"、"大海中的船"等,都无不具有象征意义。在社会问题剧中,象征气息有所削弱,如《玩偶之家》中几乎没有象征,《国民公敌》中更多的是矛盾冲突;但到了后期的象征剧里,象征的因素得到加强,剧作家似乎又回到了早年,在一部剧作中就出现多种多样的象征物与象征意象,早年没有得到发展的象征向度,却在后期剧作里得到了淋漓尽致的发展,剧作家的诗人气质与诗性品格得到了完整的展现。在《海上夫人》中,那个神秘人物庄士顿的"钥匙"、有"海涛"一样眼睛的小孩子、穿越海峡而来的"巨轮"等,都是作为象征物而出现的,给全剧带来一种神秘性质与深远思想。因此,在易卜生早期诗作中没有得到延展的象征向度,在其早期的诗剧与后期的象征剧中却得到保存与发展,在其中期的社会问题剧中虽有所散失,却也以另一种形态得到渗透与保存。由此看来,早期的以象征向度为代表的"诗才"影响了易卜生一生的文学创作,正如英国当代文学评论家布莱德鲁克所指出的那样:"易卜生作为诗人的魔力逐渐凝聚、集中、完整起来,发展成为一种力量,后来进而采用散文剧作为他表达的工具了。"① 象征向度与象征品质其实伴随着易卜生一生中创作的大部分作品,成为其作品思想与艺术生命力的重要来源。

三、易卜生诗歌的三种向度与对其诗歌的辩证评价

三种向度在其诗作中并不是非常分明地存在着,在一些诗作中往往是相互交叉与相互渗透,特别是在一些长篇的作品里,如"北方的信号"、"危难的兄弟"、"海鸥在呐喊"、"林肯被刺"、"致吾友,一位革命演说家"等作品中。如在"危难的兄弟"中:"而你,我得救的挪威兄弟,/脚踏神圣的土地,/凭借着许诺的美丽字句,/忘却那危难的瞬息,/仓猝逃避祖辈的船头,/漂过大海的巨浪,从一个港口隐匿到另一个港口,/换姓更名,/为了活命而躲躲藏藏!"② 在这里,诗人以一个人的言行象征地表现一个政府的精神形态,不仅生动并且有力,不全是一种外在的描写,也有一种象征性的暗示。在"北方的信号"中,

---

① 《易卜生文集》第8卷,人民文学出版社1995年版,第274页。
② 《易卜生文集》第8卷,人民文学出版社1995年版,第115页。

有许多叙述性情节,却也有触目惊心的意象呈现:"维也纳的外交官们争论不已。/北什列斯威格荒原上的士兵危在旦夕。/你再也找不到更好的战士,/能超越这些流血的壮男少女。//二十万人胸部中弹负伤;/二十万人痛苦地面对死亡。"①对死难者有深深的怀念,时空意识强烈,历史意识深厚,"二十万人"的群体意象如"耸立在风沙中的大建筑"②,其中有诗人的情感与个性,如此的意象群落让全诗的思想情感深厚与浓缩。因此,我们说"外观"、"内视"与"象征"三种向度,有的时候是统一在同一首诗中。

具有"象征向度"的诗作,应当得到高度重视并进行深度发掘。外观向度,可称之为"现实主义"向度,在其诗歌写作中基本上是失败的;内视向度,可称之为"浪漫主义"向度,因其诗人对自我内在化的表达而具有独到性与深刻性;而"象征向度",让易卜生的诗歌写作达到一种深度与高度,标明其诗歌艺术探索的正确道路。

"三种向度"是从其诗歌作品纷然杂陈、参差不齐的艺术现实出发,根据其诗歌写作的整体形态进行考察而提出来的。其诗之所以呈现三种向度,正是其创作心理不太稳定的反映,也是其早年对诗歌艺术本质认识模糊不清的结果。"外观形态"往往是其迫于当时的社会与时代重大事件,情绪激烈波动、心情悲愤时的一种直射,观察到什么就写什么、是什么样子就如何写、想怎么写就怎么写,没有回视与反观、没有再观察与再思考,因而情感外露、思想浅显;"内视形态"往往表明诗人处于宁静之中,抒写外在世界在内心引起的感觉,经过了一段时间的联想、分析、思索,反反复复、曲曲折折,触及"人生为何"、"人生到何处去"、"人生如何选择"等重大问题,最后以对自我内心进行呈现的方式进行传达,是其对人生与世界深沉思考形态的活写真;"象征形态"则是其情感处于超越境界,对自然时空与人间万象处于回忆之中,其眼光

---

① 《易卜生文集》第 8 卷,人民文学出版社 1995 年版,第 118 页。
② 鲁迅:《小品文的危机》,《鲁迅选集》第 3 卷,人民文学出版社 1983 年版,第 201 页。

能够穿透事物的本质,在特定语境里彻悟到诗性与诗意,从容进行艺术构思与艺术传达。易卜生诗歌写作的"三种向度",很难以写作的时段来加以区分,却比较清楚地呈现于其整个创作中。如果以图示之,则呈现出这样的形态:

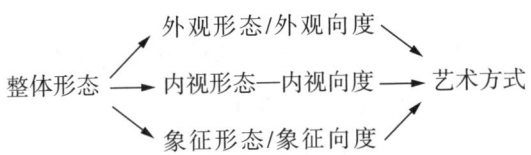

在此图式中,三种向度分别产生了易卜生诗歌的三种形态,三种形态构成了易卜生诗歌的总体态势。这是对易卜生诗歌的总体描述与整体评价,而在这个过程中,就存在如何对其诗歌做出辩证评判与科学评价的问题。易卜生诗歌存在"外观向度",让许多诗作停留于外在观察与平面描写,我们却不能轻看其中的政治性与时代性,它们也有其存在的意义;易卜生诗歌中存在"内视向度",让某些诗作进入情感与心理层面,可以由此审视诗人的心灵甚至灵魂,但也不能认为它们就一定达到了很高境界,而对之做出过高的评价;易卜生诗作中存在"象征向度",让某些诗作呈现出象征形态,但我们却不能对此类诗一味地肯定,而否定其他诗作。诗是多种多样的,每一类诗作可以拥有各自的艺术功能,实现各自不同的社会责任。值得特别注意的是,三种向度与三种形态有的时候完整地存在于一首作品中,并得到有机统一。长诗"泰尔耶·维根"具有一种高度纯化与深远的内在精神,但是,"外观"、"内视"与"象征"三种向度几乎同时存在,并让全诗产生了"外观"、"内视"与"象征"三种形态的统一。"泰尔耶·维根"处于一种精神形态之中,主人公泰尔耶·维根的人生成长与精神历程,成为长诗的主体内容。泰尔耶·维根出生于挪威峡湾地区,因为喜欢自由、向往大海而成为一名远洋水手。当他在外漂泊多年而回到故土时喜欢一个美丽的姑娘,于是整天守护在妻子和小女身边,感到了从来没有过的幸福。可是,英国与丹麦之间的战争终于爆发让其命运发生重大转折,英国战舰封锁挪威海岸,饥荒让许多人活活饿死。维根孤身出海到处寻找食物,经过千辛万苦,终于得到三袋粮食;可是,正当他驱着小木船进入故乡海港,远远地就被英国军舰发现;为了妻女能够活命,他拒不接受检查,驾着小船试图逃走;可英国小艇很快就赶上了他。经过了一番惊心动魄的搏斗,小木船被击穿,三袋救命粮落到了海里;他勇敢地跳下海,打捞起那三袋粮食,可无情的舰长再次将其打入海中。当他坐了五年大牢回到故乡,妻女却不知何年何月早已死去,于是其精神受到沉重打击,几乎崩溃:他整天阴气沉沉的,过着一种没有生气、没有趣味的生活。多年后的一天,作为领港员的他发现远方有一艘小艇发出求救信号;正当他要引导其脱离险情时,却意外地发现他所救的人正是当年打沉三袋粮食的舰长及其美丽的妻儿,维根内心产生尖锐激烈的矛盾冲突:他很想就此报仇雪恨;可是当他看到那个舰长在一瞬之间头发变白,他最终放弃复仇,救出他们。上岸以后,由于舰长的深深悔恨,维根灵魂解脱,终于恢复了生活的勇气与生命的生机。此诗不以故事情节曲折取胜,而以动人的心理描写与具体的生活细节服人:维根细致照顾妻女时的情景,让人感到人间和平宁静生活的可贵;维根面对复仇时的心理波涛,也让人惊心动魄。因此,此诗是曲折的心理诗篇,而不是简要的叙事诗篇;是细致的情感诗篇,而不是粗略的情节诗篇。

此诗中总是充满着一种宗教情怀,这从维根由获罪到忏悔再到得到拯救的人生历程中体现出来;同时,舰长身上也有由获罪到忏悔再到获救的心灵历程。两个主人公都由此让自己的心灵得到安宁,宗教主题在此得到了生动而深刻的表达,并达到令人震惊的程度。诗人在此诗中观照与逼视自己的内心世界,凝聚了诗人自我的人生体验,并不只是对某一个历史故事或民间传说的复述。诗人站在自己的立场来观察那一场战争,并对相关事件进行了描述,一个人生故事完整地保存于诗中,它完全可以改编成电影与电视;同时,主人公内心的感受与体验,特别是那种喜悦与痛苦、失望与幸福、忏悔与挣扎等,都通过讲述与描写而得到生动与具体的表达。一个血气方刚的青年与重新拾回生活勇气的老人形象跃然纸上;更为重要的是,象征的品质始终存在并发挥出其应有的效力:那浪花奔涌的"礁石群"、那不断逃走的"小木船"、那红扑扑的"小脸蛋"等,其实都具有一定的象征性。在这首长诗以及"在高原"中,"外观"、"内视"与"象征"三种向度是同时存在与有机统一的,从艺术构成而言,由此产生外观、内视与象征三种形态的统一,因此全诗才故事完整、人物生动、情感丰实、想象丰富、意象新颖、思想深刻,成为易卜生早期诗歌的代表作。通过对此诗三种向度共存共生的解读,说明只有将三种向度同等重视并作具体分析,我们才有可能对其诗做出辩证评判与科学评价,不然我们的评价与批评可能会有失偏颇。外观向度的诗有失诗意,内视向度的诗有失隐秘,象征向度的诗又有失本相,因此,我们还是倾向于三种向度的有机统一,从而让诗作实现多种功能与多样目标。

四、三种向度与易卜生的诗学观念

易卜生诗歌之所以呈现出三种向度,是与其一生对诗歌本质的认识密切相关的。只有当他认识到诗歌是一种具有内视点特征的艺术体式,必须以人的情感品格与精神内核为基点时,其写作才从外观形态进入内视形态,并在有的时候达到象征形态。对于诗,易卜生并不是始终都没有自己的独到认识,有的时候他还具有很独立的诗观。在谈到早期诗剧《培尔·金特》的写作时,他说:"我的作品就是诗,如果现在不是,将来也会是诗。在我的祖国挪威,诗的概念必须采取此剧作为楷模。"① 在此他认为诗就是诗,诗是其他文体所不能代替的;但是,他是以早期比较满意的一部诗剧来说明什么是诗的,并且自信以后的挪威,会以此剧作为标准来定义什么是真正的诗。易卜生在许多时候将戏剧当成诗,与古希腊时候亚里士多德将戏剧当成诗,也许并没有很大的区别。如果我们熟悉《培尔·金特》的思想内容与表现方式,则可以意识到易卜生对诗的认识是有内在逻辑性的,可见他对诗歌内视与象征特征的重视程度。并且,对内在与内视的诗学观念,到了中年的时候他也有比较

---

① 转引自茅于美:《易卜生和他的戏剧》,北京出版社1981年版,第45页。

集中的表述:"我所创作的一切,即使不是我亲身体验的,也是与我阅历过的一切极其紧密地联系在一起的。对我来说,每次新的创作,都服务于心灵的解脱过程和净化过程的目的。"①

同样的观点,也可以从两首诗中得到证实。其一是"四行诗",可以看成是其诗歌创作的总纲:"生活就是——同心中的/魔鬼作殊死战。/写诗就是——对自己的/灵魂进行审判。"②从此诗中可以揭示其诗歌艺术的所有秘密:"生活"不是某种外在的东西,而是个人的信念与道德准则;光明磊落、心地宽阔的人,才能够驱除心中的魔鬼,让内心自由而自在;如果能够问心无愧,才是一种真正的生活;同时,写诗是一种"自省"的人生方式,诗人能够对自我灵魂进行审判,不论是过程还是方式,都会是真正诗意化的,这就是真诗生产的过程。其实,如果是从自我心灵中流露出来的情感、通过自我产生的想象、对自我灵魂进行审判而发生的思想变动,都可能成为有感染力、有生命力的诗篇;如果只是对外在事物的描写、对时代性事件的叙述,也许只能停留于一种外观形态,诗作的感染力与生命力就无从谈起;如果诗人能够对自我灵魂进行审判、以自我艺术想象为基点展开思想内容,同时又能够以象征性的意象进行传达,其诗作就呈现出一种内心化的、情感化的、艺术化的形态,那就是真正的好诗、具有传世价值的诗。易卜生在人到中年(1877年)能够认识到这一点,实属不易。

其二是"银":"银本身是如此高贵的矿石,/不像秋日的稻草一样易碎;/数千年来它静卧在土地上,/是那样光彩夺目,永不会销毁!/生的渴求恰像秋日的稻草,/悲哀属于银,银——高贵的矿石!"③"银"这种矿石虽然可能是灰暗的、悲哀的,它不像"稻草"那样有对于生命的渴求,然而它却不可销毁而具有永远的生命力。数千年之后,它也许还是像当初那样得光彩夺目,让人

---

① 王远年编:《易卜生诗歌研究》,雅园出版公司2006年版,第9页。
② 《易卜生文集》第8卷,人民文学出版社1995年版,第52页。
③ 《易卜生文集》第8卷,人民文学出版社1995年版,第112页。

惊叹。诗人虽然在此并不是以"银"写诗,但我们可以以诗的本质为目标进行解读,因为真正的好诗就是像"银"一样高贵,像"银"一样具有闪光的品质,它正是人间生活的凝聚、人类精神的晶体。易卜生通过"银"与"稻草"的意象,是想表明诗歌主体精神的重要性,即有精神内核的诗是会有生命力的,即其诗歌写作的"内视向度"中产生的那些作品;"银"也具有象征性,其闪光的品质、坚硬的质地、受人重视的价值等,正是与真正艺术作品具有同样的内外兼修的表征:既有一种内在化的品质,也以象征的、意象的方式加以呈现,因而具有永恒的、不巧的艺术魅力。

由此看来,中老年时期的易卜生对诗歌文体的认识是相当准确到位的,体现了一个诗人与戏剧艺术家独立的诗学观念;并且我们要认识到,从心灵出发而反省自我的诗学观念不仅具有独立性,也具有重大的理论意义与艺术价值。易卜生一些具有象征向度的诗作之所以富有生命力,其早期的部分诗剧之所以超越于其诗作,其中后期的多数剧作之所以成为"易卜生主义"的代表作与"伟大的问号",最主要的就是得力于此种诗学观念。我们并不是说易卜生的每一首诗作都达到了"对自我的灵魂进行审判"的高度,都具有了像"银"那样的特有品质与高贵质地。显然,从总体上说其早期诗歌写作与其诗学观念存在一定的距离,两者并不完全一致。当然,以上两首体现其诗学观念的小诗,第一首是后期写作的,第二首写作年代不详,但根据其在《易卜生文集》第八卷中的次序及其所表达的思想来看,是对其文学写作的一种反思与总结,因此可以初步断定也是写于中后期。因此,我们就可以解释为什么易卜生的诗歌存在纷繁复杂、质量不均的情形:早期对于诗歌本质与特征的认识是不到位的,但主要的诗作写于早期;中后期对于诗的认识比较到位,却写得越来越少,有的只是应景之作。易卜生应当写出更多具有内视形态与象征性质的诗作,可惜其多数诗作都是外观形态的。我们只能说:其一,易卜生的诗歌写作形态是不稳定的,其对于诗歌艺术的探索,始终处于一种行进的途中;其二,易卜生真正从事诗歌写作的时间并不长,因为他很快就开始了诗剧的写作,其诗才明显转移到了一种新文体。如果按照易卜生本人的想法,将其早期十部诗剧也算成诗的话,那他真算是一个杰出诗人,可惜学者们很难这样做。正如勃兰兑斯所说,戏剧过早地扼杀了易卜生的"诗才",他衷心地惋惜诗人易卜生的创作向散文剧倾斜时,"杀害了诗神缪斯的一只飞马"①。对此,我们也同样感到深深的惋惜。

---

① [英]布莱特鲁克:《诗人易卜生》,高中甫编选《易卜生评论集》,外语教学与研究出版社1982年版,第275页。

作为一种批评方法的文学地理学及其实践意义

——以《海上夫人》为个案

邹建军*

文学地理学批评与从前的作家地理与文学地理研究不同,最大的区别在于文学地理学批评具有方法论的意义,而前者只是借用地理分布的概念来分析作家的地理分布与文学的地理流变。中外文学批评史上的许多作家与作品,只要其创作过程、艺术文本与特定的自然山水环境相关,就可以用此种批评方法进行批评与研究,并且会给我们提供全新的视野、全新的认知与独立的观念。但是,正如其他所有的批评方法一样,文学地理学批评方法也不可能包打天下,只有将它与其他相关批评方法有机结合,才能发挥最佳效用,产生最大意义。对于易卜生名剧《海上夫人》,如果我们采用文学地理学、文学伦理学、精神分析批评、女权主义与审美批评等多种方法并有机结合,就可以把握其要旨、触及其美妙、解说其特质、揭示其内在的艺术与美学图式。本文试图以其为例,作一个前所未有的文本批评尝试,并以此说明文学地理学批评的原创性与具体的操作方法。

一、地理批评:对《海上夫人》的四种发现

《海上夫人》是易卜生后期最具有代表性的作品之一,中外学者都曾经做

---

* 本文原载《华中学术》2012年第2期。

出过批评与研究,得出过一些有价值的结论。剧本有三位最主要人物:男主人公房格尔是海边小城里的一名医生,女主人公艾梨达是其续弦妻子,庄士顿是艾梨达年轻时代的恋人,即现时的"陌生人"。除此之外,还包括房格尔和前妻所生的两个女儿博列得与希尔达,大女儿从前的老师阿恩霍姆,以及两位年轻的艺术家巴利斯泰与凌格斯川;加上没有出场的房格尔前妻、房格尔与艾梨达所生的小孩,一共有十位人物;出场的八位人物之中,很难分辨出哪些是主要人物,哪些是次要人物,因为所有的人物都具有独立的意义。从剧情来看,故事发生在夏天,海峡即将封冻以前,剧作家主要关注的是他们的爱情、婚姻、家庭与未来的命运;人物与人物之间的关系比较复杂,他们几乎都处于情感与思想层次,虽然都是生活化的故事情节,然而也具有一定的传奇性。剧本完成的时候,易卜生给出版人写了一封信,信中说:"它标志着我找到了一个新方向。"① 对此,中外学者们一直争论不休,不知道他所说的"新方向"究竟是什么。其实,作家所说的"新方向",主要指向两点:一是从写实艺术转向象征艺术;二是从关注社会问题转向挖掘人物内心。可以这样说,《海上夫人》一剧中人物形象鲜明,内容广博且艺术精湛,达到了很高的境界。我们所说的文学地理学批评方法,主要是根据对古希腊悲剧与19世纪英国诗歌的研究,而提出来的一种新文学批评方法,然而它的运用前景却十分广阔,不限于外国文学,也不限于小说、戏剧、游记与长诗等文体,对于与地理相关的所有文学作品以及文学理论、文学史、文学批评,都具有重大的理论意义与实践价值。

运用文学地理学批评方法解读《海上夫人》一剧,有以下四个方面的新发现:

其一,《海上夫人》中因为人物与不同地理意象之间的关系,而存在多种相互关联、照应、依存的环形结构。所有的人物都生活于与小城相关的地理环境里,由于人物和人物的特殊关系,人物与人物之间形成了三个连环圈。

---

① 《易卜生文集》第6卷,人民文学出版社1995年版,第227页。

第一是艾梨达、房格尔与庄士顿之间所形成的三角情人关系,出现了第一个连环结构。第二是艾梨达、博列得与凌格斯川之间的三角情感关系,出现了第二个连环结构。第三是博列得、艾梨达、房格尔及其前妻之间的三角情感关系,出现了第三个连环结构。人物与人物之间形成的三个连环结构,与人物的性格、作品的主题、艺术的结构与艺术风格之间存在密切关系。然而,如果没有小城、海滨、浴场、山坡与海峡这样的地理环境,每一个人物就没有了生存的依托,人物的性格与某种特定地理景观也就没有了关联,比如房格尔与陆地、艾梨达与大海、陌生人与远洋、博列得与海边水池之间的种种关联。更为重要的是,人物与人物之间似乎不存在真正对立的冲突,更多的是一种情感与心灵上的关联,你离不开我,我离不开你,你、我、他之间所形成的都是一种相互渗透、相互依托的连环体。之所以出现这样的人物关系,也许在易卜生看来,人类社会的本相应该如此:人与人之间的矛盾、对立与斗争,都只是某种特定情境下的一种变相,荒唐而可笑。相比较而言,曹禺剧作《雷雨》里也有八个主要人物,然而他们之间却基本上都是对立与冲突的:周朴园与鲁大海之间是劳资之间的你死我活,繁漪与四凤之间因为周萍也是水火不容,周朴园与侍萍之间更不消说,周萍与周冲之间因为四凤也没有兄弟亲情,如此等等;在阶级斗争的时代里,人与人之间是陌生与冷漠的,没有《海上夫人》人物与人物之间的情感连环体。由此可见,两位作家对于不同社会形态与人物关系的认知是不相同的,甚至是完全相反的。然而,没有大海与陆地、山坡与海峡、小城与世界、凉亭与走廊之间的关联,易卜生所理解的人物与人物之间的关联就得不到深度的表达。

其二,每一位人物的性格与命运,都有一个象征体与之对应,从而形成了一种由诸种因素之间的相对性而产生的立体结构。主要有这样几种立体关系的存在:艾梨达——"美人鱼";庄士顿——"淡青色的大珍珠";博列得——"老鲤鱼";阿恩霍姆——"夏天的海峡";凌格斯川——"黑衣寡妇"。如此众多具有象征性的意象琳琅满目,犹如闪闪发光的珠贝,让人回味与沉思。经过深思,才发现它们并不是一种简单的存在,而是有其对应物的。由于主要人物的性格和命运都有一个象征意象与之对应,自然而然就让全剧形成一种对应性立体结构。每一个人物都有与之相对应的意象存在,不仅让读者产生一种琳琅满目的感觉,同时也让剧情发生由时间向空间的转向,从而形成一种圆形的艺术结构,读者不仅可以深究,并且可以将自己的审美情感投入其间,并延伸到其他许多相关的方面。由此可以看出,《海上夫人》是了不起的艺术创造,具有精巧的艺术构思、出色的艺术想象、精致的艺术传达、独到的艺术风格。然而,与人物心理性格对应的物象,基本都是自然景观,而不是人物内心的某种东西。按照文学地理学批评对于地理的理解,所谓地理就是"天地之物",那么,《海上夫人》里的人与天地之物之间的关联,就是作家艺术构想与艺术创造的具体体现。也许这就是《海上夫人》超越同时代许多剧本的关键所在。

其三,自然地理空间链接让剧作产生一种循环往复的空间结构。剧中所发生故事的地理环境,可以分为内圈、中圈与外圈。所谓"内圈",是指由花园、凉亭、水池、山沟、丛林、海峡、大海与人物群像活动其中而产生的地理空间;所谓"中圈",是指由小城、港口、海峡与大海而构成的人物活动并可以远观的自然景观;所谓"外圈",是指由人物主要活动地区海滨小城为标志的挪威,庄士顿因杀死船长而逃往美国、英国、俄国阿尔汉格尔斯特,以及东方的中国、澳大利亚等地,所构成的涉及世界各国的自然地理景观。如果没有这样一种由小到大、由点到面,以及在此基础上一圈一圈扩大的自然地理空间的组合,《海上夫人》的思想境界也许就没有如此高远,艺术时空也许就没有如此阔大。如果所有的故事都发生于海边小城,就像《玩偶之家》所有故事都发生在家里一样,其艺术效果也许就会发生变动。一般而言,地理因素在文学作品的人物关系与主题表达中并不具有决定作用,然而其美学意义却不可小视,《海上夫人》正是以大陆与大海之间的地理关系为骨架,让所有的故事发生在以挪威为中心的世界地理空间里,人物的性格与人物形象的立体感,也都建立在此基础之上。这样一种循环往复的地理空间,正凝聚了易卜生的艺术智慧,说明他是一个具有深厚地理思想的作家。

其四，具有深厚内涵的象征意象，以及在此基础上产生的意象群落。剧中存在许多关键性的、纠结性的、内涵丰富的自然地理意象，它们以自己的奇特而与人物、主题、艺术结构发生关联，具有独到意义。值得注意的是剧中许多关键性的意象，多半不具有单一性，而是具有双重性或者多重性。首先是"海婚"意象。艾梨达少女时代与庄士顿恋爱，庄士顿把钥匙和两人的戒指挂在一起，用力丢进了大海。两个戒指所具有的意义就是让两个人的命运从此就联系在一起，让它具有一种双重影像与双重精神。其次是房格尔与艾梨达所生的小孩子，虽然十分可爱却很让人纠结：在三四个月的时候，艾梨达发现他的眼睛和大海具有相似性，一双深邃的眼中总是出现像大海一样的潮涨潮落景观，这种眼神与从前的庄士顿极其相似，小孩眼睛与大海、庄士顿眼睛发生了重叠，具有了多重性。再次，英国的大轮船从海峡外面开进来，然后又开出去，在来来去去之间，陌生人由此而来，也由此而去，海峡的解冻与封冻也由此展开，人物的命运与性格得到暗示，因此海峡及英国的巨轮，具有象征意义。第四，几个死亡意象形成复合性结构：孩子的死、房格尔前妻的死、船长的被杀死、凌格斯川的将死，四个死亡意象之间具有某种程度的关联性，对于主题的表达与人物形象的塑造具有深刻的意义。第五，人物之病的描写具有重要的意义：艾梨达的思乡病、凌格斯川"劳伤症"、庄士顿的心结、博列得的心病等，说明每一个人物虽然身体健康，然而又都是有病的，有的是身体上的病，有的是心理上的病，人物所有的情感与思想往往都是因为病症而产生，所有的故事情节也都是因为病症而发生。因此，所有这样一些意象以及由于相互之间的关联，构成了一种复合性的意象群落，值得在文本细读基础上进行深入全面的探讨，从而得出与从前的学者不一样的，甚至是全新的结论。

由此可见，今天重新解读《海上夫人》之所以能够得出以上四点认识，是因为我们选择了一种新的角度，采取了一种新的文学地理学批评方法，于是发掘出了原作里本来存在的深度思想与艺术意义。

二、文学地理学批评方法与多种批评方法的结合

运用文学地理学批评方法,可以发现《海上夫人》中存在许多与地理相关的问题;然而,要真正地理解与研究它,只用某一种批评方法往往是不够的,因为没有哪一种批评方法可以包打天下。只有将多种批评方法结合起来,才能直抵其思想和艺术本质。任何批评方法都不能离开审美批评而存在,因为文学作品本身是审美的产物,文学研究是建立在对文学文本仔细阅读的基础之上的,是建立在文学欣赏与批评基础之上的。对于文学作品的阅读就是审美,因此任何一种真正的文学批评方法,首先就是一种审美判断与审美探究。

对于《海上夫人》的探究,也是如此。首先,如果我们关注人物和人物之间的关系构成,探讨由人物的情感与婚姻而形成的三个环形结构,就可以用文学伦理学批评方法。以此观之,就可以发现此剧存在复杂的伦理关系网络,每一个人物都具有深厚的伦理内涵:是离开还是回归房格尔,是摆在艾梨达面前的一道伦理难题;是让艾梨达离开而获得所谓的自由,还是以自己的实力果绝地阻止她的离开,是摆在房格尔面前的一道伦理难题;是违背艾梨达的自愿要她跟着自己离开小城,去过从前所向往的自由广阔生活,还是让她自己自主地选择自己的未来,是摆在陌生人面前的一道伦理难题。因此,如果我们提出此剧是一出伦理悲剧的话,相信没有人会加以坚决反对。因为剧中人物之所以处于两难境地,主要就是人物与人物之间的伦理关系不容易处理与解决,所以才产生情感的浪花与思想的交锋。

其次,如果我们关注小孩子眼中的"海潮"、"海青色的大珍珠",以及"美人鱼"、"老鲤鱼"意象,以及与剧中人物相关的四个死亡事件及其内涵,就可以运用精神分析法进行全方位的观照与深度分析。因为在这些与自然地理相关的意象里具有深厚的心理与人格内涵,与他者的情感、想象、感觉能力相关联,其独特思想价值与美学意义,也与此产生密切的相连。不仅是对剧中人物形象可以进行细致的心理分析,如果与特定的自然地理意象相结合,可

以发现易卜生从此剧开始告别外在社会现实描写,而特别关注人的内心世界与灵魂问题,并且达到了前所未有的高度与深度。并不是说所有的文学作品都可以用精神分析法进行探讨,只有像《海上夫人》这样本身具有心理内涵与情感力量的作品,精神分析法才有用武之地。

再次,如果关注艾梨达对于自由的追求、博列得对于外面世界的向往、希尔达对于母爱的眷恋等,就可以运用女性主义批评方法,并且恰到好处。女性主义批评方法关注女性人物的心理世界构成及其成因,关注社会生活里的女性性格与政治权力,也注重探讨作品里的女性与男性之间的关系,及其对她们所产生的影响。《海上夫人》里所有的女性形象都与男性相关,就是没有成家的博列得与希尔达也不例外,她们既与继母艾梨达发生这样那样的冲突,同时也与房格尔、阿恩霍姆以及两位艺术家之间存在种种形态的情感关系,在剧中的所有人物里,就是与陌生人没有任何关系。因为她们不认识陌生人,她们并不了解艾梨达的过去,也不想去了解。无论从剧中女性的欲望、心理与情感构成而言,还是从她们与男性的关系而言,女性主义批评方法都是有用武之地的。艾梨达身上典型地体现了那个时代的女权主义意识,她从少女时代开始就追求自由与幸福,并且以自愿为基本原则,一生都生活在自己的梦里,生活在对过去的回忆里;然而,当梦里的陌生人真的到来的时候,她的心理与情感却向相反的方向回转,让所有的人物都始料不及,让所有的读者与观众都感到惊奇并受到震动。在她那里,自由与权力、幸福与约束之间到底是一种怎样的关系?在房格尔、阿恩霍姆与陌生人之间,她身上的女权意识发生了怎样的意义?如果不运用女性主义批评方法,真的还没有办法进行解释与回答。

第四,如果关注剧中对自然风景的种种描写、与自然相关的意象呈现以及特殊的地理空间的建构,并探讨其中所存在的思想与哲学意蕴,就需要运用文学地理学批评方法。在所有可以运用的诸多批评方法中,最重要的就是文学地理学批评方法,因为《海上夫人》中具有对应性的几对重要关系,人与人之间的关系、男性与女性之间的关系、人与自然之间的关系,如此等等,都体现了易卜生对于人生的约束与自由之间的哲学思考;然而,所有这样的一些关系都与地理空间相关联:陆地与海洋之间的关系、挪威与整个世界之间的关系、过去与现在之间的关系、自我和他者之间的关系。作家所提出与探讨的所有问题,与特定地理空间建构及其相互之间的关系相当密切。如果不对剧中的自然山水意象与地理空间建构进行独到的把握与探究,就不可能准确地理解与把握作品的主题与人物形象,以及作品的艺术结构、艺术追求与艺术风格。可见,以文学地理学批评方法为中心的多种批评方法的结合,正是我们解读与研究《海上夫人》过程中不可回避的问题。

三、 文学地理学批评方法的可能性

文学地理学批评方法是一种理论发现,然而它的作用并不只是停留在理论表述层面,也不能停留在理论表述的层面,而是体现在文学批评与研究的实践里。文学地理学批评的生命力,主要还是体现在对于中外作家作品批评里,即对于具体作家作品等文学现象的讨论上。正是在这里,它才具有了我们想象不到的多种多样的可能性,以及广阔的用武之地。

文学地理学批评方法具有多种多样的可能性。择其要者,有以下四个方面:

第一,既然作家与自然环境之间存在天然联系,作家身上的地理基因问题就具有重大的研究价值。世界文学史上的每一位作家,都不可能脱离他自身的生存与创作环境而存在与发展。易卜生出生于奥斯陆附近的小城斯基恩,从小生活于木材商人家庭,因为家境富裕并且娇生惯养,养成了一种无拘无束的生活方式,一有不满意就大发脾气。后来,由于挪威与世界其他国家关系发生变故,生意受困,家境日窘,于是外出到另一小城药店打工,受尽种种屈辱。正是在这种生活窘迫与情感苦恼里,不知不觉间与一个大十多岁的女人发生关系,并生下私生子,从此易卜生一生与痛苦相伴左右。这就是他独有的生活经历与家庭环境。易卜生对由高山与峡湾为主体的自然山川深

有感情,性格与人格上也受到重大影响。由于性格上的孤立与自我本位主义,同时也由于挪威当政者的不智,以及与他人关系的处理不当,易卜生不得不离开自己的祖国,而到德国、罗马等国家旅居,生活了长达27年的时间。在这个漫长的人生历程里,西南欧诸国独特的自然环境以及在此基础上的民情风俗,对于其情感、心灵、世界观与宇宙观,以及其文学写作所产生的影响,是巨大而深远的。那么,作为"现代戏剧之父"、"伟大的问号"的易卜生,作为一个典型挪威人、斯堪的纳维亚人的易卜生,他身上存在什么样的地理基因?在他曲折而痛苦的一生里,由于不同时期生活环境的巨大落差,地理基因发生了什么样的演变?地理基因对他的文学与艺术创作产生了什么影响?这些问题的解答,都不可能离开文学地理学批评方法的运用。

第二,叙事文学作品对自然地理空间的建构,以此为基础而构成的独立艺术审美空间。特有的地理空间建构,对作家在特定作品里的主题表达、人物塑造、艺术框架与审美方式,往往起着基础性与制约性的作用。因此,文学地理学批评关注作品里的地理空间建构及其意义,就是理所当然的。在叙事文学作品里不可能不存在地理空间的问题,因为人物总是生活在一定的时空环境里,戏剧人物故事也有其特定的"舞台提示";就是在抒情文学作品里,除了抒写的对象以外,也有自然地理意象呈现与布局的问题。因此,从严格意义上来说,每一部作品里的审美空间的建构与展现,往往离不开对特定地理空间的描写与展示。那么,地理空间在作家的创作构想与表达过程中,就不得不居于重要位置,并被赋予重要意义,包括思想与艺术意义,在作品里直接体现为审美意义。因此,文学作品里地理空间的建构及其审美意义,就成为批评家关注的重要对象,文学地理学批评就有广阔的发展前景。

第三,地理大发现与宇宙空间探索为诗人作家提供的科学观念与科学视野,为作家作品的与时俱进提供了重要前提。有史以来,特定的地理现象与地理环境对文学创作产生的影响是人所共知的,更不要说地理学家对世界地理的大发现、海底世界的探索,天文学家对宇宙空间的新发现,对宇宙产生原因的新认识,与世界各国文学的发展都具有十分密切的联系。从地理大发现的角度分析柯勒律治长诗《老水手行》,就可以得出和从前的学者不一样的结论。① 对于宇宙空间的新探索,让诗人作家的想象方式与想象方向发生改变,古代诗人的"望星空"与当代诗人的"望星空",其内容与方式是不一样的。因此,文学地理学批评方法就可以关注地理新探索与作家作品新观念关系的讨论。13世纪以来,人类对于自然的探索越来越全面与深入,对外层空间与地球内部的探讨从来没有停止过,在文学作品里留下深深印痕,这还不包括各国作家创作的大量科幻作品里的地理因素。由此可见,文学地理学批评方法在此方面也具有广阔的发展前景。

第四,当代中国的文学批评忽略了作家成长中的地理基因问题,缺少对文学作品里地理空间建构问题的探讨,对世界地理大发现、宇宙空间大探索与文学作品之间的关系,也很少进行深入探讨。因此,文学地理学批评不仅对西方学者有较大的启示,而且将对中国当前文学批评与研究发生重大影响。从本质上说,当代中国文学批评方法几乎全是从西方引进的,不具有原创意义。而文学地理学批评作为中国学者首先提出并倡导的一种新的文学批评方法不仅可以用之于当代的文学批评与研究实践,并且具有理论探讨与学术探索的意义,也会引起文学理论研究者的重视与运用。

由此可见,文学地理学批评方法作为一种新的文学批评方法,具有多种多样的可能性,其理论原创与实践意义是不可忽略的。限于篇幅,以上只是就其要者,作一个简明扼要的论述。②

四、文学地理学批评的具体操作方式

文学地理学批评是一种批评方法,然而主要是一种与文学相关的世界观

---

① 参见邹建军、邓岚《以自然风景呈现为基础的立体创构——〈老水手行〉主题表达与自然地理的关系》,《外国文学研究》2010年第3期。

② 参见邹建军等《文学地理学研究的主要领域》,《世界文学评论》2009年第1辑。

与方法论的体现。因此,我们有必要从两个方面进行理解:一个是方法论,一个是具体操作方法。从方法论来理解:文学地理学批评方法体现了一种以天地之物为人类生存基础的世界观,人类的来源、人类的生存方式、人类的命运都无法离开自然环境即"天地之物","天"、"地"、"人"三者之间,"人"在中间,并且"人"也只能在中间,不可能超越"天"、"地"而存在一天半日。首先,人不能离开"大地"及其所提供的一切物质条件而存在,没有江河湖海,没有高山平原,没有雪山冰川,没有风雨雷电,人类可能生存下去吗?其次,人类也不可能超越"天空"而存在。没有太阳与月亮,没有星星与云彩,没有空气与蓝天,人类将是多么黑暗!更重要的是,如果没有"上帝"的存在,没有"天主"的存在,没有"玉皇"的存在,人类就没有所谓的宗教信仰;而没有所谓的宗教信仰,人类与动物则没有很大的区别!所以,文学地理学批评并不只是一种简单的批评文学作品的角度,而是一种具有方法论即世界观性质的批评方法。这也许是从前的一些批评方法,包括从西方引进的一些批评方法,本身所不具备的。不可否认,当代西方的一些批评方法具有方法论的意义,如女权主义、原型批评、精神分析批评、新历史主义批评等;然而并不是所有的批评方法都具有方法论的意义,特别是21世纪初兴起的一些所谓的新的批评方法,与人类世界观的改变与发展没有任何关系,它们只具有工具论性质上的意义。

文学地理学批评,同时也具有工具论上的意义。从具体的操作方法来理解,可以有以下六种:

第一是实地考察。地理学最重要的方法之一就是实地考察,古代地理学家如明代徐霞客所写的游记,就是对中国南北方自然山水进行实地考察的结果,如对天台山、黄山等地自然景观的描写,十分引人入胜。古代中国权威地理著作《山海经》是如何产生的?虽然存在很大的争议,然而没有众多人士所做的实地考察,就不会有这样一部地理巨著。因此,文学地理学批评工作者研究作家成长的地理基因问题,研究作品的写作与地理环境关系问题,研究文学作品里的地理空间建构与某种特定自然山水之间的关系问题,首先就是要到作家的出生地与居住地看一看,到作家创作某部作品的地方看一看,不然也许就只是一种空对空的研究,所得出的结论就是一种想当然的东西。对于李白诗歌与江汉山水之间关系的研究,对于华兹华斯与昆布兰湖区关系的研究,对于陶渊明作品与桃花源关系的研究,都需要作实地考察与亲自体验。亲自感受一下那里的自然环境,体会一下那里的人文风情,对于分析与探讨无疑是有巨大帮助的。在这种实地考察的基础上,原来不太明确的问题,也许一下就茅塞顿开;原来不能认识的现象,也许就豁然开朗了。

第二是田野调查。田野调查是考古学、民间文学或者人类学研究所常常采用的研究方法,其实也是文学地理学研究者不可忽略的重要方法。如果说实地考察主要是解决对自然环境的具体印象问题,那么田野调查主要是解决某个特定地区的民情风俗,即文化传统的生成与发展问题。在文学地理学批评者看来,地理并不只是单一的地形与地貌问题,也是某一地区民众在自然环境基础上所建立的生活方式与采取的审美取向的问题,即地方文化传统之构成与演变问题。所以,了解华兹华斯的故居、李白在安陆的居住地、李白在当涂的终老之地及其人文环境,对于研究其诗歌思想与艺术特别重要。华兹华斯诗歌作品里有许多故事,有的是民间传说,有的是当时发生的事件,诗中的许多人物都是实有其人,许多故事也都是实有其事,因此,对华兹华斯所生活湖区的历史传统与人文风情进行田野调查,无疑是华兹华斯诗歌的研究者必不可少的一道功课。①

---

① 王忠祥先生为华兹华斯诗作《傻小子》做了这样一条注解:"这里叙述的乃是真人真事,但贝特曼的教名不是理查而是罗伯特。'海岸'指意大利西海岸的里窝那。贝特曼为故乡修建的小教堂至今犹存。"(见《华兹华斯诗选》,时代文艺出版社 2012 年版,第 59 页)又为《苏珊的梦幻》一诗做有注解:"据查尔斯·兰姆写给华兹华斯的一封信,这首诗中的苏珊实有其人。这个贫苦女孩生长在农村,后来被迫进城来当使女。诗中通过苏珊的幻觉,表现她对故乡、对田园生活的向往和眷恋。"(见《华兹华斯诗选》,时代文艺出版社 2012 年版,第 86 页)可见华兹华斯诗歌作品里有许多人与物都是实有的,既然曾经存在过,就可以并且应该进行实地考察与田野调查。

第三是科学测量。如果说《徐霞客游记》文学性很强,并不只是作为一个旅行者的亲眼所见,还有作者本人许多想象与情感的存在;那么《山海经》里却有大量的数据,说明山与山的距离、河与河的方位,东方多少里是什么,南方多少里是什么,记载得清清楚楚,明明白白,因此说《山海经》首先是一部科学著作,不会有任何问题。然而,它同时也是一部不可多得的文学作品,因为中国古代的神话与传说,基本上都保存在里面。那么,在文学地理学批评实践里,也可以对某一地区进行实地测量,从而以科学数据说明相关问题。郭沫若故居四川省乐山市沙湾镇,从乐山城区出发到那里有多少公里,从故居出发到前面两条大河交汇之处有多少公里,从故居所在的山脚到屋后的山峰有多少公里,从故居出发到成都九眼桥多少公里,如此等等,虽然我们没有必要进行一一测量,因为这样的数据也许可以从地图上得到;然而,我们可以重新去走一走、看一看、量一量,计算清楚,可以说明一些与作家作品相关的重要问题。郭沫若上小学的时候,一路上可以看到什么样的景象,早期诗作与散文里有多少意象来源于少年时代,中年以后的作品里有多少形象来自童年记忆,就有例可寻、有案可查。地理研究是一门科学,文学地理学批评可以吸收其中的科学因素,加强文学研究的科学性。这样的测量数据,也许不能成为直接的研究对象,然而可以帮助我们理解所研究的对象,进行深入的审美分析与准确的价值判断。

第四是画图标示与分析。地理学研究所采用的重要方法之一,毫无疑问是"画地图"。正是因此,才有中国地形图、世界地形图、中国历史地图、世界历史地图等。军事地图特别重要,大家都知道巡航导弹,就是将所要攻击目标之地形数据输入电脑,只有到了那个地方,它才会爆炸,所以巡航导弹想打哪里就打哪里,威力巨大。在文学地理学批评者看来,不仅是对作家作品的研究,作家的生活环境与写作环境可以画地图,作品里的地理空间建构也可以画地图,作家移居他国的生活历程、作家群体的文学活动,都可以绘制地图的方式进行表达,给人一种直观的感觉与具体的印象。当然,画地图的研究方法不一定就是文学地理学批评,然而文学地理学批评一定可以用画地图的方法进行表达,能够给论文带来一种实证性与科学性。

  第五是数据统计与列表分析。数据统计与列表分析方法是经济地理、历史地理等地理学科研究所采用的方法。特定历史时期作家的地理分布,中国古代文学历史发展的统计,西方作家作品的文学史统计,以及在此基础上的列表分析及其结论,在从前古代文学地理学与西方文学地理学研究实践中,一直得到广泛的运用。而在文学地理学批评者看来,实地测量而得到的地理数据十分重要,而与文学研究相关的地理数据,及其相关数据的统计与列表分析,同样具有很强的说服力。在易卜生名剧《海上夫人》里,"大海"、"海峡"、"凉亭"、"山坡"意象共出现多少次,分别是在哪些人物、哪些故事情节里出现的,只要一列图表,就一清二楚,不会有任何疑问。以此形成的意象群落、具有的内在美学意义,可以得到充分的论证。

  第六是综合评估与价值判断。文学地理学批评虽然特别注重个案,然而在多个个案分析的基础上,最后总还要有综合评估与价值判断。唐代诗人的地理分布,浙江、江苏、湖南、四川、陕西、河南各出现了多少位一流诗人,他们分别出生于何地、何家族,后来到过哪些地方做官,或者被流放,对于他们的诗歌创作产生了什么样的影响,这种分析是十分必要的。然而,这也是最为基础的统计与分析,最后能够说明什么样的问题呢?江浙一带文化传统深厚,宁波的天一阁有着丰富的藏书,无锡的东林书院有议论国是的传统,因此,江浙一带出现更多的具有文化传统与艺术创造性的诗人,是理所当然的。四川是天府之国,历代以来的四川人有走出盆地而行走天下的愿望,所以李白执剑出游、苏东坡父子三人外出参加科举考试而成名天下,创作出了许多文学杰作;杜甫、黄庭坚、陆游等外乡人从外入川,看到奇特的自然山水,感到新鲜无比,留下许多杰出诗作。如果能够走出盆地到外面世界看一看,自然会有很大的收获;如果从中原地区去到四川,也会因地理环境的巨大落差,而让诗人产生情感上的巨变,给创作带来动力。文学地理学批评虽然并不一定必须追求结论,然而通过具体现象与数据的分析,还是要力求说明某个学术问题。文学地理学批评并不是一种单一的批评方法,它可以有自己的独立空间,然而在更多的情况下还是要与其他批评方法相结合,才可以得出更加科学与准确的结论。其实任何一种批评方法,都是如此。因此,以一种批评方法为主,适当结合其他批评方法,从而对研究对象进行综合判断与价值评估,得出有意义的、符合实际的结论,就成为文学地理学批评工作者的更高追求。

五、 文学地理学批评方法的原创性

以上对易卜生名剧《海上夫人》的分析以及四个新的发现,可以说明文学地理学批评方法的实用性与有效性,如果采用其他的批评方法也许不会得出这样的结论。这种方法不仅对《海上夫人》这样的作品,对中国与西方的所有文学作品都具有适用性,特别是对叙事性文学作品的解读特别有效。需要特别说明的是,作为一种具有原创性的批评方法,文学地理学批评的理论探讨与研究实践,目前还处于初创阶段,虽然我们只完成并发表了 40 篇论文,然而,其学术意义与实践价值是不可低估的。三十多年来,中国学者所采用的文学批评方法,基本上都来自西方,本土自创的批评方法几乎没有,这不能不说是中国学术界与批评界的悲哀。对于西方人来说,一个没有原创思想的民族是并不可怕的;然而,对于我们来说,一个没有原创思想的民族却是相当危险的。春秋战国时代,一批杰出的思想家产生了,可它只是一个光辉的开始,而没有能够延续下来。近代以来,虽然有一批先驱者思考许多现实的问题,然而能够将问题提到哲学与宗教层面的思想则很少见到。正是因此,学界公认百年来中国没有真正的思想家与哲学家,这种重大缺失,也体现在文学批评与文学研究方面,许多学者公认当代中国没有具有原创性的文学批评方法。女性主义批评、生态主义批评、后殖民主义批评、新历史主义批评,以至于原型批评、精神分析批评、形式主义批评等,全部都来自国外,中国学者只是运用与解说,有的虽然有自己的独立解释,然而毕竟也只是一种"解释"而

已。之所以出现这种让人痛心的情况,有整个国际局势与文化失衡的问题,也有我们民族传统自身的问题,即我们的传统里缺少深厚的哲学基础、浓厚的宗教情怀,从而忽略了人类与自然的联系,特别是人类的生存与天地共生共存关系方面的理论发现。在我们许多人看来,世间没有"上帝"的存在,没有"天主"的存在,没有"玉皇"的存在,没有终极关怀的存在,从而也没有未来的存在,因此,许多人对历史与人类可以不负任何责任。由于我们没有自己稳定的思考对象,哪里还有博大精深的思想与哲学呢?哪里还有真正独立的世界观与方法论呢?如果我们真正信奉金钱,就好好地思考一下金钱的问题,就会有新的《资本论》;如果我们真正相信权力,就好好地探索一下权力的问题,就会有新的《民约论》。然而,我们许多人只是实用主义地对待金钱与权力,不仅成不了真正的思想家与哲学家,还最大限度地贪污人民的血汗钱,成为遗臭万年的贪官与污吏。在这样的时代处境之下,我们的文学批评方法哪里还有原创性呢?即使有人想有一点创造,也被那一群平庸之辈发出的浮泛之论所淹没,哪里还有理论的锐气与实践的动力呢?

在文学批评与文学研究里,提出具有自主知识产权的批评方法,是当代文学研究者的重要责任。文学地理学批评方法关注的是文学产生的基础问题、文学本体的构成问题、文学文本的接受问题,只是从一种特定的角度,即地理空间的角度进行观照与研究,从而具有自己的独立存在与发展的意义。西方有所谓的"环境批评",也有所谓的"地理学派",然而他们所关注的只是"环境"问题,只是区域文化的问题,与"文学"、"美学"本身没有很大的关系。从相关资料可以看出,有的西方学者研究的只是与地理环境相关的皮毛问题,有的只是涉及地理问题而已,对相关的理论与学术问题并没有深究。因此,我们可以大胆地说,文学地理学作为一种批评方法,则是我们中国学者的原创。从地理空间的角度切入对象,探讨作家作品等文学现象里的地理因素,并适当运用地理学的研究方法,与文学审美本有的批评方法相结合,就有可能推进文学批评与文学研究事业的发展。同时,文学地理学批评方法也不故步自封,相反,它具有很强的包容性与吸引力,它会在不断接受其他学科的研究方法,特别是其他文学批评方法的优势与长处的过程中,得到进一步的丰富与完善。现在看来,它已经有了坚实的基础:一是它有成系统的理论术语与概念的提出;二是它有扎扎实实的个案研究;三是它有十分广阔的研究对象;四是它本身具有强大的凝聚力,从而形成了一个颇有实力的研究团队。① 相信在未来的半个世纪里,文学地理学批评在中国以及世界其他国家都具有广阔而美好的发展前景。

---

① 参见邹建军、周亚芬《文学地理学批评的十个关键词》,《安徽大学学报(哲学社会科学版)》2010年第2期。

女性主义、个人主义,还是资本主义?
——谈对易卜生《玩偶之家》的误读

陈爱敏*

挪威剧作家易卜生的戏剧《玩偶之家》搬上舞台已一百多年之久,它受到了世界范围内众多戏剧爱好者的青睐和学界的高度关注。学者们从多角度、全方位对该剧进行过阐释,可谓仁者见仁,智者见智,但似乎有一点成为观众、读者和评论家的共识:那就是该剧表达了强烈的女性主义思想,是女性解放的宣言书。也正因为这一点,不同的国家对该剧进行翻译、模仿甚至重构,而让其在女性主义解放运动中发挥重要作用。当然,中国也不例外。但是,从文本、时代背景和作者的创作意图来看,这种阐释在某种程度上是对易卜生剧作和思想的误读。该剧究竟是宣扬女性解放、反映女性主义思想的读本,还是倡导个人主义、揭示资本主义实质的教科书,甚或其他?本文从文本细读入手,结合当时的创作背景和剧作者的意图,试图对《玩偶之家》作出重新评判,以消除长期以来普遍存在的误读。

应该说由于《玩偶之家》存在着明显的描述女性地位、遭遇和男女间不平等的内容,被人们看成女性主义的读本并不奇怪。不同的国家翻译、介绍易卜生的戏剧出于各种各样的目的。英国评论家伊恩·布莱德在其论文《一个翻译的〈玩偶之家〉:维多利亚晚期和爱德华王时期的易卜生主义,女性主义

---

* 陈爱敏,南京师范大学外国语学院教授、博士生导师,主要研究欧美戏剧与文学。本文原载《南京师大学报(社会科学版)》2009年第6期。

和社会主义》中就非常详细地阐述了英国19世纪末翻译、上演易卜生此剧所引起的轰动。伊恩认为当时英国的演艺界在翻译易卜生这部戏剧时,很多人就是看中了该剧中所表现出来的女性主义和社会主义思想。1889年6月在伦敦有人主张将英国版的《玩偶之家》搬上舞台。其中以萧伯纳为代表的一批艺术家曾经进行了小范围的尝试,但是这小范围的尝试,却"对英国的社会主义运动以及不同程度上对女性的解放事业做出了成绩"[①]。从翻译者到表演者,人们都将易剧看成女性主义解放事业的最佳的政治宣传材料。当时的翻译者亨丽埃塔·弗郎西丝不仅将易卜生的剧作描述为女性主义事业的文本,而且还将其看成宗教科学、羯磨(Kama)哲学等的读本。[②]

就中国而言,一开始人们是从批判现实主义、社会主义和女权主义等多重角度来接受易卜生的戏剧的。客观上说,《玩偶之家》对20世纪中国妇女解放运动做出了巨大而不可磨灭的贡献,它成为激发女性意识、争取自由、两性平等的巨大动力。因此,从此意义上讲,易剧被看成倡导男女平等、妇女解放维护女性地位的女权主义的最佳读本。娜拉被奉为女性解放的典范,而易卜生的戏剧被当成解决社会现实问题的良药。这从"五四"时期国人对易剧的翻译、表演到模仿创作的热情,便可窥见一斑。20世纪开始的头二三十年间,大批的仁人志士除了不遗余力地宣传和介绍易卜生的剧作之外,一些作家还拿起笔撰写中国妇女自己的故事,歌颂她们与封建主义伦理道德作斗争的无畏精神,借此来号召更多的民众团结起来,为一个共同的目标而斗争。娜拉不仅是被压迫妇女效仿的榜样,也成了作家尤其是戏剧家热衷塑造的形象。以此为契机,这一阶段在文艺界出现了不少以反映中国女性不满丈夫的

---

① Brian, Ian, "A Transplanted Doll's House: Ibsenism, Feminism and Socialism in Late-Victorian and Edwardian England," *Transformations in Modern European Drama*, Ian Donaldson, ed., London: MacMillan, 1983, p. 17.

② Brian, Ian, "A Transplanted Doll's House: Ibsenism, Feminism and Socialism in Late-Victorian and Edwardian England," *Transformations in Modern European Drama*, Ian Donaldson, ed., London: MacMillan, 1983, pp. 15–17.

迫害、冲破父母阻力和社会压力、争取做人的权利、赢得自由与解放、追求真正的爱情而毅然冲出家门、离家出走为题材的文学作品。胡适的《终身大事》被戏剧界称为对《玩偶之家》的直接模仿。剧中主人公田亚梅自由择偶,自己做主决定终身大事。在遭到父母反对的情况下,果敢大胆地走出家门。此剧虽然情节不同,但与易剧的结尾极其相似。田亚梅的决断在今天看来似乎是平常之举,然而,在封建势力极其嚣张的20世纪初期,她的行动足以震撼人心。同时,《终身大事》为中国文艺界向西方戏剧学习开了先河。接着戏剧界出现了一大批歌颂广大觉醒了的妇女走出家门、投身革命的剧作:像欧阳予倩的《泼妇》、熊佛西的《青春的悲哀》、侯耀的《弃妇》和陈大悲的《幽兰女士》等,都是围绕同一个主题,具有相同特色的作品,每部剧中都可以看到娜拉的影子。除此而外,这一阶段文学界还涌现出一批具有开拓精神的不朽之作:像鲁迅的《伤逝》、巴金的《家》《春》《秋》、茅盾的《虹》等,表现了这些文学巨匠对妇女的生存环境的关注、对她们遭遇的同情。可以说这些优秀作品的问世,与易卜生《玩偶之家》的引入密切相关。正是因为受到了剧中娜拉形象的启发,中国的作者们才会创作出与女性生存状况息息相关的佳作来。显然,他们是将《玩偶之家》看成一部反映女性主义思想的典型之作,而加以接受并进行模仿的。鲁迅提出的问题"娜拉走后怎么办?"以及他的作品就是极具代表性的例证。

国人对于易卜生戏剧的热衷、对娜拉形象的推崇并不仅限于20世纪早期的新文化运动。易卜生的思想和他的戏剧对中国妇女解放运动的影响极其深远,作为一种思想体系,它对中国文学艺术、意识形态和人的观念之影响延续了一个多世纪。从"五四"运动之后,直到改革开放的今天,文学作品和现实生活中依然可见娜拉的影子。《玩偶之家》作为女性解放的宣言书,娜拉作为妇女解放运动中的英雄,一直激励着华夏女性为自己的权益而奋斗。

进入新时期,应该说中国的妇女完全解放了,她们在政治、法律、家庭、社会等诸方面都已成为自己的主人。但是,这并不意味着女性与男性在各个方面都享受了平等的权利。在"时代不同了,男女都一样"的假面背后,仍然掩盖着一些不平等的事实。因此,易卜生《玩偶之家》中的娜拉形象仍然成为中国改革开放新时期女性们效仿的榜样。但是,新时期娜拉追求的内容发生了质的改变,她们追求精神上的真正平等,追求双性和谐的人类理想。

徐珊曾以《娜拉:何处是归程》为题,连续在1999年《文艺评论》第1、2期上发表两篇长篇论文对中国新时期女性文学创作中女性意识的发展流变做了认真细致的梳理。论文以"娜拉去哪里"、"娜拉是谁"和"如何看娜拉"三个小标题为主线结构全篇,通过对新时期众多的女性文学文本的分析,揭示80年代后女性意识从模糊困惑到成熟理智的发展和转变过程。作者认为改革开放之后,刚刚走出家门的娜拉大都处在"与现实的摩擦与抵触中,苦苦追问,我该何处去,我该站在哪个位置,我要做什么"。许多女性找不到问题的答案,"只能在爱情中自我迷失,在事业里自我异化,在性爱中自我升华或者自我恶化"[①]。走出家门遭受挫折的娜拉,开始"静心内省,退回自我内心,唤醒遥远的女性记忆,寻找被遮蔽的女性经验,重建自我"[②]。这一过程标志着女性真正的成熟。

徐珊的论文从另一个侧面证实即使在一个多世纪以后的今天,众多读者、观众甚至学者仍然是将易卜生的《玩偶之家》当作女性主义文本来解读的。那么,让我们回到文本看易卜生的戏剧到底反映了什么。

众所周知,娜拉在大幕落下之前的砰然关门声引发了众多学者的思考和论争,激起了成千上万的女性的效仿。娜拉激昂的宣言"我要成为一个有理性的人","像你们一样"成为人们推断和证明易卜生思想的依据。评论界众说纷纭,大都认为娜拉毅然走出家门是对男权制的反抗,是为争取女性自由和解放所迈出的重要一步。是的,从表面上看,娜拉终于走出了禁锢她的如同牢笼的家,获得了自由和解放。但是,娜拉走后怎么办?会到哪里去?从束缚她自由的家庭世界走出来了,在外面的世界中难道她就真正地自由了?

[①] 徐珊:《娜拉:何处是归程(上)》,《文艺评论》1999年第1期,第69页。
[②] 徐珊:《娜拉:何处是归程(下)》,《文艺评论》1999年第2期,第50页。

鲁迅先生在《娜拉走后怎么办？》一文中的分析是："从事理上推想起来，娜拉或者其实也只有两条路：不是堕落，就是回来。"笔者认为鲁迅的断言指出了问题的实质，同时也与易卜生《玩偶之家》创作初衷和形成背景相吻合。

从历史和现实生活来看，女性的自由和解放是建立在金钱基础之上的，或者说是以经济独立为前提的。因此，娜拉要在真正意义上与男性平等，惟有获得经济上的独立。易卜生创作这部戏剧本来的目的是要娜拉彻底摒弃那种带有女性特征的幼稚、歇斯底里和冲动，成为一个完美的女性。但是，事实上，易卜生塑造了一个具有男性气质的形象。《玩偶之家》向人们表明，女性和男性在本质上是等级关系：弱者必须变成强者。在这部剧中，娜拉经历了种种磨练之后，最终变成了与最初完全两样的娜拉——一个强悍、独立、自由、解放的人，而并不再是女人。

尽管学者多数认为《玩偶之家》是女性主义解放的"宣言"，但是事实上，这部戏剧依然是一个男性话语主宰的世界。从表面上看，象征着权威的父权制受到了挑战，它被个性解放所取代，但具有讽刺意味的是《玩偶之家》的结尾又回到了最初的起点：男人和他所定义的世界。正如沙菲芠·阿曼德和安吉拉·盖维尔所言：《玩偶之家》不仅证实了抽象的个人主义的意识形态——一种相互关联的后工业资本主义，而且，最终否认了弗吉尼亚·沃尔夫所定义的带有女性传统的女人。剧终，易卜生将娜拉变成了一个父权制和19世纪资本主义蓄意构建的女性：一个带有资本主义特征的个人主义者①。

从历史来看，易卜生创作他的这部戏剧有其当时的社会和历史语境。詹姆士·麦克法兰对易卜生的思想进行了认真分析，指出："易卜生认为我们所生活的这个时代可以描述为一个封闭的世界，在其中一种新的生命正在孕育

---

① Ahmad, Shafiuddin & Angela Gawel, "The Politics of Money: Incomplete Feminism in *A Doll's House*," *The Dalhousie Review*, Summer 1990 Volume 70, issue 2, p. 172.

诞生。"①为将人们带入一个新时期,易卜生创作了他的《玩偶之家》。因此,这部戏剧是作者引导人们走向文明的象征,表达了作者希望打破传统的束缚,使得男人和女人同样加入社会建设事业之中的愿望。但是,与此同时,易卜生又强调他写这部戏剧的目的是要"给读者经历一种真实故事的感觉"②。我们不禁要问,易卜生的故事反映什么样的真实?T.R.恒恩认为易卜生所说的真实前后是不一致的。"易卜生自己就为这样的问题所困扰:什么是真实?事实上,易卜生思想上是矛盾的,他一直处于变化不定的状态之中,摇摆于现实和理想化两者之间。这种矛盾明显地表现在他对女性在现代社会中地位的关注和他无意识地对维多利亚女性标准的坚守上。"③他梦想着从社会层面上对女性重新定位,但是又不断地强调维多利亚时代做母亲的标准,认为教育孩子,让他们遵守规范、有文化素养才是母亲应该做的事。尽管易卜生声言他坚信工人和妇女未来的地位在社会条件方面要进行改良,但是,又在许多场合下反对人们称他为社会哲学家。他的目的并不是要进行社会批判,而只是向人们呈现"人的描述"④。由此,我们不难看出易卜生在理想和目的上的对立和矛盾之处。

如果将《玩偶之家》作为追求女性之权利、寻求女性之解放的女性主义"宣言"来看,则是被该剧的表面现象所迷惑了。细读文本,我们就会发现,该剧包含了历史上根深蒂固的带有父权制色彩的社会意识形态,被19世纪的占主导地位的两种意识形态所左右。在易卜生所生活的时代,社会正处于带有骑士精神的封建制度的衰落,和带有资产阶级个人主义特征的资本主义萌

---

① McFarlane, James, ed. *Henrik Ibsen: A Critical Anthology*, Harmondsworth: Penguin, 1970, p. 108.

② McFarlane, James, ed. *Henrik Ibsen: A Critical Anthology*, Harmondsworth: Penguin, 1970, p. 95.

③ McFarlane, James, ed. *Henrik Ibsen: A Critical Anthology*, Harmondsworth: Penguin, 1970, p. 90.

④ Ibsen, Henrik, *Speeches and New Letters*, trans. Arne Kildal, New York: Haskell House Publishers, 1972, pp. 65-66.

芽阶段,而该剧明显地强调了以个人主义为特征的资本主义新意识。但是,戏剧场面的变化,并没有动摇父权制的根基。正像安·罗莎林德·琼斯所言:"那种以男权主义眼光看世界的根本没有改变。"① 新近的研究成果表明,在整个历史进程中,事实上资本主义与父权制密不可分;② 易卜生所称赞的"新时代"事实上依然是父权制框架下的资本主义。而《玩偶之家》是以戏剧的形式向 19 世纪资本主义妥协。③ 剧本塑造了一个"新的女性形象",但是,这个新女性仍然生活在一个受男性统治的、以金钱为主导的、压抑的旧社会体系之中。

从整个剧本来看,娜拉心中一直追求的是自由和理性的个人主义。戏剧通过最初和结尾时娜拉思想变化的对比,反映出娜拉自我意识的觉醒。故事开始,娜拉是一个传统上具备优良品质的女性,她对丈夫充满了爱,体贴,为了救他的命而撒谎、伪装。生活中唯恐让海尔茂感到委屈、伤害他男人的尊严:"天哪,不!让他知道他欠了我的情,多丢人,多痛苦啊,他可是一个堂堂的男子汉!"④ 但是,生活的重负、海尔茂对待她的态度,使她改变了以前那种为家庭、丈夫、爱情献身的坚强信念。她的意志与金钱紧紧连在了一起。她要维持那个家,要博得海尔茂的爱情,要过得比别人强,所有这一切只有钱能帮忙她。戏剧向我们展示了金钱与自由密不可分。娜拉用与钱相关的字眼来描绘她的精神世界,钱给她带来自由。对于海尔茂而言,自由和美丽意味着一个稳定家庭的基础。但是对于娜拉来说大把大把的钞票才是无忧无虑

---

① Jones, Ann Rosalind, "Writing the Body," in *The New Feminist Criticism*, Ed. Elaine Showalter, New York: Pantheon, 1985, p. 361.

② Ryan, Michael, *Marxism and Deconstruction*, Baltimore and London: Johns Hopkins University Press, 1982, p. xiv.

③ Ahmad, Shafiuddin & Angela Gawel, "The Politics of Money: Incomplete Feminism in *A Doll's House*," *The Dalhousie Review*, Summer 1990 Volume 70, issue 2, p. 174.

④ Ibsen, Henrik, *Speeches and New Letters*, trans. Arne Kildal, New York: Haskell House Publishers, 1972, p. 13.

幸福之家的保证。钱"意味着高工资和更多的权力"①。从戏剧开场到幕落,剧本表达了这样一个重要的转换过程:即人与人之间从普通的关系向以金钱为基础的资产阶级物质财富关系的转变。起初,娜拉认为人的自由就是无忧无虑、友好相处,那才是真正的幸福:"能够与孩子们一起嬉戏,将家里收拾得漂漂亮亮,买海尔茂喜欢的东西。想想看,春天快来了,广阔而蔚蓝的天空!也许我们还可以来一次远游——再去看那美丽的大海!"② 但是到了戏剧的结尾,娜拉清醒地意识到她的价值主要在于其经济能力。马克思和恩格斯在《共产党宣言》中指出:"金钱意识撕破了家庭中'情感的面纱',使得家庭关系仅仅为一种金钱关系。"③ 娜拉离家出走正体现了马克思和恩格斯论断的正确性。戏剧开始,观众、读者便可以看出娜拉非常兴奋,因为海尔茂提升了,工资涨了,自然有钱可以稍微铺张些了。圣诞节来临,娜拉不再像以前那样窘迫,采购了大量的货物。海尔茂的提拔,意味着未来他们拥有大把大把的钱。但是,遗憾的是,娜拉口袋仍然是空的,钱由海尔茂控制着,娜拉不得不向他要钱。从娜拉与海尔茂的对白,我们便可以看出其中流露出来的不平等的关系。当海尔茂献殷勤问娜拉圣诞节需要什么的时候,娜拉回答说:"如果你真的要给我什么的话,也许你可以……"要钱,娜拉还真的说不出口,在海尔茂的一再催促下她才说:"你可以给我钱,能给多少就是多少,我用它来买些东西。"④ 尽管从上下文我们得知,娜拉并不是自私、瞎浪费,而是用慢慢省下来的钱去还债,但是海尔茂还是非常吝啬。海尔茂不让娜拉拥有钱的权利,表面上怕她乱花,实际上是等级制和父权制的体现。在家庭中谁掌握了

---

① Ibsen, Henrik, *The Doll's House*, Tr. Henrietta Frances Lord, New York: Farrar, Straus, and Giroux, 1978, p. 9.

② Ibsen, Henrik, *The Doll's House*, Tr. Henrietta Frances Lord, New York: Farrar, Straus, and Giroux, 1978, p. 15.

③ Marx, Karl and Frederick Engels, *Basic Writings on Politics and Philosophy*, Ed. Lewis S. Feuer, New York: Doubleday, 1959, p. 10.

④ Ibsen, Henrik, *The Doll's House*, Tr. Henrietta Frances Lord, New York: Farrar, Straus, and Giroux, 1978, p. 4.

经济大权,谁就具有了主宰能力。因此,家庭成员的关系,变成了一种金钱关系,这也成为资本主义的典型特征。没有钱,娜拉就谈不上自己的价值,也就无法享有与男人一样的自由。因此,很明显,自由还是存在于资本主义的框架之中。

为了自由、为了与男人平等,娜拉自然向往拥有更多金钱。娜拉最后选择离家出走,公然蔑视19世纪的父权制和男性主宰的世界,她事实上是在拥抱一种新的带有资本主义特征的个人主义伦理观,而并非女性主义。新的带有资本主义特征的个人主义不是强调性别,而是注重一种获取能力。沙菲苧·阿曼德和安吉拉·盖维尔认为:"要是不考虑易卜生自己的观点和他创作该剧的目的,将易卜生的《玩偶之家》纯粹当着歌颂'新女性'的女性主义的赞美诗,则是将女性主义置于资本主义的话语之中,而贬低了女性主义理论最终目的。同样,只孤立地看到女性主义方面,而忽视《玩偶之家》中明显的资本主义意识,我们就误解了女性主义的真正含义。"①很显然,《玩偶之家》用一种新形式的家长制(即以金钱为定义的)来取代了旧有的家长制(以性别为定义的)。

在《玩偶之家》中,金钱的重要地位隐含于整个戏剧中,又不知不觉地通过琳达太太表现出来。琳达太太当初为了发财,嫁给了一个有钱人,但是事与愿违,最后又成了寡妇。不错,她在经济上独立了,但是其中的讽刺意味也不言而喻。她揭示了资本主义追逐利益的最终命运。但有趣的是,娜拉最后的选择刚好步了琳达太太的后尘。她离家出走、抛弃海尔茂的目的就是要让海尔茂"理解她和她所做的一切"②。为了个人价值的实现和追求一种自由,娜拉原有的抱负和行动渐渐被一种抽象的意识所取代。在她身上贤妻良母、

---

① Ahmad, Shafiuddin & Angela Gawel, "The Politics of Money: Incomplete Feminism in *A Doll's House*," *The Dalhousie Review*, Summer 1990 Volume 70, issue 2, p. 179.

② Ibsen, Henrik, *The Doll's House*, Tr. Henrietta Frances Lord, New York: Farrar, Straus, and Giroux, 1978, p. 64.

勤俭持家、活泼可爱、卖弄风情的女性形象最终都荡然无存，取而代之的是充满理性、经济上完全独立的人，一个19世纪资本主义政治经济规范下的人。很显然，娜拉离开家之后，完全决定她前途的并不是她的精神上、体力上和情感上的因素，而是她所拥有的交换价值，也就是经济能力，这就是马克思和恩格斯在《共产党宣言》中所指出的"资本主义使得妇女变成生产工具"①。娜拉只有用自己的双手，去工作，去赢得经济上的独立，才能生存下去。

但是要看到，娜拉从一个经济上总是要看着别人的眼色行事，被人当着宠物、玩偶向着完全独立、自由的个体转变，又是一个否定自我个性的过程。当初的娜拉对生活充满了热情和向往，性情比较开朗奔放。从她对待生活的态度我们便可以看出一二。她想方设法将圣诞树装点得奇特、漂亮，以给孩子们一个惊喜；她慷慨大方，给送货的工人丰厚的小费；她富有同情心，热心地帮助孩提时的朋友，现在落难、寡居的琳达太太；她又是一个慈祥负责的母亲，平时能留出时间与孩子们一块玩耍；还是一个贤明的主人，与佣人们友好相处，并时常听取他们的意见；关心别人，对已经病重垂危的兰克医生给予精神上的关心，等等。这些处处体现出女性的细心、温情、善良和奉献精神，用海尔茂挂在嘴边上的"我的云雀"描写她的性格是再确当不过了。但是，随着生活重负的加剧和事情的发展，娜拉的这些女性主义特征渐渐被剥去，取而代之的是基班德所说的"具有'男性'特征的工作和行为方式"②。娜拉原先的那种对生活的热情完全消失了，因为用她自己的话说要变成一个"有理性的人，像海尔茂/男人一样的人"。那么，什么是有理性的人呢？娜拉的生存状态向人们表明带有女性主义本能的任何思想在一个变化了的文化当中是

---

① Marx, Karl and Frederick Engels, *Basic Writings on Politics and Philosophy*, Ed. Lewis S. Feuer, New York: Doubleday, 1959, p. 25.

② Kiberd, Declan, *Men and Feminism in Modern Literature*, New York: St. Martin's Press, 1985, p. 65.

不能生存的,因此,绝对的理性是走向文明的良药。① 这也是为什么娜拉最终走向理性化男性的原因所在。

　　从以上分析可以看出,《玩偶之家》事实上让人们看到了家长制/父权制对女性性格的无情的压迫,而使得女性话语变得边缘化。娜拉并非真正地解放了,娜拉离开海尔茂的家之后,也许会去琳达太太家,因为她拥有琳达太太同样的思想观念。通过生活的洗礼,娜拉意识到在家操持家务这样的小事没有体现自己的价值。因此,她要像琳达太太那样自己挣钱自己花。琳达太太曾坦言,不工作她就无法活。因为工作就意味着具有挣钱的能力。她非常谨慎,也自由自在,这正是娜拉小时候理想中长大要成为的形象。剧终,娜拉变成了一个自由人,一个"工人"。从戏剧中得知,工人毫无疑问是男性充当的。挣钱,娜拉兴奋地说过才像个男人。②

　　自从《玩偶之家》上演之日起,围绕这部戏剧的争论、误读就没有停止过。但是,我们却不可忽视迈克尔·麦耶的观点:"这部剧并非讲的是关于女性的权利。"③ 再从易卜生自己的观点来看,这出戏的目的是要向人们介绍并迎接一个新的时代的到来,而不是推进女性权利的进程。在1898年5月的一次妇女集会上,他说:"我对什么是女权主义不甚了解"、"我一向的任务是要将我们的国家推向前进,给人民提出更高的标准"。④ 接着他对出席集会的母亲们高举酒杯,祝愿她们"通过艰苦的劳动来唤醒一种自觉意识,增强文化素养和遵守纪律规范"⑤。很显然,易卜生的脑子里装的并不是娜拉,而是维多

---

① James, McFarlane, ed, *Henrik Ibsen: A Critical Anthology*, Harmondsworth: Penguin, 1970, p. 97.

② Ibsen, Henrik, *The Doll's House*, Tr. Henrietta Frances Lord, New York: Farrar, Straus, and Giroux, 1978, p. 14.

③ Meyer, Michael, *Ibsen: A Biography*, New York: Doubleday, 1971, p. 457.

④ Ibsen, Henrik, *Speeches and New Letters*, trans. Arne Kildal, New York: Haskell House Publishers, 1972, p. 65.

⑤ Ibsen Henrik, *Speeches and New Letters*, trans. Arne Kildal, New York: Haskell House Publishers, 1972, p. 66.

利亚时代的传统的母亲偶像。因此一味地将《玩偶之家》当成是女性主义的"宣言",将娜拉看成争取女性自由和解放的斗士,就完全曲解易卜生的思想和该剧本的本身思想。再从文本和当时的社会及时代背景来看,易卜生事实上在倡导一种在资本主义框架体系之中的经济独立、自由和具有个性的个人主义。

一部文学经典应该经得起时间长河的考虑,同时也可以被读者从多个视角、不同方面进行阐释。正确、积极的误读,不但会赋予文本以新的内涵,同时还会使得文本始终充满生命力,而使其经久不衰。由此,无论是将《玩偶之家》看作是倡导女性解放的宣言书,还是当成追求个人理想和价值、一切向钱看的个人主义甚或资本主义,都是对这部文学经典内涵的拓展,值得鼓励和支持。

易卜生晚期戏剧中的生态智慧

汪余礼*

何为"生态智慧"？挪威著名哲学家阿恩·奈斯认为："生态智慧并不是古典意义上的宗教。总的来说，不如将其认作是部分为生态科学所激发的一种哲学。"①这话触及了生态智慧的三个层面：科学层面、哲学层面和宗教层面。从我们今天的立场与视野来看，生态智慧不只是一种哲学思想，而且完全可以且应该包容生态科学的一些重要理论，以及生态神学的一些重要思想。它应该是三者各自领域最高层次的精粹思想的融合。作为这种融合的结晶，"生态智慧"可以说是吸收了生态科学的理论成果的、但主要在哲学神学层次上展开的、关于如何建构人类生态文明和促进人类健康永续发展的深层思考。本文拟从生态哲学与生态神学的视角，探讨易卜生晚期戏剧中隐含的"生态智慧"。

较之其中期戏剧，易卜生晚期戏剧呈现出四个非常突出的特点：一是从关注社会问题、社会生态转向关注个体生命的精神生态及其所处的文化生态；二是在深入探索个体生命的内在灵魂的过程中，进入对神性与魔性、天道与人道以及宇宙隐秘秩序的探究；三是剧作家在创作过程中对艺术本质、艺术作用、艺术潜能等进行了极为深邃的探索，而这种探索跟作家的灵魂自审

---

* 汪余礼，武汉大学艺术学院教授、博士生导师，主要研究易卜生与现代戏剧。本文原载《外国文学评论》2009 年第 3 期。

① ［挪］阿恩·奈斯：《深层生态学运动：一些哲学观点》，见杨通进等主编《现代文明的生态转向》，重庆出版社 2007 年版，第 62 页。

与探究天人之道紧密结合在一起；四是在艺术上呈现越来越浓厚的象征主义、神秘主义色彩，以至被一些评论家认为"越来越像天书"。但如果深入这些特点的背后，可以发现易卜生晚期戏剧探索与表现的重心，简言之就是：探人性之真，究天人之际。这里的"天"，既指自然界，也指存在于自然界或宇宙间的隐秘秩序；用中国生态哲学的话说，它可以指"天道"或"天地精神"。由此，"究天人之际"，就是要探究人与自然、人道与天道的关系；而这正是生态哲学、生态神学研究的基本主题。作为一个艺术家，易卜生对这一主题所作的探索不是用理性语言来表达的，而更多的是用形象、隐喻的方式来暗示。

一、天人一体休戚相关，厚德爱物方为灵长

易卜生自述"我的任务是描写人类"，但他从来不描写脱离一定环境的人，总是把人物放在特定的自然环境、社会环境和文化环境中来描写。尤为难能可贵的是，他凭其诗人的敏感直觉到，在这个世界上，人的精神生态与自然生态、社会生态是密切相关的，构成了一个有机统一的生态场：它们仿佛是一个大家庭的成员，彼此互相渗透，休戚相关。如果互敬互爱，和谐相处，那么大家会进入一种良性循环，反之则可能进入恶性循环。易卜生这种生态观在《野鸭》《罗斯莫庄》《海上夫人》《建筑大师》《小艾友夫》《博克曼》中都有所体现，尤以《野鸭》体现得最为鲜明。

《野鸭》[①]是易卜生所有戏剧中最为集中深入地探讨自然生态、社会生态与精神生态之内在关系的一部作品，也是他最为神秘的一部作品。该剧情节在位于赫义达山林附近的两个家庭之间展开，主要事件在威利与格瑞格斯父子、艾克达尔与雅尔马父子、基娜与海特维格母女这六个人物之间发生。在第一幕中，特别引人注意的是威利与儿子格瑞格斯之间的隔膜与抵触，以及

---

① 本文所引易卜生两部戏剧的引文，均出自《易卜生文集》第6卷和第7卷，潘家洵译，人民文学出版社1995年版。

艾克达尔、雅尔马这对父子可悲可叹的精神状态。由于威利多年前欺骗了与他共办林业公司的合伙人艾克达尔,后者在非法伐木事发后锒铛入狱,从此跌入人生的低谷。从监狱里出来后,艾克达尔就像一只挨了子弹的"野鸭","一个猛子扎到水底里,再也冒不起来了"。他想过自杀,但没有勇气,精神逐渐在岁月的流逝中趋于麻木。而他的儿子雅尔马,似乎一直生活在一个"以后前程远大"的幻梦里,从未看清真正的现实。由于糊涂,他倒是过得"非常快活"。他看到父亲出狱后颓唐消沉的样子,幻想着有一天能搞出一个大发明,让全家人都因他备感荣光。但他只是幻想,从未采取任何实质性的行动;就连在家庭生活中,他也不能像正常人那样担负起一个丈夫、一个父亲的责任,反倒像是一个骨头没长硬的、动不动就想滑溜的大孩子。实际上,他早就像那养在水槽里的野鸭,年深月久后,翅膀再也飞不起来了。

这里,导致当地自然生态被损害(山林被砍伐)和个体精神生态受伤害(艾克达尔父子精神沉沦)的罪魁祸首,无疑是狡诈的威利。他儿子格瑞格斯对父亲骗人害人的行径极为不满,曾当面指责他:"我一想起你从前干过的事情,眼前就好像看见了一片战场,四面八方都是遍体鳞伤的尸首。"这暗示出威利现在的门庭显耀、富裕豪华,都是通过牺牲他人、压榨其他生命的能量换来的。威利自以为比别人更高明,把别人玩弄于股掌还能让人家感恩戴德,但实际上,他自己的眼睛也快要瞎了。这意味着什么?剧中对此专门有一段讨论:

> 雅尔马:这件事就是活报应。他从前蒙骗过一个信任他的朋友。
> 格瑞格斯:他蒙骗过的人恐怕不在少数。
> 雅尔马:所以现在冥冥之中,天不饶他,要搞瞎他的眼睛。
> 基娜:喔,你怎么不怕造孽说这些怕人的话!你把我吓坏了!
> 雅尔马:间或钻研一下世上的神秘事情也有好处。

世上究竟有没有"神秘事情",或宇宙间有没有一种"隐秘秩序",这里暂且不谈;单从理性上说,威利的行为也是非常短视和盲目的。正如易卜生后来在《罗斯莫庄》中写到的一句话——"起源于罪孽的事业绝不会成功",威利的事业也不可能持续发展。他眼下垂垂老矣,不得不考虑退休养病,而他的亲生儿子却坚决反对他,拒绝跟他合作,这样他几乎要走到穷途末路了。易卜生写到他的眼睛快要"瞎"了,在一定意义上是对其内在本质与命运的一种隐喻。换言之,威利也是一只扎在水底、看不见广阔前景的"野鸭"。易卜生似乎是在说人类如果不能走出尔虞我诈、弱肉强食的丛林法则,也迟早会堕入"野鸭"式的命运。

作为威利的反对者,格瑞格斯在剧中是对各色"野鸭"们看得比较清楚的一个人。他自知改变不了父亲威利,但很想拯救他少年时代的好友雅尔马,并把这种"拯救"视为自己"做人的使命"。为完成这一使命,他与父亲决裂,搬到雅尔马家住了下来。他以特有的眼光,看到"在这个野鸭的世界里时间已经站住了",并对雅尔马直言:"你身上也有几分野鸭气息。……你也扎到了水底,死啃着海草。……你走了岔道,掉在一个有毒的泥塘里了……你放心,我会想办法把你救出来。"(第三幕)但雅尔马完全听不懂他这些话。为了让"雅尔马把眼睛睁开",格瑞格斯瞄准一个机会,将威利当年怎么占有基娜、然后又把基娜转让给他做妻子的真相向他和盘托出。但结果正如剧情所示,格瑞格斯的介入不仅没有给这个家庭带来幸福,反而把事情搞得一团糟,甚至造成令人哀痛的灾难。他的"拯救"计划之所以失败,不仅是由于他不通人情世故,更主要的是:他的内心被"理想的要求"所充满,对人对物缺乏真挚的爱心;换言之,他的理念是热的,而情感是冷的。如果他心里对人对物有同情的理解,能设身处地为对方着想,那么他就不会对雅尔马说出那个极为伤人情感的真相,也不会劝基娜的女儿海特维格"牺牲掉自己最心爱的东西"。格瑞格斯内心之冷,在海特维格自杀后表露无遗。他不仅不敢承担责任,说什么"谁知道这场大祸是怎么惹出来的";而且对一个宝贵生命的逝去表现得很淡漠:"海特维格不算白死。难道你没看见悲哀解放了雅尔马性格中的高贵品质吗?"这让人觉得他似乎"有脑无心"。或许,在一定程度上,他承袭了他父亲"工具主义"的思维方式。在拯救与解放他人的事业中,思想固然重要,但更重要的是情感,是对于其他个体生命的同情与关爱。可能正是基于对格瑞格斯型人物的反思,易卜生后来在《罗斯莫庄》中把灵魂拯救的希望寄托在"真爱"上,空前深刻地表现了"情感"的意义。

在《野鸭》全剧中,最可爱、最令人痛惜不已的是海特维格。作为一个孩子,她有着儿童的天真与单纯,对人对物有着天然的同情感与爱心。野鸭受伤了,她特别担忧,每天晚上给它做祷告,就像当年雅尔马病重时她天天给他做祷告一样。在她一尘不染的童心里,动物与人一样是有情感的生命,值得像对待朋友、对待亲人那样去爱护。后来,从家庭风波中她直觉到"也许我不是爸爸的亲生女儿",但她觉得"爸爸会照样喜欢我。也许会更喜欢我。那只野鸭是别人送给我们的,我还不是照样那么喜欢它"。她发自本能地爱护弱小者,也极其自然地为他人做着一切力所能及的事。在她的世界里,一切生命都是值得珍爱的,而且互相之间可以友爱相处,共同生活在一个温馨的、充满爱的大家庭里。但她怎么也没想到,她生于其中的那个成人世界,充满了诡诈、虚伪、冷漠与多疑。即便是她最爱的爸爸雅尔马,在知道妻子曾属于另一个男人后,竟然说海特维格"一向无非是花言巧语跟我假亲热,等待适当的机会"!这话对海特维格来说无异于五雷轰顶。她还不了解尘世的黑暗,这可爱可怜的孩子,"高高兴兴,无忧无虑,像一只小鸟似的唱着飞着,冲着一个永不天亮的黑夜扑过去"(第二幕)。为了证明对爸爸的爱,海特维格自杀了。这么好的一个孩子为什么落得这种结局?难道老天也瞎了眼?在剧中,老艾克达尔说:"这是森林的报复。"在他看来,"砍树可不是闹着玩儿的事啊。砍了树会惹乱子。砍掉的树会跟你算账"。从生态上说,人与自然本是紧密相关的,损害自然生态必然影响到人自身;从人文上说,自然界树林的人格化隐示着某种看不见的秩序与力量。当年威利与艾克达尔合办林业公司,滥砍山林,后者入狱,前者暂时逃脱,但现在威利也受到了惩罚:他眼睛快要瞎了,就在他面临颓唐老境、良知逐渐苏醒、希望真心帮助亲生女儿海特维格时,这孩子却自杀了,这不能不是对他的又一次沉重打击。看过易卜生戏剧的恩格斯曾表述过这样的思想:"我们不要过分陶醉于我们人类对自然界的胜利。对于每一次这样的胜利,自然界都对我们进行报复。每一次胜利,在第一线都确实取得了我们预期的结果,但在第二线和第三线却有了完全不同的、出乎意料的影响,它常常把第一个结果又取消了。"①这一精警之论使我们联想到自然界本身是有生命、有尊严的,应该受到人类充分尊重;而且,自然界可能存在生态哲学上所说的"生态精神",这种"精神"似乎暗中调节着地球生态场中的一切。② 虽然在该剧中,海特维格的死更多的是引起人对人类自身种种劣根性与弱点的反思,而不一定引发人产生保护森林的意识;但是如果人类真能克服自身的这些劣根性与弱点,那么就能从根本上奠定保护自然生态的精神基础。

可以说,在《野鸭》中,海特维格的心灵与性情、价值观与世界观是最值得肯定与赞赏的。她的人与自然和谐相处的朴素观念、敬生爱物的柔性情怀,虽然在剧中黑暗的总体环境中不能自由舒展,却是人类进一步发展所必需的素质。从某种意义上说,她是超前的,属于人类未来可能出现的生态文明社会。而人类只有放弃"工具主义世界观",与他人、与万物平等友爱地相处,才是真正有智慧的"万物的灵长",才可能迎来那个美好的生态文明社会。

二、天道微渺神性亲善,以人为本方可永续

如果说在《野鸭》中易卜生初步触及了神秘的天道问题,在《罗斯莫庄》中以核心意象"奔腾的白马"与"夜半的太阳"再次让人对此冥想不已,那么,在《建筑大师》中,易卜生则隐隐设置了一个"上帝"的形象,并让人与神展开潜在的对话,进而把探索的重心转向了创造者的特殊命运和宇宙间的隐秘秩

---

① [德]恩格斯:《自然辩证法》,于光远等译,人民出版社1984年版,第305页。
② "生态精神"这一概念是我国生态哲学家余谋昌先生提出的,后来鲁枢元教授认为它是"宇宙精神的核心"。详见鲁枢元《生态批评的空间》,华东师范大学出版社2006年版,第195—199页。

序。而就在这种探索中,隐含了易卜生关于天地人神四重整体的意念和人的幸福家园究竟如何可能的深思。

作为易卜生晚期用心最深、成就最高的一部作品,《建筑大师》并不是一部"以建筑总管与建筑师之间的对立为基础的你死我活争斗的戏剧",而是一部"形而上学的戏剧"。其情节结构看似以建筑总管索尔尼斯和年轻建筑师瑞格纳之间的对立为基础,但实质上主要是在索尔尼斯与其灵魂镜像希尔达①之间展开,而且他们之间的对话核心指向是索尔尼斯心中那个"惊心动魄的大疑问"。随着这一疑问的提出、展开与解决,该剧一步步上升到哲学与神学的层次。

在第一幕,索尔尼斯的处境简明生动地展示出来后,希尔达很快就出现了,于是剧情迅速转为索尔尼斯与希尔达之间的长篇对话。在第二幕,索尔尼斯如对心腹知己一样对希尔达讲述了他的发家史和伤心史。十几年来,他和妻子艾琳都无法忘记过去那件祸事:一场大火烧了艾琳家的老房子,火起时艾琳和两个孩子被人从热被窝里拉了出来。人虽得救,但艾琳发起烧,奶汁受影响,两个孩子吃不消,接连死去。另一边索尔尼斯的建筑事业却从此起步,用他的话来说,"那场大火倒成全了我的建筑事业","我是完全亏得那场火灾才能给人盖住宅"。这里头会有什么因果关系吗?索尔尼斯有时觉得自己的成功是以亲人的牺牲与痛苦为代价的,有时又觉得那些灾祸与自己毫不相干,内心里始终疑虑重重。虽然希尔达劝慰他两个孩子的死和艾琳的受挫不是他的过失,但他却说"这正是个惊心动魄的大疑问,这个疑问日夜在折磨我"。

这个疑问的实质究竟是什么呢?从该剧内在情境来看,疑问首先是从索

---

① 希尔达是索尔尼斯十年前在莱桑格地区建造教堂时认识的一个小姑娘。"希尔达"这个名字还在易卜生晚期戏剧的其他作品中出现过。本文作者认为她是索尔尼斯的灵魂镜像,这是因为她的出现具有极大的偶然性,仿佛是应索尔尼斯内心呼唤而出现的,尤为重要的是,她在谈话中特别能理解索尔尼斯,简直就像一个在他的心灵和大脑间来回跳跃的小精灵。

尔尼斯目前的痛苦处境中生发出来的:他的建筑事业虽然飞黄腾达,但却丧失了幸福的家园,孩子出生不到一个月就死去了,妻子艾琳见他就躲,并说"无论你盖多少新房子,也永远不能再给我建立一个真正的家",这使他内心几乎濒于绝望。尤其让他感到惊疑和痛苦的是,他虽然几乎总是能够心想事成,但他的成功却必须以其他人的付出与牺牲为代价:他内心里暗暗盼望艾琳家的老房子被大火烧掉,大火果然起而烧之;他的建筑事业需要助手和仆从,那些人果然就来了。索尔尼斯的成功离不开其他人的牺牲,甚至不得不使自己的亲人"受挫折,被摧残,被破坏",而这样的成功显然永远无法给人带来一个真正的家。为什么事情必然如此? 这是人潜在的本性自行选择的结果,还是上苍(或上帝)冥冥中的安排? 这是疑问的实质。

随着剧情的进一步展开,答案逐渐显现。剧作家首先反思和剖析的是人性,特别是创造者的内在灵魂。在第二幕,索尔尼斯坦承了自己内心的魔性:

> 索尔尼斯:现在我明白了,希尔达! 像我一样,你身上也有山精。是咱们内部的山精——是它在发动咱们身外的力量。这么一来,不由你不服从——不管你愿意不愿意。
> 希尔达:索尔尼斯先生,我几乎相信你的话是对的。
> 索尔尼斯:希尔达,世界上有数不尽的妖魔,我们却永远看不见他们。
> 希尔达:哦,还有妖魔?
> 索尔尼斯:(站住)好妖魔和坏妖魔,金黄头发妖魔和黑头发妖魔。只要你有法子知道控制你的是金黄头发还是黑头发妖魔!

正是索尔尼斯身上的魔性,使他不由自主地向着心目中的目标驰骛不止,同时也不由自主地倾向于控制和压迫他人。作为创造者之魂,索尔尼斯体内的山精与妖魔既有创造性、建设性的一面,又有叛逆性、破坏性的一面。尼采在《权力意志》中甚至说:"最强者,即具有创造性的人,必定是极恶的人,因为他反对别人的一切理想,他在所有人身上贯彻自己的理想,并且按照自己的形象来改造他们。"①在索尔尼斯的人生履历中,既有显明的恶迹,比如残酷地把瑞格纳的父亲、著名建筑师老布罗维克踩在脚下,又严厉地控制着他的儿子瑞格纳,还利用少女开雅拴住他;也有隐在的恶意,比如一心盼望艾琳家的老房子被大火烧掉,以便他的建筑事业可以起步。他的事迹让人想起格瑞格斯对威利说的那句话:"我一想起你从前干过的事情,眼前就好像看见了一片战场,四面八方都是遍体鳞伤的尸首。"不过,从索尔尼斯日夜所受的精神折磨来看,他还是有着很强的道德意识。他的痛苦,是一个良心未泯、精神高贵者的痛苦:他一面不由自主地顺着本性去压制他人,另一面又以上帝的目光不断审视自己。

在第三幕,索尔尼斯受到希尔达的鼓动(她现在一心想要看到索尔尼斯再次高高地站在教堂塔楼顶上),很想"老夫聊发少年狂,亲登楼,叩上苍",但他毕竟已饱经沧桑,心里很害怕"报应"趁机而入。希尔达不明白他为什么害怕报应,于是索尔尼斯跟她谈起他以前跟上帝交锋的几个回合:

索尔尼斯:在莱桑格那些新环境里,我时常沉思默想,那时候我才明白他为什么要把我两个孩子抢走。原来为的是不让我有别的牵挂。不许我有爱情和幸福这一类东西。只许我当一个建筑师——别的什么都不是。派定我一生一世给他盖东西。(大笑)老实告诉你,后来,他的心思完全白费了!

希尔达:后来你干了些什么事?

索尔尼斯:我在心里做了一番反省考察——后来我就做了那桩不可能的事。……从前我总不能爬上一个广阔自由的高处,然而那天我却上去了。……我站在高处,俯视一切,一边把花圈挂在风标上,一边对他说:伟大的主宰!听我告诉你。从今以后,我要当一个自由的工程

---

① [德]尼采:《权力意志》,张念东等译,商务印书馆1991年版,第112页。

师——我干我的,你干你的,各有各的范围。我不再给你盖教堂了——我只给世间凡人盖住宅。

希尔达:(睁着两只闪闪有光的大眼睛)这就是那天我在空中听见的歌声!

索尔尼斯:然而后来还是他占了上风。……给世间凡人盖住宅——简直毫无价值,希尔达。……现在我明白了。人们用不着这种住宅——他们不能住在里面过快活日子。如果我有这样一所住宅,我也没有用处。

这是全剧最难理解的一段对话,也是该剧的深层意蕴所在。在一定意义上,这段话隐含了易卜生晚年对艺术、宗教尤其是天地人神共在的宇宙图景的深层思索。与易卜生自己对待宗教的态度(早年信教,中年排斥,晚年重申宗教的意义)类似,在剧中索尔尼斯也经历了一番信神、疑神、皈神的心灵历程。在其建筑事业的开端,索尔尼斯是信神的,主要致力于盖教堂;后来随着内心魔性的逐步膨胀,他不再崇信上帝,而几乎狂妄到把自我当成俯视一切的上帝,或者像撒旦一样要跟上帝分庭抗礼(而就在这段时期,他肆无忌惮地欺压他人,攫取他人的生命能量来扩展自己的建筑事业);到了晚年,膝下无子,亲人疏离,他心里寂寞得很,感到自己盖了很多房子却不能建立一个真正的家,简直是一个巨大的讽刺。家的缺失,使他醒悟到上帝是不可轻慢的,或者说他的存在与力量不以人的意志为转移。因此他最终承认还是上帝"占了上风"。他在给自家盖的新房屋顶上建了一个高高的塔楼,就隐示出他现在心里重新皈依了上帝。

索尔尼斯的这种醒觉让人联想起现代哲学家、"深层生态学的先驱"海德格尔。海德格尔对已被工具理性和科学技术统治的现代西方世界深感忧虑,尤其是痛感现代人执着于物而蔽于存在自身,失落了本真意义上的家园。通过对荷尔德林诗歌的阐释,他肯定了神性真在的意义。在他看来,"大地和天空、诸神和终有一死者,这四方从自身而来统一起来,出于统一的四重整体的纯一性而共属一体。四方的每一方都以它自己的方式映射着其余三方的现身本质。……我们把这四方的纯一性称为四重整体。终有一死的人通过栖居而在四重整体中存在。"①但"栖居的真正困境不在于住房的匮乏,而在于:终有一死者总是重新去寻求栖居的本质,他们首先必须学会栖居。……人的无家可归状态乃是把终有一死者唤入栖居中的唯一呼声"②。在本剧中,索尔尼斯的无家状态也促使他去寻求真正的栖居。在该剧临近结尾处,索尔尼斯告诉希尔达,他以后要去盖"可以容纳人生幸福的东西",并且要爬上高高的塔楼,对上帝说:"听我告诉你,伟大的上帝,你喜欢怎么裁判我,就怎么裁判我。然而,从今以后,别的东西我都不盖了,我只盖世上最可爱的东西。"什么东西呢?从后文来看,它就是"具有坚实基础的空中楼阁"。这种空中楼阁不是童话,不是寓言,而是基于对世俗生活和人性人心的深刻洞察、出于"人类的深邃智慧"才能建造出来的"上帝之国"。

最后索尔尼斯登上塔楼,在底下众人的欢呼声中掉下来摔死了。对此,人们常以为这是一个恶有恶报、大快人心的结局。比约恩·海默尔就认为:"收场可以被视为一个凿凿明证,证实了苏尔纳斯(即索尔尼斯——本文作者注)有充分理由担心自己气数将尽,害怕报应的时刻将会来到。他那做贼心虚和眩晕的良心把他引向了最后归宿。他靠了牺牲别人达到一夜暴发,如今却丑行败露,自食恶果了。"③这有一定道理。但在本剧中,有一点不能不注意,那就是:索尔尼斯在登楼之前,心里很清楚他必将当场殒命;也就是说,他

---

① [德]海德格尔:《海德格尔选集》,孙周兴选编,上海三联书店1996年版,第1180页、1193页。

② [德]海德格尔:《海德格尔选集》,孙周兴选编,上海三联书店1996年版,第1204页。

③ [挪]比约恩·海默尔:《易卜生——艺术家之路》,石琴娥译,商务印书馆2007年版,第423页。

是自觉自愿地选择这种结局的。① 如前所述,他心里早已承认了上帝的优越性和全能性,流露出向上帝皈依、听任上帝裁判的倾向。因此,他最后迎向死亡的结局实质上是一次自觉的自我审判、自我裁决。从基督教神学的视角来看,此时的索尔尼斯,既是把自身的超越性冲动发挥到极致,也是在充分体认自身的神性,以至要与上帝同在;而"无限者之进入有限者并不是为了将后者'神化',而是让后者作为独立的人格牺牲,以此达到无限者与有限者的'和解'"②。因此在剧末,作为索尔尼斯灵魂镜像的希尔达不是哀伤建筑师的死去,而是"把围巾在空中挥舞",并热烈狂呼:"我的——我的建筑师!"

人要是一味放任自心的魔性,对天地人神无所敬畏,肆无忌惮地压榨其他生命能量来发展自我,是不可能持续发展的,也不可能为自己建立一个真正的家,甚至已经获得的一切到头来都要化为乌有。在这个意义上,我们现代人也许应该重新思考人道与天道的关系,重新建立天地人神的和谐关联。海德格尔说:"对于物的泰然任之与对于神秘的虚怀敞开是共属一体的。它们允诺给我们以一种可能性,让我们以一种完全不同的方式逗留于世界上。它们允诺我们一个全新的基础和根基,让我们能够在技术世界范围内立身和持存。对于物的泰然任之与对于神秘的虚怀敞开给予我们达到一种新的根基的持存性的前景。"③这与易卜生晚年的深层思考颇为相近。

三、 艺术、哲学与宗教的融合:形成一种生态神学世界观

在 1887 年 9 月的一次讲话中,易卜生说道:"我想,诗歌、哲学和宗教将融合在一起,构成一个新的范畴和新的生命力,对此我们当代人还无法形成

---

① 临近结尾时,希尔达问索尔尼斯:"你真的不敢爬上去吗?"他回答"不敢";但他明确表示愿意登上塔顶,只是随即低声说:"然而以后他永远不能再盖东西了。可怜的建筑师!"这表明索尔尼斯心里很清楚他一旦爬上去必死无疑。
② 先刚:《永恒与时间——谢林哲学研究》,商务印书馆 2008 年版,第 357 页。
③ [德]海德格尔:《海德格尔选集》,孙周兴选编,上海三联书店 1996 年版,第 1240 页。

一个明确的概念。"①这句话既是我们理解易卜生晚期戏剧的重要提示,也是我们探讨其生态智慧的一把钥匙。

在易卜生晚期戏剧中,除了上面着重分析过的《野鸭》和《建筑大师》,其他作品也体现了"敬畏生命,厚德博爱"的思想与情怀。比如,《罗斯莫庄》以"奔腾的白马"象征冥冥中的天道或神意,批判了强者对弱者的误导与陷害,而肯定了真爱对人灵魂的拯救意义;《海上夫人》描绘了一幅人海合一的美丽画卷,同时有力地表明只有真正的、包含自由与责任的爱才可以给人一个富有诗意的家园;《小艾友夫》以神秘的鼠婆子象征"福善祸淫,警醒世人"的使者,使糊涂人从沉沦中惊醒,进而引导人从小我走向大我,走向真正的博爱与共生;《博克曼》让一只"冰冷的铁手"抓住热衷于物而冷漠于人的金融家博克曼,批判了他的"工具主义世界观"和"心里的冷气",并启发人如何真正"把光明和温暖倾注在千万人的心灵里",等等。正如马丁·艾思林所说,易卜生具有一种"反映时代思潮主要趋势的奇特才能",其作品"对于那个时代的重要哲学问题作出了极为敏锐的反思"。② 易卜生晚期的这些戏剧,蕴含了当时德国浪漫主义哲学和现代存在主义哲学的诸多思想。更重要的是,其晚期戏剧在近乎完美的艺术形式里蕴涵了一种神性的维度,并达致诗性、哲性与神性的高度融合。这种融合带来一种陌异于现实日常生活的宇宙图景和人生图景,让人在潜移默化中重新去思考和调整自己的世界观、人生观和价值观。

如果说"造成环境危机的深层原因不是现代世界里所谓的人类中心主义,而是现代世界物质至上的自我中心主义和工具主义世界观"③,那么改善

---

① 《易卜生文集》第 8 卷,第 228 页。谢林也提过类似思想:"在审美的宗教或理性神话学中,诗歌、一神教、泛神论、哲学等结合为一个整体,所有的个体得到平等的塑造,他们的普遍自由和平等统治着一切。"见先刚《永恒与时间——谢林哲学研究》,第 354 页。

② Esslin, Martin, "Ibsen and Modern Drama," *Ibsen and the Theatre*, Errol Durbach, ed., London: The Macmillan, 1980, p. 76.

③ [美]丹尼尔·A.科尔曼:《生态社会的价值观》,梅俊杰译,见杨通进主编《现代文明的生态转向》,重庆出版社 2007 年版,第 381 页。

人类生存环境、克服生态危机的最根本方式乃是促使人们形成一种新的、与生态时代相适应的世界观。美国生态神学家约翰·科布也认为走向一种新型世界观是当今时代的迫切要求:"我们扪心自问,为什么直到最近我们对这一切还熟视无睹。答案在于,我们的认识受我们的世界观所驱使。……许多事情迫在眉睫,我们必须协同行动,从机械论的、二元论的世界观以及实证论的和其他的反世界观转向一种生态世界观。"①应该转向一种什么样的生态世界观呢?我们从易卜生晚期戏剧,特别是从他的"诗歌、哲学和宗教将融合成一个新范畴和新的生命力"的思想里,可以自然地引申出一种生态神学世界观。这种世界观肯定上帝的真实存在,相信宇宙间有一种隐秘的秩序,主张天地神人和谐共处,信持敬神爱人、尊重万物的基本观念,而反对以自我为中心、以他人为工具的主客体分裂的世界观。在一定意义上,这种世界观正是易卜生晚期戏剧之生态智慧的根基。如果这种世界观能够成为越来越多的地球居民的共识,那么人类有望赢获一个"乐观的未来"。

我国美学家滕守尧说:"凡是真正的艺术,均能以一种最典型、最集中的方式,向人们展示人类集体无意识深层的那种最恒常、最基本的生态模式。……长期接触真艺术的人,就会通过一种'异质同构'作用,使人的心灵结构贴近'生态智慧'本身的结构。"②若果如此,那么融合了诗歌、哲学与宗教的易卜生晚期戏剧,应该尤其能让"生态智慧"渗入人们的心理结构,从而"绿化"人们的心灵。也许,这就是易卜生晚期戏剧之于当今时代最重要的现实意义。

---

① [美]小约翰·B.科布:《生态学、科学和宗教:走向一种后现代世界观》,马季方译,见杨通进主编《现代文明的生态转向》,重庆出版社2007年版,第82,86页。
② 滕守尧:《艺术与创生》,陕西师范大学出版社2002年版,第56,58页。

易卜生晚期戏剧的复象诗学

汪余礼*

在当今国际易卜生学界,易卜生晚期戏剧愈来愈受重视,其所蕴涵的"深刻的诗学意图"①尤其引起学者们探讨的兴趣。如果说易卜生晚期戏剧代表了其戏剧创作的最高成就,那么其所隐含的最具独创性、现代性和影响力的诗学思想是什么呢?笔者以为,易卜生晚期戏剧最独特、最有魅力的地方在于:易卜生晚期的每一部优秀剧作,都不只是创造了一个意象世界,而是在多数读者可以感知的整体性的意象世界背后,还隐蕴着一个或多个整体性的意象世界,而这双重或多重意象世界构成一种戏剧性的张力,涵有体悟不尽的意蕴与韵味。换言之,如果把易卜生创作剧本比作建造楼房的话,那么易卜生晚期每写完一部剧作,都不只是建造了一栋楼房,而是建造了两栋甚至多栋楼房;这些楼房给人"楼外有楼,景深无穷;象外有象,境界层深"的感觉,看不够,想不透,说不尽。如果要用一个概念对易卜生晚期戏剧隐含的诗学思想进行提炼、概括的话,我觉得可以名之曰"复象诗学"。

一、复象戏剧:《野鸭》所开辟的新道路

《野鸭》是易卜生晚期的第一部剧作,也是他创作道路上的一个重要转折

---

* 本文原载《外国文学研究》2013 年第 3 期。

① 详见王宁、孙建主编《易卜生与中国:走向一种美学建构》,天津人民出版社 2004 年版,第 8 页。本文受此启发,特致谢意。

点。1884年9月2日,易卜生致信给他的出版商弗里德里克·海格尔(Frederik Hegel)说:"在几个方面,这部新剧在我的戏剧作品中占有一个重要的位置;它的构思与方法有多处与我以前的剧作不同。对此我目前不想解释太多。我希望批评家们能够发现那些隐示的要点;不过不管怎样,他们都会找到一些话题来争论、来解释。此外我想《野鸭》很可能会把我们中间一些年轻剧作家引上一条新的创作道路;这一前景我觉得是可以作为一个结果来期待的。"①诚如易卜生所说,一百多年来,人们对于这部戏剧确是争论不已;而学者们对于这个问题,即《野鸭》究竟开辟了什么新道路,更是众说纷纭。

在众多论说中,我觉得克努特·布莱恩希尔兹沃教授的观点最具洞见。他认为,"从《野鸭》开始,易卜生戏剧的象征世界就充满了对艺术的本质和艺术家作用的反思。这种元层次的东西越来越频繁地渗透到他晚期的剧作中,在这些作品里,艺术话语通常可被感知为诗人自己对于作为一个艺术家的身份与作用的反思"②。但一个描写林业老板父子与照相馆老板一家纠葛的剧作,如何"充满对艺术的本质和艺术家作用的反思"呢?对此克努特教授未深入阐述。我觉得,要探清这个问题,需要了解易卜生的艺术构思与创作方法。

《野鸭》在艺术构思和创作方法上确实是迥异于他以前的剧作的。如果说易卜生早期戏剧侧重于运用巧合、反讽、铺叙等手法创构历史传奇,中期戏剧侧重于运用讨论、对比、回溯等手法凸显社会与精神问题,那么作为易卜生晚期戏剧之首的《野鸭》确实开辟了新的艺术道路。个中之"新"在于:易卜生在创作之始就无意于讲述一个曲折的故事,也无意于提出社会问题,而是以某种复合性的、双管齐下的思维在一部戏剧中套另一部戏剧,在一个现实性的、描写普通人矛盾纠葛的戏剧故事中上演另一部以艺术家为主人公的、表

---

① Ibsen, Henrik, *Letters and Speeches*, Ed. Evert Sprinchorn, Clinton: The Colonial Press Inc, 1964, p. 237.

② Brynhildsvoll, Knut, *The Roots of Modernity: Aspects of Henrik Ibsen's Dramatic Work*. 此处根据克努特教授在中央戏剧学院的演讲稿译出。另可参见[挪]克努特:《现代性之根源:易卜生戏剧面面观》,《世界文学评论》2007年第1期,第6—10页。

现艺术家内在焦虑与自我怀疑的戏剧。而他实现这一点的关键,则是赋予剧中主要人物、场景、动作乃至情节以多重象征意味和某种可转换性,从而使得整部作品"横看成岭侧成峰",包蕴着多重意象世界。

如果说"艺术的本体是审美意象,即一个完整的、有意蕴的感性世界"[①],那么戏剧作品的意象世界,主要是由戏剧人物、戏剧场景、戏剧动作、戏剧情节等感性要素所合成的。在此意象世界中,人物形象最为重要,人物形象的转变会牵一发而动全身,使得整个戏剧意象世界发生改变。在《野鸭》中,如果我们看山是山,看水是水,那么我们看到的只不过是发生在林业老板威利及其儿子格瑞格斯与照相馆老板雅尔马一家的纠葛、冲突与悲剧性化解。那些活动于我们眼前的人物,有的贪婪、狡诈、不惜踏着别人的尸骨前进,但最终逃不脱失明的命运,一如野鸭的短视;有的怯弱、自欺、整天生活在自造的幻梦里,一如野鸭受伤后扎到水底里,再也不肯睁眼看世界;有的则天生一副执拗的脾气,坚守理想,穷究真相,且一定要戳破别人的幻梦,直至最后造成朋友家破人亡的悲剧结局,等等。这些人物,连同剧中受伤的野鸭、阴暗的阁楼,构成一个世俗的、黯淡的、没有未来的世界。这个世界以"野鸭"为核心意象,一群野鸭式的人物环绕它构成一个意象群;其象中之意在于:"如果你剥夺了一个平常人的生活幻想,那你同时就剥夺了他的幸福。"[②]或者如萧伯纳所说:"揭露那些经过精选的灵魂,向那些把自身理想化的不可救药的理想主义者开刀。"[③]但如果我们转换视角,凝神透视,在剧中人物身上看出剧作家某些"隐示的要点",那么全剧将逐渐展现出迥然不同的另一种景观。

在《野鸭》中,格瑞格斯是一个非常特别的人物。易卜生也曾说:"在这个

---

① 参见叶朗:《美在意象——美学基本原理提要》,《北京大学学报(哲学社会科学版)》2009 年第 3 期,第 11—19 页。艺术本体在于意象,而不在于思想或理念,此论把握了艺术的特殊本质,也是本文立论的一个基点。

② Clurman, Harold, *Ibsen*, London: The Macmillan Press Ltd., 1977, p. 136.

③ Shaw, Bernard, *The Quintessence of Ibsenism*, London: Constable and Company Limited, 1932, p. 75.

剧中,格瑞格斯是最复杂、最难以表演的一个人物。"①其特殊性、复杂性在于:格瑞格斯作为威利之子、雅尔马之友,既是剧中所写现实生活中的人物,又与之有所"间离";他是作为一个带有诗人气质的"外来者"去介入、评论雅尔马家的戏剧性生活的。从剧本来看,格瑞格斯的台词风格跟剧中其他人的话很不协调,他那些诗性的、隐喻性的话语相对于周围人来说是"陌生化"的。那么,易卜生是否在运用一种"陌生化"的手法,提醒读者或观众重新凝视这个形象,从而领悟其"象外之象"呢?

与其说格瑞格斯是一个说话荒唐的冒失鬼,不如说他是某种类型的艺术家形象。他在剧中说起话来的确就像一个诗人。他像哈姆雷特一样目光敏锐,富有洞察力,又像布朗德一样执拗,认准了真理就坚持到底,并一心想要引领其他人去追求崇高的理想。他比周围人更清醒,更能看清生活的真相;他想把"真理的阳光"带给雅尔马一家,让他们在一个新的认知基础上开始新的生活。然而,当他把威利当年占有基娜、致其怀孕后又将她转让给雅尔马做妻子的真相全盘托出后,一个幸福的三口之家就被毁了。正如帕斯卡尔所说"人在本性上是害怕真相甚至仇恨真理的"②,当人不得不面对真相时,往往是难以忍受甚至活不下去的。对此情形,鲁迅也是深有洞察的,他曾说过:"假如一间铁屋子,是绝无窗户而万难破毁的,里面有许多熟睡的人们,不久都要闷死了,然而是从昏睡入死灭,并不感到就死的悲哀。现在你大嚷起来,惊醒了较为清醒的几个人,使这不幸的少数者来受无可挽救的临终的苦楚,你倒以为对得起他们么?"③鲁迅在这里所流露的对自己作为一个小说艺术家的价值的怀疑,正与易卜生在《野鸭》中所传达的忧思与自疑相通。

如果说格瑞格斯属于一类矢志求真、"敢于直面惨淡人生"的艺术家,那

---

① Ibsen, Henrik, *Letters and Speeches*, Ed. Evert Sprinchorn, Clinton: The Colonial Press Inc., 1964, p. 242.

② Pascal, Blaise, *Pensées*, Grand Rapids: Christian Classics Ethereal Library, 2002, p. 21.

③ 《鲁迅全集》第1卷,人民文学出版社2005年版,第441页。

么瑞凌医生则是自觉以"瞒和骗"来制造幻梦的艺术家。他也很敏锐,能看出"一般人都有病";但他治病的方子恰与格瑞格斯相反:不是揭出病根,而是隐瞒病灶;不是宣讲"理想的要求",而是培养"生活的幻想"。他压根儿瞧不起格瑞格斯,认为对方只不过是个屡医屡败的"江湖医生";而他自己则有如神医,开出的方子"百发百中"。他自诩给周围许多人治过病,给他们贴上"天才"、"发明家"之类膏药,很快就把他们从自卑自贱、悲观绝望的境地中拯救出来了,且活得有滋有味。瑞凌这样的"神医",很容易让人想起鲁迅所批过的"文人":"用瞒和骗,造出奇妙的逃路来,而自以为正路。"①但这种"瞒和骗的文艺",让人"一天一天的满足着",实则"一天一天的堕落着",犹如野鸭一样陷在有毒的泥塘里,日益丧失生命的活力。瑞凌式的艺术家也是短视的,他们本质上跟在水槽里嬉戏的野鸭没有很大的区别。

由此,仿佛发生了某种连锁反应似的,剧中雅尔马、海特维格的形象也逐渐变幻出新的面目。雅尔马是一个照相师,但他自述"当初决意学习照相这门手艺的时候,并不打算单给普通人照相",他要"把它提高到既是艺术也是科学的水平"。②他要搞出一个"伟大的发明",相信"发明主要依靠灵感,依靠直觉",而且还不无悲壮地说:"我觉得这个发明将来会耗尽我的心血。我甚至还想到,专利证书到手那一天就是我解脱的日子。"③这些话听起来像不像一个艺术家的梦呓?在现实生活中,雅尔马发明不了什么新玩意,只能干些"修描照片"的活儿。修描照片,美化现实,这是三流艺术家做的事。在本质上,雅尔马是比较接近于瑞凌的,他们身上都多少有点野鸭的气息,都靠着"谎言"、"幻梦"过日子,没有真正的作为。而海特维格,这位"小野鸭妈妈"(同时她也是威利之女),则与格瑞格斯比较接近,但比格瑞格斯更富有爱心,也更有自我牺牲精神。她与格瑞格斯的默契、配合,最终成就了一个"人子"

---

① 《鲁迅全集》第1卷,人民文学出版社2005年版,第254页。
② 《易卜生文集》第6卷,潘家洵等译,人民文学出版社1995年版,第64页。
③ 《易卜生文集》第6卷,潘家洵等译,人民文学出版社1995年版,第84页。

艺术家①的形象。她对人对物都有着天然的同情感,尤其对那些被伤害的弱小者倾注了满腔的爱心。最后,为了让雅尔马相信真爱的存在,她牺牲了自己最心爱的东西——自己的生命。至此,这位小艺术家带着她的"悲"与"梦"实现了自己的人格与命运。然而,海特维格的牺牲真的能"解放雅尔马性格中的高贵品质"吗?最了解雅尔马的瑞凌对此是深表怀疑的,在他看来,海特维格的死,除了会给雅尔马带来短暂的哀伤和自怜自叹的话题外,再也不会产生更多的意义。

《野鸭》所开辟的新道路,是一条运用间离、隐喻、多重复合型象征等手法创构"复象戏剧"的艺术道路;这种"复象戏剧"的根本特征在于,剧中主要人物形象具有某种可转换性或复合性,在表象背后还有"隐象","隐象"们连成一片即构成一个全新的戏剧意象世界。而且,这种"复象戏剧"在一个现实主义生活剧的框架内还隐寓着一个关于艺术、艺术家自身的"元戏剧",渗透着剧作家的灵魂自审与艺术自审,②具有"元艺术"的品格。所谓"元艺术",是指作品本身渗透着艺术家对于艺术、艺术家自身的反思,在艺术本质、艺术功能、艺术家的身份与作用等问题上启人深思的艺术。《野鸭》在这个方面的探索,在易卜生后来的创作中继续延展,流脉甚深。

二、易卜生晚期戏剧的复象世界

在《野鸭》之后,易卜生创作的绝大多数戏剧都带有"复象"特征。《罗斯莫庄》表面写挪威西部一个滨海小城中保守派与激进派的对立斗争,但实质

---

① 这里所谓"人子"艺术家,特指那种在人生信念上认同"人子"耶稣,在生活实践或艺术创作上富有爱心,甚至以自我受难、自我牺牲引发他人觉醒的艺术家。

② "灵魂自审"与"艺术自审"有相近的地方,但也有区别。"灵魂自审"侧重指艺术家通过对自我的灵魂进行审视、审判,反省、发掘出一般人性的深层结构,以深化人类的自我认识;"艺术自审"侧重指艺术家通过对自我的艺术家身份、艺术活动、艺术作品等进行反省、审视,重新考量艺术的本质、创作与功能等问题,以深化对艺术活动本身的认识。

上该剧可以看作是对《野鸭》所提出的艺术问题的初步回答,它呈现的是艺术家内在灵魂的运动和艰难的艺术探索过程。剧中主人公罗斯莫牧师身上明显带有格瑞格斯之影,他最初决心"挨家挨户去做一个思想解放的传达者,争取千万人的精神和意志,在周围培养出数目越来越多的高尚人物",但后来他发现自己的心魂也并非清白纯洁,于是转向自我反省、自我审判,并把"自救"与"救他"的希望寄托在"真情"上,踏上了一条从情感上自内而外感通人心的道路。① 这其实正是艺术家能够做并做得最好的事情。《海上夫人》表面上承续《玩偶之家》的思路,进一步探讨家庭问题与妇女问题,但实际上该剧可看作是剧作家的异体自剖与灵魂镜像。②《海达·高布乐》亦可作如是观,其深层表现的是艺术家对抗虚无、追求自由与高贵的某种意境。《建筑大师》表面上是一部描写代沟冲突和怨偶婚姻的戏剧,一部"以建筑总管和建筑师之间的对立为基础的你死我活的争斗的戏剧"③;当我们把索尔尼斯看作是一个艺术家(剧中有明确暗示),进而对他那些双关性的语言做出全新的理解,那么又会逐渐感知到一个关涉艺术创造的隐秘机制和艺术活动之价值意义的意象世界。④《当我们死人醒来时》表面写的是两个家庭的分解与两男两女的重组,展现了一系列世俗的画面,但其内核表现的是艺术家的人生反省、艺术突围与终极关注。⑤ 可以说,剧作家的"灵魂自审"与"艺术自审"仿佛一

---

① 详见汪余礼《〈罗斯莫庄〉:奔腾的白马与夜半的太阳——兼论该剧对戏剧艺术本质与潜能的探掘》,《艺术百家》2008年第3期,第162—168页。只有看到罗斯莫、吕贝克身上的"艺术家形象",才能理解该剧的艺术之思。

② 详见汪余礼《〈海上夫人〉:异体自剖与艺术家的自我镜像》,《艺苑》2011年第6期,第22—27页。

③ 参见《易卜生评论——来自挪威作家》,石琴娥译,奥斯陆:金谷出版社2006年版,第94页。此书由挪威外交部、挪威对外文学促进会和挪威金谷出版社共同出版,是由挪方GYLDENDAL出版的中译著作。

④ 详见汪余礼《〈建筑大师〉:艺术家的灵魂自审与神性探求》,《美学与艺术研究》2010年第2辑,第345—359页。

⑤ 详见汪余礼《〈当我们死人醒来时〉的复合结构与终极关注》,《世界文学评论》2011年第1期,第40—42页。

根"双螺旋"的红绳贯穿在这些作品之中,使之不仅呈现出复象景观,也具有"元艺术"品格。下面以《约翰·盖勃吕尔·博克曼》为重点剖析对象,进一步去领略易卜生晚期戏剧的复象世界。

如果说《建筑大师》中的深层意象世界可以顺着剧作家的暗示逐步索隐出来,那么《博克曼》中的深层意象世界则几乎是"羚羊挂角,无迹可求"的。就初读感受而言,正如约翰·诺特阿姆所说,"该剧讲述了一个诈骗犯,一个自我辩护、自我欺骗、自我粉饰的自负狂者最终走向疯狂的故事"①。或如比约恩·海默尔所说:"该剧充满了一种压抑忧闷而又阴郁沮丧的气氛,显示出以往财势鼎盛的富贵人家没落衰败后,旧日的高贵显赫风光不再,而挨日子过生活的人生本事也早已输得精光。"②这些看法无疑是很有根据的。从现实主义美学的视角来看,《博克曼》确乎呈现了19世纪后半叶一位红极一时的金融家博克曼从犯罪入狱到自我审判的过程,同时也反映了人与人之间无法沟通的生存困境。③看罢该剧,其中"陈旧而黯淡的瑞替姆府邸"、"在楼上走廊来回踱步的病狼"、"暗夜里微光反射的雪地"等意象久久驻留脑海,几乎给人一种凄神寒骨、忧伤不尽的感觉。这些意象与作品深处的"心狱"意象连成一片,以其深厚的人性内涵、哲理意蕴打动我们的心灵,让人想说什么,但又只能沉默。这是《博克曼》呈现出来的第一重意象世界。

但如果我们反复细读作品,用心体悟剧中人说话的言外之意、戏剧情境深处的核心意象,那么会逐渐发现,《博克曼》实在是一座以鬼斧神工建成的多层复合型楼台。它表面上是演述一个银行家、诈骗犯的故事,而内质是在

---

① 参见[英]约翰·诺特阿姆:《〈约翰·盖勃吕尔·博克曼〉与天鹅之歌》,《易卜生与现代性:西方与中国》,王宁主编,百花文艺出版社2001年版,第301页。

② [挪]比约恩·海默尔:《易卜生——艺术家之路》,石琴娥译,商务印书馆2007年版,第487页。

③ 参见刘明厚:《读易卜生的〈约翰·盖勃吕尔·博克曼〉》,《外国文学评论》1994年第2期,第99—104页。以及刘明厚《博克曼:自由生存困境中的囚徒》,《戏剧艺术》2007年第5期,第67—74页。

展露一类艺术家的灵魂风景,是表现剧作家的心象世界。这个心象世界是由一系列隐喻、象征和双关语构成的意象世界,也是一个关涉到艺术创造之本质、机制与局限的艺术世界。

博克曼形象是进入该剧深层意象世界的一把钥匙。在第二幕中,他说:"我是矿工的儿子,我父亲有时候带我下矿井,金属在矿里歌唱。"① 这话很容易让人联想起易卜生在1851年写的诗歌"矿工":"一锤一锤地砸吧,直到生命之灯熄灭。即使没有一线希望的预兆,即使永远是深沉的黑夜!"② 这里,"矿工"象征"艺术家",而掘矿挖煤喻指"创作"。在某种意义上,创作的过程便是向人类灵魂的黑暗王国不断掘进的过程。艺术家以心中的理想之光照亮人类灵魂中最黑暗、最隐秘的一个个角落,其所开显的对象就好比深埋在地下的一块块矿石一样——把那些黑暗的"宝贝"挖出来,使之呈现于光天化日之下,便正是艺术家探索自我、认识自我的过程,也是他们促成精神解放、为人类服务的过程。保罗·约翰逊曾这样描述易卜生的工作性质:"他仇恨的探照灯系统地扫过人类社会的所有方面,它似乎是示爱般地不时停落在某些特别激起他憎恶的思想和制度上。"③ 茨威格的描述则更为生动:"他(指艺术家)像米开朗琪罗敲打成千上万的石块一样,怒气冲冲,火冒三丈,带着越来越狂热的激情,通过其人生黑暗的坑道,把自己的身体撞向在梦境中触摸过的闪闪发光的岩石。"④ 很多艺术家干的就是这类活儿,莎士比亚便是他们的典范;易卜生踵继前贤前进,以无畏的勇气向着无边的黑暗年复一年挖掘不止。在1855年写的"羞明者"一诗中,易卜生甚至说:"要是没有黑夜保护,我就将一筹莫展。是的,如果我有什么建树,那要归之于夜的才干。"⑤ 但这种长年向着黑暗地心挖掘的工作是可能逐渐影响、熏染"矿工"们的心灵的。

---

① 《易卜生文集》第7卷,潘家洵等译,人民文学出版社1995年版,第205页。
② 《易卜生文集》第8卷,绿原等译,人民文学出版社1995年版,第7页。
③ Johnson, Paul, *Intellectuals*, Weidenfeld: Harper Collins, 1988, p. 93.
④ [奥] 茨威格:《世界建筑师》,高中甫等译,北京燕山出版社2004年版,第136页。
⑤ 《易卜生文集》第8卷,绿原等译,人民文学出版社1995年版,第13页。

作为一位颇具韧劲和创造性的艺术家,博克曼确乎是具有"雄才大略"的。他相信,"我本是个可以创造千百万财富的人!所有的矿山本来都可以归我掌管!还有数不尽的新矿脉!还有瀑布!石矿!还有商业路线和密布全世界的轮船航线!"①作为自己"诗国"的首脑,博克曼自以为是上帝特选的天才,他也经常陶醉在自己那些伟大的宏图中,几乎到了走火入魔的程度:"我心里觉得有一个无法抗拒的使命!全国各处,囚禁在地底下的几百万财富在高声叫我!它们高声喊叫,求我把它们放出来!别人都听不见它们喊叫——只有我一个人听得见。"②这些其实正是艺术家创造欲非常强旺、急于发掘和表现时的一种心态。对此,比约恩·海默尔评述说:"一种要创造的欲念冲动,那是想要占有尚未到手的一切的冲动,那是每一个具有特殊才干的个人都梦寐以求和渴望实现的。这类才干同艺术家、诗人墨客的才华是一脉相通的,因为他们都从事于创造并非现成的东西。"③这种人格内部所寓含的正是一个艺术家的灵魂。这种灵魂既有热烈如火的一面,但同时也有冰冷似铁的一面,是"火与冰"的奇怪融合体。

博克曼想要实现胸中蓝图的欲念越来越炽烈,对待周围的亲人则越来越冷淡。为了得到足够的财力来维持和拓展事业,他放弃了自己最心爱的女友艾勒,而娶了拥有大量财产的贡希尔德。后来艾勒问他为什么能做出这种事,他仍然振振有词:"因为我胸中怀着大志,所以连这事我都能忍受。我想支配全国的资源。蕴藏在土地里、岩石里、森林里和海洋里的一切财富,我都想掌握在自己手里,都归我支配,为千千万万人谋幸福。"④这话听起来真是"又崇高又悲壮"。但也许恰好能反映艺术家的一种心理。1882年3月8日易卜生致信比昂斯泰纳·比昂逊说:"为了全力以赴投入到精神解放事业中,

---

① 《易卜生文集》第7卷,潘家洵等译,人民文学出版社1995年版,第212页。
② 《易卜生文集》第7卷,潘家洵等译,人民文学出版社1995年版,第235页。
③ [挪]比约恩·海默尔:《易卜生——艺术家之路》,石琴娥译,商务印书馆2007年版,第511页。
④ 《易卜生文集》第7卷,潘家洵等译,人民文学出版社1995年版,第224页。

一个人必须有相当程度的经济独立。"①这句话可以转换为"一个艺术家要为千千万万人谋幸福,首先得有相当强的经济实力"。博克曼的思维逻辑与此颇有相通之处。坐上银行总经理的位置后,博克曼觉得离自己的目标越来越近了,于是急不可耐地来了一次大跃进:他大着胆子挪用了其他人几百万产业——这可能隐喻着艺术家为了自己事业的成功不可避免地要吸收其他人的能量、牺牲其他人的幸福——试图以此为代价创造出远远超过几百万的福利。随后,正如易卜生曾经说过的"我在我自己脑海中见到了这一切,因为那里就是我的战场,而在那里我往往在行将获胜之际却马上遭到失败"②,博克曼也在他眼看就要接近目标时遭到失败——他很快就被捕入狱了。剧作家这次没有让博克曼像索尔尼斯那样爬到最高点而后摔死,而是给了他16年的时间,让他把自己的动机与经历——创造者、艺术家的灵魂与命运——反复地琢磨,自己当法官对自己一遍又一遍、一年又一年地进行审察、审判。这也许是一次在艺术史上空前深刻、惊心动魄的审判。

博克曼所要清理、审判的难题究竟是什么呢?这一难题的实质内涵包括两点:一是有远见的创造者究竟能否以牺牲部分人的利益为代价来谋取个人伟大理想的实现?二是艺术家在人类灵魂的黑暗王国辛勤探掘究竟有何意义?博克曼认为,把"困在黑暗世界的那些宝贝"发掘出来,可以"把光明和温暖倾注在千万人的心灵里",这一事业具有最高的、终极的价值,为完成这一事业付出一切代价都是合理的;但是,真的合理吗?博克曼一遍又一遍地审问自己,易卜生也一遍又一遍地对此进行质疑、审思。

博克曼经过无数次的自我审判,最终还是认为发掘那些困在黑暗世界的宝贝最有价值。他临终前对着起伏的山脉说:"现在夜深人静,我要悄悄告诉你们:我爱你们这些被困在黑暗世界的宝贝!我爱你们这些想见天日、还没

---

① Ibsen, Henrik, *Letters and Speeches*, Ed. Evert Sprinchorn, Clinton: The Colonial Press Inc., 1964, p. 205.

② 转引自[挪]比约恩·海默尔:《易卜生——艺术家之路》,石琴娥译,商务印书馆2007年版,第411页。

出世的宝藏!"①那数不尽的金属矿脉,那个广大无边、开发不尽的王国,正是艺术家所要开掘、表现的对象;尤其是那些被"困在黑暗世界的宝贝",若发掘出来则是艺术家对人类灵魂的独到发现,或者说是深化人类自我认识、拓展人类心灵版图的一个个标志。

但深谙个中复杂性的易卜生,无法忽视问题的另一面。他心里久久回荡着艾勒——他艺术灵魂的另外一极——的声音。艾勒曾义正词严地对博克曼说:"你甩掉了你爱的女人!那个女人就是我,我,我!你愿意用你世界上最宝贵的东西去换取利益。你犯的是双重谋杀罪!你残害了自己的灵魂,还残害了我的灵魂!"②这正是易卜生从心底里认同、却又很难去面对的一种控诉。艾勒此话从表层来理解,是指责博克曼为了攀到权力与金钱的高峰,牺牲爱情去换取利益;而从深层来理解,则是艺术家易卜生从心底里不能不感到:艺术家为了取得艺术上的光辉成就,撇开爱人,专心致志钻进那个黑暗王国中探掘不已,这样做既是残害自己的灵魂,也残害了他人的灵魂。1884年9月23日,易卜生致信卡洛琳·比昂松说:"我担心由于长期沉迷于戏剧创作——在此过程中作者必须在一定程度上消隐或扼杀自己的人格——我很可能已经丧失了大部分我最珍视的、作为一个通信者的品质。"③这也许可以看作是艺术家感到自己的灵魂被创作所害的一种自白。1895年7月31日,易卜生致信约纳斯·科林说:"成为一个国际名人当然会有一定的满足感,但却不能给我任何幸福感。这值吗——真的值吗?我一时也想不清。"④这也许透露了易卜生一种很悲哀的心境。真正的幸福感必然源于给他人带来幸福的事实;如果不能给他人带来真正的幸福(或残害了爱人的灵魂),那么一

---

① 《易卜生文集》第7卷,潘家洵等译,人民文学出版社1995年版,第260页。

② 《易卜生文集》,第7卷,潘家洵等译,人民文学出版社1995年版,第224页。

③ Ibsen, Henrik, *Letters and Speeches*, Ed. Evert Sprinchorn, Clinton: The Colonial Press Inc., 1964, p. 239.

④ Ibsen, Henrik, *Letters and Speeches*, Ed. Evert Sprinchorn, Clinton: The Colonial Press Inc., 1964, p. 320.

个人是不可能感到幸福的。在这个意义上,艾勒所说的"双重谋杀罪",很可能是易卜生自己深有体会的。

在剧末,易卜生让艾勒对博克曼宣告了最终的判决:"约翰·盖勃吕尔·博克曼,你休想享受杀人的酬劳。你休想胜利地走进你那冰冷、漆黑的王国!"①这是正道审判的凌厉之声,也是易卜生艺术良心的光辉闪现。随后,博克曼感觉一只冰手、一只铁手抓住他的心口,大叫一声倒地而亡。对于这个结局,艾罗尔·德巴奇评论说:"这里既没有给人留下明显的希望,也没有留下彻底的绝望,易卜生以一种很有限度的热情为这部几乎是最冰冷的剧作结了尾。"②哈罗德·克勒曼则认为:"不论是被什么意愿所驱遣,也不论是否追求灵魂圣洁、艺术完美,反正是心里的冷气伤害了人命。在这个结论和忏悔中,易卜生宣布了他最深刻的服罪之感。"③这两种评论,前者基于对该剧表层意象世界的感知而得出,后者则隐约触及了该剧的深层意象世界。不过,易卜生"最深刻的服罪之感",未必是由于他反省到了"心里的冷气",而是他心里笼罩着"双重谋杀罪"的阴影。由此,在《博克曼》的深层意象世界中,弥漫着一种浓重的罪感意识和忏悔意识,而这也恰好折射出剧本深处的光辉。

综上可知,易卜生晚期优秀剧作的意象世界是双重的甚或多重的,构成了一系列独特的复象景观。这些剧作中的"复象世界",表层关乎现实生活中的人物及其纠葛冲突,深层关涉艺术创造的机制与艺术家的自审,这两者相关但殊异,形成一种颇有戏剧性的张力场;这一"张力场"亦构成复象戏剧的"审美场",其给人的诗性意味、艺术启迪与人生启悟是非常丰富而复杂的。马丁·艾思林曾说:"我主张并确信,易卜生戏剧历久弥深的力量与影响恰好是源于它的诗性品格。……就易卜生晚期戏剧而言,正是潜隐在表层现实背

---

① 《易卜生文集》第7卷,潘家洵等译,人民文学出版社1995年版,第260页。

② Durbach, Errol, "*Ibsen the Romantic*": *Analogues of Paradise in the Later Plays*, London: The Macmillan Press Ltd., 1982, p. 68.

③ Clurman, Harold, *Ibsen*, London: The Macmillan Press Ltd., 1977, p. 189.

后的隐喻力量和诗性视野,使其具有真正的伟大性和持久的影响力。"①这种感知已经触及易卜生晚期戏剧的多重意象世界及其带给作品的诗性品格,只是艾思林还没有论及那些意象世界的特殊性及其内在张力而已。

三、 复象诗学与现代新艺境的开拓

如果我们进一步"沿波而讨源",体悟出易卜生创作复象戏剧的诗性智慧、艺术手法,以及他创作这种戏剧背后的艺术理念,则可以总结、提炼出其"复象诗学"的主要内涵。

从作品来看,易卜生主要是通过富有张力的情境、具有多重身份的人物、象征性的场景、双关性的语言、复合型的结构,以及间离、隐喻等手法来创构这些复象戏剧的。尤需指出的是,易卜生晚期的戏剧思维,已经进入了真正的"复象思维",而不限于"象征思维"。②"复象"可以包容"象征",但比"象征"更复杂。易卜生并不只是以某种具体事物来象征抽象观念或超验之物,而是在表层具象本身隐寓着同样具体的深层意象(其笔下具象可以转换或变幻出新的形象或意象),其表层意象连成一片可以构成一个意象世界,其深层意象连成一片也能构成一个意象世界,这些意象世界各有其象征意蕴,故而"象外有象,境界层深"。

从学理上看,易卜生晚期戏剧的复象诗学,既跟易卜生独特的戏剧观、艺术观密不可分,也有着深刻的艺术本体论根据。在戏剧艺术观念上,易卜生

---

① [英]马丁·艾思林:《易卜生与现代戏剧》,汪余礼译,《戏剧》2008年第1期,第37—38页。

② 易卜生在1857年说过"象征本来应该像矿藏中的银矿脉一样隐蔽地贯穿整个作品",见《易卜生文集》第8卷,人民文学出版社1995年版,第190页;但在1890年易卜生却说:"人们硬加给我的什么奥秘和象征一类的东西真是千奇百怪的……难道他们不能好好地去阅读我所写的作品吗?"见[美]哈罗德·克勒曼:《戏剧大师易卜生》,蒋嘉、蒋虹丁译,湖南人民出版社1985年版,第187页。由此可以推知,第一,易卜生的戏剧思维绝非局限于"象征";第二,易卜生希望人们通过更细致的阅读作品,理解其艺术上的革新。

自述:"我的戏剧力求让人在欣赏时真实地体验一段真实的生命历程。"①即便到了晚年,他仍然认为,"戏剧效果的产生,在很大程度上取决于让观众感到他好像是实实在在地坐着、听着和看着发生在真实生活中的事情"②。正是基于这种观念,易卜生很重视给观众"真实感",而不玩特别玄虚、飘忽、迷离的"花活"。这使易卜生晚期戏剧仍然具有现实主义的表象。但易卜生绝不停留于此。他的眼睛几乎天生地倾向于透过表象看到深一层的隐象。假如一位可爱的小姑娘站在眼前,他会觉得隐藏在对方"外貌里面的一定是一位玄奥神秘的小公主";要是对方佩戴着珍珠,他又觉得对方"对珍珠的酷爱中,一定隐藏着某种神秘的意义"。③ 这种思维倾向,使他在创构一个人物形象时往往把另一人物形象置入其中,造成某种复象感、重影感;而对于每一道具、每一场景,他都不会随便设置,而是赋予其隐秘的意义,使之与人物的象外之象一起构成另一意象世界。而且,易卜生深知,"每个读者都基于自己的人格重新创作诗人的作品,按自己的个性去美化和修饰它。写作品的人和读作品的人都是诗人,他们是合作者"④;由此,他很注意赋予笔下人物、情节等以某种不确定性,或在某些方面留下空白,给读者无尽的遐想空间、创作空间。要而言之,易卜生晚期的戏剧思维与艺术智慧,一方面使其作品的深层意象隐蔽地贯穿整个作品,另一方面也使作品言有尽而意无穷,给人捉摸不透、品味不尽的感觉。

此外,更重要的是,易卜生晚年有一种很独特的艺术理念,即认为"写作是对自我进行审判",这是其"复象戏剧"得以产生的一个重要原因,也是其

---

① Ibsen, Henrik, *Letters and Speeches*, Ed. Evert Sprinchorn, Clinton: The Colonial Press Inc.,1964, p. 211.

② Ibsen, Henrik, *Letters and Speeches*, Ed. Evert Sprinchorn, Clinton: The Colonial Press Inc, 1964,p. 222.

③ Ibsen, Henrik, *Letters and Speeches*, Ed. Evert Sprinchorn, Clinton: The Colonial Press Inc., 1964, p. 286.

④ Ibsen, Henrik, *Letters and Speeches*, Ed. Evert Sprinchorn, Clinton: The Colonial Press Inc, 1964,p. 337.

"复象诗学"的一个重要内涵。1880年6月16日,易卜生写信给路德维格·帕萨奇说:"我曾在我的一本书上题写了以下诗句作为我的座右铭:生活就是与心中魔鬼搏斗;写作就是对自我进行审判。"①这种理念既跟古希腊以来的摹仿论艺术观判然有别,也跟北欧一度流行的表现论艺术观迥然不同;它兼有内向探索、纵深透视、客观审思三重维度,是一种把个人性与社会性、主观性与客观性、特殊性与普遍性高度结合起来的艺术观。在此艺术观影响下,易卜生的戏剧创作从早期的灵魂自审发展到晚期的"双重自审"——既对自我的灵魂进行审视、审判,也对自我的艺术进行审视、审判。正是"双重自审",使易卜生晚期戏剧不仅令人吃惊地写出了"灵魂的深",也空前深刻地探索了艺术创作之秘奥、艺术本质与功能、艺术家身份与作用等问题,达到了"元艺术"的境界。

从艺术本体论的角度看,易卜生晚期戏剧的复象世界及其"诗学意图"是有其深刻的根据的。一般而言,艺术作品(尤其是文学作品)是现实生活、作家自我与审美形式三维耦合的结晶。② 当作家着力于客观地再现"现实生活"时,其作品的形象主要是"实象"(现实存在的人、事、物);当作家发挥主体的能动性,以自己的情感、思想、体验与想象选择、归顺、同化现实生活的材料,创造出艺术的"第二自然",那么其作品除了有生活的"实象",还会有一个比较虚的、无具象依托的艺术家形象("虚象");当作家把艺术观照的视角对准自我的灵魂,并在作品中以陌生化方式(分裂自我,把自我的一部分投注到陌生化的人物形象中)传达其自审体验时,那么其作品除了"实象",还存在带有一定具象性的"隐象"(此时"虚象"已转化为"隐象");如果这位作家审视自我的艺术灵魂,特别注重反思审美形式的创造过程或艺术创造的机制本身,那么其作品中还可能存在"艺象"——艺术创造本身的形象。正是艺术创作

---

① Ibsen, Henrik, *Letters and Speeches*, Ed. Evert Sprinchorn, Clinton: The Colonial Press Inc., 1964, p. 187.

② 这一观点受孙绍振《美的结构》一书的启发。

本身的多维性、复杂性,使得艺术作品中的"复象"——实象、虚象、隐象、艺象的有机复合成为可能。① 当然,要把可能性转化为现实性,即真正创造出境界层深的"复象世界"来,除了创作者要有强烈的主体意识、自审意识之外,还要有在艺术创作中探究艺术难题的勇气与技巧。而易卜生恰好是具备这些条件的。②

易卜生晚期的复象戏剧及其复象诗学,特别契合现代主义艺术的精神,开拓出了现代艺术的新境界,在欧洲戏剧史上具有重要的革新意义。在欧洲戏剧史上,戏剧家探索、表现的对象,主要包括诸神、英雄、社会生活、人物性格、人类的本性与命运、宇宙秩序、伦理道德与宗教问题等,而极少把艺术家的艺术灵魂、创造活动、存在价值等作为质疑、反思、表现的对象。莎士比亚在这方面隐约有所探索(《哈姆雷特》、《暴风雨》等作品隐含有艺术之思),易卜生在这方面显然走得更远,其反思的力度、表现的深度都已远远超过莎翁。而且,易卜生的艺术反思,绝不是把艺术问题明确拿出来讨论,而是极为巧妙地将其隐寓在一个精心建构的意象世界之中,并使之随着剧情发展逐渐生长、衍化,发展出另一个意蕴丰厚、境界层深的意象世界。这完全可以看作是对西方古代和近代艺术境界的拓展,可以看作是具有现代性的新艺境。

宗白华先生在《艺境》中说:"艺境不是一个单层的平面的自然的再现,而是一个境界层深的创构。从直观感相的摹写,活跃生命的传达,到最高灵境的启示,可以有三个层次。"③在宗先生眼里,最高灵境主要是"禅境"。这样一来,他所说的有着三个层次的艺境,仍然是古典性的艺境。而在易卜生晚期戏剧中,艺境的内蕴从社会生活、个体灵魂、宇宙秩序返归到艺术自身,返

---

① 当然,并不是必须有此四象的复合才能形成"复象",但"实象"与"隐象"的复合是必不可少的。须指出的是,我们以前深信不疑的生活反映论艺术观、审美意识形态论艺术观,可能会妨碍我们发现"复象"。

② 易卜生强烈的自审精神与先锋意识,以及透视主义、自审主义艺术观使其特别有可能创作出复象戏剧。

③ 宗白华:《艺境》,北京大学出版社1999年版,第144页。

归到艺术灵魂内部的风景,隐示出一个自我返照的艺术世界,体现出了浓厚的现代意识。这与古典艺境和近代艺境是很不一样的,在中外艺术史上可以说都是独树一帜的。①

易卜生晚期戏剧的复象诗学,较之巴赫金提出来的陀思妥耶夫斯基小说隐含的复调诗学,更切近现代艺术的本体,对于现代艺术创作亦颇具启发意义。从理论上讲,"复象"比"复调"更具有艺术性,或者说在艺术审美上更具有本体意义。"复调"关涉多种思想的对话,但思想并不构成艺术的本体;②而"复象"关涉形式,关涉意象、意境,这才接近艺术的本体。就事实而言,易卜生早期诗剧也有"复调",但远不如其晚期戏剧的"复象"耐人寻味。进而言之,易卜生晚期的复象戏剧及其复象诗学,隐含有艺术学之维,在艺术自律的道路上走向了艺术的自我反思,颇具现代性与先锋性,并实实在在地影响了20世纪一大批艺术家,如契诃夫、皮兰德娄、乔伊斯、奥尼尔等。他们未必清晰地意识到了"复象诗学"的存在,但他们以自己的艺术创造,为世人奉献了一部又一部兼具复象景观和"元艺术"品格的精品。③ 在中国当代,有些作家

---

① 易卜生晚期戏剧中的"复象",与中国古代戏曲、诗歌、绘画中的"象外之象"有相似之处,但在内质上差异很大。其主要的差异在于,易卜生晚期戏剧中的"复象"除了隐蕴有某种宇宙意识,而且指向艺术本身,指向艺术创造的秘境,因而具有"元艺术"品格;而中国古代戏曲、诗歌、绘画中的"象外之象"很少具有"元艺术"品格。此外,易卜生晚期戏剧中的"复象",与西班牙画家萨尔瓦多·达利作品中的"双重意象"也有相似之处;但后者的"双重意象"是达利运用"偏执狂批判法"创作的结果,倾向于"把人类经验色情化",有的甚至流于"肤浅的视觉诡计",在艺术境界上不及前者高远、深邃。See Haim, Finkelstein, "Salvador Dalí: Double and Multiple Images," *American Imago* 4(1983): 311.

② 巴赫金的复调理论在国内外都颇受质疑,应该给予理性的审视。详见张晓玥:《复调诗学与中国当代文学》,中国社会科学出版社2012年版,第10—35页。我觉得巴赫金的复调理论确有价值,但需要进一步完善。

③ 关于此观点,需另文专论。这里仅谈一点:契诃夫的《海鸥》《万尼亚舅舅》,皮兰德娄的《亨利四世》《六个寻找剧作家的剧中人》,乔伊斯的《尤利西斯》《青年艺术家的肖像》,奥尼尔的《诗人的气质》《长日入夜行》等,都或多或少可以看到易卜生晚期戏剧及其复象诗学的影响。

(如残雪)还在致力于创作具有复象景观和"元艺术"品格的作品。可以说,易卜生晚期戏剧的复象诗学,不仅对现代艺术创作产生了重要影响,而且对当代艺术创作仍然具有启发意义。

二

斯特林堡研究

斯特林堡戏剧在新时期中国的接受

宫宝荣[*]

2012年,斯特林堡逝世一百周年。全世界各国都在举办各种形式的纪念活动,在其故国更是展开了为期一年的"斯特林堡年",学术研讨会、展览会、演出可谓层出不穷,形成一波又一波的高潮。然而,中国的相关纪念活动却鲜有所闻,上海似乎除了外国语大学在2012年5月底举办过一次小型的"斯特林堡和瑞典语言"研讨会外,剩下的基本上就只有上海戏剧学院独此一家。前不久,由孙惠柱教授率其根据《朱丽小姐》改编的京剧前往瑞典、意大利、英国等各国巡演,名义便是纪念斯氏逝世一百年。此外,便是上戏外国戏剧研究中心将于2012年11月举办的"斯特林堡与当代瑞典戏剧研讨会",应该是绝无仅有的一场以戏剧为专题的研讨会了。也正因为如此,此次活动得到了瑞典方面的高度重视,瑞典驻沪领事馆积极提供帮助,来自斯特林堡博物馆和斯德哥尔摩大学的两位瑞典专家欣然与会。由此不难见出此次会议的意义非同一般。

与同为北欧的同时代剧作家易卜生相比,斯特林堡在中国的知名度与影响显然要逊色许多。然而,就两人在欧洲戏剧史上的地位而言,应该说不分伯仲,均被公认为西方现代戏剧的开拓者,对20世纪的西方戏剧发展影响同样深远,在有些方面斯特林堡甚至超越了易卜生。而"美国戏剧之父"、诺贝

---

[*] 宫宝荣,上海戏剧学院教授,《戏剧艺术》主编,主要研究欧洲戏剧。本文原载《戏剧艺术》2012年第5期。

尔文学奖得主尤金·奥尼尔在获奖发言时甚至将斯特林堡视为"一切现代性的先驱"。因此,学界也有不少人将斯特林堡尊为"现代戏剧之父"。然而,斯特林堡尤其是其戏剧在中国的命运却并不是人们想象中的那样一帆风顺,与易卜生相比甚至可谓相当坎坷,对比十分鲜明,其中有着不少值得我们深思与探究之处。

一

斯特林堡最早传入中国是在 20 世纪 30 年代,①不仅在时间上要晚于易卜生,而且在影响上更是不可同日而语。在很长一段时间内,斯特林堡的名字基本上只局限于外国文学专家学者圈内,而易卜生早在"五四"新文化运动时期就成为广大知识分子尊崇的偶像。不过,造成这一现象的原因并不难以理解。众所周知,中国话剧乃是来自西洋的舶来品,它从一开始就肩负着反对封建文化、促进中国民主革命的重任,而易卜生的社会问题剧恰恰回应了国人的这一需要,其选择的对象非易卜生莫属。《新青年》杂志于 1918 年 6 月出版了"易卜生专号",刊登了《娜拉》、《国民之敌》和《小爱友夫》三个剧本以及两篇介绍易卜生思想和创作的文章。事实上,这一时期"对外国戏剧理论和创作的翻译、介绍蔚然成风","从 1917 年到 1924 年,全国二十六种报刊,四家出版社就共发表、出版了翻译剧本一百七十余部,涉及到十六七个国家七十多位剧作家",②"在二十年代,西方各种戏剧流派,如现实主义、自然主义、唯美主义以及象征主义、表现主义、未来主义等现代主义流派,都对中国新兴话剧发生了影响,但以现实主义流派影响最大"③。而在包括萧伯纳、高尔基、易卜生等在内的现实主义剧作家中,又以易卜生为最。这一时期甚

---

① 此说并无实证。而莫言 2005 年 10 月在其北京大学的演讲中提到,1927 年鲁迅日记中有购买斯特林堡剧本的记载。笔者认为很有可能是外文版。
② 陈白尘、董健主编:《中国现代戏剧史稿》,中国戏剧出版社 1989 年版,第 97 页。
③ 陈白尘、董健主编:《中国现代戏剧史稿》,中国戏剧出版社 1989 年版,第 98 页。

至在中国掀起过一股"易卜生热",产生了以胡适《终身大事》为代表的一批社会问题剧。究其原因,正如《中国现代戏剧史稿》作者所言,是因为"易卜生对家庭、社会中种种束缚人的个性的陈腐、虚伪的道德、法律、宗教的暴露和批判,对'独立人格'和社会责任感的呼唤,引起了中国民主主义知识分子的强烈共鸣"①。在一个知识分子充满忧国忧民意识并以改造社会、改变国人为己任的时代,敢于揭露时弊、敢于批判社会且以佳构剧形式为主的易卜生大受追捧,而更多地专注于个体不幸、以抒发灵魂痛苦为主旋律且形式上极为现代的斯特林堡受人冷落也就在情理之中。

不过,在此后半个多世纪里,斯特林堡戏剧在中国的命运依然没有改观。1930 年代虽然就有人翻译了其《谁是父亲》一剧,但直到新中国的成立都影响甚微:这种状况在此后的三十年间也没有任何改变。造成这种状况的原因,一方面在于戏剧家们更多致力于建立现实主义的"介入"戏剧,另一方面在于新中国成立后专注于社会主义新文化新戏剧的建设。在极端意识形态指导下,一切违背现实主义原则的西方现代戏剧都被拒之门外,参照的依然是以契诃夫、高尔基等人为代表的俄苏批判现实主义戏剧家。人们的主要精力都投入于"革命化"和民族化的戏剧,以至于在"文革"时代,话剧备受冷落,风靡一时的八个"革命样板戏"中竟然没有一部是话剧! 如此文化语境之下,斯特林堡显得格格不入,翻译家们断然不可能将之译介过来。可以说,在这漫长的半个世纪里,斯特林堡对绝大多数中国人来说依然是个陌生人。

二

一直要到改革开放的 20 世纪 80 年代,外国文学作品的翻译与出版出现了一股前所未有的热潮,才终于有了中文版的斯特林堡戏剧作品问世。第一部应是 1980 年出版的由中国社会科学院外国文学研究所袁可嘉等人主编的

---

① 陈白尘、董健主编:《中国现代戏剧史稿》,中国戏剧出版社 1989 年版,第 98 页。

《外国现代派作品选》中收入的《鬼魂奏鸣曲》,之后则有1981年人民文学出版社的《斯特林堡选集》第二卷《戏剧选》,其中收录了《奥洛夫老师》等六部剧本。自此,斯特林堡在中国默默无闻的状态终于被打破,而至2005年随着中文版《斯特林堡文集》的出版以及一系列相关演出与学术活动的开展,斯特林堡在中国的声誉达到了顶峰,这团瑞典"最炽热的火焰"①终于熊熊燃烧了起来。耐人寻味的是,如果我们依然将其与易卜生相比的话,便会发现两人在中国的命运已经与半个多世纪之前判若云泥,完全颠倒了过来。人们更多将目光聚焦于斯特林堡,而几乎将易卜生忘却在了一旁。

然而,改革开放以来的中国,对斯特林堡戏剧的认识究竟又是怎样的呢?这三十年来又有怎样的变化?这种变化又意味着什么?

改革开放初期,由于国门初开,更由于长期的思想禁锢,人们面对斯特林堡时态度未免拘谨,认识也显得狭窄。多数文章以泛泛介绍为主,批评部分也带有这一时代特有的烙印,且基本上依照标签式分类的方式将其剧作分为三大阶段,即现实主义、自然主义、象征主义。这种三分法可以《戏剧选》的《编后记》为代表,编者认为所选六部剧均为其"公认的代表作",其中《奥洛夫老师》"是瑞典文学中新的现实主义倾向的宣言";《父亲》和《朱丽小姐》均为自然主义剧本,前者"通过取材和突出精神因素,比易卜生更向自然主义前进了一步","是斯特林堡的自然主义悲剧的第一部杰作",而后者"也属于斯特林堡自然主义剧本中的优秀之作,同时又是一部社会心理剧"。至于《一出梦的戏剧》和《鬼魂奏鸣曲》,则被纳入象征主义。前者"表明他已彻底摆脱自然主义倾向","也是一次极为大胆的形式革新试验";后者"通过离奇突兀的情节穿插,揭露了资产阶级的本性,否定了资产阶级生活方式","暗示了'现代个人主义的危机'"。② 比其略早的《外国现代派作品选》的编者观点更具这

---

① 瑞典原驻华大使雍博瑞语,见赵玫发表于《中华读书报》(2005年11月30号)相同标题的文章。

② 《斯特林堡戏剧选》,人民文学出版社1981年版,第528—529页。

一时代的批判特点,认为"著名的《鬼魂奏鸣曲》(1907)让死尸、亡魂和活人同时登场,对资本主义社会中人与人互相倾轧的关系作了淋漓尽致的揭露"①。而译者符家钦则认为,"《鬼魂奏鸣曲》的成就,在于用一种与现实主义截然不同的手法,通过离奇突兀的情节穿插,来彻底撕下资产阶级伪善的面纱,提示它利欲熏心、嗜血成性的本质,使读者感到耳目一新"②。分析虽然不无道理,但时代痕迹十分明显,对真正使得斯特林堡名垂青史的现代派特点往往一笔带过。

到了20世纪90年代,随着改革开放的深化与思想的进一步解放,这些僵化的观点与机械的批评方法逐渐发生了变化,十分具有说服力的例子可以在著名西欧戏剧史专家廖可兑先生的作品中找到。有趣的是,在其先后完成于20世纪80年代和90年代的《西欧戏剧史》中都有不少的篇幅介绍和评论斯特林堡戏剧。在下册(1991年版)中,虽然作者在总体的认识上依然没有跳脱原先的框架,但在具体的批评论述中却比上册(1984年版)与时俱进了许多。例如,作者在上册中一方面认为斯特林堡"是富有反抗精神的作家,对于资产阶级社会的种种罪恶表示深恶痛绝,并不断地给以无情的暴露和诅咒,这是首先应该肯定的"③,但另一方面在论述其心理自然主义剧作时,又认为其"重在表现人物的变态心理和精神分裂状态,这又自然而然地陷入印象主义和宗教神秘主义的泥坑,为未来的表现主义开辟了道路"④。换言之,作者对斯特林堡戏剧采用的是二分法,即肯定的是其对资本主义社会和资产阶级人与人关系的批判,否定的则是其神秘主义的表现手法以及对现实生活的厌弃、宗教狂热和消极悲观的心情。而在下册里,作者对斯特林堡的表现

---

① 袁可嘉等选编:《外国现代派作品选》第1册,上海文艺出版社1980年版,第400页。
② 袁可嘉等选编:《外国现代派作品选》第1册,上海文艺出版社1980年版,第403页。
③ 廖可兑:《西欧戏剧史》(上),中国戏剧出版社1991年版,第350页。
④ 廖可兑:《西欧戏剧史》(上),中国戏剧出版社1991年版,第350页。

主义戏剧的批评远没有上册那样锋芒毕露,认为"到了晚年,他要求宁静,希望获得心理上的平衡,于是对于人们的内心活动进行更加深入的研究,结果走进了一个梦幻世界,他的那些富于奇思妙想的梦剧便由此产生"①。与上册对其后期剧作所采取的否定态度相比,作者在详尽分析《一出梦的戏剧》和《鬼魂奏鸣曲》艺术特色时,更多采取的是赞赏态度,认为前一部戏在创作方法上突破了传统,抛弃了情节,时间与地点随意流动,以一个中心人物来结构没有逻辑的事件等,表现出其"惊人的艺术才华"。而面对后一部戏时,不仅没有像上册那样用阶级分析法去论述人物关系,而且也不再坚持所谓的悲观厌世说,反而认为让大学生活下来表明"斯特林堡对人类的生活前途还抱有希望",态度转变之大可见一斑。而这本身也表明,中国学术界与戏剧界在进入20世纪90年代之后无论是思想观念还是批评方法都发生了重大变化。必须指出的是,之所以选择廖可兑先生的著作为样本,乃是因为该作品在中国影响广泛,具有很大的代表性,在这一时期发表的有关斯特林堡戏剧的论文在一定程度上都以此为基调。

三

对斯特林堡及其戏剧的重新发现以及认识上的巨大变化集中体现在进入新世纪后的第五个年头。2005年,随着中文版《斯特林堡文集》的问世,在瑞典驻华大使馆、人民文学出版社、北京大学和中国翻译家协会等共同发起下,不仅召开了"斯特林堡国际学术研讨会",而且还组织了一系列的斯特林堡戏剧演出。如此高的规格、如此大的规模在中国可谓前所未有,显示出在经历了改革开放将近四分之一世纪之后,国人真正认识到了斯特林堡及其作品对包括中国在内的整个世界的意义,而相关批评也变得更加丰富多彩起来,打破了此前相对单调的沉闷局面。

---

① 廖可兑:《西欧戏剧史》,中国戏剧出版社1991年版,第410页。

在这次研讨会上,作家莫言题为《漫谈斯特林堡》的演讲无疑最具吸引力且观点也最令人记忆深刻。由于会议召开的当天恰逢鲁迅逝世纪念日,莫言便自然而然地将斯特林堡与鲁迅相提并论起来。与瑞典驻华大使称"斯特林堡是瑞典的鲁迅"相呼应,莫言认为也可以说"鲁迅是中国的斯特林堡",理由是两人"不仅仅是在中国和瑞典的文学地位相当,而且,他们两人的精神是相通的"。① 他从三个方面论述了两人的共性:一是"不向黑暗势力妥协的顽强的战斗精神",二是敢于向旧的艺术形式挑战和创造新的艺术形式,三是他们是超越了各自时代的"预言家",是"真正的现代派、先锋派",民族语言的大师。莫言在阅读斯特林堡作品时,感觉到斯特林堡就是一个同时代的人,其痛苦、愤怒都激起了他的强烈共鸣。他用文学的语言形容斯特林堡是一个"团团旋转、隆隆作响的矛盾体",既是"一团炽烈的火焰",又是"一条浊浪滚滚的大河",其作品乃是"真正的从灵魂深处发出的呐喊"。莫言的赞美是毫不吝啬的,认为斯特林堡是一个"不但敢于拷问别人的灵魂同时更敢于拷问自己灵魂的作家",而其曲折复杂的个人生活、痛苦和病态的自我形成了其巨大的创作资源,包含着巨大的艺术能量,产生了普遍的社会意义,在为自己呐喊的同时也在为人民呐喊。

作为一位著名作家,莫言的演讲无疑有着许多感性的成分,其语言富有诗意,论述也不乏真知灼见,如认为斯特林堡经常将梦境与现实、人物与自己混淆起来,其作品既是对自己生活的模仿,而有时候生活又是在模仿自己的作品等。然而,我们还是以为,将斯特林堡与鲁迅相提并论虽然不无道理,尤其就两人的孤独的战斗精神而言,但这只能限于总体上的评价,而在戏剧这一领域两人其实并无可比之处。尽管鲁迅对戏剧艺术有着深刻的理解与体验,甚至对斯特林堡的戏剧也不陌生,但他在戏剧创作方面并无建树,所以比较也就无从谈起。同样,作家李锐也笼而统之地认为,斯特林堡最为亮眼的特点在于"坚定的道义承担和不疲倦的艺术追求集于一身"以及对于"死亡的

---

① 莫言:《漫谈斯特林堡》,《检察日报》,2005 年 10 月 21 日。

反复表达",并因此称之为"对全社会发言的坚定的公共知识分子"。姑且不论"公共知识分子"的称号是否适用于斯特林堡,可以肯定的是李锐这番言论更多是针对文学家斯特林堡所作的道德评判,而非针对戏剧家所作的专业论述。此外,作家李玫所作的女性观点的解读让人耳目一新,但依然属于对斯特林堡的一般探讨。

总体而言,2005年由于特殊的背景,对斯特林堡的批评呈现出一面倒的倾向,溢美之词不绝于耳,对其戏剧所作的客观评价之声则相对较弱。相反,与会的一些中青年学者更加关注斯特林堡戏剧本体,反映了一段时间以来在斯特林堡戏剧研究方面的新趋势。如北京大学罗湉和赵白生题为《风信子花的疯狂与忧郁》的演讲便是从心理分析与生态批评的视角对斯特林堡后期戏剧进行了分析,指出其后期剧作之所以影响巨大,是由于他突破了传统的人物及其关系的认识角度,改变了剧本的内在结构以及作者与观众之间的关系,而风信子花意象的出现则体现了斯特林堡特殊的生态意识。研究表明,进入新时期以来有关斯特林堡戏剧的批评更多的集中于其象征主义阶段,尤其是他的预示了表现主义精神的梦剧,着重论述其戏剧的现代性及其影响,而方法上也呈现出不拘一格的倾向。这些特点尤其在高校研究生的学位论文中得到了体现,如2005年有中戏硕士论文《从斯特林堡的梦幻剧看梦幻在现代派戏剧中的作用》,2007年有河南大学硕士论文《梦境中的"死亡精神"与"生命意识"——斯特林堡"梦剧"系列与汤显祖"临川四梦"》,2011年有中国人民大学硕士论文《简论斯特林堡戏剧的现代主义特征》等。学者的论文则可以举罗培菊的《论斯特林堡在〈朱丽小姐〉中的话语构建》(2010)、耿幼壮的《现实·梦幻·梦幻戏剧——斯特林堡的〈父亲〉和蒙克的〈病室中的死亡〉》(2004)、吕长发的《斯特林堡与表现主义戏剧》(2002)等。有意味的是,2005年掀起的这股斯特林堡热还引发了一些人对其进行病理学的研究,分析其精神分裂症与艺术创作之间的关系。①

---

① 李洁:《瑞典戏剧家、小说家斯特林堡》,《神经疾病与精神卫生》,2007年第7卷第2期。

同样,2005年《斯特林堡文集》的出版及其研讨会还在中国引发了一股搬演热潮。就在这一年的同时期,先后有多部斯特林堡戏剧被搬上舞台。除了中央戏剧学院成教学院04级学生演出的《到大马士革去》之外,更有林兆华执导的《一出梦的戏剧》、孟京辉执导的《朱丽小姐》、李六乙的《疯人辩护词》和旅瑞华人赵立新执导的《父亲》,北京人艺还上演了根据斯特林堡作品、韩东小说和翟永明诗歌改编而成的《斯特林堡情书》。北京之外,复旦剧社上演了《鬼魂奏鸣曲》等。一时间,中国出现了难得一见的一股斯特林堡戏剧热潮,且其余热还持续到现在。①

为何在短短的三十年之内,斯特林堡在中国的命运会出现如此戏剧性的逆转?笔者认为,只要将其置于现代主义或现代性的视角之下,这一现象便不难理解。一如在改革开放之前的中国,无论是处于民主革命和民族解放时期,还是在新中国成立后的头三十年,斯特林堡作为现代派戏剧之父、"一切现代性的先驱",其对社会黑暗势力的无情揭露、对人类灵魂深处的深刻挖掘,包括对自己的毫不留情,特别是其以超越了其时代能够接受的但却预示了20世纪戏剧艺术趋势的戏剧手法,都很难为在苦难中,或为国家独立、为民族解放,或在狂热中为不切实际的理想而奋斗的中国人所接受。事实上,只有当国门打开、思想解放之后,中国才逐渐开始迈入现代并融入世界。然而,在人们的物质生活水平得到大大提升的同时,转型中的中国社会也不可避免地遭遇到现代化所带来的一系列社会问题和个人困惑。人们发现,与以往相比,生活中人际关系变得越来越微妙,社会矛盾越来越复杂,个人苦恼也越来越难解。于是,一个多世纪之前同样处于社会转型时期的斯特林堡便在中国有了越来越多的知音。而莫言的经验似乎很好地验证了这一点:早在20世纪80年代初读斯特林堡的长篇小说《红房间》时,他的感觉是"比较枯燥"和"没有什么了不起的",而不久却在《父亲》和《朱丽小姐》中读出了他的"深

---

① 如2011年6月,北京蓬蒿剧场上演了由瑞典导演马福力排演的斯特林堡剧作《塘鹅》。

刻与伟大"。2005年,在通读了五卷本《斯特林堡文集》后,他的灵魂则"被这团'炽烈的火焰'烧灼得很痛很痛"!应该说莫言对斯特林堡的这种认识上的变化在中国具有普遍性的意义,他的这番体验过程应是十分形象地反映了斯特林堡在新时期中国的接受过程。

  在中文版《斯特林堡文集》首发仪式上,译者李之义认为,斯氏作品"不像易卜生的作品更有典型性和社会性,斯特林堡更关注人性深处的本质问题,这些问题时时敲击着你的灵魂"[①]。瑞典驻华大使雍博瑞则形容斯特林堡是"最深刻的社会批评家、直指人性深处问题的探索者、大胆革新的实验戏剧家和杰出的画家"[②]。有意思的是,这两位颇具代表性的人物言简意赅的发言,不仅为我们解释了斯特林堡何以在进入新世纪后的中国如此受人重视,同时还揭示了易卜生与斯特林堡在现当代中国此消彼长的奥秘。

[①] 《北京青年报》,2005年5月25日。
[②] 《北京青年报》,2005年5月25日。

角色设定、角色表演与角色表演的脆弱性

——以斯特林堡的《朱莉小姐》为例

俞建村[*]

瑞典剧作家斯特林堡(August Strindberg,1849—1912)创作的独幕剧《朱莉小姐》(*Miss Julie*)迄今仍然常演不衰,上海舞台上尤其如此。《朱莉小姐》没有复杂的戏剧情节,以古希腊戏剧三一律的要求进行的创作。仲夏节之夜,朱莉小姐在谷仓里举行的舞会上邀请她家男仆让与其共舞,后来她又鬼使神差地委身于男仆,最后走上自杀不归之路。整个故事从情感产生、失身到第二天清晨走向死亡,估计不足十小时。在和男仆让没有多少情感前戏的情况下,朱莉小姐为何会突然选择极端性手段,结束自己年轻的生命?笔者无论是从演出,还是从剧本,对此一直感到困惑不解。有的学者认为:"突出表现了男女之间的情感和欲望的冲突,揭示了两个不同社会阶级的尖锐矛盾。"[①]有的从自然主义进行研究,有的从社会心理方面讨论,但基本上都是比较抽象的概括,不足以解答笔者的困惑。今天笔者尝试从社会表演批评的视角进行探讨,试图追求新的结论。笔者觉得答案是清晰的。

"一切人的社会行为都可以被看作是社会表演,这一新的观察社会的方

---

[*] 俞建村,上海戏剧学院教授、博士生导师,主要研究欧美戏剧与社会表演学批评。本文原载《戏剧》2019年第2期。

[①] 荣广润、刘明厚编著:《外国戏剧名著选读》(上册),中国文联出版社2003年版,第249页。

法给社会表演学者带来了无穷无尽的可以自由选择的课题。"① 所以,我们从社会表演批评的角度对《朱莉小姐》进行研究,不但是可行的,更是给戏剧研究提供了一个全新的视角,也提供了一种新的探讨方式。

一、 角色的自然属性与社会属性

人生活在这个纷繁复杂的世界,谁都离不开角色的设定。既然离不开角色的设定,也就没有办法离开由角色设定引发的社会表演。角色的设定一般涵盖两个方面,一个是自然对角色的设定;一个是社会对角色的设定。也就是说,角色具有自然属性和社会属性两大特征。自然属性相对简单,血缘关系可为其重要内容,如父子、兄弟、姐妹等。社会属性虽然比较复杂,但大多与职业和社会地位等相关联,如教师、工人、老板、贵族和仆人等。自然赋予的角色相对固定,社会赋予的角色自由度和规则性相对较高,随着工作或者地位身份,以及环境等的变化而会发生相应的变化。社会角色可以说是有规则的自由动作。这些规则性对角色的思维方式和行为方式会起到较大的规范和指导作用。尽管对某些人来说,他们可能能够超越某些限制,但对于绝大部分人来说,他们是超越不了的,或者说是做不到的。对于那些超越了规则性要求的人来说,他们的命运可能发生突转,有时他们的命运可能会发生悲剧性走向,这也是常有的不争事实。

朱莉小姐出身贵族,虽然她母亲出身卑微,但她父亲有庄园,有仆人,家里还有许许多多干活的下人。不管朱莉小姐承认与否,从自然属性来说,朱莉小姐属于贵族这是确定无疑的。从社会属性来说,众多家丁无一不把朱莉小姐看作这个大家庭中的主人,除了有个最为权威的父亲大人之外,余下就是这个大小姐了。所以,朱莉小姐的角色定位无论是自然属性还是社会属性,都是上等的社会阶层,毋庸置疑。相对朱莉小姐,剧中人都来自下层社

---

① 孙惠柱:《社会表演学》,商务印书馆2009年版,第93页。

会。其父亲—爵爷在整个剧中没有露面,他只是作为一种背景存在,所以本文将不再讨论朱莉小姐的自然属性,而把中心放在社会属性,讨论朱莉小姐的社会表演、角色扮演及其扮演的脆弱性等问题。

从《朱莉小姐》这个作品的标题看来,这场讨论也是恰到好处的。剧作家斯特林堡的写作中心显然也是重在社会,也多是从社会的角度来进行创作的,因为小姐这个称谓只能以社会为重,朱莉的父亲称呼朱莉是不会在朱莉后面再加上小姐一词的。朱莉小姐这样的称谓也只能由外人来使用。借此可以推断,本作品虽然也可以从自然属性来进行探讨,但是由于该作品社会属性角色的份额远多于自然属性角色的分配,从社会属性进行探讨更为合理,是不置可否的。

二、角色设定

《朱莉小姐》这部作品的角色设定是富有技巧的。三个角色有两个仆人,一男一女为恋爱关系,且以夫妻相称,第三人为大小姐朱莉,她应该算是这个大家庭中的女主人。一般说来,这种设定本身没有什么特别的,关键是斯特林堡将女主人朱莉和男仆让的关系创造性地设定为一种既非恋爱,又非情人的关系,这就使女主朱莉与男仆让之间的关系变得异常特别了。况且以非恋爱又非情人,又是主仆的女男关系展开人物关系和戏剧动作的作品在中西戏剧中也实属罕见,这就显得更为特别了。当下没有主仆之分,然而在斯特林堡的时代,主仆关系是泾渭分明的。仆人属于"无足轻重的人,而'无足轻重的人'通常需要服从他人,并不受到人们的重视"[①]。"在我们的社会中,仆人也许提供了'无足轻重的人'的最典型的例证。当主人对在场的客人进行好客的表演的时候,这种人被指望出现在台前区域。尽管从某种意义上说,仆

---

① [美]欧文·戈夫曼:《日常生活中的自我表演》,徐江敏译,云南人民出版社1988年版,第130页。

人是主人剧班的一部分,但从某种角度来说,无论是表演者还是观众,都把他看作是不在场的人。在某些群体中,仆人也可以自由进入后台区域,这是因为人们认为在他面前并不需要维护门面。"①

社会表演认为:仆人属于一个特殊的群体,他们既不是观众,也不是演员,他们既不属于前台,也不属于后台。因为角色特殊,他们却可以出现在前台,也可以自由出入后台。同时他们又把前台和后台串起来。无论是前台还是在后台,他们都可以被无视而存在。正是这样一个隐形的人构筑了斯特林堡《朱莉小姐》的特殊存在。

这种特殊的存在,根据加拿大社会学者欧文·戈夫曼(Erving Goffman, 1922—1982)的观点,男仆让这个本来应该被当作不在场的隐形人却一反常态地被安排在场了,而且显性得几乎成了主角。男仆让不但出现在后台,而且还从后台被推到了前台,并且与家中女主人朱莉构筑一种新型的人际关系——主仆恋,而且还相约一起私奔。社会表演中的仆人角色在整个作品中发生了颠覆性的变化。这样的设计,斯特林堡旨在突显角色在社会表演中的颠覆性作用,且起到了相应的作用。

斯特林堡高超的角色设定,其实远不止这个例证。在朱莉小姐和男仆让深夜疯癫的过程中,克里斯汀是作为第三人出现的。这个第三人和一般性的第三人不一样。她也成了一个既在场又不在场,既显性又隐性的存在。朱莉小姐和男仆让在厨房中花天酒地,侃侃海聊。其实就在他们身边,女仆克里斯汀以假装或者真实沉睡的状态,躺着默默无闻地陪聊。男仆让知道克里斯汀就在身边,朱莉小姐也知道克里斯汀就在她边上躺着。男仆让也知道他和克里斯汀之间是什么关系。他也不断提醒朱莉小姐,现在已是深更半夜,有第三人在场,而不是只有他们两个孤男寡女对酒当歌。对于一个二十多岁的年轻女性来说,特别是面对一个肌肉强劲、体格健壮的男性且又在深更半夜

---

① [美]欧文·戈夫曼:《日常生活中的自我表演》,徐江敏译,云南人民出版社1988年版,第130页。

之时，她的行为举止该何去何从，明眼人是自得而知的。然而，男仆让的提醒没有起到任何作用。相反朱莉小姐予以反驳，完全无视克里斯汀的存在。她认为，忙了一整天灶台的克里斯汀已进入梦乡，享受的是美梦。斯特林堡通过巧妙的安排，让克里斯汀因劳累困顿、睡意深沉来解决第三人的存在问题，来解决前后台的关系问题，来解决既在场又不在场，以及既显性又隐性的问题，实在是极为高明的一着棋。睡眠将克里斯汀这个第三人的观众隐去，达到让朱莉小姐和男仆让可以无视他人的存在从而能够充分表演，达到绝对表演的目的，技巧精妙。

可见，斯特林堡对于角色的设置使男仆让和女主人朱莉小姐原有的角色都被彻底颠覆。相对于朱莉小姐，男仆让的仆人角色消失殆尽，他成了主人，相对于男仆让，女主人角色也不见了，朱莉小姐成了让的仆人。角色的显性又隐性问题得到了充分的表现。相对于克里斯汀而言，男仆让和朱莉小姐成了不在场的仆人；相对于男仆让和朱莉小姐，克里斯汀也成了一个不在场的存在。主仆角色彻底被颠覆。可见，斯特林堡有着强烈的社会表演意识，且将他的社会表演意识贯穿到了角色设置中，并得到了恰如其分的表现。

三、角色表演

朱莉小姐的社会表演活动是容易理解的。作为这个大家庭中地位最高的角色，孤家寡人的她要得到男仆的认可实际上并不是一件容易的事情。她需要使出全身的力气，扮演最佳角色才有可能。为了达到预想的效果，朱莉小姐应该是使出了全身的解数的。

先看看朱莉小姐的肢体表演。

当朱莉小姐一碰到男仆让，朱莉小姐就毫不犹豫地发起攻势，干脆直接用手帕撩拨男仆让，位置明确：脸部。人人都知道，男士本身就属于主动性动物。恋爱中往往是男追女就是这个道理。生活中如果某个男士遇到了像朱莉小姐这样一个不断使用肢体语言撩拨的女人，相信十有八九，男士们会知道这个女人所传达的特殊含义,或者说这个女士想要什么。其实朱莉小姐使用肢体语言进行超常规表演的地方还有许许多多。如朱莉小姐兴之所至,要求男仆让陪她到外面去采摘丁香花。朱莉小姐的肢体动作直接得让男仆让都感到不自然。她伸手给让,像情人般地牵着让的手,要让和她一起出门采花去。孤男寡女加上深更半夜,加上主仆关系,而且是野外,是人都可想像他们到底想要干什么!让也知道虽然这些都属于后台行为,也深知这是不可为的,于是他坚决不从,明确告知朱莉小姐,他就是一位普通的男人,他不是一个圣洁的人。这样下去必将发生什么,朱莉小姐当然知道,但她不为所动,特别是当朱莉小姐还故意挽起男仆让的胳膊,当男仆让用手捂着一只眼睛,朱莉小姐即刻命令让坐下来,用她的手帕擦拭让的眼睛。擦拭的同时,朱莉小姐不忘加紧挑逗让。她乘机触摸让那健壮结实的手臂,口头还不断地赞扬让的男性特征,这几乎激活了让潜在的生理欲望。让全身颤栗起来,尽力克制自然需求。让不得不开诚布公地警告朱莉,她会玩火自焚的。

为了达到目的,朱莉小姐进行语言表演的案例就十分普遍了。

当朱莉小姐意欲与男仆让在谷仓共舞的时候,她的邀约也是毫不隐讳直接表达的。她那娇滴滴的发音方式足以击倒任何男士:"跳舞吗,你的舞跳得不错。"①发现男仆让有所顾忌,朱莉小姐并不打算收手:"和我跳一场舞,让。"朱莉小姐不顾后台行为,让男仆明显尴尬予以拒绝,他只好借口已答应女友克里斯汀。朱莉小姐并没由此打住,而是继续坚持挑逗,反过来提出新的要求,要求克里斯汀和让跳另一支舞蹈,而且坚持要求男仆让和她一个舞曲连跳两次。她从娇滴滴的语言勾引到明确下令坚持,语气的变化和强化都是语言表演的重要案例。对于克里斯汀来说,她的角色定位告知她,她是不可和女主人争抢男人的。既然朱莉小姐执意邀请她的男人跳舞,她自然是没有办法拒绝的,只能勉强答应了。

---

① 荣广润、刘明厚编著:《外国戏剧名著选读》,中国文联出版社 2003 年版,第 227 页。本文关于《朱莉小姐》的引文均出自该书,后面不再注明。

其实《朱莉小姐》语言性表演还远不止这些。法语的运用就是重要的一例。"表演性的提示是在表演者和诱客者或观众中的共谋者之间进行的……同样也为上层社会的成员所运用。他们彼此用法语进行交谈,以防止孩子、家仆或商人听懂他们谈话的内容。"①语言与角色存在某种内在的共谋关系。朱莉小姐开启的法语频道旨在拉近和男仆让的关系。法语曾经是欧洲上等社会的象征,享有过重要的社会地位。无论是朱莉小姐还是男仆让,他们使用法语除了行使语言的实际交际功能,即不想让克里斯汀听懂他们的谈话内容之外,更重要的是,他们可以借此消除主仆角色之间的鸿沟和隔阂,拉近他们的距离。这个距离可以提升男仆让的角色地位,也确实提升了男仆让的角色地位,同时也增进了男仆让一步一步向上爬的自信心理。可见,法语已不再只是语言问题,也是构成社会表演共谋关系的一个重要因素。

服装与角色也有重要关系。不一样的服装代表着不一样的角色,甚至身份,所以职业着装全球流行,属于规定性动作也就是这个原因。朱莉小姐这个大家庭和所有当时瑞典家庭一样,主仆关系仅从着装就可以看出来。在舞会继续的时候,朱莉小姐突然觉得男仆让的着装有失身份,应该有所变化。朱莉小姐即刻要求让换掉仆人制服,改穿上等人士的服装。朱莉小姐的这个要求并不是太过分,因为毕竟活动在主仆之间,主人有这个权力;毕竟是处于节庆中;毕竟是较为正式的场合;毕竟是一场正式舞会;毕竟舞会上有许许多多的仆人等多种多样的原因。另外,随着音乐旋律的律动,舞士舞女不同的着装也会显得尤为打眼,让人感觉美感不足。这些都没有问题。问题出在更衣的地点和过程。仅因为性别上的不同,简单回避就是再正常不过的事情,然而朱莉小姐严词拒绝:"换一件外套还要回避吗?"她不但没有回避的意向,而且还主动提出就在她面前更换,她转过头去就可以。表面上看只是简单更衣,实际上背后大有文章可做。因为除非是夫妻关系,任何男女之间的更衣,

---

① [美]欧文·戈夫曼:《日常生活中的自我表演》,徐江敏译,云南人民出版社1988年版,第156页。

适当的回避都是应该的。反过来说,如果男女之间更衣都可不回避,他们的关系可能就非同一般了。可见,朱莉小姐与男仆让之间的角色关系在朱莉小姐的主力推动下又向前迈了一大步。

推进他们关系的表演行为还有许多,喝酒就是其中之一。深更半夜朱莉小姐居然提出想喝酒,而且还要求男仆让陪她一起喝。这是朱莉小姐又一次违反常规的后台行为。哪有主仆不分时间地点,男女之间单独一起喝酒的!朱莉小姐打着要求男仆让陪她的旗号还真的有模有样地干起杯来!借着酒劲,朱莉小姐言语更为过分,要求男仆让热吻她肉肉的小脚。这个时候的让虽然有所犹豫,但借着酒兴在朱莉小姐的不断鼓动和激活下,胆子真的大了起来。他一把抱住朱莉小姐的肉脚果真狂吻。显然,这个时候的朱莉小姐和男仆让的角色关系已经发生了质的转变。狂吻成了角色转化的重要转折点。从非肢体接触到了肢体真正的直接接触,他们肉体的角色关系得到了完整的确立。

肉体需要和精神匹配有时是需要同步进行的。朱莉小姐很快就意识到了这一点,于是主动提出改变现状,建议男仆让扮演贵族角色。"我想,你就是一个贵族。"男仆让极为高兴,即刻接受。为了消除实际上的角色不平等,朱莉小姐愿意屈下身来,家丁们哪里会认可这种表演行为!仆人们把朱莉小姐这种屈下身来的行为称为是堕落,朱莉小姐打破了社会给她的角色设定,堕落了。朱莉小姐的角色表演在仆人观众看来成了一个问题!

四、角色表演的脆弱性

哪里有表演哪里就有表演脆弱性的存在。无论是人类表演学的艺术表演,还是人类表演学的社会表演都是如此。社会表演的脆弱性往往与社会表演的前后台关系有紧密的联系。社会表演的后台行为往往会出现泄密问题。任何表演信息只要少许泄露,观众就会开启自己的心理认知对社会表演行为进行重新审视。通过不同的心理审视,观众们就会得出完全有别于表演者期待的结果。

《朱莉小姐》中的仆人们,他们也和一般社会表演者和社会表演观众一样,如果发现表演者的异样动态,就会开发自身的想象空间得出他们所需要的结论。在《朱莉小姐》中,舞场上远不止朱莉小姐、男仆让和克里斯汀三个人。众多的仆人舞者不仅在跳舞,更在察言观色,体察这场舞会与众不同的特别之处。他们果真发现朱莉小姐的举动超出常情。他们开始暗中评论朱莉小姐和男仆让的不正常关系,虽然在朱莉小姐看来,这种评论多与妒忌有关,社会表演的脆弱性还是有所体现的。朱莉小姐觉得她选择男仆让跳舞是合理的,因为选择舞伴,谁都会选择最佳伴侣,特别是在女主人难得出席下人舞会的情况下更会如此。朱莉小姐站在自身的角度看待问题,她认为她能够参加仆人的舞会,本身就是在给仆人面子,仆人应该感到荣幸才对。仆人们怎么可以随意作评论呢?让代表的是仆人,与让共舞意味着与所有仆人共舞。当晚不分尊卑和仆人们共度良宵,那是因为节日仲夏夜之故。然而朱莉小姐的解释和认知,舞场上的仆人们会接受吗?

虽然朱莉小姐有时话语温柔,虽然她有时尽力保持前后台表演的一致性,然而机警敏感的仆人们还是捕捉到了重要信息。他们觉得朱莉小姐的表现反常,于是他们躲在门后做鬼脸使眼色,朱莉小姐的角色设定和角色表演之间凸显冲突,表演的脆弱性即将导致表演分裂。

表演的分裂且不可修复的地方还有许多。舞蹈间隙,朱莉小姐要求男仆让坐下,自己却毫无顾忌地坐在让的面前。这个小小的动作使主仆角色关系瞬间发生质的变化,因为仆人是不可以随意在主人面前坐下的,女主人更不可以随意在仆人面前坐下。无论谁坐在谁的前面,按照瑞典当时的行为礼仪,都是有失体统的。角色的规定性构筑了一种脆弱的社会表演关系。

表演的脆弱性还体现在朱莉小姐和男仆让梦想方面的差异性及后续行为。朱莉小姐的梦想是朝下走,男仆让的梦想却是往上走。彼此梦想的差异推动朱莉小姐和男仆让肆无忌惮起来。朱莉小姐连讲话使用什么语言都换了,她换成了法语,男仆让也以法语应对,并告知朱莉小姐他是个健壮的男性,希望朱莉小姐予以关注。朱莉小姐继续推进,大胆提出肉体要求,要求男仆让热吻她的纤纤香手。男仆让误以为他与朱莉小姐的角色差异已经完全消除,于是他直接拦腰围抱朱莉小姐并狂吻起来。出乎意料的是,朱莉小姐却狠狠地给了他一记响亮的耳光。这一记耳光抽醒的不仅仅是男仆让的肢体,更在于抽醒了男仆让的思维方式。一耳光将他打回到男仆让原有的仆人角色。为了摆脱窘境,男仆让借口去给朱莉小姐的爹送靴子,意欲离开朱莉小姐,哪怕已是午夜时分也在所不辞。表演是需要彼此配合的,时间地点情感程度把握不好,配合不好,其脆弱性就会随时表现出来,减弱或者破坏各自需要的理想效果是非常可能的。

自杀身亡的决定性因素仍然与表演的脆弱性有关。

表演的脆弱性还可以从朱莉小姐失恋之后,她和未婚夫之间发生的事情说起。分手后的心情是复杂的。一方面,朱莉小姐有强烈的恋爱需求,她需要一个男人的呵护;另一方面,她是一个有强烈自尊的人,她的自尊不允许放弃自己的角色表演。

朱莉小姐和未婚夫还没有走进婚姻殿堂就宣告关系结束。男仆让亲身经历、亲眼所见了整个过程,特别是其中最重要的那一部分。朱莉小姐和未婚夫的关系结束前的一天傍晚,朱莉小姐以训练为借口,在马厩里训练未婚夫。她扬起马鞭,要求未婚夫跳过去,如果跳不过去,未婚夫会被马鞭抽中。如果未婚夫被马鞭抽中,他就不能通过训练。如果未婚夫屡屡不能通过训练,她还将继续增加训练量直到未婚夫达到她设定的标准为止。是人都可以想象,挥起的马鞭如果没有躲过,剧烈的痛感将会怎样!朱莉小姐连下两鞭都不折不扣地抽中了未婚夫。未婚夫不堪其辱,夺过马鞭,折成几段,愤然离去,宣告他们的关系结束。男仆让的亲眼所见颠覆了他原有的印象。男仆让将这件事情传播出去,朱莉小姐的角色形象进一步遭遇贬损。

朱莉小姐为什么要选择在马厩训练其未婚夫?是马厩能遮人耳目,还是马厩里活动容易取来鞭子?马厩是主人不会常去的地方,属于表演的后台区域,但马厩对于仆人来说是常去的地方,有时多半是工作地点,多半为前台。

显然,朱莉小姐是不希望她的父亲见到她的后台行为的。然而事不凑巧,前后台表演倒置,朱莉小姐的训练现场还是给男仆让看到,而且男仆让还偷听到了朱莉小姐和未婚夫的秘密谈话及分手的理由。朱莉小姐的角色形象在男仆让的心里又遭到了现实的贬损。

最能体现表演脆弱性的应该是朱莉小姐的六次痛苦哀号。这六次"救救我"的极端性哀号是凸显表演脆弱性的又一重要例证,或者说致命的例证。社会表演随时随地都存在着,然而真正能够做到天衣无缝,始终保持前后台的一致性却不是一件容易的事情。作为你的对手观众,他们可能会随时观察到你表演中的破绽,泄露你的机密,或者对你的表演行为不予配合。这里的观众有现实中出现在你面前的人,也有你内心深处隐秘的心理观众,也有文化或宗教中的假定性观众,如基督教的上帝等。

朱莉小姐和男仆让私奔即将成为事实之前,男仆让抽烟喝酒,而烟酒均来自爵爷——朱莉小姐的爹。偷盗暴露的是男仆让这个下层社会成员的本质特征之一。看到男仆让尽享布尔戈尼红葡萄酒使朱莉小姐发出了"长工还是长工"的喟叹和愤慨。面对这个邪性男人,朱莉小姐不但希望能够尽早结束自己苦难的一生,同时也期待有人来拯救她。当男仆让告知朱莉小姐,他对她的爱情故事是从报纸上看到的,男仆让这个角色在朱莉小姐心里又增加了新的负面内容——贼和骗子。他们两者之间的鸿沟变得越来越深。当朱莉小姐发现,她的角色定位既是仆役的情妇又是佣人的姘头时,这种尴尬的境地使朱莉小姐再次发出哀号,"救救我吧",期待救星能够拯救她。社会表演的前后台总是与私密行踪相关联。一旦私密的东西泄露出去或者不留神主动告知,在某个意想不到的时间段,这些被泄露或者被告知的信息就有可能违背当事的表演者,跑出来击中他们的要害部位或者软肋。朱莉小姐的情况就是如此。她把自己的家事一股脑地向男仆让和盘托出,如她母亲是贫民出身、身份低贱。她母亲让女人干男人的活,弄得这个家庭几乎破产。她母亲后来疯了,放火烧了整个庄园,包括房子、马厩、谷仓等。庄园重建的时候,她父亲找人借钱,结果那个帮忙的砖厂经理却是朱莉小姐母亲的情夫等。朱莉小姐把家里这些卑鄙恶作的事情如数家珍般地告知了男仆让。这样,当朱莉小姐感到她和让之间存在某种潜在的危险时,她只有哀号的命了。如果说前面三次哀号还只是朱莉小姐的想象,或者说与社会层次比较低的仆人观众有一定关联的话,第四次的哀号可是切切实实与朱莉小姐父亲或者说与整个大家族的历史关联起来了。如果朱莉小姐和男仆让私奔,他们私奔的新闻自然会成为第二天报纸的头版头条。她的父亲将不可避免地被卷入其中。强大的社会压力和社会表演意识将形成一股难以想象的冲击波,直接命中其父。朱莉小姐认为,她的父亲是无法承受这样的打击的,他甚至可能由此一命呜呼!朱莉小姐已意识到事态的严重性。另外,朱莉小姐感到尴尬的是,留下来既要面对做男仆让的情妇,又要面对做他的姘头;如果走,她的父亲怎么办?有头有脸的父亲可能会一蹶不振,甚至还有自杀的可能,因为她母亲的行为就差点让她父亲绝命尘寰。第五次的哀号又回到了男仆让的身上。男仆让杀死黄雀时一点都不心慈手软,拿到黄雀后直接送上剁肉台,一刀两断即刻断送了黄雀之命。然而,这只黄雀却是朱莉小姐心爱之物,私奔时唯一想随身携带的东西。男仆让对生命毫无敬畏之心,他的心狠手辣使朱莉小姐不得不重新考虑是否应该和让私奔。这次激活的不仅仅是朱莉小姐对男人的仇视,更在于她又一次认知了这个世界的男人。当她想到她不得不接受这个男人的播种,不得不怀上这个男人的后代,她的孩子还需随这个男仆的姓氏,有可能她还需要和她的女仆克里斯汀共用一个男人,还有可能与女仆为争抢同一个男人而发生争风吃醋时,她几乎彻底崩溃了,她向天发出了深深的哀号和求救。她已经完全没了小姐的角色意识,她急切地扑向克里斯汀,希望克里斯汀能够拯救她,帮她对付这个可恶的男仆让。第五次哀号是向她的女仆克里斯汀发出的。然而第六次,也就是最后一次哀号,它是生命的终结性哀号。它发生在朱莉小姐即将终结生命的前夕。她的父亲要回来了。角色扮演游戏要结束了,男仆让重新穿上了仆人的制服,回归自身原有的角色。男仆让的心理也发生了突转和回归。他从一个富有理想,想要携带朱莉小姐私奔创建自己酒店的角色,回归到了原来的底层仆人。这个突转和回归的起因就是由简单的两声门铃引起的。"是的,伯爵先生,马上就好",这句话被男仆让重复了五次之多。他还答应爵爷他一定会在半小时之内准备好靴子和咖啡。角色的突转和回归不仅发生在男仆让的身上,朱莉小姐也面临同样的问题。朱莉小姐的后台表演行为已被无情地推向了前台。没有不透风的墙。谁都可能把朱莉小姐的后台行为泄露给这个大家庭的最高权威爵爷!内外交困的朱莉小姐没有别的办法,唯有哀号才能使她找到内心的平衡。"唉,我怎么这么累啊,我什么都做不了,不能后悔,不能逃跑,不能留下,不能活,不能死!救救我吧!对我下命令吧,我会像狗一样的服从,为我最后效劳一次,挽救我的名誉,挽救伯爵的名誉!"男仆让的回答是,"现在我也没有勇气了——我也不知道为什么——好像我一穿上仆人的制服——就不能命令您了——而现在,自从爵爷给我说过话以后——就变成这样了——我也解释不清楚——但是——唔,是奴性束缚了我的手脚!——我想,如果爵爷现在下来——命令我抹脖子,我也一定会照办的。"朱莉小姐要求男仆让装扮成爵爷,她自己装扮成男仆让。她要求男仆让再扮演一次贵族角色,虽然男仆让从来没有看过戏剧演出。但是朱莉小姐认为男仆让是见过催眠术的。让可以使用催眠术来激活她。让于是拿起了一把剃胡刀,塞到了朱莉小姐的手里。他凑到朱莉小姐的耳边悄悄地说:"这是扫帚,趁着天亮——到谷仓去……"朱莉小姐拿着剃刀,口中念念有词"谢谢你!现在我要去安息了。现在只需要告诉我说——前面的人也能得到恩典","我是在最后面的人的中间一个!我是最后的一个"。虽然朱莉小姐自身没有办法驱动自己的行为,但是男仆让可以,是男仆让驱动了她,使她快速地结束了自己年轻的生命。

朱莉小姐是个性格刚烈之人,为什么她会在短时间里就选择自杀呢?到底是哪一点动了她的绝命奶酪?这样的结果显然与后台行为可能会被无情地推向前台等问题有关。

结 语

在社会表演的舞台上,朱莉小姐的角色设定本来是可以固定不变的,她可以按照仆人观众要什么就给什么的规则行事而平平安安。然而,她却鬼使神差般地挑战角色定位,挑战仆人观众,挑战有可能的媒体力量,以及媒体后的社会观众。挑战是需要付出代价的,朱莉小姐不得不由此而付出惨痛的生命代价,以换取社会给她家庭的荣誉和尊重。这就是社会表演的力量,社会表演前后台的力量,后台行为被推向前台的力量,特别是角色表演的脆弱性等所带来的巨大力量,以及由此引发意想不到的可悲结果。

奥古斯特·斯特林堡的戏剧实践与理论探索

曹南山*

瑞典戏剧家奥古斯特·斯特林堡是现代小剧场戏剧理论先驱和忠实的实践者。在19世纪末20世纪初的欧洲戏剧舞台上,斯特林堡与易卜生、契诃夫被誉为最有影响力的三大剧作家,其中斯特林堡是对现代戏剧的发展影响最大的一位。奥尼尔在美国普林斯顿剧院创立之际发表演讲时盛赞斯特林堡是"现代作家中最具现代性的一个……他强化了当时的戏剧创作方法,还在内容和形式上预示了未来的创作方法"[①]。奥尼尔指出,一切不朽的东西和一切艺术上有效和确实适于演出的东西都可以从斯特林堡那里追溯得到。斯特林堡不同于当时的其他剧作家的一个重要原因就是他始终立足于戏剧实践,孜孜不倦地探求如何将戏剧在舞台上更好地表现出来。探索斯特林堡的艺术成就和现代价值,忽略了他的戏剧实践和理论将是重大的失误。

一、斯特林堡创办小剧场的实践活动

19世纪80年代以后,欧洲的戏剧舞台发生了剧烈的变化。斯特林堡是第一批敏感地捕捉到时代变化气息的剧作家之一。1887年安德烈·安托万

---

* 曹南山,北京师范大学艺术与传媒学院博士后,主要研究中外戏剧史论。本文原载《戏剧艺术》2014年第2期。

① 《斯特林堡和我们的戏剧》,[美]尤金·奥尼尔著,龙文佩选编:《外国当代剧作选1》,中国戏剧出版社1988年版,第751页。

在法国成立"自由剧场"。这个煤气公司职员的行动引起斯特林堡极大的关注,他立即给安托万写信,向他推荐自己的剧作。自由剧场以全新的手法导演了自然主义的戏剧,获得了成功。这在很大程度上激发了斯特林堡创办属于自己剧院的想法。1887年8月29日,斯特林堡冒昧地邀请导演奥古斯特·林德伯格(August Lindberg)帮他在哥本哈根创立实验剧场,遭到拒绝。

机遇并未到来,但斯特林堡已经按捺不住创办属于自己剧场的热情,1888年11月14日,斯特林堡克服重重困难,终于在丹麦成立了斯堪的纳维亚实验剧院,即达格玛尔剧场。剧院的成立给他带来了巨大的信心,他深信困扰他的艺术问题将得以解决。当他听说哥本哈根皇家剧院演员卡尔·蒲冉思(Carl Price)也正想建立一个剧场的时候,斯特林堡在11月26日给他的信中明言自己创办的剧场是更加稳固的事业,并极力劝说卡尔·蒲冉思加入自己的剧场。他满怀信心地计划将来要带着只有他们六人的剧团在斯堪的纳维亚半岛十到二十个城市巡回演出。在这件事上,斯特林堡显出了他作为艺术家天真的一面,剧场成立不到半年,因为《朱丽小姐》受到来自舆论和审查官的压力,以及经济等方面的原因,这一次的实践探索最终以失败而告终,但是这一次实践并不是一无所获,至少在实践和理论上都获得了一定的成绩。在理论上,斯特林堡发表了著名的讲演《论现代戏剧和现代剧院》;在实践上,他第一次亲自指导并上演了《朱丽小姐》,将这一出著名的自然主义戏剧演出历史大大提前了,同时积累了宝贵的演出经验。

1889年斯堪的纳维亚实验剧院破产以后,斯特林堡一直没有放弃创立自己剧场的想法。1893年斯特林堡想在柏林创办一个剧场,名字就叫斯特林堡剧场。1894年,在给理查德·贝格(Richard Bergh)的信中,斯特林堡说:"我要做的一切就是:给我一个剧场!除此之外,没有什么是对我们国家更合适或更光荣的。"① 在经历"地狱危机"和婚姻的变故之后,斯特林堡逐渐

---

① Strindberg, *Strindberg on Drama and Theatre*, Amsterdam: Amsterdam University Press, 2007, p. 86.

回到了戏剧创作上,他从来没有割舍过戏剧,但是他的剧作常常不能上演的事实深深地折磨着他,来自各方的批评也时常给他带来不好的心情。

然而,进入20世纪,斯特林堡的剧作逐渐在欧洲舞台上演出,尤其在德国、法国的成功演出让他颇为自得。1906年9月瑞典青年演员奥古斯特·法尔克第一次将斯特林堡剧作《朱丽小姐》搬上瑞典舞台,这部躺在瑞典图书馆十八年的剧本终于在本土复活。同年12月,应斯特林堡的热情邀请,法尔克去他家中拜访,斯特林堡迫切地将自己创办剧场的想法告诉了法尔克,两人便开始计划成立剧场相关事宜。斯特林堡千方百计地筹集资金,密切关注剧场建设的情况,在两人的共同努力下,1907年11月,亲密剧场正式举办开放典礼。在书面致辞中,斯特林堡宣称:"我们这一代新人改变了过去的调子,要写从生活的岛到死亡的岛去的路上,表现出的人性和不屈精神。"①

亲密剧场重新焕发了斯特林堡的戏剧生命。就在遇见法尔克的几个月前,即1906年4月14日斯特林堡给第三任妻子哈丽特·鲍塞(Harriet Bosse)的信中,斯特林堡还不无愤慨地说:"我讨厌戏剧,做作、肤浅和充满诡计。"②1907年11月,亲密剧场在斯德哥尔摩开放,兴奋的斯特林堡在备忘录中写道:"作为一个剧作家四十年的记忆被唤醒,年老时的洞察力可以用来被检验,旧时的实验可以继续开展。"③几乎在绝望中的斯特林堡得知即将有一个自己的剧场试验他关于剧本搬演的种种理论之后,他重拾已荒废了四年的戏剧创作,赶在亲密剧场开放之前一鼓作气完成了四部室内剧的创作,即《暴风雨》《烧掉的房子》《鬼魂奏鸣曲》和《塘鹅》,其中《鬼魂奏鸣曲》成为他晚年戏剧创作中最重要的作品。亲密剧场开放当天就上演了《塘鹅》,随即上演

---

① [瑞典]拉格尔克朗斯:《斯特林堡传》,高子英译,人民文学出版社2005年版,第389—390页。

② Strindberg, *Strindberg on Drama and Theatre*, Amsterdam: Amsterdam University Press, 2007, p. 97.

③ Strindberg, *Strindberg on Drama and Theatre*, Amsterdam: Amsterdam University Press, 2007, p. 127.

了《烧掉的房子》。在亲密剧场存在那段时期,总共上演了25个剧作,其中斯特林堡本人剧作24部,亲密剧场成为名副其实的"斯特林堡剧场"。

亲密剧场的建立成为晚年斯特林堡人生中最重大的事件,也是他从事戏剧事业的一次庄重的谢幕。在剧场开始的几年里,斯特林堡将自己大部分精力都贡献给了亲密剧场。斯特林堡的传记作者也不无感慨地指出:"剧院是斯特林堡真正的家。他的幸福是在剧院里。"① 自亲密剧场开始筹办到他去世,斯特林堡共创作剧本11个,1909年他完成最后一个室内剧《大路上》之后,因为身体健康等原因,终止了戏剧创作的生涯。在此期间,斯特林堡同时写就了大量的书信和札记,从理论上系统地总结了自己关于现代戏剧创作和剧场演出方面的思考,在实践的基础上进一步推进了早年对戏剧表导演理论的认识。其中最为著名的是1908年的《亲密剧场的概念》、1909年的《致亲密剧场的公开信》以及探讨莎士比亚戏剧的札记。

自亲密剧场成立以后,斯特林堡就全权掌控着剧场的全部事宜,从剧本的选择到角色的分配以及灯光、布景的设置。剧场开放之后,斯特林堡有着明确的理念,他指出:"在戏剧中,我们追求强劲而重大的主题,但有所限制。在处理时,我们极力避免所有轻浮的举止,预设的效果,喝彩的地方以及明星角色和独唱的数量。没有预先裁定的形式去限制作者,因为主题决定形式。处理的自由仅仅被统一的概念和风格的感觉所限制。"②

既然传统的剧场存在弊端,那斯特林堡的现代剧场必然要进行改革。早在1887年斯特林堡邀请导演奥古斯特·林德伯格帮他在哥本哈根创立实验剧场时,他就对创办现代剧场有着较为清晰的认识:"我并非梦想要改变剧场或是对其进行改革,因为这本身是不可能的,我只是想让剧场能变得更现代

---

① [瑞典]拉格尔克朗斯:《斯特林堡传》,高子英译,人民文学出版社2005年版,第394页。

② Strindberg, *Strindberg on Drama and Theatre*, Amsterdam: Amsterdam University Press, 2007, p. 127.

化一点。"① 亲密剧场成立之初,斯特林堡就一改旧的陋习,禁止在剧场内饮食喝酒。在剧场内售酒本可以获得不菲的收入,但他果断地摈弃了这一习俗,因为在剧场里喝酒一方面会扰乱演员和其他观众的心情,另一方面戏剧演出所寻求的那种幻觉不能被保持,观众在喝酒聊天中常常都不知道自己看到了什么。这项措施主要是将观众的注意力集中到舞台上。同时他借鉴当时电影院的做法,一改贵族式的剧场包厢,采用完全相同的座位,给观众营造了一种平等的观赏氛围。

当然我们不能否认斯特林堡的亲密剧场吸收了当时欧洲剧场改革的成果,尤其是莱因哈特1906年建立的室内剧场。从剧场的建造设置来看,室内剧场确实是亲密剧场的原型。这一点J.L.斯泰恩等戏剧家已经明确地指出过。但斯特林堡的亲密剧场比莱因哈特的室内剧场还要小,建造一个只能容纳161个观众的小剧场,这就保障了演员不需要大声吼叫,全体观众都可以清晰地听到。如果剧场太大,那就容易导致"演员在为爱表白的地方必须扯着他们的嗓子弄得每个语调都很做作;揭露一个秘密就像军队喊口号一样;一个人低吟心中的隐私也要用全副的嗓音;在舞台上,听起来好像每个人都很生气或是要急着离开一样"②。

长期受到压抑和处于被动地位的斯特林堡终于有了自己的实践平台。他每天坐在剧场里安静地看着演员们排练,不说话也不太干预排练的情况,每当他对排练和演员的表演有意见和想法的时候,他都会用笔写下来交给他们。这一独特的方式自然和斯特林堡的个性相关,由此我们也可以看到,斯特林堡为什么不是一个伟大的导演。他洞悉了剧场中的一切,但是他缺乏导演的那种可以与演员们一起工作的能力。尽管如此,斯特林堡依然是一位杰出的戏剧艺术家,这不仅体现在他创作了极其杰出的戏剧作品,更加表现在

---

① Strindberg, *Strindberg on Drama and Theatre*, Amsterdam: Amsterdam University Press, 2007, p. 56.

② Strindberg, *Strindberg on Drama and Theatre*, Amsterdam: Amsterdam University Press, 2007, p. 128.

他对戏剧艺术中的导演、表演等方面独特的见解。

二、斯特林堡的戏剧理论探索

在西方戏剧史上不乏剧作家指导戏剧演出的先例,古希腊戏剧诗人都能指导演员表演,阿里斯托芬还常在剧中指导歌队的演出,莎士比亚也曾化身哈姆雷特对演员的表演提出建议,歌德等戏剧家同时还是剧场的管理者。斯特林堡继承这一传统,在指导亲密剧场的演出时,他对戏剧演出的方方面面进行了较为系统的理论探索。

(一)剧作家和演员的关系

剧作家创造角色,演员在舞台上将之展现出来,演员不能够只是作为剧作家的传声筒,他要能对角色做出阐释。斯特林堡特别重视演员的表演艺术,但他并没有明确地定义表演艺术是什么,他认为表演艺术就像美一样是无法被定义的。戏剧舞台上的表演既是最难的又是最容易的艺术,说它容易是因为演员在舞台上展示的无非是说话、走路、摆着各种姿势,做着各种表情,而在日常生活中每一个人每天在做的也正是这些。歌德就曾指出,日常生活中的演员"是在公开进行艺术表演"[①],演员在生活中演着自己,在舞台上扮演着他人。所以好的演员必然是从生活中成长起来。然而并非每一个生活中的人都能成为好的演员。斯特林堡指出:"表演不是假装的艺术,最伟大的艺术家并非做作,而是真诚、真实和自然,只有低级的喜剧演员才通过化妆和奇装异服矫揉造作。表演又不是模仿,因为很多拙劣的演员常常拥有刁钻的能力去模仿名人,而天才的艺术家却并不具备这种技能。"[②] 表演艺术既不要做作又不单纯是模仿,这并非斯特林堡独创,早年他在读歌德的《演员守

---

① 《歌德文集》第10卷,安书祉译,人民文学出版社1999年版,第346页。
② Strindberg, *Strindberg on Drama and Theatre*, Amsterdam: Amsterdam University Press, 2007, p. 128.

则》时应该就已经总结出来过,他曾坦言从歌德的理论中他知道了演员的言行举止要注意的事项。他只是以此说明演员的表演要有创造性,这就是表演艺术为什么也是最难的艺术。

作为一名杰出的剧作家,斯特林堡专门从剧作家和演员的关系论述了表演艺术独立性问题。他特别指出:"从美学意义上来说,表演艺术并不是一门独立的艺术,它要依赖于作者的文本才能存在。"[①] 他从剧作家的角度认为,演员没有剧作家不行,但剧作家却可以不需要演员。他从自己阅读体验和看戏的经历出发,指出他从来没有在舞台上看过歌德的《浮士德》、席勒的《唐·卡洛斯》和莎士比亚的《暴风雨》,但当他阅读这些剧本的时候,实际上他已经相当于在舞台上看到它们,甚至比舞台上的更精彩。这里涉及他关于剧本创作与舞台实践的关系问题,他认为有些好的戏剧不应该拿来演出,演员的表演根本无法将它们展现出来。只有那些贫乏的戏剧必须演出才能鲜活起来,它们必须通过表演艺术使其充实和高贵起来。这里似乎有个矛盾,即斯特林堡认为好的剧本根本不应该拿来演出,因为导演常常将剧作家幻想编织成的作品改编成现实,而这通常与剧作家设想的并不一致,演员又不能够完全地将之展现出来。那么斯特林堡又强烈地渴望自己的剧作被上演,这究竟是否矛盾?简要地来说,斯特林堡在这里谈论的作品主要是古典主义及其之前的经典剧作,它们具有极高的文学价值,在阅读中就可以给人带来愉悦的体验。戈登·克雷也曾指出,莎士比亚的剧本"读起来形式是如此的博大和复杂,所以,经过舞台演出处理之后,呈现在我们面前的只能是失掉了很多东西、残缺不全的作品了"[②]。斯特林堡本人的创作已经充分考虑到了剧作和剧场的关系,他的戏剧创作始终带着强烈的剧场观念。斯特林堡很少在自己的作品中将人物的性格刻画得很饱满,在他看来,这是舞台上演员应该发挥的空间。

---

① Strindberg, *Strindberg on Drama and Theatre*, Amsterdam: Amsterdam University Press, 2007, p.128.
② [英]爱德华·戈登·克雷:《论剧场艺术》,李醒译,文化艺术出版社1986年版,第4—5页。

这就不难理解为什么斯特林堡作品中很多人物都是抽象的,甚至在《到大马士革去》中主人公就是无名氏。

斯特林堡不赞同当时的剧场中普遍存在的剧作家因为演员将他的作品出色地表现出来而怀抱的感激之情。这里有当时欧洲剧坛的现状问题,就是演员明星制现象比较突出,尤其瑞典剧场远远落后于欧洲其他国家,这一现象就更加严重。在亲密剧场,斯特林堡特别主张剧作家和演员之间应该互相感激,因为责任和义务都是相互的。斯特林堡很庆幸在亲密剧场里没有发生那种自以为是的演员和耍大牌的明星演员与他发生任何冲突。这是作为剧作家身份的斯特林堡从独特的视角阐述了剧作家与演员之间的关系问题,为当时欧洲其他戏剧家所未曾论述过的。尤其是斯特林堡的剧场实践,坚决反对演员明星制,也为此后瑞典导演中心制的确立奠定了基础。

关于剧作家与演员对剧中人物的理解产生分歧的时候应如何处理,斯特林堡提出了自己的看法。斯特林堡认为,当演员和剧作家观点发生冲突时,演员应尊重剧作家的创作。但在对角色的理解上,有时候剧作家要尊重演员的创造。在亲密剧场,斯特林堡常常以剧作家的身份参与排练,这让他有更多的机会了解到演员的表演与自己早先创作剧本时所设想的差别。即使到彩排的时候,如果有演员提出关于人物性格的一些不同想法,在他认为这种构思是比较全面又不影响整出戏风格的情况下,他依然会同意演员按照自己的想法去表演。这与斯特林堡的剧场经验有着密切的关系,在剧场中他曾看到演员在一出戏中将一个被剧作家忽视的小人物表现得比自己在创作时向往达到的效果还要好。从他自身的经历出发,斯特林堡指出剧作家创作的戏剧有时并不能及时上演,时间长了可能会淡忘某些细节,而相比较一个刚刚接触这部剧作又反复排练的演员而言,剧作家对人物的理解和情节的把握有时并不会比演员更准确。因此,剧作家应该有一种胸怀,那就是应该认识到,剧本一经演出或许就已经不是自己的东西了,有些地方常常比自己创作的还要杰出。

(二) 导演和演员的关系

现代导演理论的确立要归功于梅宁根剧团的艰辛探索。此后,安托万、戈登·克雷和莱因哈特等著名导演都进一步丰富和发展了导演的理论和实践。斯特林堡深受他们的影响。谈到导演在一出戏中的地位时,斯特林堡所运用的比喻完全是来自戈登·克雷,他说导演就像是管弦乐队的指挥。在1905年戈登·克雷发表的《第一对话》中就指出:"导演和演员的关系恰如指挥同管弦乐队的关系。"① 但斯特林堡和戈登·克雷论述有所差异。戈登·克雷这个比喻至少含有两层意思,一是导演要掌握对动作、台词、线条、色彩和节奏的运用,二是导演不能身兼数职,不能既是指挥家又是小提琴手。斯特林堡强调的是导演具有唯一的批评权,"导演通常是唯一对整部戏的情节发展、所有的计谋以及角色有着全盘了解的人。因此它理应具有最终的发言权"②。在当时的欧洲剧坛,从斯特林堡所接触到的剧团来看,梅宁根剧团重视导演忽略了演员的发展,戈登·克雷对演员是持怀疑和否定态度的,唯有莱因哈特尤其重视表演艺术,突出演员的地位。斯特林堡综合了他们的观点,既重视演员的表演,又突出导演的地位,他指出导演是唯一对整出戏有着深入了解的人,是最适合角色分配的人选,并非一般人可以替代,即使导演没有演过戏,他也可以很好地指导演员演戏。

为了确保整出戏的风格和贯彻导演的意图,导演必须具备与演员争论的勇气,尤其是对那些资深的老演员,必要的时候一定要坚持与他们针锋相对。斯特林堡强调说,当演员和导演发生争议的时候,"为了和谐起见以便达成一致决定最好还是接受导演的意见"。另一方面,斯特林堡认为导演也应重视演员的意见。"经验告诉我艺术家和导演并非一个对时一个就错,因为一个

---

① [英]爱德华·戈登·克雷:《论剧场艺术》,李醒译,文化艺术出版社1986年版,第7页。

② Strindberg, *Strindberg on Drama and Theatre*, Amsterdam: Amsterdam University Press, 2007, p. 132.

有争议的问题常常有多种解决方法。"①演员和导演的关系并非敌对关系,也并非完全服从的关系。如同上文谈到的剧作家和演员的关系,导演要尊重演员的意见,不能强迫演员一切都要按照他的指示来。作为一位有着近四十年经验的剧作家,他说:"我曾看到那些把一出戏彻底打破到支离破碎的主观导演,一直想着强迫所有的艺术家,无论男女老少,遵循他们自己的姿势、语调和虚弱的声音,言谈举止。是的,甚至还教他们恶作剧。我是不会参与到这样的事情中去的。"因此,他总结道:"尽可能地给演员更多的自由。"②在这一点上,斯特林堡认为亲密剧场做得很好,无论作为导演还是剧作家,他坚持的理念都是:"让他们随心所愿,只要他们不做完疯狂、扭曲一出戏意思的任何行为。自由艺术中的自由!"③

(三)演员与演员、演员与观众的关系

J.L. 斯泰恩在谈到戏剧艺术新生的时候就曾指出:"除非演员变了,否则一种大胆的新自然主义戏剧是不会产生任何影响的。"④可见,演员的素质对戏剧的风格有着极其重要的影响。

斯特林堡认为,要具备演员的素质,至少要有两个条件,一是能够集中注意力进入角色中去;二是要有想象力,读到剧本的时候能想象角色的性格和身处的情境,从而可以逼真地塑造角色。这两条是斯特林堡从表演艺术的要求出发对一个演员提出的基本要求。除此以外,他还要求演员要有协作精神。这一点虽然不是专业要求,但却至关重要。他基于一出戏整体的效果考

---

① Strindberg, *Strindberg on Drama and Theatre*, Amsterdam: Amsterdam University Press, 2007, p. 132.

② Strindberg, *Strindberg on Drama and Theatre*, Amsterdam: Amsterdam University Press, 2007, p. 133.

③ Strindberg, *Strindberg on Drama and Theatre*, Amsterdam: Amsterdam University Press, 2007, p.149.

④ [英]J.L.斯泰恩:《现代戏剧的理论与实践》(一),周诚等译,中国戏剧出版社1986年版,第16页。

虑,深刻地指出:"剧场的精神和良好的关系对保障一出戏有着完整效果是至关重要的。演员必须一起工作,精诚合作。"① 他认为表演艺术并不像其他艺术形式那样具有独立性的另一个重要原因就在于演员不能够孤立地进行艺术创造,不能独立地展现自身的表演,从而宣称"这是我的"。在演员读剧本的时候,有一个现象是斯特林堡着重指出并予以抨击的,那就是"从剧本中挑出自己的台词就像从沙子中捡出谷粒一样而丢下其他的不管不问,好像这些都不能引起他的兴趣",他严厉地批判了这种"恐怖的事情"。针对这种行为导致的恶果,斯特林堡说:"他们误解了他们的角色或是错误地描绘出他们的性格,因为当他们不在舞台上的时候他们不知道人们怎么说他们的,他们不知道自己的身份。"② 因为演员在舞台上彼此是相互影响的,如果一个演员只顾自己演出,而不顾及来自同伴的反应,那他扮演的角色就会混乱。所以演员之间的配合显得格外重要。斯特林堡曾经谈到一些著名的演员从来不在家里背台词,而是专门在剧场里和其他演员对台词,他觉得这样效果更好。

20世纪初德国著名导演奥托·布拉姆在《表演艺术的旧与新》中指出:"歌德曾热切地禁止演员把背转向观众;一位斯特林堡式的剧作家却热切地企望'看到一整场戏都是在演员把背转过去的情况下表演的'。"③ 对于背对观众表演的问题,斯特林堡确实说过:"角色需要的情况下,可以背对观众。"但是紧接着他又强调:"但当揭露一件事情时,需要看到演员的面部表情时,不可以背对观众。"④ 这个问题涉及演员和观众的关系问题,早在为《朱丽小姐》所作的序言中,斯特林堡就指出:"我并不希望在一场重要的戏中从头到

---

① Strindberg, *Strindberg on Drama and Theatre*, Amsterdam: Amsterdam University Press, 2007, pp. 129–130.

② Strindberg, *Strindberg on Drama and Theatre*, Amsterdam: Amsterdam University Press, 2007, p. 130.

③ 杜定宇编:《西方名导演论导演与表演》,中国戏剧出版社1992年版,第54页。

④ Strindberg, *Strindberg on Drama and Theatre*, Amsterdam: Amsterdam University Press, 2007, p. 132.

尾都要看到表演者的整个背脊。"①

他认为,作为整体的一出戏的演出是面向观众的,但一个演员在舞台上的表演对象是另一个演员。在舞台上,演员的眼神和说话应放在舞台上的另一演员身上,而不允许朝着观众说话,"任何一次朝着观众席说话,或者想作为观众的知心人,投其所好或想获得观众好感的行为都应该坚决禁止"②。在这里我们可以看到斯特林堡思想的变化,早在1876年刊登在《每日新闻报》的演讲中斯特林堡还在批判在旧剧场忽视与观众的交流,"当看到演员在舞台上的行动时,你最初的感觉是作为一个观众完全被忽视了,没有一瞥是朝向你,没有一句台词是指向你,你感觉像一个通过钥匙孔监视的偷窥者,区别仅在于那里没有一堵墙"③。这里已经涉及戏剧理论中一个重要的理论问题,即"第四堵墙"。早在狄德罗谈戏剧艺术的时候,在观众和舞台之间,他就使用过"墙"的比喻。1888年,斯特林堡在《朱丽小姐》前言中说:"把舞台变成一间第四堵墙不存在的屋子……至少目前看来是有干扰作用的。"④ 1903年,安托万在《布景漫谈》一文中也明确使用"第四堵墙"的概念。斯特林堡早年接触到狄德罗的戏剧理论,亲密剧场实践期间又受安托万的影响较深。从斯特林堡的论述中,我们可以看出斯特林堡认为舞台和观众之间是有一堵"墙"的,演员心中要有这种观念但不应该打破这堵"墙"。

任何演员在舞台上都不是孤立地表演。上文已经说到,演员之间的表演对象是剧中的另一个角色,所以演员就如同生活中一样,对方在说话的时候自己就要认真地倾听,"即使他已经听过一百遍了也依然不能表现出不耐烦

---

① [瑞典]斯特林堡:《斯特林堡戏剧选·作者前言》,高子英、李之义译,人民文学出版社1981年版,第226页。

② Strindberg, *Strindberg on Drama and Theatre*, Amsterdam: Amsterdam University Press, 2007, p. 132.

③ Strindberg, *Strindberg on Drama and Theatre*, Amsterdam: Amsterdam University Press, 2007, p. 29.

④ [瑞典]斯特林堡:《斯特林堡戏剧选·作者前言》,高子英、李之义译,人民文学出版社1981年版,第226页。

的样子"。斯特林堡曾谈到有一次《朱丽小姐》的演出让他很难忘,因为在那次演出中他曾看到扮演让的演员在倾听朱丽小姐长篇累牍地说着自己的经历时的表情就好像第一次听她这样说一样,事实上这位演员已经听过150次了。斯特林堡指出,演员不能够在舞台上只等着说自己的台词,要能够对舞台上每一个角色的语言和行动做出自己的反应,这种反应必须是真诚的,不能是虚情假意的,让人觉得做作,同时在倾听的过程中,演员不能脱离自身的角色,要以角色的视角做出反应,观众正是从这种反应中受到舞台演出的感染。

（四）演员和角色的关系

在表演艺术中,最重要的莫过于演员和角色的关系问题。19世纪末欧洲戏剧舞台上表演虽有革新,但全新的表演艺术还没有完全形成,古典主义形式化和重技巧的表演方式还残留在舞台上。莱因哈特针对当时的戏剧舞台曾不无嘲讽地指出,一对恋人在舞台上说"我爱你"的时候如果没有音乐伴奏所创造的诗意氛围,观众很难辨别"我爱你"和"你好"有什么区别。[①] 在法国,安托万的自由剧院主张合乎自然的表演艺术,安托万谈到当时的演员弊病时指出:"演员唯一的抱负就是能穿上一套光彩夺目的服装出现在一群经过选择的观众面前去背诵他的角色台词,而不是去扮演角色或生活在角色之中。"[②] 1876年,在一篇谈到小仲马剧作演出的文章中,斯特林堡初步表明了他对这个问题的看法:"一个演员为了隐匿自我是否需要完全放弃他的个性慢慢地进入到角色中？我们不相信他能做到这样,只要他有不平常的个性特征。"[③] 言下之意很明显,一个优秀的演员很难不受自己个性的影响而完全成为角色人物。这里可以看到斯特林堡受到狄德罗表演理论的影响,狄德罗曾

---

① 杜定宇编:《西方名导演论导演与表演》,中国戏剧出版社1992年版,第126页。
② 杜定宇编:《西方名导演论导演与表演》,中国戏剧出版社1992年版,第17页。
③ Strindberg, *Strindberg on Drama and Theatre*, Amsterdam: Amsterdam University Press, 2007, p. 30.

指出:"极易动感情的是平庸的演员;不怎么动感情的是为数众多的坏演员;唯有绝对不动感情,才能造就伟大的演员。"① 要一个演员绝对不动感情地去表演就需要有极强的理性。当时法国著名的现实主义表演艺术家科克兰(哥格兰)认为:"演员一身兼有两个我:第一个我是理智,第二个我是身体;前者居于统治地位,而理智的统治愈严格,艺术的成就愈高超,在创造角色的过程中无须进行体验。"② 斯特林堡主张理智要和身体相协调,不能纯理性地表演,但也不能一味沉浸在角色中。

1908年,斯特林堡针对这一问题进一步提出:"我假设艺术家沉浸在角色中,忘记自己,最终成为他将要扮演的人物。这就像梦游,但不完全一样。如果在这种状态中他被打断,或是意识苏醒过来,他就会变得迷茫。这就是为什么我总是不情愿在排练的时候打断一个场景。我曾看到清醒之后的演员是多么痛苦。他茫然地站在那里,需要时间重新进入角色,恢复心情和说话的语调。"③ 可见,斯特林堡并不完全主张体验式的表演,演员能够设身处地地想象角色所处的情境固然是好事,但一味沉浸其中而失去自我是不可取的。在引述的这段话中我们就可以看出,演员沉浸在角色中并非是一种恒定的状态,它一旦被打破,演员就会显得茫然不知所措。演员和角色实际上是分离的,两者不能同时存在,进入角色后就失去了演员自身,当演员清醒的时候他即不是角色。这样的演出就带有随机性,只有演员具有良好的状态时,他表现得才会好,一旦受到外界的干扰,表演的水平就会大大降低。斯特林堡认为,这种不知不觉进入角色的方式只有天才的魔术师才能做到,他可以随心所欲地在角色和自身之间穿梭。

在近代心理学的影响下,斯特林堡看到性格是一个人内在生命的本质,

---

① 狄德罗:《狄德罗美学论文选》,施康强等译,人民文学出版社1984年版,第287页。

② 转引自廖可兑:《西欧戏剧史》(上),中国戏剧出版社2005年版,第331页。

③ Strindberg, *Strindberg on Drama and Theatre*, Amsterdam: Amsterdam University Press, 2007, p. 129.

演员很难抛弃自己的性格进入角色中去。而性格演员又很容易受到性格的影响去创造一种类型，演员应该警惕这种现象，因为"如果性格演员通过强化外在的方式突出非本质的特点或表现角色独特的个性，那么表演很容易成为漫画化，他创造的不是人物而是滑稽角色"①。通过斯特林堡对演员的指导来看，他所期待的优秀表演应该是演员充分体验角色，既能扮演好角色，又不至于丧失自我的个性。

结束语

斯特林堡四十年的戏剧生涯，以其独特的戏剧创作和对现代戏剧发展的远见卓识丰富了现代戏剧发展的内容和形式，普遍地影响了20世纪戏剧创作和剧场实践。"如果一个人希望了解现代戏剧努力的方向和可能将要追随的发展脉络，那么首先转向斯特林堡是最明智的。"② 长期以来斯特林堡并非以戏剧理论和实践名扬于世，尽管他为《朱丽小姐》和《一出梦的戏剧》所写的序言成为现代戏剧史上重要的文献而为后人频繁引证，但他始终都只是以戏剧作品为人称道。尤其在国内，他的戏剧理论鲜为人知，这不仅影响了我们对斯特林堡戏剧成就的客观评价，而且阻碍了我们对现代戏剧发展史的整体把握，只有将斯特林堡的戏剧创作和他在剧场实验方面的探索有效地结合起来，我们才能真正地理解19世纪末欧洲戏剧危机以后斯特林堡的突出贡献以及在20世纪现代主义戏剧发展中所占据的重要地位。

---

① Strindberg, *Strindberg on Drama and Theatre*, Amsterdam: Amsterdam University Press, 2007, p. 131.
② Robinson, Michael, *The Cambridge Companion to August Strindberg*, London: Cambridge University Press, 2009, p. 136.

三

安徒生研究

世界童话大师汉斯·克里斯蒂安·安徒生
——《安徒生童话与故事全集》译序

石琴娥[*]

本书的责任编辑赵燮生先生嘱咐我为这个译本写一篇像样的前言,最好要有点分量和新意。这下还真把我难住了。我踌躇、犹豫,几次落笔却写不出来。倒不是缺乏材料,仅手头边积累的就够多了,因为在欧洲,尤其是丹麦,关于安徒生的评传、专著还有学术论述真是车载斗量到了浏览不过来的地步。在过去一百几十年里各国研究安徒生的学者文人何止千百,他们早已把安徒生的生平轶事、他的作品从思想到语言,都作了透彻的条分缕析,并作了细致入微的考据,甚至连讥嘲丑小鸭的这只家鸡那只野鸭究竟是哪个人的化身都考证得一清二楚,其深刻彻底、旁征博引的程度恐怕绝不在我国对《红楼梦》和曹雪芹的研究之下。即使在国内,安徒生的译本和纪念、介绍安徒生的文章也是数不胜数。因而,写论述安徒生的文章很难不落窠臼,往往在不知不觉中拾人牙慧炒冷饭,除非有经年累月的研究底蕴功力和本事,否则是休想写出什么有真知灼见的文字来,遑论要写出什么新意。

说真话需要勇气,如同安徒生童话里那个孩子一语道破皇帝光着身子没有穿什么新衣服一样。在新的世纪里仍然有这样的童话,人们仍然要凭借安徒生的语言来表达自己的心声,这不禁令人沉思,发人反省。于是我豁然开

---

[*] 石琴娥,中国社科院外国文学研究所北欧文学专家。本文摘自石琴娥著《北欧文学论》(上海社会科学院出版社 2015 年版)第 63—74 页。

朗,便写下了这篇东西。虽说时写时辍,思路不大贯通,表达得也颇为语不及意,然而确实反映了我对安徒生其人的仰止之敬和对他童话的略陈管见。2005年快来了,那是安徒生诞生两百周年①,谨以此文权当对这位名满世界的丹麦童话大师的祝祷和怀念追思吧。

一、 丑小鸭变成白天鹅以后……

汉斯·克里斯蒂安·安徒生(Hans Christian Andersen,1805—1875)1805年4月2日出生在丹麦奥登塞的一个穷苦鞋匠的家里。

19世纪初,奥登塞是丹麦第二大城市,全城约有1200户人家。其中十分之一是贵族,还有官吏军官,他们构成了社会的上流阶层;100来户行业不同的商贾和20多户酒店客栈经营者,120户军人兵士,他们是社会的中下层;剩下还有近100户靠打零工挣钱糊口,一百五六十户乞求社会救济度日的贫民。安徒生的父亲正是个靠每天干活挣钱糊口的鞋匠,处于社会的最底层,由于生计所迫,安徒生的母亲只得当洗衣妇挣钱补贴家用。

这样的一个贫困至极的家庭居然哺育出了日后丹麦全国为之骄傲至今的文学巨擘,他的名声和作品流传到整个世界,这真是不可思议,比我们常说的"鸡窝里飞出金凤凰"还要匪夷所思,拿安徒生自己的话来说,那就是丑小鸭变成了白天鹅。

安徒生出生之时,丹麦正在走下坡路,昔日北欧霸主的辉煌早已不复存在,疆域辽阔的帝国已经分崩离析、凋敝衰落。从安徒生出生前直到他晚年,战争阴影不断笼罩在丹麦上空。丹麦打了一场场的仗,却遭受了一次次的失败。从19世纪初连战连输,到1864年,丹麦先败给了瑞典,然后是英国,再是普鲁士,以至于霍尔斯坦恩和石勒苏益格两个富饶的公国被割让给普鲁

---

① 本文是石琴娥先生在2004年5月为2005年由译林出版社出版的《安徒生童话与故事全集(精装插图本)》所作的译序。——编者注

士;不仅对外用兵连吃败仗,弄得割地赔款、国土日蹙,国内也是经济衰退、百业萧条,贵族豪门与新兴的资产者、市民阶层之间的矛盾日益深化,爆发了一场又一场的冲突。直到1848年,国王签署了丹麦全国议会通过的新宪法,确立了君主立宪体制,政局才逐渐摆脱动荡。

在这样的时代,安徒生一家过日子是很不容易的,雪上加霜的是,在1814年对瑞典战争结束后不久,从军当兵的父亲回到家来就病死了。母亲只得改嫁给另一个鞋匠,依然当洗衣妇挣钱糊口,却又沾染上了酗酒的恶习。在艰辛困苦的童年里,安徒生当过学徒,学过裁缝,也曾在济贫学校上过学,谈不上受过什么正规教育,仅能粗粗地认识点字而已。

不过安徒生还是幸运的,他没有去当个裁缝,而是一心想到首都哥本哈根去学戏剧,当个演员。他还真的去成了,而且经过不懈的努力,遭受了一连串的碰壁之后,居然登上了舞台,扮演一名不起眼的小角色。然而由于嗓音变化和自身条件限制,他不得不放弃舞台生涯。他又通过各种关系,在皇家剧院副院长科林的帮助下,获得了一笔国王奖学金。安徒生转而专注于写作,他写诗歌、散文和戏剧,创作了自传体长篇小说《即兴诗人》(1835年),随后又发表了小说《奥·梯》(1836年)和《仅是一个乐师》(1837年)。《即兴诗人》等三部小说使得他蜚声丹麦文坛。他的剧本《黑白混血儿》(1840年)也终于在哥本哈根的皇家剧院上演,并且取得了成功。然而平心而论,安徒生在长篇小说、诗歌和戏剧等传统的"严肃"文学方面的成就都较为平平,并没有什么突破性的进展。反倒是他的挚友——丹麦物理学家奥斯特看出了他的才华应该朝什么方向发挥。他对安徒生说:如果长篇小说能使他出名,那么他的童话将使得他不朽。奥斯特的预言得到了应验,安徒生的童话果真传遍了全世界,而且至今还在流传。

从1835年起,安徒生就发表了他的第一本童话故事集《讲给孩子们听的故事》。在这以后的37年里,安徒生一共发表了170多篇童话故事。正是童话故事这种文学形式,奠定了他在丹麦和世界文坛上的突出地位,使他从一只丑小鸭变成了白天鹅,随之而来的是:名声、地位、尊敬、荣誉……丹麦国王对他礼遇优渥,欧洲王室以结交他为荣,所有的王室的华贵大门都为他敞开。他一次又一次地得到了显赫的头衔、一枚又一枚的勋章。人们为他举行火炬游行,朝他热烈欢呼,甚至在他病笃之时,丹麦王储破格亲自来到他的寓所慰问,这真是无上的殊荣。丑小鸭变成的这只白天鹅振翅翱翔在蓝天白云之间,飞呀、飞呀,飞得那么高,飞得姿态那么优雅美妙,人们都昂首凝目,赞叹连声。

然而丑小鸭变成天鹅以后,安徒生本人的故事并没有完结,生活也不曾因此而停顿下来。安徒生的内心世界是充满矛盾的,是双重性的,并不仅仅是快乐的陶醉,也有忧郁的沉闷,甚至可以说是颇为痛苦的彷徨。这种灰色情调在已经印刷出版的他的卷帙浩繁的日记和数以千计的书信里都明显地反映出来。这位世界童话大师正是在荣耀欢乐和沉郁孤寂之中走完了自己的人生道路。

正如安徒生在《我一生的童话》里所说:"我的一生是一篇美丽的童话,既那么丰富多彩,又那么幸福快乐。"他确实感到幸福,他享受到了快乐,因为人生赋予他的是那么丰富,甚至远远超过了他年轻时的幻想和企盼。一个穷鞋匠和洗衣妇的儿子,差点就要去当裁缝,当时最大的美梦无非就是当个演员登台演出。然而凭借了自己的顽强意志和执着奋斗,他不仅成名成家,而且还登上了世界文学殿堂,成为一代文豪、宗师、巨匠。这个童话般的故事连具有丰富幻想力的童话大师安徒生自己都不曾想到过,但却又在他的一生中变成了活生生的现实,所以他不能不感到幸福快乐。他把自己生活里的阿拉丁神灯般的遭遇看成是上帝的仁慈怜爱和慷慨恩赐,因而他直言不讳地宣扬他所得到的一切荣耀都应该完全归于上帝,并且在他的作品中不遗余力地颂扬上帝的伟大和仁慈,要世人虔诚地信仰敬畏上帝。这不仅是出于宗教的虔敬诚意,更是殷切地表达自己的涕零感激。出于这种受宠若惊和感恩戴德的心情,安徒生童话中充斥了浓郁的宗教色彩和说教,尤其是他晚年的作品,更是有如在唱赞美诗一般。于是人们不禁惋惜:安徒生若是不这样笃信、虔诚,那么他的童话必将更为出色。

然而光灿灿的勋章毕竟还有黑沉沉的背面,安徒生的生活亦是如此,这就使得他烦闷苦恼和惶惑惆怅,甚至向往死亡的解脱。

安徒生打了一辈子光棍,倒不是他不想娶妻,而是结不成婚。恋爱上的挫折对他的摧残甚至超过贫困的影响。他至少有三次坠入情网,起初是个名叫里堡·伏格特的名门少女,她虽动了心,但几经权衡之后,对他声称自己早就另有所适,安徒生只好自惭形秽,抽身而退了。那时候安徒生刚刚在丹麦文坛上崭露头角,所以这段无疾而终的恋情还没有闹得满城风雨。1843年,安徒生同来丹麦向王室献艺的瑞典当红女歌唱家燕妮·琳德相恋。这段刻骨铭心的恋情夭折之前延续了三年,他们曾谈婚论嫁,却终于在地位名气的牵累下未能结成连理。安徒生也曾向他庇护人的女儿路易丝·科林求爱,尽管路易丝对他一往情深,并且等着他求婚,但是门第的鸿沟却是不可逾越的。她的哥哥——司法部次官爱德华在同安徒生的经年交往里,从来不肯屈尊迁就用昵称"你"来平等相待安徒生,更不消说让这样一个出身卑微的"上流社会闯入者"来当妹夫了。这三次恋爱失败——尤其是后两次——对安徒生心理上的打击非常巨大。在森严壁垒的门第观念面前,在根深蒂固的世俗偏见的包围之中,他不得不临渊止步。《单身汉的睡帽》里那个可怜巴巴的老光棍正是他自己的逆来顺受的写照。他发出过幽怨的悲鸣,呼出过愤懑的哀号;在以"瑞典的夜莺"燕妮·琳德为蓝本的《夜莺》里,在歌颂至死不渝的爱情的《小美人鱼》里,我们都能听到安徒生从流淌着鲜血的心灵里发出的无助的哀怨悲啼。

安徒生把自己的成功都说成是上帝的仁慈指引和偏爱垂怜,然而尽管这样自谦自卑,门第尊卑、出身贵贱的世俗歧视并没有就此放过他。安徒生成名之后,王公贵族竞相同他交际来往,这些人附庸风雅,结交名士,无非是为了装饰点缀、抬高身价,因而他们表面上礼贤下士,骨子里却是轻蔑侮慢,多半把安徒生视为帮闲门客,并不把他视为平等相待的"圈里人"。应该说,安徒生当时确实得到了其他著名的北欧作家可望而不可即的种种殊荣,他起初也很长时间甘之若饴,陶醉在成功的虚荣之中,不曾觉察到世态人情之险恶,他只有发自内心的喜悦:"当我还是一只丑小鸭的时候,我做梦也不曾想到会有这样的幸福。"他入目所见的只是迎面而来的美好事物——那些大天鹅拥簇着他游水,用嘴喙替他梳理洁白的羽毛。然而现实毕竟是严峻冷酷的,并不能让他一厢情愿地像《金宝贝》中的那个宝贝疙瘩一样生活在充满浪漫的幻想和诗意之中。他的平民意识、民主主义精神都是同庇佑、接纳他的贵族上层格格不入的。他并没有像比他年轻的丹麦著名文学评论家勃兰兑斯(Georg Brandes,1842—1927)那样鼓吹激进的民主主义思潮,为资产阶级民主革命摇旗呐喊,然而他倾向支持这样的变革,写出了《她真是一个窝囊废!》、《在柳树下》、《伊勃和小克丽丝汀》等描写劳动者和穷人清苦生活的作品,他用自己童年的不幸表现了丹麦的社会矛盾。尽管不如挪威的易卜生那样深刻,不及瑞典的斯特林堡那样尖锐,安徒生也在自己的童话故事里辛辣地讥讽贵族阶层和抨击门第观念,还对世人的贪婪、愚蠢给予无情的嘲弄,这就不能不使得上流社会对他侧目,对他抱有戒心。尽管安徒生享有了名声、地位和头衔,但是在开门接纳他的老爷、太太们的眼里,他依然是个非我族类的鞋匠的儿子。在安徒生的日记里有不少这类的记载:在酬酢社交场合,他是如何被人苦苦追问昔日贫贱生活的细节;他们猎奇地审视他,仿佛他身上还在散发出鞋匠或洗衣妇的臭味。他们还刻薄地给安徒生起了种种恶意侮辱的外号,如"势利鬼"、"嫌贫爱富者"、"向上爬的人",等等。安徒生不如易卜生和斯特林堡那样骨气刚烈、清高狷傲,他忍气吞声地承受下来了。不过这也使他终于明白了一个浅近的道理:原来丑小鸭变成了白天鹅后,照样要靠孩子们抛面包和麦粒来养活的。这就使得他失望、惆怅不已,甚至颓废到想以死亡来寻求解脱,在《坟墓里的孩子》等故事里都可以看到安徒生这种忧伤、绝望的心情。安徒生十分喜欢旅行,一生之中除跑遍了丹麦全国各地之外,还做了29次国外长途旅行。他在这些旅行中为自己的写作收集材料、宽拓思路,并且结交了狄更斯、雨果、海涅、格林兄弟和易卜生等大文学家,然而从另一方面来说,他又何尝不是在逃避和闪躲呢?因为只有到了国外,他才能有片刻的清静,才能暂时摆脱狭隘的世俗偏见的包围和困扰。

还有令安徒生黯然神伤、失望不已的,那就是他的童话从问世起除了受到欢迎之外,也一直处在猛烈的抨击下。上流社会的文人学者、骚士墨客对这些作品嗤之以鼻,把它们说成是"保育室里的瞎说"、"哄孩子的小玩意儿",还有人甚至说安徒生根据外国和民间故事改写的那十几篇有出处可查的作品可算是真正的故事,而他后来自己创作的都只不过是剽窃之作或是模仿的膺伪之作,也有人指责他母语都没有掌握好就胡乱写作,等等。另一方面,激进民主主义的文人,如哲学家克尔恺郭尔(S. A. Kierkegaard,1813—1855)、文学评论家勃兰兑斯等人也一直不曾停止过对他的幻想浪漫主义的中肯批评。安徒生被这些抨击和批评弄得心力交瘁,他的大量书信中有不少是为自己的作品做解释或自我辩白的,但是却没有博得上流社会的宽容怜悯,也没有得到激进民主主义派的朋友们的谅解。

正因为在得意人生坦途的同时,还必须忍受着难言之隐以及无法宣泄的苦闷、愤懑,安徒生在他的作品中,尤其是中后期的作品中,便往往流露出一股肃杀深沉的忧戚和哀伤,令人读来感同身受,甚至掩卷遐思,扼腕叹息,仿佛是咀嚼了一枚青橄榄似的,在舌尖留下一股虽甘洌却又苦涩并且久久不会散去的余味。这股耐人寻味的苦涩余味恰恰正是安徒生童话的独到之处。著名儿童文学家任溶溶先生曾说过,安徒生的童话真可以从小读到老,其奥妙恐怕也在于此吧。

二、 不是童话的童话

童话这种文学体裁顾名思义是适合儿童欣赏的故事,大多具备丰富的想象、神奇的幻想、有趣的夸张等特点。"童话"这个字眼恐怕只是汉语中才有,即便安徒生本人也只是用"eventyr"和"historier"来形容他的作品,前者的本意是"冒险或志怪故事",后者则是"历史传说"。一般认为,童话大概在16世纪末已在欧洲流传开来。法国诗人沙·佩罗的《鹅妈妈的故事》(1697)和德国格林兄弟的《儿童和家庭童话集》(1812—1815)都产生了深远的影响,并且至今还在广泛流传。《灰姑娘》《小红帽》《小拇指》《蓝胡子》《勇敢的小裁缝》《不来梅的乐师》已成为全世界童话的经典之作，后来不少国家的许多童话，包括安徒生的一些作品，都是由此脱胎而来。

童话并非始于安徒生，然而童话却由于安徒生而发扬光大，走向巅峰。应该说安徒生是功不可没的。19世纪三四十年代，欧洲文坛上浪漫主义盛行，促使不少作家对民间文学产生了兴趣，他们要从民间文学里挖掘创作的题材，并由此从事起童话的创作来，安徒生便是其中最杰出的一个，后来还有英国卡罗尔的《爱丽丝漫游奇境记》和意大利科洛迪的《木偶奇遇记》等成功作品。1835年，安徒生的第一部《讲给孩子们听的故事》出版，其中收集了《大克劳斯和小克劳斯》《火绒盒》《豌豆上的公主》和《小伊达的花》等篇。安徒生起初并不曾意识到这项工作的重要意义，因为他自己也把童话看成是"小玩意儿"，却不料竟大受欢迎，这真是"无心栽柳柳成荫"。于是安徒生便把主要精力投入了童话创作，而这正是他的才华所在。用他自己的话来说：童话"就像种子那样藏在我的心中，只消轻轻的触动，一个阳光之吻，一滴雨水，它便开花了"。他把自己的生活经历，对穷苦人的热爱，对真、善、美的追求，全都用来浇灌童话这朵小花，创作出崭新形式的童话故事来，于是产生了今天意义上的儿童文学。正如他自己所说："多年来我已试着走过童话圆周里的每一条半径，因此如果遇到一个会把我带回到已经尝试过的形式的题材时，我常常不是放弃，而是试图赋予它另一种形式。"正因为如此，安徒生的童话不仅继承、发扬了以往的民间和神仙故事的格调，并且形成了自己的朴素清新而又浪漫变幻的风格，于是开创了今天的儿童文学的先河。

国际上研究安徒生的学者们通常把他的童话分成七个系列，即：有魔幻成分的故事，如《影子》《钟声》等；以动物为主角的故事，如《丑小鸭》《跳高能手》等；以树木花草为主角的故事，如《小伊达的花》等；以无生命物体拟人化作主角的故事，如《坚定的锡兵》《织补针》等；在奇异世界里的现实故事，如《夜莺》等；在可辨认的世界里的现实故事，如《园丁和主人》；以作者为主角的故事，如《看门人的儿子》《在柳树下》等。

安徒生的童话取材虽然相当广泛，不过主题却比较集中、单纯，那就是表现真、善、美，抱着浪漫主义的幻想去追求人类的理想境界，如仁慈、同情、宽容、博爱等，宣扬"真、善、美终将取得胜利"的乐观主义信念。他把上帝视为真、善、美的化身，认为最彻底的真、善、美是统一在上帝的意志之中的，只有上帝才能引导人类走向"幸福"和"极乐"。因而他虽然把满腔同情倾注在穷苦人身上，希望他们能过上更美好的生活，却又无法为他们找到摆脱不幸的出路，于是只好寄幻想于发一笔阿拉丁神灯式的飞来横财，或者碰到意外奇遇而平步青云。他无情地揭露和鞭挞当时社会的假、丑、恶，嘲笑讽刺上流社会的昏庸愚蠢和残暴贪婪，却又无法改变眼前的现实，于是只好以伤感的眼光看待周围这一切，流露出无可奈何的消极情绪。因而他的童话里往往既充满了浪漫主义的幻想又有像唱赞美诗那样虔诚的道德说教。对于这些瑕不掩瑜的疵点，我们只能惋惜地说，那是时代在他的作品中留下的烙印和痕迹吧。

安徒生的童话立意新颖，表现手法奇特，富有独到的创造性和求新意识。在他之前的童话，从内容到故事情节和表现手法都存在不少雷同之处；而且不注重性格描写，故事里的人物有时连名字都没有；故事的主人公都是善良人物而他们的对手几乎清一色是邪恶的化身；童话的主人公往往要通过艰难的历程，经受巨大的考验，才能得到圆满的结局，而在濒临险境时注定会得到仙女、精灵或小动物的搭救相助；结局几乎千篇一律，都是善有善报，恶有恶报。安徒生打破了这种程式化的模式，把民间故事、神仙故事、神话、寓言、萨迦传说、诗歌甚至短篇小说都融合到童话中来，从而把童话提高到了一个划时代的高度，赋予了童话以全新的面貌、更宽泛的取材范围和前所未有的深刻内涵。不妨举出几个例子：

《皇帝的新衣》原本是一个西班牙王子[①]写的故事，这个故事流传得很久，早已为人熟知，西班牙大作家塞万提斯（1547—1616）也曾在他的戏剧中

---

① 系指堂·胡安·曼努埃王子（1277—1347）。

运用过这个故事作为素材。它的内容是说有个国王自夸从来不会听信谎言，却还是上当受骗了，故事的结局是那个国王光着身子在朝臣和全城百姓面前走过，大家都噤若寒蝉，不吭一声。安徒生改写这个故事时，在结尾处让一个孩子喊出了"他身上什么衣服也没有穿呀"这句真话。这个改动确实是神来之笔，把整个故事升华到了一个新的境界，富有更深刻的哲理含义。正是由于那个孩子的一声呼叫，欧洲乃至全世界便有了一个时常被引用的"典故"——"皇帝的新衣"。

《卖火柴的小女孩》这个圣诞故事是安徒生在出国旅途上仓促成篇的，起初他只是按照年刊编辑寄来的画片上的要求，写了小女孩在火柴的微光中见到了烤鹅和她的祖母等情节。完稿之后安徒生总觉得仿佛缺少了什么，思索了很久之后才添上了小女孩在大雪中死去的结局。这个结局倾注了他极大的同情却又爱莫能助的怜悯，把整个故事从平淡化为神奇，令人读来心酸甚至为那个小女孩洒下一掬同情的眼泪。然而这个结局却掀起了一场轩然大波。教会的卫道士们指责说：在除夕之夜，可怜无助的小女孩得不到人间的温暖而冻死街头，这是对宗教的大不敬，也是对教会慈善事业的恶意中伤和丑化。还有许多人也非难说：结局过于凄惨，会毒害幼小的心灵，因而不许儿童阅读。更有甚者，美国一个颇有名气的作家为安徒生改写了故事结局：原来小女孩的祖母不曾到真正的天堂去，而是移民到了大洋彼岸的"人间天堂"美国去了，当上了"美籍丹麦人"，于是腰缠万贯的美国奶奶便回国探亲，把小女孩接到美国去享受温暖的壁炉、肥美的烤鹅，乘坐马车，还有圣诞树的美国式幸福生活。

《小美人鱼》的故事是从《灰姑娘》脱胎而来的。然而和美丽的灰姑娘不同的是，她并没有得到仙女的帮助，最后也没有喜结良缘的幸运。小美人鱼出于对爱情的忠贞，不忍心举起女巫给的尖刀杀死王子，以求得自己活命。在王子迎亲之夜，她宁可纵身跳入大海，让自己的身躯一点一点地化为泡沫而无怨无悔。这就打破了王子、美女有情人终成眷属的神话故事和民间传说的约定成俗的传统。小美人鱼终于未能得到心爱的王子，却变成了世代相传的不朽艺术形象：坐落在哥本哈根朗格宁海滨的小美人鱼塑像已经成了丹麦在国际上的化身和象征。

《她真是一个窝囊废！》写的是安徒生自己的童年回忆，那个洗衣妇其实就是他母亲的缩影。故事的核心是洗衣妇酗酒成癖，因而受到周围的人的挖苦讥刺，直到死去还被人说成是"不中用的废物"。然而安徒生记起了他母亲曾对他说过的话：喝酒固然不对，但是洗衣妇干活那么辛苦，经常整天站在冰凉的河水里，还不能每天吃上一顿热饭。她要喝点暖暖身子，除了烧酒没有更好的东西了。于是安徒生把故事的基调改变成宽容和谅解，这一来不仅使得洗衣妇这个受人鄙视的角色博得了同情，而且也使整个故事有了更深刻的内涵：揭露社会不公正的现象。

在写作手法上，安徒生童话也有许多可圈可点的独到之处。他并不一味刻意去写要让孩子看得懂的儿童故事。他的童话有不少含义深奥，只有大人才能够理解，但是他相信：孩子光是看故事也会喜欢的，故事情节本身就足以把孩子们吸引住。童话里的深刻含义尽管他们当时未必能够领会，但是等到他们长大后，自会回味无穷的。因而，在他的童话里，有《幸运的套鞋》这样暴露人们内心秘密的魔幻故事；也有《影子》这样描写影子最后成了自己主人的主人的荒诞故事。这些作品实际上是现代派的先声，同现代派文学的鼻祖卡夫卡在思潮上息息相通；有些写作手法是同意识流小说有明显的一脉相承之处。

在语言风格上，安徒生童话大量运用了丹麦下层人民的日常口语和民间故事的结构形式，因而语言生动流畅、朴实自然，充满了浓郁的乡土气息。正是由于安徒生独特的写作手法和语言风格，一批脍炙人口的艺术形象，如丑小鸭、没有穿衣服的皇帝、小美人鱼、坚定的锡兵、拇指姑娘、红鞋子等才被塑造出来。这些形象已成为欧洲文学中的典型，并被选入了欧洲国家的词典和学校的教材之中。

三、与中国的结缘

　　安徒生生来细眉、长目、单眼皮,所以他小时候常被人说成有中国人的长相,不过他同中国结缘却很晚,直到他去世四十多年之后,他的作品才被介绍到中国来。在我国,安徒生是最早被介绍的外国名作家之一,也是除了易卜生之外被介绍得最多的北欧作家,因而安徒生童话在中国几乎是尽人皆知,起码在城市里是如此。

　　早在1918年初,上海中华书局就在《小说月刊》上登载了《火绒匣》等六篇作品,并且还出版了《十之九》单行本。1919年1月《新青年》刊登了周作人译的《卖火柴的小女孩》,引起了很大的反响,在"五四"运动和新文化运动中产生过积极作用。此后安徒生童话的译本、安徒生的传记和对其作品的评论或研究专著陆续出版。译者有:郑振铎、茅盾、胡适、赵景深、顾均正、叶君健、任溶溶等许多知名学者和作家。我国的报纸杂志上时常刊登有关安徒生的文章或他的作品,尤其在1955年纪念安徒生诞生150周年和纪念世界四大名人之际,杨宪益、冯至、陈伯吹、金近等著名文人更是纷纷撰文抒发对他的敬意。1979年安徒生生平及作品展览在郑州举行,在经历了十年沉寂无声之后,安徒生和他的童话再次在神州大地上公开亮相了。20世纪80年代以来,不仅新的译本频频问世,还出版了蒙古文、哈萨克文等少数民族语言译本。《卖火柴的小女孩》《野天鹅》等不少作品被改编成戏剧、电影、芭蕾、戏曲、木偶戏,等等。

　　安徒生童话的早期中译本全都是从英语、日语或其他国家文字转译的,直到20世纪50年代才由叶君健从丹麦语原文翻译过来。20世纪90年代以来的新译本大多印刷考究、装帧精美,或附有彩色胶版的插图。不过除了叶君健、任溶溶两位先生的经典译作之外,各种译本良莠不齐,即使有些装帧华贵的本子亦存在许多值得商榷之处。

　　安徒生童话所用的文字比较浅近,遣词造句朴素自然,而且句子都不太长,虽然结构上有些散漫芜杂,但应该说是比较容易理解的,因为毕竟还是儿童文学作品嘛。虽说他的作品不像狄更斯、雨果、巴尔扎克这些古典名家的作品那样,句子冗长得令人咋舌,一个句子甚至可以长过大半页,往往叫人看得如堕雾中,也不像现代主义名作,如乔伊斯[①]的《尤利西斯》(1922)、普鲁斯特[②]的《追忆逝水年华》(1913—1927)和卡夫卡[③]的《变形记》(1912)那样,为了把荒诞的直觉和梦幻交替推向极致而运用高超的写作技巧,把语句分割得支离破碎,意思隐晦不明,可说是几乎无法翻译成中文的"天书",但是真正要把安徒生的童话翻译得精彩出色,既把意思表达清楚,又能保持风格上的原汁原味,却也很不容易。有几点"忌讳"在翻译他的作品时似乎应该力求避免,可惜在时下译本里这些禁忌却几乎随处可见,充斥其间。不妨也举几个例子:

安徒生童话既然老少咸宜,可以从小读到老,译文的遣词造句上必须长幼童叟全都照顾,不能过于文绉绉、老气横秋,也不能咿咿呀呀一副幼儿学语腔。这里有个分寸掌握得是否恰到好处的问题。译文语言上似乎应力求平白浅显、通俗易懂,而不宜深奥晦涩。那类大人腔十足的译文诵读起来佶屈聱牙,也体现不出原作大量运用口语化语言的风格。

安徒生童话的主要阅读对象还是年龄不同的小读者,有一些还被选为学校的教材或课外辅导读物,因而译文似乎应该力求遵循汉语的语法规范,而不宜全部照搬原作的语言结构,甚至连造句散漫的弊病也一应照搬。

安徒生童话里还运用了大量的习惯成语和双关语,这些词句同汉语中的歇后语有些相似之处,只消说出谜面似的词句,便可以心领神会谜底所指何意了。在原作里还大量运用了 SAA、DA、VEL、NOLE、JO 之类的含意模糊或者并没有什么含意的副词来加强或转折语气。英国的翻译家凯格温(R. P.

---

① 乔伊斯(1882—1941),爱尔兰小说家。
② 普鲁斯特(1871—1922),法国作家。
③ 卡夫卡(1883—1924),奥地利小说家,著有《美国》(1912)、《审判》(1914)和《城堡》等情节荒诞的长篇小说。

Keigwin)1935年在《剑桥大学学报》上撰文说,这类乡土气息浓郁的表述方式和讲故事时为吸引听者注意而发出的声音是无法翻译也不必翻译的。然而有些中译本却还能见到这类"死译"、"硬译"的尝试,甚至还编造出一些汉语词典中都找不到的怪僻的字眼。

四、2005年之后

2005年快到了,也就是安徒生诞生两百周年快要来临了,届时丹麦和全世界谅必会举行种种纪念活动热闹一番,我们这里大概也会如此。

那么在2005年后又怎样呢?他的童话已经流行了一百五六十年,试问,在新的世纪里,我们还需要这位世界童话大师吗?我们还会阅读他留给我们的那么多讲王子公主,讲鲜花小鸟,讲小美人鱼的故事吗?笔者的回答是肯定的。

在两年前的一篇文章里,笔者曾经写道:在新的世纪里,不管社会有多大变革、进步,科学有多么发达,经济有多么繁荣,人类更需要完善其身,提高素质,加强修养和陶冶情趣。这并不是能毕其功于朝夕之间的事情,而是需要漫长的时间,从各方面培养提高,这是一个从小开始潜移默化的过程。而在这个过程中,包括安徒生的作品在内的童话就起着不容忽视的作用,尤其在保持纯真的童心和增强幻想和想象力方面。这番话并不是随便说说的,而是笔者在对安徒生作了一定研究后才持此看法的。因为安徒生毕竟不是马丁·尼克索①拥有"伟大的无产阶级作家和战士"之类的荣誉称号,并且宣称他永远站在为进步事业奋斗的人们一边。安徒生没有什么政治色彩,反倒有一股浓郁的宗教气息,他只是孩子们的朋友,安徒生之所以为安徒生,就是因

---

① 马丁·尼克索(1869—1964),丹麦无产阶级文学的代表作家,出生于贫苦的石匠家庭。著有《征服者贝莱》(1906—1910)、《蒂特——人的女儿》(1917—1921)、《红莫尔顿》(1945—1948)等长篇小说。曾长期流亡侨居苏联和民主德国。

为他讲的童话故事照亮了孩子们的心灵,赢得了他们的喜爱,而且还会一代又一代地持续下去。他的不朽也正在于此。

有一个问题反复萦绕于我的脑际:在新的世纪里,我们固然仍需要安徒生,然而安徒生能符合我们的要求吗?回答还是肯定的,不过要加上一句:"至多一部分,而且不断地缩小。"道理是显而易见的:任何作品的不垂和永存只能是相对的,安徒生讲的童话毕竟是两百年前甚至更早的故事,能够引起我们思想和感情上共鸣的人文内涵将会愈来愈减少,愈来愈淡漠。这是时代使然,也是造化的新陈代谢。

时代在不断前进,昂首地向前进,并且以它自身的规律来推陈出新。这是不以人的意志为转移的,我们大抵只能顺应时代的洪流来继承发扬优秀的文化传统。安徒生的名字将会和其他古典作家一起永存在世界文学史上。他的有些作品仍将代代相传下去,而另一些则将愈来愈引不起人们的共鸣。人们需要安徒生,他也会用他的作品给我们祝福,安徒生童话就像一颗挂在夜空中的星星,仍会发出明亮而美丽的光芒,在天际闪烁着,照耀着我们。

女性的第三空间
——从空间视角看《海的女儿》的权力机制与美学主题

陈 靓*

安徒生的作品因其丰富的情感表达、深刻的人性展示和新颖的情节设计受到世界各国读者的青睐。国内在对其文本的评论中,比较重视其童话中的悲剧色彩,评析这些悲剧童话产生的根源以及审美特性。① 此外,安徒生深受基督教文化影响,他作品中的宗教因素也广受关注。他用童话的形式表达、传播和演绎基督教文化的博爱理念,原罪和救赎是他的作品中经常表现的主题。从他创作的童话源头来看,安徒生的童话创作既汲取大量的民间童话素材,又融入浓厚的现代意识。不少学者探讨安徒生童话中的母题和人物类型,以此阐述安徒生童话的现代意识以及现代意识对安徒生童话的影响。② 此外,在译介方面,李红叶就安徒生在中国的接受和中国语境的阐释做出大量的译介和评论工作。

就具体的童话故事而言,《海的女儿》中塑造的善良、执着而伟大的小美人鱼形象具有丰富的人文艺术魅力,国内评论界对其也青睐有加,就作品中

---

* 陈靓,复旦大学外国语学院教授,主要研究欧美文学。本文原载《外语学刊》2016年第2期。

① 兰守亭、陈英:《论安徒生童话的悲剧意识》,《黑河学刊》2007年第3期,第41页。

② 杨宁:《跨越时空的吟唱——从〈丑小鸭〉和〈海的女儿〉看安徒生童话的现代意识》,《赣南师范学院学报》2004年第5期,第65页。

的死亡意识①、神话意象原型②等进行较深入的探讨。但还有些问题需要进一步思考,如《海的女儿》中的女性精神和女性意识是如何展现的,作品的审美关键在哪里？如果摆脱其童话元素,作品中展示的矛盾和冲突中是否有深层的内在机理？结合以上思考,本论文从空间的角度对作品中的空间构造、权力机制以及相应的身体表征进行深入探讨,以求对作品的人物形象和主题意义进行新角度的阐释。

空间是当代语境下人类思考、解释、批判时不可或缺的维度之一。空间批评源自新文化地理学,是文化地理学与后现代文化理论的发展与结合。而空间问题重要性的凸显,源于社会实践的改变与理论本身的要求,以及空间维度在构造当代日常生活中不断上升的重要性。秉承列斐伏尔的《空间的生产》,索雅提出"第三空间"的概念,空间既是具体的物质形式又是精神的建构,它"质疑第一空间和第二空间思维方式的同时,也在向对象注入传统空间科学未能认识到的新的可能性,使它们把握空间知识的手段重新恢复青春活力"③。索雅提出的第三空间正是重新估价一二元论的产物,这一理论把空间的物质维度和精神维度均包括在内,同时又超越前两种空间,呈现出极大的开放性,向一切新的空间思考模式敞开大门。从创新的角度来看,当代西方空间理论实现两个突破:首先,赋予空间以独立的主体性,将之作为与时间平等的批评介质;其次,突出空间内部各因素的异质性和复杂性,通过凸显空间内部的多元性来展示空间构成和运行的丰富机理。这是对以时间为轴心的历史决定论的改造,将时间和空间革新为存在的立体坐标,从而形成空间—时间—存在于本体论上的三位一体观念;同时,新的空间理论将这个立体坐标赋予动态的理念,即在时间的发展和空间的不断变化中,探讨存在的

---

① 程开成、应朝华:《爱是死亡的超越——析安徒生童话里的死亡意识》,《黔东南民族师范高等专科学校学报》2002年第5期,第69页。

② 唐均、杨天舒:《安徒生"海的女儿"文学形象原型考析》,《湘潭师范学院学报(社会科学版)》2001年第6期,第88页。

③ 朱立元:《当代西方文艺理论》,华东师范大学出版社2005年版,第494页。

不同状态以及三者之间的互动关系。对于当代空间理论家而言,新的空间理论的发展使得观察者能从具有实体质感的物质间关系探索空间的构成特质;对于文学作品而言,空间视角能有效地展示人物的主体特征、人物与环境的关系、主体间性以及权力运行的机制等以往被忽略的隐形文本特征。

从空间的视角审视文本,可以看出安徒生在童话世界的构建中,十分注重文本中的空间营建。在他的童话中,空间不仅是意义生成和情节转换的发生地,而且与人物性格、情节发展以及象征阐释有机关联。此外,外在的空间塑造往往与作品中人物的内心感受以及身体的变化有着丰富的对应。此外,安徒生在文本空间中,注重空间的多重构建,并尤其关注具体空间的内部机理:在对具体空间的建构中遵守传统写作手法,描述作品中空间的物质性存在的同时,赋予空间以丰富的隐喻功能,将它建构为反映社会文化、心理和价值观等多元介质的综合性动态实体。可以说,安徒生的《海的女儿》在这一写作技巧方面具有较强的典型性。

在这部作品中,安徒生营造出三个空间:海洋、陆地和天空。小美人鱼由最底层空间(海洋)向最高层空间(天空)攀升的过程也是她的灵魂得以净化和升华的过程。三个空间不仅是主人公个体存在的层面,也彰显小美人鱼不同的生存状态和主体意识,见证小美人鱼在不同的权力体系中的抗争和突破。空间既被建构为具体的物质形式,同时又是安徒生笔下主人公的个体乃至集体层面上的精神建构。

在《海的女儿》中,这三层动态变化的空间构成一张纷繁复杂的意义网,小美人鱼在任何一个空间中的叙述,都与其他两个叙述空间有着千丝万缕的关联。传统理论往往强调文学文本空间内部的和谐统一与同质性。但是,在安徒生的笔下,文学本身是作为社会空间的一个特殊领域而存在的。安徒生的童话故事不仅仅是超越于现实之上对现实的表现或再现,更为重要的是,它以丰富的文本机理构建将自身变为一个多元开放空间的有机部分,将自身的文本空间以及所再现的现实空间都融入社会空间的生产和再生产之中。《海的女儿》中的多重动态空间构建组成安徒生式的"文学场",以多元异质性的空间(场)以及空间之间的互文性为这个文学场增添活力,这对小美人鱼的人物形象构建、主题阐释、阅读策略都带来新的体验。

一、第一空间:女性权力的物质空间

就《海的女儿》的文本来看,在对空间,尤其是海洋这个第一空间的构建中,安徒生注入福柯所谓的权力能指,即用客观象征进行权力系统的编码,同时强调这个空间中的物质实体性。在海洋空间中,独特的海洋景观特质并非简单的场景构建,也成为海底权力体制中的象征性隐喻,被系统地用来展示海底这个庞大的权力空间中的运行和控制机制。同时,安徒生赋予空间权力以鲜明的性别特征,性别权力成为空间体制的重要部分,在作品的意义建构和人物塑造中发挥着重要作用。

在海洋空间中,海底的居民绝大多数是女性,控制海底世界权力的是老祖母,甚至连海洋空间中的另类——巫婆也是女性。唯一的男性——海王在这个空间中处于无权的边缘状态。在整部作品中,他都没有发出任何声音,仅作为老祖母的一个权力陪衬而存在。可以说,男性在第一空间中处于失语状态。因此,第一空间是个强大的女权空间,它作为一个整体性的权力体系,可以通过对个体空间的审视来分析空间权力的运作及成效。

在文本中,小美人鱼们长期置身于海洋世界的监管空间里,她们没有姓名,仅有数字编号,从命名的意义上来说她们都失去了主体独立性,连上升到海面的时间都被严格规定。同样,美人鱼们的生存、活动空间也被监管,"在花园里,每一个小公主都有自己的一小块地方,在那上面她可以随意栽种"[①]。美人鱼们的小空间虽然相对比较独立,但她们不免要受制于整体海洋空间的管控,小美人鱼的身份也随之被界定。

在这个控制体系下,别的美人鱼都顺从海洋性的空间装饰特征,将自己

---

① Andersen, H. C., *Fairy Tales*, New York: Penguin Books, 2004, p. 68.

的空间打扮得与周围环境一致,这也象征着她们的个体意识对空间权力控制体系的服从——"有的把自己的花坛布置得像一条鲸鱼;有的觉得最好把自己的花坛布置得像一个小人鱼"①。但小美人鱼与其他的姐妹不同,一心渴望着海洋之外的景色,强烈的空间转移欲望促使小美人鱼从自己的空间移除其他姐妹喜欢的海洋性装饰,而趋向于天空这个最高层的空间特征,并在这个空间中以男子的雕像作为自己灵魂的归属,"她除了栽种像高空的太阳一样艳红的花朵以外,只愿意要一个美丽的大理石像。这尊石像代表一个美丽的男子"②。在小美人鱼的个体意义升华上,天空的空间是灵魂最高贵的归属。可以说在开篇的空间描绘中,安徒生暗示小美人鱼的灵魂归属和个体价值的升华主题。

在随后对海底世界的描绘中,安徒生将海洋空间与天空空间进行多处类比,通过物质性的景观描述进一步强化两个空间的内在关联。在描述海底的景色时,安徒生写道,"所有的大小鱼儿在这些枝子中间游来游去,像是天空中的飞鸟"。海底的宫殿里,"那些琥珀镶着的大窗子是开着的,鱼儿向她们游来,正如我们打开窗子的时候,燕子会飞进来一样";"在那儿,处处都闪着一种奇异的、蓝色的光彩。你很容易以为你是高高地在空中而不是海底。你的头上和脚下全是一片蓝天"③。这些类比并非单纯的景色联想,更多地带有小美人鱼的视野及想象,为读者在阅读过程中预先设置心理及情节暗示,并进而为小美人鱼随后的空间升华做出一定的情景铺垫。

其次,空间权力的运行机制可以通过身体这个物质表征做进一步分析。安徒生在描述空间内部环境的同时,将空间内部包括身体在内的客观物体作为空间权力运行及控制的表征,并以此来暗示童话中人物所处的权力层级以及空间中隐含的庞大控制体系。个体的权力、地位通过身体表征进行展示,

---

① Andersen, H. C., *Fairy Tales*, New York: Penguin Books, 2004, p. 68.
② Andersen, H. C., *Fairy Tales*, New York: Penguin Books, 2004, p. 68.
③ Andersen, H. C., *Fairy Tales*, New York: Penguin Books, 2004, pp. 67-68.

并与权力机制交相呼应,发挥着强大的稳固和编码功能。在《海的女儿》中,随着小说情节的发展,空间也在动态变换,小美人鱼的主体意识也在不断增强。空间的改变并不仅仅是外在客观实在的改变和地理状貌、建筑景观等物理空间的改变,而是身体居于其中的改变。身体的改变即是空间的改变,反之,空间的改变亦是身体的改变。① 在作品中,身体的改变也与小美人鱼的主体意识有着直接的关联。

小说开篇如此描写海王的母亲:"她是一个聪明的女人,可是对于自己高贵的出身总是感到不可一世,因此她的尾巴上总是戴着一打的牡蛎——其余的显贵只能每人戴上半打。"② 在海洋空间中,对包括小美人鱼在内的所有美人鱼而言,她们身体的存在被赋予相应的空间性。因此,身体及其装饰成为海洋空间控制的首要对象。这 12 个牡蛎作为海底的饰物,不仅美化老祖母的体貌特征,并通过对老祖母地位的展现暗示海洋空间的强大控制权力。更为重要的是,从空间的角度反观小美人鱼,可以看出在海洋和陆地这两个空间中,小美人鱼的存在以及身体特征都处于一种被编码的状态。老祖母比较偏爱小美人鱼,在她即将升往海面的那天,"她在这小姑娘的头发上戴上一个百合花编的花环,不过这花的每一个花瓣都是半颗珍珠。老太太又叫八个大牡蛎紧紧附在公主的尾上,来表示她高贵的地位"③。小美人鱼身上多出的两个牡蛎与老祖母的身份特征相似,同样发挥身份界定和编码的功能。可以说,老祖母对小美人鱼的爱护一方面是疼爱,另一方面也通过牡蛎对她进行空间权力的强制性控制。

在海洋空间中,小美人鱼起初是无力、被动的,当她鼓足勇气找到巫婆,改变自己的身体特征,逃离海洋空间到达陆地空间后,最为突出的改变是将鱼尾变为人类的两条腿。这种改变不仅是对原海洋空间编码控制的背叛与

---

① 谢纳:《空间生产与文化表征》,中国人民大学出版社 2010 年版,第 67 页。
② Andersen, H. C., *Fairy Tales*, New York: Penguin Books, 2004, p. 67.
③ Andersen, H. C., *Fairy Tales*, New York: Penguin Books, 2004, p. 71.

脱离,而且也是小美人鱼努力寻求自我身份的主体性努力。从这个意义上来说,小美人鱼作为一个具有强烈女性自主意识的形象,被安徒生赋予动态的女性形象和空间穿越能力。安徒生也通过小美人鱼的身体特征变化展示出她女性意识的成熟过程。在自我牺牲之后,小美人鱼进入第二空间:以她自我幻想的爱情为基础的女性精神空间。

二、第二空间:男性权力中的女性精神空间

将第二空间称为精神空间,是因为这个空间更侧重于勾画精神张力,即小美人鱼对爱情的幻想以及幻想被男权现实打破之后产生的精神张力。正是在这种张力中,小美人鱼逐渐完成女性主体性的成熟过程。

从空间描述和性别角度来看,第二个空间是一个以王子为核心的典型男权空间。小美人鱼身体特征的改变是以迎合的姿态求得男性对其女性身体美感的认可。这种努力从一开始就注定小美人鱼的被动地位,使她重新回到被规范的状态。在进入第二空间后,她的女性美也一直处于男性权力的审视之下。

在文本中对空间特征的描述上,读者从对王子宫殿的描述中感受到对男权体制的暗示——"华丽的、金色的圆塔从屋顶上伸向空中。在围绕这整个建筑物的一根根圆柱中间,立着许多大理石像。它们看起来像是活人一样。透过那些高大窗子的明亮玻璃,人们可以看到一些富丽堂皇的大厅,里面悬着贵重的丝窗帘和织锦,墙上装饰着大幅的图画"[1]。这个富丽堂皇的宫殿与海王的宫殿有着类似的宏大空间建构,它展示出的是作为男性的王子在陆地空间的控制力。

小美人鱼在男性权力空间中一直处于边缘化的位置。在她被王子带回宫殿后,"她穿上了丝绸和细纱做的贵重衣服。她是宫里一个最美丽的人。

---

[1] Andersen, H. C., *Fairy Tales*, New York: Penguin Books, 2004, p. 75.

然而她是一个哑巴,既不能唱歌,也不能讲话"①,终日以跳舞或陪伴的方式取得王子的欢愉。在这个场景中,小美人鱼与奴隶被置于同一个身份空间中,其独特、丰富的主体意识和情感被压制。她的美貌和婀娜的舞姿也使她成为男性审美注视下的一个客观物,无法取得与王子在地位上的平等。在这个空间中,小美人鱼丰富的思想和情感已经被异化,她的容貌越娇媚动人,就越远离女性的独立主体性。

同时,身为男性统治者,王子也没有平等对待小美人鱼。从空间的角度来看,王子对小美人鱼的空间安置显现出他的男性霸权意识。小美人鱼到达宫殿后,"王子说,她此后应该永远跟他在一起;因此她就得到许可睡在他门外的一个天鹅绒的垫子上面"②。将小美人鱼置于主体空间的边缘位置,在空间处置上这不仅暗示两人地位上的差异,尤其展示出王子对小美人鱼在主体定位上的男权态度。

小美人鱼失去声音之后,努力用眼神和舞蹈表达对王子的爱,但王子没有完全领会,乃至爱上别国公主,直接导致小美人鱼的爱情悲剧。这在表面上看来是源于小美人鱼失去声音,无法在语言层面进行自我表达,但在更深的层面,这是一个非常典型的女性失语状态,安徒生也在暗示两人在灵魂层面沟通的失败。这种失败主要的原因在于王子在观念上缺乏性别的平等意识,正是这种霸权的男权意识使他对小美人鱼的爱情视而不见。

同时,小美人鱼也在不断地成长,在陆地空间的后期,她的力量开始变得强大。在王子婚礼的前夜,小美人鱼处于空间转换的临界点,面对痛苦,她可以通过杀死王子回到海洋空间。这个临界点也是检视小美人鱼精神成长的关键。从传统的意义上来看,杀死王子的建议来自早期女权主义思想中男性与女性的对抗性思维。但小美人鱼超越传统女权主义者的魅力在于,她抛弃对抗性的性别观,以宽容、善良和自我牺牲放弃回归大海的可能,取得灵魂的

---

① Andersen, H. C., *Fairy Tales*, New York: Penguin Books, 2004, p. 81.
② Andersen, H. C., *Fairy Tales*, New York: Penguin Books, 2004, p. 81.

升华。从这个意义上来说,她同时也摆脱海洋空间这个极端女权意识的约束和界定。最后,她的身体也由实体性的肉体变为具有灵魂空灵性的泡沫。

第二空间是小美人鱼肉体和精神饱受摧残的阶段,更是她精神升华的孕育之处。由起初的爱情幻灭到对爱情以及自我的重新领悟所感受到的精神升华,这是第二空间中的矛盾张力努力取得的效果。

三、第三空间:超越的女性自主空间

在文本中,小美人鱼第二次的空间脱离与第一次相似,均展示出她的主动意识。第一次的脱离是小美人鱼在爱情的驱使下找到巫婆,自我牺牲最宝贵的声音这一身体体征;在第二次脱离中,小美人鱼在利益攸关的选择中主动放弃自己的整个身体,选择牺牲自己的生命,才使得她具有进入第三空间的升华。从这个意义上来说,小美人鱼从陆地空间到天空空间的升华不仅是个体层面找寻归属的过程,更是其独立、成熟主体性的成功构建。这种主体性以个体的精神充实和自足为特征。在天空空间中,没有身体的束缚,也没有极端的男权和女权意识压迫。小美人鱼摆脱对男性爱情的依赖而上升到一个独立自足的个体空间中。

与一般的爱情悲剧不同,《海的女儿》这部作品之所以有独特的魅力,也正是在于它构建出的独特的女性第三空间。在这个空间中,小美人鱼摆脱性别的控制,并在超越的过程中获得鲜明的个体意识。这个空间是以独立、完整的女性主体为核心的自主空间。在天空这个第三空间中,她不仅是空间的存在者,也是一个独立的空间性单元。与前面两个空间的单一特质不同,小美人鱼的第三空间具有丰富的动态特质。

在索雅的第三空间理论中,传统空间的研究一直拘泥于二元对立的研究模式。在他看来,空间不仅是物质化的"空间性实践",空间内的存在不可以全部细化为可衡量、可标识的形式和实践,空间也不仅是一种纯思想性和观念性的领域,在符号化的表征中概念化。索雅对空间本身和空间性两者进行

区别,以此扩大地理学的空间想象并辨识出空间问题的错综复杂性,将社会性纳入空间的考察,赋予空间以更为宏大和立体的视野。在安徒生构建的第三空间中,也兼具第一空间海洋的"真实"物质世界和第二空间陆地的"女性想象"精神世界的特质。安徒生在《海的女儿》的第三空间建构中,突破传统性别观对女性身体的界定以及二元空间对立,并开始在一个新的空间中为小美人鱼重构另一个他者,这个他者来自原来的二元空间,但超越于二元空间,安徒生以小美人鱼的灵魂之美赋予这个看似空灵的空间以真实的女性质感。小美人鱼以不断成熟的女性自信赋予第三空间以活力和文本审美价值。

从身体表征层面审视作品,读者不仅看到小美人鱼在从海洋、陆地到天空三个空间的升华过程中身体特征的改变,同时也通过改变感受到空间权力对个体的规范。所以,《海的女儿》的审美关键并不在于海洋空间到陆地空间的转变,而在于陆地空间到天空空间的转变,这个变化使她最终摆脱之前的两个空间权力体制在身体层面的制约,也是个体的精神升华和灵魂净化。在小美人鱼空间上升过程中勾画其成熟的轨迹,而女性主体力量在陆地空间的增强成为小美人鱼主体价值质变的关键。

总之,安徒生在三个空间的建构中,如果说第一空间(海洋)的视角更客观地考虑和强调空间中物质性和客体性,第二空间(陆地)则更倾向于关注空间的女性思想,以精神性和表征性为主要内容,这个空间是小美人鱼摆脱身体束缚和客体控制,为了爱情的精神追求进而努力构建的自我空间。但她的精神空间被男权意识边缘化后,安徒生成功构建出突破身体束缚和精神依赖的自由、独立的女性第三空间。它既包括前两个空间内的物质维度和精神维度,又超越前两种空间,将客体性和主体性、具象与抽象、可知与不可知、肉体和精神等都汇聚在一起。它既是对第一空间和第二空间的解构,又是对它们的重构,从而具有一种重新组合的开放视野。这种超越包涵的精神价值和意义才是作品的核心所在,也是《海的女儿》艺术魅力的精华。

从《海的女儿》的空间分析中,身体和性别作为空间权力控制的有效途径,生动展示出空间权力的运行体制。以往的评论多将这个童话故事纳入文化和神话的外在范畴审视,而没能深入文本的内在机理。空间的视角能够有效地梳理出文本中深层的权力脉络,并将小美人鱼的意识及转化置于其中,能更清晰地审视其思想的变化轨迹以及隐含的意义,也能更好地把握安徒生在这部作品中勾勒的审美核心。对于极端的男权和女权意识,安徒生或许没有在文本中提出新的性别理念,但他通过摆脱身体和性别控制的小美人鱼的精神蜕变和升华,展示对强权控制手段的脱离,构建他自己理想中自由的精神空间。

作为安徒生的代表作之一,《海的女儿》让读者认识到安徒生的作品已超越一般意义上的童话故事,已不是简单的寓言型道德传承的载体,而在文本内蕴含丰富的人性观、性别意识、社会思考和人文关怀。空间视角可谓仅揭示其作品魅力的冰山一角,只有从多元的角度进行综合审视,才能更为全面地评价、欣赏安徒生作品的文学和艺术内涵。

四

勃兰兑斯研究

百年中国批评史中的"勃兰兑斯问题"
——关于勃兰兑斯在中国的译介与接受

杨 冬*

回顾20世纪中国文学批评的发展历程,不难发现,西方文学理论无疑是其最重要的思想资源。早在中国现代文学批评的发轫期,那些"五四"新文学运动的"弄潮儿"便热情地伸开双臂,迎接着来自异域的文学理论。一时间,尼采、叔本华、圣勃夫、泰纳、朗松、阿诺德、佩特、王尔德、厨川白村、弗洛伊德、别林斯基、普列汉诺夫……纷纷被译介到中国。而在这一过程中,格奥尔格·勃兰兑斯(Georg Brandes,1842—1927)不仅是最早被译介到我国来的西方批评家之一,而且从鲁迅到当代文坛,这位丹麦批评家始终受到中国学者的高度赞誉。

然而,重温这段历史,并非仅仅为了引出一段中西文化交流的佳话,其意义更在于启发我们对中西比较诗学的思考。为什么在如此漫长的岁月里,许多西方批评家早已被人遗忘,唯独勃兰兑斯却在中国找到了"知音"?为什么在数量众多的西方文学史著作中,唯独勃兰兑斯的《十九世纪文学主流》在中国备受青睐?如果说中国文学批评对勃兰兑斯的接受与认同并非偶然的话,那么,他的见解究竟在哪些方面满足了中国批评家的期待视野?更进一步说,在我们对勃兰兑斯的接受中,又存在哪些误读和曲解?笔者认为,对这些

---

* 杨冬,吉林大学文学院教授,主要研究欧美文学与文论。本文原载《文艺争鸣》2009年第1期。

问题的探讨,不仅有助于深入剖析"勃兰兑斯在中国"这一学术个案,也有助于我们更好地总结近百年来在引进和借鉴西方文学批评方面的经验教训。

一

像叔本华、尼采一样,勃兰兑斯是最早被介绍到我国来的西方批评家之一。早在《摩罗诗力说》(1907)一文中,鲁迅就两次提到"丹麦评骘家勃阑兑思",话语间不乏赞许之意。① 在以后的岁月里,鲁迅又多次评介了勃兰兑斯的文学史研究。在致徐懋庸的信中(1933年12月20日),鲁迅向当时的文学青年这样推荐道:"文学史我说不出什么来,其实是 G. Brandes 的《十九世纪文学的主要潮流》虽是人道主义的立场,却还很可看的。"② 在《由聋而哑》(1933)一文中,有感于"五四"以来忽视介绍外国思潮和世界名著的错误倾向,鲁迅再次引述了这位批评家的见解:"勃兰兑斯叹丹麦文学的衰微时,曾经说:文学的创作,几乎完全死灭了……我们看不见强烈的独创的创作。加以对于获得外国的精神生活的事,现在几乎绝对的不加顾及。于是精神上的'聋',那结果,就也招致了'哑'来。"③ 由此可见,鲁迅是把勃兰兑斯作为"精神界之战士"来加以推崇的。

当然,不只是鲁迅,"五四"前后的中国批评家对勃兰兑斯表现了一种普遍的兴趣,纷纷撰文予以评介。1917年,《新青年》第三卷第五号发表了一篇未署名的短文,介绍勃兰兑斯的《十九世纪文学之主要潮流》。文章说:"白兰兑氏籍隶丹麦,而其族出自犹太,刻苦励学发愤著书之气概,故非常人所及。其演讲文学于丹麦大学也,虽大风雪,而听众恒盈讲室内外环立不忍去也。教会及守旧党,亦仇谤备至,以其痛斥宗教迷信及社会之旧传说旧习惯旧文

---

① 《摩罗诗力说》,《鲁迅全集》第1卷,人民文学出版社1981年版,第88页。
② 《致徐懋庸》,《鲁迅全集》第12卷,人民文学出版社1981年版,第303页。
③ 《由聋而哑》,《鲁迅全集》第5卷,人民文学出版社1981年版,第277页。

学不遗余力也。此书凡六册,二千余页……详于文学与社会之关系及变迁之因果,欧洲近代名著之一也。"① 寥寥数语,却概括了勃兰兑斯其人其书的大致特点。

1920年,《东方杂志》第十七卷第五号发表了陈嘏的《布兰兑司》一文,对这位丹麦批评家作了更详细的介绍。该文称:"布氏生平重要的事业,在'批评'不在'创作',他那不朽的大著'十九世纪文学思想之主潮'一书,不仅是他个人的代表著作,是十九世纪欧洲文坛的一大产物,研究近代文学近代思想的一部唯一的大史著……可以说他是欧洲近代代表的大批评家,世界唯一的'文学史'学者。"② 在这篇文章的末尾,还刊登了胡愈之撰写的"读后感"。篇幅虽短,却有两点值得注意。第一,此文指出勃兰兑斯属于圣勃夫、泰纳"这一派的巨子","他的批评,全然是用科学方法。批评一种作品,必先把著作年代和作家的身世性情所处环境所受经验一一考验出来。这种严密的科学批评法,是从来所未有的"。第二,此文强调了文艺批评的重要作用,从而表示:"我盼望中国产生几个布兰兑司,把世界文学引到中国来,又把中国文学传到世界去,这才不负陈嘏君介绍布兰兑司到中国的一番苦心了。"

从今天来看,在当年推介勃兰兑斯的热潮中,由沈雁冰和郑振铎主编的《小说月报》是用力最勤的。道理很简单,文学研究会成员既然以"为人生而艺术"倡导新文学运动,因而也就特别看重勃兰兑斯对"写实主义"文学所作的贡献。那几年的《小说月报》不仅连续刊载了《现代的斯干底那维亚文学》(生田春月著,李达译,见《小说月报》第十二卷第六号,1921)和《近代的丹麦文学》(亨利·哥达·侣赤著,沈泽民译,见《小说月报》第十四卷第八号,1923)等译文,而且还发表了沈泽民撰写的《布兰兑斯的俄国印象记》(见《小说月报》第十二卷,号外《俄国文学研究》,1921)和张闻天翻译的《勃兰兑斯的

---

① 佚名:《十九世纪文学之主要潮流》,《新青年》第三卷第五号,1917年。
② 陈嘏:《布兰兑司》,《东方杂志》第十七卷第五号,1920年。不过,应当指出的是,文中提到的"十九世纪文学思想之主潮"显然是误译造成的。

拜伦论》(见《小说月报》第十五卷第四号,1924),使读者得以更真切地了解勃兰兑斯的文学思想。在《布兰兑斯的俄国印象记》一文的开篇,沈泽民还表达了这样一个殷切期盼:"他的不朽著作《十九世纪文学之主潮》我们闻名已久,心向往之,希望不久就有人详详细细的把他介绍到中国来。"①

显然,在这一时期有关勃兰兑斯的评介文章中,郑振铎撰写的《丹麦现代批评家勃兰特传》(见《小说月报》第十四卷第四号,1923)和《现代的斯堪德那维亚文学》(署名"西谛",见《小说月报》第二十卷第八号,1929)是两篇颇具分量的力作。前者对勃兰兑斯的生平和著作作了详尽的介绍,后者则为我们描述了文学史视野中的一位批评家形象。郑振铎指出,如果说以往的知名批评家有莱辛、阿诺德和泰纳的话,那么,当今具有世界声誉的批评家就是勃兰兑斯。在他看来,"如果一位批评家,能够博得世界的名誉,他的伟大似乎是比诗人或小说家更甚些",因为"批评家是文明的解释者,是一派的思想的代表人;他用光耀的,鲜明的新光明来照耀一切的旧现象"。与此同时,郑振铎充分肯定了《十九世纪文学主潮》的批评方法和评价尺度:"他在这部书所用的批评方法,是科学的比较研究;而其批评的标准则为人生的。对于'艺术的艺术说'与赏鉴的批评,则排斥之不遗余力。他于文学作品不大注意于形式的美,只注意于研究作者的人格与人生观,与作者之生活及时代之环境,且极尊重个性。"②

而在《现代的斯堪德那维亚文学》一文中,郑振铎则进一步强调了勃兰兑斯借引进西欧文学以唤醒丹麦作家的做法,高度评价了他对"写实主义"文学的贡献。他写道:"在这个时代,丹麦正需要有个强有力的人,去开启了思想的窗,以引进欧洲的思潮。勃兰特考察欧洲的文学,为的是要促进丹麦少年作者的向前。他宣言:祖国的文学是死了的,或几乎死了,它是太矫作了,太远于人生了。文学必须直接有关于人生,且解释人生的问题。文学必须是熊

---

① 沈泽民:《布兰兑斯的俄国印象记》,《小说月报》第12卷,1921年。
② 郑振铎:《丹麦现代批评家勃兰特传》,《小说月报》第14卷,1923年。

熊的思想与社会的实际情况的自由无畏的代表。文学必须'表现出一切问题以供辩论'。"①不难发现,这段译文在郑振铎此前出版的《文学大纲》(1927)中已被引述过,只是个别词语有所改动罢了。② 而且,它也并不见于《十九世纪文学主流》的中文译本,而是来自沈泽民所译的《近代的丹麦文学》一文。③显然,这段话之所以被中国批评家反复引用,乃是由于它顺应了"五四"以来新文学运动的价值取向,至于勃兰兑斯的原话究竟出自何处,似乎已无关紧要。

从1936年起,韩侍桁所译的《十九世纪文学之主潮》由商务印书馆陆续出版了前四卷(1936年推出第一、二卷,1937年和1939年又分别推出第三、四卷)。但由于战乱,该书的第五、六卷却未能印行。抗战胜利后,译者韩侍桁从后几卷中抽出部分章节,分别辑成《拜伦评传》、《法国作家评传》和《海涅评传》,由国际文化服务社于1948年至1953年陆续出版。至此,沈泽民当年的殷切期盼终于得以实现,勃兰兑斯的著作不仅为中国读者广泛了解,也成为"五四"以来唯一较完整地译成中文的西方文学史著作。

由此也可理解,韩侍桁的译本一经问世,就受到了读书界的普遍关注。然而,就当时发表的书评来看,倒也未必"好评如潮"。或许正是由于对这部著作寄予的期望过高,人们反而对译文质量感到失望。当年邓广铭发表的

---

① 西谛:《现代的斯堪德那维亚文学》,《小说月报》第20卷,1929年。

② 郑振铎在《文学大纲》中指出:勃兰兑斯"以其充满精力且具有深湛之研究的《十九世纪的文学主潮》唤醒了许多沉睡的丹麦作家。他认为丹麦文学是死了的,是太技巧了,太辽远于人生了。文学一定要与人生直接有关,而解释人生的问题;文学必须大胆无畏的表现出社会的实际问题"。见郑振铎:《文学大纲》第二卷,商务印书馆1927年版,第423—424页。

③ 在沈泽民所译的《近代的丹麦文学》中,有这样一段话:"布兰兑斯希望借鉴于欧洲文学来促进丹麦的一般少年作家。他极力的主张:国内的旧文学是已经死了,或者差不多要死了,国内的文学已经变成太矫揉造作,太不切合人生了。文学,要他有生命,一定要直接和人生往来,解释人生中各个问题。文学一定要自由,要勇往直前地把燃烧似的心箭射出来,把社会底真相揭露出来。文学一定要'举一切问题而加以辩论'。"见《小说月报》第14卷,1923年。

《评韩侍桁译〈十九世纪文学之主潮〉》(1936)就是其中一例。一方面,邓广铭高度评价了勃兰兑斯的原著,认为"他的那种比较研究的方法,那种从人生的各方面,从社会生活的各方面去探讨一种作品的内涵,估量一个作家的价值的这见地,即在现在也还有许多可以取法之处";另一方面,他严厉批评了韩侍桁的译述,对译本的种种"曲译"和谬误大加嘲讽。① 相比之下,倒是张芝联为该书第四卷出版所撰写的书评,不仅态度平和得多,而且对勃兰兑斯的学术渊源作了介绍:"他的方法是先将时代的精神,英国民族的特色,和政治背景解释清楚——这显然是受泰纳的时代、种族、环境的理论的影响……他也不下断语,只将许多人分析完了放在读者的面前,让读者自己去选择——这里我们又看出了圣勃夫的影响。"② 趁便说说,当年邓广铭和张芝联都是刚毕业的大学生,后来又都成为北大历史系教授,从此都不再涉足西方文学研究。仅此一点,就足以说明勃兰兑斯在现代中国受关注的程度。

不过,一般说来,中国现代批评家对纯学术的探讨并无多大兴趣,他们更看重的是勃兰兑斯的激进立场,是他作为一个文学批评家所起的振聋发聩的社会作用。在韩侍桁看来,《十九世纪文学之主潮》具有两个显著特点:"它把初期的民主主义的精神输进到文艺园地里来,并以此为衡量文艺价值的标准;其次,它不把批评作成学究的说教,而造成为有机的活的艺术。"③ 而在李长之的著作《北欧文学》(1944)中,虽然对勃兰兑斯所传承的批评传统有所涉猎,但毕竟着墨不多,真正让他折服的是这位批评家对社会的影响力。他由衷赞叹道:"我深感到大批评家之地位和作用太重要了!勃兰兑斯太令人神往!他不惟有科学的训练,有天生的深入的识力,还有关怀人类社会的深情!批评家是创作的产婆,这话对,然而还不够,批评家乃是人类的火把!"④ 窥一

---

① 邓广铭:《评韩侍桁译〈十九世纪文学之主潮〉》,《国闻周报》第 13 卷,1936 年第 26 期。
② 张芝联:《十九世纪文学之主潮》,《西洋文学》,1940 年第 3 期。
③ 韩侍桁:《拜伦评传》之"译者引言",国际文化服务社 1950 年版。
④ 李长之:《北欧文学》之"自序",商务印书馆 1944 年版。

斑而见全豹。即使在这些简短的评语中,我们也可以发现中国现代文学批评的一个主导倾向,即不仅倡导为人生、为社会的文学创作,而且也特别看重为人生、为社会的文学批评。

二

如上所述,勃兰兑斯及其《十九世纪文学主流》在现代中国的译介和接受并非偶然,而是因为他的著作满足了中国文学批评的期待视野。或者可以这样说,中国现代文学批评的主导倾向是激进主义的、历史主义的,同时也是"拿来"主义的。因此,中国批评家也就特别激赏勃兰兑斯的激进立场,认同他的历史主义研究方法,对他取法西欧文学以唤醒本国作家的做法也能产生深切的理解与共鸣。不仅如此,现代批评家对勃兰兑斯的评介和翻译也是相当及时的。正如我们所知,前面提到的许多文章都发表于勃兰兑斯生前,当时他在西方的声誉正如日中天。而当勃兰兑斯于 1927 年辞世时,《小说月报》迅即发表了署名"宏徒"的一则短讯,报道了这位丹麦批评家去世的消息。① 正是凭借这种"拿来"主义,凭借对世界文坛的敏感,中国文学批评的整体格局才为之一变,快速地从传统文论向现代批评转型。

换个角度来看,中国现代批评对勃兰兑斯的译介和接受,几乎与当时世界文坛保持了同步的进程。据雷纳·韦勒克的《近代文学批评史》第四卷(1965)所言,勃兰兑斯的《十九世纪文学主流》在 1872 年至 1890 年期间首次用丹麦文出版,旋即又出版了德文版(前四卷,1872—1876),在丹麦和德国均引起很大反响。该著英文版问世于 1901 年至 1905 年,法文则仅仅译出"法国的浪漫派"一卷(1902)。1914 年 6 月,当勃兰兑斯来到美国纽约作有关莎士比亚的演讲时,曾经轰动一时,以致不得不动用警察来维持秩序,驱散拥挤在纽约戏剧院门前的成千公众。然而,韦勒克同时指出,时至 20 世纪 60 年

---

① 宏徒:《勃兰特(文坛逸话)》,见《小说月报》第 18 卷第 6 号,1923 年。

代,勃兰兑斯在德国和法国几乎已无人知晓,在英美两国也已徒有其名。①如此巨大的变化,一方面固然说明20世纪西方文学批评经历了翻天覆地的变革,另一方面,显然也与勃兰兑斯的文学批评缺乏独创性和坚实性有关,传统的文学观念与批评方法在西方早已成为明日黄花。

与西方的情况不同,新中国成立后,在大规模译介俄国民主主义批评的同时,勃兰兑斯仍然未被人们遗忘。1958年,人民文学出版社出版了韩侍桁修订重译的《十九世纪文学主潮》第一卷。如果考虑到当时的政治氛围,这种情况实属罕见。显然,勃兰兑斯既非马克思主义批评家,也与俄苏批评传统了无干系,要继续推介他的著作,译者便不得不强调这位丹麦批评家晚年对新兴的苏联充满"无限的憧憬和赞美"。在该书"译后记"中,除了扼要介绍勃兰兑斯的生平著述之外,韩侍桁特意援引了早期共产党人瞿秋白的一段评语:"他(指勃兰兑斯)的历史文化学的见解是属于泰纳一派的,并且也是圣倍夫一派的'心理传记主义者'。在欧战末期和欧战之后他公开的出来反对'混蛋的爱国主义',主张'国际智识阶级的团结',并且拥护苏联。"②尽管如此,这部译著后几卷的出版计划仍然夭折了。随着越来越"左"的政治运动接踵而至,中国真正进入了一个"由聋而哑"的时代。在这种情况下,套用当年鲁迅的话说,不仅对于"获得外国的精神生活的事",而且对于西方文学批评的译介,也"几乎绝对的不加顾及"。

到了80年代初,当那些俄国批评家的影响逐渐趋于落寞,西方现代文论尚未大量涌入中国之际,勃兰兑斯却再度走红起来。人民文学出版社不仅约请张道真、刘半九、徐式谷、江枫、张自谋、李宗杰、高中甫等一批著名翻译家,重新翻译了《十九世纪文学主流》(1980—1986),而且对这部著作给予了极高

---

① Wellek, R., *A History of Modern Criticism*, vol.4, Yale University Press, 1965, p.357.

② 韩侍桁:《十九世纪文学主潮》之"译后记",人民文学出版社1958年版,第221页。此外,瞿秋白的这段评语则见《瞿秋白文集》第2卷,人民文学出版社1953年版,第1197页。

评价。该书编者在"出版前言"中声称:尽管存在着若干缺陷,"但是,无论在作者本人的整个著述生涯中,还是在整个欧洲文学史的范围内,《十九世纪文学主流》仍不失为一部严肃的、丰富的、宏大的、里程碑式的学术著作。这部著作的研究方法和具体论点,对于我国学术界仍然有充分的借鉴的价值"。因此,该书编者断言,这部著作"迄今仍是研究欧洲文学史的重要参考书之一"①。如果考虑到勃兰兑斯在西方已被人遗忘,而他却仍然在中国享有如此盛誉,我们就不能不对这一巨大反差感到惊讶。换言之,尽管时光荏苒,物换星移,但中国学术界却依然对勃兰兑斯的文学史著作一往情深,浑然不觉世界潮流日新月异的变化。

而这是一种怎样的接受视野啊!由于长期的封闭与隔绝,我们不仅对20世纪西方文学批评的发展所知甚少,而且对传统的文学史研究也缺乏深入认识。因此,当新时期文学批评刚刚起步的时候,我们的接受视野仿佛依旧停留在几十年之前。在这种情况下,我们对许多优秀的外国批评论著很少了解,对勃兰兑斯的种种缺陷也几乎视而不见。绿原的《十九世纪文学主流和〈十九世纪文学主流〉》一文,就集中表述了当时中国学术界对勃兰兑斯的这种传统评价。绿原认为,虽然这位丹麦批评家未能按照唯物史观来解释文学与社会的关系,但是,"人们不应也不会贬低勃兰兑斯的这部巨著迄今仍然保持的学术价值"。在他看来,《十九世纪文学主流》的价值就体现在:"他没有把文学写成孤零零的天才活动的汇集,而是将它理解为一个发展过程,这是一;他把这个过程始终看作进步和反动的斗争过程,而且预言进步终归会胜利,这是二;他密切注意作家的心理状态和社会环境的联系,从没有片面地探索超时空条件的心灵,这是三;加上他的笔锋带有感情,使人读来'就像面对一位聪敏过人、见多识广而又无私无畏的朋友,尽管我们并不同意他的观点,

---

① 韩侍桁:《十九世纪文学主流》之"出版前言",见该书第一分册"流亡文学",人民文学出版社1980年版,第1—5页。

但却乐于同他促膝谈心'(梅林语),这是四。"① 由此可见,迄至20世纪80年代初,我们对勃兰兑斯的认识依然如故,并不比"五四"前后的学者高明多少。

　　如今来翻阅20世纪80年代中期我国的文学评论杂志,《十九世纪文学主流》的引用率之高是出乎人们意料之外的。然而,由于缺乏深入研究,满足于一知半解,对勃兰兑斯的误读也流行开来。有时候情况甚至会是这样:尽管批评家的探索热情是如此充沛,但由于理论资源的相对匮乏,因此不得不通过曲解勃兰兑斯来为自己寻找理论支持。而其中最大的误读和曲解,莫过于对"文学史是一种心理学"这一命题的认识。宋永毅的《当代小说中的性心理学》一文,在引述了勃兰兑斯的那段话之后,竟借题发挥地写道:"人的灵魂活动是一个多元的心理复合体,在传统的文学评论能剖析出政治思想动因的文学现象中,往往也能更深一层地开掘出性心理的潜因。"② 如此大胆的创造性理解,恐怕是勃兰兑斯当年始料未及的。刘再复在论及文学的主体性问题时,尤其强调文学是"人的灵魂学,人的性格学,人的精神主体学"。为此,他也援引了勃兰兑斯有关"文学史是一种心理学"的论述,并且指出:"勃兰兑斯的这种思想的深刻性就在于,他不仅把文学一般地视为'人'学,而且承认文学是人的精神主体运动的历史。"③ 显然,这些误读和曲解,是与当时中国文学"向内转"的倾向相一致的,同时也说明我们在接受西方文学批评时始终具有很强的功利性。而我们应当认识到,虽然对任何来自异域的文学理论的译介和接受,都不可避免地与接受主体的选择有关,但过度的功利性势必会对我们的学术研究造成损害。

　　应当指出,直到陶东风的《文学史哲学》(1994)一书问世,才对"文学史是一种心理学"的说法作出了正确阐释。他指出,勃兰兑斯所谓的"心理学",并不是现代科学意义上的心理学,而是古典意义上的心理学,因而他所说的"心

---

① 绿原:《十九世纪文学主流和〈十九世纪文学主流〉》,《读书》1984年第4期,第77页。
② 宋永毅:《当代小说中的性心理学》,《文学评论》1985年第5期,第34页。
③ 刘再复:《论文学的主体性》,《文学评论》1985年第6期,第13—14页。

理"乃是"灵魂"、"精神生活"、"思想感情"的同义语。正像勃兰兑斯所说的那样,所谓"按照心理学观点来处理文学史",无非意味着"尽可能深入地探索现实生活,指出在文学中得到表现的感情是怎样在人心中产生出来的","以图把握那些最幽远、最深邃的准备并促成各种文学现象的感情活动"。① 正是基于这一点,陶东风认为,勃兰兑斯的文学史实质上探讨的是文学所反映的思想史,其任务"并不是描述文学形式演变的历程而是描述文学所反映、表现的情感的历程;情感是文学现象的动因(促成了文学现象),情感是在现实生活中产生出来的"②。据此,他把勃兰兑斯的著作与泰纳、普列汉诺夫、豪泽尔、戈德曼的研究归为一类,都划入了"文学史的他律论模式"。

三

综上所述,从鲁迅的《摩罗诗力说》算起,勃兰兑斯及其《十九世纪文学主流》介绍到我国已经整整一个世纪了。如果说"五四"前后中国学者对勃兰兑斯的译介和接受,不仅顺应了当时世界文坛潮流,而且有力地促进了中国文学批评的现代化转型的话,那么,在其后漫长岁月里,我们对勃兰兑斯依然情有独钟,赞誉有加,则恰好表明了我们的接受视野曾长期固步自封,我们的批评事业曾长期停滞不前。在这种一叶障目的情况下,我们便完全认同勃兰兑斯的文学史观和批评方法,既不可能对他的种种缺陷有所觉察,也不可能正确评价他在文学批评史上的地位,许多误读、曲解和过誉之词便由此产生。

那么,在我们对勃兰兑斯的理解和接受中,究竟存在哪些误区呢?

首先,尽管勃兰兑斯从激进的自由主义立场出发,试图把19世纪前期的

---

① [丹麦]勃兰兑斯:《十九世纪文学主流》,第二分册"德国的浪漫派",刘半九译,人民文学出版社1981年版,第1—2页。

② 陶东风:《文学史哲学》,河南人民出版社1994年版,第71页。

欧洲文学描述为一场进步与反动的斗争,然而,这一点是否就像某些中国批评家所赞誉的那样,值得我们一味肯定呢?我们应当认识到,文学史的演变远比所谓"进步与反动的斗争"复杂得多,具体到作家作品更需要作深入细致的分析,用这一框架去把握19世纪前期错综复杂的文学现象,显然是难以奏效的。尤其是勃兰兑斯过分强调了文学思潮与政治斗争的联系,甚至时常把文学运动与政治局势直接挂起钩来加以评述,其结果,便全然忽视了这样一个事实,即文学的演变有其自身的规律,与政治斗争和社会变迁并不是一种直接的因果关系。因此,当勃兰兑斯把19世纪前期欧洲文学完全归结为政治运动的产物,并将它描述为一场进步与反动的较量时,实际上采取了一种相当简单化的做法。

这种做法体现在《十九世纪文学主流》中,便是对许多作家作品作了极不恰当的评价。例如,在勃兰兑斯的描述中,德国浪漫派文学便由于脱离了当时争取进步和自由的斗争,因此变得光怪陆离,鬼影幢幢。在他看来,要理解德国浪漫派文学,必须从文艺、社会、宗教和政治四个方面来加以考察。在文艺方面,它溶化为歇斯底里的祈祷和迷魂阵;在社会方面,它只研究私生活的关系,而且大半凭着病态的热情;在宗教方面,它虔诚地皈依了天主教;在政治上,它则投靠了反动的"神圣同盟"①。由此可见,勃兰兑斯完全是把德国浪漫派文学当作一种病态的精神现象来予以否定的。另一方面,出于激进的政治立场,勃兰兑斯显然过高地评价了拜伦在文学史上的地位,甚至夸张地把拜伦在希腊的逝世视为欧洲文学的转折点,断称:"它预示着欧洲更加美好的时代即将到来。"②而在论及"青年德意志"时,勃兰兑斯则再次将文学的演变归结为政治斗争的直接产物,不惜笔墨地描述了1830年法国七月对这一时期德国诗人的奇迹般的影响。凡此种种,在不同程度上导致勃兰兑斯对许

---

① [丹麦]勃兰兑斯:《十九世纪文学主流》,第二分册"德国的浪漫派",刘半九译,人民文学出版社1981年版,第12页。

② [丹麦]勃兰兑斯:《十九世纪文学主流》,第四分册"英国的自然主义",徐式谷、江枫、张自谋译,人民文学出版社1984年版,第457页。

多作家作品随意褒贬,大大损害了这部文学史著作的价值。

其次,勃兰兑斯之所以受到中国批评家的热情推崇,正如绿原那篇文章所表明的,也是因为"他密切注意作家的心理状态和社会环境的联系,从没有片面地探索超时空条件的心灵"。然而,由于缺乏深入细致的研究,我们往往过分夸大了勃兰兑斯这一历史主义观点在批评史上的贡献。诚然,勃兰兑斯曾经指出:"一本书,如果单纯从美学观点看,只看作是一件艺术品,那么它就是一个独自存在的完备的整体,和周围的世界没有任何联系。但是如果从历史的观点看,尽管一本书是完美、完整的艺术品,它却只是从无边无际的一张网上剪下来的一小块……从历史的角度考虑,这本书却透露了作者的思想特点,就像'果'反映了'因'一样……而要了解作者的思想特点,又必须对影响他发展的知识界和他周围的气氛有所了解。"① 这就是说,一部文学作品既是作者思想感情和个性心理的表现,同时也是时代精神和民族精神的体现。这固然不失为一种深刻的见解,但是,只消懂得一点西方文学批评史,我们就不难发现,类似的观点在 19 世纪早已普遍流行,勃兰兑斯并没有比史雷格尔兄弟、黑格尔、泰纳、朗松和德·桑克蒂斯提供更多更新的东西。

另一方面,在肯定勃兰兑斯历史主义观点的同时,我们却对他的种种大而无当的表述视而不见,毫无觉察。举例来说,勃兰兑斯总是不厌其烦地强调:时代精神乃是"一切真正文学生命的血液",对一个作家来说,"具有决定性的重要意义的,便是他的心灵应当有意识地或无意识地受到他那时代最进步思想的渗透"。② 然而问题在于,在勃兰兑斯的描述中,不仅斯达尔夫人、拜伦、雪莱、雨果、巴尔扎克和海涅的作品充分体现了时代精神的影响,即便是那些躲避生活、抵抗社会的诗人,其创作倾向也只能从时代精神那里获得最终的解释。在他看来,尽管诺瓦里斯歌颂黑夜、疾病和神秘,与时代的一切

---

① [丹麦]勃兰兑斯:《十九世纪文学主流》,第一分册"流亡文学",张道真译,人民文学出版社 1980 年版,第 2 页。

② [丹麦]勃兰兑斯:《十九世纪文学主流》,第五分册"法国的浪漫派",李宗杰译,人民文学出版社 1982 年版,第 68—69 页。

光明美好的观念针锋相对,但"他却不得不违反自己的意愿,受制于这个时代的精神"①。同样,在拉马丁的诗篇中,我们获得了波旁王朝复辟时期的情绪阐释,"它是一种类似风鸣琴响的诗,而弹动它琴弦的是时代的精神"②。因此,所谓"时代精神"在勃兰兑斯那里就成了一把万能钥匙,可以用它来随心所欲地解释形形色色立场迥异和风格迥异的作家。而在如此宽泛的用法中,这个概念本身也就失去了它确切的内涵。

第三,与常见的国别文学史不同,《十九世纪文学主流》由于着重描述了英、法、德三国浪漫主义文学的盛衰消长过程,因此往往被中国批评家推崇为一部比较文学史的杰作。例如,该书中译本"出版前言"这样评介道:"它把西欧文学当作一个浑然的整体,从各国的文学思潮中清理出它的纵横交错的来龙去脉,使读者能够对它得出一个全局的观念,从而更深刻地理解构成全局的各个部分。"③然而,在肯定勃兰兑斯的大胆尝试的同时,我们却常常忽略了这样一个问题,即该书存在着大量浮泛的比附和轻率的断语。

不难发现,尽管勃兰兑斯多次谈及各民族文学之间的差异,谈及由于受到民族精神的影响,在英国就可能成为一个自然主义者,在德国就可能成为一个浪漫主义者,在丹麦就可能成为一个古代斯堪的那维亚人的崇拜者。④但这与其说基于对文学现象的真切认识,毋宁说是源自一种陈旧的浪漫主义历史观念,即将历史视为民族精神的历史。⑤而在许多情况下,勃兰兑斯往

---

① [丹麦]勃兰兑斯:《十九世纪文学主流》,第二分册"德国的浪漫派",刘半九译,人民文学出版社1981年版,第186页。

② [丹麦]勃兰兑斯:《十九世纪文学主流》,第三分册"法国的反动",张道真译,人民文学出版社1986年版,第197页。

③ 《十九世纪文学主流》之"出版前言",见该书第一分册"流亡文学",人民文学出版社1980年版,第3页。

④ [丹麦]勃兰兑斯:《十九世纪文学主流》,第四分册"英国的自然主义",徐式谷、江枫、张自谋译,人民文学出版社1984年版,第6页。

⑤ Wellek, R., *A History of Modern Criticism*, vol. 4, Yale University Press, 1965, p. 358.

往根据自己的个人印象,泛泛地谈论"法国人通常在观察中寻求诗意,德国人在强烈的感情中寻求诗意,而英国人则在丰沛的想象力中寻求诗意"①。其结果,便以浮泛的印象取代了对作品文本的细致分析。甚至在对具体作家作品的比较研究中,诸如,将诺瓦里斯与雪莱所作的对比,②或是对拜伦的《曼弗雷德》与歌德的《浮士德》所作的比较,③勃兰兑斯的评语也常常流于草率,很难经得起推敲。如果说作为一部早期的比较文学史著作,《十九世纪文学主流》存在这些缺陷尚情有可原的话,那么,在比较文学已取得长足进步的今日,依然将勃兰兑斯的方法奉为圭臬,则显然是不得要领的。

第四,中国批评家虽然早已注意到勃兰兑斯的学术渊源,但由于缺乏深入研究,或是出于对这位丹麦批评家的偏爱,却更愿意强调勃兰兑斯超越前人的地方。该书中译本"出版前言"便是这方面的突出例证。尽管这篇前言指出,勃兰兑斯的批评方法并非独创,而是受到了泰纳、圣勃夫等人的影响,但旋即又替他辩解道:即使采用了圣勃夫的"自传说",勃兰兑斯"一般都能充分地联系历史传统、社会生活、时代思潮、文化背景、各国流派间的关系,以及作者个人的经历和他的其它作品,进行综合分析"。同样,在前言作者看来,勃兰兑斯的长处就在于:"他避免了泰纳强求事实服从原则的公式化倾向,而从丰富的相互联系的历史事实和历史背景出发,分别引申自己的有关结论,这是有别于、也是他强似泰纳的地方。"④然而,事实果真如此吗?

限于篇幅,我们在此只能探讨一下圣勃夫的传记式批评方法对勃兰兑斯的影响问题。在《十九世纪文学主流》第五卷中,勃兰兑斯高度评价了圣勃夫

---

① [丹麦]勃兰兑斯:《十九世纪文学主流》,第一分册"流亡文学",张道真译,人民文学出版社1980年版,第122页。

② [丹麦]勃兰兑斯:《十九世纪文学主流》,第二分册"德国的浪漫派",刘半九译,人民文学出版社1981年版,第203—205页。

③ [丹麦]勃兰兑斯:《十九世纪文学主流》,第四分册"英国的自然主义",徐式谷、江枫、张自谋译,人民文学出版社1984年版,第381—382页。

④ 《十九世纪文学主流》之"出版前言",见该书第一分册"流亡文学",人民文学出版社1980年版,第3页。

的批评事业,称赞他是"一位划时代的批评家"。在他看来,尽管圣勃夫缺乏理论系统性,但却为近代批评奠定了坚实的基础,这就是他"在作品中看到了作家,在书页背后发现了人","只有到了那时,文献才是活的。只有到了那时,灵魂才能赋予历史以生命。只有到了那时,艺术作品才变得晶莹透明,可以被理解了"。① 这既是替圣勃夫辩护,也是这位丹麦批评家的夫子自道。而在批评实践中,一方面,他总是不厌其烦地描述作家的生平个性;另一方面,他又往往将作品视为作家的自传,在字里行间追寻作家本人的踪影。在勃兰兑斯看来,夏多布里昂在描绘勒内时就是在描写自己的性格,②而柯丽娜的形象无非是斯达尔夫人的自我写照。③ 他还谈到拜伦奔放不羁的个性来源于他父母的"难以控制的激情"④,谈到乔治·桑与缪塞的恋情对他们各自创作的影响。⑤ 凡此种种,不仅未能摆脱传记式批评的窠臼,而且也与他有关文学演变受制于时代精神和政治斗争的看法发生了深刻矛盾。

当然,所有这些误读和曲解都并非偶然,而是与我们的接受视野(或"前理解"、"前把握")密切相关的,因而从一个侧面反映了20世纪中国文学批评的演进历程。尽管如此,勃兰兑斯仍然是幸运的。在长达一个世纪的岁月里,曾有多少西方批评家与我们擦肩而过,失之交臂,又曾有多少西方文学理论来去匆匆,悄无声息,但唯独勃兰兑斯在中国找到了"知音"。甚至在西方早已被人淡忘的情况下,他却依然在当代中国赢得了一片喝彩。从这个意义

---

① [丹麦]勃兰兑斯:《十九世纪文学主流》,第五分册"法国的浪漫派",李宗杰译,人民文学出版社1982年版,第376页。
② [丹麦]勃兰兑斯:《十九世纪文学主流》,第一分册"流亡文学",张道真译,人民文学出版社1980年版,第38页。
③ [丹麦]勃兰兑斯:《十九世纪文学主流》,第一分册"流亡文学",张道真译,人民文学出版社1980年版,第129页。
④ [丹麦]勃兰兑斯:《十九世纪文学主流》,第四分册"英国的自然主义",徐式谷、江枫、张自谋译,人民文学出版社1984年版,第314页。
⑤ [丹麦]勃兰兑斯:《十九世纪文学主流》,第五分册"法国的浪漫派",李宗杰译,人民文学出版社1982年版,第142—143页。

上说,若要认真总结我们在译介和接受西方文论方面的经验教训,推进中西比较诗学研究,那么,"勃兰兑斯在中国"就是一个怎么也绕不过去的典型个案。

论中国新文学界对勃兰兑斯的接受

朱寿桐[*]

一

80年前,一个对勃兰兑斯满怀热忱的中国文学家就曾宣布:勃兰兑斯"不是丹麦的人,乃是世界的人!"[①]勃兰兑斯作为一个伟大的文学史家和文学批评家,不单属于丹麦,属于北欧,也不单属于欧洲,他还属于他自己一直相当陌生的中国。也许他自己始终都不知道,他在遥远而陌生的中国享受着崇高的文化礼遇。

在文学上,中国进入开放的现代历史阶段的标志是积极认同外国文学,虚心从异域的文学创作中吸收营养,借此打破已走向没落的传统文学格局,使得民族文学走上苏生的坦途。中国现代文学最伟大的开创者鲁迅甚至认为,中国现代文学通过他自己实现的一些"'文学革命'的实绩",之所以能使得一部分青年读者激动起来,完全是因为"向来怠慢了绍介欧洲大陆文学的缘故"[②],鲁迅这种将包括自己成就在内的中国现代文学开创时期的业绩全都归功于西欧文学影响的思路,尽管含有当事人的谦逊因素,却反映了相当

---

[*] 朱寿桐,澳门大学中文系教授、博士生导师,主要研究中国现当代文学与文论。本文原载《广东社会科学》2006年第3期。

① 郑振铎:《丹麦现代批评家勃兰特传》,《小说月报》第14卷,1923年第4期。

② 《〈中国新文学大系〉小说二集序》,《且介亭杂文二集》,《鲁迅全集》,人民文学出版社1981年版,第238页。

的历史实情,更代表着那个时代的普遍心态。在这样的心态支配下,中国现代文学界当然会给予外国作家以崇高的礼遇,这种礼遇不仅仅投向西欧作家,也会被及北欧、东欧的作家甚至其他弱小民族的作家。

然而在中国现代文学界享受这种崇高礼遇的外国人往往并不包括文学批评家尤其是文学史家。或许全世界都是如此,文学批评家和文学史家常常难以获得作家和诗人那样的关注与礼遇——"一位批评家之获得世界的名誉,较之一位诗人或小说家,其成就更为伟大。世界的人常是喜欢娱乐而不愿意听教训,所以那些诗人,小说家,其有获得名誉的机会,比之那班批评家——文学的教训者——差不多是多过十倍以上的"①。说者在介绍勃兰兑斯的时候提出了这样一种观察,目的是为了说明勃兰兑斯作为世界闻名的批评家其所具有的"含金量"如何之高。

外国文学批评家和文学史家在中国现代文坛登堂入室的机会其实不少,如带着政治背景的别林斯基、车尔尼雪夫斯基、波格丹诺夫、普列汉诺夫、辛克莱等,体现发现眼光的弗洛伊德、尼采、叔本华、厨川白村、丹纳等,都是中国现代文学家们一度乐于推崇和引述的对象。与他们相比较,勃兰兑斯在中国现代文学界的地位仍显得相当突出,一个极其重要的因素是:堪称中国现代文学之父的鲁迅由始至终欣赏和推崇的文学批评家似乎只有勃兰兑斯。鲁迅对弗洛伊德和尼采一度赞赏有加,不过过了不久就对他们作为精神病理学家的偏执和作为哲学家的渺茫提出了批评和怀疑。这两位先锋人物后来在世界同时也在中国形成了世纪性的影响,凭借的主要是他们的学理和精神,而不是他们的文学批评。在为鲁迅所青睐的文学批评家中,除了"科学的文艺论"系列的带有浓厚政治背景的苏俄或日本的一些时髦人物之外,厨川白村是比较引人注目的,鲁迅亲手翻译过他的代表著作,并一度乐于引述他的"苦闷的象征"说。但这位殒命于关东大地震的杰出的文艺理论家,在中国似乎并没有赢得更多的信奉者,即使鲁迅极力推荐也未能在中国文学批评界

---

① 郑振铎:《丹麦现代批评家勃兰特传》,《小说月报》第 14 卷,1923 年第 4 期。

造成过得去的影响。勃兰兑斯的情形就大为不同。尽管也许是限于语言的疏隔鲁迅没有翻译过他的著作,但对他的著述所表现出的浓厚兴趣显然并不亚于对厨川白村;鲁迅对勃兰兑斯的推崇不仅是由始至终、有始有终的,而且是带着发自内心的认同,与自己对于民族文学前途和命运的紧张思考紧密联系在一起。更为重要的是,鲁迅对勃兰兑斯的推介在中国现代文学批评界形成了"吾道不孤"的空前阵势,一向孤高寡合的鲁迅偏偏在勃兰兑斯的引介方面一下子拥有了许多同道者,这情形只能说明,勃兰兑斯在遥远的中国注定会获得最高的礼遇,超出他在世界其他地区所能获得的礼遇。鲁迅很少对他所论述到的哪怕是为他所赞赏的对象不加以反思性的批判,但对勃兰兑斯则可算是一个例外。

中国现代文学史上第一大文学社团——文学研究会的掌门人郑振铎在所撰《丹麦现代批评家勃兰特传》中将勃兰兑斯与莱辛(Lessing),阿诺尔德(Matthew Arnold),丹纳(Taine)等伟大的批评家并列,在《审定文学上名辞的提议》一文中又将勃兰兑斯与"亚利史多芬(Aristophanes),但丁(Dante),嚣俄(Hugo),巴尔萨克(Balzac),丁尼孙(Tennyson),亚诺尔特马太(Arnold,Matthew)"和"史德林堡(Strindberg)及莫尔顿(Moulton)等"相提并论。[①] 除去伟大的诗人和小说家,在这些与勃兰兑斯排名在一起的前辈文学批评家中,有的实际上从未获得中国文学界的接受,如阿诺尔德,人们对他的观念至今都相当陌生,有的则在被接受的同时经常面临着种种质疑与挑战,如丹纳,他的批评观相当长时间以来一直处在被批判地接受的尴尬境地。勃兰兑斯在中国得到了如此真诚的赞赏、如此高度的评价和如此广泛的接受,在与现代中国发生关系的众多世界级文学批评家中几乎创造了一项奇迹。

---

① 《小说月报》第12卷,1921年第6期。

二

中国现代文学家对勃兰兑斯的赞赏首先基于他对丹麦文学和世界作出的杰出贡献。特别是对于20世纪20年代那批中国现代文学的创缔者们来说，一个批评家能对自己民族的文学产生划时代的影响，这实在是一件值得羡艳的事情。还是那位文学研究会的核心人物郑振铎，在以西谛为笔名发表的《现代的斯堪德那维亚文学》一文中，明确认定了勃兰兑斯之于丹麦现代文学的崇高的开创性地位："自从勃兰特出现，丹麦的现代文学便开始了。"[1] 这样的判断是作为知识命题而不是作为探讨性结论提出的，因而对于中国现代文学家来说具有无可争辩的权威性。李达曾翻译日本的生田春月《现代的斯干底那维亚文学》一文，比西谛的同题文章早发表八年，显然有资格成为西谛介绍斯堪的纳维亚现代文学的知识资源。该文多处强调了勃兰兑斯至于丹麦现代文学的开创者地位："这一国近代的文学，可以说是从布兰兑斯为始。""丹麦文学的近代开山祖。"[2]

西谛对于勃兰兑斯作为丹麦现代文学开山祖的认定，可能来自生田春月的这篇介绍，但更可以肯定的是，不能排除其他方面的相关知识来源。当时的中国文学家对丹麦文学与勃兰兑斯的熟悉程度比之于今天的同类人不知道要高出多少倍。中国现代文学史上的第一家纯文学刊物《小说月报》改版发行以后，对东、北欧文学的介绍成了它的一个重点内容；丹麦文学中有一个灿烂的"勃兰兑斯时代"，对于当时围绕在《小说月报》周边的新文学家来说完全可以算是一种文学史常识。一个便当的例子是，就在生田春月的文章被翻译发表的当时，沈雁冰便已对其文章中提到的丹麦文学的"布兰兑斯时代"及其意义了然于心，他同期发表的介绍丹麦文学家约柯伯生的文章，即与生田

---

[1] 西谛:《现代的斯堪德那维亚文学》，《小说月报》第20卷，1929年第8期。
[2] 《小说月报》第12卷，1921年第6期。

春月一致地确认了勃兰兑斯对现代丹麦"自然主义"文学的造就之功,认为勃兰兑斯所培养的"最著名的三个新进文豪"便是约柯伯生(J. P. Jacobsen)、德拉克曼(H. Drachmann)和斯堪道夫(S. Schandorph),在此认识基础上他重点介绍了约柯伯生。①

郑振铎和沈雁冰是第一个中国现代文学社团文学研究会的中心人物,也是第一个现代纯文学刊物《小说月报》的主持者,他们高张着"为人生的文学"的旗号倡导新文学运动,并以类似于《文艺丛谈》②、《文学的统一观》③、《春季创作坛漫评》④、《评四五六月的创作》⑤之类的评论试图引导着新文学的创作,虽没有公开以新文坛"祭酒"的角色自命,却俨然以新文学引导者的身份自许;在这样的心态下观察到勃兰兑斯之于丹麦现代文学定于一尊的地位和开天辟地的劳绩,其崇敬之情和羡慕之意便显得十分正常。

当然,中国现代文学家给予勃兰兑斯的礼遇更主要的是因为他卓越的文学研究成就,特别是他那不朽的著作《十九世纪文学主流》。勃兰兑斯逝世不久,《小说月报》就有人专文介绍他,突出"他著的《十九世纪文学之主潮》与《俄国文学印象记》二书,是人所熟知的"这样一个事实。⑥ 早在世纪初年,他的这些著作便在中国特别是在鲁迅等先驱者中间产生了影响,1920年第5期的《东方杂志》陈瑕撰文介绍勃兰兑斯生平时,也大力鼓吹《十九世纪文学主流》的成就与影响。早期共产党骨干人物沈泽民则在《小说月报》的《俄国文学研究》专号上撰写专文介绍勃兰兑斯的《俄国文学印象记》,文前对《十九世纪文学主流》则充满着殷殷期盼之情:"他的不朽著作《十九世纪文学之主潮》

---

① 沈雁冰:《十九世纪末丹麦大文豪约柯伯生》,《小说月报》第12卷,1921年第6期。
② 或作《文艺丛谭》,最初发表在改版后的《小说月报》的补白言论,内容是文学原理的感悟和对新文学创作的指导意见,郑振铎所撰最多。
③ 郑振铎撰,《小说月报》第13卷,1922年第8期。
④ 沈雁冰(郎损)撰,《小说月报》第12卷,1921年第4期。
⑤ 沈雁冰(郎损)撰,《小说月报》第12卷,1921年第8期。
⑥ 宏徒:《勃兰特》,《小说月报》第18卷,1927年第6期。

(Main Currents in Ninteenth Centruy Literature)我们闻名已久,心向往之,希望不久就有人详详细细的把他介绍到中国来。"①显然,沈泽民之于《十九世纪文学主流》正是属于一个"人所熟知"者,连该书的英文译名也带有粗糙的"印象记"痕迹,②可见当时还没有人详细介绍过这本巨著。他对于此书的盼望反映了当时相当普遍的读书人的心声。

鲁迅固然看重勃兰兑斯对丹麦现代文学的开创之功,可更感叹他对落后、封闭中的丹麦旧文学的痛心疾首的批判与否定;他固然佩服《十九世纪文学主流》的宏大与深彻,可更叹服勃兰兑斯撰著此书的良苦用心:试图将民族文学从"由聋而哑"的"死灭"状态中激发起来,拯救出来。鲁迅对勃兰兑斯的这种观察和理解,之所以能比文学研究会的郑振铎、沈雁冰更见深意,更富有洞察力,是因为鲁迅作为新文化运动自始至终的积极参与者,对于处在中国新旧文学交接点上的文化况味与他们自有不同。鲁迅注意到:"勃兰兑斯叹丹麦文学的衰微时,曾经说:文学的创作,几乎完全死灭了。人间的或社会的无论怎样的问题,都不能提起感兴,或则除在新闻和杂志之外,绝不能惹起一点论争。我们看不见强烈的独创的创作。加以对于获得外国的精神生活的事,现在几乎绝对的不加顾及。于是精神上的'聋',那结果,就也招致了'哑'来。"③

为鲁迅所赞赏的勃兰兑斯的这番议论,至少其关键词显然并未在通行的《十九世纪文学主流》版本中出现,著名文学翻译家张道真所译的《十九世纪文学主流》第一分册,无论是作为全书的"引言"还是第一分册《流亡文学》的前言,都没有提及"聋"与"哑"的关系及其在丹麦文学批判中的运用,如果不是鲁迅当年所见日文译本特有的内容,恐怕是他的一种误记,抑或他看了确

---

① 沈泽民:《布兰兑斯的俄国印象记》,《小说月报》,号外《俄国文学研究》1921年9月。
② 《十九世纪文学主流》书名的通行英译为 The Main-Literary Currents in the Nineteenth Century;另,所引书名英译中的"Ninteenth"和"Centruy"两词的拼写错误也是原状,或许是手写之误,但也不排除是作者的轻率潦草所致。
③ 《由聋而哑》,《鲁迅全集》第5卷,人民文学出版社1981年版,第277页。

实对丹麦文学界有所议论与批评的该书第二分册引言,然后加以发挥的议论。不管怎样,他觉得勃兰兑斯的这番意思完全"可以移来批评中国的文艺界"——不仅是鲁迅写此文的30年代文学界,更适合于批判和反思他们掀动起新文化巨澜的当年封闭、保守的中国文学界。胡适、陈独秀、周作人都将那种封闭、保守的旧文学称为陈腐的文学、僵死的文学、非人的文学,鲁迅还从中看到了满是"吃人"的险恶,——中国旧文学在新文化运动人士眼中呈现的这种状态,比勃兰兑斯心目中丹麦文学的创造力萎缩、精神"死灭"的状态有过之而无不及。经过两次Sleswick-Holstein战争,丹麦与德国中断了实际事务乃至思想文化两方面的交通,与法国文化与英国习惯本来具有的差异进一步扩大,"世界的潮流的呼声,在他们门前流滚而过,他们绝不想加入其中,也不想稍与接触。在他们的文学上,只有旧浪漫主义的微弱黯淡之光微微的照着;在他们的艺术上,哲学上,政治上,保守主义牢牢的把他们占领着,使他们显出异常寂寞的精神的孤立"①,这情形不仅类似于发生文学革命前夕的中国旧文坛,同鲁迅当时所处的"黑暗的中国文艺界的现状"也颇相类。对于丹麦,"在这个时候,一个接续已断的交通的人,一个外国思想的介绍人与翻译人,是决不可少的。勃兰特恰在这个时候奋然而出……"② 对于这个像太阳一样喷薄而出的为丹麦文学带来光明和前途的勃兰兑斯此番"奋然而出",沈泽民翻译的亨利・哥达・侣赤原著的《近代的丹麦文学——布兰兑斯底前后》作了如此渲染:"那个强者来了……布兰兑斯希望借鉴于欧洲文学来促进丹麦的一般少年作家。他极力的主张:国内的旧文学是已经死了,或者差不多要死了,国内的文学已经变成太矫揉造作,太不切合人生了。"③

勃兰兑斯的这种"取火者"的地位,这种批判者的风范,这种开拓者的精神,最能打动的也正是鲁迅这类中国文学和文化的"取火者"、批判者和开拓

---

① 郑振铎:《丹麦现代批评家勃兰特传》,《小说月报》第14卷,1923年第4期。
② 郑振铎:《丹麦现代批评家勃兰特传》,《小说月报》第14卷,1923年第4期。
③ 《小说月报》第14卷,1923年第4期。

者的胸臆,鲁迅对于勃兰兑斯由衷的认同和欣赏,显然包含着自己作为文学革命倡导者和现代文学创谛者的一种深沉的寄托,寓涵着一种潜隐的自况。在中国现代文学家的寄托与自况之间,带着丹麦文学特殊背景的勃兰兑斯被认同的程度势必远远高过其他文学批评家,包括为勃兰兑斯自己深深仰慕的丹纳。

三

中国现代作家中固不乏以外国杰出作家自况者,如郭沫若、田汉就曾以中国的歌德、席勒自许,但还没有一个批评家敢明确以外国杰出的批评家自况。中国的文学批评发展到今天却罕见走得出国门的成果,哪怕是片言只语的论述,何况在现代文学草创之初?文学批评水平的相对低下,文学批评家力量的相对薄弱,曾使得鲁迅、郁达夫等中国现代文学作家十分痛心疾首。于是,对于勃兰兑斯的认同和倾慕,还体现着他们对公正而富有发现眼光的伟大批评家的热切期盼。郁达夫在勃兰兑斯身上正寄托着这样的期盼:像勃兰兑斯这样的批评家,只要"能生一个在我们目下的中国,我恐怕现在那些在新闻杂志上主持文艺的那些假批评家,都要到清水粪坑里去和蛆虫争食物去"①。

郁达夫这样的诅咒显然不是针对创造社内部的自己人而言的,可素有创造社首席批评家之称的成仿吾在鲁迅的眼中又正落得了这样的境地。鲁迅讽刺成仿吾所宣扬的"不屑看流行的作品,要从冷落堆里提出作家来"自我表白,明确认为只有像勃兰兑斯这样伟大而杰出的批评家才能够真正做到这一点,顺便提到了"勃兰兑斯曾从冷落中提出过伊孛生和尼采"的文学史实。②

---

① 郁达夫:《艺文私见》,《创造季刊》第1卷,1922年第1期。
② 《"题未定"草(五)》,《且介亭杂文二集》,《鲁迅全集》第6卷,人民文学出版社1981年版,第389页。

确实,鲁迅似在不经意间提到的勃兰兑斯的这番成就,正是世界文学史家们必须面对的文学史实。郑振铎根据斯堪的纳维亚文学研究者博益森(Boyesen)的《勃兰兑斯评传》所写的《丹麦现代批评家勃兰特传》,证实了鲁迅关于勃兰兑斯"从冷落中"发现并"提出"易卜生的说法:勃兰兑斯在写作《易卜生论》的最初一部分时,"易卜生还未大成功,他的名字还未出他的本国呢"①。同样,另一位被沈泽民音译成亨利·哥达·侣赤的研究者也证实了鲁迅关于勃兰兑斯"从冷落中""发现"并提出尼采的说法:勃兰兑斯一方面"介绍易卜生到丹麦和德意志",另一方面"他发现尼采,把他那个个人主义的超人主义表暴于思想世界"。②

由于鲁迅从内心里确认了勃兰兑斯是当代最伟大的批评家,当他的思想观念发生了某些改变的时候,仍然向年轻人推荐《十九世纪文学主流》。1933年12月20日鲁迅在给徐懋庸的信中如是说:"文学史我说不出什么来,其实是 G. Brandes 的《十九世纪文学的主要潮流》虽是人道主义的立场,却还很可看的,日本的《春秋文库》中有译本,已出六本(每本八角),(一)《移民文学》一本,(二)《独逸の浪漫派》一本,(四)《英国ニ於ケル自然主义》,(六)《青春独逸派》各二本,第(三)(五)部未出。"③

鲁迅的推荐非常详细,而且可以说至为真诚。鲁迅向来关爱青年文学家,特别是爱慕自己的年轻人,从不向他们推荐自己认为并不可靠或者并无益处的书籍,甚至连自己的书,也担心青年人读了如饮毒鸩。徐懋庸当时还是一个为鲁迅所珍爱的文学青年,鲁迅自然会向他推荐自己信得过的书。在与梁实秋等新月派的论争中,鲁迅曾大批人性论,人道主义之类的价值观也因左联的批判显得色彩暗淡,可鲁迅就是愿意挨除这些因素,推荐勃兰兑斯的著作,可见他对此书以及作者信服的程度。更能说明问题的是,鲁迅在给

---

① 郑振铎:《丹麦现代批评家勃兰特传》,《小说月报》第14卷,1923年第4期。
② 《近代的丹麦文学——布兰兑斯底前后》,沈泽民译,《小说月报》第14卷,1923年第8期。
③ 《鲁迅全集》第12卷,人民文学出版社1981年版,第303页。

年轻人推荐勃兰兑斯这本巨著时,不厌其烦地抄录四本日文译本的书名,其耐心和诚恳已跃然纸上,而所抄的这几分册,正是鲁迅当时求购到的全部。据查,鲁迅分别于1933年8月19日,9月21日,10月7日,购得日本东京春秋社出版的《春秋文库》第3部之一:《十九世纪文学主流》的第1、2、4、6分册。① 由此可见,鲁迅毫无保留且一丝不苟地向徐懋庸推荐了勃兰兑斯。

有了鲁迅等文学巨匠的如此执着如此真诚的推荐,勃兰兑斯在中国文坛上的地位迅速提高。对于勃兰兑斯的介绍、翻译、引述,构成了中国现代文坛的一道令人瞩目的景观。不仅鲁迅、郑振铎、沈雁冰、郁达夫等文学大家介绍过勃兰兑斯,林语堂也翻译并编撰过勃兰兑斯的《易卜生传及其情书》②。后来成为革命家的沈泽民、张闻天等对勃兰兑斯的介绍和翻译也较可观,后者在《小说月报》第15卷第4期上"译述"《勃兰兑斯的拜伦论》,注明是基于《十九世纪文学主流》第4分册《英国的自然主义》中有关拜伦论部分,"不过述者有时兴致太浓时,不免渗入自己的意见"。其他零星的翻译介绍者尚有孙俍工、焦菊隐、陈小航、白宁,以及曾将"银河"直译成"牛奶路"的赵景深。正式将勃兰兑斯的《十九世纪文学主流》译成中文的首推现代文学家韩侍桁,他在1930年代陆续翻译出版了其中的第1—4分册,由上海商务印书馆置于"中山文库"中出版发行。1950年代,他又根据第4分册中的有关内容编译出《拜伦评传》,根据第5分册的相关内容编译成《法国作家评传》,根据第6分册的有关内容编译出《海涅评传》,俱由国际文化服务社出版,至此,韩侍桁已基本完成了全套《十九世纪文学主流》的中文翻译工程。

这一巨大工程的真正完成是在1980年代,人民文学出版社组织中国当

---

① 姚锡佩:《滋养鲁迅的斯堪的纳维亚文化》,《鲁迅藏书研究》,中国文联出版公司1991年版。根据此文,"鲁迅在日本时期购读的斯堪的纳维亚文化书籍,共50种,全部是德译本",回国后购买的勃兰兑斯著作还有:1926年7月5日购买东京新潮社《文豪评传丛书》,有勃兰兑斯的《亨利·易卜生》,还有勃兰兑斯写于1867、1882、1898年的三个印象记。

② "现代读者丛书"之一,上海春潮书局1929年1月版,第93页。

时可谓最优秀的一批翻译家,或从英文版,或从德文版,或相互并参照,翻译、出版了《十九世纪文学主流》第1—6册。该书的组织者坚信这部书对我国学术和文学界有"充分的借鉴的价值",而这种信念的主要依据便是鲁迅对勃兰兑斯的推介。① 翻译家张道真、刘半九、徐式谷、江枫、张自谋、李宗杰、高中甫等人出类拔萃的工作,使得这部巨著以完整、精切、生动、耐读的面目出现在中国读者面前,使得这部不朽名著在世界上使用人口最多的汉语世界从此有了经典文本。勃兰兑斯的世界性影响因拥有了如此巨大的读者量而显得更为充实。

---

① 《出版前言》,《十九世纪文学主流》第1册,人民文学出版社1997年版,第5页。

五

其他北欧作家研究

比昂逊精神:仁者爱人

刘明厚[*]

挪威戏剧家易卜生的剧作从 1914 年被介绍到中国,在中国的传播与演出已有近百年的历史,直至今日关于易卜生剧作的演出与各种研讨会还在不断举行,我本人近五年来,即自 2006 年以来就先后在上海、南京、武汉、香港、奥斯陆、达卡等地参加过各种易卜生学术研讨会,还作为制作人排演过《海上夫人》。我从易卜生戏剧里感受到了他的一种愤世嫉俗的心态与对现实的尖锐批判,感受到了我们 20 世纪现代人的困惑,看到了西方现代悲剧的走向,以及现代悲剧精神与现代文明危机的不可分割的联系,我由此理解了易卜生的像片与雕像为何永远都是紧锁眉头,目光冷峻而犀利。

然而,与易卜生并驾齐驱的同时代伟大戏剧家、诗人、小说家、挪威国歌词作者比昂斯泰纳·比昂逊(Bjørnstjerne Martinius Bjørnson,1832—1910)在中国却遭到冷落,尽管在 20 世纪 60 年代,中国人翻译了一批比昂逊戏剧、小说来纪念他逝世 50 周年。这种冷暖两种外来文化接受现象,在我看来与我们中国近代戏剧改良过程中,对戏剧功能的认识密切相关。事实上,中国近代戏剧的建设,从一开始就站在"实用主义"立场上,把文艺的社会功能放在首位,把具有强烈批判精神的易卜生及其戏剧作为启迪民众、推动社会前进的工具,这一时代性、社会性的工具论意识,形成了中国文学艺术的"战斗传统",而戏剧的美学意识、自觉认知和戏剧文化的本体建构却被忽略与

---

[*] 本文原载《戏剧艺术》2011 年第 2 期。

冷落。

在纪念比昂逊逝世百年的时候,当我重读这位1903年诺贝尔文学奖得主的作品时,完全被这位真诚的人道主义者所感动。比昂逊怀着一种悲天悯人的仁爱之心,怀着以善抗恶的人生观,把希望带给了人类和世界。我知道许多中国戏剧家、评论家不喜欢他的这种结局,批评说比昂逊总是给戏剧安上一个"光明"的尾巴,缺少真实性。而我却欣赏他这种少有的赤子之心,事实上和我有同感的还大有人在。例如,2009年11月,当上海戏剧学院上演比昂逊的《新婚的一对》时,不少观众被感动了,我的一位朋友非常感慨地对我说"构建和谐社会需要比昂逊精神"。什么是"比昂逊精神"?在我看来就是中文中的四个字"仁者爱人"。

一、"爱情永远是一种献身"——麦希尔德

二幕剧《新婚的一对》(*The Newly Married Couple*,1865)创作于1865年,是斯堪的纳维亚地区第一部市民问题剧,描写了一个受过大学教育的年轻人阿克尔成为一个贵族世家的女婿,丰衣足食却不能让他开心起来。为了追求独立自主的婚姻生活,阿克尔在新婚第三天便果断地宣布:搬离庄园到城市里去独立谋生。一石激起千层浪,一向和睦的家庭关系立即变得紧张起来。比昂逊敏锐地捕捉到当时社会关系和家庭关系中很微妙的矛盾对立,将两个社会阶层、两代人之间的鸿沟恰如其分地表现了出来。差不多一个半世纪过去了,这部在比昂逊作品中并不受到重视的戏剧,却与我们当今的中国社会产生了千丝万缕的联系。从当代中国国情来看,80后独生子女都到了谈婚论嫁的时候,不少外地的、农村的大学生毕业后大都愿意留在大城市,上门女婿并不鲜见。然而,不同地域的生活习性、家庭文化与经济背景的差异,都市与农村,大上海与小城镇之间形成的消费观念或生活理念的不一致,形成了大大小小的家庭问题,翁婿之间、婆媳之间的矛盾,新婚夫妻之间的摩擦不可避免地爆发了出来。独生子女如何走出父母爱的视域,真正独立自主地

比昂逊精神：仁者爱人 / 刘明厚

生活,学会彼此宽容相爱,通过自己的辛勤努力与奋斗,共同去开创甜蜜的新生活,比昂逊的《新婚的一对》从一个角度引发我们当代中国人的反思与共鸣。于是我们有了把它搬上舞台的冲动,并于2009年11月公演于上海戏剧学院,导演是张仲年教授。

比昂逊是一个擅于在行动中刻画人物的戏剧家。《新婚的一对》中的"舞会"事件,是激发家庭矛盾的导火索。阿克尔的朋友专门为这对新婚夫妻举办舞会,岳母因为半夜咳嗽了两声就不想前往,妻子罗拉不顾阿克尔的再三请求也跟着拒绝参加舞会。被压抑的阿克尔忍无可忍,终于不再循规蹈矩,他故意放声唱起歌来,故意挪动客厅里的桌子椅子。这在普通市民家里本来是件很平常的事情,可是在这个贵族世家里,也是这部戏的规定情境里,却引起了全家人的恐慌,所有的人立刻涌进客厅里,以为阿克尔脑子出了毛病。这一戏剧场面显得有点夸张,但这仅仅是阿克尔追求自己独立人格和自由精神的开始,他所激起的反应是强烈而迅速的。

一个并没有家庭背景的上门女婿,竟然在一个高高在上的贵族家里不按规矩行动,斗胆搅浑了水,翁婿之间立即对立起来,新娘罗拉完全站在父母这一边,阿克尔明显势单力薄。不过他并没有退缩下来,而是坚持自己的主张。但是,当他所有的努力都不能改变罗拉顺从父母的意志时,他拿出了最正当的理由:"两天之前,你已经答应过舍弃你的父母,只跟我走。"这是一个丈夫不得不使用法律赋予他的权力。阿克尔和岳父之间的斗争,不仅是一般的家庭矛盾,而且是新与旧不同观念的斗争,是贵族阶级与资产阶级之间也是两代人之间的矛盾冲突。

当然,比昂逊不会像他的朋友易卜生塑造的戏剧人物那样,在矛盾冲突中显得那么强硬,毫不妥协,比昂逊的人物往往是比较温和的,阿克尔"冒犯"岳父岳母的根本目的是为了挽救自己的婚姻,他爱罗拉。他和岳丈一家的矛盾冲突是一种心理上、意志上的角力。翁婿之间一句话是一句话的分量,各自防守得很严,双方对罗拉这个"千金宝贝"的争夺,说到底是一种爱的较量,加上法律不考虑年迈父母的感情,岳父岳母不得不尊重阿克尔的选择。在这个以男性为中心、以男性为话语权的社会里,可怜的罗拉内心尽管千般舍不下她亲爱的父母、她熟悉的家,她还是不得不跟着阿克尔搬走了。那么,这对新婚夫妇到底会过得怎么样,阿克尔带走了罗拉这个人能带走她的心吗?第一幕落幕时为观众带来了期待与悬念。

在第二幕里,观众看到的罗拉是不快活的,她像一只受了惊吓的小鹿,躲避着阿克尔,只有女友麦希尔德以给罗拉读书来打发她寂寞的时光。比昂逊戏剧充盈着音乐的节奏感。和第一幕戏一样,表面的宁静不久被打破,罗拉父母突然来到城里来看望他们日思夜想的女儿了。一向瞒着父母谎称自己一切都好的罗拉慌了神,阿克尔也想以逃离的方式面对岳父岳母的来访。不过,只要阿克尔一走,罗拉千方百计掩盖的生活真相就会暴露无遗。怎么办?阿克尔和罗拉都面临两难的选择,父母的到来给新婚夫妇出了一道难题。关键时刻,站出来了一个在第一幕里被忽视的年轻女人——罗拉的闺中密友,也是阿克尔无话不谈的朋友麦希尔德,她劝阻了欲想逃避、出走的阿克尔。

全剧的高潮部分令人感动。阿克尔不得不向第一次登门的岳父岳母描述他们小夫妻俩的生活状态,他没有去虚构一个美丽的故事去欺骗双亲,而是真实地诉说这一年来他的生活感受。他坦白了新婚夫妇很少交流的事实,但是这在阿克尔看来并不意味着两人不相爱,只是罗拉不善表达她隐藏的爱:"当我在自己房里坐到夜深,为了她而工作的时候,她也在她自己房里坐着不睡——至少我常常觉得我听见她的脚步声;在我辛苦奔波,夜深回家的时候,如果她不跑出来欢迎我,这也并不是因为她缺少妻子对于丈夫的恩情——罗拉并不缺少这个,只是因为她不愿意泄露自己的喜悦,愿意等到我们重新和好那重大的一天。"

阿克尔这种用自己的心去细细体味对方的一举一动,哪怕是一个轻轻的脚步声,这种对爱的"发现"是多么与众不同啊!罗拉和她的父母,以及所有的观众都被深深打动了,罗拉情不自禁地伸出双手向阿克尔走去。如果说罗拉对丈夫把小家庭在装潢上有意模仿庄园老家的格局,不曾做出过任何表示,现在听了阿克尔这一番倾诉,并跪在她面前说道:"为了我的缘故,使我能

比昂逊精神:仁者爱人 / 刘明厚

不再受到惩罚——为了你自己的缘故,让你能重新按照你善良的心意那样,充实地生活吧——让我们现在就相爱起来吧!"罗拉再也不能保持沉默了,她扑进丈夫的怀里,激动地哭泣起来,阿克尔的真情唤醒了小罗拉的爱,打开了她的心扉,新婚一对的心结解开了,整个屋子里弥漫着爱的气息。

  罗拉终于以一个妻子的身份,请父母带着麦希尔德小姐出国,她要和丈夫阿克尔真正生活在两个人的世界里。新婚的喜悦第一次像花儿一样在罗拉和阿克尔这对夫妇脸上绽开了花瓣。一个令人舒心的、美好的结局为这部戏剧糅进了优美而清新的气息,这种理想的境界是令人向往和感动的。男主人公阿克尔的宽容与善良,他的自食其力的独立意志,他的豁达与心细,是每一个少女、每一位女性所神往的。爱,在比昂逊笔下获得了升华和永恒。

  在爱的光辉里,我们注意到剧中另一个善良、高贵的女性——麦希尔德小姐。麦希尔德既单纯又成熟,一开始她并不明白,阿克尔是通过自己来向罗拉发出他的爱慕之情,在与自己的对话中预演他对罗拉的求爱戏。这对同样年轻的未婚姑娘麦希尔德来说是残酷的,不公平的,她爱的心弦被阿克尔的表白打动了,直到后来才发现自己不过是个替代品,阿克尔爱上的是富家小姐罗拉。被忽视了的麦希尔德不能表白少女的心迹,只能不动声色地掩藏起来。可问题还不仅仅是这样简单,罗拉偏偏还像一个长不大的孩子喜欢依偎在父母膝下,于是麦希尔德又成为阿克尔倾诉苦恼的对象。麦希尔德在这种尴尬境遇的心情是复杂而痛苦的,受到内心伤害的她本可以抽身离去,或者冷淡甚至报复阿克尔,但是善良的麦希尔德没有这样做,她理性地选择了对所爱之人的"爱的奉献",要让阿克尔和罗拉真正收获甜蜜的爱情。她追随新婚夫妇来到城里,表面上拒绝阿克尔的求助,暗地里却不露声色地帮助阿克尔,这就是她写了一本颇有"戏中戏"意味的书《新婚的一对》以此激发出罗拉作为女人的嫉妒心。果然,罗拉的自我意识觉醒了,并终于赢得了爱情。麦希尔德一旦达到了目的便抽身离去,她的行动暗示着麦希尔德是作家比昂逊理想范式的代言人。麦希尔德是令人尊敬的,即便是她被罗拉误解的时候,她也不为自己辩解,更不夺人所爱。这种自我牺牲精神与真诚帮助他人的行为是高尚的,令人敬佩的。

在比昂逊的笔下,很少见到极端自私和冷酷无情的人物。在这场爱情故事里,一个至关重要的人就是男主人公阿克尔,没有他始终如一的爱,他和罗拉就不可能把爱情进行到底。许多中国观众都非常欣赏这位年轻人,欣赏他的独立担当的男子汉精神和爱的能力。娇生惯养的罗拉是成长在一个富有的、有较高社会地位的家庭里,用她父亲的话说连官爵也是送上门来的,不用你到官场上去拼搏去钻营。翁婿之间的关系可以用两个词来表现,这就是:恩惠与顺从,前者是"施恩者",后者是"被施者",只要还在这个古老刻板的家庭里,阿克尔就只有顺从的份儿。作为一个男子汉,阿克尔拒绝这样的生活,在新婚第三天就不惜得罪高高在上的罗拉的父母,带着罗拉走向自食其力的新生活。但阿克尔把事情想简单了,一年过去了,他和罗拉的婚姻状态形同虚设。岳父母的登门造访更是对阿克尔的严峻考验。他退缩过,犹豫过,但最终还是面对现实,因为他对罗拉的爱是发自心底的,所以他能够用心去感受疏离的妻子所发出的每一个细微的动作,在细微深处感受罗拉的爱。阿克尔自食其力的自由意志,他的豁达与智慧,以及他的感受爱的能力,是比昂逊理想青年的楷模。

二、"如果我们没有经过那些困苦的日子也就不会有这样幸福的一天"——华宝格

如果说《新婚的一对》是一首抒情的小夜曲,那么比昂逊另一部戏《破产》则是一首变奏曲,相对前者,《破产》所揭示的问题更加深刻。该剧中所涉及的金钱与人性的较量是许多戏剧家共同关注的问题,在金钱利益面前最能考验人的灵魂。比如,瑞士迪伦马特的《老妇还乡》、英国莎士比亚的《雅典的泰门》等。当前的全球性金融危机使得世界经济增长放慢,一些国家甚至濒临破产的境地。那么一个国家、一个企业一旦破产,将会发生什么?引起怎样的震动?"破产"也许是最能考验人与人之间的真实关系。比昂逊写于1875

年的《破产》直至今天依然具有现实意义。

1875年在斯德哥尔摩首演的四幕剧《破产》(*The Bankrupt*,1875)描写挪威某地头号大商人悌尔德破产前后发生的故事。靠着商业投机与欺诈手段发财的悌尔德以各种奢华的排场来掩盖破产的危机,但真相还是不可避免地被揭开了。这个先前在自己的好友破产时故意躲避并嘲笑他人的悌尔德,立即遭到朋友们的唾弃与羞辱。分崩离析、一败涂地之际,他的秘书桑尼斯用自己的钱挽救了败局,并留下来帮助悌尔德精心经营,最终使这个家庭摆脱了破产的困境,同时他也赢得了悌尔德的大女儿华宝格的爱情。

作为社会问题剧,《破产》证明了比昂逊作为一个现实主义作家对社会、政治观察的敏锐性,以及对商业欺诈行为的无情批判,该剧留给了我们很多思考。对悌尔德及其一家来说,破产,的确是场可怕的灾难,不仅危及社会、危及一大批工人和他们的家庭的生存,而且全家人名誉扫地,一无所有,小女儿西妮小姐的未婚夫哈马副官当即就溜走了。在严峻的考验面前,大女儿华宝格欲离家去独立谋生,小女儿西妮只会惊慌失措地哭泣,绝望的悌尔德先生只想一死了之。这个时候,两个不引人瞩目的人站到了前面,一个是悌尔德太太,另一个就是小职员桑尼斯。

悌尔德太太以母性的宽容、仁慈,成为这个家庭的精神支柱,她说:"等要离开我们的人都离开之后,剩下的就不会再离开我们了,我们剩下的东西也是别人不再能剥夺的了。"①这就是爱、宽恕与责任,这是悌尔德一家能够齐心协力,重整旗鼓的法宝。当灾难降临时,一向柔弱的悌尔德太太从容地从厨房里走了出来,始终没有一句抱怨丈夫的话,而是把自己的私房钱悄悄地放在悌尔德的箱子里,让他出去避风头的时候用。当工人们得不到工资要造反时,她当机立断,让悌尔德啤酒厂经理雅柯伯逊先生拿这笔钱去开支救急。这个看起来病恹恹的女人在丈夫破产的败局面前成为整个家庭的主心骨,她

---

① [挪]比昂逊:《破产》,吴世良译,《比昂逊戏剧集》,人民文学出版社1960年版,第218页。

要求心高气傲的华宝格要有基督徒的爱心,"听凭上帝的旨意""原谅你们的爸爸吧,这是你们能够做的最大的好事"。① 当华宝格说她要离家出走,并要求妹妹西妮也应该去自寻生路时,悌尔德太太表示她要和丈夫在一起,无论富贵还是贫穷。她的爱使饱受挫败的悌尔德深受感动,这个准备自杀的绝望中人终于有了重新生活下去的勇气。悌尔德太太内在的精神力量,感染了她周围的人,一如严寒冬日里一抹温暖的阳光。

桑尼斯则是物质上的援助,他拿出自己的全部积蓄来弥补悌尔德经济上的亏空,这无疑是让悌尔德绝处逢生。桑尼斯不过是悌尔德公司的小职员,却是一个知道感恩的年轻人。老板悌尔德曾手把手地教会他很多东西,他的忠心让如同刚跌入冰窟的悌尔德一家人顷刻间又如沐春风。当悌尔德破产的消息刚一宣布,有多少人来落井下石时,桑尼斯这一雪中送炭的高尚举动无疑让悌尔德一家在世态炎凉中感受到了人与人之间的温情;其次,他这样做也是为了他心中的爱。桑尼斯一直默默喜欢华宝格,尽管他知道自己地位卑微,高傲的华宝格看不起他。本来,当这个家庭遭遇灭顶之灾时他甘愿留下来做出牺牲,正应了中国一句古话:患难见真情。然而,桑尼斯万万没有想到华宝格非但不领情,还侮辱他的动机。这时候,这个一向谦卑的小人物一下子激动起来,他挺起了胸膛,指责华宝格的尖刻无情,还残酷地糟蹋了他生平所做的最快乐的一件事。他知道华宝格嘲笑他一双发红的手,现在他勇敢地向她伸出双手,告诉她这是为她父亲忠心耿耿工作而留下来的印记,"作为你父亲的女儿,您不应该为了这双手而嘲笑我!去求您的父亲向您伸出宽恕的手吧,而且应该紧紧地握住它,而不是在他遭遇不幸的当天就扔下他走掉!"②桑尼斯的这番话显示出他的人格魅力。这对自以为是的华宝格来说是个心灵的震撼,她第一次对他们家的打工仔桑尼斯刮目相看,决定让父亲

---

① [挪]比昂逊:《破产》,吴世良译,《比昂逊戏剧集》,人民文学出版社1960年版,第220页。

② 《比昂逊戏剧集》,人民文学出版社1960年版,第225页。

接受桑尼斯的经济援助,并留下来帮助父亲一起重振家业。

和《新婚的一对》中的阿克尔有某种相似之处,桑尼斯也在他所处的家庭里地位低下,不过他们都有独立的自我和自由意志。相对阿克尔,桑尼斯显得更加谦卑更具有一种自我牺牲精神,他本来可以到国外亲戚那里谋到比现在高得多的职位,特别是在悌尔德破产之时,他离去另谋高职是理所当然的事情。但他选择了留下,选择了奉献,他用了三年时间改变了悌尔德一家衰败的命运,使他们在当地重新赢得社会地位;同时他也收获了华宝格的爱情和大家对他的尊敬。仁爱、宽恕、责任,在这一家人里获得了印证。比昂逊告诉我们,一个团结一致的家庭是不可征服的;一个有爱心的、知恩图报的人一定会有好结果的。"我从来没有遇见过比你更忠实的性格,更细致的头脑和更热诚的心。""很久以来我就知道如果我能做这样一个人的妻子,我将引以自豪。"①华宝格由衷地对桑尼斯说道。

在《破产》这部戏里,还有一个给人印象深刻的人物就是伯伦特律师。伯伦特做事严谨认真,忠于职守,不徇私舞弊。他对悌尔德的虚张声势、弄虚作假明察秋毫;悌尔德千方百计想掩盖他破产的真相,伯伦特却防范严密,绝不让他溜走;当悌尔德用哭泣、用跪地求饶、用赌咒发誓,以及用他的孩子和四百多个工人家庭都将吃不上饭为理由,苦苦哀求伯伦特能网开一面,但都不能打动他的慈悲心肠,走投无路的悌尔德先生狗急跳墙了,他使出了最后一招,从地上爬起来,锁上房门,掏出手枪,扬言要两人一起同归于尽。这个通过非法手段发财致富的资本家,要起了无耻的流氓手段,以生命相威胁,逼伯伦特就范。

面对那阴森森的枪口,老辣的伯伦特律师表现得异常冷静,这是一场心理较量。伯伦特依旧彬彬有礼地规劝悌尔德拿出男子汉的气概来担当责任,他打破了走投无路的悌尔德最后一丝幻想,终于让他在破产文件上签了字,并在临走前请来悌尔德太太来陪伴她的丈夫。这场心理战打得漂亮,伯伦特

---

① 《比昂逊戏剧集》,人民文学出版社1960年版,第241页。

律师是一个既坚持原则,又有仁者之心的人,他后来在社交场合表现出对悌尔德的信任,就等于帮助悌尔德重新取得人们的信任。难能可贵的是这位出入于上流社会的人物能够平等待人,对像桑尼斯这类社会地位卑微的人不抱有任何偏见,他真诚地祝福悌尔德夫妇选择了一个好女婿。比昂逊这最后的一笔,进一步丰满了这个人物。

通过《破产》这部戏剧比昂逊告诉我们,经济上的破产是可怕的,但更可怕的是人精神上的破产,只有仁爱、宽容与责任,才会在残缺中得到永恒。具有深厚人道主义精神和民主思想的比昂逊信仰人与人之间的平等与博爱,他所塑造的桑尼斯、阿克尔、麦希尔德等人物都是他思想与精神的传播者,他们追求独立的人格、做人的尊严与权利,正是这些高尚的品格,是他们(桑尼斯、阿克尔等)赢得爱情的根本保证。

三、"总该有人先放开襟怀的"——拉契尔

1903年,比昂逊在给瑞典皇家科学院的获奖答辞中有这么一句话:"在我们的意识里,很少有别的成分像善恶观念那么重要,可以说,意识的主要作用就在于分辨善恶。"①他多次谈到善与恶,以及生命的意义,坚信赞颂高贵的美德是作家的职责。"人们要听的是赞美对工作、清新、节俭、慈善的热爱以及最重要的对人类的热爱,而不是去歌唱酩酊大醉和粗俗激情的欢愉。"②相对于后现代戏剧家的作品,例如英国女作家萨拉·凯恩(Sarah Kane,1971—1999)的"直面戏剧"中的残酷、绝望和痛苦的虚无主义,比昂逊的剧作要高尚、干净和纯粹得多。

比昂逊是属于1848年那个风起云涌的革命年代的挪威人。在欧洲民族

---

① 《诺贝尔文学奖文集——超越人力》,时代文艺出版社2006年版,第1页。
② [法]贾克·阿达利:《噪音:音乐的政治经济学》,上海人民出版社2000年版,第94页。

主义革命思潮的影响下,挪威终于摆脱了从属地位而独立,从小农经济向工业革命转型。比昂逊生活在这样一个时代,他积极关注于民族独立与个人精神的独立,他后期戏剧创作超越了家庭问题,而转向社会矛盾,重要的作品有《超越人力》(Beyond our Powers,第二部,1895)。这个剧本涉及尖锐的劳资矛盾,被认为是世界文学史上第一部反映阶级斗争的现代戏剧。比昂逊以一个贫民女子马伦和她两个孩子的葬礼开始,揭露出挪威19世纪末叶严重的社会生态问题。那位亲手杀害自己的两个骨肉随后自杀的母亲以最宝贵的生命为代价,试图去唤醒在贫困线上苦苦挣扎的麻木的劳苦大众,以此反对贫富悬殊的不公平的社会。比昂逊以现实主义与象征手法相结合的手段,再现了工人阶级的绝望和大资本家的冷酷无情,主张给予工人群众以较好的人的生存权利。剧中多次出现了比昂逊戏剧里少见的群众性场面,如穷人的葬礼、劳资谈判、资本家大会等。全剧出场的人物众多,穷人、富人、牧师、外来者等,有名有姓的人近三十人,许多角色个性鲜明。

然而,比昂逊能够痛切地感受到阶级压迫,却不能真正诠释造成这种现象的根本原因,他笔下呈现出理想主义的无政府状态。这场革命的领导人布雷德牧师要求人们做出"自我牺牲",提出"一个人必须准备为自己的信仰牺牲生命",只有这样才能"把全国工人从绝境中拯救出来,使他们脱离黑暗与阴湿,过着有阳光、有欢乐的生活,永远永远!"[①]结果在他的鼓动下,年轻贫穷的女工马伦,以及富有的、充满青春热情的艾理亚斯为他们的信仰,为了拯救大众而献出了自己宝贵的生命。其实,他们都是非常单纯的人,马伦在杀害她的孩子之前,先把自己灌醉再采取"美狄亚式"的行动。有着虔诚宗教信仰的艾理亚斯则在政治上很不成熟,他天真地以为只有做出自我牺牲,采取震惊世界的手段,必然会引起全国上下的震动与关注,从而唤醒那些资本家们的良心,拯救更多的人,改变穷人们的处境,他深信用暴力能够创造奇迹。在实施他的炸毁城堡计划之前,他曾不留姓名地捐出了自己所有钱财周济那

[①] 《比昂逊戏剧集》,人民文学出版社1960年版,第11页。

些穷人。艾理亚斯相信自己的选择是一个伟大的抱负,变得非常激进,同时又对此感到有点疑惑,他最后向他唯一的亲人、孪生妹妹拉契尔道别时,连说了两遍"力不从心",以至于拉契尔对他非常担心,试图把他带回美丽平和的家乡去。这位殉道者和个人英雄最后行动的结果是葬送了自己连同城堡里一大群来自全国大大小小的资本家、工场主的生命。

艾理亚斯与拉契尔兄妹本可以在自己的家乡过着非常悠闲、舒适的田园生活,他们继承了美国姑妈的一大笔遗产,日子很好过。然而,自从他们来到峡谷边缘的黑尔镇之后,一切都改变了,劳工们的精神领袖布鲁德牧师后悔自己引导艾理亚斯走上了这条不归之路,"像他那种性情的人,我实在不应该把他牵扯进这场纠纷里"①。因为连布鲁德自己也认识到他所宣言的拯救世界的理想"根本就不牢靠,我们只追求子虚乌有、茫无边际的东西"②。这使他对艾理亚斯的死负有愧疚心理。

善良的拉契尔在出事之后一直不能深刻地理解她最心爱的哥哥的做法,这使她非常痛苦。在她看来艾理亚斯生前"处处为别人着想,甚至为别人拼掉了性命!"③她并不怀疑艾理亚斯的动机是高尚的,但是她质疑这种毁灭性的暴力行动,"我不相信凭这种观念可以拯救什么人!我倒担心,人还没有救到就先被毁灭!这种做法不过是以更大的罪恶去抑制罪恶而已!"④"如果引发炸药的做法是善的,那炸药炸开以后,善的又怎么样?恶的又怎么样?善的最高本质应该是创造,或给人快乐、给人力量、给人意志,哪里是把宝贵的生命葬送掉呢?"⑤

拉契尔小姐的疑虑是耐人寻味的,这也是比昂逊的政治态度,反对艾理

---

① 《比昂逊戏剧集》,人民文学出版社1960年版,第35页。
② 《比昂逊戏剧集》,人民文学出版社1960年版,第35页。
③ 《比昂逊戏剧集》,人民文学出版社1960年版,第56页。
④ 《比昂逊戏剧集》,人民文学出版社1960年版,第56页。
⑤ 《比昂逊戏剧集》,人民文学出版社1960年版,第58页。

比昂逊精神:仁者爱人 / 刘明厚

亚斯的暴力主张。在这场你死我活的阶级斗争中,艾理亚斯用恐怖手段完成了他的理想抱负,为信仰为解放工人阶级而牺牲自己,然而,最后的结局却是讽刺人的:全剧中最大的资本家也是这场发生在黑尔小镇工人运动最大的对立面霍格先生却死里逃生,成为这场城堡爆炸案的唯一幸存者,救治他的不是别人,恰恰就是这场爆炸案的主谋与执行者艾理亚斯的妹妹拉契尔。霍格和拉契尔相遇在拉契尔创办的医院花园里,而这座花园正是霍格先生先前无偿赠送予她的,曾令艾理亚斯很反感。就在这座花园里,霍格亲口告诉拉契尔她哥哥不是被炸死的,而是他开枪打死了艾理亚斯,因为"他告诉我们,说他有引爆地下矿脉的信号"。艾理亚斯中枪以后还说"有意思,有意思",并念着拉契尔的名字。当霍格问震惊万分的拉契尔"你会不会赶我走"时,拉契尔泪流满面地跪了下来,回答他"不会!"比昂逊宽恕的结局又在这部戏剧呈现,比昂逊精神也在这次灾难中再次升腾起和平的梦想:先前与霍格剑拔弩张的两位罢工工人代表此时随着霍格边走边谈,看不出一丝对立的情绪;霍格先生的儿子,也参与暗杀活动的赫尔登,则把宽恕待人的拉契尔当作圣人顶礼膜拜;具有号召力的工人运动领袖布雷德牧师却变得神志恍惚,产生出幻觉;霍格先生还将他的侄子侄女克雷多、史佩拉兄妹送回给拉契尔,满足了拉契尔最大的心愿;于是快乐的拉契尔不再为哥哥艾理亚斯的死伤心落泪,她提出马上去向霍格先生道谢,并"请他探望一下工人。总该有人先放开襟怀的"①。

这真实可信吗?这样的结局太令人惊诧了,艾理亚斯若是地下有灵不知会有何感想。这正如德国共产党创始人之一、著名国际妇女运动领袖克莱拉·蔡特金(Clara Zetkin,1857—1933)一针见血所指出的:"比昂逊虽然痛切感受到阶级压迫和斗争,并有能力表现真实的现实生活,但由于作者生活环境狭隘、世界观的落后,使创作迷失方向,最后只好求助于虚无缥缈的宗教

---

① 《比昂逊戏剧集》,人民文学出版社1960年版,第65页。

神明,而不能塑造出能领导群众消灭阶级压迫的英雄人物。"①在一场人为的爆炸案致使一群资本家、企业主命丧黄泉后,比昂逊虽不乏对人类未来的思考,对宇宙宏观的思考,但毕竟对立阶级的矛盾冲突的化解显得过于突兀,这种祥和的氛围缺乏一点真实性。

我相信,出生于挪威北部克维尼一个牧师家庭的比昂逊,由于从小经受基督教文化的熏陶,他坚信仁慈与爱人,只有像拉契尔这样的社会慈善事业才能化解阶级矛盾,让社会变革与进步。因此,出现《人力难及》这样的结局是很自然的事情。我注意到一个现象,这就是后现代主义者整体加以拒绝的人本主义,正是比昂逊先生所竭力提倡的。从伦理学方面来看,人本主义"意味着应该给予人类同情和尊重的这样一种信仰"②。

作为挪威的良心——高贵的比昂逊坚信宽容与博爱。当我们再次翻开比昂逊在1903年获诺贝尔文学奖时的答辞,咀嚼他说过的话:"如果生命中善的成分没有比恶的成分多,那么人类早就没有指望了。""我们在文学中追求的是一种有意义的生命,它虽然小如露珠,却可以在风雨中来去自如;有了这点精神,我们会处处心安理得;没有了它,我们会觉得怅然若失。"③比昂逊强调一个作家的社会责任与担当,以及对理想的维护,这使我们对他肃然起敬。我感受到一个优秀的作家是人类前进的舵手,也许,"我们只有经验本身,直至在人生的困顿之中,在我们对快乐和失落的发现中,才能够学会如何去生活"④。

仁者爱人,使得比昂逊保持了一贯高贵而纯洁的赤子之心,写出了令我

---

① http://baike.baidu.com/view/896285.htm.

② [英]特里·伊格尔顿:《后现代主义的幻象》,华明译,商务印书馆2000年版,第146页。

③ 《诺贝尔文学奖文集——〈超越人力〉、〈六个寻找作家的剧中人〉》,李斯等译,时代文艺出版社2006年版,第2页。

④ [美]艾温·辛格:《我们的迷惘》,郜元宝译,广西师范大学出版社2001年版,第177页。

们憧憬的美的世界。"在美的艺术中,艺术本身并不是美,它之所以被称为美的艺术,是因为它产生美。"①比昂逊及其戏剧属于人类历史的过去、现在与未来,比昂逊精神将跨越时空在天地间回荡。

---

① [德]马丁·海德格尔:《海德格尔诗学文集》,成穷等译,华中师范大学出版社1990年版,第30—31页。

哈姆生的自然观

——《大地的生长》的生态批评*

何成洲

挪威作家克努特·哈姆生（Knut Hamsun,1859—1952）因为他的代表作《大地的生长》（*Markens Grøde*，1917）获得1920年诺贝尔文学奖。哈姆生的其他经典小说还有《饥饿》(1890)、《神秘》(1892)、《牧羊神》(1894)、《维多利亚》(1898)等。哈姆生因其小说浪漫的抒情风格、优美的散文写作和细腻的心理描写而被欧美文学界赞誉为"现代小说之父"。美国犹太作家伊萨克·巴西韦斯·辛格（Isaac Bashevis Singer）曾在哈姆生的小说《牧羊神》（*Pan*）的封底上写道："整个20世纪的现代派小说由哈姆生开始。"①海明威等一批欧美作家都曾是哈姆生的崇拜者，并模仿过哈姆生的小说写作风格。托马斯·曼在称赞哈姆生的文学成就时说："没有人比哈姆生更值得被授予诺贝尔文学奖。"②

在中国，哈姆生的主要作品在三四十年代被译成中文，并引起评论界的关注。当时出版的哈姆生中文译本有：《饿》（章铁民译,1930)、《恋爱三昧》（施蛰存译,1933)、《饥饿》（叶树芳编述,1934)、《牧羊神》（顾一樵译,1934)、《挪威最佳小说选》（哈姆生等著，罗塞译,1946）等。鲁迅先生也曾推崇哈姆

---

* 本文原载《南京大学学报(哲学社会科学版)》2004年第6期。

① Hamsun, Knut, *Pan*, London: Alkin Books, 1994.

② White, Edmund, "Knut Hamsun," *Review of Contemporary Fiction*, 1996, 16,(3), p. 25.

生,在他的多篇文章中介绍和讨论过哈姆生,如《论"他妈的"》、《文艺与政治的歧途》、《哈谟生的几句话》等,然而,在20世纪的后半期,我国对哈姆生的译介反而寥寥无几,仅80年代出现过几个译本:《饥饿》(唐克蛮、翁慧华译,1987)、《维多丽娅》(裴显译,1989)、《大地的成长》(李葆真译,1985),这恐怕是与北欧文学研究在我国长期没有得到足够重视有关。

在西方,对哈姆生的研究和接受于20世纪中期曾经历了一个低谷。究其原因,可能在于哈姆生在第二次世界大战期间支持纳粹,战后被控以叛国罪。但后来有学者认为他并非拥护纳粹,而是认同纳粹的国家社会主义的理念。近20年来,有关他的研究又慢慢热了起来,关于他的译介、传记和评论日渐增多,尤其是他的生态思想开始受到关注,被追捧为欧洲生态思想的代表人物之一。[①] 但评论界对他的小说中所反映的生态意识作细致研究的并不多见。本文试图用西方方兴未艾的生态批评理论来对他的小说,主要是他的代表作《大地的生长》做一些文本分析。

一

生态学最早是由德国动物学家欧内斯特·卡克尔(Ernest Kaeckel)在1869年提出的,但是将生态学与文学研究联系起来是在20世纪70年代。1974年,美国学者密克尔在他的专著《生存的喜剧:文学的生态学研究》中提出"文学生态学"(literary ecology)这一术语,要求"审视和发掘文学对人类行为和自然环境的影响"。[②] 而"生态批评"(ecocriticism)一词最初是由鲁克尔特1978年在《文学和生态学:一次生态批评实验》的文章中首次使用,他提出

[①] Marangudakis, Manussos, "Ecology as a Pseudo-Religion?" *Telos*, 1998,(112), p. 107.

[②] Meeker, Joseph W, *The Comedy of Survival: Studies in Literary Ecology*, New York: Scribner, 1972, p. 9.

批评家必须具有生态学的视野。① 生态批评直到90年代在西方才开始成为一门显学,尤其在美国。

哈佛大学的劳伦斯·布伊尔(Lawrence Buell)被公认为生态批评的代表人物之一。他在代表作《环境的想象:梭罗,自然书写和美国文化的构成》(1995)里提出"环境取向的作品"包含以下几个特征:作品中的非人为环境不仅具有背景的用途,而且开始表明人类的历史与自然的历史是密不可分的;人类的利益不再被看作是唯一合理的利益;人类对环境的责任是文本伦理取向的一部分;人对环境的认识是一个过程而不是一个没有变化或者给定的东西。② 布伊尔随后解释道,不少文学作品可能多少包含以上的这些特征,但真正明确而且始终一贯地坚持这些原则的是少数。布伊尔列出的内容实际上已经包含了生态文学的基本特点。

生态批评的根本前提就是人类文化和自然界密切相关。生态批评的任务是通过文学重新审视人类文化,弘扬那些关怀自然、崇尚人与自然和谐的思想,揭示人类文化如何影响地球的生态。生态学家普遍认为造成全球性生态危机的起因不在生态系统本身,而恰恰在于我们的文化和文明过程。因此,生态批评也是一种文化批评和反思。

生态批评质疑人类征服自然和统治自然的思想。雷切尔·卡森(Rachel Carson)认为这种思想的根源就是长期以来支配人类意识和行为的人类中心主义。③ 艾尔多·利奥波德(Aldo Leopold)更是提出了著名的"生态中心论"(ecocentrism)思想,认为"人类既不比其他生物好,也不比他们差,而是和自

---

① Rueckert, Williams, "Literature and Ecology: An Experiment in Ecocriticism," Cheryll Glotfelty, Harold Fromm (eds.), *The Ecocriticism Reader: Landmarks in Literary Ecology*, Athens: The University of Georgia Press, 1996, pp. 105–123.

② Buell, Lawrence, *The Environmental Imagination: Thoreau, Nature Writing, and the Formation of American Culture*, Cambridge: The Belknap Press of Harvard University Press, 1995, p. 7.

③ Carson, Rachel, "Of Man and the Stream of Time," Gartner, Carol B., *Rachel Carson*, New York: Frederick Ungar Publishing House, 1983, p. 120.

然界的其他一切平等"①。"生态中心论"思想要求革新人的伦理观念,拓宽人们对于地球社会的理解——它应该包括非人类的其他生命形式和客观环境。生态批评讨论文学应如何表达或激发如生物学家E·O·威尔逊所说的"亲生物和热爱生命的天性"②,以培养人的道德良知和爱心,加强人同自然的纽带。

生态批评关注工业和科技的进步对自然环境的破坏。利奥·马克思(Leo Marx)在他20世纪60年代的著作《花园里的机器》中分析了美国文学表现的一个深刻的矛盾,那就是,工业进步对美国田园理想的冲击。书的标题就是一个形象的比喻——"机器"象征工业化,"花园"象征美国的田园梦想。诚如他在书中所言:"在《了不起的盖兹比》、《瓦尔顿湖》、《白鲸》、《哈克贝利芬历险记》中,机器代表着对抗实现田园生活梦想的各种势力。"③关注工业化和科技进步对自然的破坏几乎是所有生态文学表现的共同主题,一些当代生态小说对科技的发展可能对自然和人类带来巨大灾难提出警告,比如加拿大著名作家阿特伍德2003年的新著《"羚羊"和"秧鸡"》就是这样的作品。

生态批评推崇生态整体观,把自然看作一个整体,整体内的一切都密切相关;明确人类对环境的责任,重新确认人类在自然整体中的位置,恢复和重建人类与自然整体以及整体中的其他部分的和谐关系。利奥波德是生态整体主义理论的创始人,他的基本思想就是以有利于生态整体利益作为价值判

---

① Campbell, Suellen, "The Land and Language of Desire," Cheryll Glolfelty, Harold Fromm (eds.), *The Ecocriticism Reader: Landmarks in Literary Ecology*, Athens: The University of Georgia Press, 1996, p. 128.

② Branch, Michael P., et al (eds.), *Reading the Earth: New Directions in the Study of Literature and Environment*, Idaho: University of Idaho Press, 1998, p. xiii.

③ Marx, Leo, *The Machine in the Garden: Technology and the Pastoral Ideal in America*, New York: Oxford University Press, 1964, p. 358.

断的标准。①

生态批评宣扬保护环境的重要性,强调人与自然的平等,竭力反对人类中心主义。"网络"和"关联"是它的核心思想。生态批评的这种"去中心"和以"网络"来取代"中心"的思想与互文性和后结构主义文学理论有着密切联系。20世纪西方文论从索绪尔到德里达再到哈罗德·布鲁姆以及朱丽亚·克里斯蒂娃都贯穿着以"网络"代替"中心"的阐释方法。生态批评理论与后结构主义有着广泛的共识:他们都放弃认为文本中存在着一个独立和权威的价值和意义中心,而以相对和关联的观念取而代之。拉兹洛(E. Laszlo)甚至提出后现代是生态学的时代,将生态批评所倡导的回归自然看作是治愈现代和后现代社会中人的异化的手段。②

二

分析哈姆生的作品,我们不难发现,他的确是生态文学的先驱。哈姆生的生态思想可以归结为反对城市文明,反对新技术,崇尚农业和简朴的生活。哈姆生的小说描写了两种生活:一种是城市、商业社会和所谓的都市生活,另一种是扎根于土地的农民过着的一种简朴、自给自足的生活。《饥饿》(1890)讲述的是一个一贫如洗的年轻文人在城里忍饥受饿、精神濒临崩溃的生活境遇,尤其是他在饥饿中产生的种种幻想和狂态。《饥饿》带有明显的自传色彩,代表哈姆生对城市和商业化感到失望和悲观的态度。在小说《流浪汉》(1907)中,主人公学会务农,并从中找到生活的乐趣。《牧羊神》中的男主人公格兰热爱自然,自诩是"森林之子",其代表作《大地的生长》则讴歌了扎根土地的农民和他们的简朴生活。

哈姆生小说中这种对自然的回归正对应了作者自身的经历。哈姆生自

---

① [美]利奥波德:《沙乡年鉴》,吉林人民出版社1997年版。
② 鲁枢元:《生态文艺学》,陕西人民教育出版社2000年版,第169—200页。

幼生长在挪威北部,年青时代离开家乡到城里闯荡,为了生计两度远走美国,曾在农场做工,也曾当过店员和电车上的售票员。他对美国社会的工业化和商业化感到失望,回国后著书批评美国社会。哈姆生在1889年写作了《现代美国人的精神生活》(Fra det Moderne Amerikas Aandsliv)。像他同时代的艾略特、庞德、劳伦斯和卡夫卡等作家一样,哈姆生觉得原始的和简单的生活有利于激发人的创造力和维持人的身心健康,认为"真正的人是与西方文明人相对的自然人"①。

1911年哈姆生在挪威购买了一处偏僻的农场。从此,他更加热爱土地,关切耕种、土地和做人的关系。在《时代的儿童》(1913)和《赛格福斯村》(1915)这两部小说中,他描写农业模式的解体、工厂代替农场、农民变成工人、生产者变成消费者。他关注农村传统生活方式如何受工业化和城市化的影响而逐渐衰弱,导致农民的堕落和传统价值观念的崩溃。面对工业化的挑战,哈姆生认为人应该重返自然,回到土地上,尽量少使用现代科技。他认为科技和现代化污染社会生活,破坏土地,滋生堕落,毁减人性,从而使人失去归属感和原则。相反,自然的生活有助于维护人良好的道德观念和社会结构,同时也能带来富足的生活。自然是仁爱的,农民由于没有受到城市的影响保持着朴素的道德观。传统的生活方式有着现代生活所缺少的稳定性和连续性,这是因为人扎根于土地,与土地建立亲密联系。他的这一思想充分地体现在《大地的生长》这部小说中。

哈姆生继承梭罗的自愿简朴生活的观念:一个坚强的个体(或这样的一对伴侣)放弃物质财富,搬迁到偏僻的乡村,选择一种与世隔绝、自给自足的艰苦生活。不过哈姆生的简朴生活的意愿更为彻底。如果说梭罗在瓦尔顿湖畔的林中建起木屋并在那里生活一年有余是为了做"一个经济和精神的实验",那么哈姆生则是在自己极其富裕之后心才情愿地当个农民,在自己的农

---

① 哈姆生在美国曾经访问印第安人土著部落,回国后撰写文章赞扬印第安人的原始生活。参见 Zagar, Monika, "Imagining the Red-Skinned Other," *Edda* 2004, (1).

场上度过余生。他甚至后悔自己成为作家,而不是一个完完全全的农民。①有研究者认为在哈姆生身上存在激烈斗争的两方面动机:从事文学创作和过简朴的生活。② 但是他终于找到融合这两种动机的途径,那就是在自己的作品中宣扬他的人生观、自然观,抒发他对于土地和劳动的热爱。笔者认为《大地的生长》集中体现了哈姆生的生态思想和对自然的情感。这是一部与《瓦尔顿湖》风格不同,但同样重要的生态文学经典。③

三

布伊尔认为在任何人的环境想象中"地域"(place)必定占据核心的地位。他援引温德·贝尔(Wendell Berr)的话说:"如果没有对个体所在地域的充分了解,不忠诚于建立在了解之上的地域观念,地域不可避免地将会被利用甚至于破坏。"④ D·H·劳伦斯指出在哈代的《还乡》中关键的因素不是人的行为,而是事件发生的背景,即艾顿荒原。在一些被从生态角度重新解释的作家中,多数是以自己熟悉和热爱的地域为背景的,如哈代的威塞克斯、梭罗的

---

① 哈姆生反复抱怨挪威作家协会给他寄信时称他为作家先生(Forfatter hr.),坚持称自己仅仅是一个农民。他在给妻子的信中说希望自己是她的"农民邻居"。参见 Buttry, Dolores, "'Secret Suffering': Knut Hamsun's Allegory of the Creative Artist," *Studies in Short Fiction*, 1982, 19, (1).

② Buttry, Dolores, "'Secret Suffering': Knut Hamsun's Allegory of the Creative Artist," *Studies in Short Fiction* 1982, 19, (1), pp. 1-7.

③ 《瓦尔顿湖》是非小说类作品,一段时间以来生态批评界忽视涉及生态环境的小说。帕特里克·穆非(Patrick D. Murphy)在他的著作《自然取向文学研究的新进展》(*Farther Afield in the Study of Nature-Oriented Literature*)的序言中称这是一种"非小说类偏见"(non-fictional bias),认为叙事小说对于生态批评而言十分重要,应该引起重视。

④ Buell, Lawrence, *The Environmental Imagination: Thoreau, Nature Writing, and the Formation of American Culture*, Cambridge: The Belknap Press of Harvard University Press, 1995, p. 252.

瓦尔顿湖和劳伦斯的英格兰中部地区,等等。哈姆生作品中典型的地域是挪威北部山区,那里有荒芜的山坡、黑黑的原始森林和极端的气候:冬天漫长而寒冷,夜长昼短;夏天夜短昼长,是升起"午夜太阳"的地方。

  与梭罗的自然写作不同,生态小说家不是描写一个地域本身,而是描写该地域和生活在其中的人的联系。在《生态的哈代》一文中,理查德·凯利基认为"对于生态批评家来说,哈代的特殊价值在于他没有将地域和人区别开来"①。在哈姆生的小说中人是自然之子。《牧羊神》中的格兰坦率地承认他更喜欢森林中无拘无束的生活。《大地的生长》中的男女主人公是这样被描写的:英格尔"身体高大,丰满粗壮,一双粗厚有力的手",艾萨克"像是从裂了缝的窗玻璃望出去的人一样,一嘴的硬胡子,粗健的身坯"。② 他们看上去与北挪威的土地和森林融为了一体。

  对当代生态文学和批评产生影响的早期作家和思想家似乎都对农民和农业劳动感兴趣。美国作家和超验主义思想家爱默生强调自然和劳动对人的灵魂和情感的净化作用,他在题为《种地》的文章中把种地看作是一项有益的精神锻炼活动。他说:"农场代表了一个更大的无形的自然,它是农场主生活的反映,与此同时他又通过它来了解和理解上帝,从而超越了物质的存在。"③爱默生笔下的农民是独立的个体,他称农民"积攒健康的资本,就像农场在积攒财富的资本。作为健康的资本,农民是精神经济的一部分,他的思

---

① Armbruster, Karla, Kathleen R. Wallace (eds.), *Beyond Nature Writing: Expanding the Boundaries of Ecocriticism*, Charlottesville: University Press of Virginia 2000, p. 14.

② 文章中的引文如不作特殊说明均出自哈姆生:《大地的成长》,李葆真译,上海译文出版社 1985 年版。个别地方作了修改,参考了该小说的英译本:Worster, W. W., (trans.), *The Growth of the Soil*, Grosset & Dunlap Publishers, 1921, p. 8.

③ Branch, Michael P., et al (eds.), *Reading the Earth: New Directions in the Study of Literature and Environment*, Idaho: University of Idaho Press, 1998, p. 156.

维习惯和他的劳动给予他精神上的回报"①。

哈姆生对农场和农民的看法与爱默生有相似之处。《大地的生长》讲述一个农民艾萨克在渺无人烟的挪威北部荒山上开荒垦地、搭棚垒屋、成家立业的故事。艾萨克坚定地相信土地是最可靠的,你洒下多少汗水,它就会结出多少果实。他带领自己的妻子和子女不畏艰苦,终年劳作,给荒山老林带来勃勃生机,吸引着更多的人前来安家落户。小说情节简单,但充满生活气息。它描写朴实的农民对土地的深厚感情以及在荒野中人与自然之间亲密无间的关系。小说昭示读者自然不仅有着人赖以生存的物质资源,而且给辛勤的人以精神的安慰和满足。《大地的生长》被认为是"大地的史诗"(an epic of earth)。

哈姆生在塑造艾萨克这个人物形象时采取了对比的方法。与他形成鲜明对照的是他的大儿子埃勒苏。埃勒苏自幼聪明好学,十多岁时进城在一个工程师的事务所里当学徒,渐渐地沾染上纨绔子弟游手好闲的坏毛病。他自以为见了大世面,瞧不起乡里的农民,不习惯农村的生活。哈姆生说他"有点变了,他的内心有一处弯曲了,无形中损坏了;他不是坏,而是有一部分沾上了污点"②。埃勒苏不仅体质差,而且心理脆弱。他在经历初恋的失败后,竟对女人不感兴趣。哈姆生质问:"是不是因为被送进世俗的气氛中而产生了变态?是不是因为在一家事务所,在商店里工作得太艰苦以至他的整个创造力都丧失了?"③埃勒苏的颓废表明作者对现代文明的否定态度。埃勒苏最后逃跑,去了美国,而且小说中还说他再也没有回来。

其他与艾萨克相对照的还有工程师、商人等,其中一个细节是他们对于钱的态度。工程师问艾萨克是否愿意承担线路维修的工作,并许诺较高的薪

---

① Branch, Michael P., et al (eds.), *Reading the Earth: New Directions in the Study of Literature and Environment*, Idaho: University of Idaho Press, 1998, p. 161.
② [挪]哈姆生:《大地的成长》,李葆真译,上海译文出版社1985年版,第225页。
③ [挪]哈姆生:《大地的成长》,李葆真译,上海译文出版社1985年版,第397页。

水,可是艾萨克却出乎意料地不为所动,因为他觉得这样会占用太多的时间,不能一心一意地料理农活和照看牲畜。艾萨克不愿当工人拿工资,而愿做农民,让工程师觉得不可理解。艾萨克习惯物物交易,过原始的生活。他曾经买矿赚到钱,但最后被他的大儿子浪费光了。小说中商人的形象是负面的,经商的贝莱德和阿隆被鄙视,而且他们的结局也比较悲惨。真正的农民是艾萨克和他的小儿子,而他们的前途在作者眼里则是一片光明。

哈姆生不赞成工业化,认为工业化不仅破坏自然环境而且会扭曲人的本性:小说中的吉斯勒对于自己曾经代理矿山的采矿权而感到后悔,他指着被废弃的矿山说,"人们当初违背他们的本性和幸福在这里建设。说实在的,从一开始就是我的错,也就是说,在这个灾难性的开矿工程中我是一个卑微的代理人……几天前我又回到这里,你知道为什么吗? 我打算把矿山买回来"①。吉斯勒认为开矿不仅破坏了自然,更伤害了村民善良的本性。村民因此变得贪财、不务正业,这是吉斯勒所不愿看到的。他认为种地不仅为了满足物质需求,也有益于人们的精神健康。小说中表达出的这种思想和前面提到的爱默生的自然观是一脉相承的。吉斯勒认为挪威不需要钱,而需要像艾萨克一样的农民。对于工程师和工人,吉斯勒说:"他们是疯狂的、病态的;他们不干活,他们不知道犁田耕地,他们只知道赌博的骰子。"②吉斯勒将采矿视为赌博,是懦夫所为。

在文学史上,中西方文学作品多写人类征服自然的壮举,借以颂扬人类的英雄气概。美国西部小说所表现的"拓荒精神"(Frontier Spirit)即属此类型,而这正是生态批评所要批评的。对于艾萨克,哈姆生提出"一个在荒野中生活的人有许多事情需要尽可能地考虑,预料,适应"③,这是作者受达尔文

---

① [挪]哈姆生:《大地的成长》,上海译文出版社1985年版,第411页。
② [挪]哈姆生:《大地的成长》,上海译文出版社1985年版,第413页。
③ [挪]哈姆生:《大地的成长》,上海译文出版社1985年版,第89页。

"适者生存"进化论思想影响的体现。① 艾萨克有着尼采倡导的超人意志,是一个尼采式的"英雄"。艾萨克不是普通的人,而被赋予了宗教色彩。对于他,哈姆生毫不掩饰他的赞美之情:"那个造物之主的艾萨克,那样永恒的聪明啊!"②艾萨克成为热爱自然和崇尚劳动的象征,这一点可以从下面这段描写中看出来:"一个全心全意的种地人,一个不知劳累的庄稼汉。一个来自过去而指向未来的幽灵,一个最早在旷野垦荒、在旷野落户、享年九百多岁的人,然而,又是一个现代人。"③艾萨克被比喻成《圣经》里的玛士撒拉④,成了哈姆生心目中完美无缺的伟大英雄。《大地的生长》是一首"讴歌普通人的赞歌"。

哈姆生笔下描绘了自然与人的统一,自然塑造人的个性——"这个荒野庇护了他,使他不曾染上无节制的习气"⑤。哈姆生笔下的农民是生态学中所谓的"生活在生态系统里的人"(Ecosystem people),具体来说是"完全或者基本上依靠某一地区的动植物生存,对那个地区的生活完全习惯了,与当地的生态系统处于一个稳定和持久的关系"。⑥

---

① 有学者指出达尔文的进化论曾被学术界误解。达尔文关于自然选择的理论强调的不是竞争,而是对危机的适应性。达尔文所谓的"适者生存"中的"适者"不是指最强壮的而是指最能适应环境和其变化的。具体参见 Armbruster, Karla and Kathleen R. Wallace (eds). *Beyond Nature Writing: Expanding the Boundaries of Ecocriticism*, Charlottesville: University Press of Virginia 2000, p. 78.
② [挪]哈姆生:《大地的成长》,上海译文出版社 1985 年版,第 17 页。
③ [挪]哈姆生:《大地的成长》,上海译文出版社 1985 年版,第 418 页。
④ 《圣经》里的玛士撒拉一辈子种地,活了九百多岁,是《圣经》里活得最长的人。
⑤ [挪]哈姆生:《大地的成长》,上海译文出版社 1985 年版,第 222 页。
⑥ Armbruster, Karla and Kathleen R. Wallace (eds), *Beyond Nature Writing: Expanding the Boundaries of Ecocriticism*, Charlottesville: University Press of Virginia, 2000, p. 137.

四

哈姆生早期小说中惯用坦白式第一人称叙述手法,但他在《大地的生长》中却用了第三人称叙述手法。这部小说运用比喻和拟人化等修辞手法描写人与植物和动物之间亲密无间和平等的关系:有将人比作树的——"他像多了两只手的树干",也有把人比作野兽的——"他们像林中野兽一般地紧紧搂在一起"。①

《大地的生长》让读者真切地感受到农民对动物的感情。"一个定居者的观点是两样的,牲畜要放在首位,因为人在冬天总可以找到一个栖身之地。"②"我还是想念大公牛……我真希望他们宰它的时候不要让它受罪。"③小说中随处可见将动物拟人化的描写:"昂首阔步、羽毛美丽的大公鸡,轻盈碎步、咕咕低叫的老母鸡";"大阉羊有只漂亮的罗马型鼻子";"那只大白猪什么声音都要留神听,那可笑的家伙,总是吃不够,而且像少女一般的碰不得和难缠";"大山羊可以照管一大群山羊,但有时候,它一阵心烦,便就地一躺——那个满嘴长着大胡子、心事重重的家伙简直就和阿伯拉罕老祖先一模一样"。④哈姆生对动物的刻画饱含热情、细致入微,字里行间渗透着友好和关爱。

《大地的生长》最突出的思想是自然整体观。小说的标题"大地的生长"具有象征意蕴,表明人、植物和动物应当和谐共存。小说反复通过意象表明人生活在自然中,人在宇宙间显得非常渺小。哈姆生在小说中写道:"土地上生长着所有的东西:人、兽和果实……宇宙是广大的,蜂拥着无数的渺小的粒

---

① [挪]哈姆生:《大地的成长》,上海译文出版社1985年版,第72页。
② [挪]哈姆生:《大地的成长》,上海译文出版社1985年版,第220页。
③ [挪]哈姆生:《大地的成长》,上海译文出版社1985年版,第56页。
④ [挪]哈姆生:《大地的成长》,上海译文出版社1985年版,第125页。

尘——英格尔也曾经是其中的一粒。人在众生中无非是一粒微尘而已。"①对于农民与自然的关系,哈姆生借吉斯勒之口有一段精彩的表达:"你们在生活中上连天下连地,与天地、与所有这一切年深月久的荒野打成了一片……看,大自然就在这里,让你和你的家人来占有它、享受它。人类和大自然不会互相攻击而只会水乳交融;他们不会互相倾轧竞争而只会共同前进……你们享有和平、权利和比比皆是的亲切感受。那就是你所得到的东西。你躺在一个母亲的怀中吸着乳汁,玩弄着母亲的一只温暖的手。"②哈姆生把自然比作母亲,梭罗也有类似的比喻。后者在他的散文名篇《散步》中这样写到:"我们的母亲就是这广袤、荒凉的自然,她同时又是如此美丽,对她的孩子们,如豹子,是如此的慈爱,她无处不在。"梭罗的名言是"只有在荒野中才能保全这个世界"③。

《大地的生长》是一部"劳动的赞美诗"④,反复描绘生机盎然的劳动景象。小说的结尾两段再一次向读者描绘了荒原上劳动和生活的场面:夕阳下,男人在田里播种小麦,牛羊归来,光着脚的年轻的女人提着牛奶桶,母亲在准备晚饭。画面宁静、安详、和谐,又生气勃勃,既写实又浪漫,构成一幅令人遐想、快乐、宁静的乡间劳动图。这里人与自然和谐共生的画面成为一个永久的诗意的意象,它抚慰人的心灵,触动人类永恒的热爱土地、向往自然的情怀。小说正是以这样一种方式加强人与自然的纽带,召唤人对自然和环境的热爱。

《大地的生长》中农民的拓荒不仅是体力的考验,也是一种精神的体验与

---

① [挪]哈姆生:《大地的成长》,上海译文出版社1985年版,第419页。
② [挪]哈姆生:《大地的成长》,上海译文出版社1985年版,第412页。
③ 参见 Glick, Wendell (ed.), *Great Short Works of Henry David Thoreau*, Harper & Row, 1982, pp. 318, 309。转引自王诺:《欧美生态批评》,北京大学出版社2003年版,第215页。
④ 参见瑞典诺贝尔委员会主席在哈姆生授奖典礼上的致辞。(http://www.nobel.se/literature/laureates/1920/press.html)

锻炼。小说的阅读有利于我们的精神健康。尽管我们不可能回到那种原始的生活，但小说加强了我们在精神空间里与那种开创生活的联系，延续人类对土地的热爱、对自然的亲近和对劳动的赞美。生态文学倡导我们去适应环境，而不要将自己的意志强加于自然和环境之上。哈姆生的生态思想让我们觉得这位诺贝尔文学奖获得者和他的作品离我们并不遥远。

拉克斯内斯和他的《萨尔卡·瓦尔卡》

张福生[*]

冰岛是欧洲最北端一个富有神秘色彩的岛国。虽然这里自然环境恶劣，全岛大部分是荒漠、沼泽、冰川，人口仅二十余万，却有着悠久的文化历史，是片古老的文学沃土。世界文学中的奇葩"埃达"、"萨迦"就产生于这里，因而冰岛又有"诗之岛"、"诗人之岛"的美誉。

冰岛文学的黄金时代是它的古典时期，相当于西欧的中世纪。所不同的是，冰岛文学一开始就用冰岛文写成，而那时的西欧流行用拉丁文创作，北欧诸国的文学还是一片空白。对整个北欧乃至西欧文学产生重大而深远影响的"埃达"、"萨迦"便是这一时期最辉煌的成就。然而这种脍炙人口的描述北欧民间生活的诗歌和故事的创作到了14、15世纪开始衰落。16世纪以后，由于受宗教改革的影响，冰岛文学偏向了宗教作品的创作。直到18世纪，冰岛民间文学再也没有恢复当初那种生机勃勃的创作活力。

现代冰岛文学是19世纪70年代后发展起来的。虽然当时涌现出大批优秀作家，文坛异常活跃，但相当一部分作家仅用挪威文或丹麦文创作，他们对用自己祖国的语言表现自己的生活丧失了信心。始终坚持用冰岛文创作的是深受冰岛人喜爱的哈尔多尔·拉克斯内斯。他怀着对祖国和人民的热

---

[*] 张福生，人民文学出版社资深编审，北欧文学研究专家，曾编辑过《易卜生文集》、《安徒生文集》、《斯特林堡文集》、《哈姆生文集》等北欧重要作家的文集。本文原载《世界文学》2002年第3期。

爱,为继承和发扬本民族的文化事业创作了大量的诗歌、小说和戏剧,使冰岛文学重新走上具有本民族特色的正轨。为表彰拉克斯内斯这种振兴祖国文化、恢复冰岛文学光彩的精神,一九五五年瑞典文学院将该年度诺贝尔文学奖授予了他。

哈尔多尔·拉克斯内斯,本名哈尔多尔·古兹永松,一九〇二年生于首都雷克雅未克一个农民家庭。他的童年是在郊区一座农场度过的,这为他了解、认识民间百姓生活,后来真实而又生动地反映冰岛人民风貌打下了良好基础。拉克斯内斯曾一度失学,做过挤奶帮工,后在首都一所普通中学补习学业。十七岁时他就表现出文学创作才能,发表了他的第一部小说《自然之子》。之后,他开始了长达十几年的国外旅居生活。他从斯堪的那维亚半岛出发游历了德国、奥地利、法国,接触到西方各现代派艺术,大大开阔了眼界,同时对宗教产生了浓厚的兴趣。他曾到伦敦、罗马专门研究宗教。后来又到了美国、加拿大,受到社会主义和共产主义思想影响,写了一些赞扬社会主义的文章。一九三〇年他回到冰岛,定居首都雷克雅未克,专门从事文学创作。

拉克斯内斯是位多产作家,著有三十多卷的文集。主要成绩在于他的小说:描写农民为土地而斗争的《独立的人们》,反映知识分子悲惨命运的《世界之光》,表现冰岛人民反抗丹麦统治斗争的《冰岛之钟》和讲述冰岛渔民生活变迁的《萨尔卡·瓦尔卡》。

《萨尔卡·瓦尔卡》写于作家结束了国外旅居生活、回到祖国的第二年。此时正是他精力旺盛、创作欲强烈,也是他对各种社会问题最敏感的时期。小说以宏大的气魄、史诗般的语言描写了冰岛当时面临的各种重大的社会问题,真实地再现了冰岛人民的生活,所以刚一出版,便引起了文学界的瞩目,成了使拉克斯内斯赢得国际声誉最重要的代表作品。

小说描写的是20世纪前20年间发生在冰岛沿海一偏僻渔村的故事。此时正是冰岛在经济、政治等方面发生巨大变革的时期:一九一八年冰岛与丹麦在雷克雅未克通过了共拥一君的联盟法案,从此,冰岛只是通过国王个人与丹麦结成联盟。尽管该法案规定冰岛仍属于丹麦,但这毕竟使冰岛人民朝着彻底自由和独立的方向迈进了一大步,同时这也加剧了各派政治力量的角逐。一九一七年俄国爆发了十月革命。共产主义思潮也波及了这个靠近北极圈的岛国,在这个连上帝都不知晓的渔村引起了强烈的反响。经济上,冰岛当时的捕鱼业正处在由木桨帆船向着机械化捕鱼的过渡阶段,机械化使得冰岛由近海捕鱼船驶向公海作业,大大促进了冰岛资本主义的发展,这就是冰岛渔业史上第一个大发展时期。大小渔业主、银行家以及国外渗透力量你争我夺,斗争十分激烈。所有这些历史事件都被作者那深刻犀利的笔触充分而又真实地反映在小说里。

小说是以母女俩坎坷的命运展开的。主人公萨尔卡是个私生女。她十岁的时候,母亲被迫带着她南下求生。不想途中路费耗尽,只得下船到一偏僻的小渔村落脚。在走投无路的情况下,她们被单身汉斯坦托尔带到一对年老力衰的孤苦老人的家里留宿。斯坦托尔是个土生土长的恶棍,他不仅占有了萨尔卡的母亲,玩弄她的感情,摧残她的肉体,还强奸了年幼的萨尔卡。在教区的压力下,斯坦托尔同意与萨尔卡的母亲结婚。但在举行婚礼那天,斯坦托尔却逃走了。尽管萨尔卡的母亲笃信上帝,习惯了忍辱负重,但悲惨的命运、残酷的现实使这位被社会扭曲了心灵的妇女完全崩溃了,终于投海身亡。萨尔卡是伴随着"杂种"的骂声和背着"被奸污了"的名声长大的,但她没有像母亲那样屈从命运,向恶势力低头,而是勇敢地保卫自己,奋力抗争。她从小就表现出桀骜不驯的性格,留短发,穿长裤,全村同龄的男孩子没有一个不怕她。她自幼就成了一名自食其力的女工,干起活来比成年人还要强几倍。最后终于成了令全村人敬慕的合股渔船主。她的爱情生活却似乎在重蹈她母亲的覆辙。这是最令她害怕的,她一生的奋斗就是为了躲避她母亲那种悲惨的命运。先是斯坦托尔追求她,软硬兼施,花言巧语,她也曾一度动情。但她真心爱恋的是童年好友——破落子弟、社会主义激进分子阿尔纳杜尔,并与之同居。尽管他们的爱情天真无邪,建立在为劳苦大众谋福利的基础上,但阿尔纳杜尔是个空想社会主义者,他那套理想的说教和宏伟蓝图不能被祖祖辈辈没见过现金、只靠鳕鱼过活的渔民们接受,最后被赶出了村子。

拉克斯内斯和他的《萨尔卡·瓦尔卡》／张福生

小说的结尾更令人不安,随着阿尔纳杜尔的离去,萨尔卡的爱情结局成了不解之谜,能使人联想到的只能是她母亲的悲惨命运,因为她母亲的情夫,就是她的生身之父也曾是个浪迹天涯的革命者。

小说用诗一般的语言描述了冰岛大变革时期母女两代人悲惨的命运,反映了当时民众的疾苦,借以控诉那个不平等的社会。同时作者又以一种社会批评家的目光,冷静而审慎地注视着历史的变迁。尽管作者创作这篇小说时已抛弃了宗教,改信社会主义,但从小说看,那时的拉克斯内斯首先是个人道主义者。他最关心的是人的命运、人的价值、人民的冷暖、人民的前途。而这种关心似乎正源于他那种深深扎根在心灵里的带有浓重宗教色彩的博爱思想。他描写政治运动、政治派别、政治人物,甚至十月革命,采用的是一种幽默中透着冷峻、诙谐中带着讽刺的笔调。独立运动的代表像好斗的公鸡,总是声嘶力竭地叫喊,显得滑稽可笑,革命运动的宣传员如死啃书本的书虫,只会不顾现实地生搬硬套,让人觉得那么无知。主人公萨尔卡代表了作者的思想,她对宗教信而不迷,对社会主义拥护而不鼓吹,她注重的是眼前的现实——如何使广大的穷苦渔民摆脱贫困,过上好日子。

爱是作者的核心思想,爱所有的人,甚至包括他所不爱的人,爱所有的一切,甚至那片寸草不生的荒漠。他笔下所有的人都存有一份爱,或多或少,时隐时现,萨尔卡是爱的典范。她同情人,关心村民疾苦。无论谁有困难她都倾囊相助。为了民众的利益,她可以牺牲一切,包括自己的爱情。她领养那些被抛弃的孩子,为的是不让他们遭受自己曾遭受的苦难。她是个私生女,是爱的结果,但被爱所抛弃——父亲离她而去,母亲在她被调戏之后最需要心灵抚慰的时候,偷偷地从她身边溜走,去找刚刚调戏她的人寻欢作乐,使她在蒙昧无知的童年便痛感失去了最后一位亲人。而对待这样一位母亲萨尔卡仍旧充满了爱。她母亲与姘夫所生的私生子——她的小弟弟的死也同样令她痛不欲生。甚至,渔场主的儿子曾对准妈妈那投海身亡、咽了气的死尸踢过几脚,也被她那片爱心所原谅:萨尔卡是爱的化身。

渔场主利欲熏心,盘剥百姓,但他也时而迸发出恻隐之心。他能把陌生的小萨尔卡领到自己家里,让丹麦籍的贵夫人给她洗澡,换上干净衣服。就连干尽坏事的斯坦托尔也对自己的故乡充满炽热的爱,无论他走到哪里,故乡的那片土地总在召唤着他。

在作者的笔下,社会是复杂的,是个爱与恨、善与恶相互扭缠着的同时又激烈斗争着的矛盾体。他把爱和善归于人的本质,而将恨和恶归于社会制度,归于那个追逐资本而轻视人的不合理的制度。因而可以说,拉克斯内斯在创作这篇小说时是位勇敢的充满人道主义的旧世界的批判者。

冰岛的特殊历史、特殊的民族文化以及作家特殊的个人经历使拉克斯内斯形成了自己独特的艺术风格。这种带有其民族特色的艺术风格,首先表现在他塑造的一系列生动的、令人过目不忘的形象中。他塑造人物形象注重人物的性格语言,而且总是将人物首次出场放置在精心设计、精心铺垫的突出矛盾的焦点之中,让人物在渲染得恰到好处的气氛中充分发表自己的观点,直抒胸怀,甚至长篇大论地讲演,间或穿插人物动作、手势的描写,从而使塑造的人物带着他最具性格的语言和特有的动作渐渐印入读者的脑海,使读者获得一个声情并茂、形神兼备的活的形象。

小说绝妙的结构也是作品成功的一个重要因素。作品共分两部,每部各含二章。第一部从讲述母亲带着小萨尔卡背井离乡,落户在一偏僻小渔村,艰难度日,到最后母亲绝望而死,描写了母亲后半生的悲惨遭遇。第二部从萨尔卡成人自立到爱情结束,描述了女儿前半生的艰难困境。两部合起来便是母女俩两代人的写照。两部相辅相成,相得益彰,反映了冰岛那一时期妇女的普遍命运。小说每一章节之间的联系也十分紧凑、严整,情节一张一合,丝丝入扣,时而波澜起伏,时而平静如画。无疑这对作品具有引人入胜的魅力起了重要作用。

拉克斯内斯的语言最能代表其作品的艺术风格:不仅具有浓烈的民族特色——幽默,风趣,而且富有诗歌的韵律——优美,凝炼,戏剧的活力——生动,活泼。他能灵活运用生活本身提供的语言反映现实,得心应手地为情节和人物性格服务。冰岛是"埃达"、"萨迦"的摇篮,吟诗作曲讲故事这一古老的民族传统在作者塑造的形形色色的人物身上得到了充分的反映。斯坦托尔一言一行都证明他是个野蛮人,但他出口成章,像位狂放的诗人。渔场主博格森平时沉默寡言,但讲起话来铿锵有力,犹如能言善辩的预言家。老态龙钟的牧师喜欢故弄玄虚,无足轻重的小事他也能说得绘声绘色。疯疯癫癫的医生数他的药名如诵经吟诗。双目失明的老汉只要一张嘴便会涌出掷地有声的至理名言。拉克斯内斯还善于描摹景物,酝酿气氛,借以衬托人物的内心活动。作者笔下那笼罩在神秘雾霭中的崇山峻岭有时会令人望而生畏,有时令人赏心悦目,散布在山坡上的渔村茅舍也会随着人物的喜怒哀乐和情节的曲折发展而变化莫测。雪花纷飞的天空,绿草如茵的原野,咆哮汹涌的大海,怪石林立的峡湾无不显示着冰岛这个国家那奇异的自然景色——最荒凉的灿烂,最原本的壮美。

总之,拉克斯内斯的《萨尔卡·瓦尔卡》是值得一读的作品。无论是从欣赏还是借鉴的角度看,它都不失为一部世界文学名著。

挪威"新易卜生"约恩·福瑟剧作在中国的"演出繁花"

吴靖青[*]

挪威当代剧作家和小说家约恩·福瑟是"近年来诺贝尔文学奖最有力的竞争者之一"[①]。他的剧作独具个人特色，比如，"巨大情感张力的极简主义洗练语言"、"对白中强烈的节奏感与音乐感"、"并置的时空"、"交缠的现实与梦幻"、"诗意的暗涌"、"对人生的倾听"、"对时间荒原上相遇的人们"的"无限悲悯之情"等。[②] 他被西方评论界誉为"新易卜生"（尽管他本人并不乐于被贴上这个标签），也被拿来和贝克特、品特等荒诞派剧作家相比较。迄今为止，除易卜生和斯特林堡之外，福瑟是第三个在中国得到系统介绍和规模化传播的北欧剧作家。

福瑟戏剧在中国的传播缘起于偶然中的必然，是 21 世纪以来中西方文化交流机制趋于成熟的结果。2005 年，福瑟的剧本《有人将至》的中译版刊登在了《戏剧艺术》上。十多年来，福瑟戏剧在中国的传播走上了译介与出版带动演出活动、演出活动反哺译介与出版的良性循环的道路。2014 年和 2016 年，上海译文出版社先后出版了由邹鲁路翻译的《有人将至：约恩·福瑟戏

---

[*] 吴靖青，上海戏剧学院副研究员，主要研究北欧戏剧与表导演艺术。本文原载《戏剧文学》2020 年第 4 期。

[①] 康慨：《约恩·福瑟获北欧理事会文学奖》，《中华读书报》2015 年 11 月 4 日。

[②] 《"世界尽头与冷酷仙境"——约恩·福瑟戏剧作品中的关键意象》，载《有人将至：约恩·福瑟戏剧选》，邹鲁路译，上海译文出版社 2014 年，第 6—7 页。

挪威"新易卜生"约恩·福瑟剧作在中国的"演出繁花" / 吴靖青

剧选》和《秋之梦：约恩·福瑟戏剧选》。而与此同时，在中国戏剧类院校和剧团的推动下，在挪威驻沪领事馆、"易卜生国际"等机构的协助下，福瑟剧作在中国的演出之路也越走越宽。

福瑟剧作在中国的"演出繁花"，有别于易卜生和斯特林堡剧作在中国的演出。在享有文学盛名的同时，福瑟剧作由于其极度的抽象性和大量的重复语句而被贴上了"难演"的标签。这些既"难演"又富有魅力的剧本激发了中外舞台实践家们的创造力，他们为这类抽象、深沉、具有诗意和音乐感的剧作找到了富有舞台表现力的表演方法，也为极具剧作家个人风格的外国戏剧在中国的演出找到了新的路径。

一、寻找"戏剧性"与"可演性"的切入点

乍看起来，福瑟剧作似乎与戏剧表演艺术的一些基本要素相违背。比如，他剧作中的舞台提示非常简约抽象，几乎使演员无从下手；人物的台词用语简单而又包含了大量的重复，乍看起来单调乏味；规定情境似已简化成一个骨架，但又被大量的重复语句所包裹。然而，如果剥去这些外在的"不适于搬演"，就可以发现福瑟剧作的几个内在的"可演性"。

首先，福瑟的剧作往往以看似平静的生活中的某一场景为始发点，接着便是集全剧之力向某种"绝境"（或"极境"、"荒诞之境"）推移。有时，全剧就结束在这种"绝境"之中；有时，"绝境"渐渐消退，但貌似"无事"的"悲喜剧"却已经发生。当然，这些"绝境"的层次、内涵相当丰富。它们或是指某种脆弱的平衡被无情地打破，或是指"孤独"孤注一掷地向"绝对孤独"进发，或是指极为细弱的情感之弦绷紧到极限，或是指人际关系走向死局，或是企图在空间的尽头（如海与天的尽头）找到与之相匹配的时间的尽头——寂灭，或是指向比死亡还要抽象的东西（如"空寂"、无影无踪的"风"等）。正是这种向"绝境"的全面推移，使福瑟剧作在舞台上有了矛盾、冲突、高潮、低潮、悬念以及总体的戏剧性张力。

其次，这种推移的轨迹从大方向上说也是形态各异的。比如，它们有直线式、螺旋式、圆周式之分，福瑟的某一部剧作的结构走向往往是这些直线和曲线的变体和结合体。而即使同样是直线式的推移，又可细分为单线式、双线式、多线式等更为复杂的种类。所以，即便是重复的台词，它们也是沿着各不相同的轨迹前行的，最终并不会带来令人感到乏味的"重复感"。

再次，这些所谓的大的戏剧情境之"轨迹"的推移过程又被"音乐化"和"诗化"了，带上了福瑟特有的节奏与韵律，有了自身的美感与"有机性"。要知道，福瑟本人也是一位流行音乐家。如何让音符上下波动于"五线谱"中，如何安排停顿、连缀、重复与变调，如何安排单声部、双声部和多声部的有机变化，这些"音乐性"的编排都可以在他的剧作中找到对应的地方。这种富有音乐性的戏剧如果向某种东方戏剧靠拢，就会衍生出一套复杂的舞台表演程式；如果仅仅保持其中的节奏感和"复调"变化，再配以话剧的"底色"，则可使演出富有诗意和风格化色彩。

最后，福瑟剧作包含丰富的意象。"海"、"雨"、"秋"、"悬崖上的老房子"、"窗"、"照片"、"沙发"等有关孤独与回忆的意象贯串全剧，成为统摄全剧人物关系的重要工具。① 这为舞台实践者们提供了想象与创造的着力点，他们可以在此基础上进一步生发出这些意象的细节、变形物，乃至创造出新的意象。

一些导演正是以上述几个"可演性"为切入点执导福瑟剧作的，当然，这些都需要演职人员在此基础上进行大量的二度创造。2007年，就在《有人将至》中译本发表不到两年之际，中央戏剧学院的导演系和表演系研究生们将《有人将至》列为实习剧目，排演了这部在当时看来相当"棘手"的戏剧。对于这些学生来说，这是一次必须经历"郁闷期"和"抱怨期"的实验。"'有人将至''无人将至'不断从两人口里蹦出，是预感、是安慰、是恐惧、是心虚、是害

---

① 颜永祺：《〈有人将至〉是一句咒语——我们到不了想要的那一天》，见颜永祺的博客，2017年6月9日。

怕刚刚拥有的这一切很快就会消失。"①而多媒体运用中的"大海的画面",加上"音乐声和涛声"足以让人"失去抵御力"。② 找到呈现福瑟剧作中的诗意、音乐性、重复语句的手段与方式是这些舞台实践者们的第一任务,学生们"能够坚持下来就已经值得鼓励"③,就已经证明了福瑟剧作的"可演性"。福瑟戏剧在中国的初次演出充分体现了戏剧院校的实践者们敢于"啃硬骨头"、愈挫愈勇、在困难中激发创造力的实验精神。

2010年10月底至11月初,上海戏剧学院与"易卜生国际"联合制作上演了《有人将至》,这是福瑟剧作在中国的首度大型公演,导演是上海戏剧学院的何雁教授。据导演介绍,该剧在排演时辅以大量的节奏训练和肢体训练,这种方法行之有效地把演员"塞进了"通往福瑟戏剧的"表演通道"。在让演员从节奏、身体等直观的角度靠近福瑟剧作的同时,导演又为整个舞台定下黑、白、灰、蓝等冷色调子(只有当男女主人翁在屋子里寻找房屋前主人的"遗迹"时,灯光才变为古旧的暗黄色),采纳了抽象、简约的舞美设计方案。"门"的通透性设计暗示着这所海边房子与外界、与过去的息息相通——"有人将至"将一语成谶。百叶窗格的影子打在巨大的"人"字形白幔上,既分割了房子的不同区域,又让外界的光影返照在充满玄机的房子里。④ 该版演出中,海的画面没有直接出现在背景中,而是通过演员面对观众方向的凝望、沉思动作与台词表达,通过音响效果,"无实物"地充盈在整个剧场里。该版演出细腻深刻地体现了这种"类贝克特"戏剧的特征。

到了2014年10月,福建人艺的陈大联导演将《有人将至》搬上福建的戏

---

① 颜永祺:《〈有人将至〉是一句咒语——我们到不了想要的那一天》,见颜永祺的博客,2017年6月9日。

② 颜永祺:《〈有人将至〉是一句咒语——我们到不了想要的那一天》,见颜永祺的博客,2017年6月9日。

③ 颜永祺:《〈有人将至〉是一句咒语——我们到不了想要的那一天》,见颜永祺的博客,2017年6月9日。

④ 《〈有人将至〉剧照》,《对流》2013年总第8期。

剧舞台,接着又携该剧组参与当年 11 月的"2014 年上海当代戏剧节"的"福瑟之繁花"单元的戏剧展演。该版演出从看似"平静"的台词中挖掘出了巨大的"不平静",甚至被定性为"心理悬疑剧"。① 剧中人"都是普通人","但他们的生存状态却往往处于某种不可知的威胁和危难当中,形成一种特有的紧张的、神秘的戏剧张力"。② 随着导演从"'性心理'中占有、厌倦、渴望的角度的切入","剧中'男人'与'女人'两个角色的表演不同于福瑟剧作通常会呈现出的克制、内敛的方式,而显得充满侵略感"。③ 该版演出的舞台设计创造生发了"迷宫"的意象,整个舞台地面上都是残缺错落的低矮的迷宫的废墟,而舞台顶部却又吊下来枝节交错(或曰"枝节横生")的装饰物,像倒挂的枯树枝,又像北极驯鹿的鹿角。这样的舞美设计与"心理悬疑剧"的要求相统一,突出和外化了原剧作中的"悬念"和"心魔"。

福瑟的《吉他男》是一部独角戏,也是一个可以填充大量音乐的"容器"。在剧中,一个弹着吉他的男子边诉说边演唱,展现其孤独苦闷的人生经历。无论在音乐还是在戏剧方面,演员都有相当程度的自主创新空间。据统计,"《吉他男》是福瑟戏剧在世界各国被学生搬演最多的作品"④。2010 年 10 月底,上戏学生改编上演了《吉他男》的浓缩版。2014 年推广《有人将至:约恩·福瑟戏剧选》的"思南读书会"以《吉他男》的演出作为开场","一个来自上海戏剧学院的学生抱着把吉他上台,念着约恩·福瑟简短的句子,弹着吉他"。⑤ 2015 年 5 月,北京蓬蒿剧场的"经典剧本朗读"活动也选择了《吉他男》。

---

① 欧洲当代名剧《有人将至》,福建人民艺术剧院的博客,2014 年 10 月 17 日。
② 欧洲当代名剧《有人将至》,福建人民艺术剧院的博客,2014 年 10 月 17 日。
③ 张潇雨:《一花生五叶,一叶一世界:ACT 之"福瑟之繁花"综述》,《上海戏剧》2015 年第 1 期。
④ 饶俊、韩垄:《"约恩·福瑟戏剧研讨与展示会"获得圆满成功》,见上戏主页,2010 年 11 月 3 日。
⑤ 《陪你一起读懂约恩·福瑟》,上海壹周网络版,2014 年 11 月 24 日。

总之,福瑟剧作在中国的演出能打开局面,说明不同的舞台实践者都在规定情境、舞台行动、节奏、音乐、意象等方面与福瑟展开了深层次的"对话",都在为发掘其剧作的戏剧性与"可演性"找寻着力点。他们在挑战困难(甚至"极境")的过程中看到了机遇,在从困境中走出的那一刻获得了创造力的解放。

二、"心理现实主义"表演的渗透与连缀

福瑟剧作具有显著的现代(或后现代)戏剧的特点,比如,富有现代音乐和现代诗歌的风格化特点,具备荒诞剧的某些抽象性元素,富有"心理象征主义"等现代元素。但是,从某种层面上说,福瑟剧作并没有背离西方的"心理现实主义"传统。只是在福瑟那里,"心理现实主义"有时被片段化并被重新整合,有时经过了一定的变形处理,有时又隐藏在现代派戏剧艺术手段的表象后。一旦到了需要的时候,他的"心理现实主义"甚至被拿出来放大、强化,到了纤毫毕现的程度。因此,福瑟剧作虽然现代色彩浓郁,但在表演的时候却需要传统体验派表演的不失时机的渗透,需要找到人物语言行动背后的"心理依据",否则"重复"的语句就成了"空中楼阁"。当然,福瑟戏剧并不拒绝一些"图解式"、"间离式"的演出手段,但这些手段并不建立在纯粹抽象的基础之上。相反,它们等待着富有质感的体验派表演的介入。他的剧作中,人物走向"绝境"、"极境"或"荒诞之境"是有行动逻辑过程的,存在着"荒诞之境"中大量"赤裸裸的尴尬的"人物交流,需要演员深入地观察、理解、体验生活,然后创造出富有现代感的、达到某种极致的规定情境,从而完成深刻的体验过程。

以上述《有人将至》的几个演出版本为例,我们发现,在极富风格化和现代性的同时,它们在深层次上都遵循了剧中人物关系的"心理现实主义"规律。这有赖于人物之间细腻幽微或层层加码的有机交流。在 2007 中戏版《有人将至》中,"预感"、"安慰"、"恐惧"、"心虚"、"害怕失去"等人物心理因

素得到了多重展现。在2010上戏版的《有人将至》中,"导演和演员能将'静'中的波澜有层次地展开,让'静'中的不安、担忧、妒嫉'立'在舞台上,让这些抽象的心绪转变成具有细微变化的语气、节奏、眼神和手势,让眺望窗外、开门关门、检查卧室、拿杯子、接受写有电话号码的纸片等生活中普通的动作变得令人屏息凝神"①。在2014年福建人艺版的《有人将至》中,"妒嫉"的一言一行在"性心理"被打乱的基础上展开,"侵略性"与"猥琐"相勾连。这些细腻深刻的有机交流都建立在对现实人生的深入观察、对现实人物心理深刻领悟的基础之上。

福瑟的另一部剧作《名字》讲述了一个未婚先孕的女儿带男友一起投靠父母的故事,它被不同的舞台实践者发掘出荒诞性、诗意与心理现实主义的综合要素并被多次搬上中国舞台,呈现出与《有人将至》不尽相同而又相互呼应的演出轨迹。

挪威剧院于2011年带到上戏来的《名字》中,女儿贝厄缇涂着绿色的眼影,梳着新潮的发型,拖着怀孕的身体,带着男友投靠娘家,看似平静的家庭生活被彻底打破。"整个舞台前实后虚,前面是沙发客厅,后面是灯的森林,灯指向光明,而剧中人也在灯的森林中迷失。"②这种舞台前部接近现实主义"客厅剧"而舞台后部接近象征主义"心理探索剧"的舞美设计,使得演员在"前实后虚"的两个时空里穿梭。该剧展现了父母与女儿之间、父母与准女婿之间、父母之间、大女儿与准女婿之间、两个女儿之间、大女儿与前男友之间错综复杂的关系。这种人物关系与背景中一盏盏五颜六色的落地灯的森林相呼应。这些落地灯看似明亮、热闹,但每一盏都将自己独立于群体之外。剧中的人物也是如此,看似生活在一处,但家人之间却成了"熟悉的陌生人"。应该说,"实"的人物心理关系构成了该演出版的舞台基础,而富有象征意

---

① 吴靖青:《抽象与具体的三个步骤:荒诞剧演员面临的挑战》,《对流》2013年总第8期。

② 木叶:《约恩·福瑟的戏剧世界:探班话剧〈名字〉排练现场》,《上海戏剧》2014年第1期。

的舞台时空变化又起了画龙点睛的作用。

2012年上戏版的《名字》中,舞台上是简约的白色客厅沙发与茶几台面,背景是深色的墙,黑白对比颇为强烈。该版演出重在呈现这个普通家庭被打破平衡时人物的复杂心理,通过挖掘"丰富而深藏不露的内心世界",该版演出将现实主义的"生活的横截面"与"畸形荒谬"的人物关系深度结合,是"契诃夫与贝克特的完美结合",展现了"庸常与诗意之间的静水流深"。① 简单的重复语句下却体现了复杂的人物关系和情绪心理变化。"当重复到了一定量的时候,语句本身的意义已经不重要了,再也没有人会把当成口头禅似的'是啊是啊'理解为真正确定的、肯定的意思。"②身为一家之主的"父亲","他知道在女儿的问题上,妻子要丈夫做决定","然而以往几十年的经验告诉他,无论他做出怎样的决定,都无法让包括自己在内的所有当事人满意,最后都要被人'埋怨'"。③"他只能含糊其辞地说:'是啊,真的。'"④亲情、友情和爱情因为种种言不由衷、词不达意、传递过程过分曲折的表达方式而变得更加稀薄与畸形。演员的表演是细腻深刻的,他们不仅很好地处理了人物情绪爆发的几个场景,而且进行了大量细微的有机交流,让"心理现实主义"在一部"类荒诞派"戏剧中若隐若现地起着作用,连缀起整部戏剧。

上海话剧艺术中心2013年版的《名字》,在舞美上也采用浅色沙发和深色墙面,以形成明暗对比。这是"福瑟戏剧在上海的第一次商业演出"⑤。在

---

① 《〈名字〉剧照说明》,《戏剧艺术》2012年第2期。
② 话剧·名字(福瑟在中国2012),见金贵妈的博客,2012年3月9日。
③ 王苏:《语言的三种表达形态和演员相应的表现手段》,《戏剧艺术》2016年第6期。
④ 王苏:《语言的三种表达形态和演员相应的表现手段》,《戏剧艺术》2016年第6期。
⑤ 木叶:《约恩·福瑟的戏剧世界:探班话剧〈名字〉排练现场》,《上海戏剧》2014年第1期。

演出风格上,"可能考虑观众的接受度,整个调子轻快上扬了一些"①。该版演出重在引导观众探讨如下的问题,"在这个泛娱乐化的时代,生活中面对面的交流有多少",旨在让看过该演出的观众"给自己留下一小块空间去面对自己,去沉思、反思、质问"。② 看来,人物间"面对面交流的尴尬"仍然是该版《名字》的体现重点,"心理现实主义"这只看不见的手仍然牵引着这部看似荒诞的戏剧。

除《有人将至》、《名字》外,福瑟另几部在中国上演的戏剧,如《一个夏日》、《死亡变奏曲》、《秋之梦》、《我是风》等都或多或少地带有"心理现实主义"的表演痕迹。这与福瑟剧作上述的本身的特点有关,也与表导演者的舞台风格追求有关。"福瑟作品中的台词具有直接、简短却颇具诗韵的特色,同时戏剧的动作性并不强。事实上,在呈现这一类作品过程中,演员的内心体验显得尤为重要。"③看来舞台实践者们拨开迷雾之后,已经再次发现了福瑟戏剧中与心理现实主义基础相一致的地方。

三、 跨文化语境下的"福瑟之繁花"

福瑟剧作中蕴藏的诗意、哲理和人类共性心理吸引了世界各地的戏剧实践者。"自 1994 年首演以来(至 2014 年),他创作的剧本已经 900 多次被搬上全球各地的舞台,被翻译成 40 多种语言。"④相应的,自 2005 年《有人将至》中文译本发表以来,福瑟戏剧在中国的影响力逐渐加深。2014 年 11 月,

---

① 木叶:《约恩·福瑟的戏剧世界:探班话剧〈名字〉排练现场》,《上海戏剧》2014 年第 1 期。

② 木叶:《约恩·福瑟的戏剧世界:探班话剧〈名字〉排练现场》,《上海戏剧》2014 年第 1 期。

③ 张潇雨:《一花生五叶,一叶一世界:ACT 之"福瑟之繁花"综述》,《上海戏剧》2015 年第 1 期。

④ 梁散白:《我们和世界一起探索福瑟》,《上海戏剧》2015 年第 1 期。

在上海话剧艺术中心、"易卜生国际"等文化机构组织的推动下,"上海当代戏剧节"专设"福瑟之繁花"单元,上演了五部由亚欧不同国家排演的福瑟戏剧。一时间,风格各异的福瑟戏剧涌现在上海话剧艺术中心。在不同国家表导演者的跨文化解读下,福瑟戏剧穿上了不同的"服装",住进了不同的"房子",搬到了不同的"景致"里。高冷的"海洋、峡湾、长风、梦境"开出了"福瑟之繁花"。①

这五部剧目演出形态各异,不局限于北欧一处的人文风貌。这些演出中,有的追求与福瑟剧作中"极寒"、"极荒僻"相一致的意境;有的并不追求显而易见的"高纬度"地理环境风貌;有的更为强调"抽象化"、"碎片化"的结构处理;有的填充了"改编之地"的现实生活元素。值得注意的是,上述演出是跨文化风格的"适度"融入,并没有为了"跨文化"而彻底颠覆福瑟剧作,并未把规定情境挪到与福瑟原著截然相反的炽热场景里——这是福瑟剧作本身简约、"高冷"的风格所决定的。

如前文所述,这五部剧目中,福建人艺的《有人将至》并未强调极简的舞台效果,而是通过添加"迷宫"、"枯枝型装饰物"、"人偶娃娃"等舞美及道具手段来突出悬疑效果,通过人物语言的"变调"和"侵入性"肢体语言动作来凸显剧作中的张力。此次演出单元中的《一个夏日》由位于俄罗斯鞑靼共和国喀山市的一座传统悠久的国立剧院制作演出,演员对白采用鞑靼语。剧中的年长女士在家里靠海的窗前时不时地回忆年轻时的往事,心有不甘地要找出多年前丈夫从海上失踪的原因。舞台简约而又沉郁,"设置了两扇落地窗,分别在舞台的前区和后区","年长和年轻的两个女演员共同扮演女主角,当她们中的一个在表演,另一个时常在落地窗后饱含感情地观看"。② 这两扇大落地窗像巨大的画框,把现实和回忆中的女士框在其中并不时地加以并置,让

---

① 张潇雨:《一花生五叶,一叶一世界:ACT之"福瑟之繁花"综述》,《上海戏剧》2015年第1期。

② 郭晨子:《福瑟来了》,《上海戏剧》2015年第1期。

二者分别审视处于一定人物关系中的对方。在这样被放大的现实画面和回忆画面的相互"审视"下,更加意味深长的东西"似有似无"地出现了,"丈夫和妻子的女朋友之间有过什么吗?"①除此之外,在多媒体影像的运用下,"门"、"窗"、"海"、"雨"、"雾气"的意象也极富诗意。演员对白采用鞑靼语,"据导演介绍,他们翻译时对照了英语、俄语和鞑靼语,在语言比较时,渐渐体会到了福瑟剧本中的诗意"②。

与"福瑟之繁花"单元的其他剧目相比,意大利城际戏剧节组织上演的《我是风》进行了与福瑟剧本风格相一致的"高度抽象的生命探讨"③。"舞台几乎是空的,只地面做了类似碎玻璃镜面的处理。"④舞台上方是"风雨欲来"的灰暗的灯光处理,地面上的"碎玻璃镜面"似裂开的北极冰冻的海面,又似茫茫无际海面上那个吞噬生命的裂口。两个身型相仿的男子,用"无实物"的肢体语言表现着剧中的海、小船、小岛、暴风雨等自然环境。其间他们短暂地停泊在小岛边,然后再航行,再停泊,而最终的航向是吞噬生命的外海。这两个人虽然意见不统一但却只能"同舟共济",在重大的"航向"问题上只能听从那个更孤僻的人,而那个更孤僻的、像风一样追求极度自由的人却又把船引向死亡之地。该版导演"是一位对福瑟其人其作十分熟悉的挪威籍戏剧家",要求演员"必须看似'不着力'地表演","否则作品将韵味尽失"。⑤ 一方面,剧中人有了符号化的功能,"两个人,又或许是一个人分裂成两个人"显示了

---

① 郭晨子:《福瑟来了》,《上海戏剧》2015 年第 1 期。
② 张潇雨:《一花生五叶,一叶一世界:ACT 之"福瑟之繁花"综述》,《上海戏剧》2015 年第 1 期。
③ 张潇雨:《一花生五叶,一叶一世界:ACT 之"福瑟之繁花"综述》,《上海戏剧》2015 年第 1 期。
④ 郭晨子:《福瑟来了》,上海戏剧 2015 年第 1 期。
⑤ 张潇雨:《一花生五叶,一叶一世界:ACT 之"福瑟之繁花"综述》,《上海戏剧》2015 年第 1 期。

该版演出高度抽象化、符号化的"理念之美"①；而另一方面，这两个演员的"肢体掌控能力也很强"②，他们能够通过肢体语言和有机交流手段展现具体的、瞬息万变的海上生活，以及两人之间丰富的生命关联与思想龃龉。

伊朗德黑兰戏剧工作室演出的《秋之梦》更强调回忆的碎片化"拼接"以及"拼接"之后的循环效果。该剧"由众多场景拼接而成，就如同一个个拼凑起来的抽象图像"③。导演"没有在本次演出中植入过多的本国或本民族文化元素"，而是强调了该剧的"后文本戏剧"特色。④ 原剧本中男主人公的前妻戏份较少，但此版演出中，"前妻"在绿色环道上"长久地徘徊"，"不仅直接介入具体情节，更担任了'无声的解说员'"。⑤ 舞美设计富有现代抽象风格。"环形的步行道上绿草如茵，环抱着一片黑色空地：空地中央是三座外形抽象的'墓碑'"，"黑色演区代表日常生活和死亡"，"绿色环道永无尽头，象征生命之循环往复"。⑥ 在跨文化演出方面，该版演出不仅强调了"后文本戏剧"的现代共性特色，而且还通过含蓄的手法植入了伊朗民族传统特色，如三位女性角色的服装造型、"墓碑"与"座凳"等道具的形状与纹饰设计、带有"循环往复"之理念的"绿色环道"等。另外，该版演出在突出抽象和符号化的同时，仍然深沉、细腻地塑造了这五个角色的性格。

来自印度孟买 Surnai 话剧团的《死亡变奏曲》是这五个剧目中最具跨文

---

① 《〈我是风〉说明书》，《看话剧》（上海话剧艺术中心主办，内部资料）2014 年 11 月第 22 期。

② 张潇雨：《一花生五叶，一叶一世界：ACT 之"福瑟之繁花"综述》，《上海戏剧》2015 年第 1 期。

③ 《〈秋之梦〉说明书》，《看话剧》（上海话剧艺术中心主办，内部资料）2014 年 11 月第 22 期（上）。

④ 张潇雨：《一花生五叶，一叶一世界：ACT 之"福瑟之繁花"综述》，《上海戏剧》2015 年第 1 期。

⑤ 张潇雨：《一花生五叶，一叶一世界：ACT 之"福瑟之繁花"综述》，《上海戏剧》2015 年第 1 期。

⑥ 张潇雨：《一花生五叶，一叶一世界：ACT 之"福瑟之繁花"综述》，《上海戏剧》2015 年第 1 期。

化特色的演出。该版演出导演一方面寻找该剧作与印度文化的相通之处——"剧中的生死观念与印度文化中的轮回观十分契合",而另一方面,导演强调了演出中的印度风情。剧中的一对已经年迈并离异的父母因为女儿的投海自尽而再次聚在一起,他们在争吵与回忆中看到了一对相爱的恋人——那正是他们年轻时的自己,他们也在回忆中看到他们之间的失和如何把女儿推向一个"男人"——海那边的"死神"。这种关于死亡的缘由和因果关系的探索是颇富印度特色的,"演员穿戴民族服饰,舞台动作亦颇具印度舞蹈特色,印度教湿婆神像成为主角室内陈设,民歌与西塔琴音贯穿全剧"①。然而从另一角度看,该演出中的印度风情只是"有节制地"体现在其中一些服饰的剪裁上,以及少量的纹饰上;印度的歌舞与音乐"也并非生硬的元素植入"。② 与上述《一个夏日》的演出类似,在《死亡变奏曲》演出中,"当主人公进入回忆时,昔日场景再现,但主人公并不下场,而是构成了一种和过往的对位关系,目睹甚至介入,然而无法改变任何走向和注定的结局"③。

四、结 语

从《有人将至》《名字》《吉他男》等剧作在中国的不同版本的演出,到上海当代戏剧节上"福瑟之繁花"单元中多个国家的跨文化演出,约恩·福瑟戏剧在中国的演出已形成了一定的规模。福瑟剧作的极度简约、诗化的风格,曾给搬演它们的演职人员带来巨大的挑战,但也正是这种剧作风格为世界各地的舞台实践者们带来了同样巨大的二度创作空间。他们寻找着其中"戏剧性"与"可演性"的切入点,渗入了"心理现实主义"的表演技巧,同时又适度地

---

① 张潇雨:《一花生五叶,一叶一世界:ACT之"福瑟之繁花"综述》,《上海戏剧》2015年第1期。
② 张潇雨:《一花生五叶,一叶一世界:ACT之"福瑟之繁花"综述》,《上海戏剧》2015年第1期。
③ 郭晨子:《福瑟来了》,《上海戏剧》2015年第1期。

融入跨文化元素。福瑟剧作本来深深烙上了剧作家的个人风格,但福瑟戏剧在中国乃至世界的译介与演出由于有了众多"他者"的参与和创造,而开出了形态各异的"繁花"。

失忆、对话与小说的意义

——论埃斯普马克《失忆的年代》

李 娟*

《失忆的年代》(*Glömskans tid*)是瑞典小说家、诗人、文学评论家谢尔·埃斯普马克(Kjell Espmark)的长篇小说,①在这部"二战之后瑞典小说散文艺术中最有说服力的社会批判杰作"②中,埃斯普马克表现出了一位严肃作家的敏锐眼光、思想深度与高超技巧。《失忆》、《误解》、《蔑视》、《忠诚》、《仇恨》、《复仇》、《欢乐》七卷以不断变化的叙述视角讲述个人遭遇,借助于人物不同的身份、阶层和经历呈现了一幅全貌式的社会图景,对当代瑞典各种社会痼疾都有深刻表现。作为一部社会史诗式的作品,小说在人物纷杂的叙述片段中凸显出以下问题:如何面对瑞典当代的"遗忘症"这一"精神瘟疫"?如何与所处的时代展开有效对话?如何不失艺术性地表达这种对话与思考?

---

* 李娟,云南大学文学院副教授,主要研究欧美文学与西方文论。本文原载《东吴学术》2016年第6期。

① 《失忆的年代》由七部相对独立的小说组成,也可看作是小说集,但因各部之间的关联性以及这种关联性对于从整体上理解小说所产生的重要影响,本文更倾向于将其视为由七卷内容组成的一部完整小说。

② [瑞典]谢尔·埃斯普马克:《失忆的年代》,万之译,上海人民出版社2015年版,第5页。本文关于《失忆的年代》的引文均出自该书,后面不再注明。

失忆、对话与小说的意义 / 李 娟

一、 失忆与记忆：个人、历史与身份

《失忆的年代》表现的是"失去记忆"的当代瑞典人的生存状况，第一卷《失忆》就直接切入了整部小说的主题。患了失忆症的"我"（埃利克·科尔维尔）面对来到办公室的"你"配合调查自己的经历和身份，借助于手提箱里的文件档案如照片、档案、信件、发票等"开始挖掘我的个人历史"。通过这些保留了个人经验痕迹之物，"我"试图找到这些问题的答案：我是谁？我的家庭生活、婚姻状况如何？我曾经过着什么样的生活？但一切最终仍陷于不确定性之中。"我"学生时代的档案里有阅读《俄狄浦斯王》的记录，在"我"钟爱的这部古希腊悲剧中"主持调查的不是别人，正是俄狄浦斯王自己"，如今"我"讽刺性地也陷入了同样的境地。俄狄浦斯王的追索最终水落石出，而"我"对自己的身份认知却无明确结果，种种记忆的物证只能随着"你"的消失而永远被困在手提箱中。在断断续续的叙述中，我们无法真正知道埃利克所说的调查指的是什么，直到后面结合《复仇》和《仇恨》两卷内容，才发现埃利克受命于首相克利夫接受了一项调查失忆的任务，身为负责人的他却成了国务院里第一个失忆的受害者。从这一卷开始，"失忆"与"记忆"的主题以对立统一的方式呈现在小说中。

记忆是个体或群体的人在一定社会文化关系、历史背景中对于过去的主体意识，是在精神生活中有效遗留下来的对于自身经验的心理印象。自我身份的确认需要凭借记忆来联系过去的"我"与现在的"我"，失忆症的蔓延却让小说人物和过去的某些记忆阻隔开来。在埃利克这里，由于联系过去的"我"与现在的"我"之间的记忆纽带断裂，他所体验到的身体、情感和社会关系层面上的异化感和疏离感被推到了极致，所有能赋予"我"的存在以时序、意义关联和个人特质的东西不复存在，"我"的身份成为一个只能凭借推论探究的问题。小说中埃利克对于身份问题的思考弥漫着不确定性："'身份'这个词好像并非什么统计数字，不是一种状态或者一种特性。在这个词里面有一

定的动力。这是人们连续不断想制定的东西,或者是想避免去制定的东西,某种不确定的东西,人们总是想保卫它,或者又是保卫自己而抵抗它。它总是不停地在运动,即使有的时候,它可能在一份护照里或在一份认罪书里变得透明而清晰起来。"他追踪、辨认自我的过程也是调查的过程,他负责调查失忆的项目,自己却也因为失忆而接受调查。但调查能解决埃利克的失忆问题吗? 判断"我是谁"需要有一定的依据,"我通过我从何处说话,根据家谱、社会空间、社会地位和功能的地势、我所爱的与我关系密切的人,关键的还有在其中我最重要的规定关系得以出现的道德和精神方向感,来定义我是谁"①,即"通过对我从何处和向谁说话的规定,提供着对我是谁这个问题的回答"②。而对于埃利克而言,显然这一切都失去了明确的依据,坠入了由不确定性带来的荒诞迷雾之中。甚至他面对的提问者与听众,也不过是一个虚拟的说话对象。

　　人的身份认同需要以个人和集体的记忆和经验为基础,这在小说中被"我"称之为"过去":"是不是先要求有一种过去,才能给这个概念提供内容? 一个没有历史的民族,是不是还有'身份'可言?"他在追索个人历史的过去时也想到了民族的历史,小说的主题由此从个人记忆向着社会记忆的论题延伸。如果说《失忆》还更多的是在与"你"的交谈中发掘个人经历,那么在后面几卷中小说逐渐由个人记忆向着社会记忆的层面铺展开来。《忠诚》中的马丁·弗雷德见证了瑞典工人运动的潮起潮落,《误解》中约翰·弗莱瑟坦白了新闻业中对舆论的把控与导向,《复仇》中的弗里德里克·史迪恩揭示出金融掌控与国家政治的捆绑,《仇恨》中约翰·克利夫遭遇过政治幕僚间的争斗,还有《蔑视》和《欢乐》中艾琳和丽森两位女性的经历体现出来的社会体制问题。这一切都是借由他们在受失忆症侵蚀的社会里仍然保留下的部分记忆

---

　　① [加]查尔斯·泰勒:《自我的根源:现代认同的形成》,韩震等译,译林出版社2001年版,第49页。
　　② [加]查尔斯·泰勒:《自我的根源:现代认同的形成》,韩震等译,译林出版社2001年版,第51页。

折射出来的。所以也可以说小说整体上要表现的并不是失忆本身,而是失忆年代里个人残缺的记忆以及由此折射的社会记忆,并以此探究这背后的深层心理及文化原因。如保罗·康纳顿所强调的记忆是"一个建构问题"①,整部小说里的记忆片段都呈现出其建构性,指向人物个体经历中痛苦的一面,同时也朝向宏观层面的集体记忆。

小说人物的个人记忆片段具有明显的创伤特征,其痛苦经验借助于小说中反复出现的一个关键词即"伤口"得以呈现。这些"从来愈合不了的伤口"在很大程度上是他们开口讲述的内在动力。通过人物的讲述,我们可以看到埃利克不幸的婚姻生活、失败的母子关系、工作上的琐碎无聊;可以看到弗莱瑟对家庭的回忆、在担任报纸主编时卷入的纷争;可以看到艾琳的童年创伤记忆、身为离婚妇女的孤苦无助、晚年在疗养院的年迈无依;可以看到弗里德里克少年时代在学校如何受辱,长大后如何报复他人,又如何陷于与L之间的情感纠葛;可以看到马丁童年丧父的回忆、参与工人运动的细节和年迈之后"落后"于时代的无奈;可以看到克利夫身居高位的孤独、被同僚背弃后的悲凉;可以看到生活在社会底层的丽森如何失去孩子,并因此疯狂地拿刀刺向民政局的"山妖"。这些人物陷于各自的生活遭遇中,他们的经历也从不同方面折射出社会领域的各种问题:教育体制、新闻舆论、工人运动与历史观念、性别歧视、政治阴谋、金融把控等。个人遭际与社会问题在这些记忆的伤口里交汇,瑞典当代的社会图景被揭开了阴暗的一角。

二、 私语与共鸣:《失忆的年代》的对话层次

巴赫金认为:"小说结构的所有成分之间,都存在着对话关系,也就是说

---

① [美]保罗·康纳顿:《社会如何记忆》,纳日碧力戈译,上海人民出版社2000年版,第26页。

如同对位旋律一样相互对立着。"①《失忆的年代》这部皇皇七卷的小说中充满对话性，可以从以下三个层面来分析：首先是个人对话，小说每一卷都有一个核心叙事者即"我"在与"你"对话，从而展示不同人物的经历；其次是不同人物经历之间的对话，这一层面的对话性又与他们所处的空间场所密切相关；第三个层面是小说文本与读者之间的对话，在读者的阅读过程中七卷小说被联结在一起形成一个有机整体，进一步体现了全书的社会现实意义与文学写作的启示意义。

（一）个人对话与独白。《失忆的年代》各卷中的"我"都有一个说话对象，在《失忆》中是前来调查的某人，《误解》中是桑拿浴室里坐在"我"旁边的人，《复仇》中是被"我"救起的陌生落水者，《蔑视》中是来到疗养院调查"我"的某人，《忠诚》里是前来采访"我"的报纸编辑，《仇恨》里是一个在食品商场探望"我"的灵魂的人，《欢乐》里是"我"在拘留室里等待的辩护律师。但各卷中这个"你"是否真实存在却值得怀疑：《失忆》里暗示"当我想确定你的形象的时候，你的样子却散开和重叠"；《仇恨》中也写道"只要我继续和你说话，你就继续存在"；同样《欢乐》中的"你"居然是无声无息地穿过门板而来听我诉说的。各种细节描写表明"你"不可能是一个真实存在的人，只是一个幻想中的说话对象。在《误解》、《蔑视》、《复仇》、《忠诚》几卷，虽然没有直接消解"你"的存在，但在对话中"你"的具体想法和对话意义也是被架空的。由于在对话中没有同时存在两个独立的主体意识作为发话者和受话者，因此每卷中的对话本质上是"我"在自言自语，受话者不过是一个漂浮的影子。"你"在对话中的作用在于，无论是调查、采访、偶遇还是探视，在这些情境下这个虚幻的"你"是"我"言说的起点与动力——因为"我缺少一个听众"。在第一卷中埃利克表示："从某种观点来看，自然是你给了我说话能力。是你，给我提供了可能性，能在思维的道路上有所进展。要是没有你，我就没有了方向，词语

---

① ［俄］巴赫金：《诗学与访谈》，白春仁、顾亚铃译，河北教育出版社1998年版，第55页。

不知朝哪个方向前进,就只会停留在我的嘴里,让我窒息。"这是就对话产生的动机而言,在对话效果方面,虽然欧洲小说不乏"通过建构一个基于两者对话基础之上的新个人身份来弥合分裂的自我,重建宗教道德"[①]的传统,在"我"和"你"的对话中,"我"得到启悟,重塑自我;但《失忆的年代》中"你"的存在无疑脱离了这一传统,永远沉默无声,没有任何指引与交流。各卷末尾"你"的离开意味着"我"自我推测、自我追忆、自我辩白的中止,不再有弥合、重建甚至救赎的可能,"我"永远陷于孤独和绝望。

虽然有对话的形式,但《失忆的年代》各卷本质上却都是带有自传性的自我陈述。这种叙事层面上不连贯的独白呓语在主题上应和着小说中所说的"这个国家的精神分裂症"。"我"的七大段独白如同在七个舞台上同时展开的独幕剧,作者明确地将这称为"隐藏在小说中的戏剧"[②]。从叙述者的单一性、人物语言的特性来看,这七卷小说确实像是隐藏在小说外壳下的七个独幕剧,戏剧的展演特质也更能凸显出这七个叙述篇章的空间特征和意义。

(二)人物经历与空间对话。各卷中"我"的声音都是在某个空间场所发出的:办公室、桑拿浴室、疗养院病房、工人公寓、食品商场、某游轮上和拘留所里,甚至可以说,每一卷的内容都以一种空间场所为标志。身处其间的"我"在向"你"分析讲述时,便具有了找回过去时间的意义,将小说中并不完整的人物经历向纵深逐步推进,向社会全景的方向推进。每卷这些空间场所中"我"回忆、叙述的物理时间也许只是一小时、几小时,却将瑞典社会几十年中的社会历史、不同社会阶层人物的生活状况——展现了出来。"作为一种社会产物,空间性既是社会行为和社会关系的手段,又是社会行为和社会关系的结果;既是社会行为和社会关系的预先假定,又是社会行为和社会关系

[①] 胡振明:《对话中的道德建构:十八世纪英国小说中的对话性》,对外经贸大学出版社2007年版,第111页。

[②] 参见《失忆的年代》译者万之的《译者后记》,第646页。在2016年4月7日由云南大学文学院主办的"第五届中华文艺复兴论坛暨谢尔·埃斯普马克作品诗学研讨会"上,出席的埃斯普马克本人也确认了这一观点。

的具体化。"①七个不同的空间场所既暗暗指向不同的社会关系,也是小说并置主题呈现的载体。这些空间的设置与对应揭示着各卷的主题并与全书"失忆的年代"主题呼应,具有重要的结构和主题意义。

小说的七卷如同七个舞台,人物心理时空的展示以物理时空为框架,物理时空又是心理时空的背景。"在故事中,空间是与'生活'在其中的人物联系在一起的,空间的首要方面就在于人物所产生的意识在空间中的表现方式。"②这七个空间成了相互并存、呼应、融合的关系,又明显指向小说中多次出现的"地狱"这一抽象空间,即人物的情感心理体验象征物。小说中抽象却无处不在的地狱空间是对现实生活的浓缩与概括,表现了作者对当代人类普遍生存境遇的思考,这个看似虚幻的空间意象经由七个不同的实体空间折射,将人物的心理图景直接呈现其中。无论是办公室、桑拿浴室、工人公寓还是病房、拘留所牢房,都因人物独孤、混乱、无助、自嘲、激愤等心理感受而成为地狱。在《复仇》中,"我"(弗里德里克)示意那个被救上船的人去看码头时,所见的图景与《神曲》描写的地狱惊人得相似,很容易看出小说对但丁作品的摹写与影射,暗示了人物在心理上的极端处境。如果说但丁笔下由维吉尔引导的地狱游历是一个不断直线性地经历地狱、炼狱而至天国的历程,那么在《失忆的年代》里,人物永远无法逃出他们各自的困境,他们分别占据了"地狱的一个角",共同建构着这一"人间地狱",并因彼此血缘、生活经历上的联系而相互产生了巨大的张力。而这种张力又极为明显地表现在前六卷与最后一卷的关系中,最后一卷"我"(丽森)在拘留所的叙述和辩白将其他六个人物的经历巧妙地连缀起来,"当他们的声音在你的身体里面响起来的时候,你不得不听,不得不让他们说",不同人物的经历与亲缘、交往关系在这里出现了共鸣与杂音。通过丽森的讲述,其他六个空间中人物心理和情感上的哀

---

① [美]爱德华·W·苏贾:《后现代地理学:重申批判社会理论中的空间》,王文斌译,商务印书馆2004年版,第197页。

② [荷]米克·巴尔:《叙述学:叙事理论导论》,谭君强译,中国社会科学出版社2003年版,第157页。

鸣再次响起,久久不散。

总之,小说中的七个物理空间既可以视为整部小说内在的叙事结构支撑,同时也可以视为不同人物心理感情的物化形式,并最终与小说的象征空间即"地狱空间"形成紧密的对应关系。埃利克、弗莱瑟、艾琳、马丁、克利夫、弗里德里克、艾琳的个人生活经历也因此被拧合在一起,具有了整体上的象征与启发意义。

(三)小说文本与读者的对话。随着每卷小说人物的发声和人物经历的呈现,读者通过不同视角得以窥见其个人生活及瑞典社会生活的一角。由于人物各自叙述的残缺或有意无意的回避,小说中存在大量人物关系和人物经历上的缝隙,而读者则是填补者。

伴随着小说内容的推进,读者的每一个阅读阶段是暂时独立的,也是彼此关联的。"视点的转换产生了一种本文视角的聚合作用,像舞台上的聚光灯,追踪角色的表演,诸视点依次相互往复,成为赋予每一新前景以特殊形状和形式的影响背景。当视点再次移易,这一前景便也被融进背景。它业经修正,现已对另一新前景发生影响。每一相互衔接的阅读瞬间都承担着一个视角转换,这就构成了一个包含各个相异视角、简缩的记忆、现在的修正和未来的期待的不可分割的联合体。"①《失忆的年代》各卷都在讲述一个相对独立的人物经历,但以人物各自叙述中的某些关键事件和细节为连接点,在读者视点游移的过程中,人物之间的关系图最终明朗起来并可以被拼接完整,七个主要人物都与其他几个人物存在这样或那样的关联:埃利克·科尔维尔是艾琳的大儿子,也是被刺杀的首相克利夫指派的调查项目官员;他的妻子L是克利夫和金融家弗里德里克的情人,同时也是丽森的朋友;老建筑工人马丁和弗里德里克都是克利夫的朋友,而马丁曾经是艾琳的邻居;丽森自称是马丁的孙女,同时也是艾琳的朋友,她在少女时代与后来成为金融家的弗里

---

① [德]伊瑟尔:《阅读活动:审美反应理论》,金元浦、周宁译,中国社会科学出版社1991年版,第138—129页。

德里克是同学,曾差点被他强暴。部分章节中语焉不详、不确定的某些问题,在其他章节的细节中得到了确证或回应。经由读者自行填补空白,补充意义关联性,七卷内容连缀成了一个整体。由此读者才能真正体会最后一卷中丽森说的"每个故事都在另外一个故事里是扎了根的。就好比一个人的生活其实是从另一个人的生活里开始的"所言何意,并在此基础上重新以一种宏观的、全局观照的视野去看待七卷内容之间的关系。

《失忆的年代》不是一个有始有终的故事,七卷单独成篇又彼此关联的内容以独立的方式并肩,共存于更广阔的社会历史文本之中,具有开放性与未完成性。小说在各自独立却又相互关联的文本形式中、在人物不够连贯有时甚至相互抵牾的记忆片段中建构了属于自己的召唤结构,发出了文本对于读者的积极邀请,带动读者进行思考。"要是没有你,我就成了一篇没人读的文本,一行没有力量的文字,也无处可去",这里的"你"既指向"我"那个虚构的对话者,实际上也指向小说读者。小说中所包含的各种意义不确定性和意义空白成为激发读者参与文本对话的动力,读者共同参与了文本的意义建构,正是由于有了读者的参与,七卷之间的关联以及文本隐含的意义在阅读过程中才得以显现。在这一层面上,读者也就成为埃斯普马克所说的那个穿越地狱的旅行者,即"七部小说里真正的主人公"。

三、 沉默与言说:社会现实与小说意义

以"失忆"为背景,《失忆的年代》表现了社会、政治等外在势力是如何"帮助我们忘记那些我们不应该记住的东西",发现"沉默是我们这个时代文学的主线",但那些"在当代无法表达但依然不断在我们头脑里思考琢磨的一切"依然在不断冲击着在场者、观察者的神经。在丽森那里,讲述与书写是真正让人发出声音的途径,否则所有人遭受的"尖叫的不公平"只能陷入沉默。较之于布朗廷沉默的泪水,她在讲故事时体会到的"欢乐"就是对现实的表达与抵抗,她甚至想要借笔讲出"这些在失忆的年代里你必须说说的那些人的事

失忆、对话与小说的意义 / 李 娟

情"。在社会现实与历史被扭曲的危机中,叙述与书写才是"欢乐"的源泉所在。小说中丽森的尝试最终归于沉默与绝望,而埃斯普马克这位具有强烈社会责任感的作家则践行了丽森试图实现的书写尝试,开辟了一条文学言说与反思的道路。它以独白的形式写个人经历,在纵向上切入了不同人物的私人生活与隐秘经历中,人物对自我与社会的追问和剖析使小说具有相当的深度;在横向上聚合了不同身份、不同性别、不同阶层人物的生活场景,具有广阔的社会视野。这种广度与深度源于作者对社会现实的深入观察,显现出作者的写作理念。

《失忆》《误解》《蔑视》《欢乐》等卷的人物都曾表达过对文学、对小说的态度。埃利克在寻找身份时发现:"我突然明白了,我能随意使用的那个工具,正是文学已经失掉的东西。其实我们都意识到,作家已经在我们的社会里失去了他们的角色。……小说?作家怎么能够把这么多的材料组织起来,能对它们有一个全面浏览——读者就更不用提了。"艾琳也发现:"那些文件是他们还敢于从中认出自己的小说,是他们还敢于更深入地进入的小说。"报纸主编弗莱瑟更是质问:"我们自己不是长篇小说吗,要比《战争与和平》都大的长篇小说?""我们在报纸工作的人能把社会崩溃中的那些特色变为一个事件。事件不正是我们这个时代最大的艺术体裁吗?这个体裁和人人都有关系,有不可比较的影响力,不是吗?有另外一种艺术容纳过如此多的戏剧性吗?哪个剧本有那么多动人和闹剧式的动作,有另外一个舞台能把观众带入发生的事件中到如此程度吗?有没有另外的创作性艺术能这么深地切入到社会之中,是的,主要就是切入我们的生存条件里?"如此种种,人物的"文学观念"和"小说观念"似乎在颠覆着自己存在其间的小说体裁本身,但实际上这是作者对于小说观照现实能力的反思。如丽森所言,"那些过去的事情,其实全都在我们的面前"。如何面对这些"过去的事情"?埃斯普马克选择的是不回避,而是以写作的形式加以表现、加以剖析。

小说直面了瑞典社会存在的各种严重问题,与瑞典社会现实具有紧密关联,最明显表现在人物与现实人物直接的影射关系方面。例如小说直接写到

了将来的内阁大臣阿瓦尔,三度当选瑞典首相的瑞典社会民主党主席布朗廷,还以克利夫影射现实中的帕尔梅首相,其他人物如女富豪、报纸主编等实际也都有所指代。小说反复勾画人物的记忆伤口,表现这些虚实相生的人物在生活中受到的伤害与"恶"之压迫,同时指出他们本身也是其中的动力之一。埃利克已然发觉政府调查项目的问题却依旧执行,最终自己也患上失忆症;报纸主编弗莱瑟深深感觉到报纸的舆论导向与自由言论之间的矛盾,陷入了被他人误解与误解他人的怪圈,艾琳一生遭受他人蔑视又在自我蔑视的泥潭中越陷越深;首相克利夫有强烈的政治野心却被同僚抛弃,以他的死挽救民意得票率;马丁的"忠诚"非但没有成就伟大的事业反而使他成为孤独的人,使得他"把我的师傅都否认了",党性"忠诚"让他付出了巨大的代价。弗里德里克凭借金融方面的天才报复他人,作茧自缚。同时,小说对现实也进行了巧妙的艺术加工。我们看到了一幅幅荒诞离奇的社会怪相:被儿子厌恶抛弃的艾琳患失重症漂浮在疗养院病房的天花板上;80年代的某天艾斯基尔、布朗廷的鬼魂和马丁一起去学校访问,却看到孩子们"脸也没有完全长好"、"手都没有长完整",说的话"都是只有一半的思想系列,分散开的叫声,有头没尾的句子"。这些怪相漂浮在人物零散的记忆片段中,与和小说对应的历史事件共同形成了一个整体。记忆不仅是表明过去发生过什么,还说明人们对过去的主观体验以及观念立场。这些极具荒诞性的细节更进一步地体现出《失忆的年代》的寓言性。

埃斯普马克在评论瑞典战后文学时提及的"力求表现普遍的人类生存问题的作品"和"描写存在于具体时间和空间里的一件真事的作品"①实际上以另一种方式融合在了他本人的小说之中。不难发现,小说中存在一个强大的文学传统,《俄狄浦斯王》、《神曲》、《樱桃园》、《布登勃洛克一家》、《罪与罚》、《一九八四》等作品留下了明显的脚印。这些作品哪一部不是在以文学的形

---

① [瑞典]雅·阿尔文、[瑞典]古·哈塞尔贝里:《瑞典文学史》,李之义译,外国文学出版社1985年版,第421页。

式表达对生命的体认、对现实的深入描摹、对社会的刻骨隐喻？如前所述，整部小说是失忆年代中的记忆残片，但又反映了一代人甚至几代人的社会记忆。书写便是使记忆与经验通向"永恒"的途径。通过"故事"表现"要命的真实"，由此激发反思与醒悟，这是立足现实的小说最重要的写作意义。小说的最后一章里艾琳说："我给你讲地狱的时候，我也把地狱踩我脚下了。"而埃斯普马克在《失忆的年代》所做的，何尝不是讲述地狱并将地狱踩在脚下的尝试？

《失忆的年代》将私人历史的考古变成了社会历史进程的呈现与社会问题的拷问。在并列—聚合式的整体结构中，小说选择了一种更可能接近真实的表现方式：以矛盾的对抗一致的，以含混的消解清晰的，以片段的连缀整体的，以写实的结合隐喻的。这既是由于小说各个人物的"失忆症"或所处时代的失忆背景决定的，也是由于小说七卷断断续续的回忆内容决定的。从叙事情节与主题呈现的对应关系来看，"情节的整齐清晰（主要是时序的整齐清晰）是整齐的道德价值体系的产物。但是历史现实本不应当服从任何一个道德体系。从这样一个观点来看，正因为非时间化没有提出一个新的道德体系，拒绝把历史现实规范化，从而可能更接近历史的真相"[①]。这是一部写实性的作品，但文本也体现出相当的实验性，表现在小说的叙事方式上、各卷之间的关联性设置上，也表现在对象征性情节的处理上。作品中浮现的问题与对话已经向我们指出一种借助艺术手段审视社会现实的可能性。正如布洛克所说："文学真实的特殊性，表现在它从某个角度向我们提出了一种关于真实世界的解释，尽管这种解释有时是荒诞的。从这个意义上说，艺术的真实也就是艺术的'意义'。由于这种真实会引起我们的'震动'，使我们脱开对世界的习惯看法，所以就比基于独立的实际证据得出的事实陈述有力得多。合乎现实世界的真实仅能证实我们观看世界的某种方式是否符合事实，艺术真

---

① 赵毅衡：《当说者被说的时候：比较叙述学导论》，中国人民大学出版社1998年版，第201页。

实则向我们宣示应该如何去观看这个世界。"① 小说中"现实的真"与"艺术的真"最终成为合题。

结　语

《失忆的年代》不仅是时代的絮语,更伴随着沉重的时代回声。它以"失忆"为主题贯穿七卷小说,实际上却铭刻记录着瑞典当代的社会现实,以充满反讽的方式表达了对现实的关注和思考,在人物的独白呓语中体现出洞见与批判。小说既有对历史与现实的重述,也有从中提炼的种种隐喻,整体上实现了"一种整体性的结合",创造出一种"既可看作个人又可看作社会的关系"。② 它是在写个人,也是在写社会、写历史,通过七卷交错叠映的内容使再现历史社会变成了一种极具艺术实验性的行为。因其宏阔的社会视野、精致的艺术结构以及惊人的批判力度,《失忆的年代》甚至超越了对当代瑞典的直接反映而衍生出对西方世界的启示意义。从这个意义上而言,它是一部厚重的"时代之书"。

---

① [美]H.G.布洛克:《现代艺术哲学》,滕守尧译,四川人民出版社1998年版,第292页。

② [英]雷蒙德·威廉斯:《现实主义和当代小说》,载[英]戴维·洛奇《二十世纪文学评论》下册,葛林等译,上海译文出版社1993年版,第351—352页。

六

北欧文学总论

19世纪挪威文学与北欧文化巨人

王忠祥[*]

在《易卜生精选集》的"编选者序"中,笔者曾引用了勃兰兑斯关于易卜生文学创作及哲理思想都是特定的时代"发芽生长出来的"之高见,以及布莱德鲁克特别赏识易卜生劝导看不懂其剧作的一位德国读者先了解挪威的"建议",并较翔实地评介了挪威的历史进程(以19世纪史迹为重中之重),意在强调"伟大的变革时代孕育文化巨人"。这些文化巨人包括易卜生(Henrik Johan Ibsen,1828—1906)、比昂斯泰纳·比昂逊(Bjørnstjerne Martinius Bjørnson,1832—1910)、亚历山大·基兰德(Alexander Lange Kielland,1849—1906)、约纳斯·李(Jonas Lie,1833—1908)和克努特·哈姆生(Knut Hamsun,1859—1952)等,他们的诗歌、戏剧、小说、书信、文艺散文等,无不链接着19世纪挪威文学日趋繁荣的环境,以及北欧文化传统和发展的轨迹。[①]19世纪挪威文学的繁荣,不仅建基于挪威颇富民族独立自由意识的创作活动,而且和北欧文化"与时俱进"的发展有"血缘关系"。由是视之,似可以这么说,这一时期的许多挪威文学精品,"实际上是激变、前进中的文化巨人对社会生活和时代精神的审美反映"。理所当然,作为北欧文化巨人的挪威作家,在凸显本体个性的同时也融汇着北欧文化的共性。事实如此,挪威文学

---

[*] 本文原载《外国文学研究》2009年第5期。

[①] 王忠祥:《编选者序》,《易卜生精选集》,潘家洵译,北京燕山出版社2004年版,第1—2,12页。

繁荣与北欧文化巨人活动有其互动关系,如欲赏析挪威文学创作的社会价值和艺术品格,可将认知挪威的"古往今来"和巡视北欧的"文化奇境"同时并举。

从挪威社会历史各阶段更迭的轨迹中,不难看出挪威文化和文学的发展道路是曲折的。挪威和丹麦等北欧国家一样,有着悠久的文化传统和优秀的文化遗产。从古代北方语文学、挪威的碑文(公元4世纪)以及神话传说到挪威当代文学,已有1600多年的历史。在北欧"海盗时代"(Viking Age),即约公元793年至1066年间,一批又一批挪威人(包括"海盗"和农民)到冰岛定居,①同时带来丰富的北欧神话和传说,并逐渐形成冰岛的文学作品《埃达》(诗集)和《萨迦》(散文系列作品)。由此可见,在特定的历史阶段(中世纪),挪威文学和冰岛文学关系非常密切。② 易卜生对古挪威人这一段历史怀有浓厚兴趣,在诗剧《海尔格伦的海盗》(1857)中表彰了挪威人(Vikings)开拓生活新天地的英雄主义,同时也批评了无原则的杀戮暴力,强调化解仇怨,和平共处。古挪威人作为"商人"在海外贸易、或作"海盗"在海外掠夺的过程中,也接受了西方文化,特别是基督教文化的影响。易卜生的诗剧《武士冢》(1850—1853)对此作了生动的描绘,经受基督教仁慈爱抚的"南方淑女"布兰卡感化了"北方海盗"甘达尔夫,如通过"恕道"引导他放弃复仇的暴力,使其尚武精神和"人我和谐相处"之信念融化在一起。布兰卡和甘达尔夫结伴同返挪威,"一直向北",颇有深刻动人的象征主义:"北方与南方精神结合是振兴挪威的金光大道。"③

从14世纪丹麦强迫挪威"联盟"开始到欧洲文艺复兴时期,挪威文学大

---

① [美]戴尔·布朗:《北欧海盗:来自北方的入侵者》,金冰译,华夏出版社2002年版,第146—150页。

② 参见《苏联大百科全书选译·挪威》,生活·读书·新知三联书店1956年版,第49—58页。

③ [美]哈罗德·克勒曼:《戏剧大师易卜生》,蒋嘉、蒋虹丁译,湖南人民出版社1985年版,第42页。

19世纪挪威文学与北欧文化巨人/王忠祥

体上处于滞后状态,不过民间文学仍在继续扩展。这一漫长的时期,也有值得提及的作家和作品,如拜耶(Absalon Pederssøn Beyer,1528—1575)和他宣扬爱国主义的富有文学性的"日记文体"。有些评论家指出,从17世纪下半叶开始的丹—挪文学融合时期很重要,出现了两国人民都喜爱的一些作家,这当然是可信的。但是,其中影响较大的如恩盖尔布莱茨达特、路德维格·霍尔堡(Ludwig Holberg,1684—1754)等均系丹麦作家。不仅如此,丹麦的统治也表现在语言文化方面,丹麦语文成为挪威政界、商界、文教界和上流社会的通用语文。尤其在这一时期,挪威作家、学者基本上用丹麦文创作和著述,一方面在挪威文化和文学发展史上作了贡献,一方面又不无文字局限思维的遗憾。其中,也有作家用非丹麦语进行创作活动,诗人彼得·达斯(Petter Dass,1647—1707)运用北方语言创作了挪威人民喜爱的赞美诗和宗教诗,对后世挪威民族文学的发展产生了良好的影响。在近代挪威,虽然普遍流行丹麦语文,但中世纪古挪威语仍然作为文化遗产保留下来,由口头语发展为农村语言。挪威语的复兴,总是和挪威民族复兴紧密地联系在一起。无可讳言,即使在18世纪启蒙意识勃兴时,也不是所有的作家都能把挪威语的复兴,作为挪威民族复兴的重要内容之一。比如,韦塞尔(Torsten Wiesel,1742—1785)、布伦(Johan Nordahl Brun,1745—1816)等在哥本哈根建立的"挪威社",在提倡爱国主义文学创作的同时,不仅回避了挪威语问题,还过分强调了丹麦的文学不受德国影响的"纯洁性"。依他们之见,运用丹麦文创作天经地义。到19世纪,尤其是挪威与丹麦"联盟"消解,又被迫与瑞典"联盟"之后,挪威人的民族独立意识强化了,复兴挪威语和创建新挪威语的呼声日益高涨,又引起作家、学者的普遍关注。

19世纪前期的挪威民族解放运动,促使这一时期中后期挪威文学繁荣。这一时期,先后登上文坛、艺坛、论坛的文化巨人们,为挪威的民族文化复兴和文学复兴而大声疾呼。在文学创作实践中,出现了摆脱丹麦语的挪威语,即使是在丹麦"联盟"时期大家使用"笔头语",这时也越来越挪威化了。作为"自由农民"和"现代戏剧之父"的易卜生,以及比昂逊等,都是促进独立的挪威文化发展和文学繁荣的积极分子。在19世纪挪威文学史上,提起易卜生和比昂逊,自然难忘对他们文学创作产生巨大影响的威尔格兰德(Henrik Wergeland,1808—1845)的崇高民族文化素质,及其为挪威文学的发展所做出的巨大贡献。即使是与威尔格兰德政见对立的韦尔哈文(Johan Welhaven,1807—1873),在这一时期作为"挪威文学大花园"的"园丁",也可以说"功不可没"。关于这些文学巨星后文中将予以简约评介。

进入19世纪后,挪威文学的复兴和繁荣产生在北欧文学发展的总背景上。如上文所提及,这一世纪的北欧各国文学在展示各自"个性"的同时,也表现了不少"共性":如弘扬民族传统,适应文化转型需要,融化西欧哲学和文学思潮影响,等等。康德的"纯理性批判"、叔本华和尼采的"唯意志主义"、孔德和斯宾塞的"实证主义"、达尔文的"进化论"以及形形色色的反理性哲学,先后从西方流入北方,对19世纪至20世纪初期北欧作家文化意识的影响不可低估。丹麦哲学家克尔恺郭尔(Søren Kierkegaard,1813—1855)于19世纪40年代开始活动,不仅迷恋希腊传统和基督教传统,而且熟悉18世纪以来的德国哲学。他沉醉于非理性的神秘主义,以主观唯心主义反对黑格尔的客观唯心主义,以相对主义的诡辩术反对黑格尔的辩证法。他在《对于哲学片断的非科学的附言的结论》(1846)中批判黑格尔意图建立"整个存在体系",认为存在不完全,无体系可言。他不像有些评论家所说的那样敌视黑格尔,从另一视角考究,他也接受了黑格尔哲学的影响。他所接受的当然不是正面影响,而是沿着正面影响相反的方向发展的负面影响,他所强调的"质的辩证法",固然有否定具备"合理内核"的黑格尔辩证法(曲解为"量的辩证法")之意,却也不难从中看出这种"质的辩证法"(尤其是这一"术语"的"解说",多少接受过黑格尔学说的启示)。克尔恺郭尔从基督教传统中提炼出"存在"这一概念,把人的实际存在予以神秘化。他崇奉非理性主义,认为人的个性(个人内心的东西)才是"真实存在",个人的主观意识才是"万物的尺度",他还认为个人与社会永远分离、对立,社会处处威胁着"自我",强调个人的价值高于一切。克尔恺郭尔哲学理论中的悲观情绪,反映了丹麦资产阶级思想，实际比德国资产阶级还要软弱，不满意现状，却又无可奈何。他的哲学理论常常杂有神秘莫测、难以言说的东西，如他感觉上帝给他特殊任务，这个特殊任务是什么却又无法确定。在这方面，他与康德的现象主义、不可知论和先验论颇有共鸣。克尔恺郭尔的基督教存在主义哲学的成因可能是多方面的，包括古希腊哲学和中世纪基督教文化影响，但特别重要的还是北方的气候和土壤。因此，这种哲学理论不是出世，而是入世的。无论其中蕴藏着多少唯心主义、非理性主义和悲观主义，克尔恺郭尔通过哲学阐释鼓励同时代人们弘扬唯心的意志威力、在一切矛盾面前进攻、抉择不是毫无意义的。尤其重要的是北方诸国面临西方列强挑战的时刻，没有抉择道路的意志力是不行的。克尔恺郭尔在《非此即彼：生活的一个片断》（1845）一书中写道："你挺起腰杆去争取人生最重要的东西——去赢得自我，去享有自我。"克尔恺郭尔的哲学理论涂上了浓厚的神秘主义色彩，使人眼花缭乱，如果淡化外层的神秘主义色彩，透视底层实质，其直面人生和现实社会还是可知的。克尔恺郭尔的学说在19世纪中后期对北欧作家有深远的影响，易卜生的诗剧《布朗德》和《培尔·金特》中就有"非此即彼"（全有或全无）的感应；这一类戏剧所宣扬的"易卜生主义"社会观、哲学观，和克尔恺郭尔的存在主义哲学、伦理学的基本观点"不谋而合"。[①] 第一次世界大战前后，克尔恺郭尔的哲学著作大量译成德文出版，扩大了国际影响。20世纪现当代存在主义哲学家，大都承认克尔恺郭尔开创了存在主义哲学，为西方现当代哲学的形成开辟了道路。由此可见，北方和西方的文化交流（当然包括文学交流）是双向的，这种双向交流在不同的历史时代呈现不同的形式和侧重点。

北欧文学与欧洲其他国家的文学关系密切。17世纪丹麦作家托马斯·金果（Thomas Kingo，1634—1703）祖籍苏格兰，父辈定居丹麦。他擅长圣歌和巴洛克格式的诗歌创作，把亚历山大诗体引进了丹麦诗坛，文学史上誉他为"北欧的荷马"。出生在挪威的丹麦作家霍尔堡曾游学于英、法、德、意等

[①] 参见王忠祥：《易卜生》，华夏出版社2002年版，第78页。

国,深受西方文化和喜剧创作风格的影响,在喜剧表现手法上借鉴了法国的莫里哀的技艺,故有"北欧莫里哀"之称谓。北欧文学与英国文学、德国文学结了不解之缘,双向文学交流古已有之。北欧文学与英、德文学在气质上的相通,早已有人认可。活跃在18世纪末、19世纪初的法国作家、文学批评家斯达尔夫人(Madame de Staël,1766—1817)在《论文学与社会建制的关系》(1800)中发表过高见,认为欧洲文学可分为"南方文学"和"北方文学",而且把斯堪的纳维亚文学(即北欧文学)与英、德文学均纳入"北方文学",这不是没有道理的,有其史实和理论依据。不过,我们这里仍把英、德文学划归"西方文学"之类。翻开19世纪北欧文学史,西欧文学对北欧文学的影响是十分明显的,同时北欧各国也产生了一些蜚声西欧的作家和文学理论家。这里所讲的影响19世纪北欧文学的西欧文学,既有自古以来的文学传统,又有18世纪末到19世纪的各种文学思潮流派,说得广泛一些,从18、19两个世纪之交到19、20两个世纪之交,西方世界的各种文学思潮纷至沓来,或先后,或同时涌进北欧各国。其中,影响较深远的首先是浪漫主义和现实主义,其次是自然主义、象征主义,等等。①

19世纪上半叶,北欧文学以浪漫主义为主潮。北欧诸国中,瑞典和丹麦的浪漫主义文学产生较早。从18世纪中叶到末期,瑞典文学就经历了从旧浪漫主义到新浪漫主义的道路。不过,瑞典浪漫主义的"黄金时代"仍在下一世纪的前期,瑞典新浪漫主义是在德国康德等的哲学和歌德、席勒等的文学的影响下发展起来的,19世纪新浪漫主义文学团体"曙光联盟"的"纲领"(1808)宣布,"以希腊人和德国人为楷模",从而规定"坚定而持久的基本要点":"先培养、造就自己的力量,抵制有害的审美观点,最后在瑞典文学的天空用一道曙光为太阳的普照开辟道路。"阿特博姆(Per Daniel Amadeus Atterbom,1790—1855)是新浪漫主义的中坚人物,"曙光联盟"主办的月刊

---

① 王忠祥:《易卜生和他的文学创作(代序)》,《易卜生文集》第1卷,人民文学出版社1995年版,第7—8页。

《晨星》的重要撰写作家。他的童话剧《极乐鸟》(1824—1827)、瓦林(Johan Olof Wallin，1779—1839)的《圣歌集》和泰格莱尔(Esaias Tegnér，1782—1846)的故事《弗里蒂奥夫萨迦》都是浪漫主义代表作，在民间文学传统发展中注入了时代精神，讴歌理想化的过去和未来。丹麦文学的繁荣始于19世纪的浪漫主义的勃兴，其浪漫主义文学深受德国浪漫主义的影响。诗人、剧作家、小说家阿达姆·戈特罗勃·欧伦施莱厄(Adam Gottlob Oehlenschläger，1779—1850)的长诗《黄金号角》(1803)，可作为丹麦浪漫主义文学的正式开端，采用了古代北欧的题材，充满了浪漫主义的象征画面。他的大型童话剧《阿拉丁》取材于《一千零一夜》，塑造了迷人的浪漫主义天才形象阿拉丁。他创造性地学习德国歌德、欧伦施莱厄的浪漫主义表现艺术，并逐渐形成了自己的独特风格。欧伦施莱厄的浪漫主义叙事诗体小说《赫尔格》(1814)问世后，受到瑞典作家泰格莱尔的重视，泰格莱尔从中汲取了灵感和营养。丹麦浪漫主义后期，出现了深受读者欢迎的童话作家，他就是接受过欧伦施莱厄影响的安徒生。安徒生于1835年发表第一个童话集《讲给孩子们听的故事》，浪漫主义色彩浓重。他的名篇《卖火柴的小女孩》(1845)、《皇帝的新衣》(1845)等塑造了浪漫主义的童话形象，在世界文坛上影响深远。安徒生从前期的浪漫主义童话到后期的现实主义童话都突出批判精神和教育意义。用他自己的话来说，他要用他的一切感情、思想和想象力来写童话，"不仅为了孩子，而且也为了教育成年人"。安徒生的作品是世界儿童文学中的瑰宝，在全球享有"童话大王"的声誉。[①] 丹麦浪漫主义文学对冰岛浪漫主义文学的发展有较大的影响。巴尔尼·陶拉兰逊(Bjarni Vigfússon Thórarensen，1786—1847)是冰岛浪漫主义的先驱，曾在哥本哈根学习浪漫主义理论，回国后从事诗歌创作，进行浪漫主义艺术实践，把浪漫主义艺术和民族主义精神结合起来。约纳斯·

[①] 参见吴元迈主编：《外国文学》(人民出版社2008年版)第六编19世纪文学概述及丹麦、挪威部分。另参见王忠祥主编《外国文学教程》中册(湖南教育出版社1986年版)第八章第三节"北欧文学"。

哈姆格里姆松（Jónas Hallgrímsson，1807—1896）和格里姆·陶姆逊（1820—1896）等，也曾到丹麦留学，返回冰岛后集中精力写诗，抒发浪漫主义的激情。有些冰岛浪漫主义作家非常欣赏德国歌德、海涅和英国拜伦的诗作。在瑞典、丹麦等国的浪漫主义文学发展的同时，芬兰浪漫主义文学也在"星期六学会"与"芬兰文学社"的影响下应运而生。埃利阿斯·兰罗特（Elias Lönnrot，1802—1884）长期从事民歌、民谣调查研究工作，于1835年汇编成浪漫主义史诗《卡勒瓦拉》（又译《英雄国》），因此，人们称他为"芬兰的荷马"。瑞典语作家扎卡里阿斯·托佩里乌斯（Zachris Topelius，1818—1898）写作了大量的富有浪漫主义激情和爱国主义精神的作品，包括诗歌、故事、小说和戏剧。19世纪前期，挪威的浪漫主义文学在民族解放运动的鼓舞下蓬勃发展，一批出生于小资产阶级和农民阶层的浪漫派作家先后出现在文坛上，他们积极汲取民间文学的语言和技艺进行创作，通过诗歌、戏剧、小说和文论宣传民族复兴重任和爱国主义精神。其中不少优秀的创作渲染远大的理想乃至主观而奇异的幻想时，也凸现浓烈的民族意识。这一时期的重要作家有威尔格兰德以及韦尔哈文、阿斯比昂森（1872—1885）和莫埃（1813—1882）等。诗人、作家亨里克·威尔格兰德（1808—1845）在当时挪威人心目中被视为剧作家霍尔堡之后的"第一个天才"，英国浪漫主义诗人雪莱似的人物。他参加过挪威制宪议会活动和学生运动，一生为挪威的政治独立和文化发展而奋斗。他在文学创作上深受泰格莱尔等瑞典浪漫主义作家的影响，努力从瑞典文学中汲取创作营养。1830年，22岁的威尔格兰德发表了剧作《宇宙，人和救世主》，揭开了挪威现代文学的扉页。戏剧和丰富的诗歌体现了诗人、剧作家放浪不羁的叛逆精神，预示了日后挪威浪漫主义文学的扩展。威尔格兰德在政治上把英格兰和1830年后的法兰西当作他不断宣传、追求的"自由王国"，在文学创作上借助瑞典文学以冲淡丹麦文学的影响。因此，他和倾心于丹麦文学的韦尔哈文的争论是不可回避的。① "挪威的海涅"韦尔哈文的诗集《诗》

---

① 石琴娥：《北欧文学大花园》，湖北教育出版社2007年版，第72页。

(1838)、《新诗》(1844)、《诗五十首》(1847)等富于浓厚的浪漫主义色彩,包括了丰富的民间故事和传说。韦尔哈文的诗作《野鸭》和易卜生的诗作《野鸭》有通感共振表现。两位诗人对猎人、渔夫伤害以野鸭为代表的禽鸟的无情行为予以艺术凸显,借助为大自然弱者鸣不平而达到揭露社会生态问题之意愿。如果将韦尔哈文的这篇寓言诗和易卜生于1882年出版的剧作《野鸭》予以比照读解,后者承受前者的影响也是明显的。在生态批评视角下,韦尔哈文、易卜生等挪威作家这一类作品堪称"绿色之思、道德之艺"。易卜生和比昂逊的早期诗歌、戏剧也有浪漫主义倾向。易卜生在民族浪漫主义创作阶段的诗歌和戏剧充满了民族奋发精神。青年易卜生很熟悉欧伦施莱厄的作品,并承受了他的浪漫主义艺术影响。阿斯比昂森和莫埃在系统记载整理民间口头文学方面作出了重大贡献,他们超越了丹麦语文的影响,运用挪威口头语言写作。他们出版的诗集《挪威人民的历险》,在挪威文学中占有崇高地位。瑞典、丹麦、挪威的浪漫主义文学到19世纪六七十年代仍然存在,甚至更迟一些还不时出现这样的"精神遗产",比如,"瑞典的文化巨匠"维克托·里德贝里(Viktor Rydberg,1828—1895)在这一时期的作品有浓厚的浪漫主义、新浪漫主义的色彩。这种情况也适合于北欧其他国家。但是,进入19世纪下半叶,北欧文学中的浪漫主义已失去主流地位。现实主义文学先后在丹麦、挪威、瑞典等北方国家登上文坛。

19世纪下半叶,尤其是70年代以后,现实主义逐渐形成北欧文学的大潮。北欧现实主义文学的萌生、发展当然建立在斯堪的纳维亚各国民族独立与民主运动的土壤上,却又和以狄更斯为首的英国批判现实主义以及以巴尔扎克为首的法国批判现实主义的影响催进作用分不开。现实主义作为全欧思潮扩展时,迅速传入丹麦、挪威的文学领域,随后出现在瑞典、冰岛和芬兰文学中。1872—1875年,勃兰兑斯在哥本哈根大学任教,发表了一系列关于文学批评、文学史、作家研究的演讲稿,后来汇编成《19世纪文学主潮》(1872—1890)。他的这一巨著以及一系列关于文学理论的著作充满了民主主义精神,抨击丹麦官方文坛的陋习和文学创作中远离现实生活的不良倾向。他在充分肯定19世纪北欧文学成就的基础上,号召作家们抛弃不切实际的浪漫幻想,必须面对现实,尊重自由意志,善于独立思考,提出并研讨社会生活中的重大问题,力求文学创作和理论上的"近代突破"。勃兰兑斯的用"现代生活开创一条新路"的现实主义的文学观及其理论,在当时北欧各国广为传播,许多有才华的作家纷纷响应,形成了通过典型环境与典型性格的描写而凸现干预现实生活的热潮。丹麦作家彦斯·彼得·雅科布森(Jens Peter Jacobsen,1847—1885)、霍尔格·德拉克曼(Holger Drachmann,1846—1908)等积极投身于这股热潮。雅科布森认可勃兰兑斯的文学观,写作了小说《玛丽亚·格鲁朴夫人》(1876)和《尼尔斯·伦奈》(1880)。德拉克曼承受勃兰兑斯的创作论,发表了诗作《海滨之歌》(1877)、《蔓与玫瑰》(1879)、《旧神与新神》(1881)等。19世纪50年代中后期,在挪威社会经济加速发展、民族独立运动日益深入的形势下,现实主义文学崭露头角。一般认为,诗人威尔格兰德的妹妹卡米拉·科莱特(Camilla Collett,1813—1895)是挪威较早的现实主义作家,她的小说《总督的女儿》(1859)是挪威首批现实主义精品。这部小说批判了阻挠青年男女自由恋爱的社会恶习,为争取妇女的权利和地位而提出改革社会制度的主张。小说具有心理现实主义特色,人物心理刻画与社会环境描写紧密结合。小说对易卜生、比昂逊等作家有较深的影响。到七八十年代,挪威现实主义文学热潮高涨,易卜生的现实主义"社会问题剧"《玩偶之家》、《人民公敌》等就在这一时期问世,积极响应勃兰兑斯的"号召",发挥了直面挪威现实的"伟大的问号"作用。易卜生和比昂斯泰纳·比昂逊、约纳斯·李、亚历山大·基兰德,还有诗人西弗勒(Per Sivle,1857—1904)等,都站在北欧现实主义文学运动的前列,创作了无愧于民族复兴和激进时代的诗歌、戏剧和小说。比昂逊是这时期挪威杰出的剧作家,小说家和诗人,主要的成就在戏剧创作方面。比昂逊和易卜生一样,坚持以民族语言写作,宣扬民族独立精神,著有现实主义名剧《破产》(1875)、《挑战的手套》(1883)、《人力难及》(1883)等。1903年,比昂逊荣获诺贝尔文学奖,"颁奖词"称赞他是"当代的写实大师"。在挪威文坛上,易卜生、比昂逊、约纳斯·李和基兰德有"四杰"之称。他们和同时代许多作家用辛勤的创作劳动促使挪威文学的繁荣。恩格斯于1890年论及挪威文学繁荣的原因在于其本身固有的物质状况和社会阶级关系时,明确指出:"挪威最近20年所出现的文学繁荣,在这一时期,除了俄国以外没有一个国家能与之媲美。这些人无论是不是小市民,他们创作的东西要比其他的人所创作的多得多,而且他们还给包括德国文学在内的其他各国的文学打上了他们的印记。"①同时期的瑞典的现实主义文学发展不如挪威现实主义文学的发展那么迅猛。奥古斯·布朗舍(August Blanche,1811—1868)、阿尔姆克维斯特(Carl Jonas Love Almqvist,1793—1866)等作家写过带有现实主义倾向的作品,但不普遍也不典范。标志瑞典现实主义文学史开端的奥古斯特·斯特林堡(August Strindberg,1849—1912)写过具有现实主义特色的历史剧《奥古洛夫老师》(1872),后来转变了创作方向。他的长篇小说《红房间》(1879)固然有学习狄更斯批判社会的现实主义笔墨,更多的却是对新的自然主义艺术技巧的探索。在这一时期,挪威、俄国的现实主义作家以及勃兰兑斯的文学理论对冰岛和芬兰的现实主义文学有一定的影响。冰岛诗人约翰·欧拉夫逊(Jón Ólafsson,1850—1916)十分景仰勃兰兑斯,用他的作品揭开了冰岛现实主义文学史的第一页。芬兰女作家米娜·康特(Minna Canth,1844—1879)承受了英国、法国社会改革思潮的影响和易卜生、托尔斯泰等域外作家作品的启示,写出小说《穷人》、剧本《工人的妻子》(1885)等现实主义作品,《穷人》批判贫富悬殊的社会现象,《工人的妻子》向社会呼吁提高女权。尤哈尼·阿霍(Juhani Aho,1861—1921)也写过《牧师的女儿》(1885)等现实主义小说,晚期作品转向自然主义。

19世纪80年代后期至20世纪初,北欧各国文坛相继崛起自然主义和后来称为现代主义(曾有人贬称"颓废主义")的各种文学流派,如象征主义、立体主义、新浪漫主义、表现主义等。它们虽然打出反现实主义的旗帜,却又与

---

① 参见[德]恩格斯:《致保·恩斯特》,《马克思恩格斯选集》第四卷,人民出版社1977年版,第472页。

现实主义有千丝万缕的联系。这和19世纪中叶以来西方文学(尤其是德、法文学)的发展状况很相似,而且不无从西方流入北方的关系。就戏剧文学而言,西欧戏剧(主要是德国和法国的戏剧),如古典主义、浪漫主义、现实主义、自然主义以及各种具有现代主义倾向的戏剧,通过丹麦的媒介作用,都在斯堪的纳维亚流行过,而且并未与现实主义完全绝缘。在诗歌小说方面,也是如此。易卜生的晚期戏剧转向象征主义,但象征主义剧作中交织着现实主义描绘。斯特林堡的戏剧从现实主义经过自然主义,再转向表现主义和象征主义,不过,《一出梦的戏剧》(1902)、《鬼魂奏鸣曲》(1907)等剧作也反映了心理现实和社会现实,象征主义和表现主义中结合着现实主义。被一些评论家当作自然主义奉行者的丹麦小说家、剧作家卡尔·阿道尔夫·吉勒鲁普(Karl Adolph Gjellerup,1857—1919)和亨利克·彭托皮丹(Henrik Pontoppidan, 1857—1943)都是1917年诺贝尔文学奖的得主,他们的作品仍然表现了立足于现实的理想,忠实地描绘了丹麦的社会生活。挪威的克努特·哈姆生系1920年诺贝尔文学奖得主,他提倡极端的自然主义,但代表作长篇小说《大地的成长》(1917)在赤裸裸地描写下意识冲动、非理性情感和提倡"回归自然"的同时,也切中时弊地抨击了工业文明和商业经济给当代人类所带来的污损。即使是对北欧自然主义文学影响重大的法国自然主义大师左拉,在理论宣言和创作实践之间也不是毫无距离的。左拉的小说《小酒店》(1877)、《娜娜》(1880)、《萌芽》(1885)等也不是一味地突出遗传因素与环境影响,其中并不缺少反映社会现实的典型人物和事件。总之,在那个文学思潮流派和剧作方法多元并存、相互对立而又彼此渗透的时代,要求作家作品纯而又纯、无任何"杂质",是不切合实际的空想,而且违背文学创作的内在规律。以上提及的在各国文学史上颇有地位的作家创作,特别是那些文化巨人的杰作,都不是自给自足的封闭体系,而是面向域内外、继往开来、吐故纳新的结晶。在19世纪北欧文学思潮和创作方法的嬗变过程中,现实主义是值得特别关注的。可是,也不能以现实主义为唯一的标尺而断然否定其他文学思潮和表现手法。比如,易卜生的象征主义戏剧、斯特林堡的表现主义戏剧对欧美现当代戏剧文学就有深远而良好的影响效应。纵观文学思潮和创作方法的古今转换,我们必须"通古今之变";考察新与旧的更迭,我们必须把握新与旧的辩证关系。

巡视19世纪挪威文学繁荣景象,群星璀璨,精品丰硕,与世界文化潮流的走向俱进而继往开来的艺术生命力特强,令人惊叹不已。挪威杰出作家的"文学世界"和北欧众多文化巨人的"经典宝库"陈列着许多引人入胜的华章,值得后世代代读者反复品赏,从中汲取弥可珍贵的教益。

北欧文学对北欧社会发展的推动作用*

石琴娥

北欧包括丹麦、芬兰、冰岛、挪威和瑞典五国。在近二三十年（甚至还可往前追溯）世界各国现代化状况的各类排行榜上，无论是从 GDP 或者是人均总收入，环境保护或者宜居程度，还是从受教育程度和质量，医疗保障到养老、失业等社会保障，以及从男女平等到无种族歧视，等等，北欧五国莫不居于世界最前列。或者轮流坐庄拿冠夺魁，或是统统包揽前三名，总起来看北欧五国大抵都在前十名的范围之内。北欧各国政府的清廉奉公亦是举世瞩目的，芬兰被认为行政开支透明度世界第一，丹麦、挪威、瑞典亦几乎保持"贿赂零存在"，丹麦一名部长因出差住店超标准而丢官更是传为佳谈。冰岛几乎到了无贿可赂无贪官可肃的地步。至于这些国家里反腐倡廉而自曝出的丑闻腐化现象则大抵属于"小儿科"之流。社会治安相对来说亦较平稳，虽自 70 年代以来瑞典曾发生首相和外长遇刺丧生的两次包含有外来政治因素在内的暗杀事件，以及近年来街头偷钱抢包时有发生，还有挪威在几年前不少学生在一个小岛上遭枪杀的事件等，但是总起来，暴力现象不算严重，犯罪率都还较低，社会秩序还较良好。北欧各国存在色情行业，亦可说是半公开的

---

* 本文摘自石琴娥著《北欧文学论》（上海社会科学院出版社 2015 年版）第 276—302 页。

卖淫吸毒之类,丹麦就有过举世闻名的"克里斯钦尼亚港自由城"①,瑞典曾有为军售而召妓公费招待外国来访政要等丑闻,但北欧的性文化、性交易亦低于欧洲一般水准。由于意识形态而长期遭受诟病的"高收入、高消费、高福利"政策,即"从摇篮到坟墓"的社会福利保障制度如今也正在被重新认识,既不矢口否认其弊端,也同时看到社会福利保障对于安定民心和促进社会和谐与现代化发展的根本性作用。可以毋庸夸张地说,北欧五国在许多方面实际上超过了当今的世界霸主美国,而居于当今世界发达国家最前列,成为世界现代化发展中的又一类模式。

上述情况仅是我们眼前所看到的成果,那么试问这些成果从何而来?其前因何在?对此众说纷纭,至今莫衷一是,大多是从政治、经济等方面进行分析。其中有一条理由说是北欧自19世纪以来遭受战争蹂躏荼毒要少于其他欧洲国家,这条理由固然凿凿有据,但亦不尽然,因为除了瑞典、冰岛之外,丹麦、挪威都曾遭受法西斯德国侵略占领之痛,至于芬兰的境遇就更惨不堪言。据笔者管窥所及,从长远追溯起来,民族文字的形成和文学的普及深入,对北欧各国的现代化发展起了有力的推动促进助力作用,其功虽不是急火猛药,其利却深广莫测而且是无远弗届,也可以说民族文字文学对于凝聚北欧各民族本身,使北欧从野蛮走向开化,建立起精神文明,并且逐渐融入欧洲的主流社会,由封闭转为开放迎合现代化发展的潮流,直至步入发达的最前列,都起到了虽非立竿见影却又无处不在的潜移默化作用。这种润物无声的嬗变过程大致上是通过三次"精神革命"和"文化蜕化"来进行的。

第一次精神革命

拿撒勒木匠之子耶稣革掉了北欧旧教主神奥丁的命,《圣经》颠覆掉了北

---

① 克里斯钦尼亚港自由城系丹麦首都哥本哈根的一个码头废墟,从20世纪60年代起麇集了一批卖淫、同性恋、吸毒等"社会另类",并且还有不少群居滥交的"公社"大家庭。70年代末80年代初哥本哈根市政当局出动了大批警察将该地彻底清除。

欧《埃达》与《萨迦》，马丁·路德帮助芬兰写出了《卡勒瓦拉》。这听起来仿佛不可思议，然而却是历史事实，而且进行得顺理成章。这为北欧的民族构成和建立精神文明奠定了基础。

一

"维京人来了！"曾经是欧洲大陆和英伦三岛闻风丧胆的警报，英伦和大陆上人们在极度恐惧中苦苦哀告祈求上帝开恩，保佑他们不再遭受维京人的蹂躏。"维京人"（Viking）便是北欧海盗的自我称谓。从公元793年丹麦海盗滋扰英格兰起的300多年里，维京人横扫欧洲，因此八至十世纪史称"北欧海盗时期"。北欧海盗仗着先进的武器（坚船利刃）、非凡的勇气和体魄，起先只是在海上小股打劫抢掠、杀人越货，后来发展到攻城略地割据称雄。随着罗马帝国的衰亡，北欧海盗大举南下，东进西侵，直捣法兰西和意大利北部，还曾一度到过美洲，并且在1066年在英国建立了征服者威廉为王的诺曼（即北欧人）王朝。北欧海盗也朝东扩张至第聂伯、伏尔加一带，建立了以基辅为中心的诺夫哥罗德公国。在北欧国家里只有芬兰没有出海盗，它只是瑞典海盗向外扩张的受害者和跟随者。

北欧海盗曾经横行300多年并且建立了几乎相当于欧洲三分之一面积的"北海大帝国"，但这个帝国也像公元前四世纪曾强大一时的亚历山大大帝所建立的地跨三大洲的大帝国，或者公元四五世纪入侵欧洲的"上帝之鞭"阿提拉建立的匈奴大帝国，以及民族大迁移时的哥特人一样，说垮就立时土崩瓦解，而且几乎没有留下多少踪迹和影响。试问其中原因何在呢？除去军事等因素之外，北欧海盗的失败从深层次来说是只顾掠劫物质财富，而根本没有也不可能意识到精神财富的重要性所致，换言之，文字与文学几乎一片空白的致命残疾，也大大加快了北欧海盗的崩溃灭亡。此话从何说起？难道世界著称的皇皇瑰宝《埃达》和《萨迦》不正是那时候产生的吗？连日耳曼文学宝典《尼伯龙人之歌》和《谷伦德》等都是从《埃达》演变衍生而来，何况还有自成一体优美动人的北欧神话故事？因而说北欧海盗时代300年里几乎没有文字文学岂非大谬不然！

事情没有那么简单。

首先,任何一个霸权或势力之所以能够横行天下,除了拥有强大的军事力量之外,还应有相当的思想和精神素质才能文武兼备,刚柔相济,然而北欧海盗仅有"赫赫武功"而文治则欠丰。虽然北欧海盗自称是"维京人"即"居住在岬湾的人",而不肯说成是"海寇"或"海盗"(Pirat),但那也只是婉词相称,稍避忌讳而已。即便举国上下半年在家乡充当"正人君子",半年泛舟海上去杀人越货,强盗总归是强盗。强盗用不着什么思想和文化。当上强盗者自有其强盗思维,即你的就是我的,"能流血得到的,决不流汗得到",也自有其强盗逻辑,即"世间的财富应该归谁,由刀剑说了算","武士的荣誉归宿是在刀剑下丧生",等等。另一方面,强盗也讲究强盗的道德,诸如"黄金到手必与伙伴共享","上门作客先看看门后是否埋伏杀手","务必举剑从正面劈,不可用匕首从背后刺",等等。这些都可见于《埃达》,尤其是教谕诗《高人的箴言》(又称哈瓦玛尔)。而北欧海盗的思维逻辑和道德除了适用于当强盗之外,恐怕找不到多少用武之地。即便是北欧神话里的诸神祇,亦一个个莫不是好杀嗜斗的北欧海盗形象。主神奥丁更是一个活生生的"高、大、全"的海盗:凶狠残暴、奸淫掳掠、背信弃义、阴险歹毒、残忍,归根到底一个字:恶。北欧神祇都是如此,遑论普通北欧海盗本身了。"恶"字就是北欧海盗的唯一信念,因而无恶不作,穷凶极恶非但不受鄙视反而被推崇为英雄本色。

其次,北欧海盗时代是处在由奴隶社会转化到封建社会的转变时期,北欧海盗对于欧洲大陆和英伦三岛来说是尚未开化的北方蛮族。蛮族的特性就是野蛮,没有丝毫人性。既是强盗又是蛮族,两者相加就使得北欧海盗具有加倍的野蛮性和残暴性,这也就是为什么欧洲人在300年时间里苦苦哀求上帝开恩,保佑他们免遭斯堪的纳维亚蛮族的暴行践踏。因为在北欧海盗心目中"人"的概念,大抵只是一个具有两种功能的物件:或是充当切瓜砍瓢的宰杀材料(包括充当还原献祭中给神祇的牺牲);或是用作交易的货物。不妨举例:斯堪的纳维亚语言中的"干杯"(斯考尔)和"头盖骨"是同一个词,据传说北欧海盗出门随身不带酒具而是以被宰杀者的头盖骨盛蜜酒对饮,频频来一个"干头盖骨"!又如:足球的发明据传说是北欧海盗酒后互踢彼此所宰杀者的头盖骨以资娱乐助兴才逐渐发展成一项体育比赛。大量奴隶买卖亦是北欧海盗的发财营生。在成篇于公元1225年的《鲑鱼谷萨迦》中就有明文记载:冰岛有财有势的大庄园主霍斯哥尔德,既是挪威第五代后人,本人亦担任夏天外出打劫的海盗头领,有一回到市场上去买奴隶,买回来的是一个爱尔兰公主。当时男性奴隶相对要少些,因为多半在交战中杀光了,掳掠来的男性壮劳力不多,而主要是盎格鲁和俄罗斯的碧眼金发女子充当性奴,她们被成列牵到市场上高价出售,连被掳的公主贵妇都未能幸免。

  北欧海盗的致命伤在于没有书面语。如果说语言是民族构成的要素,那么文字便是构成文明民族文化的牢固坚实的基础,若是没有这一基础便构筑不起精神文化的交流平台,所有的思想信息便得不到传递交流。说北欧海盗没有文字其实是冤枉了北欧人。丹麦青齿王哈拉尔德为悼念其父老古姆王和母亲蒂莱,于公元985年在日德兰中部竖立耶林石碑,其上就镌刻有五行楔形文字,字形粗大整齐,字体工整清晰。在瑞典哥德兰岛也出土了公元八世纪的石碑,碑上亦有此类楔形文字,而《埃达》也叙述了主神奥丁不惜以剜一目为代价换来了智慧,创造出名为Rune,即"神秘"或"魔法"的鲁纳文字。

  北欧鲁纳古文字即富塔克字母,系公元之初聚居在罗马帝国毗邻地区的凯尔特人所创造的,这种文字受到拉丁语排挤而消亡,但在流传到斯堪的纳维亚地区之后却得以保存并且有所改进,在公元三世纪后形成了记录思想的载体。九世纪时鲁纳文字演变为有16个楔形字母。但此种文字有字母而无文法,难以串连成句,且音字不符,只能用作简单记事的符号而无法用于传递或交流信息。正是由于这一缘故,北欧古代的文学瑰宝只能长期作为口头文学流传,直到14世纪才在较为安定的冰岛用拉丁文笔录成文。而且也正是由于缺乏文字作为传递信息交流思想的工具,北欧人在长达300年的时间内在精神文明方面几乎毫无建树,一直处在原始落后的半野蛮状态而停滞不前。不妨设想,假如北欧人不是沉湎于打砸抢,而是将能够创造出北欧神话、

《埃达》《萨迦》等口头文学作品的智慧、精力和时间用来改进出自己的文字,进一步发展自己的民族文明,说不定会出现自成一体的另一种北欧文化,历史亦将不得不重新改写。然而历史就是事实,不存在任何假设。正因为缺乏自己的书面语,北欧各民族当时从严格意义上来说恐怕还算不上完整统一的民族,因为没有文字便无法创造出共同的文化,此类氏族部落的结合是极不牢固的,往往是聚散无定,形若乌合的群体,因而,"北海大帝国"貌似庞大,说垮就垮,而且没有留下任何文字记载,也就不足为怪了。十分可惜的是北欧海盗时代征战连年、哀鸿遍野,谅必应有数量上远远超过区区150篇《萨迦》的动人或骇人听闻的史诗或英雄故事素材,理应能够创造出比《埃达》、《萨迦》更富有价值的作品来,但却没有留下任何文化遗产,所有的记载几乎都是由后人追记的。如果说北欧海盗有留下文化遗产,那恐怕只有英语里的星期了:星期一是太阳神日,星期二是月亮神日,星期三是主神奥丁日,星期四是雷神托尔日,星期五是生殖神弗雷日,星期六是众神祇之日。至于基督教文化为何能包容异教神祇命名的日子,尤其是主的安息日(即撒巴斯日)被称为太阳神之日,至今仍是一个不解之谜。

公元10世纪、11世纪北欧爆发了一场精神革命,这场革命的影响至今仍然笼罩在北欧上空,而且看来还将继续笼罩到不知何时为止。这场大革命便是北欧的基督教化。

北欧海盗在滋扰掠劫并发展到大举入侵欧洲大陆和英伦三岛之际亦接触到了不同于北欧多神教的宗教和更先进的文化,即基督教文化。丹麦和挪威海盗陆续在本土以外皈依基督教。另一方面基督教教廷亦有意要教化无法无天的北方蛮族,将北欧纳入基督教帝国的版图,也发起了一场"北方归主"运动。公元823年传教士安斯嘉被派往丹麦传教,经过十年努力,在海德比城建立起第一座教堂。960年丹麦在全国推行基督教。996年挪威实行基督教化。1000年瑞典和冰岛相继皈依基督教。到了公元12世纪基督教已在北欧(芬兰的情况稍后论述)广为传播,改教大多是通过妥协达成的,造成流血冲突并不很多。

基督教迅速较和平地传播是因为北欧海盗当时根本没有把基督教放在眼里,皈依基督教仅是赶时髦的耍把戏而已。在他们看来基督教是无害的,不必害怕和防范。他们说:"基督教拥有的大概是最窝囊最无能的神祇,既不持利剑战斧也不敢打打杀杀,只会唱唱歌而已。"没有头脑的北欧海盗哪里晓得或者根本不曾想到过信仰的威力和精神的作用,所以一旦入其彀中便再难抽身退出,他们起初不过是找找乐子,殊不料基督教不仅把他们从粗野豪放的强盗改造成了规矩服帖的欧洲绅士,而且在一千年之后他们的子孙后裔照样上教堂去唱唱歌。而更始料未及的还在于基督教的传播通过精神信仰和思想控制来操纵整个世俗社会,不仅把欧洲大陆上"君权神授"的封建领主制推行到北欧,借以颠覆了北欧的奴隶制氏族部落社会;而且在其渗透到北欧社会各个层次的过程中干预了认知、审美、道德,乃至以清规戒律制约束缚了北欧人,迫使他们置身于另一种外来文明,实际上使他们进入了另一个文明层次和社会发展阶段。基督教会不遗余力地铲除北欧多神教的一切残存影响和余留习俗,使他们融入欧洲主流文化。因此北欧人原先固有的特征少有遗留。

　　基督教作为一个外来宗教传入北欧,除了与原有旧教的信仰冲突之外,首先遇到的是语言和文字障碍。基督教传道初期,布道者大抵是其他盎格鲁或条顿地区的神职人员,他们讲德语或法语,传教的经文和布道的标准语言是拉丁语,这对于北欧人来说是不折不扣的"天书外语",因为北欧人既听不懂上帝的福音,也无福消受《圣经》经文,于是只好同声合唱"哈利路亚"(Hallelujah,即"赞美上帝"之意)和齐呼"阿门"(Amen,即"诚心所愿"),而"哈利路亚"和"阿门"究竟作何解却依然是令人发蒙的谜团。于是传教语言和文字本土化和规范化便成了急需解决的当务之急。传教士学习掌握了本土口头语言,起先一边用拉丁文念经一边用本土口语作解释,随后便着手按拉丁语字母和文法来规范北欧的书面语,从而使北欧各国有了自己本民族的书面语言文字。在此基础上他们着手翻译《圣经》,在北欧地区一般都是先有《新约全书》的译本。1529年丹麦文《新约全书》问世,稍后瑞典文、冰岛文的相继出版,芬兰文译本迟至1548年才出版。应该说《圣经》的翻译出版催生了北欧各个民族的书面语言。虽然时间有早晚,道路曲折不同,但都为构成民族统一的共同性和完整性,促成它们步向开化文明奠定了坚实的基础,其中得益最大的当数瑞典,其次是丹麦。

为了适应宗教改革的需要,马丁·路德主持于1534年出版了对德语统一起过重大作用的《圣经》德语全译本。在马丁·路德新教向北欧进军时,《圣经》路德全译本的丹麦、瑞典语译本也就应运而生。陆续在丹麦和瑞典兴建的修道院除了致力于神秘主义的经院哲学研究,也逐渐地转向到将拉丁文经卷翻译成本民族的文字译本,除了《圣经》全译本之外,还有数量庞杂的圣徒传、赞美诗、圣歌,等等。早在15世纪末期,丹麦已编出了拉丁文丹麦文词典。这就逐渐形成了欧洲大陆的各类文学、哲学等著作通过丹麦作为渠道介绍到北欧其余国家的模式,而丹麦得风气之先,汇大陆精华之萃,因而日后才产生出克尔恺郭尔这样有世界影响的宗教哲学家。基督教教士在民间布道时常把使徒传记作为圣迹典型来宣传,并且穿插情节生动的故事来加重道德说教的分量。此类传播福音的布道会往往成为教徒和民众喜闻乐听的讲故事会,是宗教文学的发端,因而也使丹麦文学相当时期内执北欧文坛牛耳。丹麦童话大师汉·克·安徒生的有些童话故事就采撷于此类福音传播或圣迹显灵的事迹素材。

瑞典女圣徒比尔吉塔(Saint Birgitta,1303—1373)的出现,是北欧基督教独一无二的奇特现象,她自称上帝的新娘,受上帝托身附体代圣立言,而1370年罗马教皇乌尔班五世居然批准了她的新教规并且在她死后追谥为圣。比尔吉塔无疑是个僭越谵妄的宗教狂热者,但是她却对形成瑞典的民族语言文字作出了特殊贡献。《比尔吉塔启示录》全集8卷本包含了她的700多篇代圣立言的"上帝的启示",1492年由德国卢卑克瓦德斯坦纳修道院从拉丁文翻译成瑞典语。在该书的翻译中实行了统一的词尾变化、拼写方法和初具规模的语法,进一步脱离古代北欧语(old Norse)形成了规范而正规的趋于完全独立、自成一套的瑞典书面语,被称为"比尔吉塔瑞典语"。这不仅有助于消除瑞典书面语的分散杂乱,形成了全国统一的书面文字,而且还在原先外来教士翻译《圣经》所创造的文字基础上再进行了一场重大改革,因而瑞典书面语是北欧各国中最简洁明了、易学好懂的书面语,对后来经济、科学的发展和国际交流起到了很大的作用。

冰岛由于远隔大海独僻一隅,且自公元870年挪威移民蜂拥来到之后没有发生过大的社会动乱或遭受战争浩劫,因而古北欧语得以完整保存下来,至今改变不大,由于变格变位繁冗多端,成为最难掌握的北欧书面语。

通过基督教的语言本土化和文字规范统一化,北欧人终于逐渐弄明白基督教教义的核心是:爱,即博爱,包括尽心、尽性、尽意爱上帝和爱人如己,而爱上帝和爱人这两条诫命是基督教的一切律法和道理的总纲。不仅要"爱仇敌"、"爱人如己",甚至要"打了右脸连左脸也转过来由他打","好牧人要为羊舍命",要"舍己爱人"。然而爱的律法与北欧海盗的以恶为本性是相拒相斥的,因而北欧人不得不在两者之间作出取舍,最后终于随着好的牧羊人乖乖地登上了爱的彼岸,北欧各国(包括芬兰在内)于16世纪初先后确立路德新教为国教,全部学校开设宗教课程。然而这一蜕化在挪威和芬兰却遇到了大的麻烦。

二

挪威的语言问题历来是一个令人搔头的麻烦,以至直到现在挪威尚是个双语国家,至今连文学作品、学术著作和词典都是以双语出版。挪威语自古北欧语起到文字产生以后,素来有东、西两部分之分,西部语是纯正的本土语,东部语羼杂有丹麦语和少量瑞典语。12世纪以前以西部语为主,12世纪以后挪威失去独立,丹麦统治当局便奉东部语为全国流通的官方正式语言,并在1389年进行文字改革加重了丹麦语的色彩,称为"国语"(Rigsmål),后改称书面语(Bokmål)或老挪威语,西部语则称为乡土语(Landsmål),后改称新挪威语(Nynorsk),这一来便混淆不清,盖因后起的东部语成了老牌正宗货,西部语反倒成了新的禁止通用的乡土杂货。直到19世纪初,挪威作家多半以丹麦语写作,如霍尔堡,连易卜生、比昂逊、李①、基兰德等为挪威独立而呼号呐喊的大作家初期亦用丹麦语写作,后来才改用"国语",一时被谑称为"丹麦挪威语作家"。基督教的传入不仅没有给挪威带来好处反而使语言问题更趋复杂化,因为丹麦教会严禁用乡土语布道,《圣经》文本亦只许用国语的。挪威书面语言的混乱由于基督教传播而进一步加剧。基督教长时间传播不开,而旧教又遭到摧残,这种混乱造成了信仰上的真空,于是巫术便趁机盛行,聚众蛊惑,鼓吹迷信鬼魂,而14世纪、15世纪又值黑死病肆虐,两者相结合闹得人心惶惶,17世纪初巫术达到鼎盛。在前后长达一个多世纪的迷信狂热中,因行使巫术而遭受审判者上千人,其中数百人被判死刑,遭受株连者不计其数。对于一个当时只有200万人口的小国来说,牵涉的人数是惊人的。行使巫术者不仅有贵族上层,甚至连大主教夫人都因是巫婆而被判烧死。剧本《克厄的圣母访问节》、《巫婆安娜·彼德斯多蒂尔》以及电影《巫术之日》,还有不少小说都描述了这一段大倒退时期。

芬兰是北欧另一个双语国家,至今芬兰语和瑞典语并存。芬兰原居民主要是芬族和塔瓦斯特族,他们都有匈奴血统,生活起居、风俗习惯都和斯堪的纳维亚诸国迥然不同,土著芬兰语(卡累利亚语)是北欧少有的非印欧语系语言,同匈牙利归属同一语种,即乌拉尔语系的乌戈尔语种。芬兰人的神话和民谣亦和北欧其他四国不同,宗教信仰为极地萨满教,由神汉巫婆作法跳大神捉鬼,奉名为万奈摩宁的巫医神汉为尊。从1155年起瑞典前后组织了共七次十字军东征建立了瑞典对芬兰全境(包括后来割让给苏联的东卡累利亚在内)的统治。在600多年的统治里,瑞典语是芬兰的官方正式书面语,芬兰语只能在民间悄悄使用。16世纪宗教改革运动以后,瑞典语取代了拉丁文作为布道语言,趁这一有利时机,芬兰有些神职人员打着将《圣经》翻译成本土语言的旗号,着手开展民族语言规范化。

---

① 约纳斯·李(Jonas Lauritz Idemil Lie, 1833—1908),挪威作家,与易卜生、比昂逊、基兰德并列为19世纪挪威文学界"四杰"。

米歇尔·阿格里科拉(Mikael Agricola,约1510—1557)是芬兰文字规范化的先驱者和倡导者,他早年跟随马丁·路德学习神学,回国后于1554年出任土尔库教区大主教。1542年他在任土尔库学院院长期间编制出较为规范的芬兰语字母,并出版了芬兰有史以来第一本芬兰语教科书《识字ABC》,1548年他翻译出版了芬兰语《圣经·新约全书》。他的追随者继承他的未竟之业逐渐形成了芬兰民族书面语并且在此基础上发展了芬兰民族文学,但是真正使用民族文字进行创作的芬兰文学要迟至19世纪才趋于成熟。

第二次精神革命

北欧各国在19世纪前后相继迎来了它们的第二场精神革命和文化蜕化。由于各自的发展道路和背景不尽相同,因此目标取向和遭遇到的问题亦并不一致,但是其主题却只有一个:人的解放,自我的解放,人性的解放,人必须从神的不可知性和超越性中、从君权神授的封建主义中、从蒙昧偏颇的自我封闭中求得解放。其口号则是:个人主义、民族主义和自由主义。在这场革命里,北欧民族文学起到了摇旗呐喊、充当前导先驱或制造声威的重要作用。北欧国家通过这场革命脱颖而出,其文化从闭塞落后的边缘文化开始和欧洲大陆的主流文化接轨,并逐渐融入欧洲现代潮流。

从但丁的《神曲》、莎士比亚的戏剧和十四行诗、拉伯雷的《巨人传》以下的几百年里,人文主义一直致力于以人为本,反对宗教愚昧主义的苦行禁欲和对人性的扼杀。14—16世纪欧洲大陆的文艺复兴运动的核心思想也就是人文主义,然而北欧国家在民族文学方面起点滞后,而且在民族文字和文化形成的定型过程中步伐滞缓,以至文艺复兴虽然后来对北欧影响深远,但在当时来说北欧并未能搭载上文艺复兴运动的这一班车。17世纪荷兰的斯宾诺莎和18世纪德国康德和叔本华的哲学思想对北欧产生相当影响,推动了北欧的启蒙运动。而促成北欧在精神、思想、文化上真正发生革命的是1789年的法国大革命,卢梭1762年在《社会契约论》中鼓吹的自由、平等、博爱的主张,以及 1859 年达尔文的进化论。因而可以说,北欧的这场革命是以欧洲大陆后文艺复兴时代兴起的人文主义为发端,经启蒙运动和科学知识的传播,而在 19 世纪末期,达到了以挪威的易卜生和丹麦的勃兰兑斯所代表的现代突破运动为高潮。在这一高潮来到之前先吹响了三遍预告性的响亮号角,而高潮来临的几乎同时又衍生出了两首意味深长的变奏曲,一时间令人深有波澜壮阔大潮汹涌之感。

一 前奏

第一遍号角:金果和霍尔堡

宗教改革运动和人文主义传播在北欧起初并没有为推进社会发展带来直接显著的好处,但是从长远来看,在文化和民族性上起到了巨大的掀转作用。宗教改革运动改革掉了旧教神权至高无上、忏悔赎罪、禁欲苦行的蒙昧主义那一套,尽管基督教本质虽未趋于人性化,但是却造成了相对而言容忍宽松的气氛。北欧诸国都是路德派信义宗新教的坚定支持者。16 世纪中叶以后,在丹麦、瑞典国王出面干预下,北欧(此时挪威、芬兰、冰岛分别是丹麦、瑞典的属国)改教运动顺利开展,旧教势力迅速瓦解,议会作出决议,禁止旧教且查没教会财产,并奉路德新教为国教。丹麦、瑞典、挪威、冰岛四国的信徒约占总人口 90% 上下,芬兰约为 85% 左右。北欧既没有发生像法国的胡格诺战争,也没有出现英国的清教徒革命等流血冲突。在三十年战争(1618—1648)中北欧都是站在新教一边的。自改教以来北欧便政教分离,进一步强化了以国王为中心的世俗封建政权。

北欧新教的教义在于因信称义,人已通过基督教耶稣上十字架而得到救赎,不需中介即可与上帝相通,因而信徒人人可为祭司,只需虔信《圣经》,个人勤奋、节俭和讲效率,即为人的得救。由于上帝凭借信仰,通过圣灵自在人人心中,因此繁冗的圣事被简化删除,只保留洗礼和领圣餐,并且仅仅注重讲道和唱赞美诗。这种观念也就是路德宗提倡的"使命观念",并成为后来北欧资本主义发展的伦理观、价值观和重要精神动力。正是在北欧新教宽松包容的氛围中出现了人文主义突破的第一波前奏。这第一首前奏曲分为两个回合：第一回合以金果为代表人物，第二回合以霍尔堡为代表人物。

托马斯·金果（Thomas Kingo，1634—1703）是北欧最著名的圣歌作者，也是最优美的巴洛克诗人，他的赞美诗至今还在北欧及整个欧洲唱诵。金果的圣歌和赞美诗自有它的深邃哲理，但是却并不说教，而是世俗凡人的真挚充沛感情的自然吐露，仿佛在寂静深夜倾诉自己的衷肠。在金果的赞美诗里可以听到信徒对上帝的无限信仰：甘苦与共、祸福相依、悲喜分享、安危相随、永生不渝。然而这位冥冥之中，与他相庇相佑的神却不是上帝天父，而是孀居的师娘克吕西斯，金果同她相恋但碍于教士的身份无法公开而只能暗中偷情，他在赞美上帝的诗篇里其实宣泄了自己胸中的幽怨和对爱人的思恋，因而他的诗歌不仅哀婉动人甚至缠绵悱恻，十分容易感染七情六欲充沛的凡夫俗子（即便是号称信徒者），引起他们的共鸣。基督教严密控制人的思想和感情，处处以教义和戒律加以限止，却不曾料到金果居然借用颂神颂圣为名行宣扬人性之实，这大概也算是欧洲谚语所云"荷马亦有打盹时"（即"智者千虑，百密一疏"），而金果也确实被誉为"北欧的荷马"。不妨且举一例看看金果的赞美诗里也有轻快优美得如同小步舞曲一样的抒情作品：

> 最可爱的玫瑰刺儿最尖，
> 最美丽的花朵最容易凋谢。
> 红润的脸颊下心儿在憔悴，
> 全都是命运女神心血来潮。
> 我们国家在惊涛中疾驶，
> 只仰仗着上帝国祚天赐！

自孟德斯鸠、卢梭、狄德罗，尤其伏尔泰等一批法国思想家和文学家提出了"三权分立"、"法的精神"以来，启蒙运动便应运而生。启蒙运动是对以往的文化传统和哲学思想的一场大反思，也是以理性的眼光审视现存秩序的一场大批判,不仅批判了宗教蒙昧主义,还揭露了封建主义君主制的黑暗统治,打碎"君权神授"、"政教合一"的枷锁,这场运动的目标在于向君主专制独裁和荒淫无道穷奢极侈进行斗争,要把人性从神权和王权的桎梏中解放出来,于是便喊出了"天赋人权"的进步口号。"天赋人权"的口号目的性很明确,就是平民百姓不再是套在神权和王权的挽具上只干活不吭气的牛马。他们要过上好日子,也要登上政治舞台分得一杯羹,而文学和知识分子逐渐摆脱对教会和王室的依附,有了独立的声音和语言。从启蒙运动起,文学与思想、哲学和科学开始结合在一起,宗教神学气味日益淡薄。欧洲大陆国家从16世纪莎士比亚开始从王公贵族时代走向平民百姓时代,并且在18世纪"伏尔泰时代"达到鼎盛。然而在北欧,平民时代到了17世纪末姗姗来迟,到19世纪才走向鼎盛。

路德维格·霍尔堡(1684—1754)出生于挪威,但在丹麦成长并成名。霍尔堡擅长创作戏剧,尤其是喜剧,因而他被誉为"北欧的莫里哀",然而他和莫里哀有一个明显的区别:莫里哀是宫廷作家,在他笔下贵族人物都是正面人物,戏剧都以皆大欢喜为结局。霍尔堡则不然,他着力于书写下层人物和新兴市民阶层的普通人,表现出平民百姓的纯朴和智慧并且给予他们无限同情,而对贵族则严加讽刺挖苦作了无情的揭露鞭挞。《山上的耶比》写的是山区佃农耶比进城时醉倒在路旁。男爵地主出于恶作剧让他从醉梦中醒来时发现自己竟然成了男爵大人。耶比虽然当了男爵,其言行举止却依然是个佃农,一天过去之后耶比以冒充贵族之罪被判刑。他从牢房中醒来之后发现自己依然故我仍是一个农民。《山上的耶比》亦是部精彩的现实主义作品,山民耶比虽然有些市井无赖的习气,但是他却是个老实勤劳而受尽凌辱的农民,除了做牛做马一般辛苦种地之外没有做过什么坏事,然而却贫困清苦,被人鄙视欺压,甚至连妻子都被教堂执事所勾引。剧中通过大量插科打诨刻画出了贵族地主作威作福、法官刑吏鱼肉乡里、豪门恶奴狐假虎威、教士伪善虚假的丑恶嘴脸并揭露了他们所犯下的种种罪恶勾当。综观全剧,这部作品有很深的思想性,但是由于运用了巧妙的喜剧手段,竟然避过了检查官员的耳目得以公演,并且历演不衰大受欢迎,"山上的耶比"也成了一个特有的性格名词。

《贫穷和傲慢》(1723)则恰好与《山上的耶比》形成反照而相互辉映。剧本写的是西班牙没落贵族堂腊努多夫妇已经贫困到了一日三餐无着落的地步,但仍然要硬撑门面呼奴使婢,并且沉醉在血统、门第、家谱、头衔等虚荣之中。对暴发而又身份低下的资产阶级则抱着傲慢偏执的态度,拒绝了富有却并不是名门出身的求婚者对女儿的爱情,以至于被仆人讽刺说:"这位贵族老爷从祖上继承了两大箱子财产,一个箱子里装满了傲慢,另一个装满了贫穷。"由于这个剧本尖刻而辛辣地嘲讽抨击了贵族阶层,因此一直被明令禁演,但实际上却在不断改头换面地演出,直到1748年才开禁,而"堂腊努多"这个名词不胫而走,成为代指没落贵族的典型。值得注意的是,霍尔堡写了一系列以仆佣为主人公的喜剧,男仆一成不变地名为亨利克,女佣则是潘妮拉,如《亨利克和潘妮拉》(1727)、《被典当了的农家小伙子》(1731)、《潘妮拉短暂的小姐生活》(1731)等。在这些喜剧里,他们都被描写得聪明机警、才智过人。这在当时等级森严、讲究门第血统的社会里是十分难能可贵的。

正是由于霍尔堡在北欧文化演变中的独特显要位置,恩格斯在1848年写的《丹麦和普鲁士的休战》一文中指出:"丹麦人民无论在贸易、工业、政治和文学等方面都处于绝对依赖德国的地位……丹麦从各国获得全部文学资料,正如获得物质一样,因此丹麦文学(除了霍尔堡以外)实际上是德国文学拙劣的翻版。"[①]这是对霍尔堡的文学创作的高度评价。从1934年起丹麦政府设置了霍尔堡喜剧奖。

第二遍号角:挪威和芬兰的民族主义

第二遍前奏号角是挪威和芬兰的民族主义文化的崛起。挪威和芬兰的遭遇颇相类似,因而随着文化水平的提高,民族主义意识和感情亦相应地日益高涨,为争取民族独立而奋斗成为17世纪、18世纪挪威和芬兰文学家和知

---

① 参见《马克思恩格斯全集》中文版第5卷,第464页。

识分子最迫切最崇高的使命。他们也果然不负众望,勇敢地承担了这一关系民族大业的使命。

当时挪威是丹麦的"海外省",文化上比丹麦落后,大多数挪威文人学者是到丹麦去学习,上大学或进修完成其学业的,但这又不能称为"留学",因丹麦是宗主国,而他们的作品或著作也是用丹麦文撰写的。例如霍尔堡尽管出生于挪威,是个地道的挪威人,但他为了自身生计不得不拒绝承认自己是挪威人,这伤透了民族感情深厚的挪威人的心。他们还认为霍尔堡甘冒天下之大不韪,有意歪曲挪威同胞的形象以取悦于丹麦,因而长期以来挪威抵制演出霍尔堡的喜剧。

挪威文化人虽然大多从丹麦上学进修归来,但是他们的民族主义情绪是高昂激烈的。爱国诗人杰哈德·舍宁(Gerhard Schøning,1772—1780)发出了"我们虽然丧失了国家,但是仍保全了自由的哀鸣",并且不无自豪地声称:"自由的摇篮在挪威,正是挪威人把自由这个概念送给了欧洲人。"这一论断是有充分依据的,因为挪威没有大贵族大地主,也没有多少人身依附,大多数农民是拥有小农庄的自由人,这和当时大多还充当大庄园的佃农或雇工的丹麦农民的处境相比可说是天壤之别。挪威爱国诗人汉斯·布尔(Hans Bull,1739—1783)在《幸福的农民》一诗中写道:

> 每个地方都在劲头十足地干活,
> 这里在新犁过的土地上播种,
> 那里在锯出可供应用的木板,
> 山上的土特产也都收获下来。
> 而没有骨气的奴隶逆来顺受,
> 忍受着毫无吸引力的生活,
> 自由的挪威农民浑身充满力量,
> 活计干得越欢腾劲头更增加。
> 他为拥有农庄的一切而自豪,

他的权利不受任何约束限制。

正因为如此他的苦也变成甜，

正因为如此他的担子就减轻。

不难看出，诗人在歌唱挪威农民的幸福的同时，也对逆来顺受的丹麦农民寄予莫大同情，而这恰恰是挪威举国上下所喜闻乐见，并且心领神会的对宗主国的揶揄鞭笞。

1772年"挪威社"由挪威在丹麦的"留学生"发起成立，这是挪威民族意识和独立运动中的一件大事，它也标志着挪威知识界的爱国主义情绪高涨并进入更成熟的阶段。挪威的大多数精英分子，包括挪威文坛四杰（易卜生、比昂逊、李、基兰德）都加入了挪威社，并为爱国活动积极奔走呼号。

"挪威社"初期领袖诺达尔·布鲁恩（Johan Nordahl Brun，1745—1816）所写并被誉为"挪威的马赛曲"的祝酒歌里吼出了："有朝一日我们会再觉醒，奋起打碎我们身上的桎梏和锁链！"挪威社为之前仆后继奋斗了一百年之久，终于因1814年《埃德兹伏尔宪法》的制订而为挪威独立带来了新生的曙光，其起草者大多是挪威社的领袖或骨干，他们因而被称为"埃德兹伏尔一代"或"五月宪法派诗人"。当时有句名言：为什么三十多年来挪威没有诗篇——因为诗人们都忙于写作《埃德兹伏尔宪法》了。挪威社所完成的另一件大事是1811年终于建立起了挪威第一所大学，从此挪威人上大学不必再到丹麦去"留学"了。

芬兰是北欧最不幸者，虽然和挪威处境大致相同，但所蒙受的苦难却更深重。从12世纪到18世纪被瑞典占领以来，一直沦为瑞典东侵或俄罗斯西扩的战场或猎物，战火兵燹接连不断，1710—1721年瑞典对俄战争，芬兰史称"大天罚时期"；1714—1743年瑞典又发动"复仇战争"，芬兰史称"小天罚时期"；1788年瑞典再次发动对俄战争，芬兰贵族组成"安雅拉同盟"发动兵变。1808年瑞俄之间爆发芬兰战争，瑞典兵败而于1809年将芬兰割让给俄国。自此之后芬兰虽仍未独立，但总算有一段摆脱了战争困扰的平稳时期，民族文化文学逐渐得以振兴。正因为如此，芬兰的民族文学发展缓慢，大多时间里停滞不前，而芬兰民族文学作品往往蒙上一层浓厚的悲壮凄怆的色调。

芬兰启蒙运动的开路先锋是亨里克·加·波萨（Henrik G. Porthan, 1739—1804）。他被芬兰人民尊为"芬兰历史之父"是当之无愧的，因为在他之前芬兰史学界、文学界都硬要把芬兰起源同基督教挂钩，说芬兰人是挪亚的孙子、雅弗的小儿子玛各的后裔，而芬兰语源起于古希腊语和古希伯来语，并且还据此创作出许多文学作品和史籍。波萨论证出芬兰语归属于乌戈尔语系，因此芬兰语和匈牙利语有着近亲渊源，并且从语言着手追溯历史上的信仰、习俗等，从而明确了芬兰和匈奴族的血缘关系。他以严谨治学态度敢冒天下之大不韪，在芬族血统这一极端敏感而举国关注的问题上，作出科学论断进行了拨乱反正，奠定了芬兰历史的坚实的基础。波萨在芬兰民族文学上的最大贡献在于他写出了芬兰第一本文学理论专著《论芬兰诗歌》（1776—1778），这部专著论述了芬兰民族诗歌的形式、内容和艺术特色，并且为研究、创作芬兰民族诗歌指明了正确道路。芬兰诗人埃·伦洛特（Elias Lönnrot, 1802—1884）就是遵循他的理论收集整理并编成了举世闻名的芬兰民族不朽史诗《卡勒瓦拉》（1835）。《卡勒瓦拉》本意是"卡累利阿人的土地"，亦有中译本译成《英雄国》，其内容描述了萨满教神汉万奈摩宁、伊尔玛利宁和勒明盖宁。这三个民族英雄历经艰险战胜巫法妖术，从巫魔手中夺回"三宝磨盘"和"康特莱"五弦琴，使民众过上幸福生活。《卡勒瓦拉》问世后，这种诗体亦被称为卡勒瓦拉诗体。卡勒瓦拉诗说到底就是民族大迁移时代匈奴北上西进时，把他们的语言、宗教、歌谣带到了芬兰一带形成的萨满诗歌。此类萨满诗是神汉巫师跳神作法、驱魔除妖时歌唱的谣曲，其内容不外乎神汉法力无边，既可上天入地也可念咒变形。伦洛特所收集整理的卡勒瓦拉古体诗就是富有萨满教特色的那一部分，也成了至今完整保存下来的数量很少的匈奴和萨满教的宝贵文字资料。

民族史诗《卡勒瓦拉》的问世使得芬兰人民民族主义情绪大为高涨，鼓舞了他们为争取独立而继续斗争不息。正如英国学者安东尼·史密斯(Anthony Smith)在他的名著《论民族特性》(*National Identity*)一书中所说:"芬兰从上到下形成了既区别于瑞典文化精英,又不同于后来的俄国政治主人的一个从属性种族群落社会。这就为伦洛特、鲁内贝格(Johan Runeberg,1804—1877)、斯奈尔曼(Johan V. Snellman,1806—1881)等一批致力于民族复兴教育的知识分子提供了现成的种族学基础,他们把昔日往事和古英雄用来重振民族精神,并且取得了惊人的成果。"正是由于这样激昂的民族主义豪情,年轻的爱国文人们遵循波萨、鲁内贝格、伦洛特等,一代代为发展芬兰本民族的语言文学和唤起芬兰民族觉醒而忘我地继续奋斗。阿道尔夫·伊·阿尔维德逊(Adolf I. Arwidsson,1791—1858)在抒情诗《铁匠的熔炉里》写道:

  在永恒的长河里
  地火奔腾翻滚,
  烈焰燃烧熔化着
  恒久而古老的惰性
  所冻结成的冰块。

他又在另一首诗里写道:

  古代英雄万奈摩宁当仁不让,
  自告奋勇担起了铁匠的重活。
  他用狗鱼的骨头造出一把竖琴,
  尖硬的鱼刺变成了康坦拉。

这首诗里的"打铁"和"鱼刺打成琴"显然都是有所指的,而不可一世的沙皇竟被比喻成了一条凶残成性却没有头脑的狗鱼,这就不能不叫俄国当局气愤不已。阿尔维德逊还明确声称："新的时代已来到,新生的力量必须得到成长,因而芬兰的青年知识阶层必须全身心地投入到这一任务之中去。"

阿尔维德逊还发出了这样的呐喊:

> 瑞典人我们不能当,
> 俄国人我们不肯当,
> 让我们就当芬兰人!

这一铿锵有力的诗句是芬兰人民族自豪感的结晶,如今已载入芬兰史册成为激励芬兰人民的名句。

第三遍号角

随着精神革命和文化蜕变高潮的逼近,迎接高潮来临的号角声愈来愈回肠荡气,受到刺激的对象已不再仅限于北欧人,而也冲击着欧洲人的,甚至是世界人民的耳膜。这是几支音色优美嘹亮的号角一齐在劲吹,仿佛在向全世界庄严宣告:"注意,我来啦!"这是北欧几百年来吸收消化外来思想文化的精华之后已经成熟壮大的一次含英咀华的大反刍,也是雏鸟长成衔食奉养的深情大反哺。其实在此之前早有过青出于蓝而胜于蓝的先例:在两个世纪之前,近代德国戏剧之父莱辛曾深受霍尔堡的影响。莱辛自己也并不否认他的喜剧《年轻人格尔哈特》几乎完全模仿了霍尔堡的最受欢迎的喜剧《埃拉斯穆斯·孟塔努斯》(1731),不过那时尚还人单力薄,而在两个世纪之后,则是几支号角齐鸣劲吹,其声响彻整个世界,其中安徒生的名声大到在全世界几乎尽人皆知的地步。虽然从思想深刻性和文字的优美性来说当首推克尔恺郭尔。这几支号角都是从丹麦吹响的,大概由于直至19世纪中期丹麦仍居于得风气之先的地位之故。

华兹华斯在《序曲》中写道:"法国站在黄金时代的顶峰上,人性似乎获得了再生。"事实也的确如此,从在人类文明发展史上开辟一个重要时代的法国大革命到巴黎公社的热烈奔放,从流亡者夏多布里昂的"忧郁是文学的第一要素,文学要表现朦胧的激情"和拉马丁的"召唤诗和宗教和谐"的沉思,再到后来波德莱尔的"让人类打了一个新寒颤"的《恶之花》,都给予北欧,尤其是丹麦丰富的精神的、思想的养分,对北欧的思想界、文学界产生了巨大的影响,但是对北欧施加最直接影响的莫如德国的狂飙突进运动和歌德、席勒两位大师。在18世纪中叶以后,北欧和欧洲大陆国家之间除宗教往来之外的文化交流更趋频密,不仅是北欧留学生和文化人到欧洲去学习进修而且也有不少欧洲学者主要是德国学者到丹麦、瑞典等国游学,如弗·克洛卜施托克(Friedrich Klopstock,1724—1803)久居丹麦创作,奥·施莱格尔(August von Schlegel,1767—1845)久居瑞典并担任瑞典王储机要秘书。换言之,不仅只是走出去还要请进来。这种交流成了双向的,也是思想性极其深刻的。毋庸讳言,北欧在这样的磨炼中磨平了他们尚带有野性的固有民族性和特色,付出了不得不进一步脱胎换骨的代价,但是却十分值得,因为通过一次次的改造,他们毕竟从边缘文化融入了主流文化,而且登堂入室,让他们声音为全世界所听到。正因为北欧"大陆化"的缘故,这一次号角吹出来的声调都明显地带有德国腔和法国腔,尤其是歌德的浓郁情调。

最先吹响第一支号角的是丹麦浪漫主义诗人阿达姆·欧伦施莱厄(Adam Oehlenschläger,1779—1850),他以长诗《黄金号角》(1802)来颂扬辉煌灿烂的古代文明和创造这一文明的英武远祖,以浪漫主义的高度想象力,用怀旧颂古作为表现手段筑起一垛摆脱和避开现实的隔离高墙,犹如饱受太多人生苦难之余寻求追忆童年的温馨,借以自我陶醉和知足无求。欧伦施莱厄博得丹麦举国上下的爱国主义共鸣,因为当时丹麦正处在由北欧霸主和欧洲第三海上强国沦为受人欺凌宰割的无助弱者的悲惨境地。于是他被册封为"斯堪的纳维亚诗歌之王"的桂冠诗人。18世纪末到19世纪初这段时日又冠冕堂皇地被称为丹麦的"黄金时代"。不无讽刺的是,在战场上一而再再而三大败丹麦的是瑞典,接他班称王的也正是瑞典桂冠诗人埃沙伊阿斯·泰格奈尔(Esaias Tegnér,1782—1864)。

第二支号角声音更为洪亮,波及了世界各个角落,这号角声吹出了一个问题:"世界上有哪个国家的孩子没有看过安徒生的童话?"是呀,试问世界上有谁不知道童话大师汉斯·克里斯蒂安·安徒生(Hans Christian Andersen,1805—1875)呢?童话这一文学形式并非始于安徒生,然而童话却由于安徒生发扬光大,走向巅峰。安徒生的童话不仅是给儿童讲的故事,而往往流露出一股肃杀深沉的忧戚和哀伤,吐露出对阶级社会的不满和对下层穷苦人的无限同情,这般耐人寻味的苦涩余韵恰恰正是安徒生童话所特有的独到之处。安徒生童话所创造出来的艺术形象诸如丑小鸭、美人鱼、光着身子的皇帝、坚定的锡兵、拇指姑娘、卖火柴的小女孩等,主题取材都比较集中单纯,即表现真善美,抱着浪漫主义的幻想去追求人生的理想境界,颂扬仁慈同情、宽容和博爱。随着社会的进步和现代化,人类更需要完善其身,提高素质,加强修养和陶冶情趣,这一潜移默化的过程必须从儿童教育着手,而安徒生恰恰在这方面作出了贡献,提醒了人类对下一代教育的重视。

第三支号角正如威廉·布莱克所说:"我不见外在的造物,对我来说它是障碍,而非动态;它如我脚上的尘土,并非属于我本人。我怀疑自己的肉体或被动的眼睛,正像我怀疑一个面向景色的窗子,我看穿它,而非用它观看。"恰恰是这种推崇想象力的非理性思维,促成了北欧的文人们对一个面向景色的窗子产生怀疑,看穿它,而并非用它观看。这不能不说是人类认知上的一大进步。丹麦的宗教哲学家索伦·克尔恺郭尔(Søren Kierkegaard,1813—1855)就是在逆反理性至上主义(如康德的纯理性批判和黑格尔的泛理论认识论)基础上提出了存在主义的哲学概念,从而奠定了存在主义的整个思想体系,这也是北欧从吸收消化欧洲大陆的先进思想文化以来,第一次开创了自成一家并且能产生世界影响的学说,因而克尔恺郭尔被誉为"19世纪的苏拉格底"。他倡导主观性哲学,把人生道路看成是天路历程,提出享乐的(美学的)、伦理的、宗教的三阶段学说,强调意志自由和自我选择,亦即宗教仅是一种存在于人心中的理念,人可以不需顾忌上帝的存在与否,只消面对自己的选择:耶稣或罪过,信仰或毁灭,非此即彼的选择就是存在的自在之物。这一信念成为一切存在主义(包括宗教和无神论)的思想基础。后来萨特和波伏娃的存在主义文学创作即据此而来。克尔恺郭尔倡导的存在主义在全世界活跃于精神、思想、文化方面长达一个多世纪,直到20世纪60年代之后才逐渐退潮。

二 高潮

19世纪后期北欧第二次精神革命和文化蜕化才真正进入了它的高潮时期,通过这场文化演变,北欧的思想和文化面貌焕然一新,有力地推动北欧在政治、经济等各个方面加快朝向现代化前进的步伐,而且也在一定程度上和某些方面对全世界产生了引导作用。

由牛顿的万有引力定律触发自然科学上的巨大进步,达尔文探索物种起源的进化论彻底打破了神创造人的宗教可信性。人文科学亦和自然科学一样发生了重大的变革。宗教神秘主义和教权主义思潮已一蹶不振;整个19世纪是资产阶级革命和资本主义在欧洲取得节节胜利的上升发展时期,以《人权宣言》为依据的资产阶级民主主义和自由主义思潮如同洪水湍流般汹涌而来席卷整个欧洲,这股潮流也冲刷到了北欧,但是时代的最强音还当数1848年马克思发出的"一个幽灵,共产主义的幽灵在欧洲徘徊"的《共产党宣言》呐喊,无产阶级从此正式登上世界舞台。这一最强音的呐喊在北欧也赢得了有力的回响,不过斯堪的纳维亚各国走的是社会民主主义道路,参加第二国际,信奉伯恩施坦反对暴力革命的修正主义和主张阶级调和的改良主义,曾两度出任首相并获得诺贝尔和平奖的瑞典首相和瑞典社会民主党领袖亚尔马·布兰廷(Hjalmar Branting, 1860—1925)就是第二国际的领袖之一。只有芬兰情况颇为特殊,十月革命后于1917年爆发了赤卫队起义,但旋即遭到武力镇压。

就在各种思潮风起云涌的时代里,各种阶级力量剧烈较量斗争之际,北欧的思想文化界人士以他们所特有的敏感性觉察到了仍在不断上升的资本主义文明和资产阶级文化所与生俱来而且无法医治的致命痼疾。他们为公众道德败坏沦丧和社会危机深重而忧心忡忡,因而挺身而出揭露资产阶级的虚伪奸诈,谴责上流社会的奢侈糜烂和道德堕落,并且致力于寻找出路和方向,其代表人物便是挪威剧作家亨里克·易卜生(Henrik Ibsen,1828—1906)和同易卜生并肩战斗,一起高举起"现代突破运动"大旗的丹麦文学评论家格奥尔格·勃兰兑斯(Georg Brandes,1842—1927)。

易卜生是莎士比亚去世三百年之后,世界上最伟大的戏剧家,尽管两位文学巨匠的名声并驾齐驱,他们的作品都是全人类永远继承的宝贵文化遗产和精神财富,但是两者亦有所不同。莎士比亚是文艺复兴运动的旗手,而易卜生是激进民主主义精神"现代突破运动"的领军人物。他和勃兰兑斯一起高举"真理和自由是一回事"的大旗向资本主义的社会丑恶、道德沦丧和扼杀人性进行无情的揭露批判,勇于选择精神叛逆和人性解放,向往着理想主义的乌托邦式的未来。易卜生说"我宁可提出问题,但是作出回答却不是我的使命"。他提出的问题极其深刻,包含着社会由过去达到现在迈向将来的方向,他所寻求的方向是绝对理想主义的乌托邦,因而单凭他的一己之力是难以找得出答案的。他提出问题的答案只能寄寓于社会现代化发展的轨迹之中,由历史本身来作出回答。这就使他成为19世纪以来最伟大的批判现实主义戏剧家,可以说他是人类社会由过去直到现代并且迈向将来的嬗变中的又一次精神革命和文明进化的代表人物。无怪普列汉诺夫将他誉为"现代文学里最杰出最吸引人的作家";恩格斯则称誉易卜生:"有自己的性格,以及首创的和独立的精神。"也正因为如此,他被公认为"世界的易卜生和永远的易卜生",世界文坛给予他最崇高的评价:"易卜生的戏剧是现代话剧的罗马:条条道路通往它——也发源于它。"这是毫不夸张的,因为现今的话剧和话剧的所有衍生物,包括电影、电视剧等全都发源于"易卜生戏剧",易卜生当之无愧地得到了"现代戏剧之父"的不朽称号,并且有的排行榜还将他列为西方文明最后救生筏的13位文学家之一(其他12人为:莎士比亚、但丁、乔叟、塞万提斯、蒙台涅、弥尔顿、歌德、华兹华斯、惠特曼、托尔斯泰、普鲁斯特和乔伊斯)。正如丘吉尔所说他宁愿丧失一个印度而不愿失去一个莎士比亚一样,易卜生对人类精神财富的贡献之大是无可估量的。易卜生的戏剧作品中,以《社会支柱》(1877)、《玩偶之家》(1899)、《群鬼》(1881)和《人民公敌》(1883)四部社会问题剧猛烈地冲击了资产阶级社会的价值观和人生观,揭露了资产阶级放弃"自由、博爱、平等"这些在"人权宣言"中的许愿,他们的丑恶伪善和道德上的双重标准等。早期作品《布朗德》和《培尔·金特》姐妹篇从正反两方面昭示了"不自由、毋宁死"和人活得要有价值的做人道理。《营造商苏尔纳斯》(1892,亦译《建筑师》)、《海达·高布乐》(1890)等八部晚期作品以象征主义和表现主义手法,从更高层次上探索了人生的意义和真谛。易卜生的戏剧具有令人吃惊的巨大震撼力。不妨举一众所周知的例子:"首先我是一个人,跟你一样的一个人——至少我要学做一个人。"易卜生剧《玩偶之家》里女主人公娜拉的这句名言,曾激励了全世界多少亿妇女觉醒,起来为争取自己的解放而斗争。娜拉离家出走时大门"砰"的一声响便成了全世界妇女奋起斗争的信号枪声和世界女权主义运动的识标,至今仍然如此。至于他的另一名剧《人民公敌》的反响则更为猛烈,简直如同势不可当的狂飙飓风一样席卷欧洲。斯坦尼斯拉夫斯基在他的自传里写道,1905年当他主演这出名剧时"剧院里发生了一场真正的起义场面"。1898年在巴黎公演时激动的观众高唱《马塞曲》和呼口号,激情冲动得如同暴风雨一般。易卜生的文笔亦极具独到的魅力,1864年他在罗马写过一首小诗《离去》来抒发自己胸中的去国飘零的惆怅,寥寥数笔却意境深邃,只用一个"她"字便道尽天涯游子思乡之苦和爱国之诚:

  最后一批客人
  我们送出了大门。
  惜别的袅袅余音
  被晚风吹干净。

  曲终席散冷清
  屋里院里皆寂静。

多么甜美的乡音
听得我醉醺醺。

小酌一回尽兴
相聚在夜黑之前。
她如今只是来宾
离去何如仓忙。

也正因为如此,尽管易卜生自己没有得过诺贝尔文学奖,但是有一大批著名诺贝尔文学奖得主师承于他,诸如:英国的肖伯纳、高尔斯华绥,意大利的皮兰德娄,美国的奥尼尔,爱尔兰的贝克特等,此外还有德国的豪普特曼,俄国的契诃夫、斯坦尼斯拉夫斯基,瑞典的斯特林堡,美国的阿瑟·米勒等一大批文学家都师承于他或受他的巨大影响,爱尔兰的乔伊斯还为了准确掌握易卜生原著而专门学习挪威语。德国音乐大师瓦格纳甚至将易卜生精神注入他的音乐创作之中。

在19世纪中后期,各种资产阶级思潮或学说纷呈繁杂。德国哲学家尼采是有重大影响的唯心主义哲学家,他鼓吹"自我肯定",强调进化就是以权力实现其自身的意志,因而宣扬超人哲学,他宣称:"这世界就是权力意志,你自己就是权力意志,除此之外没有别的。"尼采要求用这一价值观重新衡量一切改变一切。尼采的这一哲学观念在易卜生的戏剧,如《人民公敌》里,早已得到展示,因而易卜生被奉为尼采哲学先驱是不无道理的。另一门对欧洲思想界产生影响的科学学说:奥地利的弗洛伊德精神分析学派同易卜生戏剧亦有密切渊源关系。易卜生晚期作品大多以探索人生真谛、心灵净化和人格升华为主题,从更高层次上来发掘人的本性,寻求人活在世上一辈子的真正意义何在。这就为弗洛伊德的精神分析法理论提供了不少实证例子。弗洛伊德运用了许多易卜生戏剧,如《海上夫人》、《罗斯莫庄》、《海达·高布乐》等来解释人类下意识或无意识行为以及性本能、性压抑和梦境等现象。因而易卜生亦被奉为是弗洛伊德学说的先驱。

《19世纪文学主流》(1890)这部巨著的出版无疑是欧洲思想界、文学界从保守趋向进步、从浪漫趋向现实的一副催化剂,其作者勃兰兑斯1871年与易卜生相约要掀起一场激进民主主义的精神革命,他们果然说到做到。勃兰兑斯发动了"现代突破运动",提出:文学要成为自己同时代富有活力和不可缺少的促进推动因素,就必须提出问题展开辩论,文学若不提出问题来辩论,它就会失去所有意义形同虚设,因此他要求文学写社会、写人生,提出问题来争议,文学应该成为"人类自由和进步的伟大思想"的喉舌。勃兰兑斯这一主张不仅受到易卜生、斯特林堡等北欧作家的支持,而且也被欧洲大陆所接受,掀起了文学贴近社会、贴近生活的现实主义热潮。勃兰兑斯还参与推荐了法朗士、纪德、海泽和罗曼·罗兰等诺贝尔文学奖获得者及保尔·布尔热等对欧洲文化生活产生过重要作用的作家,以及发现和向欧洲推荐了当时还鲜为人知的尼采和尼采哲学,可以说尼采之所以闻名于世,是和勃兰兑斯的提携扶掖分不开的。

三 余波

这场革命的高潮之后余波却未平息,在19世纪八九十年代至20世纪初期,其回声缭绕余音袅袅不绝于耳,本当可再掀起另一场高潮,却不幸地被第一次世界大战所打断。

瑞典是北欧工业化首屈一指的国家,19世纪初还是农业国,到了19世纪末瑞典已经步入工业化社会,仅用了半个多世纪就发展到超过德国,可同英、法相比肩的地步。在社会民主党领导下的瑞典工人运动,亦蓬勃开展日益壮大,无产阶级登上了政治舞台,它需要精神和文化上的喉舌,而其代表人物便是奥古斯特·斯特林堡(August Strindberg,1849—1912)。他除了代表作写实主义小说《红房间》之外,还以独幕剧《朱丽小姐》和三部曲《到大马士革去》(1897—1904)等戏剧著称。《到大马士革去》是欧洲最早出现的表现主义戏剧,后来还有《一出梦的戏》、《鬼魂奏鸣曲》等超自然、反理性的荒诞戏剧。

因此斯特林堡成为荒诞派戏剧的开山鼻祖。在他以后德国的布莱希特、美国的奥尼尔、爱尔兰的贝克特和法国的尤内斯库继承了他的衣钵，进一步推进了荒诞派戏剧的发展。

从严格意义上来说斯特林堡虽然自诩为"女佣之子"同情穷苦大众，赞成激进民主主义，并且有力地揭露了资本主义的丑恶，但是他没有真正认同过社会民主主义思想，在他的作品里也没有正面反映过工人运动和社会民主党领导下的工人运动，不过瑞典社会民主党需要一个站在他们一边的笔杆子，哪怕是"同路人"，因而党的领袖布兰廷出面力挺斯特林堡，其实斯特林堡从80年代陷入神秘主义学说和通灵术之中而不能自拔，早已同工人运动分道扬镳了。

高潮过后的另一个余波是挪威的克努特·哈姆生（Knut Hamsun，1859—1952）。他在成名作长篇小说《饥饿》(1890)里首次发力但未臻成熟，在长篇小说《神秘》(1892)中才形成独树一帜的风格，并且以此写出了巨著《土地的生长》(1917，三部曲)的"心理文学"。哈姆生提出只有"心理文学"才能把现代生活的荒诞性和非理性清楚表现，把现代人的理智多重性和思维复杂性演绎出来。哈姆生还提出要写出现代人的心理特质，表现他们混乱而不和谐的思维就必须肯定潜意识的存在，他按照柏格森的心理学说和弗洛伊德的心理分析法用文学创作去表现人的意识和心理。这一现代主义文学流派到20世纪20年代后由乔伊斯、普鲁斯特、福克纳、卡夫卡和伍尔夫等人发扬光大，形成了"意识流小说派"，因而哈姆生成为开创现代主义心理文学的一代宗师。

第三次精神革命

北欧的第三次精神革命，或者文化蜕化是在第二次世界大战之后进行的，其实这场革命早在第一次世界大战结束后不久就已经开始，到20世纪30年代愈演愈炽，不过当时主要仍集中在社会分配不公和贫富悬殊等问题上，这是因为北欧五国已先后进入工业化时代,工人阶级力量越发壮大,资产阶级和工人阶级的矛盾和冲突日趋剧烈,工人罢工彼伏此起。北欧早于其他欧洲国家涌现出一大批具有世界声誉的无产阶级作家。丹麦的马丁·尼克索(Martin Nexø,1869—1954)被列宁誉为"北欧的高尔基",他的代表作长篇小说三部曲《征服者贝莱》(1906—1910)、《蒂特——人的孩子》(1917—1921)和《红色莫尔顿》(1945—1948)描述了资本主义制度对大众所施加的迫害,以及工人运动的兴起和走上革命的道路。瑞典的"雇工派"文学领袖伊·鲁-约翰逊(Ivar Lo-Johansson,1901—1990)在作品中把农民工进城打工所遭受层层剥削的苦难和凌辱朴实有力地展示出来,以至瑞典政府不得不于1945年正式取消"雇工制度"。伊·鲁-约翰逊的长篇小说《社会主义者》(1958)和《无产阶级作家》(1960)更是直接地描写了工人知识分子走上革命的道路。但是这一大好势头却被法西斯德国所发动的第二次世界大战所打断而夭折。

"二战"之后,北欧国家进入了现代化高速发展的过程,经济指导原则进一步由古典的亚当·斯密《国富论》转变为凯恩斯主义,确立了以凯恩斯政府积极干预经济学说的原则来制约社会财富过于向豪门集中,并且致力于发展平等信念为基础的混合经济模式。(其实社会民主主义一直以来都致力于政府干预经济,抑制财阀豪门,普遍推行社会福利保障,以折中温和手段来争取"富人不成豪,穷人不赤贫",尽量制约社会两极化,缩小贫富悬殊,凯恩斯主义有相当一部分正是吸收参照了北欧模式。)在政治上以自由民主的社会民主主义为指导原则着力于"福利国家"的实现和发展。北欧国家所推行的"福利国家"制度既是现代化经济高度发展的必然产物,也反映了北欧固有的自由、平等民族禀赋和以往精神文化所施展的影响和作用,总起来说既有利于现代化也在一定程度上阻滞缓解了各种矛盾,有利于社会和谐。当然冲突和斗争也随着表面和不稳固的和谐变得更加深刻化。

战后的北欧却面临着以往所不曾料想到的也无法想象的、全新的人文主义挑战,陷入了民族主义和精神文化上的困境。这些挑战和难题正在迫使北欧国家不得不直面一场相对超越了它们本身能够应付和承受能力的重大考验。北欧国家在这样的新课题面前究竟交出一份什么样的答卷是至今无人能作出先知预言的。

战后,起先是以可口可乐、口香糖和好莱坞大片为象征的美国文化和生活方式蜂拥而来,猛烈地冲击着北欧民族文化和精神文明。对于美国文化的侵入,北欧虽然受到震动,但是通过努力减缓冲击和加强自身消化能力,不仅抵挡住而且还将其融入本土文化,因而所造成的损害虽然显而易见,但不曾伤筋动骨殃及元气。从本质上看,这种文化冲击显然是强权文化对弱势文化的扩张渗透,然而在客观上来说,这也为北欧国家带来了新的文化理念,有利于开阔眼界,加速它们的现代化步伐。因而战后北欧诸国总的趋势仍是以民族感情来审视自身以维护住民族特色。瑞典学院女院士凯什婷·埃克曼(Kerstin Ekman,1933—)的《巫婆舞圈》(1974—1983)以史诗的笔法反映了瑞典社会发展的真实面貌,而她的《狼皮》(1999—2003)更是被誉为与普鲁斯特的《追忆逝水年华》相媲美,为瑞典和北欧当代最伟大的佳作。这部作品着眼点并不在怀旧忆古而在于反躬自省:在社会迅速现代化的过程中究竟怎样才能维护得住固有的民族性和民族文化。

战后北欧接着遭遇的另一挑战是高科技造成人文科学范畴中的难题。易卜生是世界上在文学作品里提出环境保护和污染公害的第一人,但是他大概不曾想到过一个世纪之后,环境问题严重到如此程度以至成为与人类继续生存和繁衍休戚相关的致命问题。易卜生也是在近代文学作品中提出妇女解放,谈及性爱、同居、性病、乱伦、安乐死等问题的第一人,而他大概也不会想到妇女解放具有如此复杂的广泛内涵,不仅是男权主义,男尊女卑等人文观念上的不平等,究其根本则在于妇女在性爱中被视为受者或被动对象,即基督教文化里的"原罪"和"亚当的肋骨",因而涉及性爱的双向互动性、性爱的同性化和异性化以及生育中的堕胎、代孕、试管婴儿和克隆人,等等,而性病里的艾滋病也是人类面临的新的大敌。丹麦学院女院士苏珊娜·布鲁格尔(Suzanne Brøgger,1944—)已在《为了爱生下我们吧!》等作品中触及了这方面问题的深刻性和复杂性。

北欧历来是移民输出国,1840—1914年间,挪威向美洲移民75万人(1900年总人口为224万),是继爱尔兰之后的欧洲第二大移民输出国。瑞典同时期移民亦高达85万,按人口比率略低于挪威。瑞典还有以维尔海姆·莫贝里(Vilhelm Moberg, 1898—1973)为代表的移民文学,不过写的是瑞典移民在美国落脚发家创业并且融入主流社会。如今人口趋势倒转过来。随着富裕、繁荣、和平和安定,北欧成了净移民输入国,大量移民从中东、东欧、亚洲涌入北欧。移民的涌入带来了其自身文化和宗教文明。于是基督教文化能否兼容并包伊斯兰教、犹太教甚至东正教文化就成了一个令人困扰的社会问题,并且潜伏着暴力和恐怖主义危险。北欧国家必须具备足以将移民融合入主流社会的强大的亲和力,否则可能会导致宗教冲突或排外性极端民族主义的滋长,然而如前所述,北欧国家在人文主义方面虽然自19世纪以来发展迅速,但毕竟起步滞后,文化底蕴不足,因而并不能提供令人信服的依据来表明它们本身确实具有足够强大的亲和力。这种忧忡担心已见诸北欧当前的一些文学作品中,有识者认为这种焦虑绝非危言耸听,因为北欧原本就地广人稀,且人口老龄化日趋严重,无力对付源源而来、充满活力的大量移民和移民带来的外来文化,但劳动力不足的困扰又使得北欧不得不大量吸收移民,这是一个无法闪躲得开而不得不直面相对的难题,可以说北欧目前正在成为亨廷顿的东西方文明冲突论的又一实验场。

欧洲一体化则是悬在北欧民族文化头顶上的一柄沉重而锋利的达摩克利斯之剑。北欧参加欧洲一体化是态度迟疑首鼠两端的(1992年丹麦第一次全民公决时曾予以否决),但是为经济利益和发展需要计,北欧国家不得不都加入一体化。于是北欧便面临了一个严峻的选择:是否要为物质利益而甘愿拱手交出民族性和民族文化作为代价。这一选择是与北欧未来前途休戚相关的致命考验,至今尚无人敢于作出打包票式的答案。欧洲一体化固然为北欧带来利益和机遇,而反面的人文主义弊端亦已绽露出来。语言是民族构成的要素之一,但是北欧语言的使用如今正在悄悄起变化。由于网络和信息化,北欧对外沟通交流遇到了语言上的巨大障碍。如今冰岛举国上下英语水平几乎同英国本土无差别,英语亦成了除芬兰语以外的北欧通用语,北欧对外交流,尤其是文学和书面语的交流都必须借助于英语。这一来就难免出现一个"英国式"的北欧,因为英语把富有北欧特色的民族性甚至思维逻辑改腔走调。这也是北欧目前的精神革命和信息革命中所遇到的最为挠头却又找不到善策解决的一大难题。此外,在北欧当前的文学作品中也关注到一体化口号之下要求将富裕的北欧和其他地区拉平的呼声,流露出了生怕将来不是"得利"而是"失去"的忧虑。因此一体化和移民涌入对北欧来说可谓陷入"内外夹攻"的困境,难于招架抵挡。在这种情况下,民族安全感和维护民族文化和民族性又提上了这一场北欧精神文化革命的日程。至于其前途如何,只能有待分晓。但是有一点大概是可以肯定的,即北欧的民族文化再也回不到维京人时代的那种横行霸道的粗暴本性中去,因为他们是受着另一种道德规范所熏陶成长起来的,也就是"和平、和谐及温和",他们熟谙这种道德法规并且以这种道德规范的面貌出现于世。即使他们在欧洲一体化中维护住了民族性和民族文化,充其量也只是"欧洲的北方人",再难返回到粗犷豪迈、野性十足的"北欧海盗维京人"的民族传统和民族文化上去了。

综观起来,北欧从嗜杀好斗、无法无天的海盗发展到今天文明先进的发达国家前后不过历时500多年,其中民族语言文字的形成和《圣经》译成本地语言有助于促进北欧民族化的发展都起到了巨大的作用,因为语言尤其是书面语是民族统一的重要因素。北欧从朝向工业化起步到发展成有充分社会保障和福利的现代化发达国家的最前列,前后远远不到150年时间,而人文科学包括文学在内对北欧社会所起的推动作用是难以估量的。在这里必须提到一句关于诺贝尔奖奖金设置的作用:从1901年瑞典的诺贝尔奖奖金颁发以来,至今对促进全世界的现代化尤其在物理、化学、生理学、医学、文学及和平的发展等方面所作出的直接贡献是无可估量的。这也许是北欧对全人类现代化文明的最大贡献,而且还将会为今后的现代化时空一直继续服务下去。这也可说是北欧创造的一个世界奇迹。

北欧国家在历史上既受到过大国的伤害,也伤害过别人和自相伤害。但是它们能够发展到今天几乎居于世界之冠的程度,应该说有许多特有的经验教训可资镜鉴。北欧的道路中有一条似乎十分令人瞩目,那就是人文科学的重要性,精神革命和文化蜕化,在推动着北欧国家以愈来愈快的步伐朝向现代化不断前进。今天北欧仍在进行着以"和平、和谐、温和"为内容的精神革命和文化蜕化,并且也大概将会本着"和平、和谐、温和"的原则对面临的新课题作出符合其切身利益的明智选择。

"德国原像"与"北欧精神"

——从安徒生到汉姆生等的知识史背景及其德国资源

叶 隽*

一、为什么要译斯特林堡?——周作人、胡适等的译介兼论瑞典—德国的侨易进路

我们在理解斯特林堡的时候,必须理解"瑜亮情结"。这里主要是指他和易卜生的关系。按道理来说,易卜生年长斯特林堡二十岁,差一代人,本不该相互较劲,但由于易卜生长寿,在文化场域里长盛不衰,这就使得后来者难以抬头,而作为后辈的斯特林堡显然没有那么好的谦让之心,传记家如此描绘他的心态:

> 易卜生的声望天天折磨着他(指斯特林堡,笔者注)。易卜生总是走在他前面一步,占据了斯特林堡本人希望占领的剧院。追求功名的想法和当第一号人物的愿望,每时每刻都在他身上起作用,给人留下的印象是,他不但在提出对妇女问题的看法上,而且在安排自己的生活上,都是把眼睛盯着易卜生的。易卜生在挂满勋章的袍子后面越是缄默和神秘,

---

* 叶隽,同济大学人文学院教授,博士生导师,主要研究中外文学与侨易学。本文原载《南京师范大学文学院学报》2016年第4期。

斯特林堡就越起劲地声称哪些人愿意听他作品内部的呼声。①

即便对待前辈,斯特林堡也有如此强烈的争强好胜之心,一方面是功名心的驱使,另一方面也体现出文学场域世代更替的某种必然规律。问题在于,斯特林堡—易卜生的二元关系,在多大程度上是被中国知识界所意识到了?或者可以追问的是,为什么要译斯特林堡?虽然斯特林堡是欧洲作家,但有趣的是拔得先筹的翻译者并非留欧学人,而是留日、留美学人。先是周作人率先在《新青年》上发表《不自然淘汰》《改革》两部(第5卷第2号,1918年,不过在目录上未署作者名,而直接署名周作人);随即,胡适在1919年翻译了《爱情与面包》(《每周评论》第18卷第20号,1919年)。到了1921年,作为本土学人的茅盾(此时尚未留日)翻译了《人间世历史之一片》(《小说月报》第12卷第4期,1921年)。而1922年,则推出了《史特林堡戏剧》(商务印书馆,1922年6月),收入三个剧本,由张毓桂译出。② 但也有论者认为:"斯特林堡最早传入中国是在二十世纪三十年代,不仅在时间上要晚于易卜生,而且在影响上更是不可同日而语。"③这似可商榷。

1918年第5卷第4号《新青年》发表有《近世名剧百种目》,颇有囊括西方戏剧经典的气派,其中就提及了斯特林堡,有三种剧目,即 The Father, Miss Julia, The Stronger。④ 宋春舫(1892—1938)作为戏剧学者,其涉猎欧洲戏剧甚广,对斯特林堡亦颇多介绍,其汉译本相当不少,诸如《结婚集》《父亲》、《朱丽小姐》、《死魂舞》等都是。1920年代,表现派戏剧被区分为两种:一曰"叫唤剧",其代表者为德国的凯泽、托勒尔;二曰"自叙剧",其代表者则为瑞

---

① [瑞典]拉格尔克朗斯:《斯特林堡传》,高子英译,人民文学出版社2005年版,第184—185页。
② 宋炳辉:《弱势民族文学在中国》,南京大学出版社2007年版,第115—116页。
③ 宫宝荣:《斯特林堡戏剧在新时期中国的接受》,《戏剧艺术》2012年第5期。
④ 宋春舫:《近世名剧百种目》,《新青年》第5卷,1918年,第4号。

典的斯特林堡。①

不过若论及斯特林堡在现代中国的首发声音,或许还应当首推作为翻译家的周作人,因其数量众多的著作而冲淡了他的翻译史地位,其实是很不应该的。在北欧文学的译介中,周作人也毫不逊色,早在1918年《新青年》上翻译发表斯特林堡作品时就用了相当篇幅介绍其人其作:"A. Strindberg 著作中,戏曲尤为世间所知,与诺威(即挪威——引者注)之 H. Ibsen 并称,如《Julie 姬》(*Fröken Julie*)、《父》(*Fadren*)、《伴侣》(*Kamraterna*)皆是。其艺术以求诚为归,故所有自白,皆书写本心,毫不粉饰,甚似托尔斯泰。对于世间,揭发隐伏,亦无讳忌。又缘本身经历,于爱恋深感幻灭之悲哀,故非议女子亦最力,遂得 Misogynistes(厌恶女性者)之称。然其本原,固仍出于求诚也。"②从这些文字来看,周作人对斯特林堡还是颇为了解的,而根据其交代,这些文字原来乃是他撰作的《欧洲文学史》部分。③ 所以,我们若仔细考察西文东渐的过程及其来源,则文学史家的身份绝对不应忽略,正是因为史家能够汇通诸家、博识辨择,所以才投身翻译实践,或倾力译介。

1922年时就有了张毓桂译的《史特林堡戏剧集》(商务印书馆)收入《幽兰公主》、《债主》、《母亲的爱》三部戏剧,这可是一部明显的译著了。至于发表在报刊上的译作更多,如茅盾在《小说月报》上发表过《人间世历史之一片》、《情敌》等。

就文学史角度看,斯特林堡几乎是可以和易卜生相提并论而无愧色的,"从一般的欧洲观点来看,斯特林堡作为戏剧家做出了最大贡献。在《父亲》和《朱丽小姐》中,他把自然主义的戏剧发展到一个完美的阶段。在地狱危机以后,他用自己的剧本为欧洲戏剧创作开辟了崭新的道路。在戏剧的结构和

---

① 向俊芳:《斯特林堡与中国早期现代戏剧中的表现主义色彩》,中南大学比较文学与世界文学硕士论文2008年,第5页。

② 周作人:《〈不自然淘汰〉引言》,《新青年》第5卷,1918年第2号。

③ [瑞典]雅·阿尔文、[瑞典]古·哈塞尔贝里:《瑞典文学史》,李之义译,外国文学出版社1985年版。

个性的描写上,他没有易卜生那种逻辑的严密性和连贯性,然而他有更强烈的感情、更自由的想象,对人类的基本天性有更深刻的了解"①。所以后世追随者不少。美国戏剧家奥尼尔(O'Neill,Eugene,1888—1952)在1936年接受诺奖时盛赞斯特林堡乃"现代所有戏剧家中最伟大的天才"②。我们不知道这句话比较的范围究竟有多大,但至少隐含着超越易卜生的评价。那么,事实究竟如何?斯特林堡超越了易卜生吗?至少,在现代中国语境之中未见云然。

斯特林堡本人是瑞典人,但却深受德国影响。这也不难理解,北欧本来就属于日耳曼文化的大框架,而瑞典更是一个与德国渊源极深的国家,要知道,"在瑞典与德国一样,康德的哲学是新浪漫主义的开路先锋"③。在任何一个国家的发展过程中,诗与思其实很难割断其血脉关联,知识、学术与教育(尤其是大学)也同样环环相扣,甚至多位一体。同样,在瑞典,思想传播的重要场合是大学,在18、19世纪之交的首都乌普萨拉大学(Uppsala University),赫耶尔讲授康德、费希特、谢林哲学,而在学生之中产生了瑞典新浪漫主义思想的先锋者,其中阿特博姆、帕尔姆布拉德成为瑞典文学团体"曙光联盟"的中坚人物,制定于1808年的纲领宣告,"按照既定的计划,以希腊人和德国人为楷模所规定的坚定而持久的基本要点"包括"要先培养、造就自己的力量,抵制有害的审美观点,最后在瑞典文学的天空中用一道曙光为太阳的普照开辟道路"。④ 从这里,我们可以很清晰地看出,文学与其背后的诸多场域密切相关,也与异文化的多重相错发生侨易关系。

---

① [瑞典]雅·阿尔文、[瑞典]古·哈塞尔贝里:《瑞典文学史》,李之义译,外国文学出版社1985年版,第302—303页。
② [瑞典]雅·阿尔文、[瑞典]古·哈塞尔贝里:《瑞典文学史》,李之义译,外国文学出版社1985年版,第303页。
③ [瑞典]雅·阿尔文、[瑞典]古·哈塞尔贝里:《瑞典文学史》,李之义译,外国文学出版社1985年版,第152页。
④ [瑞典]雅·阿尔文、[瑞典]古·哈塞尔贝里:《瑞典文学史》,李之义译,外国文学出版社1985年版,第153页。

在斯特林堡的生命历程中,1892—1896年侨居欧陆各国,尤其在德、法的经历值得关注。在柏林,他放弃文学创作转而进行科学研究;1894年由德国往巴黎,继续从事实验工作;而法国哲学家里伯特(1839—1916)对他也有相当之影响。① 对这种文化关联,中国现代知识精英并非没有认知,譬如1923年章克标(1900—2007)撰文《德国的表现主义剧》,就将斯特林堡与德国诸家如魏特金、哈森克来佛(Hasenclever)等相提并论,强调:"自然主义和写实主义所做到的,不过是自然的再现……但是艺术终究是创造,想全然放弃作者的主观,而成为纯客观,是绝对不可能之事。""表现主义便是反对这种艺术而起的……就是要以外界的印象,自然的模仿,纯客观的自然再现等境地中跳出,而注意自我,尊崇主观,把自然及现世的实在,在自己的心内改造,变形而再现出之。"② 而刘大杰的思路,无疑更能表现史家立场,他的《表现主义的文学》有近半篇幅论表现主义戏剧,亦同样将斯特林堡与韦特金、汉生克洛佛(Hasenclever)、恺石(凯泽)、托勒等并列,③但他也并未特别强调斯氏的文学史意义。值得注意的是,"1913年至1915年间,仅在德国就有24部斯特林堡不同的戏剧上演,共达1035场次。我们将看到,最重要的是,也正是在德国斯特林堡的表现主义倾向将获得发展和产生变化"④。这足以说明,斯特林堡在德国获得了高度重视,与其说这是一种表现主义运动的集体力量,还不如说更关注日耳曼文化圈本身某种同气相求的宗旨。

胡适曾如此比较斯特林堡、易卜生:"读瑞典戏剧巨子施吞堡(Strindberg)短剧名《线索》者(*The Link*),论法律之弊,发人深省。易卜生亦切齿法律之弊,以为不近人情,其所著《玩物》(*A Doll's House* 或译《娜拉》)

---

① [瑞典]雅·阿尔文、[瑞典]古·哈塞尔贝里:《瑞典文学史》,李之义译,外国文学出版社1985年版,第296页。
② 章克标:《德国的表现主义剧》,《东方杂志》第22卷,1925年第18期。
③ 刘大杰:《表现主义的文学》,北新书局1928年版。
④ [英]R·S·弗内斯:《表现主义》,艾晓明译,昆仑出版社1989年版,第8页。

中娜拉与奸人克洛司达一席话,皆论此题也。"① 其实任何一个作家都不可能摆脱具体的社会语境来凭空说事,针砭现实乃是题中必有之义,但如何借用文学形式来表述和提问,则是见仁见智的艺术家手段了。斯特林堡虽因代际场域差异,而相当注重对易卜生之标新立异,但若深入考察,则二者仍有相当交集的话题和命题,譬如法律、社会乃至女性。即便以女性命题来说,易卜生仿佛更多寄托了对于女性的同情和理解,而斯特林堡则似乎要反其道而行之。高尔基虽然说了些斯特林堡的好话,"他那种把科学和艺术相联系起来的惊人的本领,还有他的某些预言的有用的性质,都震骇了我;举如远在从空气中取得窒素这个可能性在实际上实现以前,他就指出了这种可能性"②。但他也不能不尖锐地指出:"像我这样一个习惯于因俄罗斯的女性而骄傲和尊敬俄罗斯女性的人,也时常因为斯特林堡对于妇女的态度而激怒。"问题又一下子聚焦到女性之上,但高尔基似乎并未就事论事,而是更深刻地论述道:"但是我知道,在欧洲的许多作家当中,从没有一个作家能像斯特林堡那样地讲出了这么多的关于妇女的真理;我觉得,他对于妇女在世界上的作用的最高的评价和对于妇女作为母亲,作为创造生命和战胜死亡的存在物那种汲取不尽的爱,是他的许多见解的过于夸张的辛辣性的原因。"③这是高尔基作为文学大家的高明之处,一方面他难以忍受斯特林堡貌似粗暴的女性描写,但另一方面他又非常敏锐地捕捉到斯氏女性观的可贵之处,并将其特别指出,这是了不起的。

一般而言,斯特林堡被认为是女性的批评者;但或许正是爱之深方才求之切,斯氏对于女性的态度或许当作更深一层理解。这一点在中国语境里也并非无人识得,周作人早就说过斯特林堡"又缘本身经历,于爱恋深感幻灭之

---

① 胡适:《胡适留学日记》(上册),安徽教育出版社 1999 年版,第 308 页。
② [苏]高尔基:《论奥古斯特·斯特林堡》,《戈宝权译文集:高尔基小说、论文集》,北京出版社 1991 年版,第 236—238 页。
③ [苏]高尔基:《论奥古斯特·斯特林堡》,《戈宝权译文集:高尔基小说、论文集》,北京出版社 1991 年版,第 236—238 页。

悲哀，故非议女子亦最力，遂得[Misogynistes（厌恶女性者）]之称"①。但这基本只是一个客观的叙述，还未带很强烈的主观批评情感；后来有人批评得就厉害了："斯特林堡，他一生所作的四十几篇戏曲，差不多是描写性欲的争斗，两性的不安与憎恶女性的。"②我们可以看到，这种种评价中，有学者冷静客观的叙述分析，也有舆论剑走偏锋的推波助澜。

但还有精英人物能妙眼慧识并另辟蹊径，巴金就翻译了《斯特林堡底三本妇女问题剧》，希望借助外国女性之口来引入另类资源。作者高德曼女士认为："在近代文学家中除了托尔斯泰而外，没有一个人能象斯特林堡那诚实地把自己心灵底秘密处完全暴露了出来。"③这是一个非常重要的判断，就是斯氏是一个真诚写作的作家，而且自传体的因素更为明显。而"在所有斯特林堡底剧本中我们随处都可以看见生命之烈火在熊熊地燃烧着，他麻醉了人们底脑筋，磨灭了人们底信仰，激起了人们底情欲。那生命之烈火总是不断地以不可抗拒的力量来攫取他底捕获物。斯特林堡底对于那种力量的反抗同时又是他底信仰之自白。他也是女人底儿子，在她底面前他是完全无力的"④。这里又一次隐秘地揭示出斯氏与女性的复杂纠葛关系，所以她认真研究斯氏剧本得出的结论竟然是："斯特林堡不仅是如一般人所称许的瑞典的良心，他还是全人类的良心。"⑤这当然也就意味着，斯氏的女性观也同样属于这颗伟大的人类良心的一部分。一般而言，我们易于高升女性形象，不管是《浮士德》里的"永恒的女性，引我们飞升"，还是《红楼梦》借贾宝玉话来说，"女儿是水做的骨肉，男人是泥做的骨肉"，都未免有其过于理想化的成分

---

① 周作人：《〈不自然淘汰〉引言》，《新青年》第5卷，1918年第2号。
② 宏徒：《史特林堡与妇人》，《小说月报》1927年第6期。
③ [美]高德曼：《斯特林堡底三本妇女问题剧》，李苇甘译，《新女性》1928年第4期。
④ [美]高德曼：《斯特林堡底三本妇女问题剧》，李苇甘译，《新女性》1928年第4期。
⑤ [美]高德曼：《斯特林堡底三本妇女问题剧》，李苇甘译，《新女性》1928年第4期。

在内,可以理解,但未必就是事实。斯氏的爱女性却以针砭方式出现,虽不无与其早年经验乃至与易卜生针锋相对的心理作用,但确实是有其独特的思想史意义的。另一个可以加上的注脚,或许是鲁迅,他在论述湘中作家黎锦明时就明确指出:"他大约是自小就离开了故乡的。在作品里,很少乡土气息,但蓬勃着楚人的敏感和热情。他一早就在《社交问题》里,对易卜生一流的解放论者掷了斯忒林培黎(A. Strindberg)式的投枪;但也能精致而明丽的说述儿时的'轻微的印象'。"①显然,鲁迅对斯特林堡及其妇女观是清楚的,而且对这种女性观的针锋相对也是了如指掌;但斯特林堡却是并未引起他恶感的,他甚至在抗议国民党中央宣传委员会的禁书时也提到了斯特林堡的《结婚集》,并将其与高尔基、法捷耶夫、梅特林克等人并列。②

可惜在现实的文化场域中,时势潮流蜂拥而至,往往并非择其理性,大势所趋之不得不然,故在这波精神侨易过程中,易卜生显然拔得头筹,而被压抑的斯特林堡却绝对不是不重要。而且,斯特林堡在中国的接受于学术上更有特殊的研究价值。有论者认为斯特林堡是"隐匿在偶像背后的偶像",具体言之,则是一种间接传播效用的网链点续功能:

> 斯特林堡所播撒的戏剧的种子,在异国他乡开花结果之后,中国文坛再去采摘、咀嚼,而后才尝到了甜头。无论是德国的凯撒和美国的奥尼尔,他们都是斯特林堡戏剧的直接受益人。甚至被称为德国表现主义戏剧奠基人的魏德金德,也直接受到斯特林堡的影响,一个事实是,斯特林堡的第二任妻子后来成了魏德金德的情妇,他们对女人的品味都是如此相似。至于奥尼尔,他对斯特林堡的崇拜更是世人皆知,他在给诺贝尔获奖致辞中以谦卑的姿态指出斯特林堡对他的巨大影响。在中国,以洪深和曹禺为代表的现代剧作家,都是受到奥尼尔戏剧的深远影响,如

---

① 《鲁迅全集》第6卷,人民文学出版社2005年版,第257页。
② 《鲁迅全集》第6卷,人民文学出版社2005年版,第164页。

果我们追溯奥尼尔戏剧中表现主义的源头,必然会指向斯特林堡。而当时在中国被一同介绍进来的英国著名剧作家萧伯纳,作品在当时被多次翻译和改编,他虽然早期鼓吹易卜生主义,但是他也逐渐地对斯特林堡戏剧表示出极大的崇拜,1908年萧伯纳曾专程到斯德哥尔摩拜访斯特林堡,并在斯特林堡的亲密剧场观看了他的戏剧演出。斯特林堡通过这位和易卜生一起对中国话剧产生重要影响的剧作家,将他的戏剧的感悟传递到了中国。至于郭沫若早期戏剧中的表现主义倾向,他也自称是受了德国戏剧的影响,而德国表现主义戏剧受斯特林堡之深已是毋庸置疑。①

虽然若干细节或可商榷,但总体来看,斯特林堡的影响力也可以说是通过网链点续的方式来实现的,只不过这个社会网链更为阔大,乃是在明显的跨文化地理位移中实现的。而这种国际文学版图的符号标识饶有趣味,德国的凯泽、魏特金德线索,英美的奥尼尔、萧伯纳线索,北欧的易卜生、斯特林堡,都让我们看到北欧与西方主流文学的密切关联。西方文学的内在脉络或主潮,也若隐若现。而这一点显然也被现代中国的戏剧界所感受到,郭沫若、洪深、曹禺等人以不同的方式接触到斯特林堡,或许就是实例。不过这种影响有多大,则值得进一步追问。譬如在曹禺,恐怕还是接受易卜生是主流的,他曾回忆说:"屈原的'哀民生之多艰',易卜生的个性主义,《国民公敌》中马医生就说,'最孤立的人是最强的人'。这些,都给我以深刻的思想影响。我大学的毕业论文就是用英文写的——《论易卜生》,主要是根据萧伯纳的《易卜生主义的真髓》这篇论文写的。"②如果我们引证以上奥尼尔—斯特林堡—萧伯纳—易卜生之间的隐秘精神性联系,则在曹禺等人的知识谱系中,或许未尝

---

① 曹南山:《论斯特林堡戏剧在中国20世纪二三十年代的接受困境》,《戏剧》2012年第4期。
② 田本相、刘一军:《曹禺访谈录》,百花文艺出版社2010年版,第103页。

不存在潜在的斯特林堡—萧伯纳—易卜生的戏剧图谱。

二、挪威的德国背景——从易卜生到汉姆生的德国情结

在易卜生之后,汉姆生再次让挪威人骄傲。汉姆生的出现,也使得斯特林堡在这代人中并非一枝独秀。《大地的成长》(The Growth of the Soil)让我很有亲切之感,因为从中很容易就寻到了德国浪漫一代的历史痕迹。这让我们重新追寻到德国精神的北欧轨迹。

汉姆生虽然比斯特林堡小十岁,但就进入文学场域而言,却并不逊色。他深受尼采思想影响,对德国自然有很深的好感。譬如在他所撰的《现代美国的精神生活》(1889)一书中,就嘲笑了美国的生活方式。[①] 1940年,纳粹占领挪威,汉姆生拥护德国,1945年以叛国罪获刑,后因病获释。鲁迅似乎有先见之明,他早就明确否定了汉姆生的左翼作家身份,说"但看他几种作品,如《维多利亚》和《饥饿》里面,贵族的处所却不少"[②]。这当然是富于洞察力的,其实就汉姆生的日后言行来看,他对纳粹是颇为同情和亲近的,那显然是接近右翼的立场了。

汉姆生因其在小说创作上的别出手眼,所以博得了偌大名声。他在现代中国也并不缺乏知音,譬如鲁迅就对其情有独钟,[③]后者曾专门撰文介绍:"不过他(指汉姆生,笔者注)在先前,很流行于俄国。二十年前罢,有名的杂志 Nieva 上,早就附印他那时为止的全集了。大约他那尼采和陀思妥夫斯基气息,正能得到读者的共鸣。十月革命后的论文中,也有时还在提起他,可见

[①] 筱璋:《汉姆生及其作品》,汉姆生《大地的成长》,李葆真译,上海译文出版社1985年版,第420页。

[②] 《鲁迅全集》第7卷,人民文学出版社2005年版,第345页。

[③] 李春林:《鲁迅与汉姆生——谨以此文纪念作为"现代派文学之父"的汉姆生诞辰150周年》,《山东师范大学学报(人文社会科学版)》2009年第6期。

他的作品在俄国影响之深,至今还没有忘却。"①在鲁迅看来,汉姆生之所以能流传颇广,与其精神谱系上的一脉相承有密切关系,即尼采—陀思妥耶夫斯基—汉姆生的链条。精神侨易必然伴随着物质侨动过程,这里的物质侨动未必简单地理解为地理位移,而可能是精神空间的位置移动,譬如在作为生命逝去的尼采、陀氏诸君之外,另有精神性生命的复活或者存在。这里提及的尼采与陀氏,更多是指他们的精神空间的那种符号性存在,这里的精神侨易过程就是作为人的主体被消解之后的"精神符号的侨易"过程。然而我们必须理解的是,在这样一种过程中,其实也是多重因素博弈与游戏的作用,而非"理论旅行"那么简单。旅行只是一种形象的表述,在实际运作中,往往是多种意象和多重进路并存,譬如鲁迅阅读汉姆生的小说《饥饿》,就不是通过作为母语的汉语,而是通过日语、德语两种译本。1928年1月29日日记,"下午得淑卿所寄《饥饿》,二十日发"②。2月6日日记:"上午达夫来并见借K. Hamsun *Hunger*。"③日语、德语的明确标示,可以看出鲁迅的外语阅读习惯。有趣则更在于,这种译本在中国留学生之间是流通的,而非孤立个体阅读现象。譬如就德文版 *Hunger* 来说,郁达夫也是读过的,而且似乎是有借有还的,到了12日,也就是一周不到的时间里,"下午郁达夫来,未遇,留借 Hamsun 小说一本,赠 Bunin 小说一本"④。不但归还原书,而且附带有所奉赠。

总之,我们可以看到,德国和德语,不仅对汉姆生自身之成长和发展有重要作用,而且在汉姆生的作品与意象东传过程中,始终或多或少扮演着颇为关键的作用。其中意味,颇耐人追寻。当然挪威精英还不止于此,比昂逊也是一个杰出人物,所谓"他敏锐地看出了资产阶级的自私、腐朽和无耻,对这些现象大胆地加以揭发和抨击,并对被压迫者寄予极大的同情;但是他究竟

---

① 《鲁迅全集》第7卷,人民文学出版社2005年版,第345页。
② 《鲁迅全集》第16卷,人民文学出版社2005年版,第68页。
③ 《鲁迅全集》第16卷,人民文学出版社2005年版,第69页。
④ 《鲁迅全集》第16卷,人民文学出版社2005年版,第69页。

未能认清资产阶级吸血鬼的剥削和罪恶的本质,未能摆脱小资产阶级民主主义的立场,他把幻想寄托于对资产阶级的道德改造和基督教的博爱教义上,梦想把资产阶级改造成为诚实的劳动者"①。1890年时,恩格斯曾如此评价道:"最近二十年来,挪威经历了一种文学的繁荣,除了同时期的俄国之外,没有任何一个国家可以比得上。"②在恩格斯眼中,因为有易卜生、汉姆生等人的相继出现,所以挪威文学颇有星光闪耀、竞相辉映的气场。

和易卜生比较,最合适的或许是比昂逊,因为不但彼此年纪相近,而且关系也颇密切。焦菊隐曾借欧文的论述比较二者差异:"易卜生与比昂松之间两人思想不同之点很大。比昂松的特点是富于勇敢、希望及人道的色彩;而易卜生则是孤独的、不与世为伍,而且对于世事永远保持着一种批评、悲观的态度,同时对世间不满意的事又决不去下一种判断。比昂松是勇猛、往光亮处前进的;易卜生则是默居于黑暗之中的。比昂松是个国家主义者;而易卜生以世界为家。比昂松富有慈祥的爱;易卜生富有冷酷的天才。"③这样一种二元关系的形象表现,确实让人很容易将易卜生—比昂逊形成一种对立关系,其实不是那么简单;正如易卜生—斯特林堡的关系那样,也是复杂二元的一种呈现而已。茅盾似乎就能比较得到位一些:"论到脑威的文家,般生和易卜生是并称的,而且易卜生的影响于世界文学比般生要大些。此处题上'前驱'两个字的意义,并非含有'第一个最好'的意义,不过因为(一)般生和易卜生是同时人,小时本来是同学,(二)他的著作,小说,短篇小说,剧本,诗都成名,范围广些,(三)他比较上是脑威的,不是世界的,所以就称他为脑威写实主义文学的前驱。"④

---

① 吴世良:《译者前记》,比昂逊《挑战的手套》,吴世良译,中国戏剧出版社1960年版,第5页。
② 《马克思恩格斯列宁斯大林论文艺》,人民文学出版社1953年版,第31页。
③ 陈惇、刘洪涛编:《现实主义批判——易卜生在中国》,江西高校出版社2009年版,第162页。
④ 沈雁冰:《脑威写实主义前驱般生》,《小说月报》第12卷,1921年第1期。

对于他们的德国背景,中国知识精英已有所意识,譬如沈佩秋(原名汪宏声,1910—？)就指出易卜生"一八六四年赴罗马,自后大部分的时间留住德国"①。马耳更指出易卜生"身体里面还循环着丹麦人、苏格兰人和德国人的血","他的去国,几乎等于自动的放逐。因为他一去就是二十五年,不愿意回来。他一会儿住在意大利,一会儿住在德国,把罗马、德勒斯登和慕尼赫做了他自己的家",所以他"虽然保持着挪威的国籍,在血统上以及后来的生活上来说,他可是一个泛欧洲的人"。②同样易卜生戏剧的德国影响,也被认知,"其反响遂波及于全欧,其中以德国为最著,其影响直及于今日德国之剧作家彼卡尔特伦,即酷类伊孛生者"。从另一个方面来看,则可能被德国精英作为与德国参照比较的好例子,如恩格斯就曾指出:"易卜生的戏剧,不管有怎样的缺点,他们却反映了一个即使是中小资产阶级的但是比起德国的来却有天渊之别的世界;在这个世界里,人们还有自己的性格以及首创精神,并且独立地行动。"③在这里,易卜生的戏剧世界构筑了一个具有独特意义的文学殿堂,在这个宫殿里虽然也不能摆脱资本语境的规训作用,但却仍然能构筑出属于人性行为、习惯与风俗的独特风景。而恩格斯之引用比较,当然更是为了强化作为德意志民族的一面镜子。

茅盾则更在作品里寻到比昂逊与德国作家的异曲同工:"这篇'Synnve Solbakken'完全是般生幼年的生活——在明媚景色的奈斯村的生活——的反映,其中充满了鲜明的活泼,丰润生长的气象;这正和苏德曼(Sudermann 德国文豪)第一次得名的杰作《忧愁夫人》(*Frau Sorge* 英译名 *Dame Care*)篇内所表见的晦涩忧郁沉闷的气象一样同为幼年生活的反映呀。我们看了奈斯的光明景色染成了般生早年著作的鲜艳色彩,东普鲁士的

---

① 陈惇、刘洪涛编:《现实主义批判——易卜生在中国》,江西高校出版社 2009 年版,第 87 页。

② 陈惇、刘洪涛编:《现实主义批判——易卜生在中国》,江西高校出版社 2009 年版,第 88 页。

③ 《马克思恩格斯选集》第 4 卷,人民出版社 1995 年版,第 690 页。

阴湿黯淡染成了苏德曼早年著作的灰色沉闷气味,便可知要领会得文学家的著作,非先明白这位文学家的生平不可了;世间只有能反映人生的文学作品才是真实的文学!"①此处,茅盾显示出他良好的世界文学知识,将其《辛诺夫·苏巴金》与苏德曼《忧愁夫人》比较,别出手眼而将时代—地理—文化的因素做了深层揭示。如此具有文化地理到心理上的亲缘关系,这也就难怪,比昂逊的作品被翻译成德语并被接受了,茅盾也记录下其剧本"《新制度》有德译本一种"了。②

对于民族国家、文化区域乃至整体欧洲的概念,现代中国的知识人也是意识到的,譬如甘永柏(1914—1982)就说:"易卜生与般生是屹立北欧的两位巨人。他们虽然是具着各自不同的气质,但他们却同样成为欧洲思想的领袖。经过他们的努力,才使欧洲知道了有挪威文学。同时他们也将各国的新思潮输入了自己的祖国。从此欧洲的文化不能将挪威出外,而挪威人民也受欧洲文化的洗礼。"③并进而点明二者为儿女亲家的事实,凸显了两者的关系;当然更重要的仍是这种挪威—北欧—欧洲层层递进的文化圈层关系的意识。

尽管有这样的网链点续关系,我还是要强调欧洲北方文化的整体性与日耳曼文化谱系的脉络,这是确实存在的,即便在某个文学流派或思潮中也是如此,譬如茅盾就很清楚地意识到这一点,他说:"法国自然主义的大作家都是小说家,没有戏曲。真正可称是自然主义的戏曲要推一八八九年德国哈普德曼(Hauptmann)所作的《日出之前》(*Vor Sonnenaufgang*)。但在十年以前,脑威(即挪威——引者注)的戏曲家易卜生已经发表《傀儡家庭》,震动欧洲文坛,为自然主义戏曲的先驱了。"④这里有几点很重要,一是欧洲的南北

---

① 沈雁冰:《脑威写实主义前驱般生》,《小说月报》第12卷,1921年第1期。
② 沈雁冰:《脑威写实主义前驱般生》,《小说月报》第12卷,1921年第1期。
③ 甘永柏:《般生诞生百年纪念》,《申报月刊》第1卷,1932年第6期。
④ 陈惇、刘洪涛编:《现实主义批判——易卜生在中国》,江西高校出版社2009年版,第112页。

传统有异,相比起德国自然主义戏剧的成就,法国自然主义戏剧相对弱一些。二是在日耳曼文化谱系中,北欧—德国确实构成某种呼应姿态,譬如这里提出的易卜生—豪普特曼(Hauptmann)的自然主义路径。

三、 丹麦—德国——安徒生、勃兰兑斯等的德国背景与欧洲纽带

如果说,斯特林堡与汉姆生在文学创造的层面上,最终确立起现代北欧与德国的密切精神关联,那么勃兰兑斯就是那个在文学史意义上,通过诗学批评方式勾连起北欧与德国的精神纽带的桥梁。我们读一读《十九世纪文学主流》,就可以想见,他是多么好地在文学和精神的层面上理解和驾驭了欧洲主要民族国家及其文学世界的思想导向,并试图建构起一种具有内在脉络和地域张力的文学史框架;而我们回想一下勃兰兑斯的生命历程,就可以知道德国在他的生命中扮演了一个怎样重要的角色。

勃兰兑斯实际上可以说是通过这部文学史写作,为自己和北欧搭建了一座通向欧洲核心价值的桥梁,这是非常重要的一个中介,也是一种可行的有效策略,值得予以充分重视。或许正是从这个意义上,我们可以追问这个问题,即北欧精神如何格义?这就必须回到勃兰兑斯自身的知识形成和精神涵养过程中去,德国始终不仅是一个简单的民族国家,而是一种文化概念和背景,甚至具有符号意义。

所谓"早在十九世纪初,丹麦就受到德国浪漫主义的影响"[①],给出的例子乃是蒂克对欧伦施莱厄的影响。在德国文学史与思想史的历程中,蒂克是一个被明显忽视的大家,他对德国的文学和思想脉络的完整形成和上下勾连之作用,其实怎么高估也不过分。而欧伦施莱厄的意义,乃在于能在历史语境中认识到蒂克的重要性,并以其为德国资源。其实又何至于此?恩格斯曾

---

① [瑞典]雅·阿尔文、[瑞典]古·哈塞尔贝里:《瑞典文学史》,李之义译,外国文学出版社1985年版,第149页。

批评丹麦文学,认为:"丹麦人民无论在贸易、工业、政治和文学等方面都处于绝对依赖德国的地位。"具体言之,在文学方面,"丹麦从德国获得全部文学资料,正如获得物质资料一样,因此丹麦文学(除了霍尔堡以外)实际上是德国文学拙劣的翻版"①。这或许有些过犹不及,但在某种程度上也道出了丹麦文学与德国文学的密切关系,这正像海涅看到安徒生时为什么那样激动地说:"我是德国人,丹麦人和德国人是兄弟。"②虽然丹麦人未必尽以为然,但彼此之间的这种密切关系是可以想见的。

对于勃兰兑斯的德国因缘,时人也有清醒认识:"自1876到1883年,布氏侨寓柏林,这期间的生活,比较的算安静的;德意志人士很厚待这异邦博学能文的志士,愿他永住柏林。布氏习德语极精,常用德文投稿各杂志,他国文人都错认他是德国的著作家。"③从这一判断来说,勃氏的德国文化背景非常明显。鲁迅就曾特别关注到这点,曾提及"勃兰兑斯(G.Brandes)所说的'侨民文学'"④。

当然不仅是勃兰兑斯,他的前辈安徒生与克尔凯郭尔等也都有明显的德国背景。安徒生1831年时,首次离开丹麦,第一次旅行选择的目的地就是德国,"我到了吕贝克和汉堡。我对在那里所见到的一切都感到新奇,种种新鲜的事物充满了我的心灵。这儿还没有铁路,一条宽广、深厚的沙路横穿过吕南堡的石头遍布的荒地,好像同我朗读的那首巴格森的受人赏识的《迷宫》里的景色一样。我还到了布伦瑞克。哈茨山就在那附近,这是我第一次见到山。此后我又从戈斯拉尔徒步经过布罗肯峰到达哈雷"⑤。不仅有着事实上

---

① [德]马克思、恩格斯:《马克思恩格斯全集》第5卷,中共中央马克思恩格斯列宁斯大林著作编译局译,人民出版社1972年版,第464页。
② [丹麦]安徒生:《真爱让我如此幸福》,流帆译,国际文化出版公司2002年版,第129页。
③ 陈煆:《布兰兑司》,《东方杂志》第17卷,1920年,第5号。
④ 《鲁迅全集》第6卷,人民文学出版社2005年版,第255页。
⑤ [丹麦]安徒生:《真爱让我如此幸福》,流帆译,国际文化出版公司2002年版,第100页。

的亲身体验,他还利用旅德的机会,结识了作家蒂克(Tieck,Ludwig,1773—1853)、沙米索(Chamisso,Adelbert von,1781—1838),①并与他们建立了友谊。也就难怪,在作品中安徒生甚至会直接引用德语素材,周作人早就指出:"《小Klaus与大Klaus》一篇里……木桶中锅边的铃所唱德文小曲:

Ach, du lieber Augustin
Alles ist weg,weg,weg.
(唉,你可爱的奥古斯丁
一切都失掉,失掉,失掉了。)"②

他目的虽是批评译者,但也明确点出了安徒生的德语知识来源。安徒生的德国影响的关键处最初似源自间接辗转,他曾提及哥本哈根的一位年轻朋友奥尔拉·莱曼,而此人的"德语是在他父亲家里学的。在那里他们接触了海涅的诗,那些诗深深地吸引了年轻的奥尔拉"③。而这种海涅接受又继续传递到安徒生那里,"他住在弗雷德里克斯堡城堡附近的乡下。我去那儿看望他,我一到达他就吟咏起海涅的一句诗:'大海,大海,你是永恒的大海。'我们一起读海涅的诗,从下午一直到傍晚,乃至整个晚上。海涅是一个真正的诗人,我对他有了一个新的认识,他对诗歌的投入让我觉得他是在用心灵吟唱。他在我心目中取代了德国诗人霍夫曼。霍夫曼对我曾经产生过很大的影响,这一点在我的《阿马格岛漫游记》一诗中可以清晰地感知到。霍夫曼和海涅,连同是沃尔特·司各特对青年时期的我有着巨大的影响,他们就好像已经渗透

---

① 〔丹麦〕安徒生:《真爱让我如此幸福》,流帆译,国际文化出版公司2002年版,第101—102页。
② 周作人,《随感录(二十四)》,《新青年》第5卷,1918年,第3号。
③ 〔丹麦〕安徒生:《真爱让我如此幸福》,流帆译,国际文化出版公司2002年版,第95页。

进了我的血液之中一样"①。从这段自述中,我们可以清楚地知道,其一,对青年安徒生来说,三位作家影响至关重要,除了英国作家司各特(Scott, Sir Walter, 1771—1832)外,就是两位德国作家霍夫曼(Hoffmann, Ernst Theodor Wilhelm, 1776—1822)、海涅(Heine Heinrich, 1797—1856),而海涅之影响力似乎更是后来居上;其二,这种影响的个体性遭逢似乎存在一种特殊的契机,此前安徒生也不是没有读过海涅,但最终的"金风玉露一相逢"的时刻,却是通过中介性个体的促成,譬如这里的懂德语世家的丹麦友人莱曼,这有点像歌德、席勒早就相识,但真正订交却是在偶然相遇深入交流之后一样;其三,在个体的知识谱系建构中,即便没有明确的物器可数的规律,但这种意象运动轨迹仍是有着明确的场域间的位移、博弈和占位等关系的,这种场域或许可称为抽象空间的精神场域。譬如在青年安徒生的知识世界中的霍夫曼、海涅关系。请注意,这里的霍夫曼、海涅已经更多不是具体的社会生活中的个体,而是一种具有象征资本意义的文化符号。所以难怪安徒生日后回忆说:"在巴黎最值得回忆的是我与亨利希·海涅的相遇。"两人在"文学欧罗巴"协会的一次晚会上相识,后来彼此颇有交往。② 如果知晓前一段精神因缘,则后者是一点都不难理解的。

勃兰兑斯作为后辈与批评家,对于安徒生,有很透彻的理解和评论:"我们要想透彻地了解安徒生的艺术,请看他怎样工作。我们看他工作的程序,便可更深地明了他的艺术,最好是我们看他怎样改编童话,因为他的艺术方法在改编童话上是显示得很清楚的。"③勃兰兑斯在其名著《十九世纪文学主流》中对德国也相当重视,六卷中有两卷专门讨论德国,即第二卷《德国的浪

---

① [丹麦]安徒生:《真爱让我如此幸福》,流帆译,国际文化出版公司2002年版,第95—96页。
② [丹麦]安徒生:《真爱让我如此幸福》,流帆译,国际文化出版公司2002年,第129页。
③ 《安徒生童话的艺术——勃兰特的〈安徒生论〉的第一章》,赵景深译,《小说月报》第16卷,1925年第9期。

漫派》、第六卷《青年德意志》,其中开篇即将德国浪漫主义文学与丹麦浪漫主义文学相提并论:"德国和丹麦在文学上的关系大致如下:这个时期的德国文学从其倾向和内容来看是比较富于独创性的。丹麦文学则一方面继承了带有北方特色的气质,另方面又是建立在德国文学的基础之上的。丹麦作家通读了德国作家的作品,并经常加以剽窃,而德国作家却从没读过丹麦作家的作品,也没受到后者一点点影响。"①这样所导致的后果就是:"在德国文学中生活多于艺术,在相应的丹麦文学中艺术多于生活。挖掘题材的是德国。以浪漫主义开端的德国文学,活跃在最深沉的情绪之中,陶醉在种种感觉里面,努力想解决问题,不断创造着随即加以破坏的形式。丹麦文学则领受了这些充满生活气息的题材和思想,往往还能赋予它们更可靠的形式和更清晰的表现,胜过它们在故国所获得的。丹麦文学一方面运用和改造这些题材和思想,另方面还以更适宜和更顺手的题材,例如以北欧古代的材料,来表现相关联的思想。"②

在这里,勃兰兑斯以其一代大家的高度文学史自觉,将丹麦—德国的文学、精神运动轨迹链建立了起来,并且发现了一种新的理论现象:"浪漫主义在丹麦的土地上变得更清晰,更富有形式。它不再那么暮气沉沉,它遮遮掩掩地投身到阳光下面。它觉得,它来到一个宁静而审慎的民族中间,他们还不十分明白月光是不是造作的和多情的。它从诺瓦利斯当初在《矿工之歌》里从中召唤过它的矿井里爬了出来,并用厄楞士雷革的《弗伦杜尔》敲击着山腰,直到矿山崩裂开来,把所有宝藏都暴露在光天化日之下。它觉得,它来到一个异样的更亲切、更温和、更有牧歌风味的自然环境,摆脱了不可思议的内容,那浓厚的、无形式可言的雾霭凝聚成纤巧的仙女,它忘却了哈尔茨山和布

---

① [丹麦]勃兰兑斯:《十九世纪文学主流》第二分册《德国的浪漫派》,刘半九译,人民文学出版社1981年版,第4页。

② [丹麦]勃兰兑斯:《十九世纪文学主流》第二分册《德国的浪漫派》,刘半九译,人民文学出版社1981年版,第4—5页。

罗肯峰,在一个美妙的仲夏夜晚,定居在哥本哈根鹿苑的山丘上。"①在这里,赋予作品生命的作家作为主体已经被消解了,代之而起的是新的意象主体,即作为文学意象类型的"浪漫主义"。这样的侨易现象无疑非常有趣,值得深入探索,这里且按下不提。需要指出的是,即便他意识到这种特殊的文学现象,勃氏也并未将作家本身置之不论,他勇敢地做出了一个结论:"一般说来,如果可以把本世纪的德国作家和丹麦作家相比,那么德国作家几乎处处都有一个更成熟更富有独创性的人生观,而且作为人物来说也更伟大一些,不论作为诗人会占有什么位置。"②应该说,这种笼而统之的判断,一般学者都不愿为之,因为很难有逻辑严密的论证而容易受到攻击;但文学批评的元气淋漓与才气横溢也正在于这样的大判断,勃氏无疑是有这样的勇气而更有这种才情和超然的态度的。虽然他很谦虚地解释说:"原原本本地描述德国的浪漫派,这个任务对于一个丹麦人困难到令人灰心。首先,这个题目大得吓人;其次,它被德国作家写过许多次;最后,由于分工的缘故,又被他们如此精深地研究过,以致一个外国人甚至比不上那个国家的儿童,那些儿童从小就熟悉了这个文学,而外国人却是在一个很难大量吸收知识的年龄才来结识它。所以,他所依靠的力量不得不一部分来自他借以采取和坚持个人观点的决心,一部分来自他尽可能发挥本国作家少有的气质这一事实。这里所说的气质,是艺术家的气质,我指的是'旁观者清'的才能。德国人的性格是如此内向和深沉,这种才能在他们身上比较罕见。简言之,有一种要素,外国人比本国人更易于觉察,那就是种族的标志,也就是德国作家身上使他成其为德国人的那种标志。德国的观察家太容易把德国人和人类视为同义词,因为他但凡和一个人打交道,心目中总免不了有一个德国人。许多令外国人惊诧的特征,本国人往往熟视无睹,因为他早已司空见惯,特别因为他本人就具备着这

---

① [丹麦]勃兰兑斯:《十九世纪文学主流》第二分册《德国的浪漫派》,刘半九译,人民文学出版社1981年版,第5页。

② [丹麦]勃兰兑斯:《十九世纪文学主流》第二分册《德国的浪漫派》,刘半九译,人民文学出版社1981年版,第7页。

种特征,或者就是那个本色。"①勃氏的文章实在太过精彩,其贡献正在于十分清晰地揭示出德国文学的精神史特征和哲理根基,并且很自然地将其与自己的祖国——丹麦文学的情况做比较,其中的母国情怀让人心生殷殷之意,而又丝毫不觉得不自然,真有妙手天成之功用。批评家达到如此境界,后世有几人可以步踵?这些文本早在20世纪上半叶之际就已经翻译入华,完全可以使得我们的北欧、日耳曼、欧洲文化认知站在一个更高的层次水平之上。而勃兰兑斯本人的留德经历,则是对这种侨易现象的最好注脚。

四、北欧精神的德国烙印:以诗人为中心

留美学人之所以能够接触到德国文化,很大程度上是因为德—美之间天然的文化关系,而能如此,则又与其求学之地所在大学科系建构和课程设置有关。像胡适、吴宓那代人都是懂德语的,之所以如此,是因为在美国上大学时必修德语。譬如范存忠(1903—1987)、张威廉将南大德文专业的建立主要归功于范存忠,说:"这主要是范存忠的关系。他当时任外文系主任,这个人很有眼光,要把德语作为一个专业搞起来。当时德文做公共课已讲了很长时间了。"但我们要理解的是,范存忠因其在哈佛大学选修德语等各种课程,而进一步了解到相关语种在文明史上的重要地位。相比较而言,北欧各语种尚未被提升到那样的高度;但无论如何,北欧精神的凸显,对于我们认知异质文化来说并非可有可无,甚至相当关键。

此处我们选择斯特林堡、易卜生、汉姆生、安徒生、勃兰兑斯诸君,分别聚焦于他们的民族身份,凸显瑞典、挪威、丹麦三国与德国的精神联系,为的就是在一个更为开阔的知识史与文化谱系中来凸显和理解北欧精神形成的前世今生。当然北欧精神的形成必然有多重因素构成,也属于多重合力之作用

---

① [丹麦]勃兰兑斯:《十九世纪文学主流》第二分册《德国的浪漫派》,刘半九译,人民文学出版社1981年版,第3页。

的,但这里凸显的也是其中非常重要的一环。在这方面,勃兰兑斯的《十九世纪文学主流》已经做了非常好的解释。这里是略作申论,譬如斯特林堡—汉姆生的年龄结构与歌德—席勒差相仿佛,只是出生年整整差了一个世纪。虽然他们的友谊难以与前辈相比,但也未尝不可以说是北欧文化产生的一对巨子。陈铨对欧洲戏剧史有一个宏观性的把握:

> 在十七世纪和十八世纪的上半叶,欧洲的戏剧以法国为中心,人才辈出,技术日新,重要的国家,都受它伟大的影响。到了十八世纪的下半叶,德国英国西班牙的戏剧家,都群起反对法国戏剧的势力。但是到了十九世纪的中叶,因为工业革命,社会组织改变,戏剧本身不能不经过激烈的改变,来适应新时代的要求。在这个激烈改变的过程中,法国又出了一批作家,抓住时代精神,创造新的形式,把法国在戏剧界已经失掉的盟主地位,重新争回。如像通俗戏剧有司克雷布和萨多,问题剧有小仲马和奥尼尔,他们的著作,风行全欧,旁的国家,差不多只有翻译,改编和仿效。
>
> 在这个重要关头,我们想像第二个戏剧界的新局面,一定需要德国的作家来展开,至少也是其它有光荣戏剧历史的民族,来创造这一番伟大的事业。然而人类历史的演化,是很奇怪的,天才的产生,是没有时代环境可以充分解释的,欧洲第二个国家,出来打倒法国的戏剧的,不是曾经产生过莎士比亚的英国,不是曾经产生过歌德席勒的德国,不是曾经产生过罗浦达伟加的西班牙,乃是毫无戏剧历史的小国挪威。①

这里最后的落实,自然是易卜生。北方欧洲—南方欧洲的对峙,乃是欧洲文明的基本语境,这就是日耳曼文化—拉丁文化的二元基本结构。挪威作为北欧国家,是日耳曼文明的重要组成,绝对不容低估。而同样,西班牙也不是一

---

① 《陈铨代表作》,于润琦编选,华夏出版社 1999 年版,第 359—360 页。

般大国,而是南方欧洲的重要组成,是拉丁文明不可或缺的一环。这里的挪威凸显可以见出其不仅在日耳曼文化区,乃至在整个欧洲场域的重要地位。民族文化是通过文学来体现的,文学光辉仍要借助个体来灿烂,所以在陈铨看来,"天才总是站在时代的前面。在时代还没有变化的时候,他已经先发现时代的转机。他的思想言论,时代不了解他,甚至于压迫他,反对他。等到时移势易,他受人崇拜,讴歌,他的主张,一般人奉为金科玉律。然而天才永远是向前进步的,对人生世界,永远是不满意的,等大家信奉他的时候,他的思想生涯已经又踏入一新阶段,社会又不了解他,压迫他,反对他了"①。说得更具体一些,"天才永远是寂寞的。他的旅途中充满了荆棘,他很不容易找到一位知心的伴侣,然而他的伟大,也就在寂寞中产生。一个内心不寂寞的人,也就是没有希望的人"②。这话多少或许也带有陈铨的自负色彩吧,然而,这又何尝不是很能代表那些艺术创造者的心声呢?在人类永不停息的精神攀援过程中,艺术家只能也必须承担这最寂寞、仿佛最无用但却绝对是守卫人类精神灯塔的任务,世人能见到的是星光灿烂的瞬间,而艺术家和创造者必须坚守的则是这过程中的寂寞、萧索乃至苦难。

在这样的一种艰难过程中,精英之间的相互致敬和薪火续传现象是特别值得关注的。"易卜生平生最服膺赫伯尔,当易卜生的戏剧在德国风行一时的时候,有人告诉他,他说:德国人为什么喜欢我的戏剧?他们不是早就有赫伯尔吗?"③易卜生深受黑贝尔(Christian Friedrich Hebbel,1813—1863)影响,殆无疑义;可如果仅仅停留在这样一种影响论的维度中,我们难以触及问题底里;或许借用侨易思维,我们可以看到事物发展变化过程的细微之处。作为市民悲剧的三部曲,从《爱美丽雅·迦洛蒂》经《阴谋与爱情》到《玛利亚·玛格达莱娜》,对问题的呈现各有不同,但有其内在的一条线索,从思想

---

① 《陈铨代表作》,于润琦编选,华夏出版社1999年版,第360页。
② 《陈铨代表作》,于润琦编选,华夏出版社1999年版,第360页。
③ 《陈铨代表作》,于润琦编选,华夏出版社1999年版,第372页。

高度来说基本上是"更上层楼"。如果说,莱辛时代将以贞洁为主要命题将批判锋芒直指封建时代的统治者,席勒时代则将自由爱情的悲剧归因于市民社会的软弱与政治国家中非法的"私人领域",那么黑贝尔则在爱情问题上发掘出了更深刻的、隐形的"传统价值"的"戕人死命"的问题。黑贝尔的《玛利亚·玛格达莱娜》(Maria Magdalena,1844)将其作为问题更深入地推进了一层。① 可黑贝尔再一转,戏剧精神的光辉就不再停留在德意志了,而是到了挪威,到了易卜生这里,并由此播向欧洲,走向世界!

如果说易卜生是一个世界性的作家,他给世界展示了北欧精神的尺度;如果说勃兰兑斯以批评家的天才横溢初步完成了北欧精神的格义;那么斯特林堡—汉姆生结构的出现,则为现代北欧在精神层面确立起一种标尺,这和我们传统接受的安徒生、易卜生的形象和意义有很大不同,可以给我们更大的资源开掘空间。按照金岳霖的说法,"每一文化区都有它底中坚思想,每一中坚思想有它底最崇高的概念,最基本的原动力"②。所以,就文化的结构性体系来看,我们必须让其诸种要素各归其位。对于日耳曼文化区来说,德国就是它的中坚区域,就是它的精神根基,它当然也就有着它的中坚思想,这个思想是什么呢?可以说就是一种深层的哲思精神,就是一种理想的世界情怀,表现在大哲康德,人乃是"大地之上唯一有理性的被创造物"③,而"一个被创造物的身上的理性,乃是一种要把它的全部力量的使用规律和目标都远远突出到自然的本能之外的能力,并且它不知道自己的规划有任何的界限。但它并不是单凭本能而自行活动的,而是需要有探讨、有训练、有教导,才能够逐步地从一个认识阶段前进到另一个阶段"④。就此推论开去:"每一个人就必须活得无比的长寿,才能学会怎样可以把自己全部的自然禀赋加以充分的运用;否则,如果大自然仅仅给他规定了一个短暂的生命期限(就正如事实

---

① 张威廉主编:《德语文学词典》,上海辞书出版社1991年版,第164页。
② 金岳霖:《论道》,商务印书馆1987年版,第16页。
③ [德]康德:《历史理性批判文集》,何兆武译,商务印书馆1990年版,第3页。
④ [德]康德:《历史理性批判文集》,何兆武译,商务印书馆1990年版,第4页。

上所发生的那样),那末理性就需要有一系列也许是无法估计的世代,每一个世代都得把自己的启蒙流传给后一个世代,才能使它在我们人类身上的萌芽,最后发挥到充分与它的目标相称的那种发展阶段。"①表现在诗哲歌德,则"民族文学在现代算不了很大的一回事,世界文学的时代已快来临了。现在每个人都应该出力促使它早日来临"②。这两位德国精神的代表性人物,当可以展现德国文化的中坚思想,像北欧文化区虽然在外围,但却能感受并濡染这种思想;在浪漫主义运动中,似乎正是这样一种表现,按照勃兰兑斯的说法:"在本世纪的前一二十年,欧洲所有国家都在由才智之士酝酿着一种浪漫主义潮流。但是,论起真正的本源来,只是在德国、英国和法国才有浪漫主义文学。只是在这三个国家,它才形成一股欧洲的'主流'。在斯拉夫国家,我们主要听到英国浪漫主义的回响。在斯堪的纳维亚各国,浪漫主义文学则随着德国浪漫主义亦步亦趋。"③同样,像奥国,也是属于这个文化区的范围的,它更近些,因为本就是同文同种;而东欧的相当部分国家,也是自觉进入这个文化区的,譬如匈牙利、捷克等。

  这种日耳曼文化区甚至欧洲场域的精神流转并未能就此止步,非物质的思想意象源自为物的人,但却显然又超越于个体之人有了自身的精神生命,所以它们还要不断远行,走出欧洲,走向世界!至少就东方的中国而言,接受这样的资源与冲击乃未完成之重要课题。譬如对于斯特林堡的中国接受,盖棺论定的结论或许近乎:"中国现代剧坛上这些叱咤风云的人物,虽然不是直

---

① [德]康德:《历史理性批判文集》,何兆武译,商务印书馆1990年版,第4页。
② 德文原文为:"Nationalliteratur will jetzt nicht viel sagen, die Epoche der Weltliteratur ist an der Zeit, und jeder muβ jetzt dazu wirken, diese Epoche zu beschleunigen." Mittwoch, den 31. Januar 1827. in Johann Peter Eckermann, *Gespräche mit Goethe-in den letzten Jahren seines Lebens*(《歌德谈话录——他生命中的最后几个年头》), Berlin und Weimar: Aufbau-Verlag, 1982.S.198.中译文见[德]爱克曼辑录:《歌德谈话录》,朱光潜译,人民文学出版社1978年版,第113页。
③ [丹麦]勃兰兑斯:《十九世纪文学主流(第2分册 德国的浪漫派)》,刘半九译,人民文学出版社1981年版,第340页。

接受益于斯特林堡,然而他们却都是斯特林堡崇拜者的学习者,斯特林堡在当时中国的接受困境通过异域移植重新焕发了新的魅力。这是斯特林堡的宿命,更是中国戏剧的幸运。这个瑞典最早的汉学家,终于将他的影响波及古老的中国大地,成为一位隐匿在中国现代剧坛上偶像背后的偶像。"①其中丰厚的侨易现象因子,尤其值得深入挖掘! 设若如此,则所谓"德国原像"、"北欧精神"、"意象侨易"等诸多概念还有待加入崭新的位移和运动元素并深刻分析之!

---

① 曹南山:《论斯特林堡戏剧在中国20世纪二三十年代的接受困境》,《戏剧》2012年第4期。

全球在地化、事件与当代北欧生态文学批评*

何成洲

全球在地化(glocalization)是20世纪90年代才出现的新词,它是全球化(globalization)与在地化(localization)两个词的结合。它最初产生于商业领域,相对于全球化的潮流,在地化是指任何一种经济活动或商品流通,必须适应地方需求,为某一特定文化或语言地区所接受,才有可能快速发展。因而,全球在地化是指在全球化与本土化之间取得一种新的平衡,当全球化趋势看上去势不可当的时候,在地化是一个与之相依存的制衡力量。"全球在地化是全球化通过本土产生的折射。本土没有被全球化消灭、吸收或者摧毁,相反本土影响了全球化的最终结果。"[①]全球在地化重视本土的视角、体验和实践,全球与在地的复杂联系可以用"全球在地性"概括。"全球在地性是指在本土或者通过本土视角来体验全球化,本土视角包括当地的权力关系、区域政治、区域地理,文化独特性等。"[②]社会学家罗伯特森(Roland Robertson)将这一概念引入社会和文化领域。他1992年在著作《全球化:社会理论与全球文化》中认为,全球在地化强调全球化和本土化的同时性和共生性。在谈到现在随着卫星电视的普及人们可以足不出户而知道天下大事时,罗伯特森指

---

* 本文原载《武汉大学学报(哲学社会科学版)》2018年第2期。

① Roudometof, V., *Glocalization: A Critical Introduction*, New York: Routledge, 2016, p. 65.

② Roudometof, V., *Glocalization: A Critical Introduction*, New York: Routledge, 2016, p. 68.

出:"这种想法是有严重问题的,因为它没有充分考虑到'本土'和'全球'之间日益复杂的关系,没有充分认识到'在地性'总是被选择的,而且也没有能够把握'本土'媒体,尤其在美国,越来越多地报道'全球话题'的大趋势。"①

就生态批评而言,全球在地化不仅指全球性的生态问题如何影响一个地区和那里的人民,而且也可以指不同地区的人民如何从本土的历史经验出发来反思和应对这些生态问题。因此,全球在地化其实就是思考全球化,行动在地化。北欧国家有着悠久的文化传统和特殊的地区身份认同,全球化产生的生态问题影响了北欧,也引起北欧思想界的积极反思。北欧有着丰富的生态哲学和文学资源,产生过一大批伟大的生态思想家和经典的文学作品。众所周知,深层生态学是当代生态思想的一大支柱,它就是由挪威著名哲学家奈斯(Arne Naess)在1973年提出来的。同深层生态学相对应的是浅层生态学,后者的主张是发明新的技术,实施更加严格的环境管理,制定环境保护的法律来控制和减轻污染。与浅层生态学不同,深层生态学从一开始就提出反人类中心主义的鲜明立场,要求全面彻底地清算造成环境危机的思想根源和文化传统。在《深层生态学的基础知识》一文中,奈斯曾提出他的八点主张,下面引用其中的两点。"第一点:地球上人类与非人类生命的繁盛有其内在的价值。非人类生命形式的价值不取决于他们是否从人类的角度来看是有用的。第二,生命形态的丰富和多样性本身就具有价值,而且他们对于地球上人类和非人类生命的繁盛做出了贡献。"②仅从以上这两点就可以看出,奈斯的生态哲学是从人类文化和文明的高度来看待生态危机,并提出系统的思考和理论建构。相对于生物多样性,文化多样性也非常关键,需要警惕文化全球化的负面影响。

从全球在地化视角研究当代北欧生态文学需要正视两个重要的问题:一

---

① Robertson, R., *Globalization: Social Theory and Global Culture*, London: Sage, 1996, p. 174.

② Naess, A., "The Basics of Deep Ecology," *The Trumpeter* 2005 (1), p. 68.

是它如何继承和发扬北欧的传统文化？二是它如何将全球化与环境的议题在地化？当代北欧文坛上曾出现一些作品，它们挪用和改写了传统山妖形象，这些作品充满了神秘的本土色彩，对全球化进程中的科技、自然、动物、森林和文化等既具有普遍性又含有北欧特殊性的问题加以反思，彰显了全球在地化的北欧生态文学特色。在具体讨论一些当代北欧生态文学作品之前，有必要先考察一下北欧的山妖神话传统及其流变。

一、北欧的山妖神话及其文学传统

北欧古代神话中有一个独特的半人半兽形象，叫做山妖，不但在北欧家喻户晓，而且为世界各地的人所熟悉，成为北欧文化和民族身份的一个象征符号。山妖在北欧五国语言中的拼写有一些差别，但是在英语中一般统一翻译成"Troll"，中文翻译除了"山妖"，还有"巨人"、"巨怪"等。冰岛著名长篇神话故事集《萨迦》中有很多山妖的故事，其中《大力士葛瑞底尔传》讲述这样一个故事：亡命好汉葛瑞底尔为躲避仇家的追杀，隐居山林，终日与山妖打交道。有一次，葛瑞底尔与凶狠的山妖之妻恶斗，山妖婆力大无穷，凶猛无比。葛瑞底尔利用计谋将其制服，推下海湾。还有一种说法是，女山妖先是被葛瑞底尔削去肩膀，然后遇见阳光，化为独臂的山妖妇石像。这可以算得上是北欧神话传说中山妖遇光化为石的一个例子。① 冰岛史诗《埃达》中也有许多对于山妖或巨人的描述，例如第 15 首《海吉尔·希奥尔瓦德松谣曲》中多次提到巨人，王子海尔吉英勇无敌，杀死了巨人哈蒂。哈蒂的女儿，女巨人里姆盖德想替父报仇，却中了国王臣子阿特里的计谋，被阳光照耀变成了石头。

> 如今天光已破晓，里姆盖德，
> 阿特里我一直陪你闲谈聊天，

---

① 佚名：《萨迦》，石琴娥、斯文译，译林出版社 2003 年版。

>因为你见到阳光就必定死亡。
>
>顷刻间你变成一块坚硬石头，
>
>将成为港湾岸边可笑的标志。①

国王的长子赫定在旅途中遇到了骑狼的女巨人，她手持蟒蛇当缰绳，希望赫定当她的伴侣。赫定拒绝她之后，被其诅咒，未得善终。

山妖的故事在北欧源远流长，北欧各国神话里的山妖形象也有所差异。在阿斯比昂森与莫尔所编纂的《挪威传说》中，山妖就与冰岛传说中的山妖不同。《挪威传说》中的山妖都比较愚钝，在与人类的交往中屡屡受挫，最终丢掉生命，例如《布茨与山妖》这一故事。布茨是一位农夫的小儿子，在农夫去世之后，布茨跟随两位兄长去服侍国王。宫里众人皆赞赏布茨伶俐，这激起其兄长的嫉妒，后者遂在国王面前进谗言，让布茨去宫殿对岸的山妖宫中偷取各类金银财宝。布茨巧妙地哄骗山妖吃下自己的女儿，导致他伤心悲痛炸裂而死。由于山妖的愚笨，布茨成功完成任务，最终确立了自己在国王宫中的地位。

在北欧文学史上，山妖是一个反复出现的神话原型，在不同时代被作家赋予了新的内涵。② 在易卜生创作《培尔·金特》之前，丹麦与普鲁士之间爆发了战争。作为丹麦的兄弟，挪威没有支持丹麦，而是选择了旁观，这引起易卜生的强烈不满。在这部戏的第二幕，培尔因为拐骗别人的新娘而被整个教区的人追捕，他逃进了深山，遇见了山妖大王的绿衣公主。为了保存自己，他被迫答应山妖大王，作他女儿的丈夫。"培尔：当然了。为了把一位漂亮新娘娶到手，做点牺牲也是值得的，何况她还给我带来一个模范王国呢。"③不过

---

① 佚名：《埃达》，石琴娥、斯文译，译林出版社2000年版，第247页。

② 关于北欧神话和文学史中的山妖形象，详见 Lindow, J., *Trolls: An Unnatural History*, London: Reaktion Books, 2014, 104-122。

③ ［挪］易卜生：《易卜生戏剧集》第1卷，潘家洵等译，人民文学出版社2006年版，第183页。

他马上又后悔了,几乎被小山妖们挖了眼睛。在这里,培尔面对山妖们苟且妥协的情景,被易卜生用来讽刺挪威的国民性。与易卜生同时代的伟大挪威作家约纳斯·李在1891年发表了自己的小说《山妖》,讲述了挪威北部的山妖传说和故事。

瑞典童话女作家、诺贝尔文学奖获得者塞尔玛·拉格洛夫的小说《山妖与人类》讲述了这样一个故事:住在森林里的一对山妖夫妻碰巧捡到附近村庄里的一个孩子,便留下自己的孩子,而将人类的孩子带走了。那位丢失孩子的母亲不顾丈夫的反对和村民们的攻击,收养了山妖的孩子,给了他母亲般的关爱。在人类母爱的感召下,山妖夫妇决定将人类的孩子送回来。超越人与山妖界限的母爱,体现了人类与动物在很多方面类似。拉格洛夫是一个讲故事的能手,在她的诺贝尔演讲词中也充分展示她讲故事的才能,她提到了孩提时代听过的很多故事,其中就有不少关于山妖的。她说道:"想一想那些老人,坐在森林边上的小草房里,讲述女水妖和山妖的传说,还有妇女被拐进大山里的故事。是他们教会我诗歌怎么才能传遍莽莽群山和一望无际的大森林。"①

山妖在北欧文学中是一个神话原型,通常代表邪恶、黑暗以及人类需要克服的弱点。弗莱认为,各民族的文学都从自己的古代神话中吸取了营养,这不仅表现在文学的形式上也反映在作品的主题上。"每一个人类社会都拥有属于自己的神话,它由文学延续,通过文学传播,并因文学而变得多样化。"②文学的原型批评试图发现文学作品中反复出现的各种来自神话传说的意象、叙事结构和人物类型,找出它们背后的基本形式,在作品分析中强调在具体的社会和历史语境下探讨神话原型的连续性。神话原型的视角对于研究当代北欧文学中山妖形象的塑造有帮助,但是也许并不能充分解释这些

---

① Lindow, J., *Trolls: An Unnatural History*, London: Reaction Books, 2014, p. 120.

② Frye, N., M. Dolzani, *Words with Power: Being a Second Study of "the Bible and Literature,"* Toronto: University of Toronto Press, 2008, p. xiii.

作品如何在当下的全球化语境下被挪用和创造性地运用。

20世纪80年代以来,北欧文坛上出现了一些重写山妖的虚构作品,如瑞典的《天沟森林中的绿林好汉》(1988)、芬兰的《山妖:一个爱的故事》(2000)等。在全球化时代,虽然北欧人口数量相对较少,但是这些北欧的优秀文学作品一经翻译成英语等主要语言,便很快在世界流传。在这些作品中,山妖被用来构建一个新的故事,生成了一种全新的文学话语,表达了对于全球化时代生态危机的反思和批判,体现了改造世界的积极诉求。这一文学的生成和互动过程被称为"文学的事件"。

英国文学理论家阿特里奇(Derek Attridge)在《文学的独创性》(2004)和《文学的创作》(2015)中提出,文学事件的理论主要包括三个相互关联的层面:他者性、创新性和独特性,它们关系到文学创作和接受的过程[1][2]。"他者性产生于对新思想和感觉的理解;创新是生产艺术作品的过程以及在阅读中对这个过程的追寻;独特性关系到一部作品独特身份的形成。要将一部作品完全当作文学来看待,我们需要去体验这三个方面,因为它们在一场独特的复杂运动中相互协作、相互加强。"[3]一部优秀的文学作品之所以被阅读、翻译和传播,是因为它给不同文化的读者带来新体验。文学给个体读者和整个社会种下诱变的种子,在私人和公共领域都成为一种生成性事件,文学变成有目的的行动。

结合当代北欧文学中的山妖作品,神话原型的叙事被建构成一个个生成性的事件。山妖以不同的形象在不同时期重复出现,这反映了北欧社会在全球化时期的生态诉求。在这些作品中,叙事不是描述过去,不是仅仅重复这

---

[1] Attridge, D., *The Singularity of Literature*, London & New York: Routledge, 2004.

[2] Attridge, D., *The Work of Literature*, London: Oxford University Press, 2015.

[3] Attridge, D., *The Work of Literature*, London: Oxford University Press, 2015, pp. 58-59.

个神话故事,而是"以小说行事"。关于叙事的功能,齐泽克在《事件》中说道:"主体性发生真正转变的时刻,不是行动的时刻,而是作出陈述的那一刻。换言之,真正的新事物是在叙事中浮现的,叙事意味着对那已发生之事的一种全然可复现的重述——正是这种重述打开了以全新方式作出行动的(可能性)空间。"①当代北欧山妖文学的一个重要的主题是批评全球化给人类生存环境带来的挑战,谴责人对于自然和森林的破坏,倡导动物的伦理,推动人与环境的和谐相处。而如果把这些作品当作一个总体来看,笔者认为它们构成一个动态的、有差别的、但是有共同主题的系列事件,凸显了全球化语境下文学,尤其是生态文学的行动力量。

二、人性还是动物性:《天沟森林中的绿林好汉》

《天沟森林中的绿林好汉》②的瑞典语原名是"Rövarna i Skuleskogen",1998年由安娜·帕特森翻译成英文在伦敦出版,题目改成了"The Forest of Hours"。它的作者埃克曼(Kerstin Ekman)在20世纪50年代开始文学创作,一度成为瑞典侦探小说的代表人物,这方面的主要作品包括《三十公尺谋杀》(1959)和《死亡之钟》(1963)等。她最负盛名的四部曲——《巫婆舞圈》(1974)、《源泉》(1976)、《天使之屋》(1979)和《一座光明的城市》(1983)——从不同的角度描写了瑞典一个小镇的历史变迁。1978年,埃克曼当选瑞典文学院院士,是瑞典当代的代表性作家之一。

《天沟森林中的绿林好汉》的主人公是一个山妖,名字叫"斯科德"。他原先生活在天沟森林,遇到两个人类孤儿,同他们交了朋友,慢慢学会了人类的语言并适应了人类的生活。之后,从中世纪一直到19世纪的五百年中,斯科

---

① [斯洛文尼亚]齐泽克:《事件》,王师译,上海文艺出版社2016年版,第177页。
② 这部小说有时被翻译成《斯科拉森林中的强盗》,参见吴元迈主编《20世纪外国文学史》第5卷(译林出版社2004年),第592页。作者请教了瑞典翻译家陈安娜(莫言等中国作家的瑞典语翻译)和她的丈夫陈迈平,他们建议使用此译名。

德生活在人类中间,经历了瑞典历史上无数与世界历史进程相关的重大事件,比如与俄国的大北方战争和黑死病。他自己从事过牧师、钟表匠、外科医生等不同的职业。但是他总忘不了天沟大森林,时不时地回到那里,对神秘大森林一直怀有亲切的感觉。尽管他身上的动物性不断地减少,越来越像人那样文明,但是他仍然具有与动物沟通的本能,而且还能如神话里的山妖那样操控其他动物或者物体。生活在人类中间如此长的时间,斯科德的情感世界发生了巨大的变化,他感受到了爱,并愿意为爱奉献一切,这让他成为一个更"完全"的人。斯科德500年生命历程的言说将虚构和历史结合起来,在世界历史的进程中反思人性和动物性相对立的问题。在《从动物研究到动物性研究》一文中,伦布拉德(Michael Lundblad)是这么解释动物性研究的:"动物性研究将人的政治放在优先的地位,比如,我们在不同的历史和文化时期是如何考虑人类与非人类的动物性的。"①动物性研究从全球和本土的双重视角讨论人类对于非人类动物的看法和态度。《天沟》小说的动物性叙事呈现去他者化的特点。

首先,在北欧神话中山妖经常代表恐惧和危险,是人类的对立面。然而在《天沟》这部小说里,读者在斯科德的讲述中,认识到他丰富复杂的内心世界,进而改变了对于动物的成见。"埃克曼借助她的山妖主人公斯科德打开了一扇通向动物世界的想象之门:想象它们的想法、感受及语言。"②这部小说的叙事是非常激进的,让斯科德作为主人公本身就是对于传统的反叛。其次,作为一个生活在人类与自然之间的生物,他的中介性挑战了人类与非人类的分类法。"存在于西方传统中的范畴及边界规定了什么是'人',什么是'动物',《天沟森林中的绿林好汉》对此进行了意义深远的批判。"③长期以

---

① Lundblad, M., "From Animal to Animality Studies," *PMLA*, 2009 (2), p. 497.
② Rugg, L. H., "Revenge of the Rats: The Cartesian Body in Kerstin Ekman's 'Rövarna i Skuleskogen," *Scandinavian Studies*, 1998 (4), p. 425.
③ Scott, H. F., "Telling Tales, Testing Boundaries: The Radicalism of Kerstin Ekman's Norrland," *Journal of Northern Studies*, 2014 (1), p. 67.

来，对于人性的界定是以非人类的他者作为参照的。与非人类的野蛮相比，人类就是文明进步的，作为人类就是要克服动物性。这种非此即彼的二元论是人类中心主义的反映。"人类利用动物来解释何谓人，并揭示他们与自然界，尤其是与动物之间的差别。"①然而，现代科学恰恰揭示了人类与动物存在相当多的共同点。

小说的动人之处是斯科德与人类交往并建立友谊的故事。《天沟》从斯科德与两个人类的孤儿埃克和诺贝尔相识开始，他们在艰难的环境中相互帮助，渡过了一个又一个难关。埃克和诺贝尔教会了斯科德人类生活中的种种规则，让他认识到人类的多面性。斯科德也利用自己的超自然能量，帮助他的人类朋友获得食物，在森林中躲避各种危险。到小说的最后部分，斯科德爱上了一个叫齐妮娅的女人。她出生在一个富足的家庭，却郁郁寡欢，在旁人眼中，她举止怪异，精神有些失常，但是斯科德却对她一往情深。他们的爱情消弭了简单的类属划分，批判了传统文化中人性与动物性、文明和自然的二元论。爱赋予斯科德以人类的灵魂，但是他再也不能保持长生不老的状态，他终会像人类一样死去。

斯科德名字的瑞典语原文叫作"Skord"，是"skog"（森林）和"ord"（单词）的结合。森林代表自然，语言代表文明。所以，这个名字具有象征意义，代表永恒的自然世界与感知的人类世界的交叉和融合。一方面，为了与人类交流，斯科德必须首先学会用语言来表达自己的思考和感受，然后将那些零乱的、杂乱无章的事件连接成有意义的序列，从而达到认识世界和解决问题的目的。在这个过程中，他不得不逐渐失去与自然直接沟通和交流的能力，他的体验范围也随之缩小。另一方面，他始终保持着与动物沟通的能力和魔力。因此，他需要在人类和山妖之间保持一种平衡，能够融合人性与动物性。为了这个目标，他一直在努力。在小说的结尾，斯科德回到天沟森林，等待着

---

① Malamud, R., *Poetic Animals and Animal Souls*, New York: Palgrave, 2003, p. 4.

自己的死亡。此时,小说开头出现过的那位巨人格勒宁(Groning)再次出现。①"Groning"在瑞典语中意谓着"萌芽",于是自然界经过一个生命的轮回孕育着新的开端。它的引申意义可以理解为斯科德的死亡是另一种形式的新生,代表人类智性和直觉的融合。至此,小说的叙事完成了一个循环。

在《天沟》中,斯科德从山妖蜕变成人是一个跨越性的文学事件,构成小说发展的主线。这一事件的意义不仅在于它颠覆了北欧神话传统中的山妖形象,更重要的是它创造性地将历史和人性的反思融入斯科德这一形象中。作者借助这一"文学的发明"(阿特里奇语)对全球化时代自然的破坏和人类的异化提出批评。英国文学理论家伊格尔顿在《文学的事件》(2012)一书中认为文学叙事里的言语行为也是操演性的,不仅仅是描述一个虚构的世界,而且通过它的叙事让一些事情发生了。这当然不只是指观众情感上的变化,而且也关乎现实生活中的改变。"小说通过诉说来完成自己的使命。小说的话语行为本身赋予了小说以真实性,且能够对现实产生切实的影响。"②在《事件:文学和理论》(2015)中,伊莱·罗纳借用德勒兹的事件哲学来讨论文学与现状的关系。"德勒兹分析文学个案,不仅是为了强调它们的独特性,更是为了找到一种独特的生成性的表达方式,并揭示它的创造力:生成性究竟如何在一整个内在性的平面内横贯写作过程并影响写作事件?"③《天沟》中山妖斯科德的人间传奇是一个有独创性的事件,能对读者的自然观和生态观产生一定的影响。

在全球化时代,人们发现科技进步有时竟阻碍人与自然的和谐相处,甚至对于自然和环境产生严重破坏,此时他们才意识到重新建构我们的生态保

---

① Ekman, K., *The Forest of Hours*, trans Anna Paterson, London: Chatto & Windus, 1998, p. 483.

② Eagleton, T., *The Event of Literature*, New Haven: Yale University Press, 2012, pp. 131-132.

③ Rowner, I., *The Event: Literature and Theory*, Lincoln: University of Nebraska Press, 2015, p. 157.

护意识是何等重要。生态批评呼吁人们重新发现自然,通过自己的直觉去亲近和感受自然对于人类的平衡发展和文明的进步至关重要。动物性研究认为,"一个人的动物本能对于理解人的行为是至关重要的"①。《天沟》在这方面是有启发意义的:"斯科德意识到,想要通过智识、科学和哲学去理解时间与物质终究是不可行的。但他仍能依靠直觉去理解世界,能在与他人的关系中找到意义。当他学着重新珍视自己属于山妖而非人类的一面,学着去相信自己的直觉,他便真正成熟了。"②换句话说,人类总是需要在理性知识与感性经验之间寻求一种平衡。小说从历史的角度批评和质疑人类中心主义的世界观和价值观,尤其是那些支撑文明大厦的基础概念,比如,主体、客体、自然、文化以及在这些概念的基础上建构的规范和制度。在这一点上,《天沟》与深层生态学的哲学主张是一致的,体现了北欧的文化特色,是生态文学全球在地化的一个典型。

三、都市中动物的权利:《山妖:一个爱的故事》

小说《山妖:一个爱的故事》在 2000 年获得为芬兰语小说写作而创立的"芬兰奖"(The Finlandia Prize)。作者斯尼萨罗(Johanna Sinisalo)生于 1958 年,这是她的第一部小说。之前她主要为电视和连环漫画写作,曾多次获得最佳芬兰语科幻小说"Atoros"奖。此外,她还在"凯米全国连环漫画创作大赛"上获得过一等奖和二等奖。

这部有科幻色彩的小说的主要场景设置在芬兰一座城市的公寓楼里,主人公名叫安格尔,是一位年轻的摄影师。小说情节比较简单:安格尔在清晨回到住处,在公寓楼院子里发现一群十来岁的少年在踢打一个受伤的年幼山

---

① Lundblad, M., "From Animal to Animality Studies," *PMLA*, 2009 (2), p. 499.
② Wright, R., "Approaches to History in the Works of Kerstin Ekman," *Scandinavian Studies*, 1991 (3), p. 301.

妖。出于怜悯,他将小山妖带回自己的住处。安格尔一开始不了解山妖,只是同情他,后来慢慢熟悉了,开始喜欢他,觉得他像人一样具有丰富的情感世界。于是,安格尔给他起了一个名字叫"佩西"。同时,安格尔也想利用他,拍摄一些独一无二的照片,获取利益和名声。可是有一次,佩西为了帮助安格尔抵御他朋友的攻击,而将对方杀死。警察要来抓捕,安格尔决定护送他离开,带着他逃离都市,进入大森林。在森林里,安格尔惊奇地发现自己并不觉得恐惧。当小山妖佩西找到他的家庭的时候,前来搜捕的警察也跟踪而来。直到安格尔面临危险的处境,佩西和他的家庭邀请他留下来。他稍加思索,便决定加入山妖的家庭。

  这本书在写作形式上的一个显著特点是后现代碎片化的叙事方式,虚构的和非虚构的各种文体混杂在一起。为了调查所谓的山妖习性,安格尔翻阅了大量资料,包括日记、网络文章、新闻报道、神话传说、生物学著作等,其中甚至还包括一段引自塞尔玛·拉格洛夫的小说《山妖与人类》里的对话。①这些有关山妖的文章或者引用文献以单独的篇章出现在小说里,与人物的叙事截然分开。这种碎片化的写作风格类似高行健的小说《灵山》,而且在目的上也是对主流文化的反思和批评。《山妖》将作者创作的或者引用的有关山妖的文本混杂在一起,一方面介绍人们对山妖的知识和想象以及这些如何决定他们对于山妖的认知;另一方面,读者也体会到这些知识和想象往往与事实不符,充满了人类的偏见和局限性。"小说中对山妖元素的运用以及与山妖相关的所有神话'包袱',都表明幻想的力量绝不亚于生物现实。安格尔在研究山妖时阅读的文本,以各种媒介形式创造了有关山妖的各类观点,它们实质上展现了语境是如何影响再现的。"②当然,作品的一个重要主题是批评了人类中心主义视角下动物和自然的他者化。叙事的碎片化不仅解构了人

---

① Sinisalo, J., *Troll: A Love Story*, trans. Herbert Lomas, New York: Grove Press, 2003, p. 47.

② Jylkka, K., "'Mutations of Nature, Parodies of Mankind': Monsters and Urban Wildlife in Johanna Sinisalo's *Troll*," *Humanimalia*, 2014 (2), p. 58.

类对于动物的统一认识,而且也影射人与人之间交流的障碍。作品里的不同人物都在用第一人称叙事,但是每个人物的一次故事只有短短的一两页,中间穿插着其他各式各样的文本。这些人物之间的叙述经常相互矛盾和冲突,意在表明人与人之间的隔阂,同时暴露了城市生活的条块化和封闭性。在都市中,人与人的关系尚且如此,人与动物之间更是天壤之别。动物成为都市空间不可接受的"异类",这是对全球化时代都市化的一个控诉。

山妖的故事影射了生活在都市中动物的境况。都市一般作为文化与秩序的象征,成为自然的对立面。生态哲学家苏普(Kate Soper)曾经说过,在多数人眼中"都市或者工业化的环境"与"荒野"、"乡村"是对立的,这种观念成为我们认识自然(包括动物)的障碍。① 其实,都市里面也可以有荒野和野生的动物。都市也是一个生态系统,不应该是自然的对立面。城市与自然的二元论是有问题的,是全球化时代人类文化的一种畸形发展。"城市化势不可当,野生动物被迫适应不断变化的自然环境,人们也渐渐开始关注这类问题,斯尼萨罗的书便诞生于这样一个历史时刻。"②进入都市的动物以一种不同以往的方式被他者化,处于人类的暴力之下,就像小说开头几个少年折磨幼小的山妖那样。当然,这种暴力必定遭到动物的反抗。小说的最后一幕:在森林中,当警察追捕的时候,高大的山妖们手里拿着枪。山妖属于大森林,但是人类在砍伐森林,森林不断变小,动物在失去自己家园。人类必须尊重动物的家园,因为动物不仅是我们生态系统中的成员,也是人类认识自己的一面镜子、一种途径。在这里,全球化进程中森林面积的减少成为小说的又一个主题。

人性和动物性过去一直被认为是相互排斥的,可是实际上它们之间的关系要复杂得多。正如唐娜·哈拉维在《当物种相遇》中所写的,"生命诞生于

---

① Malamud, R., *Poetic Animals and Animal Souls*, New York: Palgrave, 2003, p. 3.

② Malamud, R., *Poetic Animals and Animal Souls*, New York: Palgrave, 2003, p. 48.

真实的相遇"①。《山妖》这部小说以一种虚幻和真实相结合的方式讲述了一次人与动物邂逅的奇特故事。"安格尔不由自主地注意到佩西拥有类人的外表、情感,有时甚至是智识,尽管它也明显带有山妖的动物性特质。"②山妖在小说中渐渐地被赋予人类的特征。安格尔是一个专业摄影师,他让佩西穿上牛仔裤,跳起来,拍一张广告照片。山妖照片获得惊人的成功,它随后获奖并成为本地知名球队的徽标。尽管人们恐惧山妖,抱有偏见,但是人们向往和崇拜山妖在跳跃中绽放出的巨大能量。有趣的是,当杂志发表后被寄送到安格尔家里来时,佩西发现了照片,变得无比愤怒,而将杂志撕毁。安格尔说:"他看到了。他知道那是什么。他知道怎么看照片。他恨透照片了。至少他恨透这一张了。"③我们无法对山妖的这种激烈反应加以确切的解释,但是这无疑在表明他是有丰富情感的,他有一定的判断力,并且不受人类的影响。遗憾的是,我们对于他的内心世界所知甚少。小说还有一个奇怪的细节,山妖通过它的气味对安格尔产生性的吸引力。安格尔不仅陶醉于此,而且对山妖有性欲望和"性行为"④。人与山妖的性接触在易卜生的戏剧里也曾出现过,培尔·金特被女山妖勾引,打算放弃人类的身份去当山妖大王的女婿。在这里,人与动物的界限模糊了。如果说《天沟》描写了山妖如何变成了人,《山妖:一个爱的故事》则在一定程度上讲述了人"成为动物"的故事,或者说一个寓言。在合著的《千高原》中,德勒兹(Gilles Deleuze)提出"成为动物"是为了挑战人类与动物的区隔,提倡跨物种的超越与迁移,进而实现人与动物的"联盟"。"成为动物不是梦想,也不是妄想,而是彻底真实的……成为不同

---

① Haraway, D., *When Species Meet*, Minneapolis: University of Minnesota Press, 2008, p. 67.

② Jylkka, K., "'Mutations of Nature, Parodies of Mankind': Monsters and Urban Wildlife in Johanna Sinisalo's *Troll*," *Humanimalia*, 2014 (2), p. 55.

③ Sinisalo, J., *Troll: A Love Story*, trans. Herbert Lomas, New York: Grove Press, 2003, p. 220.

④ Jylkka, K., "'Mutations of Nature, Parodies of Mankind': Monsters and Urban Wildlife in Johanna Sinisalo's *Troll*," *Humanimalia*, 2014 (2), p. 166.

于遗传,它与联盟有关。"①在这个意义上,人类走出了自己的认识局限,面对自然界无限的可能,开放自己的胸襟。

《山妖:一个爱的故事》里的"爱的故事"是一个不易解释的命题,这是因为在小说中爱的传递和爱的表达是非常多面性的。"爱"改变了安格尔和小山妖佩西的命运,也将他们连接在了一起。同时,"爱"也用来描写山妖之间的感情。以下是佩西在回到森林里,即将与山妖家人重逢的描写:"突然他呆住了,尾巴以我从未见到的方式摆动,它卷成了半圆形,绷得紧紧的,我感觉他既有些兴奋,也有点紧张,还表达了……伟大的、深沉的爱。"②在小说里,"爱"是整个叙事事件的灵魂。小说对性、身体与社会规范的颠覆性描写拓展了我们对人性/动物性、自然/非自然的探讨。它给读者的启发是动物性其实也是人类的一个话语建构,文明和自然的划分是人为的,而非本质性的。在这里,北欧山妖叙事的传统断裂了,产生有独特性的新形式。这一新的叙事形式既受到全球化的深刻影响,又深深打上了北欧文化的印记,反映了全球在地化的文化特点。

四、小 结

北欧当代山妖小说的研究揭示了北欧的山妖神话如何在最近的二三十年中被挪用和再创作,编织出风格迥异但又深具生态关怀的重要作品。借助艺术的想象和创新,并结合当下的全球化历史进程及其影响,山妖的故事生成了一系列有独特性的文学事件。这些文学事件不仅仅反映现实,而且积极介入全球化时代的各种社会问题,尤其是对生态文化的反思和建构,具体说来主要有以下几点:(1)山妖的叙事激发人们对于人性的反思,并认为人性

---

① Malamud, R., *Poetic Animals and Animal Souls*, New York: Palgrave, 2003, p. 11.

② Sinisalo, J., *Troll: A Love Story*, trans. Herbert Lomas, New York: Grove Press, 2003, p. 269.

和动物性之间的边界是模糊的。无论是《天沟森林中的绿林好汉》里的斯科德还是《山妖:一个爱的故事》的佩西,他们都同人类建立了友谊,甚至还生发出爱情。(2)文明与自然二元论是一个人为的历史建构,它们不应该被认为是对立的,而是相互交融、相互促进的。尤其在全球化时代,人们需要重新认识和理解自然。(3)人类中心主义的生态观念不仅是固化于我们文化内部的一整套话语建构,而且社会的权力机构也在不断强化它的存在,因而反对人类中心主义是一项长期的任务。从事件的角度看待文学,能够突出文学的能动性,也即创新的文学生产如何能够参与当下对于全球化的想象与改造,尽管这种变化是缓慢的。

文化代表传统,事件体现创造性。事件在生成的过程中,往往会出现日常秩序的断裂,这是因为事件具有反叛性和批判性。根据齐泽克的观点,"事件总是某种以出人意料的方式发生的新东西,它的出现会破坏任何既有的稳定架构"[1]。北欧的生态文学通过山妖神话原型的改写,构建了一个文本的虚拟世界,见证了全球化的历史和现实,并试图对读者和社会产生积极的影响。一系列具有相似反叛精神的事件推动着文化的自我更新,文化在传承中得到重构和发展。当代北欧的这些重写山妖的文学作品在继承和发扬北欧本土文化的同时,批判了人类中心主义世界观和全球化带来的环境破坏,从而建构了一种独具特色的北欧生态文化,并已经在世界范围内产生了积极的影响和贡献。北欧生态文学的全球在地化表明:文学可以利用本土的文化元素来思考全球化给世界和地区带来的冲击,并努力发挥文学的功能,为改变或者改造现实贡献一分力量。

---

[1] [斯洛文尼亚]齐泽克:《事件》,王师译,上海文艺出版社2016年版,第6页。

后 记

近百年来,我国文学与文化的发展明显渗透着北欧文学的影响。易卜生、斯特林堡、勃兰兑斯、安徒生、哈姆生等一大批北欧作家的主要作品在我国被翻译出版,在文学互渗、文明互鉴的过程中参与着我国现当代文化的建构。其中易卜生一度成为中国知识者的偶像,他的名儿"萦绕于青年的胸中,传述于青年的口头,不亚于今日之下的马克思和列宁"(茅盾语)。而在当代,北欧五国因其独特的"北欧模式"而跃居世界前列(就其实现民主、富裕、文明、和谐的程度而言),其文学、文化随之亦颇受世人关注。进入新世纪以来,我国关于北欧文学的翻译、研究论著较之以前有大幅增长,而且相关演出、研讨会亦明显增多。可以说,北欧文学(或中国人所翻译、研究、建构的"北欧文学")已经成了中国现当代文化的一部分。因此,就北欧文学的重要性、北欧文学与中国文学的深厚渊源以及近二十年来中国北欧文学研究的突出成绩而言,对其进行一番回顾与检视都是非常必要的。这是我们编选这本论文集的一点考虑。

近二十年来,我国的北欧文学翻译与研究成绩斐然,涌现出了一大批重要学者,他们的作品(译著、译文、论文、专著等)既丰富着我国的"北欧文学大花园",也拓展着我国北欧文学研究的视野与疆界。如果说,20世纪末21世纪初的中国北欧文学研究以理论视角的多元化为明显特征,大批学者从文化批评、审美批评、精神心理批评、接受反应批评、社会历史批评、女性主义批评、生态批评等理论视角研究、阐释北欧文学,取得了一系列可喜的成果;那么，到了21世纪的第二个十年，中国学者越来越注重从中国的文化立场来研究北欧文学，并开始试图建构有中国特色的文学研究与批评理论话语。换言之，在这段时间里，中国人的北欧文学研究，不只是要让作为"他者"的北欧显现，而且更注重自我主体性的彰显；不只是应用西方人的批评理论，而且注重在研究北欧文学的过程中运用自己的批评视角和理论方法。简言之，在这二十年里，中国的北欧文学研究，在悄悄发生着一个转变——从"跟着说"到"对着说"或"独立说"的转变（从应用西方批评理论转向建构自己的批评概念）。尽管这个转变并未完成，但其势如江水东流不会逆转，相信会在以后迎来中国北欧文学研究的新局面。

基于以上考虑，我们在编选论文时，希望既能囊括近二十年中国北欧文学研究领域有代表性的一些重要成果，同时也隐约反映出新世纪以来我国北欧文学研究的新进展、新趋势。但由于受篇幅限制，很多重要成果未能收录进来，这是要向本领域相关学者表示歉意的。可能在编选任何一本篇幅有限的论文集时，都难免有遗珠之憾。如果以后有机会编纂较大篇幅的文集（或成果汇编类著作），或可稍稍弥补这种缺憾。

这本论文集的组编、定稿是在何成洲教授的悉心指导下进行的，在此向何教授表示衷心的感谢。中国北欧文学研究领域的专家们慷慨惠赐大作，使得这项工作得以顺利进行，在此亦深致谢意。武大艺术学院博士生黄彦茜搜集整理了大量的相关资料，认真编制了《新时期以来中国北欧文学翻译与研究论著目录》（约4万字），但由于篇幅限制这个目录本次遗憾未能收入。此外，黄彦茜还与吴鹰（武大艺术学院博士生）一起做了一些调整格式的工作。在此对黄彦茜、吴鹰两位博士生表示诚挚感谢。

汪余礼
2020年10月于珞珈山寓所